MICHAEL CUNNINGHAM

Fleisch und Blut

Buch

New Jersey, 1949: Constantine Stassos, der griechische Einwanderer, und Mary, die Tochter aus italienischer Familie, begegnen sich zum ersten Mal auf der Veranda ihrer Eltern; sie ist ein Schulmädchen, das keine Lust mehr aufs Pauken hat – er ein aufrechter Vorarbeiter eines Bautrupps, der mehr aus sich machen will. Ein Jahr später heiraten sie, und in den fünfziger Jahren plagen sie sich redlich, um sich und ihre drei kleinen Kinder durchzubringen. Der amerikanische Traum erfüllt sich für das Paar zu spät: Sie spüren, daß sie nur wegen ihres Geldes respektiert werden, und ihren Kindern ist wenig Lebensglück beschieden. Susan, Billy und Zoe sind die Repräsentanten der »lost generation«: Susan sucht Schutz in der Ehe; Billy rebelliert mit Verweigerung gegen die Forderungen des übermächtigen Vaters; Zoe findet im Hippie-Millieu die ersehnte Geborgenheit und kämpft später gegen die Drogensucht an, während ihre Mutter bis zuletzt versucht, die Familie zusammenzuhalten.

Michael Cunningham hat für diese ungeschminkte Darstellung des amerikanischen Traumes, die zugleich ein packendes, zeitgenössisches Familienepos und ein gestochen scharfes Bild der amerikanischen Geschichte der Nachkriegszeit ist, begeisterte Kritiken erhalten.

Autor

Michael Cunningham, 1952 in Cincinnati geboren, wuchs in Los Angeles auf. Er studierte englische Literatur in Iowa und an der Stanford-University in Kalifornien. Cunningham arbeitet nach zahlreichen Gelegenheitsjobs – unter anderem als Barkeeper und Werbetexter – heute bei der Carnegie-Corporation in New York.

Für *Fleisch und Blut* wurde Cunningham 1995 der »Whiting Writers Award« verliehen, einer der angesehensten amerikanischen Literaturpreise.

MICHAEL
CUNNINGHAM

Fleisch und Blut

Roman

Aus dem Amerikanischen
von Georg Schmidt

GOLDMANN

Die Originalausgabe erschien 1995 unter dem Titel
»Flesh and Blood«
bei Farrar Straus and Giroux, New York

Umwelthinweis:
Alle bedruckten Materialien dieses Taschenbuches
sind chlorfrei und umweltschonend.
Das Papier enthält Recycling-Anteile.

Der Goldmann Verlag
ist ein Unternehmen der Verlagsgruppe Bertelsmann

Genehmigte Taschenbuchausgabe 7/98

Umschlaggestaltung: Design Team München
Satz: IBV Satz- und Datentechnik GmbH, Berlin
Druck: Elsnerdruck, Berlin
Verlagsnummer: 43272
NB · Herstellung: Sebastian Strohmaier
Made in Germany
ISBN: 3-442-43272-3

1 3 5 7 9 10 8 6 4 2

Für Donna Lee
und Cristina Thorson

Einst zerrte ein wütender Mann seinen Vater
in seinem eigenen Hain über den Boden.
»Halt!« schrie der stöhnende alte Mann schließlich.
»Halt! Ich habe meinen Vater nicht jenseits
dieses Baumes gezerrt.«

Gertrude Stein
»The Making of Amerika«

I

Auto-Ballett

1935 Constantine, acht Jahre alt, arbeitete im Garten seines Vaters und dachte an seinen eigenen Garten, ein Stück Boden aus pudrigem Granit hoch über dem Land der Familie, das er abgesteckt und durchgerecht hatte. Erst jätete er die Bohnenbeete seines Vaters, und dann kroch er zwischen die Knorren und Strünke im Weinberg seines Vaters und band mit einer groben braunen Schnur, deren Farbe und Beschaffenheit ihn an redliche, vergebliche Mühsal gemahnte, frei sprießende Triebe wieder an die Pfähle. Wenn sein Vater davon sprach, daß »wir uns zu Tode arbeiten müssen, um am Leben zu bleiben«, stellte Constantine sich vor, die ganze Welt würde mit dieser kratzigen, kräftigen Schnur, graubraun und voller knisternder Fasern, zu einem sperrigen Paket verschnürt, das sich nicht fügen noch gebunden bleiben wollte, genauso wie die Weinranken, die sich ständig losrissen und in ausgelassenen Kringeln gen Himmel strebten. Eine seiner Aufgaben war die Pflege der Reben, und er hatte sie ob ihrer unbändigen Beharrlichkeit verabscheuen und achten gelernt. Die Reben besaßen ein geheimes, verschlungenes Eigenleben, einen schlummernden Willen; aber er, Constantine, würde leiden, wenn sie nicht angepflockt und in Ordnung gehalten wurden. Sein Vater hatte ein gnadenloses Auge, das auch in zehn Ballen guter Vorsätze jeden faulen Strohhalm finden konnte.

Während er arbeitete, dachte er an seinen eigenen Garten, der sich im Gleißen der Sonne auf dem Berg verbarg, knapp ein Drittel Quadratmeter Land, so nutzlos für die festgefügten Vorstellungen seines Vaters, daß er ihn Constantine, dem Jüngsten, als Spielzeug überlassen hatte. Die Erde in seinem Garten bestand aus einer etwa einen halben Zentimeter dicken Schicht Staub, der sich in einer Felsmulde abgelagert hatte, aber durch Entschlossenheit und Arbeit, kraft seines Willens, würde er darauf Früchte ziehen. Aus der Küche seiner Mutter hatte er etliche Samenkörner stibitzt, die überzähligen, die am Messer haften geblieben oder zu Boden gefallen waren, sosehr sie sich auch wider die Sünde der Verschwendung vorsehen mochte. Sein Garten lag hoch auf einem ausgeglühten Felsgrat, wo niemand hingehen mochte; falls etwas gedieh, könnte er die Pflanzen hegen, ohne es jemandem zu sagen. Er könnte warten bis zur Erntezeit und dann im Triumph herabsteigen, in der Hand eine Aubergine oder eine Paprika, vielleicht eine Tomate. Er könnte durch die herbstliche Abenddämmerung zum Haus gehen, wo seine Mutter gerade das Essen für seinen Vater und die Brüder auftischte. Wie gehämmertes Gold stünde das Licht in seinem Rücken. Es würde in die düstere Küche fallen, wenn er die Tür öffnete. Seine Mutter, sein Vater und die Brüder würden ihn anschauen, ihn, den Wicht, von dem man so wenig erwartete. Wenn er im Weinberg stand und auf die Welt hinabblickte – die Ruinen des Papandreous-Hofes, die Olivenhaine der Firma Kalamata, den fernen Schimmer der Stadt –, dachte er daran, daß er eines Tages über die Felsen hinaufklettern und feststellen würde, daß grüne Schößlinge aus seinem staubigen Flecken Land sprössen. Der Priester behauptete, Wunder wären das Ergebnis von Fleiß und blindem Glauben. Er war gläubig.

Und er war fleißig. Jeden Tag nahm er seinen Anteil Wasser, trank die Hälfte und sprengte mit der anderen seine Aussaat. Das war leicht, doch besseren Boden brauchte er ebenfalls. Die von seiner Mutter genähten Hosen hatten keine Taschen, und er konnte unmöglich Erde aus dem Garten seines Vaters stehlen und sie in seinen Händen an den Ziegenställen vorbeitragen und über die abschüssigen Felsen hochklettern, ohne entdeckt zu werden. Daher stahl er sie auf die einzig mögliche Weise – indem er sich jeden

Abend nach vollendetem Tagwerk bückte, so als wolle er eine letzte niedrige Ranke festbinden, und sich den Mund voll Erde stopfte. Der Boden hatte einen berauschenden, modrigen Geschmack; wie eine Art Dunkelheit auf seiner Zunge, die abstoßend und seltsam, gefährlich und köstlich in einem war. Mit vollem Mund begab er sich durch den abschüssigen Garten hinauf zu den Felsen. Es war kein großes Risiko, selbst wenn er seinem Vater oder einem seiner Brüder begegnen sollte. Sie waren es gewohnt, daß er nichts sagte. Sie glaubten, er sei so still, weil seine Gedanken schlicht waren. Dabei war er so schweigsam, weil er Angst vor Fehlern hatte. Die ganze Welt bestand aus Fehlern, ein einziges Dornengestrüpp, und selbst mit noch soviel Schnur, so fest man sie auch knoten mochte, ließen sich nicht alle unterbinden. Strafe wartete allerorten. Nicht zu sprechen war klüger. Jeden Abend ging er wie üblich schweigend an den Brüdern vorbei, die noch mit den Ziegen beschäftigt waren, und sog die Wangen ein, damit niemand erriet, daß er den Mund voll hatte. Während er den Hof überquerte und zu den Felsen hinaufstieg, kämpfte er gegen den Schluckreiz an, aber etwas Erde geriet unweigerlich in seinen Hals, und wieder faszinierte ihn ihr stechend dunkler Geschmack. Die Erde war mit Ziegendung durchsetzt, und seine Augen tränten. Doch wenn er oben anlangte, war ein halbwegs großer Klumpen nasser Erde übrig, den er in seine Hände spuckte. Rasch, aus Angst, einer seiner Brüder könnte ihm gefolgt sein, um ihn zu necken, brachte er die Handvoll Humus dann in seinen Miniaturgarten ein. Er war mit seinem Speichel durchtränkt. Er massierte ihn ein und dachte an seine Mutter, die vergaß, sich um ihn zu kümmern, weil sie tagaus, tagein auf zu vieles achten mußte. Er dachte daran, wie sie für seine hungrigen, lauten Brüder das Essen auftrug. Er dachte daran, was für ein Gesicht sie machen würde, wenn er eines Herbstabends durch die Tür käme. Im matten, staubverhangenen Licht würde er vor seiner überraschten Familie stehen. Dann würde er zum Tisch gehen und ausbreiten, was er mitgebracht hatte. Eine Paprika, eine Aubergine, eine Tomate.

1949 »Ist das nicht eine himmlische Nacht?« sagte Mary. Constantine konnte nicht antworten. Ihr Schneid und ihre Schönheit, ihre gerade, aufrechte Art verschlugen ihm die Sprache. Er saß auf der knarrenden Schaukel ihrer Eltern und sah ohnmächtig zu, wie sie sich über das Verandageländer beugte. Ihr Rock strich um ihre Beine. Der dunkle New-Jersey-Wind spielte in ihrem Haar.

»Oh, Nächte wie diese haben es mir richtig angetan«, sagte sie. »Schau dir nur all die Sterne an! Ich möchte am liebsten eine große Handvoll davon einfangen und sie über deinem Kopf verstreuen.«

»Mm«, sagte Constantine – ein dumpfes Ächzen, das, wie er hoffte, seine Freude kundgetan hatte. Es waren jetzt beinah sechs Monate, und noch immer traute er seinem Glück nicht. Er konnte nicht glauben, daß er mit diesem großartigen amerikanischen Mädchen ging. Er besaß jetzt ein zweites Leben – in ihrem Kopf. Er sorgte sich nahezu ohne Unterlaß, daß sie ihren Irrtum erkennen könnte.

»Du würdest wunderbar aussehen mit lauter Sternen übersät«, sagte sie, doch er merkte ihrem Tonfall an, daß sie der eigenen Idee überdrüssig geworden war. Wenn sie die Stimme senkte und sich mit den Händen beiläufig über die Haare strich, hatte sie immer das Interesse an ihrem jeweiligen Gesprächsstoff verloren, obwohl sie weiter reden konnte, ohne auf ihre eigenen Worte zu achten. Noch nie hatte er jemanden gekannt, der so beständig war und sich doch so leicht langweilte.

Er stand auf und ging zum Geländer, um sie in die Gegenwart zurückzuholen. Er schaute mit ihr auf den kleinen Garten hinter dem Haus ihrer Eltern, den Werkzeugschuppen ihres Vaters, das Sternenmeer. »Du bist es, die wunderbar aussieht«, flüsterte er.

»Oh, ich kann mich sehen lassen«, sagte sie, ohne sich umzudrehen. Ihre Stimme klang unverändert verhangen, schlafwandlerisch. »Aber du bist eine Augenweide, und das weißt du auch. Erst neulich hat mich ein Mädchen in der Schule gefragt, ob es mich nicht nervös macht, mit einem so gut aussehenden Burschen wie dir zu gehen. Sie ist eher für die Heimchen.«

»Ich bin ein Heimchen«, sagte er.

Jetzt drehte sie sich zu ihm um. Überrascht stellte er fest, daß ihre Wangen vor Ärger gerötet waren.

»Sei nicht kokett«, sagte sie. »Das gehört sich nicht für einen Mann.«

Wieder hatte er etwas Falsches gesagt. Er hatte gedacht, mit »Heimchen« meine sie Jungs, die sich ein Heim schaffen wollten. Immer versuchte er sich so darzustellen, daß er ihren innigsten Wünschen entsprach.

»Ich wollte nicht ...«, sagte er. »Ich meine nur ...«

Sie nickte und fuhr mit dem Finger an seiner Hemdbrust herunter. »Achte nicht auf mich«, sagte sie. »Aus irgendeinem Grund bin ich heute abend ein bißchen zapplig. Anscheinend machen mich all diese Sterne leicht kirre.«

»Ja«, sagte er. »Sie sind wunderschön.«

Sie nahm die Hand von seinem Hemd. Sie wandte sich dem Garten zu und und drehte mit dem Finger eine Haarsträhne auf. Mit einer wehmütigen Begierde, die wie ein Stein in seinem Hals steckte, starrte Constantine auf ihren Finger.

»Aber sie verschwenden ihre ganze Pracht über Newark«, sagte sie. »Schau nur, wie sie funkeln und verglühen. Es ist traurig, findest du nicht?«

Constantine war von Newark begeistert. Er mochte den stolzen Ausstoß der Schlote, die schlichte, anheimelnde Klarheit der kantigen Ziegelhäuser. Dennoch wußte er, daß er um Marys willen jede gewöhnliche Schönheit verschmähen mußte, die er durch ihr Dasein bewundern gelernt hatte.

»Traurig«, sagte er. »Ja, es ist sehr traurig.«

»Ach Con. Ich habe es satt. Ich weiß nicht, was. Alles.«

»Du hast alles satt?« sagte er.

Sie lachte, und in ihrem Lachen schwang ein spöttischer Klang mit. Manchmal sagte er Sachen, die sie auf eine für ihn nicht nachvollziehbare Weise komisch fand. Häufig, so schien es, bekräftigten direkte Aussagen oder Fragen seinerseits einen bitteren Scherz, um den sie allein wußte.

»Na ja, ich habe die Schule satt. Ich weiß nicht, wozu diese ganze Geschichte und Geometrie nützlich sein soll. Ich möchte einen Beruf haben, so wie du.«

»Du möchtest in einem Bautrupp arbeiten?« sagte er.

»Nein, du Dussel. Aber ich könnte in einem Büro arbeiten. Oder in einem Zeitungsladen.«

»Du solltest die Schule beenden.«

»Ich wüßte nicht, wozu. Ich bin nicht gut genug.«

»Du bist gut«, sagte er. »Du bist in allem gut.«

Sie schlang die Haarsträhne fest um ihren Finger. Sie war wieder verärgert. Wie konnte er das wissen? Manchmal waren Schmeicheleien willkommen. Manchmal wurden sie zurückgeschleudert wie eine Handvoll Kiesel.

»Ich weiß, daß du mich für vollkommen hältst«, sagte sie leise. »Na ja, ich bin es aber nicht. Ihr müßt das begreifen, du und mein Vater.«

»Ich weiß, daß du nicht vollkommen bist«, sagte er, doch es klang nicht richtig. Hohl und jung, mit einem reumütigen Kieksen. »Du bist das Mädchen, das ich liebe«, fügte er mit tieferer Stimme hinzu. War so ein Bekenntnis ebenfalls ein Beitrag zu dem großen, unergründlichen Scherz?

Sie lachte nicht. »Das sagen wir beide.« Sie wandte den Blick nicht vom Garten. »Liebe, Liebe, Liebe. Con, woher willst du wissen, daß du mich liebst?«

»Mit Liebe kenne ich mich aus«, sagte er. »Ich denke an dich. Alles, was ich mache, ist nur für dich.«

»Was würdest du empfinden, wenn ich dir sage, daß ich dich manchmal stundenlang vergesse.«

Er sagte nichts. Ein kleines Tier, eine Katze oder ein Opossum, stöberte zwischen den Mülltonnen herum.

»Nicht, daß ich mir nichts aus dir mache«, sagte sie. »Das schon.

Ich mache mir furchtbar viel aus dir. Vielleicht bin ich einfach oberflächlich. Aber ich frage mich ständig, ob die Liebe nicht alles verändern sollte. Ich meine, ich bin immer noch die alte. Ich wache morgens auf und, nun ja, da bin ich und stehe vor einem weiteren Tag.«

Constantine hatte ein Hallen in den Ohren, wie Meeresrauschen. War dies der Augenblick? Wollte sie ihm sagen, daß es besser wäre, wenn sie sich eine Weile nicht sähen? Um die Zeit aufzuhalten, die Leere zu füllen, sagte er: »Ich kann mit dir irgendwo hingehen. Ich bin zweiter Vorarbeiter. Bald kann ich so viel, daß ich andere Arbeit kriegen werde.«

Sie schaute ihn freimütig an.

»Ich möchte ein besseres Leben haben«, sagte sie. »Ich bin gar nicht so schrecklich anspruchsvoll, wirklich nicht. Ich will bloß ...«

Sie löste den Blick von seinem Gesicht und wandte ihre Aufmerksamkeit der Veranda zu, auf der sie standen. Constantine sah die Veranda mit Marys Augen. Eine rostige Schaukel, ein Karton Milchflaschen, eine verkümmerte Geranie in einem Keramiktopf. Er nahm die Geräusche ihrer Eltern und Brüder im Haus wahr, die allesamt ihr eigenes Bündel zu tragen hatten. Ihr Vater war vom Staub in der Fabrik vergiftet. Ihre Mutter zehrte von den letzten Überresten einer Schönheit, die sie einst für unvergänglich gehalten haben mußte. Ihr fauler Bruder Joe suchte blindlings sämtliche Untiefen zu ergründen, so wie es einen Wels zum Grund eines Flusses zieht.

Constantine nahm Marys kleine Hand, drückte sie. »Das wirst du«, sagte er. »Ja. Alles, was du möchtest, kann eintreffen.«

»Meinst du das ehrlich?«

»Ja. Ja, ich weiß es.«

Sie schloß die Augen. In diesem Augenblick waren sie vor dem Scherz in Sicherheit, und er wußte, daß er sie küssen konnte.

1958 Mary stellte anhand der Anweisungen in einer Illustrierten einen hasenförmigen Osterkuchen her, für den sie Ohren und Schwanz aus einem gelben Tortenboden schnitt, rund, heiter und unschuldig wie ein Bilderbuchmond. Sie arbeitete mit fieberhafter Konzentration. Ihre Augen waren dunkel vor Anspannung, und die Zunge spitzte zwischen ihren Lippen hervor. Gekonnt schnitt sie ein Ohr aus und fing gerade mit dem nächsten an, als Zoe, ihre Jüngste, gegen ihren Knöchel stieß. Mary keuchte auf und hackte eine Kerbe, so groß wie der Nagel eines Männerdaumens, in das zweite Ohr.

»Verflixt«, flüsterte sie. Bevor Zoe sie stieß, war Mary ganz und gar von dem Wunsch beseelt gewesen, ein makelloses, symmetrisches Ohr aus dem frischgebackenen Tortenboden zu schneiden. Für nichts und niemanden hatte sie Sinn gehabt.

Sie schaute auf Zoe, die wimmernd zu ihren Füßen hockte und mit den Handtellern auf das gesprenkelte Linoleum schlug. Mary wußte, was sich da anbahnte. Gleich würde sich Zoe in einen Unmutsanfall hineinsteigern, über den nichts auf der Welt sie hinwegtrösten konnte. Zoe war das seltsamste ihrer Kinder; sie war wie ein geschlossenes Gefäß, zu dem Mary keinen Zugang fand, weder mit Freundlichkeit noch mit Ungeduld oder kleinen Leckereien. Susan und Billy waren leichter zu verstehen; sie weinten, wenn sie hungrig waren oder müde. Selbst bei ihren schlimmsten Ausbrüchen schauten sie Mary flehentlich an, so als wollten sie sagen: Gib mir irgendwas, irgendeine Kleinigkeit, damit ich mich wieder heil fühle. Ein Spielzeug konnte sie trösten oder ein Plätzchen. Aber Zoe schien das Elend geradezu willkommen. Ohne ersichtlichen Grund konnte sie sich eine Stunde und länger aufregen – im Augenblick schickte sie sich gerade dazu an. Mary konnte es spüren, so wie ihre Mutter an schönen Tagen behauptet hatte, sie könne den bevorstehenden Regen spüren. Sie spürte es in den Gelenken. Auf der Arbeitsplatte vor ihr waren Tortenböden, Kokosnußspritzcreme, Weingummis und Lakritzstangen ausgebreitet. Sie betrachtete ihr Werk und schaute dann hinab zu dem tobenden Kind, das gerade auf dem besten Wege war, mit einer Art sinnlichem und hoffnungslosem Vergnügen in Verzweiflung zu versinken, so wie eine erwachsene Frau nach einem frustrierenden Tag ins Bett sinken mochte.

»Con?« rief Mary.

»Ja-ha?« meldete er sich aus dem Garten hinter dem Haus.

»Con, die Kleine krabbelt mir hier überall herum. Würdest du sie ein paar Minuten mit rausnehmen, bis ich hier fertig bin?«

Schweigend wartete sie drei Herzschläge lang, während er vermutlich tief und seufzend durchatmete und überlegte, ob er sich weigern sollte. Sie wartete, bis er sagte: »Okay, bin gleich da.«

Sie strich mit dem Messer über die Resopalplatte. »Ist schon gut, Liebling«, sagte sie zu Zoe. »Papa nimmt dich eine Weile mit raus, damit du mit Susie und Billy spielen kannst. Du warst viel zu lange in diesem alten Haus eingesperrt, nicht?«

Constantine kam durch die Drahttür gepoltert. »Stört sie dich wirklich?«

Mary holte Luft und drehte sich zu ihm um. Sie schlug einen beschwingten Tonfall an.

»Hallo, Schatz«, sagte sie. »Ich bin gerade mit meinem Meisterwerk beschäftigt und brauche noch ein klein bißchen Ruhe und Frieden. Würdest du also so lieb sein?«

Sie strich seine Haare und schenkte ihm ein leises, verschämtes Lachen. So hingebungsvoll, wie sie zuvor den Kuchen geschnitten hatte, stellte sie nun ihre Qualitäten zur Schau.

Constantine küßte sie auf die Wange, legte ihr die Hand auf die Schulter. »Du bastelst da was Dolles zusammen, was?« sagte er.

»Das Allerdollste«, antwortete sie strahlend. Zoe hämmerte mit den Handtellern aufs Linoleum.

»He«, sagte Constantine zu ihr, »willst du ein bißchen mit deinem Bruder und deiner Schwester spielen? Was? Willst du ein bißchen im Garten rumtoben, deiner Mutter 'ne Pause gönnen?«

Er bückte sich und hob die Kleine hoch. Mary schnappte einen

Hauch von seinem Duft auf, als er das Kind auf den Arm nahm: seinen strengen Körpergeruch, vermischt mit Deodorant und dem neuen Cologne, das er aufgetragen hatte, eine süßlich-herbe Verbindung.

»Du bist ein Schatz«, sagte sie.

Constantine schaukelte die Kleine auf dem Arm. »Wie läuft's so?«

»Gut«, sagte sie. »Ganz gut.« Sie beugte sich über den Kuchen und versperrte ihm die Sicht. Überrascht stellte sie fest, daß sie ihn das beschädigte Ohr nicht sehen lassen wollte, obgleich sie wußte, daß er es weder bemerken noch sich daran stören würde.

»Ist es eine Überraschung?«

»Hmm. Ihr geht jetzt einfach raus und spielt, okay?«

»Ja. Komm mit, Zoe. Gucken wir mal, was dein Bruder und deine Schwester da draußen gerade anstellen. Mal sehen, ob wir ihnen ein bißchen Vernunft beibringen können.«

Er ging mit dem Baby, dessen drohendes Jammergeschrei durch die Abwechslung vorerst verhindert worden war. Mary wartete auf das Knarren der zufallenden Drahttür. Dann wandte sie sich mit geradezu spürbarer Erleichterung, so als öffneten sich kleine Ventile in Brust und Bauch, wieder dem Kuchen zu. Obgleich sie nicht künstlerisch tätig war, glaubte sie das Wesen eines Künstlers zu verstehen. Sie verstand die Hingabe und die drängende, beinahe körperliche Gier nach Zeit, in der man einfach ungestört arbeiten konnte. Sie blieb bis nach Mitternacht auf, nähte und backte, schnitzte Kürbisköpfe und band übriggebliebene Kiefernzweige zu Kränzen. Dennoch reichten die Stunden nie aus, war nie genügend Geld vorhanden. Fast täglich litt sie, wenn die Kinder schrien, stritten oder sich an sie klammerten, unter Atemnot, so als werde ihr durch das schiere, ungezügelte Verrinnen der Stunden die Luft aus dem Leib gesogen. Ihr wurde schwindlig, sie gähnte aus vollem Halse und rang um Atem, wenn sie Schnürsenkel band oder einmal mehr eine Lieblingsgeschichte vorlas. Nun, da Constantine im Garten war und auf alle drei Kinder aufpaßte, atmete sie ruhig, während sie das zweite Hasenohr ausschnitt. Sie nahm beide Ohren und setzte sie keck abstehend oben auf den rundlichen Hasenkopf. Ja, so müßte es dem Bild in der Illustrierten entsprechen. Der Schnitt ließ sich mit Spritzguß füllen.

Es war kurz vor der Abenddämmerung. Das tiefgetönte Licht lag so friedlich auf den Rückseiten der Reihenhäuser, daß selbst diese bescheidene Straßenzeile in Elizabeth verwunschen und völlig verlassen wirkte, wie eine heilige Stadt der Toten. Schräg fiel die Sonne in die ordentlichen Gärten und zauberte Schattenbilder aus den Hollywoodschaukeln und Aluminiumstühlen. Jemand schaltete eine Verandalampe ein, die hellgelb vor dem metallisch blauen Himmel schien, und drei Häuser weiter stellte jemand anders einen Rasensprenger an, der in hohem Bogen Wassertropfen in die abkühlende Luft schleuderte.

So weit hatte Constantine es gebracht. Er hatte sich einem anderen Trupp angeschlossen, jede Woche etwas mehr verdient, und irgendwie war genug Geld für dieses Haus dagewesen; drei Schlafzimmer im Obergeschoß und ein Stück Garten. Die Gegend war lausig, hauptsächlich Farbige und Latinos, aber in Augenblicken wie diesem konnte man das Gefühl haben, selbst eine schlechte Gegend unterliege einer höheren Fügung, sei Teil einer sich entfaltenden und abzeichnenden Zukunft.

Der letzte Streifen Sonne verschwand hinter der Papierfabrik, was nur Constantine sehen konnte. Susan saß am Boden und spielte mit Billy etwas, das sie erfunden hatte, ein kompliziertes Spiel, zu dem Würfel, etliche Stofftiere und die kleinen Plastikhotels aus der Monopolyschachtel gehörten. Billy war in Gedanken ständig woanders, und Susan, forsch und ungehalten wie eine Krankenschwester, mußte ihn immer wieder zur Besinnung rufen. Constantine wußte, daß sie bald die Geduld verlieren und ihrem Bruder zu Recht eine kleben würde, denn er war ein seltsam entrücktes Kind, das sich ewig ablenken ließ. Manchmal verlor er jeden Bezug zur Wirklichkeit und starrte sprachlos fasziniert auf ein Insekt, ein abgefallenes Blatt oder einfach in den leeren Raum. Constantine ging mit Zoe im Kreis und flüsterte ihr Nichtigkeiten zu, denn nur so vermochte er sie zu beruhigen, wenn sie unleidig wurde. In einem kurzlebigen Anflug von Nostalgie hatte er darauf bestanden, sie Zoe zu nennen, nach seiner Großmutter. Jetzt bereute er es. Mary wäre ein amerikanischer Namen lieber gewesen, Joan oder Patricia zum Beispiel. Nun, da Zoe sich zu einem zunehmend düsteren, von unbegreiflichem Jammer gemarterten Wesen mauserte, fragte er sich, ob er ihr vielleicht durch eine simple Namenswahl ein ewiges Dasein als Fremdling auferlegt hatte.

Als die Sonne vollends untergegangen war, brachte er die Kinder hinein, bevor unter ihnen endgültig Streit ausbrach. Zoe war quengelig, hatte sich aber noch nicht in ihren Anfall hineingesteigert. Wenn er sie wohlbehalten wieder im Haus hatte, befanden sie sich einmal mehr in Marys Reich, und sie, die darin ohnehin mehr Sicherheit besaß, konnte ihnen Trost und Zuspruch spenden. »Kommt mit, hier draußen wird's dunkel«, sagte er zu Susan und Billy. Fünf Minuten lang widerstand er ihrem Flehen. Er half ihnen beim Einsammeln der kleinen Hotels und versprach, daß sie ihr Spiel im Wohnzimmer beenden dürften. Als er sie durch die Hintertür in die Küche scheuchte, blickte Mary überrascht und mißmutig von der Arbeitsplatte auf. Sie spritzte gerade den Kuchen.

»Schon wieder da?« sagte sie.

»Die Sonne ist untergegangen«, sagte er. »Da draußen wird's zu kalt für sie.«

Sie nickte, gähnte und wandte sich wieder ihrem Werk zu. Constantine folgte Susan und Billy ins Wohnzimmer, setzte Zoe auf dem Boden ab, worauf sie augenblicklich zu heulen anfing. Er half Susan und Billy, die roten Plastikhotels wieder richtig aufzustellen, doch auf den grünen Teppichbodenkacheln purzelten sie ständig um.

»Hier drin können wir nicht spielen«, sagte Susan.

»Ich mag das Spiel nicht«, setzte Billy hinzu.

»Spielt«, sagte Constantine. »Und keinen Streit. In ein paar Minuten gibt's Abendessen.«

Er nahm Zoe wieder hoch. Er sagte ihr, daß alles in Ordnung sei, daß sie sein kleines Mädchen sei, ein Engel, den ihm der Himmel geschickt habe, doch sie schrie weiter. Er trug sie wieder in die Küche.

»Wie steht's mit dem Abendessen?« fragte er.

»Abendessen«, sagte Mary. »Es ist doch erst kurz nach sechs, nicht?«

»Es ist Viertel vor sieben. Die Kinder werden quengelig.«

Sie gähnte wieder und hielt sich an der Kante der Arbeitsplatte fest, so als wäre der Linoleumboden ins Schwanken geraten. Vor ihr lag ein mit weißem, als Fell gedachtem Kokosnußspritzguß überzogener Kuchen in Gestalt eines Hasen.

»Der ist hübsch«, sagte er und ließ seine weinende Tochter auf dem Arm hüpfen. »Schau, Zoe. Schau mal, Liebling. Ein Häschen.«

Mary strich mit einem Spatel über den Guß und schleuderte Constantine einen kalten Blick zu. Wieder einmal hatte er aus irgendeinem unergründlichen Grund einen Fehler begangen.

»Die Kinder haben Hunger.«

»Im Eisschrank sind Fischstäbchen und Kroketten«, sagte sie. »Du könntest mir ein bißchen helfen. Du könntest den Ofen anstellen und die Sachen aus dem Eisschrank holen.« Sie strich über den bereits glatten Spritzguß und fügte hinzu: »Morgen ist Ostern, Constantine. Meine ganze Familie kommt zu Besuch. Ich habe alle Hände voll zu tun.«

Constantines Gesicht glühte. Er wollte nicht streiten. Er wollte sich auf die Liebe konzentrieren, das Mögliche, die zarte Vollkommenheit dieses Kuchens. Er schob Zoe beseite, flüsterte dem heulenden Kind alberne Worte zu. Wortlos stellte er den Herd an, holte grellbunte Tiefkühlpackungen aus dem Eisschrank und stellte sie vorsichtig, so als könnten sie zerbrechen, auf die Arbeitsplatte. Später, nachdem die Kinder gegessen hatten und zu Bett gebracht waren, füllte er mit Mary am Eßzimmertisch die Osterkörbe. Die

Körbe waren aus geflochtenem Bast, rosa und lavendelblau. Er polsterte sie mit einer Handvoll grünem Plastikstroh aus, und Mary legte die Süßigkeiten und kleinen Spielsachen hinein.

»Ich muß noch das Osterkleid für die Kleine fertigmachen«, sagte sie. »Und wir müssen die Eier fürs Eiersuchen morgen verstecken.«

»Jaja«, sagte er. »Ist gut.«

»Die Sachen sind so teuer.« Sie seufzte. »Man glaubt gar nicht, was das alles kostet.«

Constantine schluckte und stopfte Stroh in einen Korb. Wieso wollte Mary nicht begreifen, wie das mit dem Geld war? Sie ging in die Küche und kehrte mit dem Kuchen in Hasengestalt wieder, den sie mitten auf den Eßzimmertisch stellte. Er hatte zwei rote Weingummis als Augen, ein Geleebonbon als Nase und Schnurrhaare aus Lakritze. Constantine stiegen beim Anblick des Kuchens Tränen in die Augen. Er war ein Wunderwerk. Er hätte aus einer der Bäckereien in der Innenstadt stammen können, den großen weißen mit den glänzenden Kacheln, deren reiches Angebot auf Silbertabletts auslag, aus deren unsichtbaren Kaminen Düfte so tief und süß wie die Hoffnung aufstiegen.

»Ich hätte Joey und Eleanor sagen sollen, daß sie was mitbringen«, sagte sie. »Sie sind nicht viel schlechter dran als wir. Con, leg erst ein bißchen Zeitungspapier unten in die Körbe, damit das Stroh nicht so mickrig aussieht.«

»Okay.«

Mary atmete seufzend auf – ein langer, trockener Ton mit einem feinen Rasseln, erstaunlich alt für eine sechsundzwanzig Jahre alte Frau. »Es ist Ostern«, sagte sie.

Er nickte. Es war das amerikanische Osterfest. Das griechische Osterfest war erst in drei Wochen fällig, aber er wußte, daß es Mary nicht recht war, wenn er es erwähnte. Bei jeder passenden Gelegenheit sagte sie: »Wir sind Amerikaner, Con. Amerikaner.« Ihre Mutter, die sich aus Palermo nach New Jersey aufgemacht hatte, damit ihre Kinder als US-Bürger zur Welt kamen, hatte in ihrem

Vorgarten neben der trauernden Gipsmadonna die amerikanische Flagge gehißt.

»Ich bin so müde«, sagte Mary. »Ein paar freie Tage, da müßte man sich doch darauf freuen, aber ich komme mir allenfalls ausgelaugt vor.«

»Du arbeitest zu viel«, sagte er. »Du solltest ein bißchen kürzer treten.«

»Nun ja, das will alles erledigt sein«, sagte sie. »Nicht wahr?«

Die Körbe waren beinahe fertig, als Billy blinzelnd in seinem Cowboy-Schlafanzug auf der Bildfläche erschien. Mary hatte auf dem Schlafanzug von Macy's bestanden, egal was er kostete. Billy stand barfuß unter der Tür, und als Mary aufblickte und ihn sah, verzog sie das Gesicht zu einem lautlosen, erschrockenen Lächeln. Die Körbe ließen sich nicht mehr verstecken. Constantine hörte sie rasselnd einatmen.

»Mein Schatz, was ist los?« sagte sie.

»Was macht ihr denn hier?« fragte Billy.

»Nichts, mein Schatz«, sagte Mary. Sie ging zu ihm, kniete sich vor ihm hin und versperrte ihm die Sicht. »Wir sitzen bloß da. Was ist los? Hast du schlecht geträumt?«

Billy reckte sich an seiner Mutter vorbei. Constantine spürte, wie sich vor Wut ein kleiner, fester Kloß in seinem Hals bildete. »Geh wieder zu Bett«, sagte er.

»Was ist das für Zeug?« fragte Billy. »Sind das unsere Osterkörbe?«

Constantine kämpfte um Fassung. Das ist mein kleiner Junge, sagte er sich. Mein Sohn ist bloß neugierig. Aber eine andere Stimme, eine Stimme, der er nicht ganz Herr wurde, keifte wider den Jungen, weil er so unnatürlich klein war, weil er immer weinerlicher wurde. Weil er Mary die Überraschung verdorben hatte. Dieses neue Brauchtum, bei dem man von bärtigen Heiligen, Märchengestalten und Hasen besucht wurde, wollte gewahrt und behütet werden. Da mußte man genau darauf achten.

»Nein, mein Schatz«, sagte Mary zärtlich, zaghaft. »Nun ja, der

Osterhase war da, aber er hat ein paar Sachen vergessen. Er hat heute nacht viel zu tun. Er hat die Körbe dagelassen und gesagt, daß wir sie unter keinen Umständen jemand zeigen dürfen, bis er zurückkommt.«

»Ich will sie sehen«, sagte Billy, und Constantine spürte, wie der Kloß in seinem Hals schwoll. Das hier war sein einziger Sohn. Er war fünf und hatte einen schmächtigen Hals und eine weinerlich flehende Stimme.

»Geh zu Bett«, sagte Constantine. Billys Miene war auf einmal ängstlich und aufsässig zugleich.

»Ich will sie sehen«, sagte er noch einmal, als verstünden seine Eltern nicht, wie einfach und logisch sein Anliegen war.

Constantine stand auf. Sein Hals war wie abgeschnürt, als er Billys furchtsame Miene sah. Mary umfaßte Billys schmächtige Schultern und sagte: »Komm schon, Liebling. Das träumst du doch bloß alles, morgen erinnerst du dich gar nicht mehr daran.«

»Nein«, kreischte Billy, und dann hatte Constantine ihn am Wickel. Er hob ihn hoch, wunderte sich, wie wenig er wog. Billy war wie ein Sack Lumpen.

»Ins Bett«, befahl ihm Constantine. Vielleicht hätte er seinen Zorn bezähmt, wenn Billy weiter aufsässig gewesen wäre. Doch Billy fing an zu weinen, und ohne es recht zu wollen, schüttelte er ihn und sagte: »Halt 's Maul. Halt 's Maul und geh wieder zu Bett.«

»Con, hör auf«, sagte Mary. »Hör auf. Gib ihn her.«

Sie klang weit weg. Constantine wurde von einer glasklaren, unbändigen Wut übermannt, und er schüttelte Billy, daß ihm Hören und Sehen verging.

»O Gott«, sagte Mary. »Con, hör auf. Bitte.«

»Ins Bett«, schrie Constantine. Grob setzte er Billy auf den Boden, wo er zusammensackte, als hätte er keinen Knochen mehr im Leib. Mary wollte zu ihm, doch Constantine versperrte ihr den Weg. Er zerrte Billy hoch, hielt ihn aufrecht und drehte ihn zur Treppe. »Los«, schrie er und schlug seinem Sohn so fest auf das Hinterteil, daß er fast bis ins Wohnzimmer torkelte, bevor er heulend und um Atem ringend wieder hinfiel. Constantine stieß mit dem Hintern an den Tisch, und eins von Marys gefärbten Eiern, ein leuchtend blaues, kullerte über das blankpolierte Holz. Mary stand wie erstarrt. Er sah ihre betroffene Miene. Dann rannte sie zu Billy und warf sich schützend über ihn. Das Ei verharrte an der Tischkante. Fiel herunter.

»Schluß«, schrie Mary. »Bitte, bitte. Laß ihn in Ruhe.«

Constantine hatte sich jetzt in einen hellen, heiligen Zorn hineingesteigert. Wie von Sinnen fegte er die Körbe vom Tisch. In hohem Bogen flogen die Geleebonbons an die Wand. Schokoladenlämmer zerschellten am Boden, Plastikeier barsten, und der Plunder, den Mary darin versteckt hatte, flog herum. Er nahm sich den Kuchen vor, wollte die Faust hineinrammen, mitten in die abgeschmackte Fratze aus Zuckerguß, die kecken Ohren. Er hob den Arm, dann hielt er inne. Am liebsten hätte er die weiche, weiße Figur zu Klumpen gehauen. Ganze Brocken herausgerissen und sich in den Mund gestopft. Am liebsten hätte er den Kuchen gegessen, sich den Zuckerguß über Gesicht und Hemd geschmiert und geweint, mit vollem Mund um Vergebung gebettelt. Statt dessen ließ er langsam den Arm sinken und blieb neben dem Kuchen stehen. Er ging zu seiner Frau und seinem Sohn und kniete neben ihnen nieder. »Rühr mich nicht an«, schluchzte Mary. »Bitte, laß uns in Ruhe.«

Er hob die Körbe auf und stellte sie sacht auf den Tisch. Er sammelte das Stroh ein und die eingewickelten Eier.

»Was ist bloß mit dir los?« fragte Mary mit belegter Stimme.

»Ich weiß nicht«, sagte er. »Ich weiß es nicht.«

»Eben bist du noch bester Dinge, und im nächsten Moment ...«

Er bettete ein Schokoladenei auf das Stroh, dann kniete er sich wieder neben sie und seinen Sohn. Billy kuschelte sich an Mary. Zaghaft legte Constantine seinem Sohn die Hand auf den Nacken. Im Flur tickte die Uhr.

»Bitte«, sagte er. Er wußte nicht genau, worum er bat. »Ich werd's noch lernen«, fügte er hinzu. »Das kann alles anders werden.« Mit der anderen Hand umfaßte er ihre Schulter. Sie ließ sich nicht darauf ein, zuckte aber auch nicht zurück. »Ich würde alles für dich tun«, sagte er. Als sie nicht reagierte, erhob er sich unsicher und sammelte die übrigen Süßigkeiten ein. Er setzte die kleinen Hühner wieder ins Stroh und steckte die kleinen Überraschungen in die Eier zurück.

»Köstlich«, sagte Marys Bruder Joey und klopfte sich mit der Hand auf den Bauch. Der Bauch klang fest, fleischig. Mary dachte an seinen dicht behaarten Leib, die stechend säuerlichen Körpersäfte. Sie schielte zu Eleanor, Joeys Frau.

»Schön«, sagte Mary. »Freut uns sehr.«

Sie stellte Joeys Teller oben auf den Stapel in ihrer Hand und warf einen raschen Blick auf die Überreste des Festmahls. Das Essen war halbwegs gelungen, obwohl es ihr wegen des holzigen Spargels leid tat. Auch die gelben Servietten bereute sie. Im Laden hatten sie so bunt und freundlich gewirkt, auf ihrem Tisch jedoch fahl und kläglich. Ihre Brust war wie eingeschnürt, und sie gähnte, schnappte nach Luft.

»Müde?« fragte ihre Mutter. »Du hast dich für das Essen furchtbar angestrengt, nicht wahr?«

»Nein«, sagte Mary gereizt. Ihr Gesicht glühte, als habe man sie bei etwas Selbstsüchtigem, einer Taktlosigkeit ertappt. »Nein, ich bin kein bißchen müde. Ich bin bloß ... nun ja, es sind die Feiertage. Du weißt schon.«

»Ich weiß«, sagte ihre Mutter. Marys Vater saß in tiefem Schweigen versunken neben ihrer Mutter. Eddies Frau Sophia stand auf und half Mary beim Tischabräumen. Sie nahm Constantines Teller, und er lächelte steif und herzlich, wie ein Prinz aus fernen Landen. Während des Essens war er aufmerksam und umgänglich gewesen, hatte manchmal über die Witze gelacht, bevor sie zu Ende gewesen waren. Er trug seinen marineblauen Blazer und den gestreiften Schlips, den sie ihm zum Geburtstag geschenkt hatte.

»Das war alles ganz ausgezeichnet, Schatz«, sagte er. »Bestens.«

Sie lächelte und rang um Atemluft. »Danke, Liebling«, sagte sie.

Billy und Susan spielten im Wohnzimmer mit Joeys und Eleanors Söhnen. »... gib schon her«, hörte sie einen von ihnen sagen. Chuck, der Ältere. Sie dachte an die kleinen Schwächen ihres Essens, während sie nach Billy horchte.

»Nicht«, hörte sie Susan sagen. »Gib's ihm nicht, er ißt es.«

»Kinder?« rief Mary. »Ist bei euch alles in Ordnung?«

Sofort herrschte Stille. »Billy?« rief sie. »Kannst du mich hören?«

Unverzüglich tauchte er mit rotem Gesicht in der Tür auf »Chucky will mein Osterküken«, sagte er.

Mary warf Eleanor einen Blick zu. »Chuck, was machst du da drin?« rief Eleanor.

»Nichts«, versetzte Chuck störrisch. »Spielen.«

Billy blickte zu Boden, als stünde da ein großes Rätsel. »Er hat mein Lamm in den Mund gesteckt«, sagte er.

»Du kannst doch deinem Cousin etwas abgeben, nicht?« sagte sie.

»Chuck«, sagte Eleanor. »Benimmst du dich anständig?«

»Jaja, Mama«, antwortete er.

Billy löste den Blick vom Teppichboden und schaute Mary hoffnungsvoll und verschreckt an. Er trug die kleine gelbe Jacke, für die sie gespart hatte, die vornehme Fliege. »Komm her, mein Schatz«, sagte sie. Ihre Stimme war lauter, als sie beabsichtigt hatte. »Ich möchte, daß du mir beim Nachtisch hilfst.«

Er kam zu ihr getrabt. »Er wollte es aufessen«, sagte er.

»Nun ja, du mußt deine Sachen teilen«, sagte Mary. »Komm mit, ich brauche dich zum Austeilen der Eiscreme.« Sie legte ihm die Hand auf den Kopf. Seine Haare knisterten leicht, wie elektrisch geladen.

»Mary, du verziehst das Kind«, sagte Joey.

Sie zuckte die Achseln. Dann lächelte sie doch noch.

Eddie, ihr kleiner Bruder, sagte: »Bill, wieso gehst du nicht rein und sagst Chuck, was du mit ihm machst, wenn er dir deine Naschereien wegißt?«

Billy bekam feuchte Augen. Constantine lächelte, und Mary ließ die Hand auf Billys Kopf. Sie hatte das Bedürfnis, seine Haare zu ergreifen und daran zu ziehen.

»Er muß mir helfen«, versetzte sie heftig. »Komm mit, mein Schatz. Wir müssen die hungrige Meute speisen.«

Sie drängte ihn in die Küche, wo Sophia gerade Spülwasser einlaufen ließ. »Ach, laß das doch«, sagte Mary. Sophia und Eddie wünschten sich seit Jahren Kinder. Sophia war eine dralle, liebenswürdige Person, herzlich und optimistisch, und sie trug ihr Versagen mit Fassung. Die Babys entwickelten sich bis zu einem bestimmten Punkt, doch dann konnte sie sie nicht behalten.

»Ich dachte einfach, ich fang' schon mal an«, sagte Sophia.

»Weißt du, was du tun könntest?« sagte Mary. »Du könntest die Teller und die Gabeln für den Nachtisch aufdecken. Die sind gleich da drüben, siehst du?«

»Ja. Klar. Aber gern.«

Mary ging in die Speisekammer, um den Kuchen zu holen. Billy, dessen schwarze Kinderschühchen feine Quietschtöne auf dem Boden erzeugten, folgte ihr. Das Herz tat ihr weh.

»Hier ist es«, sagte sie. »Mein Meisterwerk.«

»Mami, ich bin müde«, sagte Billy.

»Ich weiß, mein Schatz.« Sie hob die Kuchenplatte hoch. Ihre Brust fühlte sich an wie mit Eisenbändern eingeschnürt.

»Ich hasse Chucky«, sagte Billy.

»Die werden bald alle weg sein«, sagte Mary. Billys Miene, seine stumme Furcht, traf sie wie ein Faustschlag in den Bauch. Sie stand mitten in der Küche und hielt den Kuchen. Der Spritzguß war makellos wie Neuschnee. Sie spürte das tobende Chaos, die unendlichen Gefahren der Welt, und sie wollte ihrem Sohn sagen: ›Auch ich bin müde. Auch ich hasse Chucky.‹ Sie wollte den Kuchen Billy allein geben, und gleichzeitig wollte sie ihn von ihm fernhalten.

»Wann geht er denn?« fragte Billy.

»Bald, mein Schatz«, sagte sie. »Wenn wir unseren Kuchen gegessen haben. Jetzt komm schon.«

Sie brachte den Kuchen ins Eßzimmer. Billy folgte ihr. »Ta-ta-ta-da«, sagte sie und präsentierte die Platte. »So was habt ihr noch nicht gesehen«, sagte Constantine. »Die könnt 'n Konditor sein, meine Frau.«

Mary stellte den Kuchen auf den Tisch und nahm bescheiden das Lob entgegen. Der Kuchen sah in der Tat großartig aus. Die Kerbe, die sie in das Ohr geschnitten hatte, war nicht zu erkennen. Susan, Chuck und Al, das Baby, hatten am Tisch Platz genommen.

»Los geht's«, sagte Mary und ergriff das Kuchenmesser. Der Hase war fesch und neckisch zugleich, hatte genau den richtigen Ausdruck, so als sei er gelinde erstaunt. Mit Weingummis und Lakritze hatte sie wahre Wunder vollbracht. Die Luft um sie war zum Greifen, mit seltsamen Lichtpunkten gesprenkelt. Billy drängte sich an sie.

»Nun schneid ihn schon an«, sagte Joey. »Wir warten. Du hast uns den Mund wäßrig gemacht.«

»Mary«, sagte Constantine. »Mary?«

»Hmm? Oh, tut mir leid.« Sie hob das Messer, lächelte gefaßt und schnitt den Kuchen an.

1960

Billy und Kate spielten gerade, als die Stimmen einsetzten. Kate würfelte und mußte eine Runde aussetzen, weil ihr Freund sie zu spät abholte. Sie war fett und nicht nervös, und sie machte sich nichts daraus. Sie wollte nur gewinnen. Billy rollte den Würfel und wurde zum Wagen seines Vaters geschickt, um seinen Saum hochzustecken. Sie waren in seinem Schlafzimmer, wo sie sich sicher fühlten.

Dann drang die zornbebende Stimme seines Vaters unter der Tür hindurch. »Was glaubst du denn, woher das Geld kommt? Mary? Meinst du etwa, ich kenn' eine geheime Stelle, wo es wächst? Tu' ich nicht. Ich kenne keine solche Stelle!«

Kate beugte sich über das Spielbrett und sagte: »Er wird sie ermorden.«

»Nein, wird er nicht.«

Billys Mutter sagte mit unbändiger Geduld: »Constantine, das Geld ist weg. Ausgegeben. Und jetzt geh mir aus dem Weg, ja? Ich versuche zu arbeiten.« Billy konnte hören, daß seine Mutter in der Küche war und putzte. Der Mopstiel schlug in einem fort an die Küchenschränke, wie ein Pferd, das im Stall um sich tritt.

»Wenn du eines Tages aus der Schule heimkommst, und sie ist nicht da«, sagte Kate, »dann ruf die Polizei an und sag, sie sollen im Eisschrank nachschauen. Schau nicht selber nach. Du wirst verrückt, wenn du deine Mutter da drin siehst.«

»Halt die Klappe«, sagte Billy. Kate hielt an einem System komplizierter, sich ständig ändernder Regeln fest. Sie war Billys beste Freundin, ein Jahr älter als er. Sie hatte fünf schwierige Brüder, und sie störte sich nicht an Lärm.

»Genau so läuft's doch, nicht wahr?« schrie Billys Vater. »So läuft es doch. Du gibst das Geld aus, du redest mit mir nicht drüber, und hinterher sagst du dann: ›Das Geld ist ausgegeben.‹ Das ist doch hier die Methode. Stimmt's?«

»Was möchtest du denn, Con? Antragsformulare? Soll ich jedesmal bei dir nachfragen, wenn die Kinder neue Unterwäsche brauchen?«

»Du kannst ihnen soviel Unterwäsche kaufen, wie du willst. Hier geht's um einen gottverdammten Stoffaffen, der neun Dollar und fünfzig Cent gekostet hat. Hab' ich recht? Ist mir irgendwas entgangen?«

»Natürlich hast du recht. Du hast ja immer recht.«

Der Affe saß keck auf Billys Bett und glotzte mit leuchtend schwarzen Augen und einem abwesenden, ältlichen Gesichtsausdruck geradeaus. Sein Fell bestand aus einem dichten Gewirr üppiger, schokoladenbrauner Locken. Als er mit seiner Mutter im Laden gewesen war, hatte sich Billy den Affen angeschaut, und sie hatte ihn ohne nachzufragen gekauft, als spüre sie, wonach es ihren Sohn gelüstete. Er war sich nicht einmal sicher, ob er den Affen wirklich wollte. Er wollte eine Barbiepuppe, wie Susan, aber seine Mutter wollte, daß er einen Affen wollte, und daran hielt er sich. Jetzt gehörte er ihm.

»Seine tote Mutter sehen, das ist 'ne Sache, über die man nie wegkommt«, sagte Kate. »Wenn du deine Mutter tot siehst, dann war's das. Du wirst verrückt, und niemand kann dir helfen.«

Sie rollte den Würfel, durfte mit Bob ausgehen, ihrem Liebling. Billy zog Ken und Poindexter vor, obwohl angeblich niemand mit Poindexter ausgehen wollte. Billy mochte Poindexters gutmütigen Gesichtsausdruck auf der Karte, seine orangen Haare und die kleinen, arglosen Augen.

»Je, Bob«, rief Kate.

»Sch«, sagte Billy. Wenn sein Vater zu Hause war, sollte er sich mit anderen Spielen beschäftigen.

»Ich *liebe dich,* Bob«, sagte Kate. Sie küßte die Karte mit Bobs Gesicht.

»Sei still«, sagte Billy.

»Mmmm, *Bob*«, johlte Kate. Sie streckte die spitze rosa Zunge heraus und leckte die Karte ab. Billy warf den Würfel nach ihr. Sie warf ihn so heftig zurück, daß es weh tat, und ohne es recht zu wollen, erklärte er ihr, sie sei so fett, daß Bob und seine ganze Familie nötig seien, um sie zum Schulball zu bringen. Hemmungslos weinend ging sie, und Billy saß den ganzen Nachmittag über auf seinem Zimmer, auch nachdem sich der Streit unten gelegt und Kate von zu Hause aus angerufen und ihm gesagt hatte, daß sie nicht mehr fett sein werde, wenn sie älter sei – er aber werde immer blöde sein.

Billy lag auf seinem Bett und schaute sich einen Comic an, als seine Mutter ihn zum Abendessen rief. Es war ein alter Comic, den seine Mutter ihm gegeben hatte, und es ging um eine Katze, die in eine Maus verliebt war, wofür die nur Verachtung übrig hatte. Mit jedem Klotz, den ihr die Maus an den Schädel warf, verliebte sich die Katze noch mehr, bis ihr lauter Herzen und Ausrufungszeichen um den Kopf wirbelten, Symbole ihrer Hingabe und Wunden.

Billy war so vernarrt in den Comic gewesen, daß er seine Mutter so lange angebettelt hatte, bis er ihn behalten durfte, und nun sah er ihn sich fast jeden Tag an und amüsierte sich über die Katze mit der großen Nase, die vor Liebe zu der entfesselten Maus mit den spillerigen Ärmchen völlig von Sinnen war. Seine Mutter hatte ihm den Text vorgelesen, als er ihn noch nicht auswendig kannte. »Ignaz, mein Süßken. Ich lieb dich vieltausendmal. Zong.« Die Bilderfolge faszinierte ihn, rührte ihn an. Nie wurde er müde, die Katze und die Maus bei ihrem immer gleichen Wechselspiel von Gemeinheit und reiner, unerschöpflicher Liebe zu betrachten.

Er ging zum Abendessen nach unten, setzte sich auf seinen üblichen Platz und beobachtete alles. Sein Vater sagte nichts. Sein Vater war beim Essen mäkelig, so als sei es ihm zuwider – normalerweise war das nicht seine Art –, und schnitt jeden Bissen peinlich genau zurecht. Gelegentlich gab er ein leises Stöhnen von sich, so als schneide das Messer durch sein Fleisch. Billy schielte auf die roten, ädrigen Hände seines Vaters, die so groß waren, daß er damit seinen Kopf umfassen konnte. Er ermahnte sich, daß er nicht so glotzen sollte. Er nahm sich statt dessen die anderen, weniger gefährlichen Tischgenossen vor. Zoe spielte mit einem Löffel, den sie so ins Licht hielt, daß er funkelte, matt wurde und wieder funkelte. Gegenüber von Billy saß Susan, stumm und absolut sittsam, obwohl sie, wie Billy wußte, ihr ganzes Augenmerk darauf richtete, daß kein Essen auf ihrem Teller mit irgendwelchen anderen Speisen in Berührung kam.

Billys Mutter aß ruhig und gemessen. Für sie war Essen eine Pflicht, die man gründlich und methodisch erledigte. Während des Essens redete sie unentwegt. Es ging um alles und jeden. Ihre Aufgabe war es, Essen einzukaufen und zu kochen, ihre Aufgabe war es, draußen Augen und Ohren aufzusperren, damit sie ihrer Familie Gesprächsstoff bieten konnte. »Heute habe ich bei Widerman vorbeigeschaut«, sagte sie. »Bloß ein paar Sachen abholen, und was meint ihr? Die haben da ein ganzes Regal voller Transistorradios, und auf einem großen Schild steht: ›Sonderangebot, drei neunundneunzig‹. Ich konnt's kaum glauben. Ich dachte mir, da muß doch irgendwas faul daran sein, also habe ich Jewel gefragt, die mit dem Sohn, der in Pearl Harbor umgekommen ist. Jedenfalls habe ich gesagt: ›Jewel, was ist denn mit den Radios los?‹ Und sie sagt: ›Mary, ich weiß, was du meinst, aber da ist nichts faul dran. Das sind japanische.‹ Die Japaner, so scheint's, arbeiten praktisch umsonst, so daß die Radios kaum mehr kosten als Material und Transport. Ist das denn zu fassen? Diese Leute haben Jewels einzigen Sohn umgebracht, und jetzt stellt sie sich hin und verkauft ihre Radios zu einem Preis, bei dem keine amerikanische Firma mithalten kann. Jewel denkt sich anscheinend nichts dabei, für sie sind das bloß billige Radios, aber ich habe ihr gesagt, daß ich lieber ein amerikanisches Radio kaufen würde, auch wenn es viermal soviel kostet. Und wißt ihr, was sie getan hat? Sie hat mich angeschaut, als ob ich nicht bei Trost wäre. Die arme Frau, die sich in den zwanzig Jahren bei Widerman die Beine ruiniert hat und ihren einzigen Sohn durch die Japaner verloren hat – und die will nicht einsehen, daß irgendwas faul ist, wenn jemand diese Radios kauft. Ich habe mich gefragt, ob sie noch ganz mitkommt. Wißt ihr, ich habe mich gefragt, ob sie vielleicht ein bißchen den Verstand verloren hat. Ich glaube, manche Leute können verrückt werden und trotzdem einfach weitermachen wie bisher. Ich meine, nicht jeder Verrückte landet in der Gummizelle. So wie neulich, als ich morgens am Markt war ...«

Billy bewunderte seine Mutter. Ihre Begeisterung ließ nie nach. Ein Thema folgte aufs andere. Billys Familie lebte mit den unentwegten Erzählungen seiner Mutter wie mit einem Kofferradio, das von frühmorgens bis weit nach Mitternacht lief und einen nicht enden wollenden Strom von Nachrichten, Musik und Dramatik, mal himmelhochjauchzend, mal todtraurig, über sie ergoß. Einfach göttlich, wie unerschöpflich breit ihr Interesse gestreut war. Sie machte sich Sorgen über die Vernichtung ganzer Völker und über die Todeszuckungen eines kleinen Spatzen am Wohnzimmerfenster.

Billys Vater legte sein Messer auf den Teller und sagte: »Und was soll an einem billigen Radio faul sein?«

Seine Mutter hatte sich etwas anderem zugewandt und wurde überrascht. »Was?« sagte sie.

»Ein billiges Radio. Ein Radio, das drei neunundneunzig kostet. Was soll damit los sein? Wen kümmert's, woher es kommt?«

»Con. Die Japaner ...«

»Mit den Japanern kenn' ich mich aus. Meinst du, ich kenn' mich mit den Japanern nicht aus?« Er deutete mit seiner Gabel auf sie. »Der Krieg ist vorbei, stimmt's? Aus und vorbei. Heute kann man sich ein Flugzeug nehmen und nach Japan fliegen. Man kann dort Urlaub machen. Aber *du*« – er fuchtelte mit der Gabel herum – »du gibst lieber viermal soviel für ein Radio aus, bloß weil es von irgendeinem Wildfremden in Philadelphia gebaut wird.«

»Ich will ja gar kein Radio kaufen, Con«, sagte sie. »Niemand will ein Radio kaufen.«

»Nein. Bloß Spielzeug, für das die Zehndollarscheine nur so rausgeschmissen werden.«

»Con ...«

»Genau die Denkweise ist es, die uns in die Bredouille bringt.« Er schaute zu Billy und Susan. »Genau wegen der Denkweise sind wir ständig pleite. Wir zahlen dreimal soviel für Sachen, bloß weil uns der Kerl, der sie billiger herstellt, nicht paßt. Wir sind *Amerikaner.* Wir wollen kein japanisches Radio. Wir wollen ein teures amerikanisches Radio. Aber Spielsachen. He. Wir wollen deutsche Stofftiere. Wir wollen italienische Schuhe, die fünfmal soviel kosten wie amerikanische. Hitler und Mussolini sind uns piepegal. Ich will euch mal was sagen.« Er fuchtelte jetzt mit der Gabel vor Billy herum. »Eure Feinde sind nicht die Japaner. Eure Feinde sind diejenigen, die zuviel von euch kassieren. Daran könnt ihr Freunde und Feinde erkennen.«

»Richtig«, sagte seine Mutter so leise, daß man sie kaum hören konnte. »Prima, daß du ihnen so was beibringst. Oh, wie schön.«

Sie hatte die Tonlage gewechselt. Wenn sie mit dieser zierlichzarten Stimme sprach, schien es, als wende sie sich an jemanden, der in ihr lebte, einen unsichtbaren Freund, der ihren Glauben teilte, daß die Welt groß und weit sei, aber letztlich zu anstrengend, als daß man darin leben könnte.

Nach dem Essen hielt sich Billy weiter bei seinem Vater auf. Er wollte ihm nicht zu nahe kommen. Sein Vater saß auf seinem Sessel und sah fern. Billy spielte auf der gegenüberliegenden Teppichkante mit seinen Haustieren. Er ließ sich davontreiben, in das summende Nichts, das alles umgab. Er baute seine Schweine in dem Plastikkoben auf. Er stellte die Schweine Schnauze an Schnauze hin und fügte das rostfarbene Pferd hinzu, das auf seinen Plastikhufen einfach nicht geradestehen wollte.

Scheppernd stellte seine Mutter in der Küche die Teller und Gläser auf das Abtropfbrett. Mit einem Lappen erzeugte sie Quietschtöne, die wie die Reinlichkeit selbst klangen. Sie ging reinlich durch die Welt; sein Vater hingegen verstreute seine Siebensachen. Überall, wo er gewesen war, lagen Haare, Tabakkrümel, zerknüllte, muffige Socken herum. Bei Hitze zog er sich bis auf die Unterhose aus und hinterließ, mächtig behaart, wie er war, seinen Schweißabdruck auf den Sitzpolstern. Obwohl Billys Mutter ständig wischte und saugte und mit ihrem Staubtuch beinahe den Lack von den Möbeln rubbelte, konnte sie die intensive, alles durchdringende Spur seines Vaters, seinen Besitzanspruch, nicht tilgen.

Das Plastikpferd fiel immer wieder um. Es wollte einfach nicht stehenbleiben, auch wenn Billy es unbedingt dazu zwingen wollte. Wenn er bloß ein bißchen fester drückte, wenn er einfach nicht nachgäbe, würde das Pferd letzten Endes durch seine schiere Willenskraft geradestehen. Er bog und probierte an den Beinen, bis auf einmal eins mit hellem Knacken abknickte. Ungläubig hielt er das abgebrochene Bein in der einen und das kaputte Pferd in der anderen Hand. Das Bein war dünn und feingliedrig, der Huf endete in einem gezackten Rand.

Vorsichtig, so als könnte es Schmerz empfinden, legte er das Bein hin. Mit dem dreibeinigen Pferd in der Hand ging er zum Sessel seines Vaters und blieb stehen, bis sein Vater zu ihm aufschaute.

»Hmm?« sagte er.

Billy konnte nicht sprechen. Die knorrigknochigen Knie seines Vaters zeichneten sich durch die dünne graue Hose ab. Seine Schenkel, dick wie Bootsrümpfe, glänzten auf der Oberseite im Licht und warfen an der Unterseite unregelmäßige Schatten auf den grünen Sesselbezug. Billy stand im Dunstkreis seines Vaters, er nahm den säuerlichen Schweiß und Tabakgeruch in der Luft wahr, darunter den süßlichen Duft seines Rasierwassers. »Was gibt es?« fragte sein Vater.

Billy zuckte die Achseln, und sein Vater runzelte ungehalten die Stirn. »Sag schon.«

»Ich brauch' ein neues Pferd«, sagte Billy schließlich.

»Hä?«

»Das Pferd ist zerbrochen.« Billy war überrascht, wie weinerlich er klang. »Sein Bein ist abgebrochen.«

»Brauchst du *sonst* noch was?« sagte sein Vater.

»Es ist zerbrochen«, sagte Billy.

Sein Vater nickte, nahm sich zusammen, blieb ruhig und freundlich. »Das Pferd ist doch noch in Ordnung«, sagte er. »Das Kerlchen hat sich im Eifer des Gefechts bloß weh getan. Eigentlich fehlt ihm überhaupt nichts. Mit drei Beinen kommt ein Pferd tüchtig aus.«

»Nein, *gar nicht«,* sagte Billy. Er merkte, daß er gleich losweinen würde. Er schämte sich zutiefst dafür und konnte doch nichts dagegen tun.

Sein Vater atmete tief ein. »Wie wär's, wenn ich dir statt dessen einen Football besorge?« sagte er. »Wie wär's, wenn wir zwei morgen rein zu Ike fahren und dir einen Football besorgen? Wie wär's damit?«

Billy zögerte. Er wollte morgen früh mit seinem Vater zu Ike gehen, allerlei Bälle ausprobieren und sich den besten aussuchen. Aber er wollte auch seinen Wunsch erfüllt haben – ein kleines, kräftiges Pferd, dem nichts fehlte, das so stand, wie es sollte.

»Ich will keinen Football«, sagte er, obwohl er eigentlich einen wollte. Er wollte alles.

Sein Vater schüttelte den Kopf. »Dann eben nicht«, sagte er. Er schaute wieder zum Fernseher, wo eine fröhliche blonde Frau ein Lied über irgendwas sang, das so ähnlich wie Käse war, bloß besser.

Billy hätte alles dafür gegeben, wenn er nicht hätte weinen müssen, aber Kummer und Unmut übermannten ihn, und wie üblich weinte er doch. Wenn er weinte, kam er sich klein vor. Er wandte sich von seinem Vater ab, wußte nicht genau, wohin. Er wollte irgendwohin, wo es kein Weinen gab. Er wollte es los sein, wollte sich neben seinen Vater setzen und mit ihm fernsehen, wollte, daß sie sich alle beide über dieses weinerliche Geflenne ärgerten.

Seine Mutter kam ins Zimmer. »Was ist los?« Sie hatte ein nasses Geschirrtuch in der Hand, und ihre schwarzen Haare knisterten. Hilflos blickte Billy in seinem ganzen Jammer zu ihr auf.

»Dein Sohn möchte ein neues Pferd«, sagte Billys Vater. »Er möchte keinen Football. Ich hab' ihm gesagt, ich kaufe ihm einen Football, aber er will keinen. Er will ein neues Spielzeugpferd.«

Billy kam sich vor wie ein verzogener, undankbarer kleiner Junge, der nicht genug kriegen kann. Je lauter er weinte, desto mehr kam er sich so vor, und je mehr er sich so vorkam, desto heftiger weinte er. Er wäre am liebsten im Erdboden versunken, wollte sich wie ein Hamster einen Gang nach Deutschland oder Japan graben, irgendwohin, wo die Luft noch nicht so von seinen Gelüsten durchdrungen war.

Seine Mutter kam her und kauerte sich vor ihm hin. Sie kam in ihren Farben und ihrem steifen Rascheln. »Was ist denn mit deinem Pferdchen los?« fragte sie. Er konnte sich weder rühren, noch sprechen. Ohne sein Dazutun weinte er weiter. Seine Mutter nahm ihm das Pferd aus der Hand, besah sich mitfühlend den Schaden.

»Wenn's nicht mehr ist«, flüsterte sie. Lauter sagte sie dann: »Ich nehme an, er hat nicht um einen Football gebeten, oder? Ich nehme an, er hat sich ein Plastikpferd gewünscht, das zehn Dollar kostet und hier, in diesem Land, hergestellt wird.«

»Er hat zigtausend kleine Viecher«, sagte Billys Vater. »Wieso braucht er noch eins?«

»Um Himmels willen, du solltest dich mal hören.«

»Wenn er ein amerikanisches Spielzeug will, besorg' ich ihm 'nen Football.«

»Darüber können wir später reden«, sagte Billys Mutter. »Komm, Billy. Komm mit mir in die Küche. Ich könnte jemand beim Abspülen gebrauchen.«

Er folgte ihr, weil er unfähig war, etwas aus eigener Kraft zu tun. Er spürte, wie das Schweigen seines Vaters auf ihm lastete. In der Küche putzte ihm seine Mutter die Nase mit einem Taschentuch, das nach ihr roch. »Morgen gehen wir dir ein neues Pferd besorgen«, sagte sie. »Okay? Das kann passieren, ist bloß eine Kleinigkeit. Wir holen dir einfach ein neues. Okay?«

Er nickte eifrig. Sie lächelte zufrieden und sagte ihm, daß er ein braver Junge sei, ein Schatz. Sie sagte ihm, daß er alles Gute verdiene, und wenn jemand das Gegenteil behaupten sollte, dann habe er einfach keine Ahnung. Dankbar blickte Billy sie an. Sie bedachte ihn mit einem Lächeln, einem einstudierten, das er schon zigmal gesehen hatte: Sie zog die Mundwinkel kurz hoch und kniff die Augen zusammen, als ob ihr das Lächeln einen jähen, grellen Schmerz bereitete. Etwas in ihm sträubte sich, etwas so Ungebärdiges, daß er sich vorkam wie nicht recht bei Trost. Sie war seine Freundin. Sie war diejenige, die ihm alles erlaubte. Wie konnte er sie ablehnen? Wieder hörte er den Ton, den das Pferdebein von sich gegeben hatte, das helle Knacken.

1963 Es geschah unversehens. Es geschah, weil Constantine Grieche war und in einer Kneipe ein Bier trinken ging. Es warf alles über den Haufen, was er über Ursache und Wirkung gelernt hatte. An einem dampfend gelben Tag kurz nach der Sommersonnenwende begegnete er einem Mann namens Kazanzakis, einem dünnen Mann mit Goldknöpfen an seinem Blazer. Constantine war während der Mittagspause zur Abkühlung in die Eckkneipe gegangen, wo sich die Männer drängten und ein Spiel der Mets ansahen. Der Fernseher, ein großes Schwarzweißgerät, flimmerte auf einem Regal über den angeleuchteten Flaschenreihen. Daneben hing eine Bierreklame, ein Bild mit einem eisblauen Berg. Constantine nahm den einzigen freien Stuhl, den neben Kazanzakis, der das Spiel verfolgte und mit mäßigem Appetit Erdnüsse aß, so als habe er es in Wirklichkeit gar nicht auf die Erdnüsse abgesehen, sondern wolle lediglich den Boden der Schale freilegen. Während der Auswechslungen kamen Constantine und Kazanzakis miteinander ins Gespräch. Sie unterhielten sich über Baseball, und dann redeten sie über Hochbau. Constantine war Polier bei einem Projekt, das gerade fertig wurde. Kazanzakis war Bauunternehmer und hatte angefangen, billige Häuser auf erschlossenen Arealen – geplante Ansiedlungen nannte er sie – im Norden und Westen der Stadt hochzuziehen. Sie stellten sich gegenseitig vor, und als sie ihre Namen hörten, teilten sie einander mit, woher sie ursprünglich stammten. Kazanzakis' Großeltern, so stellte sich heraus, hatten in einem Dorf keine fünfzig Kilometer von Constantines Geburtsort entfernt gelebt. Die beiden Männer sprachen griechisch miteinander. Sie lachten, orderten mehr Bier. Am Ende des dritten Innings hatte Constantine eine neue Arbeit. Ihm wurde die Aufsicht über die Bauarbeiten auf Kazanzakis' neuester geplanter Ansiedlung übertragen, die demnächst auf einem flachen Stück urbar gemachten braunen Marschlandes, rund dreißig Kilometer weiter nördlich, entstehen sollte. Die Männer schüttelten einander die Hand, bestellten eine weitere Runde. Kazanzakis legte seinen dünnen Arm um Constantines Schulter und verkündete allen Anwesenden: »He, Sportsfreunde, ich möchte euch meinen neuen Kompagnon vorstellen. Ein Grieche, ein Mann, dem ich trauen kann.«

Es war reiner Zufall: Die unermüdliche Plackerei der letzten fünfzehn Jahre hatte, wenn man davon absah, daß Constantine sich mit Stützbalken und Fensterstürzen auskannte, so gut wie keine Rolle gespielt. Sein Glück verdankte er letztlich dem Entschluß, am Dienstagnachmittag in eine Kneipe zu gehen.

Seiner griechischen Herkunft verdankte er sein Glück. Und das nach all den Jahren, in denen Mary immer beharrt hatte: »Wir sind Amerikaner, Con. *Amerikaner.*« Und sobald es erst einmal eingesetzt hatte, wollte sein Griechenglück nicht mehr abreißen. Kazanzakis, so stellte sich heraus, hatte einen scharfen Blick für die Wünsche der Menschen, ein sicheres Gespür dafür, was die Leute kaufen wollten. Seine Häuser waren preisgünstig, aber er möbelte sie mit Staketenzäunen und falschen Mansardenfenstern auf. Er pries die zahlreichen, großzügigen Extras an: die erstklassige Ausstattung, die Spielzimmer, die Doppelgaragen. Constantine wiederum wußte, an welchen Stellen man unauffällig Abstriche machen konnte. Er wußte um die Verwendung von frischem Holz und Plastikrohren; er wußte, wieviel Zeit man einsparen konnte, wenn man seinen Männern sagte, sie sollten die Muffen für die Stromleitungen nicht bohren, sondern einfach Löcher in die Wand schlagen. Die Häuser verkauften sich beinahe so schnell, wie er und Kazanzakis sie hochzogen. Constantine, der zu eiserner Sparsamkeit erzogen worden war, hielt die Unkosten so niedrig, daß Kazanzakis ihn oftmals umarmte und als Zauberkünstler bezeichnete. Nie hätte er sich träumen lassen, daß ein Stück Land soviel Profit abwerfen könnte.

Mary konnte kaum glauben, wie rasch das Einkommen wuchs. Jetzt endlich konnte sie den Kindern schöne Sachen schenken, obwohl ihre Töchter nach wie vor billigen Ramsch bevorzugten. Susan wollte mehr Kleider für Barbie und einen Spielzeugherd, in den man eine Pfanne mit Eierteig stellen und mit einer Glühbirne zu kleinen, grindigen Kuchen rösten konnte. Zoe wollte einen Blockhausbausatz und ein Spielzeuggewehr und eine räudige »Waschbärfellmütze« aus gefärbtem Kaninchenpelz, die leicht nach Urin roch. Mary kaufte diese Sachen, und sie kaufte auch andere, weil sie hoffte, ihre Töchter würden dadurch erkennen lernen, welchen Glanz wahre Qualität ausstrahlen konnte. Sie kaufte goldene Armbänder, Mohairpullover und Schmuckkästchen, in denen sich beim Aufklappen eine kleine Ballerina zur Melodie von Beethovens »Für

Elise« drehte. Diese Geschenke wurden kurze Zeit in Ehren gehalten und dann weggelegt. Die Rüschenkleider wurden achtlos zu Boden geworfen. Die importierten Puppen wurden draußen liegengelassen, wo ihre zarten, von Hand gefertigten Gesichter anmutig in den Regen lächelten.

Billy war das einzige unter ihren Kindern, das die Sachen mochte, die sie ihm schenkte. Er war ein verträumter Junge, der sich in der Bibliothek Bücher auslieh, der sich Verstecke suchte, wo sie ihn jederzeit finden konnte. Wenn sie ihm einen Alpakamantel schenkte, trug er ihn sonntags beim Kirchgang mit so maskuliner Würde, daß ihr vor lauter Liebe das Herz zerging. Zwar liebte sie alle drei Kinder, doch Billy war es, den sie verstand. Für ihn kaufte sie schottische Pullover mit V-Ausschnitt. Sie kaufte ihm eine burgunderrote Schultasche, als er in die fünfte Klasse kam, und eine dunkelgrüne Jägermütze. Für die Mädchen richtete sie ein Puppenhaus ein, das erst in Susans Zimmer stand und dann in Zoes. Staub legte sich auf die kunstvoll geschnitzten Holzmöbel und die Lampen, die richtig funktionierten. Mary putzte das Puppenhaus regelmäßig und rückte mit einem Anflug schuldbewußten Vergnügens die Möbel zurecht.

1964 Susan führte sie auf den Golfplatz. Zuvor hatte es nur eingezäunte Gärten und den Spielplatz gegeben, die nach Abfall riechende Gasse zwischen den Häusern und die leerstehende Fabrik, wo Unkraut aus dem Beton wucherte. Jetzt gab es diesen prächtigen grünen Platz. Dampf stieg aus rotem Laub auf, und ein Vogel sang ein ums andere Mal sein »Kriekrieklara«.

Susan wußte, daß ihr Vater all das nur ihretwegen angeschafft hatte. Sie fühlte sich geschmeichelt, und zugleich war ihr bang.

»Komm schon, Billy«, rief sie streng. Billy, fünf Meter hinter ihr, träumte vor sich hin und wirbelte mit den Turnschuhen das Laub auf.

»Ich komme ja schon«, antwortete er. Zoe war vorausgelaufen.

Susan drehte sich um und sah Billy dahinschlurfen, während die Blätter helle und dunkle Schattenmuster auf ihn warfen. Sein schönes, wenn auch entstelltes Gesicht berührte sie zutiefst, so als ziehe sich etwas in ihr zusammen und quetsche ihre Lunge ein. Manchmal stellte sie sich vor, wie sie ihren Bruder aus einem brennenden Haus zerrte, die aufzüngelnden Flammen an Kleidung und Haaren erstickte.

Sie würde ihn retten. Sie würden zusammen in die Wälder flüchten, fort von dem großen, makellosen Haus, das ihr Vater für sie gekauft hatte. Hier mußte es Wälder geben, irgendwo.

»*Komm* schon«, sagte sie. Ihr vom Laub gezackter Schatten zeichnete sich vor ihr am Boden ab.

»Wozu die Eile?« sagte Billy. »Wir gehen doch bloß spazieren, stimmt's? Uns läuft nichts davon.«

»Ich will Zoe nicht verlieren«, sagte sie. »Sie rennt ständig überall hin, und ich kann sie nicht aufhalten.«

»Die geht schon nicht verloren«, sagte er. »Sie ist gleich da vorn, klettert auf einen Baum.«

Susan wandte sich um und sah, wie Zoe sich an den unteren Zweigen einer gewaltigen Kiefer festhielt und hinaufstieg. Zoes Kleidung, die hellgelbe Bluse und die dunkelblaue Jeans, wirkte zwischen den Kiefernnadeln wie in bunte Streifen geschnitten.

»Zoe. Laß das«, schrie Susan.

»Sie braucht es nicht zu lassen«, sagte Billy. »Sie darf auf Bäume klettern, wenn sie möchte.«

Susan stand zwischen Billy und Zoe, und sie spürte, wie alle Zuversicht von ihr wich. Sie würde immer ein Kind sein, immer unbeachtet, immer auf Benimmregeln beharrend, um die sich sonst anscheinend keiner kümmerte. Die Welt hätte so einfach sein können. Es würde schon genügen, wenn alle laut, aber deutlich sprächen, Streitereien vermieden und weder zu langsam noch zu schnell gingen.

»Sie wird runterfallen«, sagte Susan, obwohl sie eher glaubte, daß Zoe auf die Gefahr zukletterte, daß ihr vom Himmel mehr Unheil drohte als von der Erde. »Zoe«, rief sie nochmals. »Komm runter.«

Sie stellte sich vor, wie sie Zoe mit den Armen auffing.

»Ich kann das Haus sehen«, sagte Billy. »Schau. Der weiße Fleck da drüben. Siehst du ihn?«

Susan ging zu dem Baum hin. »Zoe, ich mein's ernst«, sagte sie.

»Das ist jetzt unser Zuhause«, sagte Billy, obwohl Susan ihn schon nicht mehr hören konnte. »Wir sind reich. Na ja, ziemlich reich.«

Susan marschierte unter den Baum und stemmte die Hände in die Hüfte. So wie sie auf dem ebenen Gras stand, auf das ihr schräger Schatten fiel, und hinauf in das Dickicht aus Kiefernnadeln blinzelte, hätte sie das jugendliche Abbild einer Schutzgöttin aller verzweifelten Mütter sein können. Sie trug eine weiße Windjacke, eine dreiviertellange rosa Hose und Söckchen mit kleinen, aufgenähten Zwirnknöllchen, damit sie nicht in ihre Tennisschuhe rutschten.

»Zoe«, schrie sie. »Komm auf der Stelle da runter.«

Zoe zog sich gerade mühsam auf eine Astgabel in beinahe zehn Metern Höhe. Sie antwortete nicht, genau wie Susan es erwartet hatte. Susan seufzte, und der Ton gefiel ihr. Es war ein erwachsenes Seufzen, voller fester Vorsätze. Sie wohnte noch nicht einmal einen Monat in dieser Gegend und wußte, daß bereits drei Jungs – mit braunen, dunkelbraunen und blaugrünen Augen – Näheres über sie zu erfahren suchten.

Sie stellte sich vor, wie die Jungs sie aus dem neuen Haus raubten und hierher, auf den Golfplatz, brachten. Sie würde über sie gebieten, sie trösten und ihnen Manieren beibringen.

»Ich mein's ernst«, rief sie. Einen Moment lang dachte sie, ihre Stimme dringe zwischen den Stämmen hindurch, folge ihrer Bestimmung. Vielleicht war in diesem Augenblick ein Junge da draußen, der sehnsüchtig und hoffnungslos zwischen Bäumen und Sandbunkern umherirrte.

Billy gesellte sich zu ihr. Er roch ein bißchen, nicht stark, aber unverkennbar nach einer Mischung aus Bleichmittel und altbackenem Brot. Susan fragte sich, wie er es wohl mit der Sauberkeit hielt.

»Die kommt erst runter, wenn es ihr reicht«, sagte er. »Das weißt du doch.«

»Sie wird sich noch den Hals brechen«, sagte Susan. »Ich habe versprochen, daß ich auf sie aufpasse.«

»Ich klettere auch mal hoch«, sagte Billy. »Ich wette, von da oben kann man die ganze Stadt sehen.«

»Nein, Billy. Du bleibst hier.«

Doch er zog sich bereits an den untersten Ästen hoch und schwang sich hinein ins Geäst. Susan betrachtete seinen schmächtigen Hintern und fragte sich einmal mehr, was für Mädchen eines Tages seine Pein lindern mochten.

»Billie«, schrie sie. »Verflixt noch mal.«

Er war flink, und bald schon zog er sich knapp unter Zoe an einem Ast hoch. Sie saß da, hatte das eine Bein bis zum Kinn angezogen und zerwühlte sich mit ihrer schmutzigen Hand das Haar. »Hallo, Zoe«, sagte er ein wenig atemlos. Er hatte sich die Hände an der rauhen Borke verschrammt, und im leichten Wind kitzelten die kleinen Abschürfungen. Sie antwortete nicht. Er betrachtete sie, bis er überzeugt war, daß sie sicher auf ihrem Ast saß, dann wandte er sich um und schaute durch das Nadelgewirr hinunter nach Garden City.

»Wenn ihr zwei nicht in spätestens einer Minute hier unten seid, komme ich hoch und hole euch«, rief Susan.

»Hübsch«, sagte Billy. Aus dieser Höhe konnte er die Straßen seiner neuen Heimat sehen, wie mit dem Lineal gezogen, mit rot und gelb belaubten Bäumen eingefaßt. Er sah einen Spatz, der mit kleinen, wirbelnden braunen Flügeln ein Futterhäuschen umflatterte. Dahinter erhoben sich Kirchtürme, Geschäftshäuser und Banken aus Backstein, die gähnend blaue Weite.

»Die Tiere können uns sehen«, sagte Zoe. »Sie können auf den Baum klettern und direkt in unser Haus reingucken.«

»Hast du Angst davor?« fragte Billy.

»Nein. Ich mag das.«

Zoe zupfte an ihren Haaren, kratzte sich am Knie. Sie hatte es zwar nie gesagt, aber Billy wußte, daß sie sich für ein Tier hielt. Beim Essen langte sie mit der Hand zu, biß kleine Stücke ab und vertilgte sie gierig. Zum Schlafen kuschelte sie sich in ein aus Laken und Zudecke gebautes Nest.

»Hier wohnen wir jetzt«, sagte Billy teils zu Zoe, teils zu sich selbst. »Jetzt sind wir ziemlich reich und wohnen hier.«

Zoe nickte. »Hier ist das Reich der Bäume«, sagte sie. »Dort ist das Haus, wo die Menschen wohnen.«

»Mir ist ein bißchen unheimlich zumute«, sagte er. »Ich meine, eine neue Schule und alles. Du kannst von Glück sprechen, daß du erst in die zweite Klasse gehst.«

Zoe sah zu, wie in der Stadt die Zeit verstrich. Billy stellte fest, daß er mit dem Tier in Zoe sprechen, daß er Sachen sagen konnte, die er sich sonst niemandem zu sagen getraut hätte. Sie schuf eine kleine Zone des Schweigens, die er mit ihr erahnen konnte.

»Das reicht«, sagte Susan. »Ich komme rauf.«

»Unser Kindermädchen«, sagte Billy. Zoe lächelte. Sie war ein drahtiges kleines Mädchen mit schwarzem Haar und dichten Brauen. Noch im Oktober trug sie gummierte Strandhöschen.

»Meinst du, wir werden uns ändern, weil wir reich sind?« sagte Billy. »Meinst du, irgendwas wird anders werden?«

»Wir haben noch zwei Wünsche offen«, sagte Zoe.

»Es könnte sich was ändern«, sagte Billy. Er lehnte sich auf seinem Ast zurück, spürte, wie der Baum leicht erbebte, als Susan heraufgestiegen kam.

»Zum Kuckuck mit euch«, sagte Susan, die einige Meter unter ihnen war. »Zum Kuckuck mit euch beiden. Ich glaube, ich habe mir die Hose zerrissen.«

»Schau«, sagte Billy. »Von hier aus kann man die Schule sehen.«

»Wir müssen zurück«, sagte Susan. »Es ist schon spät.«

»Noch nicht«, antwortete Billy. »Ich glaube, es ist noch nicht sicher. Wir sollten uns lieber noch 'ne halbe Stunde Zeit lassen.«

»Alles ist bestens«, sagte Susan. »Ehrlich, ich weiß nicht, weshalb du immer aus allem so ein großes Trara machen mußt.«

»Geh du schon mal heim«, sagte er. »Wir bleiben noch eine Weile hier. Vielleicht bauen wir uns hier oben ein Baumhaus.«

»Ihr werdet euch kein Baumhaus bauen. Das hier ist Privatbesitz.«

»Wir werden hierherziehen, Zoe und ich.«

»Wir müssen los«, bettelte Susan. »Kommt schon, wahrscheinlich ist das Essen schon fertig.«

»Geh doch«, sagte Billy. »Zoe und ich bleiben noch eine Weile hier.«

»Bildet euch bloß nichts ein. Ich gehe.« Doch sie blieb da. Ein Eichhörnchen hüpfte durch das Laub am Fuß des Baumes, stellte sich auf die Hinterbeine und verschwand auf einmal, wie vom Erdboden verschluckt. Susan wandte den Blick vom Baum und schaute zu dem Haus hin, das ihr Vater für sie gebaut hatte. Da war sie nun, ein dünnes, vierzehnjähriges Mädchen, das aufrecht auf einem Ast ritt, umgeben vom Duft des Laubes. Sie wollte das Haus, ihr Haus, und sie wollte hier oben bleiben, still und unbändig, eine junge Mutter der Wildheit. Wolkenschatten zogen über das flache Land. Ein Baum versank im Dunkel, und mit einem Mal funkelte das Kupferdach eines Kirchturms auf wie etwas Großes, Prächtiges aus den Tiefen des Meeres. Als die Schatten länger wurden, erkannte Susan einen Moment lang, daß sie Macht besaß. Sie erkannte, wieviel ihretwegen aufgebaut wurde und wieviel eingerissen. Eine jähe Erregung erfaßte sie. Sie dachte an einen berstenden Damm. Sie dachte an eine silberne Wand aus Wasser, die auf die Kirchen und die Geschäfte herabstürzte, auf die geradlinigen Straßen. Sie konnte es sehen. Sie konnte sehen, wie das Wasser alles umspülte, Fenster eindrückte, Dächer abdeckte und mit sich fortriß, wie gewöhnliche Gegenstände – eine Tasse, eine Perücke, ein Stück Seife – kurz auftauchten und wieder hinabgesogen wurden. Sie sah, wie das Wasser über die Anhöhe schwappte und schließlich auf halber Höhe des Baumes stehenblieb, knapp unterhalb des

Astes, auf dem sie saß. Nur sie, Billy und Zoe würden davonkommen. Hinterher würde eine prächtige braune Stille herrschen. Ein Kirchturm würde noch da sein, die obere Hälfte einer stehengebliebenen Uhr, die Kronen von ein paar Eichen und Ulmen. Gänse und Enten würden noch da sein, die scharenweise auf den Wassern einfielen. Und dann, während die Flut allmählich abfloß, würden Ringe und Halsketten an den Ästen hängenbleiben. Sie würde Billy und Zoe hinab in die nasse, leere Welt führen, und sie würde sich schmücken, während sie hinabstiegen, Waisenkinder jetzt, gefaßt und voller Trauer, vor sich eine Zukunft, in der alles geschehen konnte. Mit Geschmeide behängt würde sie am Fuß des Baumes anlangen.

1965

Wenn Constantine seine Nachtfahrten unternahm, stellte er sich vor, Mary sitze neben ihm. Nicht die Mary mit der er jetzt zusammenlebte, sondern die forsche, geheimnisvolle Siebzehnjährige, die das Gartentor hinter sich verriegelte. Diese Mary hatte es geschafft, gesunden Menschenverstand mit einer unverblümten weiblichen Zuversicht in Einklang zu bringen. Sie hatte noch nicht damit angefangen, seine Schwächen aufzurechnen. In diese Mary war er noch immer verliebt, und er liebte jedwede Spur, die von ihr geblieben war – die Selbstbeherrschung, den Ordnungssinn, den aufrechten Gang. Wenn er auf Fahrt ging, war die junge Mary seine Begleiterin, und manchmal verschmolz sie in seinen Gedanken mit Susan. Ein flottes Mädchen, das sicher angeschnallt auf dem Beifahrersitz saß und mit skeptisch strenger Miene die Landschaft bewunderte.

Er zeigte ihr das Neubaugebiet, eine Häuserzeile um die andere; eine ganze Ortschaft, in sanften Farben und schlichten, beruhigenden Formen gehalten. Manchmal parkte er in einer seiner Straßen, blieb sitzen und besah sich alles im Schutz der burgunderroten Plüschpolster des Buick. Er und Kazanzakis hatten die gesamte Stadt gebaut. Ihre Dächer waren es, die sich am Horizont abzeichneten, aus ihren Fenstern fiel Licht ins Abenddunkel. In Nächten wie dieser fühlte er sich wahrhaft vollkommen.

Es war eine ideale Ortschaft, neu und ordentlich. Constantines Häuser standen jeweils in Dreierreihe. Eins besaß ein Giebeldach, das nächste eine kleine Veranda vor der Haustür und das dritte, sein liebstes, hatte zwei Erkerfenster, schmuck und ebenmäßig wie Jungmädchenbrüste. Schnörkellos und gleichmäßig ragten die Häuser auf, und er war immer wieder überrascht, daß sie tatsächlich Gestalt angenommen hatten. Tagein, tagaus hatte er Einzelheiten bedacht und Einwände vorgebracht. *Jerry, ich sag' dir doch, wir brauchen keinen Filz zwischen dem Dach und der Verschalung. Wer hat dir gesagt, daß du den verdammten Schotter bestellen sollst? Wir können die Gräben für die Kanalisation mit Erde auffüllen.* Nur bei Nacht, auf seinen Fahrten, begriff er, daß die Häuser jetzt dastanden, weil er waggonweise Rigips bestellt hatte, fünftausend Rollen Isolationsmaterial, einen ganzen Wald aus Kiefernholz. Manchmal suchte er sich abends ein Haus aus und beobachtete es, immer aus vernünftigem Abstand. Er zündete sich eine Zigarette nach der anderen an und sah zu, wie hinter den Fenstern das Licht an- und ausging, sah, wie ein Hund um Einlaß bellte. Manchmal hielt abends ein Wagen an, und ein Teenager stieg aus; manchmal kam ein Mann oder eine Frau heraus und sprengte den Rasen. Einmal war ein unerschrocken wirkender Mann herausspaziert und hatte im Vorgarten gestanden, während das letzte Licht am Himmel verblaßte und Sterne auffunkelten. Constantine hatte ihn beobachtet, bis der Mann wieder im Haus verschwunden war, einem Haus mit Giebeldach, das, grob geschätzt, etwa ein Fünftel dessen gekostet hatte, was Constantine für sein Haus bezahlt hatte. Einen Moment lang hatte er den Kerl zugleich geliebt und bedauert. Er hätte sein kleiner Bruder sein können oder sein ältester Sohn. Constantine war sich nicht sicher, was er da machte, was er hier wollte. Er hätte nicht sagen können, weshalb er ein- oder zweimal im Monat auf Erkundungstour ging, nachdem er das Büro abgeschlossen hatte. Immer stellte er sich vor, Mary sitze neben ihm, oder jemand ähnliches, und er stellte sich das Leben hinter diesen Mauern vor. Wenn er seinen Wagen wieder anließ und nach Hause fuhr, schwirrte ihm der Kopf vor Verlangen. Er genehmigte sich diese Fahrten nicht oft. Höchstens ein-, zweimal im Monat. Er sagte sich, daß er sich einen Eindruck verschaffen, auf dem laufenden bleiben wollte. Er sah ein Mädchen, das am Bordstein saß und auf jemanden wartete, der nie eintraf. Er sah eine orange gestreifte Katze, die eine Drossel fing, sah den Vogel zuckend sein Leben verhauchen wie ein geplatzter Ballon. Er hörte Gespräche und Musik, und einmal meinte er die Schreie zweier Menschen zu hören, die miteinander schliefen. Auf der Heimfahrt erfüllte ihn eine erhabene, geläuterte Hoffnung, deren Ausmaß geradezu schmerzlich war. Für seine Familie hatte er ein stattliches neues Haus auf einem halben Hektar Land erbaut. Er hatte ihr zwei offene Kamine beschert, achtunddreißig Fenster und eine von geschnitzten Holzsäulen flankierte Haustür, weiß und verschnörkelt wie eine Geburtstagstorte. Als er auf den Knopf der Fernsteuerung drückte und das Garagentor öffnete, nahm er die Sternbilder wahr – der Schütze, der Widder, die Plejaden – und die nahe Autobahn, auf der selbst jetzt noch Nägel und Handelsgüter, Schuhe und Traktoren zu ihrem Bestimmungsort befördert wurden. Er war sich des unterirdischen Röhrensystems bewußt, das Wasser durch die Welt der Tierbauten und Baumwurzeln leitete. Als das von allerlei Rollen und gutgeölten Ketten betriebene Garagentor aufging, riß er sich von seinen üblichen rastlosen Gedanken los und trat ein in ein Reich der Freude. Er konnte das Gefühl nicht erklären. Es war, als stehe etwas Großes bevor, als verschöben sich gewaltige Platten am Nachthimmel und fügten sich anhand eines Planes neu zusammen, der viel zu schlicht war, als daß Menschen ihn verstehen konnten. Voller Heiterkeit steuerte er den Wagen in die Garage. Da waren seine Werkzeuge, die sauber und ordentlich an der weißen Hartplatte hingen. Da waren sein Rasenmäher, seine Werkbank, seine Schrauben und Stifte in den gekennzeichneten Gefäßen. Eine weitere Minute lang blieb er in dem kühlen, stillen Wagen sitzen. Dann ging er durch die Seitentür in die Küche, wo Mary mit dem Essen auf ihn wartete. Am Kühlschrank hingen alte Zeichnungen von Billy und Zoe, festgehalten von Magneten, die wie Obst aussahen. Ein Plastikapfel, eine Orange, eine Banane.

»Hallo«, rief Mary. Sie stellte gerade eine Liste zusammen. Sie trug eine rote Hose und ein graues Sweatshirt.

»Hi«, sagte er. Und ebenso rasch, mit einer einzigen hellen Silbe, verflog die Freude. Irgend etwas stimmte hier nicht. Irgend etwas setzte ihn herab, selbst wenn er gutes Geld verdiente, sein Ehegelübde in Ehren hielt, seine Kinder ernährte und einkleidete.

»Wie ist der Tag gelaufen?« fragte Mary. Sie fuhr mit ihrer Liste fort. Wenn sie sich eine Aufgabe vornahm, ging sie völlig darin auf. Sie hatte die dunklen Haare streng nach hinten gerafft.

»Bestens«, sagte er. »Riecht gut hier.«

»Schweinekoteletts«, sagte sie. »Und Kartoffelpüree. Bist du hungrig?«

»Jawoll. Ich komme fast um. Was machst du da?«

»Oh, bloß eine Liste mit allem, was ich für Zoes Geburtstagsfest besorgen muß. Ich kann's nicht fassen, daß ich acht kleine Mädchen zum Übernachten eingeladen habe.«

Er nickte, und beinahe hätte sich wieder das reine, ausgelassene Glücksgefühl eingestellt, das er in der Garage empfunden hatte. Eine hübsche Frau, Eichenschränke, warmgestellte Koteletts und Kartoffeln im Herd. Er wollte glücklich sein, aber er wünschte sich dabei eine gewisse Beständigkeit und Dauer, über Stunden hinweg, nicht diese ungestümen Anwandlungen, die ihn in den seltsamsten Augenblicken überkamen, normalerweise immer dann, wenn er allein war. Er arbeitete so schwer. Manchmal hatte er den Verdacht, er könnte es wieder erhaschen, wenn er so täte, als wäre er glücklich, wenn er Sachen sagte, die ein glücklicher Mann sagen würde. Dann könnte er es an seinen unsichtbaren Schwingen packen und es fest an seine Brust drücken.

»Wo sind die Kinder?« fragte er fröhlich.

»Susan ist beim Ballett. Billy und Zoe sind oben, machen vermutlich ihre Hausaufgaben. Du bist heute abend spät dran.«

»Hmm. Ich hab' höllisch viel zu tun.«

»Ich weiß. Hier ist auch allerhand zu tun.«

Er hustete und wischte sich mit dem Handrücken über den Mund. »Ich hör' ja gar keine Klagen wegen dem Geld«, sagte er.

»Du hast gute Laune«, sagte sie. Sie widmete sich wieder ihrer Liste. Streng und züchtig hielt sie den Stift, und Constantine hatte Angst vor ihr. Sie war wütend und selbstgerecht. Sie schrieb eine Liste, die für seinen granitenen Grabstein gedacht war.

»Ich bin halt ein Arbeitstier«, sagte er. »Ich wünsche mir bloß ab und zu ein bißchen Anerkennung, das ist alles.«

Sie fügte etwas zu ihrer Liste hinzu. Ihr Stift kratzte über das Papier. »Ich arbeite auch«, sagte sie. »Genaugenommen bin ich gerade am Arbeiten.«

Die Küche schien sich auszudehnen. Er spürte, wie er schrumpfte, ein kleiner Mann, der hungrig auf dem gelben Linoleum stand. Er schaltete das Licht im Herd ein, schaute durch das getönte Fenster auf das Warmhaltegeschirr.

»Und, was ist mit dem Abendessen?« fragte er. Seine Stimme klang wieder fröhlich. Die Stimme eines glücklichen Mannes.

»Con, es steht vor dir. Wenn du eine Minute wartest, hole ich's dir. Aber wenn du es auf der Stelle willst, nun ja, du weißt ja, wie die Röhre aufgeht, oder nicht?«

»Stimmt«, sagte er. Er nahm einen Topflappen und holte das Essen aus dem Herd. Er stellte das Geschirr auf die Arbeitsplatte, hob die geschliffenen Glasdeckel hoch.

»Sieht gut aus«, sagte er.

»Mm. Limonade, Kartoffelchips, Marshmallows. Aufmerksamkeiten. Vielleicht kleine Parfümfläschchen. Oder, ach, ich weiß nicht. Dafür sind sie vielleicht noch zu klein.«

Constantine holte sich einen Teller aus dem Geschirrschrank. Er lud sich gerade Kartoffelpüree auf, als Billy in die Küche kam.

»Hallo«, sagte Billy. Mit zwölf war er noch genauso schmächtig, wie er mit fünf gewesen war. Unter seiner milchigen Haut zeichneten sich sämtliche Knochen und Knorpel ab. Sein Gesicht, ein schärfer geschnittenes Abbild von Constantine, nahm einen verschlagenen Ausdruck an.

»Hi«, sagte Constantine.

Billy ging zum Kühlschrank und nahm sich eine Cola. Constantine spürte, wie ihm etwas den Hals einschnürte, Besitzanspruch vielleicht. Die Cola gehört mir, ich habe sie bezahlt.

»Was gibt es?« fragte er.

»Nichts«, sagte Billy. »Ich mache meine Erdkunde.«

»Erdkunde.« Constantine umklammerte den Löffelgriff. Wieso betete er seinen Sohn nicht an? Was fehlte ihm? *Rede,* befahl Constantine im stillen. *Erzähl mir was über Erdkunde.* »Was gibt's in Erdkunde?« Constantine legte den Löffel auf die Arbeitsplatte.

Zeig mir, wo du auf dem Globus bist. Ein Junge, der vor sich hinbrütet, in Büchern aufgeht. Der nichts von Werkzeugen wissen will und kein Interesse an Geländespielen hat.

Billy zuckte die Achseln. Er machte die Colaflasche auf, die ein leises Zischen von sich gab. »Lateinamerika«, sagte er. »Die wichtigsten Importe und Exporte.«

»Richtig«, sagte Constantine. »Importe und Exporte. Aus Lateinamerika werden massenhaft Diamanten ausgeführt, stimmt's?«

Billy bedachte ihn mit einem ausdruckslosen, zufriedenen Blick. Constantine kannte diese Miene. Es war die Maske des Siegers, ruhig und gelassen, von seiner Überlegenheit überzeugt.

»Nein, Papa«, sagte Billy betont geduldig. »Keine Diamanten. Sie exportieren, na ja, Bananen und Kaffee. Und andere Sachen.«

Constantine spürte, wie sein Ärger zunahm. Vielleicht irrte er. Vielleicht war es ein anderes Land, wo Diamanten geschürft wurden. Vielleicht war es Afrika, oder Brasilien.

»Du bist 'n richtig schlaues Kerlchen«, sagte er. »Nicht wahr?«

Vielleicht klang sein Tonfall schärfer, als er beabsichtigt hatte. Manchmal hörte er sich Sachen sagen, die gar nicht seinen Gefühlen entsprachen.

»Ich weiß nicht«, sagte Billy.

»Du weißt nicht. Tja, was weißt du denn? Ständig krieg' ich von deiner Mutter zu hören, wie schlau du bist.«

Er betrachtete das Gesicht seines Sohnes. Billy, nichts als zarte Knochen und fahle Haut, stand vor ihm. In seinen Augen, die im Verhältnis zu dem schmächtigen Schädel unnatürlich groß wirkten, zuckten unergründliche Gedanken.

»Wo ist Costa Rica, Papa?« fragte er.

»Hä?«

»Costa Rica. Das Land. Weißt du, wo das ist?«

»Wovon redest du da? Costa Rica?«

»Ich hab's vergessen«, sagte Billy. »Liegt es nördlich oder südlich von Panama?«

Constantine winkte ihn weg. »Geh schon«, sagte er. »Geh und mach deine Hausaufgaben fertig.«

»Okay«, sagte Billy. Er schielte zu Mary, und die warf ihm einen derart unverhohlen verschwörerischen Blick zu, daß Constantine die Luft im Halse steckenblieb. Er hatte den Verdacht, daß sie miteinander kugelten, sich über seine Schwächen ausließen. Billy schlürfte seine Cola und wollte die Küche verlassen. Er hatte einen gemessenen, mädchenhaften Gang. Er hätte Münzen auf den Zehen balancieren können.

»Hör mal zu, junger Mann«, sagte Constantine zu seiner Kehrseite. »Dein Benehmen paßt mir nicht.«

»Con, laß gut sein«, sagte Mary. »Billy, geh nach oben.«

Billy drehte sich um. Auf seinem schmalen Gesicht spiegelten sich Gefühle, die Constantine nicht benennen konnte. Es hätte Wut sein können. Aber auch Erschrecken.

»Wie heißt die Hauptstadt von North Dakota, Papa?« sagte Billy.

»Was sagst du da zu mir? Was sagst du da?«

»Con«, sagte Mary. Ihr ahnungsvoller Ton machte ihn um so zorniger.

»Was ist sieben mal neun?« fragte Billy. »Wie buchstabiert man ›Rhythmus‹?«

»Junger Mann, ich warne dich. Für wen hältst du dich?«

»Ich bin ein schlaues Kerlchen«, sagte Billy. »So hast du mich doch grade bezeichnet.«

»Tja, sieh zu, daß du rauskommst. Wenn ich bis drei gezählt habe, will ich dich hier nicht mehr sehen. Eins.«

Billy verließ das Zimmer. Constantine sah Marys erleichterte Miene. Sie hatte die Liste in der Hand.

»Zwei, drei«, sagte er. Er drehte sich zur Arbeitsplatte um und wollte das übrige Abendessen auf seinen Teller laden. Er spießte gerade ein Schweinekotelett auf, als Billy von der Treppe aus rief: »Die Hauptstadt von North Dakota heißt Bismarck.«

Constantine stürmte aus der Küche und nahm jeweils zwei Treppenstufen auf einmal. Am obersten Absatz erwischte er Billy. Mary war dicht hinter ihm, brüllte, doch ihre Schreie bestärkten ihn nur in seinem Zorn. Er packte Billys dürre Ärmchen, riß ihn hoch.

»Was hast du zu mir gesagt?« sagte Constantine, und er hörte die geballte Kraft seiner eigenen Stimme. Billy schaute ihn mit störrisch unergründlicher Miene an.

»Sieben mal neun ist dreiundsechzig«, sagte er.

Als Constantine ihn schlug, hatte er das Gefühl, er bekämpfe eine Seuche in diesem Haus. Als brenne er eine schwärende Wunde aus. Heftig traf sein Handrücken auf Billys Kinn, schrappte mit einem befreienden Brennen über seine Zähne. Aus weiter Ferne hörte er Mary schreien. Billys Kopf flog nach hinten, und Constantine knallte ihm noch eine, diesmal mit dem Handballen, eine satte, saftige Maulschelle, so als treibe man mit dem Hammer einen Nagel ins Holz. Als er seine Arme losließ, sackte Billy zusammen und kullerte ein paar Stufen hinab, wo Mary ihn an ihre Brust drückte. Sie schrie und weinte. Constantine konnte nicht verstehen, was sie sagte. Er blickte auf und sah Zoe scheu, die Hände an den Bauch gepreßt, im Flur stehen. »Geh wieder in dein Zimmer«, sagte er. Er sah ihr nach, bis sie in ihrem Zimmer verschwunden war und die Tür geschlossen hatte. Dann ging er, an Mary und seinem Sohn vorbei, die Treppe hinunter.

»Du Unmensch«, schrie Mary. »Du blöder Mistkerl.«

Constantine gab keine Antwort. Er drehte sich nicht um. Langsamen Schrittes, strotzend vor Ruhe, ging er zur Tür und in die Garage. Er stieg in seinen Wagen. Ruhig und gleichmäßig atmend öffnete er das Garagentor und stieß rückwärts die Zufahrt hinab, jagte dann den Motor hoch und preschte davon. Zwei Häuserzeilen weiter stand die Tachonadel bereits auf achtzig. Er schaute in den Rückspiegel und sah, wie das Licht auf seiner Veranda kleiner wurde, mit Lampenschein zahlloser fremder Häuser verschmolz. Sein Herzschlag dröhnte ihm in den Ohren. Sein Gesicht brannte vor Wut und Scham. Während er weiterfuhr, nahm er sich vor, noch härter zu arbeiten. Er nahm sich vor, besser zu werden, freundlicher. Er stellte fest, daß er zu seinem Neubaugebiet zurückfuhr, das nächtliche Treiben beobachten und dem Gemurmel in den Häusern lauschen wollte, wie ein bußfertiger Sünder, den es in die Kirche zieht.

1968 Weit wie das Meer lag der Golfplatz unter einem fahlen Silberstreifen des aufgehenden Mondes. Sternbilder funkelten und der Nordwind, der erste in diesem Herbst, fegte die Kiefernzweige über das Firmament. Susan lag auf der blaßgelben Decke und hatte die Hand vorsichtig und behutsam um Todds Schwanz gelegt. Sie achtete auf jede Regung in seinem Gesicht.

»Oh«, grummelte Todd. Dampf stieg ihm aus Mund und Nase. »Oh. Ohhhh. *Oh.*«

»Schh«, sagte sie, obwohl er gar nicht laut gewesen war. Im gewöhnlichen Alltagsleben beherrschte er diesen massigen Leib mit erstaunlicher Selbstverständlichkeit. Anscheinend fand er nichts dabei, daß er mit den Fingerspitzen den Rand einer Suppenschüssel umfassen konnte, daß seine Füße in Schuhe paßten, die so riesig und möglicherweise ebenso tödlich wie Ziegelsteine waren. Er hielt sich an die Regeln, schüttelte anderen Jungs die Hand und erklärte ihnen voller Überzeugung, daß er sich freue, mit ihnen befreundet zu sein. Doch abends, auf dem Golfplatz oder im Auto seines Bruders, war es, als drohe etwas Übermächtiges aus ihm hervorzubrechen.

»*Ahh*«, sagte er, und wieder flüsterte sie: »Schh.«

Er tastete sich an ihrem Schenkel entlang. Sie hoffte, daß ihr Schenkel schön war, alabasterweiß unter den wildbewegten Zweigen. Sie hoffte, daß sie hinreißend war in Rock und Höschen, mit seiner groben Strickjacke über den bloßen Brüsten und dem kalten Rund seines Klassenringes an der Kette um ihren Hals. Er schob die Finger unter den Gummizug ihres Höschens. Nervös wich sie aus. Seine Finger erzeugten ein unangenehmes Kribbeln in ihrem Bauch, eine innere Unruhe. Sie tasteten, rieben über ihr dunkles Schamhaar (warum war es so dicht?), und dann tauchte einer flugs, beinahe verstohlen hinein. Der Finger stieß zu, zog sich zurück, stieß wieder zu. Sie kämpfte gegen eine jähe Panik an. Er war so beharrlich. Sein Finger bohrte in ihr, als suche er etwas anderes, eine geheimnisumwitterte Vollkommenheit, die ihr, so befürchtete sie, fehlte. Machte er sich mit seinen Freunden über sie lustig? Sie rieb seinen Schwanz fester, wußte, wenn sie ihn kommen ließe, würde er sich fügen und wieder ganz der brave, behutsame Todd werden. Um sich von ihrer Furcht abzulenken, konzentrierte sie sich auf seinen Schwanz, den geäderten Schaft und die purpurrote, seltsam unschuldige Spitze. Sie kannte nur Todds Schwanz, und wenn sie schuldbewußt über andere Jungs phantasierte, stellte sie sich deren Brust, Arsch und Beine vor, doch nie ihr Geschlecht. Dort, wo ihr Schwanz sein mußte, befand sich ein weißer, leuchtender Fleck; für sie waren sie kraftvoll, gescheit und geschlechtslos, wie Pferde. Nur Todds Schwanz tauchte in ihrer Vorstellung vom menschlichen Körper auf. Sie fragte sich, ob er die Tiefe und das Ausmaß ihrer Treue begriff. Sie fragte sich, ob diese Beflissenheit, dieses gewissenhafte und klinische Interesse ihrerseits das waren, was die Leute meinten, wenn sie von Liebe sprachen.

»Ahh«, machte er, ein feuchter, gutturaler Laut, und sie wußte, daß er gleich soweit war. Sein Finger wühlte in ihr. Sie hätte ihn anschreien mögen, er solle aufhören, doch statt dessen schob sie die lockere Haut an seinem Schwanz auf und ab, auf und ab, konzentrierte sich mit ganzer Willenskraft darauf, bis er mit einem erstickten Stöhnen einen schwach leuchtenden Strahl verspritzte, der in kleinen, runden Tropfen auf seine glatte Bauchdecke fiel. »Mmm«, sagte sie und »Schh«. Da war der Geruch nach Bleichmittel. Da war das letzte Aufbäumen, erschreckend und traurig zugleich. Sie hielt ihn fest, solange er zuckte, bis sein Schwanz in ihrer Hand erschlaffte und sein Finger sich beruhigte und zurückzog und sie neben ihm liegen, ihn kosen und die Hitze seines Körpers spüren konnte.

Sie sprachen nicht. Wenn der Abend nicht so kalt gewesen wäre, hätten sie schlafen können. Susan lag mit dem Kopf auf Todds Brust, die sich im ruhigen, animalischen Rhythmus seiner Atemzüge hob und senkte. Sie liebte diesen Moment, wenn sie neben ihm liegen konnte, einfach friedlich daliegen und an seiner Unermeßlichkeit teilhaben. Nur zu gern stellte sie sich vor, daß ihr eigener Körper vollständig in seinen hineinpassen würde. Sie könnte ihn tragen wie eine Ritterrüstung. Ein nasser, kühler Duft stieg aus dem Gras auf, und sie betrachtete seinen Bauch, auf dem kleine, im Zwielicht schimmernde Samenpfützen standen. Zuerst hatte sein Erguß sie abgestoßen, doch allmählich war ihr Widerwillen in Interesse umgeschlagen. Dieser zähflüssige Saft kam aus Todds Innerstem, Allergeheimstem. Todd, der Schulsprecher, dessen Mutter sogar seine Unterhemden bügelte. Der Samenausstoß war so untypisch für ihn, daß Susan gar nicht anders konnte, als gerührt zu sein. Seine Ejakulationen bedeuteten auch einen gewissen Verlust, und nur zu gern tröstete sie ihn hinterher. Sie beobachtete die kleinen Pfützen, wußte, daß sie demnächst durchscheinend werden, ihre Spannung verlieren und über seine Rippen abfließen würden. Noch aber lagen sie dick und weiß und rund unter dem Oktoberhimmel. Sie streckte den Finger aus und berührte einen Tropfen, der zittrig und zart gewölbt auf seinem Unterleib lag, knapp über dem buschigen Schamhaar. Sie sagte sich, daß sie das Sternenlicht berührte und Todds Drangsal, die heimlichen Begierden, die er nur ihr offenbarte.

Sie hielt ihre feuchte Fingerspitze in die kalte Luft, betrachtete das matte Funkeln und führte sie dann an die Zunge.

»Was machst du da?« fragte er.

»Dich kosten«, sagte sie. Der Geschmack ähnelte dem Geruch – wie Pilze und Wäschestärke –, obgleich er noch eine andere Note enthielt, etwas Rohes und zutiefst Menschliches.

Sie spürte, wie er kurz den Atem anhielt. »Jesses, Susie«, sagte er.

»Zu rein wissenschaftlichen Zwecken«, sagte sie. »Die Jugend ist wißbegierig.« Doch sie hörte, wie dünn ihre Stimme klang. Sie hatte sich verrechnet. Was sie getan hatte, geziemte sich nicht für Liebende. Sie war liederlich, abnorm.

»Und, äh, was meinst du?« fragte er.

»Tja, gegen Eiscreme wird's niemals ankommen.«

»Denk' ich mir doch«, sagte er.

Sie lachten beide, doch eine gewisse Verlegenheit hatte sich eingestellt. Susan zog die Strickjacke enger um ihre Brüste. »Ich friere«, sagte sie.

»Ich weiß. Ich auch.«

»Wir sollten vielleicht gehen.«

»Ja. Sollten wir vielleicht.«

Sie setzten sich auf und zogen sich langsam an. Todd holte ein Taschentuch aus seiner Gesäßtasche und wischte sich rasch und ungerührt den Bauch ab, so als putze er die Windschutzscheibe eines Wagens.

»Es wird allmählich zu kalt für so was«, sagte er. »Ich schätze, dieses Jahr kommen wir nicht mehr hierher.«

»Nein. Jetzt heißt es, lebe wohl, Golfplatz.«

Sie blickten sich um, so als wären sie beide überrascht, daß sie überhaupt hier waren. Sandbunker schimmerten inmitten der schwarzen Rasenflächen.

»Früher sind wir hier immer auf Eisblöcken rumgeschlittert«, sagte Todd. »Hab ich dir das schon mal erzählt? Abends, als ich zehn oder elf war. Dan und Ronnie und ich sind immer hierhergekommen und auf diesen großen Eisblöcken die Abhänge runtergeruscht.«

Ihr Puls ging schneller. Als kleines Mädchen hatte sie nicht einmal gewußt, was ein Golfplatz war. Tag für Tag war der Schatten eines Schlotes über die Fassade ihres Reihenhauses gewandert. Jetzt war sie Bürgerin eines anderen Landes, eines üppig grünen Reiches, in dem eine Mondsichel über keck knatternden Golffähnchen stand. Sie warf einen kurzen, aber tiefen Blick auf Todds friedliches Gesicht. Er besaß eine unschuldige Kraft, urwüchsig wie ein Bergmassiv. Todds ganze Gestalt – das breite, ebenmäßige Gesicht, die breiten Hände, der flache, muskulöse Bauch und Hintern – erinnerte sie an Erdformationen.

»Ich wette, als kleiner Junge warst du ein Herzensbrecher«, sagte sie. »Ich wette, du warst einfach unerträglich süß.« Sie sah ihn förmlich vor sich: stämmig und gutmütig, geradezu aufdringlich heiter, ein Kind, das keinerlei Kummer bereitet.

Geschmeichelt zuckte er die Achseln. Er mochte die Verklärung seiner Vergangenheit. Er mochte ihren sanften Verlauf.

»Und du«, sagte er, »warst eine Prinzessin. Stimmt's?«

Sie strich mit den Fingerspitzen über seine Haare, küßte ihn auf den Mund. Manchmal konnte man kaum wissen, welche Geschichte sie gerade gemeinsam erfanden. War sie eine gelangweilte Prinzessin aus einem exotischen Land, die den Golfplatz und die Eisbude mit ihrem fremdartigen Zauber beehrte? Oder war sie das arme Mädchen aus den Märchen, dem sich die Chance seines Lebens bot?

»Komm schon«, sagte sie. »Ich habe das Gefühl, mein Vater wartet heute abend.«

»Stimmt«, sagte er. Wenn er sie noch einen Moment gehalten hätte – wenn er gesagt hätte, er schere sich nicht um die Vorschriften und den Jähzorn ihres Vaters , dann hätte sie vielleicht den Langmut gehabt und sich in ihn verliebt. Doch Todds Stärke lag darin, daß er genau das tat, was man von ihm erwartete. Er war bekannt für seine vermittelnde, heitere Art. Manchmal zitierte er Will Rogers: »Ich bin niemals einem Mann begegnet, den ich nicht mochte.«

Sie legten die Decke zusammen und gingen schweigend über das abschüssige Gelände am vierzehnten Loch. Todd hatte den Arm um Susans Schulter geschlungen. Sie konnte seine kräftigen Atemzüge hören, konnte geradezu spüren, wie stark und ungemein verläßlich sein Herz war. Als sie zum Auto seines Bruders kamen, lehnte er sich an den geschwungenen Kotflügel und zog sie an seine Brust. Er umfing sie mit seiner Wärme, gewürzt mit Old Spice und Haarwasser. In seiner Nähe fühlte sich Susan an einen Bauernhof erinnert, an frisches Heu und die kuschligen Hinterteile gutgenährter Tiere.

»Susan?« flüsterte er, und sie spürte seinen Atem an ihrem Ohr.

»Mmmm?«

»Ach, Susan, ich, na ja, ich finde dich klasse.«

Sie lachte, holte dann tief Luft, als wolle sie das Lachen wieder einsaugen, und küßte ihn zärtlich aufs Ohr. Er kämpfte mit irgend etwas.

»Ich finde dich ebenfalls klasse, mein Schatz«, flüsterte sie. Das ist Romantik, schien eine innere Stimme zu sagen. Die Asphaltstraße, die wie Zinn in der Dunkelheit lag, verlor sich zwischen Bäumen und vereinzelten Gebäuden. Der Chevrolet von Todds Bruder schimmerte und glitzerte wie der Inbegriff von Freiheit und besserem Leben. Wieso war sie dann innerlich so unberührt? Wieso konnte sie sachlich und nüchtern bleiben, Autos wahrnehmen und Verandalichter und sie romantisch finden? Sie wollte mitgerissen werden.

»Das ist unser letztes Jahr«, sagte Todd. »Danach wird alles anders.«

»Ich weiß. Es wird lustig werden. Ich meine das College und so.«

Er strich mit dem Finger an ihrem Rückgrat entlang. »Klar«, sagte er. »Es wird klasse. Ich meine bloß ... Ach, was soll's.«

»Was? Was meinst du, mein Schatz?«

»Ich bin mein Leben lang hier gewesen. Weißt du? Ich bin noch nirgendwo anders gewesen.«

»Ich weiß«, sagte sie. »Das weiß ich doch.«

Er atmete so tief ein, daß sie meinte, er wolle sie zwischen Brust und Armen zerquetschen. Der Ring zwischen ihren Brüsten drückte.

»Jetzt heißt es, lebe wohl, Golfplatz«, sagte er.

»Bloß im Moment. Im Frühjahr können wir wieder hierherkommen. Todd, mein Schatz, alles wird gut werden. Alles wird wunderbar werden.«

»Stimmt«, sagte er. »Ich weiß. Meinst du etwa, ich weiß nicht, wie wunderbar alles werden wird?«

Sein brummiger Unterton überraschte sie. Todd war nie griesgrämig oder gereizt. Er war die Ruhe selbst, wie ein Stilleben mit Orangen und einem Krug Milch.

»Das wird es, Liebster«, sagte sie forsch und entschieden. »Denk doch mal ans College. Bedenk doch mal, da wird so viel passieren. Das wird eine vollkommen neue Welt sein.«

Er nickte. »Mir gefällt die hier«, sagte er. Er schaute an ihr vorbei zum Golfplatz, wo sich die gezackten Schatten der Kiefern am Himmel abhoben.

»Mir gefällt sie auch«, sagte sie.

Er wandte sich von ihr ab, blickte verkniffen wie ein Wissenschaftler zu der dunklen Häuserreihe auf der anderen Seite der Straße. »Magst du einstöckige Häuser?« fragte er. »Ich wollte schon immer ein Haus mit einem Obergeschoß haben. Diese Flachbauten kommen mir einfach nicht wie richtige Häuser vor.«

Susan meinte die Wahrheit über sich und Todd zu wissen. Sie war nach wie vor auf alles begierig, was sie nicht hatte, und er konnte sich nicht vorstellen, daß er mehr als das hier wollte. Sie war die Stärkere von beiden, obwohl alle Vorteile auf seiner Seite lagen. Blitzartig kam ihr diese Erkenntnis. Wir gehören nicht zusammen. Dann überkam sie Reue. Er brauchte sie. Sie mußte ihm helfen, sich im Zaum zu halten. Ansonsten würde der kleine Junge, der in ihm steckte, hervorbrechen und vor Entsetzen heulend die verlassene Straße entlangrennen.

»Ich mag einstöckige Häuser«, sagte sie. »Klar. Und jetzt komm her.«

Sie küßte ihn und verlor sich wieder in der schieren Masse des Chevrolet und der warmen, animalischen Süße seines Fleisches. Er war so groß, so folgsam. Eines Tages würde sie ihn verlassen, sie würde herausfinden, wieweit es ein hübsches, schlaues Mädchen bringen konnte. Aber im Augenblick gehörte er ihr. Sie hatte unbegrenztes Anrecht auf dieses Fleisch, dieses Leben voller Arbeit und entsprechender Belohnung. Kurz darauf waren sie im Wagen, wo sie ihm zum erstenmal gestattete, sie mit der süßen, etwas unpersönlichen Spitze seines Schwanzes zwischen den Beinen zu berühren.

Es hatte Streit gegeben. Sie konnte es förmlich spüren, als sie durch die Seitentür eintrat. »Hi«, rief sie fröhlich in die leere Küche. Alles war in Ordnung: blitzblankes Geschirr auf dem Abtropfbrett, saubere Schränke, schimmernde Backformen aus Kupfer (ein Fisch, ein Stern, ein Hase) über dem Farntopf. Dennoch lag eine dumpfe, erschöpfte Spannung in der Luft.

Sie ging durch die Küche, hielt vor ihrem Spiegelbild in der Flurgarderobe inne. Ihre Haare waren in Ordnung, die Kleidung sah nach wie vor sauber und ordentlich aus. Obwohl sie ihre Phantasien für gewöhnlich im Zaum zu halten suchte, stellte sie sich vor, sie sei auf dem Football-Feld, ihr Name werde verlesen und eine im gleißenden Licht funkelnde und glitzernde Krone auf ihr Haupt gesetzt. Sie betrachtete sich von oben bis unten. War sie eine Königin oder eine Prinzessin? Hatte sie Todd zu weit gehen lassen? Sie zupfte einen Grashalm aus ihrem Haar und steckte ihn, da sie keine Taschen hatte, in ihre Bluse.

Was immer auch vorgefallen sein mochte, es war vorbei. Offenbar waren alle zu Bett gegangen. Abgesehen von der unsichtbaren

Spannung, die in der Luft lag, wiesen nur die nach wie vor in den verlassenen Zimmern brennenden Lampen auf eine Meinungsverschiedenheit hin. Vermutlich war ihr Vater irgendwo hingefahren, und ihre Mutter war ins Schlafzimmer geflüchtet und dort eingenickt. Susan ging von Zimmer zu Zimmer, schaltete die Lampen aus und versuchte, nicht daran zu denken, wie sie gekrönt dastand, tränenüberströmt, auserwählt. Es brachte Unglück, wenn man es sich zu sehr wünschte. Sie löschte das Licht im Eß- und im Wohnzimmer. Seit sie in diese Stadt gezogen waren, hatte sie etwas gelernt, das sonst niemand in ihrer Familie wußte. Sie hatte gelernt, daß ihr Haus ein einziges Imitat war. Die Rosenmusterpolster auf Sessel und Sofas, die wie Kastanienholz glänzenden Tischplatten und die schimmernden Kupferlampen – das ganze Mobiliar war nachgemacht, billig zusammengenagelt und verleimt. Aufdringlich neu waren sie; sie rochen leicht chemisch. Nur sie, Susan, war in den richtigen Häusern gewesen. Ihre Mutter – ihre arme Mutter – meinte, ein Schmuckkästchen aus blauem Leder mit Goldbeschlägen sei der Gipfel von Eleganz und gutem Geschmack. Ihr Vater glaubte, er werde ebenso geschätzt wie alle anderen, in deren Fenstern sich die Rasenflächen und Ulmen entlang der breiten Prachtstraßen spiegelten. Doch sie war hineingebeten worden. Sie wußte, daß die Häuser der anderen Leute voller Bücher waren und daß sie einen gemessenen, würdevollen Klang hatten, wie alte Uhren.

Als sie das Küchenlicht ausschaltete, sah sie eine Gestalt im Garten stehen. Zuerst dachte sie, es wäre ihr Vater, und ihr wurde kalt ums Herz – wieso sollte er da draußen stehen? Was hatte er vor? Dann hob die Gestalt die orange Glut einer Zigarette an den Mund, und in dem kurzen Aufglimmen sah sie, daß es Billy war. Sie ging durch die Glasschiebetür und trat auf den Betonpodest.

»Du solltest nicht rauchen«, sagte sie.

Er stand im Gras, stand einfach da und rauchte. »Du hast was verpaßt«, sagte er. »War ein Riesenaufriß.«

»Sind alle heil davongekommen.«

»Ich glaub' schon. Mama und Zoe sind im Bett.«

Sie verschränkte die Arme und blickte zu den Sternen auf. Todd dürfte jetzt ins Bett gehen; vermutlich trug er nur seine Schlafanzughose. Eine Reihe glänzender Pokale, kleine goldene Männer mit Basketbällen, würde auf dem Regal über seinem Bett stehen wie in voller Pracht erstarrte Träume.

»Mach's nicht so dramatisch«, sagte sie. »Billy, wieso machst du's immer so dramatisch?«

»Tja, es kann halt ziemlich dramatisch werden. Wenn du vor 'ner Stunde dagewesen wärst, würdest so was nicht fragen.«

Langsam, zutiefst müde, ging sie über das Gras zu Billy. »Eine hübsche Nacht«, sagte sie.

»Kann gut sein«, antwortete er. »Ja, vermutlich könnte man sie durchaus als hübsch bezeichnen.«

Er war jetzt fünfzehn, in der Oberstufe, doch statt erwachsen zu werden, schien er fest entschlossen, ein trotziges Kind bleiben zu wollen. Er hatte keinerlei Interessen. Er trug lächerliche Kleidung, weit ausgestellte, flickenbesetzte Hosen und geblümte Schlabberhemden. Seine einzigen Freunde waren eine Handvoll Hippies und zwielichtige Gestalten, die sich wie streunende Katzen um die Schule herumdrückten. Todd war einigermaßen nett zu Billy, doch sie wußte, daß er ihn eigentlich nicht mochte. Nein, das stimmte nicht. Todd mochte jeden. Er achtete Billy nicht. Er hielt ihn für etwas absonderlich, einen komischen Kerl. »Der ist ein richtiger Spinner«, sagte er, »dein Bruder.«

»Worum ging es überhaupt?« fragte sie.

»Kommt's denn darauf an? Spielt das überhaupt eine Rolle?« Billy zog heftig an der Zigarette. Sein Gesicht bestand aus lauter Kanten, Spitzen und unausgeprägten Flächen. Knochig die Nase und das Kinn, kein Jochbein, ein Mund, der sich jedweder erkennbaren Form verweigerte. Seine Haut war von Akne entstellt. Susan sorgte sich, daß dieser unfertige Eindruck ewig an ihm haften bleiben könnte.

»Papa macht eine schwere Zeit durch«, sagte sie. »Er hat jetzt jede Menge Verantwortung. Ich glaube, wir müssen Geduld haben.«

»Bestimmt«, sagte er. »Du solltest reingehen. Es ist kalt hier draußen.«

»Mir gefällt's. Wo hast du überhaupt die Zigarette her?«

»Ich mache allerlei Sachen, von denen du nichts weißt. Ich führe ein völlig anderes Leben.«

Sie nickte. »Vielleicht gehe ich doch rein«, sagte sie. »Ich bin geschafft.«

»Okay.«

»Er verliert bloß manchmal die Beherrschung«, sagte sie. »Ich glaube, er bessert sich. Er bemüht sich. Wir müssen Geduld haben.«

»Ist dir schon mal aufgefallen, daß er nie *Sachen* kaputtschlägt?« sagte Billy. »Ich hab' das früher auch immer gedacht. Daß er bloß, du weißt schon, die Beherrschung verliert. Aber nach dem Stunk heute abend habe ich das kleine Glashühnchen auf dem Fensterbrett angeschaut. Weißt du? Wir haben es schon seit jeher, es steht da offen herum, und er hat es noch nie angerührt. Deshalb, weißt du, denk' ich neuerdings, daß wir diejenigen sind, denen er weh tun will. Er weiß genau, was er tut. Wenn er wirklich die Beherrschung verlieren würde, hätte er schon längst das Hühnchen zerdeppert.«

»Hat er dir etwas getan?«

»*Papa?* Nee. Der hat noch nie Hand an mich gelegt.«

»Billy. Komm hierher, ins Licht.«

»Mir fehlt nichts.«

»Erzähl mir, was passiert ist.«

»Bloß ein, zwei Schläge. Ohrfeigen. Sie waren wie Küsse.«

»Ich will, daß du ins Licht kommst. Ich möchte dich anschauen.«

»Pfeif drauf«, sagte er. »Mir fehlt wirklich nichts. Ich möchte dir bloß eins sagen.«

»Was?«

»Eines Tages werde ich ihn umbringen, und wenn es soweit ist, möchte ich nicht, daß die Leute sagen, ich hätte die Beherrschung verloren. Okay? Wenn ich ihn umbringe, werde ich niemand anderem was tun, ich werde nichts kaputtschlagen. Aber dennoch. Ich möchte, daß es allen klar ist. Ich möchte, daß du sagst, wir beide seien eines Nachts hier draußen gestanden, und ich hätte dir gesagt, daß ich ihn umbringen würde. Nur ihn. Niemand sonst. Wirst du das tun? Wirst du das für mich tun?«

Sie schlang die Arme enger um ihre Brüste. »Du bist so was von dämlich«, sagte sie. »Manchmal frag ich mich, ob du überhaupt weißt, wie dämlich du bist.«

Susan hatte das Licht ausgeschaltet und lag auf ihrem Bett. Rosa Blümchen tanzten im Dunkeln auf ihrer Tapete. Als sie den Wagen ihres Vaters vorfahren hörte, stand sie auf, zog ihren Morgenmantel an und ging nach unten. Auf dem Weg in die Küche blickte sie durch das Eßzimmerfenster in den Garten, konnte Billy aber nirgendwo sehen. Vielleicht war er zu Bett gegangen; vielleicht trieb er sich in der Gegend herum. Sie nahm die Milch aus dem Kühlschrank und wollte gerade die Stielpfanne auf den Herd stellen, als ihr Vater hereinkam.

»Hallo, Papa«, sagte sie.

Er stand unter der Tür und schaute sie an, als hätte er sie vor langer Zeit einmal kennengelernt, könnte sich aber nicht mehr recht an den Namen und die näheren Umstände erinnern. Hatte er etwa getrunken?

»Ich konnte nicht schlafen«, sagte sie. »Möchtest du auch ein Glas Milch?«

»Susan«, sagte er.

»Setz dich«, sagte sie. Sie zog ihm einen Stuhl am Küchentisch zurecht.

»Wie geht's dir, Susan?« fragte er. »Was macht die Schule?«

Sie kannte diesen Tonfall: die sorgfältige Aussprache, die verbindliche, ernste Förmlichkeit. Wenn er trank, verfiel er wieder in seinen Akzent.

»Die Schule läuft prima, Papa. Na ja, Schule ist Schule. Setz dich. Ich wärme sie bloß rasch auf. Dauert nur einen Moment.«

Er lehnte sich vorsichtig an den Kühlschrank. Mit seinem erhitzten Gesicht wirkte er unschuldig wie ein kleiner Junge. Er trug noch immer seine Arbeitskleidung, das weiße Hemd und den dunkel gestreiften Schlips. Er konnte Billy verprügeln, wütend aus dem Haus stapfen, sich betrinken und Stunden später mit tadellos gebundenem Schlips zurückkehren.

»Du wirst die Königin vom Schulball werden«, sagte er. »Mein Liebling, ich bin ja so stolz auf dich.

»Schulfeier, Papa. Der Ball ist erst im Frühjahr. Und noch bin ich erst eine Prinzessin. Rosemary wird wahrscheinlich Königin werden. Sie ist hier aufgewachsen. Sie hat massenhaft Freunde auf der Schule.«

»Du wirst die Königin werden«, sagte er. »Ja. O ja, du wirst gewählt werden.«

Die Milch warf am Rand die ersten Blasen, und sie schwenkte sie in der Pfanne. »Das ist nicht wie bei Elizabeth, Papa«, sagte sie. »Hier gibt's 'ne Menge hübscher Mädchen. Du kannst dir gar nicht vorstellen, wie die sich kleiden.«

Sie holte tief Luft, so als wolle sie den letzten Satz wieder einsaugen und hinunterschlucken. *Beklag dich bei ihm nicht übers Geld, nicht, wenn er so drauf ist.* Doch er verzog keine Miene. Unverwandt schaute er sie mit seinen feuchten, blicklosen Augen an.

»Prinzessin«, sagte er. »Die werden dich zur Königin machen. Ich versprech's.« Er war groß und gefährlich und voller Liebe. Was würde geschehen, wenn sie nicht gewählt werden würde?

»Es ist schon eine große Ehre, wenn man eine der Prinzessinnen ist«, sagte sie. »Nun setz dich hin, Papa. Die Milch ist fertig.«

Sie fragte sich, wohin Billy gegangen sein mochte. Er würde ihren Vater nicht umbringen, das wußte sie, aber man konnte nie wissen, was ihr Vater tun würde, wenn er jetzt in die Küche käme und ein bestimmtes Verhalten an den Tag legte.

»Du bist was Besonderes«, sagte er, als er sich auf den Stuhl sinken ließ. »Wie läuft's eigentlich? Bist du glücklich? Was macht Todd?«

»Todd ist Todd«, sagte sie und goß die dampfende Milch in zwei Tassen.

»Schule ist Schule, und Todd ist Todd«, sagte er. »Das klingt nicht so gut. Das klingt nicht nach dem großen Glück.«

Sie stellte eine Tasse vor ihm auf den Tisch. »Hör nicht auf mich«, sagte sie. »Alles ist bestens. Ich nehme an, ich habe eine leichte Maturitis oder so.«

»Hä?«

»Oh, Maturitis. Das dringende Bedürfnis, genau dann mit der Schule fertig zu sein, wenn man am höchsten Punkt angelangt ist. Die Medizin steht vor einem Rätsel.«

Er nickte. Er starrte in seine Milch. »Dein Bruder und ich, wir hatten heute abend eine kleine Meinungsverschiedenheit«, sagte er.

Er wollte so viel. Er konnte solchen Schaden anrichten.

»Hab's schon gehört«, sagte sie. »Ich wünschte, ihr zwei würdet euch nicht ständig streiten.«

»Sag das nicht mir. Sag's ihm. Weißt du, wie er mich genannt hat?«

»Wie?«

»Er hat mich als Schwein bezeichnet. Ein *Schwein.*«

»Oh, Papa.«

»Genauso, wie er die Polizei nennt. Er hat mich als ein beschissenes Schwein bezeichnet, entschuldige meine Ausdrucksweise. Aber so redet dein Bruder heutzutage.«

»Manchmal darfst du einfach nicht auf ihn achten.«

»Deine Mutter, die hat mir gesagt, ich soll aus dem Haus ...«

Seine Stimme klang jetzt belegt, voller Gefühle. Seine Miene wurde düster.

»Sie regt sich leicht auf«, sagte Susan. »Sie steht unter Hochspannung, das weißt du doch. Diese Streitereien sind zuviel für sie.«

»Kann schon sein. Ich nehm' an, das stimmt. Du weißt allerhand, nicht? Erst achtzehn, und du weißt schon so viel.«

»So viel nun auch wieder nicht. Hör zu, Papa, es ist schon spät. Ich sollte zu Bett gehen.«

»Ich wünschte, deine Mutter wüßte nur halb soviel wie du. Gott. Ich wünschte, sie wäre nicht ständig so mies drauf.«

»Ich muß in etwa fünf Stunden wieder raus ...«

Er legte seine Hand auf ihre. Sie kannte diesen Gesichtsausdruck bei ihm, voller Liebe und Gier und abgrundtiefer Trauer.

»Susie«, sagte er. Flehentlich wie ein Baby blickte er sie an, mit dem gleichen unbestimmten, heftigen Verlangen.

»Ich bin da«, sagte sie. »Ich hin ja da.«

Sie rührte sich nicht. Sie war verschüchtert und etwas erregt. Es war keine Begierde; nicht ganz jedenfalls. Sie erkannte, über welche Macht sie verfügte. Sie hörte, wie ihr Name auf dem Football-Feld ausgerufen, sah, wie eine Krone ins Flutlicht gehoben wurde. Langsam, voller Zärtlichkeit, nahm sie seinen großen, schmerzerfüllten Kopf in ihre schmalen Hände und zog ihn an ihr Gesicht. Sein Atem roch nach Bier, streng, aber nicht unnangenehm. Menschlich. Sie dachte, er würde sich ihr entziehen. Er tat es nicht. Sie war verschüchtert. Sie ließ den Kuß andauern.

1968 Zoe brachte kein Wort heraus. Statt dessen beobachtete sie alles. Ein Blatt flatterte von dem Efeu herab, der aus dem Porzellantopf wucherte. Staub flimmerte im einfallenden Licht. Ein Gespenst glitt über den Teppich und schrie lautlos nach allem was es nicht finden konnte.

»Zoe?« rief Mami. »Zoe, bist du da drin?«

Sie nickte. Mami klackte mit den Absätzen auf den Dielen. In einer Wolke aus Parfüm und Glitzerglanz kam sie hereingerauscht. Ihre Nylonstrümpfe raschelten unter dem Rock.

»Genau«, sagte sie. »Nicht angezogen. Haare wie ein Rattennest. Zoe, er wird in zwanzig Minuten da sein. Kapierst du das? Verstehst du mich?«

»Hmm«, sagte Zoe.

»Würdest du dich dann bitte *sputen?*«

»Ich mag mein Kleid nicht.«

Mami machte mit dem Mund ein Geräusch, einen trockenen Saugton. Mamis Mund ließ sich nicht erweichen, er verzog sich zu einem schmalen Strich.

»Letzte Woche hättest du mir noch sagen können, daß du dein Kleid nicht magst«, sagte sie. »Letzte Woche hätten wir noch was daran ändern können. Jetzt aber will ich dich in diesem Kleid sehen, und zwar in genau zehn Minuten, mit gebürsteten Haaren und sauberem Gesicht. Kapiert?«

Zoe nickte. Sie pulte mit den Fingern zwischen den Zehen herum. Oben pfiff Papi ein Lied, das nur er kannte. Mami haßte sein Gepfeife, auch wenn sie's nie sagte. Für sie waren seine Lieder wie Nadeln auf der Haut, und sie hatte gelernt, den Schmerz zu genießen.

»Zoe.« Mami schlang ihre Hand mit den rosa lackierten Nägeln um Zoes Arm, zerrte sie aus dem Sessel. »Du treibst mich noch zur Verzweiflung. Weißt du das? Nun komm schon. Ich zieh' dich lieber eigenhändig an.«

Zoe ließ sich von Mami aus dem Zimmer schleppen, die Treppe hinauf, an den Bildern vorbei. Vorbei an ihr als Baby, verschreckt, in einem mit Tanzbären bedruckten Strampelhöschen. Vorbei an der Hochzeit ihrer Eltern und an Susan in ihrem Taufkleid. Vorbei an Mami als Mädchen mit einer Perlenkette und einem harten, hoffnungsvollen Lächeln.

Zoe wußte, daß sie nie heiraten würde. Eine Braut mußte feste Vorstellungen haben; sie mußte in einem Haus wohnen. Zoe wollte draußen leben, Suppe aus Baumrinde und Regenwasser essen. Sie war nicht für Häuser gemacht.

»... nicht zuviel verlangt«, sagte Mami. »Bei einer Zwölfjährigen kann man sich ja wohl darauf verlassen, daß sie selber zurande kommt und nicht ununterbrochen beaufsichtigt und betütert werden muß. Ehrlich, manchmal weiß ich nicht, was ich mit dir machen soll.«

Mami nahm sie mit ins Elternschlafzimmer, wo die Zeit langsamer lief. Dort kündete eine weiße Bettdecke vom Langmut weißer

Farbe. An der Wand verharrten zwei silberne Tänzer, ein Mann und eine Frau, mitten im Sprung. Mami setzte sie an die Frisierkommode, die mit lauter Dosen und Tuben und Glasfläschchen vollgestellt war, wie eine kleine Stadt aus Kosmetika. Die Kommode hatte ein wuseliges, verzwicktes Eigenleben. Sie stellte etwas Gewichtiges dar.

Zoe wollte woanders leben, ihr Haar frei fliegen lassen. Sie wollte wie Moos riechen und wie Fell.

»Bleib ganz still sitzen«, sagte Mami und nahm ihre Bürste. »Wenn es ein bißchen ziept, kann ich's nicht ändern. Zoe, wieso hast du nur immer so verhedderte Haare? Was *machst* du nur damit?«

Zoe sah sich und Mami in dem runden Spiegel. Sie sah, daß sie alles andere als schön war. Sie hatte widerborstige Augenbrauen und eine Hakennase. Mit ihren kleinen, schwarzen Augen, dem vorstehenden Kinn, war sie das glatte Gegenteil von Susan, in der sich der Liebreiz ihrer Mutter fortsetzte.

Sie war jemand anders. Sie konnte gar nichts mit der Familie gemein haben.

»Mmm«, ächzte Mami, während sie die Bürste durch ihre Haare zog. Unten aus dem Flur, aus dem Badezimmer, ertönte Papis Pfeifen. Jedesmal wenn er pfiff, zog Mami die Borsten fester durch die dichten schwarzen Flechten. Zoe biß die Zähne zusammen.

»Gleich ist es überstanden«, sagte Mami. »Wenn du das schon vor einer Stunde gemacht hättest, als du es machen solltest, müßten wir uns jetzt nicht so sputen.«

Susans Stimme ertönte aus dem Flur. »Mami, hast du mein Namenskettchen gesehen?«

»Dein was?«

Susan stand in der Tür. Ihr Gesicht tauchte im Spiegel auf. »Mein *Namenskettchen*«, sagte sie. Jetzt war ihr Gesicht neben Mamis. Alle drei waren sie im Spiegel. Zoes Augen weideten sich an ihrem Schweigen.

»Das ist doch in deinem Schmuckkästchen, oder?«

»Meinst du etwa, da hab' ich noch nicht nachgeguckt?«

»Was ist mit deiner Manteltasche? Weißt du noch, als du letztes Mal dachtest, du hättest es verloren ...«

»Da hab' ich auch schon geguckt. Ich habe überall geguckt.«

»Mußt du es denn tragen?«

»Ich möchte es tragen.«

Mami gab einen matten Ton von sich, ein leises Knurren, das tief in ihrem Hals steckte. »Na gut«, sagte sie. »Du machst Zoes Haare fertig. Ich gehe das Armband suchen.«

Sie gab Susan die Bürste. Sie verschwand aus dem Spiegel, und ihre Stöckelschuhe klackten ungeduldig durch den Flur.

»Herrje, Zoe, guck dir die Haare an«, sagte Susan. Sie brachte ihren sahnigseifigen Duft mit. Sie brachte ihren Optimismus mit, ihren Schwung und ihr Selbstvertrauen.

»Ich möchte kein Bild von mir machen lassen«, sagte Zoe zu ihr.

»Tja, da gibt es kein Entrinnen. Du kommst auf das Weihnachtsfoto, ob es dir paßt oder nicht. Beiß die Zähne zusammen, das könnte ein bißchen weh tun.«

»Aua«, schrie Zoe, obwohl Susan ihr weniger weh tat als Mami.

»Sei einfach tapfer.«

»Ich mag keine Bilder von mir«, sagte Zoe. »Ich mag das Kleid nicht, das sie für mich besorgt hat.«

»Ich weiß, ich weiß. Alles ist scheußlich. Jesses, schau dir das *Knäuel* an.«

Papi tauchte im Spiegel auf. In ganzer Größe. Mit aufgeregter, erwartungsvoller Miene.

»Hallo, meine Damen«, sagte er. »Wie läuft es?«

»Ich kämpfe gerade mit Zoes Haaren«, sagte Susan. »Da kann man nur noch staunen. Sie sehen aus wie richtige Haare, aber wenn man sie bürsten will, stellt man fest, daß sie eigentlich etwas ganz anderes sind. Draht oder irgend so was.«

Papi legte eine Hand auf Susans Schulter. »Wir müssen uns beeilen«, sagte er sanft. »Der Fotomensch kann jeden Augenblick da sein. Deine Mutter gerät noch außer sich.«

»Von mir aus soll er fünf Minuten warten. Deswegen ist immer noch Weihnachten«, sagte Susan.

Papi nickte und lächelte. Das war die richtige Antwort gewesen.

»Gefunden«, rief Mami. »Es war im Kleiderkorb. Um Himmels willen, es hätte in die Waschmaschine geraten können.«

Sie kam in das Zimmer, tauchte aber nicht im Spiegel auf. Papi nahm die Hand von Susans Schulter.

»Zoe ist fast fertig«, sagte Susan.

Mami tauchte im Spiegel auf. Sie verbreitete lärmende Unruhe, eine knisternde Ungeduld.

»Laß mich machen«, sagte Mami. Sie nahm Susan die Bürste aus der Hand und strich so heftig durch Zoes Haar, als wolle sie tiefvergrabene Gedanken zum Vorschein bringen. Zoe ließ ihre Augen tränen, ließ ihre Gedanken überquellen. Sie gab keinen Ton von sich.

Später saßen sie alle bei nachmittäglichem Dämmerlicht im Wohnzimmer, während Mr. Fleming seine Einstellungen vornahm. Mr. Fleming war ein kleiner, geschäftiger Mann mit dicker Brille und verdutzter Haltung. Etwas Unsichtbares, um das nur er wußte, schien sich ständig einen halben Meter vor seinem schmalen, ernsten Gesicht zu ereignen. Seine Kamera, deren blindes Auge in den Raum gerichtet war, stand auf drei Storchenbeinen.

»Bitte alle ganz locker«, sagte er und schraubte eine Lampe tiefer. »Das hier dauert nur ein paar Minuten. Alles klar? Ein paar Minuten.«

Zoe saß mit Billy auf dem Sofa. Er trug seinen blauen Blazer mit einem roten Taschentuch, das wie ein stolzes Geheimnis aus der Brusttasche spitzte. Weil er wuchtiger wirken wollte, hatte Billy die Beine weit auseinandergestellt und die Arme auf dem Polster ausgebreitet. Er glaubte, daß manche Sachen wichtig waren, aber nicht unbedingt ernst zu nehmen.

»Klasse Kleid«, sagte er aus dem Mundwinkel zu Zoe. Sie krümmte den Rücken. Ihre Stirn glühte. Manchmal meinte Billy das, was er sagte, und manchmal meinte er das glatte Gegenteil. Das Kleid war grün und in der Mitte mit einer roten, kohlkopfgroßen Schleife gebunden. Als Mami es mitgebracht hatte, hatte Zoe mit einem unschlüssigen Achselzucken ihr Einverständnis erklärt. Irgendwie hatte sie nicht ganz begriffen, daß sie es tragen sollte, und zwar schon bald.

»Lassen wir die Kinder aufs Sofa«, sagte Mami. »Und du und ich, Con, wir können uns hier hinten hinstellen.« Sie gab sich betont trotzig und sorgenvoll. Vermutlich stellte sie sich bereits darauf ein, daß es an sämtlichen Abzügen, die Mr. Fleming ihnen schicken würde, etwas zu bemängeln gäbe.

»Mama«, sagte Billy. »So machen wir's doch jedes Jahr.«

»Nun ja, Herr Professor«, sagte Mami, »hast du eine bessere Idee?«

»Ich möchte dieses Jahr stehen«, sagte Susan. »Ich sehe immer so fett aus, wenn ich sitze.«

Susan trug das Kleid, um das sie gekämpft hatte – weiße Rüschen mit einer smaragdgrünen Schärpe. Mami hatte behauptet, es sei nicht weihnachtlich genug. Doch wenn Susan etwas wollte, dann setzte sie es mit eisiger Entschiedenheit durch. Mamis Wünsche waren zu überzogen. Sie wollte für Susan ein etwas weihnachtlicheres Kleid, aber zugleich wollte sie neue Lederschuhe für Billy und eine neue Friseur für sich (würde das zu jugendlich wirken?) und sechs Schachteln weißer Weihnachtskerzen statt der bunten, die sie gekauft hatte. Und weil Susan das messerscharf erkannt hatte, konnte sie sich immer durchsetzen.

»Es wird komisch aussehen, wenn drei von uns hinter dem Sofa stehen und nur Zoe und Billy dasitzen«, sagte Mami.

»Warum setzt du dich nicht zwischen Zoe und Billy«, sagte Papi zu Mami, »und Susan und ich stellen uns dahinter.«

Mami verzog den Mund zu einem schmalen Strich. Das sollte ein stummes Nein ausdrücken, wenn Mami verschlossen wurde. Sie trug ein rotes Kleid mit einem Stechpalmenzweig und drei goldenen Glaskugeln an der Brust.

»Wie wär's, wenn du und ich auf dem Sofa sitzen«, sagte sie, und die drei Kinder stehen dahinter?«

»Zoe ist zu klein«, sagte Billy. »Man wird allenfalls ihre Kopfspitze sehen.«

Mami nickte. »In Ordnung«, sagte sie. »Na schön. Wie ihr wollt. Ich werde sitzen. Susan, du stehst mit deinem Vater dahinter.«

Sie war hin und her gerissen. Sie wollte mit Papi hinter dem Sofa stehen, aber sie wollte auch neue Weihnachtsliederplatten und ein von Hand bemaltes Geschirrservice mit Zuckerrohrmotiv, und sie wollte Susan zum Schulabschluß eine echte Perlenkette schenken.

»Bitte bereitmachen«, sagte Mr. Fleming. »Geht auf eure Plätze. Alles klar?«

Mami setzte sich zwischen Billy und Zoe auf das Sofa. Sie überdeckte alles mit ihrem nervösen Gestrahle und ihrem Stolz, dem feinen Klang ihrer Ohrringe. In drei Wochen würden die Karten aus der Druckerei eintreffen: Fröhliche Weihnachten und ein glückliches neues Jahr wünscht die Familie Stassos.

»Mister Fleming?« sagte sie. »Wie finden Sie das? Den Gesamteindruck?«

Mr. Fleming drehte eine Lampe um den Bruchteil eines Zentimeters. Kurzsichtig und ehrfurchtsvoll musterte er die Familie Stassos.

»Alles klar«, sagte er. »Bestens. Einfach bestens. Susan, rück ein bißchen weiter nach links, neben deinen Vater. Alles klar. Genau so. Das ist es.«

Zoe rutschte auf dem Sofapolster herum. Sie wollte ihre Arme so legen, daß sie die rote Schleife an ihrer Taille verdeckten.

»Zoe, zapple nicht herum«, sagte Mami. Sie beugte sich zu Billy und zupfte das Tuch in seiner Tasche zurecht. Sie flüsterte ihm etwas zu, und er antwortete mit einem krampfhaften Lachen. Zoe schielte nach hinten, zu Papi und Susan, die hinter dem Sofa standen. Einen Moment lang meinte sie, Susan trage ein Hochzeitskleid aus lauter Taft und Spitze. Susan stand neben Papi. Sie war gefaßt und wunderschön.

»Prima«, sagte Mr. Fleming. »Ihr seht klasse aus, allesamt. Und jetzt lächelt mir mal zu. Alles klar?«

Zoe sah, daß sie nicht auf dem Bild war. Sie rutschte ein bißchen, etwas weiter zur Mitte. Sie war immer noch nicht im Bild.

»He, Zoe«, sagte Mr. Fleming. »Willst du nicht lächeln? Für mich?«

Sie nickte. Sie fing an zu lächeln. Gleißendes Licht erfüllte den Raum.

1968 Es ließ sich nicht mehr ungeschehen machen. Susan hatte sich auf die Küsse eingelassen, und jetzt konnte sie um nichts auf der Welt nein sagen. Jetzt konnte sie es nur mehr geschehen lassen. Wenn sie nichts sagte, nahm es keine Gestalt an, keinen Anfang und kein Ende; nichts sagen war die einzige Möglichkeit.

Wenn sie nicht angefangen hätte, wenn sie unschuldig wäre, hätte sie vielleicht nein sagen können. Ein unschuldiges Mädchen hätte das gekonnt.

Da sie aber nicht aus ihrer Haut konnte, ließ sie es geschehen. Sie wollte es. Sie wollte es nicht *missen*. Und es waren ja nur Küsse und Umarmungen. Es geschah nur, wenn er trank. Sie war wie ein kleines Mädchen, und sie war wie eine Krankenschwester. Er küßte sie verliebt, spielerisch. Er hielt seine Hände im Zaum.

Ihn traf keine Schuld, wirklich nicht. Sie hatte angefangen, und jetzt war es da, ein Geheimnis, das sie miteinander teilten. Nein sagen hieße, es beim Namen zu nennen.

In zwei Minuten war Halbzeit. Die Kapelle war unter dem Tribünendach angetreten; ihre Trompeten und Posaunen funkelten golden. Susan und Rosemary lächelten einander zu, als sie den Siegesschrei ausstießen. Noch zwei Minuten. Alle vier Cheerleader schlugen Rad, und Dottie Wiggins, trotz ihres Aussehens beliebt, kasperte fürs Publikum und wischte sich die Stirn, als wäre es mächtig anstrengend gewesen. Gelächter erschallte in der kühlen Luft. Jemand warf eine Papierschlange, ein dunkelrot wogendes Band vor dem schwarzen Himmel.

»Sieg-zwei-drei, Sieg-zwei-drei, schallt unser Schrei. Sieg-zwei-drei.«

Als das Spiel wieder losging, standen Susan und Rosemary dicht beisammen und blickten auf den Platz. »Bist du nervös?« flüsterte Rosemary.

»Nein. Ein bißchen. Und du?«

»Nein. Du wirst gewinnen.«

»Nein, du.«

Der Ball wurde freigegeben. Braune Trikots prallten mit orangen zusammen. Susan hörte das Schnauben und die Schreie, das helle Klicken aneinanderschlagender Helme. Der Ball flog in hohem, anmutigem Bogen durch die Luft, und Rosemary flüsterte: »Hast du Marcia gesehen? Die sieht aus wie für die Geisterbahn zurechtgemacht.«

Susan nickte und schnitt ein Gesicht. Marcia Rosselini war ein kesses, wunderschönes Mädchen, das alles mitmachte. Als die Kandidatinnen bekanntgegeben worden waren, hatte Rosemary zu Susan gesagt: »Marcia kriegt halt die Stimmen von den ganzen Jungs, mit denen sie geschlafen hat.« Susan verabscheute sie zwar nicht so wie Rosemary, doch sie verstand durchaus, weshalb Marcia nicht geeignet war. An ihren üppigen, kakaofarbenen Haaren, den nußbraunen Augen und dem lasziv-trägen Körper gab es nichts auszusetzen. Sie war das schönste Mädchen der Schule. Doch sie ließ sich mit einem Jungen nach dem anderen ein, ging immer bis zum Letzten. Sie verschleuderte ihre Schönheit wie eine reiche Erbin, die in ein paar Jahren voller Glanz und Irrwitz ihr ganzes Vermögen durchbringt. Knurrend und geifernd wie gierige Hunde umlagerten sie die Jungs, doch trotz ihrer Vorzüge war Marcia letztlich ein bedauernswertes Wesen. Weil sie sich den Hunden zum Fraß vorwarf. Weil sie zu wissend lachte und zu enge Röcke trug, weil sie den wildesten, aufregendsten Jungen, dessen Launen und schlechte Angewohnheiten binnen kürzester Zeit Spuren auf ihrer Haut hinterlassen würden, heiraten und am Ende in einer Mietswohnung in Elmont oder Uniondale landen würde. Man konnte sie allenthalben sehen, diese Frauen, die vor zwanzig Jahren wie Marcia Rosselini gewesen waren und heute als Bedienung arbeiteten, an der Kasse saßen oder von der Veranda aus ihre ungezogenen Kinder anschrien. Sie hatten ihre Sehnsüchte ausgelebt, und alles, wonach sie sich sehnten, war in ihren kleinen, kundigen Händen zu Asche geworden.

Als Königin war man über so etwas Schlichtes und Verhängnisvolles wie Sehnsucht erhaben. Die Königin des Schulfestes war eine Auserwählte. Sie hatte Anmut. Sie war jemand Besonderes. Sie war so prachtvoll, daß sie ohne Scham leben konnte, und alle Fehler, die sie begangen hatte, wurden vom Glanz ihres neuen Daseins überstrahlt.

»Marcia kann nicht gewinnen«, sagte Susan. »Sie darf nicht. Du wirst gewinnen.«

»Nein, ich glaube, du bist dran«, sagte Rosemary. »Ich habe so ein Gefühl. Ist einfach so.«

Unwillkürlich drückte Susan Rosemarys Hand. Na schön, sie wollte es zugeben, zumindest sich selbst. Sie wollte unbedingt gewinnen. Sie mußte gewinnen, jedenfalls mehr als Rosemary. Sie ließ sich zu einem Stoßgebet hinreißen. *Bitte, lieber Gott, mach, daß ich gewählt werde. Mach, daß ich diejenige bin.*

Als die Kapelle zur Halbzeit aufs Spielfeld marschierte, wartete Susan mit Rosemary und Marcia an der Mittellinie. Susan und Rosemary hatten ihre Cheerleadersachen an. Marcia trug ein tief ausgeschnittenes, taubenblaues Kleid und einen Saphir an einer dünnen Goldkette. Ihr Schlüsselbein war ausgeprägt, der Kopf klein und wohlgeformt. Sie hatte die Augen dick mit Kajal umrandet und glitzernden blauen Lidschatten bis unter die Brauen aufgetragen. Sie schaute Susan und Rosemary mit dem schläfrigen, leicht gereizten Gesichtsausdruck an, der mittlerweile ihr Markenzeichen geworden war.

»Jetzt isses soweit, Mädels«, sagte sie.

Rosemary lächelte und zupfte eine kleine Fussel von ihrem Pulli. Sie haßte Marcia wie eine Hausfrau die Unordnung. Susan hegte eine gewisse Bewunderung für Marcias burschikoses Selbstvertrauen, doch zugleich hatte sie solche Angst vor dem Schicksal, das Marcia sich selbst bereiten würde, daß sie in ihrer Gegenwart jedesmal von einer leichten Übelkeit erfaßt wurde.

»Stimmt«, sagte Susan leise. »Das große Ereignis.«

Grinsend kam Todd auf sie zugelaufen, die Schultern zurückgezogen und die linke Hand lässig in die Hosentasche gesteckt. Er bewegte sich so, als werde ihm bei diesem Anlaß, in der nächsten und übernächsten Sekunde, eine Reihe von Möglichkeiten geboten, die genau auf ihn zugeschnitten waren. Er hatte den verschlossenen Umschlag in der Hand. Als Schulsprecher hatte er die Aufgabe, den Namen der Siegerin vorzulesen. Er trug seine graue Hose und den marineblauen Blazer. Sie kam sich erhaben vor, geadelt, weil sie barbusig unter den Sternen gelegen und ihren Kopf auf diesen Blazer gebettet hatte. Dann wiederum kam sie sich schlecht vor, weil sie es getan hatte, schuldig. Sie wußte einfach nicht, wie sie sich vorkommen sollte.

»Hallo, miteinander.« Todd lächelte. »Seid ihr bereit?«

Weil er pflichtbewußt war, schaute Todd Susan nicht direkt an. Er zwinkerte ihr nicht zu und schenkte ihr kein verstohlenes Lächeln. Da er ein offizielles Amt innehatte, benahm er sich so, als habe er zu allen drei Kandidatinnen ein herzliches, aber eher distanziertes Verhältnis, und einen kurzen, bitteren Moment lang haßte Susan ihn dafür. Sie schielte zu Marcia, die Todd vermutlich für einen Witz hielt. Ein Angepaßter, zu dröge und anständig.

»Bringen wir's hinter uns«, sagte Marcia. Susan fragte sich, ob sie wirklich so sicher, so von ihrer Zukunft überzeugt war, daß sie sich nicht darum scherte, ob sie gewählt wurde. Falls sie gewinnen sollte – weil sie so dusslig war und so schön und verloren –, würde sie dann am Ende des Abends betrunken, lachend und mit verschmiertem Make-up die straßbesetzte Krone auf Eddie Gagliostras erigierten Penis setzen? Susan war so eifersüchtig auf Marcia, wie sie es mit Rosemary oder den anderen begehrten, sittsamen Mädchen nie erlebt hatte. Durch ihre fiese, liederliche Art hatte Marcia sich in eine Sphäre begeben, in der ein Sieg nichts galt, weil es nichts zu verlieren gab.

Rosemary kniff Susan durch den Pullover in den Arm, und Susan kam wieder zu sich. Rosemary war ihre beste Freundin, ihre wahre Schwester. Rosemary war genau so, wie sie sein wollte. Todd geleitete alle drei Mädchen zur Spielfeldmitte, wo die Kapelle im Halbkreis um das pastellgrüne Cadillac-Kabriolett angetreten war, in dem die Königin und ihr Hofstaat über die Aschenbahn fahren würden. Jungs aus der Unterstufe hatten die Kameras im Anschlag. Peggy Chandler, die Königin des letzten Jahres, wartete darauf, die neue Siegerin zu krönen. Peggy, ein hübsches, energisches Mädchen, das ein teures, mit roten Mohnblüten bedrucktes Kleid trug, war mit dem Zug aus Albany gekommen, wo sie in Bälde einen Mitarbeiter des Justizministers heiraten würde. »Viel Glück«, flüsterte Rosemary, und Susan sagte ihrerseits: »Viel Glück.« Sie war benommen, atemlos. Die Welt schien vor ihren Augen zu schrumpfen. *Bitte,* sagte sie stumm. *Bitte, lieber Gott.* Weder Rosemary noch Marcia brauchten die Krone so dringend wie sie.

Die Mädchen stellten sich in einer Reihe vor dem Cadillac auf und wandten die Gesichter der Tribüne zu. Peggy Chandler, stolz und selbstgefällig in ihrem Kleid, stand daneben. Susan wußte, wo ihre Familie saß, obwohl sie in der wogenden, staunenden Menge nicht zu erkennen war. Die Welt war so groß. Es gab so viel zu gewinnen oder zu verlieren. Todd trat an den Mikrophonständer. Er richtete das Mikro, schnitt ein Gesicht, als es quäkte, und schenkte dem Publikum dann ein gewinnendes Lächeln.

»Willkommen, alle miteinander.« Tief und hallend dröhnte seine Stimme aus den Lautsprechern. »Willkommen, liebe Mitschüler, die heutigen und die ehemaligen. Hoffentlich habt ihr Spaß an unserem Spiel. Nein. Ich nehme alles zurück. Hoffentlich macht es euch Spaß, wie wir die Panther vermöbeln.«

Beifall und Jubel brandeten auf. Braune Papierschlangen flogen. Konfettiwolken zerstoben im Flutlicht.

»Wir Trojans sind hierzulande bekannt für unseren Teamgeist, unsere Ehre und unsere Verbissenheit auf dem Platz. Na ja, einige von uns jedenfalls. Andere wiederum sind wegen ihrer Schönheit und ihres Charmes bekannt. Nun ist es an der Zeit, daß wir das Mädchen krönen, das all diese Eigenschaften am ehesten verkörpert. Sehr geehrte Damen und Herren, ich habe die Ehre, die Königin des Schulfestes neunzehnhundertachtundsechzig bekanntzugeben.«

Wieder jubelte die Menge, aber nicht so laut. Todd beugte sich näher ans Mikrophon. Im Profil wirkte sein Gesicht ernst und entschlossen. Er hatte eine flache Stirn und eine kurze Nase, dazu einen so ausgeprägten Unterkiefer, daß Susan manchmal, ohne es zu wollen, über die Form seines Schädels nachdachte.

»Lassen Sie mich zunächst feststellen, daß es jede dieser bezaubernden Damen verdient, Königin zu werden. Alle drei verkörpern jeweils auf ihre Weise das Ideal der Trojans. Doch die Tradition gebietet, daß nur eine gewählt werden kann. Daher wollen wir ohne weitere Um ...«

Er hielt den strahlend weißen Umschlag hoch. Er riß ihn auf, zog ein weißes Blatt Papier heraus. Kein Muskel zuckte in seinem breiten, sanften Gesicht.

»Gestatten Sie mir, die erste Prinzessin des Schulfestes neunzehnhundertachtundsechzig vorzustellen: Marcia Rosselini.«

Jubel und Hochrufe, vereinzelt auch ein paar Buhs erschallten aus der Menge. Marcia lächelte und reckte das Kinn höher, so als wolle sie Peggy Chandler auffordern, ihr die rote Prinzessinnenrose in die Hand zu drücken. Rosemary und Susan wandten sich im gleichen Moment einander zu. Jede wußte, daß sie sich keinerlei Anzeichen von Erleichterung oder Triumph anmerken lassen durfte. Rosemary bildete mit dem Mund die Worte: »Du bist es«, und Susan schüttelte leicht den Kopf und erwiderte ebenso tonlos: »Nein, du bist es.« Einen Augenblick lang wollte Susan, daß Rosemary gewann, damit ihr jedwede Enttäuschung erspart bliebe. Einen Augenblick lang wollte sie, daß sich Rosemarys Vollkommenheit weiter und immer weiter entfalten möge, bis sie alles verkörperte, jede weibliche Tugend, und sie, Susan, ihre Gefährtin werden könnte. Ihre liebe und würdige Tochter.

»Es ist soweit«, sagte Todd ins Mikrophon. Stille kehrte ein, die nur durch das leise Knistern der Lautsprecher und das Geschrei eines weinenden Babys irgendwo im weiten Rund beeinträchtigt wurde.

»Darf ich Prinzessin Susan Stassos und die Königin des Schulfestes neunzehnhundertachtundsechzig vorstellen: Rosemary Potter.«

Rosemary und Susan fielen einander in die Arme. Susan war erleichtert und empfand eine tiefe Zuneigung. Ja, natürlich. Rosemary würde immer gewinnen; sie war dazu geboren. Susan spürte, wie Rosemarys Haare sie streiften, und dachte: ›Ich bin die erste, die die Königin umarmt.‹

Die Menge jubelte. Als sie zurücktraten, bemerkte Susan, daß Rosemary weinte, sie jedoch nicht. »Herzlichen Glückwunsch«, sagte sie. Sie hatte nicht erwartet, daß ihr Tonfall sich so förmlich anhören würde. Rosemary nickte unter Tränen, und schockiert stellte Susan fest, wie sehr auch sie hatte gewinnen wollen. Wie sehr sie sich gewünscht hatte, die Schule in vollem, durch nichts beeinträchtigtem Triumph abzuschließen. Susan spürte, wie sie sich unter Rosemarys Umarmung versteifte. Rosemary hatte gesagt: »Du bist es«, obwohl sie gewußt hatte – sicher hatte sie es gewußt –, daß Susan nicht gewinnen konnte. Susan trug einen griechischen Namen. Sie war nicht blond.

Sie lösten sich voneinander. Sie lächelten der jubelnden Menge zu. Peggy Chandler drückte Rosemary an sich und setzte ihr vorsichtig den straßbesetzten Reif aufs Haupt. Sie gab Susan eine Rose, drückte ihr einen trockenen Kuß auf die Wange und legte Rosemary dann ein Dutzend in Zellophan verpackte Rosen in den Arm. Susan schielte zu Todd. Lächelnd schaute er zu ihr her, und sie lächelte zurück und dachte: »Ich kann das überstehen. Es wird mich verändern, aber ich werde es überstehen.«

Die Kapelle spielte »Stardust«, und alle drei Mädchen nahmen auf dem Rücksitz des Kabrioletts Platz. Rosemary hielt Susans Hand. Sie sprachen nicht. Sie winkten der Menge zu. Als der Wagen um die Aschenbahn fuhr, vorbei an den lärmenden, winkenden Zuschauern, betastete Susan den Stiel ihrer Rose und fragte sich, was sie eigentlich erwartet hatte. Vielleicht war sie deshalb so überrascht, weil sich ihre Erwartungen voll und ganz erfüllt hatten. Vielleicht hatte sie geglaubt, daß Rosemary aufgrund ihres offensichtlichen Geschickes, der Leichtigkeit, mit der sie stets gewann, irgendwie nicht für die Krone in Frage komme. Als der Wagen die hintere Kurve der Aschenbahn umrundete, erkannte Susan, daß die Welt nur in begrenztem Maß Überraschungen zu bieten hatte. Tatsachen setzten sich gegenüber romantischen Unwahrscheinlichkeiten durch. Ein armes Mädchen – ein dunkles Mädchen ausländischer Abstammung – konnte Prinzessin werden. Alles weitere lag jenseits ihres Horizonts.

Als der Wagen die Ehrenrunde beendet hatte, bedeutete man den Mädchen, sie sollten auf dem Rücksitz bleiben und weiter in die Ränge winken, während die Kapelle ihr Stück zu Ende spielte. Dann öffnete Todd die Hintertür. Marcia stieg zuerst aus, gefolgt von Rosemary, bei deren Auftritt sich vereinzelter Applaus erhob. Susan stieg aus, und Todd nahm sie so heftig in die Arme, daß sie aufkeuchte. »Ich bin ja so stolz auf dich«, flüsterte er. Als er sie losließ, musterte sie prüfend sein Gesicht, ob sich irgendwelche Anzeichen von Mitleid oder Enttäuschung erkennen ließen. Sie sah keine, doch trauen konnte man ihm keinesfalls. Immerhin behauptete er, nie einem Mann begegnet zu sein, den er nicht mochte.

Etliche Mädchen, die ebenfalls mit ihrer Kandidatur gerechnet hatten, aber übergangen worden waren, gratulierten Susan, und zum ersten Mal wurde ihr klar, daß die Welt besonders freundlich zu denen ist, die nicht gewinnen. Rosemary, auf deren Gesicht noch immer Tränen glänzten, stand ein paar Schritte weiter weg neben Randy, ihrem Freund. Heute abend hatte sie es endgültig geschafft – sie konnte auf eine uneingeschränkt erfolgreiche Jugend zurückblicken. Blitzlichter flammten auf, ließen Rosemarys Krone erstrahlen, und als Susan die Augen zusammenkniff, sah sie den roten, phosphoreszierenden Widerschein der Krone.

»Die Leute vom Jahrbuch haben gesagt, ich soll darauf achten, daß ihr zum Fotografieren beisammenbleibt«, sagte Todd freundlich. Die Ausdrucksweise war untypisch. Normalerweise hätte Todd gesagt: »Ihr müßt fürs Fotografieren beisammenbleiben.« Normalerweise machte er keinen Unterschied zwischen dem, was man erwartete, und dem, was notwendig war. Er drückte Susans Nacken, und sie strich mit den Fingernägeln über seine Manschette.

Zwei weitere Mädchen entboten ihre Glückwünsche, und dann löste sich Susans Familie aus der Menge. Ihre Mutter war zuerst bei ihr, drückte sie kurz an ihre Brust und sagte: »Du hast da draußen so wunderschön ausgesehen.« Ihr Vater stupste ihr mit dem Daumen unter das Kinn, lachte und sagte: »So ein Betrug. Die sollten noch mal nachzählen. Meinst du nicht auch, Todd?«

»Sir«, sagte Todd, »für mich gibt es nicht den geringsten Zweifel, wer die Siegerin ist.«

Ihr Vater nickte und zuckte die Achseln. »Blondinen«, sagte er. »Bei blonden Haaren spielt die ganze Welt verrückt. Ich persönlich hab' das nie verstanden.«

Susan rückte näher zu Todd. Ihr Vater schob ihr die Schuld an ihrer Niederlage zu, auch wenn er es nie eingestehen würde. Immer hatte sie zu den Klassenbesten gehört, stets war sie eine der Beliebtesten gewesen. Beim Ballettabend hatte sie die Hauptrolle getanzt. Jetzt stand sie ohne Krone da, mit einer einzigen Rose, während die Kameras rund um ein Mädchen klickten und blitzten, das irgendwie härter gearbeitet hatte, mehr Charme ausstrahlte, besser gewesen war. Susan Stassos war eine Dienstmagd. Es waren einmal drei Schwestern, und sie war eine der beiden, die der Prinz nicht heiraten mochte.

Jetzt gehörte sie zu ihrem Vater.

Zoe zockelte betreten hinterher, doch Billy boxte Susan auf den Arm und sagte: »Verdammt noch mal, dafür solltest du 'nen Tapferkeitsorden kriegen. Ich meine, damit verglichen wird dir dein ganzes übriges Leben ruhig und friedlich vorkommen.«

Sie wollte nicht das verbitterte Mädchen sein, das mit einer Rose in der Hand unter dem Kreppapierbaldachin in der Cafeteria stand, während die Band »Cherish« spielte. Wenn sie schon nicht gewinnen konnte, wollte sie wenigstens so blasiert wie Marcia sein, die stolz wie eine gefangene Amazone am Rand der Tanzfläche stand, umgeben von ihren Freundinnen – ruppigen Mädchen mit Make-up und kurzen Röcken – und Eddie Gagliostra, einem mißmutigen, gutaussehenden Jungen, der Marcias Worten zufolge nur zu einem taugte. »Komm, verziehen wir uns aufs Damenklo«, sagte lauthals eine der Freundinnen, »und gehen eine rauchen, *Prinzessin*«, und Marcia lachte. Vielleicht war sie letzten Ende doch fies genug, um ihrem Schicksal zu entrinnen, der einstöckigen Mietskaserne, dem wilden Ehemann, der es an keinem Arbeitsplatz aushielt. Bevor sie eine Zigarette rauchen ging, flüsterte Eddie ihr etwas zu, und sie lächelte wissend. Eddie hatte dicke Lippen, eine gebrochene Nase und ölige Locken, die ihm in die Stirn hingen. Susan tat so, als höre sie Dottie Wiggins zu, in Wahrheit aber stellte sie sich vor, wie es wohl sein würde, wenn sie Marcia wäre – zu vorgerückter Stunde, betrunken und nackt in einem Wagen oder einem fremden Schlafzimmer. Sie stellte sich Eddie vor, seine wulstigen, abstoßenden Lippen. Dottie Wiggins sagte irgend etwas übers College, und Susan dachte an Eddie, an das hämische, selbstzufriedene Vergnügen, das es ihm bereiten mochte, wenn ein Mädchen seinetwegen außer Rand und Band geriet. Er brach in Häuser ein, drangsalierte die kleineren Jungs. Zweimal hatte er Billy im Umkleideraum bedroht. Susan stellte sich die Sehnen an seinen Armen und Schenkeln vor, seine unverschämte Zunge, die hageren, harten Muskeln an Brust und Bauch. Errötend wandte sie sich wieder Dottie Wiggins zu, die gerade sagte: »... Tufts ist die bessere Ausbildungsstätte, aber die Universität von Colorado würde wesentlich mehr Spaß machen, und ich meine, für Spaß spricht doch allerhand, du nicht?«

»Ich glaube nicht, daß hier irgend jemand Spaß hat, nicht richtig jedenfalls«, sagte Susan. »Ich glaube, wir haben alle bloß gelernt, gemeinsam eine Menge Krach zu machen und das als Spaß zu bezeichnen.«

Dottie schaute sie argwöhnisch an. »Tja«, sagte sie, »wenn du lieber ein Trauerkloß oder so was ähnliches werden willst.«

Susan zwirbelte die Rose in ihren Händen. »Nein, Schätzchen«, sagte sie. Noch nie hatte sie ein anderes Mädchen »Schätzchen« genannt. »Schätzchen« sagte Marcia zu den Leuten, die sie für Flaschen hielt. »Nein, ich möchte kein Trauerkloß werden. Ich will Spaß haben, richtigen Spaß. Ehrlich.«

Sie wußte, was sie hier tat. Sie setzte eine Geschichte in Umlauf: Susan Stassos ist pampig geworden, weil sie nicht gewonnen hat. Dottie würde es jedem erzählen. Sie war eine gute Imitatorin, und sie würde Susan nachahmen, wie sie stocksteif am Rand der Tanzfläche stand und die Rose zwirbelte, und in einem bei Marlene Dietrich entlehnten Tonfall sagen: »Schätzchen, nümond hatt hür Spaß, nicht rüchtig.«

»Tja«, sagte Dottie. »Da gehört nicht viel dazu. Spaß ist die einfachste Sache der Welt, vor allem für jemand wie dich.«

»Jemand wie mich«, sagte sie.

Sie dachte an die Heimkehr heute abend. Würde ihr Vater noch wach sein? Ob er wohl getrunken hatte? Wie sollte sie jetzt, da sie weniger war denn zuvor, jemals nein sagen können? Wie konnte sie jemals ja sagen?

Todd kehrte von irgendwelchen Verpflichtungen zurück, denen er sich hatte widmen müssen. »He, Susie«, sagte er. »Hi, Dottie.«

»Hi, Todd«, sagte Dottie strahlend, wenn auch leicht spöttisch. Sie wurde von Neid geplagt, geradezu umgetrieben, und sie verzehrte sich förmlich vor der Anstrengung, forsch, lustig und unbeschwert zu wirken.

»Susie, hast du Lust, einen Augenblick rauszugehen?« fragte Todd. »Es ist eine hübsche Nacht. Ich hätte nichts gegen ein bißchen frische Luft einzuwenden.«

»In Ordnung«, sagte Susan. »Bis später, Dottie.«

»Bis dann«, sagte Dottie, und als Susan mit Todd ging, wußte sie, daß Dottie bereits nach jemandem Ausschau hielt, dem sie die Geschichte erzählen konnte. *Nümond hatt hür Spaß, nicht rüchtig.*

Susan ging mit Todd auf den asphaltierten Platz unmittelbar vor der Cafeteria, wohin sich die Schüler mit offizieller Erlaubnis begeben durften, wenn sie nicht tanzen wollten. Auf der andern Seite des Platzes, der gnadenlos angestrahlt wurde, stand die Turnhalle mit ihren hohen, schmalen Fenstern, und dahinter lag das verlassene Football-Feld. Etliche andere Pärchen standen flüsternd im grellen Licht. Sie wurden leicht unruhig, als sie Todd und Susan bemerkten. Ein Junge, ein ehrgeiziger Knabe aus der Unterstufe, ließ seine Begleiterin stehen, schüttelte Todd die Hand und wollte sich mit ihm über seinen bevorstehenden Wahlkampf als nächster Schulsprecher unterhalten. »Herzlichen Glückwunsch, Susan«, fügte der Junge hinzu. Susan dankte ihm. Tiefrot leuchtete ihr Cheerleaderpulli in dem blendenden Licht, als Todd sich von dem Jungen loßriß und sie an den Rand des Platzes geleitete. Draußen in der samtigen Dunkelheit leuchteten Zigaretten auf. Wolkenfetzen jagten am Mond vorbei.

»Was für eine Nacht«, sagte Todd.

»Hmm. Um die Wahrheit zu sagen, ich bin froh, daß es fast vorbei ist.«

Er stockte. Er hatte irgend etwas auf dem Herzen. ›Wenn er eine Trostrede für mich einstudiert hat, mache ich mit ihm Schluß‹, sagte sich Susan. Sie hoffte, es wäre so. Sie wollte am liebsten losschreien.

»Susie?« sagte er. »Susan?«

»Ja?«

Ungehalten zwirbelte sie die Rose. Bestimmt wollte er ihr raten, das Ganze als eine wichtige Erfahrung zu betrachten, Gott dafür zu danken, daß er ihr die Gelegenheit gegeben hatte, ihren Charakter zu festigen. Sie dachte an Marcia, die scherzhaft ›Prinzessin‹ genannt wurde. Marcia, die stark und frei hinaus in die Welt ziehen würde.

»Na ja, weißt du«, sagte Todd. »Ich habe nachgedacht.«

»Mm.«

»Über das nächste Jahr. Du weißt schon. Wir haben uns nicht an denselben Unis beworben. Und jetzt ist es zu spät.«

»Ich weiß.«

»Und wir haben noch nicht richtig darüber geredet.«

»Das stimmt. Haben wir nicht.«

»Also hab' ich drüber nachgedacht. Susie. Egal, wohin ich gehe, ich möchte, daß du mitkommst. Ob nach Yale, du weißt schon. Oder nach Princeton.«

Sein Gesicht lief rot an, und seine Augen bekamen einen wäßrigen, ungesunden Glanz. Sie hatte ihn noch nie so aufgeregt erlebt, außer wenn sie miteinander schliefen. Sie wollte ihm auf einmal helfen, damit er sich faßte, wieder zu sich fand.

»Was willst du damit sagen?« fragte sie leise.

»Ich glaube ... ich meine, es klingt, wie wenn ich sagen möchte, daß wir heiraten sollten. Du und ich. Ich möchte dich heiraten.«

Das Blut schoß ihr in den Kopf. Alles, was ihr einfiel, war: ›Das passiert jetzt, in diesem Augenblick.‹ Jemand wollte sie heiraten. Er fragte sie jetzt, vor der Cafeteria, am Abend ihrer Niederlage. ›Ich bin nicht dazu bereit‹, dachte sie. ›Es sollte nicht hier passieren.‹

»Ach, Todd«, sagte sie. »Ich weiß nicht.«

»Du weißt nicht, ob du heiraten möchtest? Oder weißt du nicht, ob du mich heiraten möchtest?«

»Na ja, beides. Nein, vergiß das. Das ist bloß – na ja, *können* wir denn überhaupt heiraten?«

Sie wußte nicht, was sie damit meinte. Sie wollte einfach gesagt bekommen, daß es möglich war, daß jemand wie sie heiraten konnte. Sie wollte wissen, ob Todd auch der Junge war, den man heiratete.

»Tja, na klar«, sagte er und brachte sogar ein Lächeln zustande. »Wir könnten schon, wenn du möchtest.«

»Mein Vater«, sagte sie.

»Er ist altmodisch, ich weiß«, sagte Todd. »Ich rede mit ihm. Es wird sehr ...«

Dann sah Susan die Lösung. Sie wußte, was sie tun mußte.

Sie würde weggehen, irgendwohin. Wenn sie und Todd heute nacht nach Hause kamen und er ihre Verlobung bekanntgab, hätte sie endlich die Möglichkeit, nein zu sagen. Sie wäre in Sicherheit.

»Wir könnten schon«, sagte sie. »Ja. Wir könnten das wirklich tun, nicht?«

»Klar«, sagte Todd mit einem verliebten Lachen. »Wir können durchaus und jederzeit.«

Er hatte seine Haltung wiedergefunden. Seine unverblümte, einstudierte Art.

»Wir könnten es durchaus«, sagte Susan. »Na klar. Laß uns heiraten.«

»Wirklich? Möchtest du das wirklich?«

»Ja. O ja. Auf der Stelle.«

»Auf der Stelle?«

»Na ja, sobald wir unseren Abschluß haben. Ich kann den Schleier unter meinem Doktorhut tragen, und wir gehen zur Kirche, sobald wir unsere Zeugnisse haben.«

»Du machst mir Spaß«, sagte er. »Weißt du das? Du bist ein komisches Mädchen.«

1969 Mary schrieb auf den Briefumschlag, in dem die Telefonrechung gekommen war: Ich werde nicht stehlen. Sie gelobte es schriftlich. Doch sie stahl weiter. Sie wußte nicht, wieso sie es tat. Sie erinnerte sich noch an das erste Mal, bei Engelhart. Sie hatte Briefpapier für Susans Hochzeitseinladungen gesucht und nur nachsehen wollen, ob Engelhart etwas Ordentliches im Angebot hatte, oder ob sie und Susan nach New York fahren mußten. Die Verkäuferin, jung und einigermaßen hübsch, aber zu stark geschminkt, hatte ihr die Muster gezeigt. Gewöhnliches Cremefarbiges, eins mit einem gelblichen Elfenbeinton, ein milchig Blaues, so nichtssagend wie ein Busfahrschein. Die Ränder mit Lilien verziert, mit Tauben und schaurigen weißen Glöckchen. Engelhart hatte nicht das Richtige. Letzten Endes würde sie doch mit Susan in die Stadt fahren müssen. Mary dankte der Verkäuferin und erklärte, sie werde es sich überlegen. Mary erhob sich von ihrem Hocker am Ladentisch – eine attraktive Enddreißigerin, so verstand sie sich, die eine gute, marineblaue Handtasche unter dem Arm trug und huldvoll das Angebot eines Geschäftes ablehnte, das Verkäuferinnen wie die hier einstellte, ein Mädchen, dessen hübsches Allerweltsgesicht mit der Jugend verwelken würde. Mary hatte in ihrer Jugend Frauen wie sich erlebt, wohlhabende, verheiratete Damen, die freundlich, aber entschieden das Warenangebot in den Geschäften der näheren Umgebung abgelehnt hatten. Als sie aufstand, als ihr Unterkleid aus reinem Satin fließend über ihre Nylonstrümpfe glitt, sah sie sich so klar und deutlich, als befände sie sich außerhalb ihres Körpers. So als wäre sie die Verkäuferin, während eine stattliche und begüterte Frau, eine Frau, die ihre Gaben vollendet zu verhüllen wußte, die örtliche Schreibwarenhandlung verließ, weil es dort keine Spitzenqualität gab. Mary wurde leicht ums Herz, und sie empfand eine tiefe innere Zufriedenheit und Ruhe, die aber jählings in Unsicherheit umschlug. Ihre älteste Tochter, eine anerkannte Schönheit, heiratete bald einen jungen Mann, der nach Yale ging. So eine Tochter zu haben war ein persönlicher Triumph, und doch kam es Mary, selbst wenn sie darüber entzückt war, in mancher Hinsicht so vor, als werde sie durch Susans Glück etwas zurückgesetzt. Sie sorgte sich, daß sie neben ihrer Tochter eher halbseiden wirken könnte, wenn sie in der Öffentlichkeit auftraten. Sie befürchtete, daß Susan sie für freudlos und wenig unterhaltsam hielt. Mit einem jähen Schuldgefühl, doch auch mit einem gewissen Vergnügen, erinnerte sich sich daran, daß Susan nicht zur Königin erkoren worden war. Als sie zur Tür ging, hörte Mary, wie die Verkäuferin den Musterkatalog zuklappte; sie hörte den dumpfen Aufschlag des schweren Deckels. Auf dem Weg nach draußen blieb sie stehen und schaute sich die Adreßbücher an, weil ihr eingefallen war, daß Billy allmählich in das Alter kam, in dem er eins gebrauchen könnte. Die Adreßbücher, die Engelhart im Angebot hatte, waren zweite Wahl. Der Einband war aus Kunstleder, die Heftung allenfalls mittelmäßig. Mit gerunzelter Stirn blieb Mary vor einem der Bücher stehen: rotbrauner Plastikeinband, darauf in Gold das Wort *Adressen* eingeprägt; der letzte Buchstabe schälte sich bereits ab. Das Ding war so schundig, so unter ihrer Würde, daß sie sich beim bloßen Anschauen töricht vorkam. Sie blickte sich um, sah, daß niemand sie beobachtete, und ehe sie recht wußte, was sie tat, steckte sie das Adreßbuch in ihre Tasche. Ihre Stirn glühte. Ruhig, ganz die große Dame mit Stöckelschuhen und Perlenohrringen, verließ sie mit dem schäbigen kleinen Adreßbuch in der Tasche den Laden. Neunundneunzig Cent hätte das Buch gekostet, so stellte sie später fest, als sie auf das Preisschild schaute.

Sie wußte nicht, wieso sie es getan hatte. Sie wollte das scheußliche Adreßbuch nicht. Von Begehrlichkeit konnte keine Rede sein; es war eher eine Art zwanghaftes Saubermachen gewesen. Hinterher empfand sie eine gewisse nervöse Erleichterung, so als sei ein dräuendes Unglück – irgendeine Schuld – aufgeschoben, aber noch nicht gänzlich gebannt. Nun hatte sie das Adreßbuch, dieses nichtige Ding, und sie wußte nicht, was sie damit anfangen sollte. Billy konnte sie es nicht geben, doch sie stellte fest, daß sie es auch nicht über sich brachte, es einfach wegzuwerfen. Sie hatte soviel dafür riskiert. Sie entfernte das Preisschild und steckte das kleine Buch, das sie vielleicht eines Tages irgendwem schenken könnte, in ihre oberste Wäscheschublade. Irgendwann einmal würde sie es schon irgendwie verwenden können.

Seither hatte sie zahllose Kleinigkeiten gestohlen und jedesmal die gleiche kribbelnde Zufriedenheit empfunden, so als riskiere sie Kopf und Kragen, um ein bißchen mehr Sauberkeit und Ordnung zu schaffen. Das Stehlen war eine Begleiterscheinung ihres Lebens. Es nahm ungefähr soviel Raum ein wie ein dröges Hobby oder die gelegentliche Lektüre des *National Geographie;* wo immer angedeutet wurde, daß die Länder dieser Erde unbeschreiblich fremdartig, insgesamt besehen jedoch alle mehr oder weniger gleich seien. Mary versenkte sich in die Planung für Susans Hochzeit, was ihr zahllose Entscheidungen abverlangte, bis hin zu den Rosenknospen auf dem Kuchen. Die Hochzeit war zuviel, sie schlug ihr so auf die Lunge, daß sie schließlich ihren Arzt fragte, ob ihr etwas fehle, worauf er ihr hellgelbe Pillen verschrieb. Sie nahm eine am Tag der Hochzeit und war überrascht, daß sie einen jähen Stich verspürte, als Susan mit Todd vor dem Altar stand, eine heftige Wut, die sogar durch das wattige Wohlgefühl der Pille hindurchdrang. Die Wut war grundlos – reine Nervensache, sagte sie sich später – und hatte anscheinend etwas mit Susans weißem Kleid zu tun, mit Todds hübschem, seligem Gesicht, als er sich hinabbeugte und sie küßte. Die Nerven, dachte Mary, und die unvermeidlichen Sorgen einer Mutter, die selbst erlebt hatte, was alles schiefgehen konnte, um das Wohlergehen ihrer Tochter.

Die Hochzeit war tadellos, mit Ausnahme der Gäste. Natürlich war es notwendig gewesen, daß sie die Leute einluden, die für Constantine arbeiteten, größtenteils ausgelassene Männer mit billigen, altmodischen Anzügen und von Frauen begleitet, die teils geduckt, teils verhuscht, teils aufgedreht, auf jeden Fall aber schlecht gekleidet waren. Mit Hilfe von Todds Vater hatte Mary den Ballsaal des Country-Clubs gemietet und ihn mit Schalen voller weißer Lilien und cremefarbener Rosen für die Festtafel ausgeschmückt. Sie hatte einen Partyservice engagiert, der für über zweihundert Personen Freilandhühnchen, wilden Reis und grüne Bohnen nach französischer Art mit gehackten Mandeln lieferte. Sie hatte keinen Fehler begangen, und jetzt wurde ihr in lauter Creme- und Weißtönen gehaltener Empfang von einer Kompanie Maurerpoliere überfallen, die nur deshalb eingestellt worden waren, weil sie andere Männer dazu antreiben konnten, Häuser so schnell und billig wie möglich hochzuziehen. Die Frauen, mit denen sie verheiratet waren, entsprachen genau den Erwartungen: protzig, mit grellen Kleidern und zuviel Schmuck, die Haare zu großen, steifen Hochfrisuren aufgesteckt und toupiert. Todds Mutter und seine beiden Tanten trugen schlichten Pagenschnitt und einfarbige Kleider, und Mary quälte sich mit ihrer nach hinten gelegten Dauerwelle herum. Ihr Kleid war gedeckt rosa – insgeheim dankte sie Gott, daß sie sich gegen Rüschen am Oberteil entschieden hatte. Während sie mit Billy tanzte, der einen blauen Gabardineanzug trug und sich bewußt kerzengerade hielt, sah sie zu, wie Susan mit ihren Brautjungfern schäkerte, und es kam ihr so vor, als befände sich Susan jetzt in einem anderen Land, in dem alle Mädchen mühelos schlank und wunderschön waren und sämtliche Jungs eine sichere, solide Zukunft vor sich hatten. Trotz der angenehmen, von der Pille erzeugten Wohligkeit verspürte sie erneut einen leichten Widerwillen, der teils durch Wut, teils durch Angst hervorgerufen sein mochte. Sie konnte beides nicht gebrauchen, nicht an einem Tag wie diesem. Sie konzentrierte sich auf die Schönheit ihrer Tochter, ihre Unbefangenheit und ihren Charme. Diese eine zumindest war in Sicherheit. Mary summte ein paar Takte von »Begin the Beguine« mit der Band. »Scheint so, als sei die Hochzeit ein voller Erfolg.«

»Ich nehme an, jede Hochzeit ist ein voller Erfolg, oder?« sagte Billy. »Ich meine, solange sie wirklich heiraten, ist doch alles geritzt.«

»Wenn es lediglich darum ginge, hätten sie auch einfach zum Friedensrichter gehen und deinem Vater zirka fünftausend Dollar ersparen können.«

»Hör auf. Hat das Remmidemmi hier wirklich fünf Riesen gekostet?«

»Du wärst überrascht, wie schnell das zusammenkommt. Ihr Kinder habt ja keine Ahnung.«

Er pfiff. »Fünf Riesen«, sagte er. »Für eine Fete.«

»Wenn du heiratest«, sagte sie, »ist dein Vater aus dem Schneider. Dann muß die Familie deiner Frau alles bezahlen.«

»Wenn ich heirate«, sagte er, »gehen wir zum Friedensrichter. Falls trotzdem jemand fünftausend Mäuse springenlassen möchte, nehmen wir die Kohle und bringen ein Jahr in Europa zu, oder so was Ähnliches.«

»Das Mädchen, das du mal heiraten wirst, könnte anderer Meinung sein.«

»Ich würde nie jemanden heiraten, der so sehr anderer Meinung ist.«

Das Stück endete, und Billy geleitete Mary zu ihrem Tisch zurück. Kühl und frisch leuchteten Marys rosa Schuhe auf dem tiefblauen Teppichboden des Country-Clubs, als sie am Arm ihres Sohnes einherschritt. Dies war ihr Sohn, der künftige Harvard-Student. Sie liebte ihn so sehr. Ihn hatte sie noch, das intelligenteste ihrer Kinder, voller guter Anlagen und mit einem so ramponierten Äußeren geschlagen, daß die schreckliche Last ihrer Liebe nur noch zunahm. Er war ätherisch und schmerzhaft menschlich zugleich. Er allein, und sonst keines ihrer Kinder, erlebte Weh- und Hochgefühle, die sie zu deuten vermochte.

Später, als sie in ihrem Nachthemd im Bett lag, sah sie Constantine beim Ausziehen zu. Sein Körper, der schlaff und haarig geworden war, weckte in ihr eine Zärtlichkeit, die beinahe ebensoviel mit Muttergefühlen zu tun hatte wie mit Leidenschaft. Ihr Gatte hätte ihr ältestes Kind sein können, ein schwieriger, aufsässiger Junge, der außerhalb ihres Einflußbereichs lebte. Sie konnte ihn lieben, mehr oder weniger jedenfalls, wenn sie ihn sich als ungeratenen Jungen vorstellte, der gelegentlich anderen Leid zufügte, sich zu heftigen Gefühlsausbrüchen hinreißen ließ, dessen grundanständiger Charakter jedoch sein jugendliches Ungestüm überdauern würde. Im besten Mannesalter war Constantine jungenhaft geworden, und dementsprechend lebte sie mit ihm, so als sei er ein Junge mit einem etwas schwammig gewordenen Körper und dem

Hang zum Bockigen. Als er nur noch seine Boxershorts anhatte, setzte er sich auf die Bettkante und sagte: »Tja, da geht sie hin. Sie ist verheiratet.«

»Hmm.« Mary verspürte noch immer die letzten Nachwirkungen der gelben Pille, eine Art sanftes Herabgleiten. Die Welt wirkte nach wie vor wie in Flaum gebettet.

»Verheiratet«, sagte Constantine.

»Ich glaube, es ist eine schöne Hochzeit gewesen, du nicht?« sagte Mary. »Ich hatte ein paar Zweifel wegen der Band, aber wenn ich's recht bedenke, glaube ich, daß es alles in allem ein voller Erfolg war.«

Constantine erhob sich wortlos und zog seinen Pyjama über die Unterhose an. Er hatte sich während des Empfangs ein paar genehmigt und bewegte sich betont vorsichtig. Doch Mary dachte nicht daran; sie dachte vielmehr an die Hochzeit, die sie auf die Beine gestellt hatte, eine Festtafel für über zweihundert Gäste. Sie versuchte die unangenehmen Begleiterscheinungen zu verdrängen: die geschmacklose Ansprache von Constantines Kompagnon, den Streit zwischen dem Polier und seiner Frau, die ein Kleid mit schaurigen Fuchsienblüten getragen hatte. Sie versuchte nicht an die in naher Zukunft anstehenden Hochzeitsfeierlichkeiten von Susans Brautjungfern zu denken, Mädchen, deren Familien Mary kaum kannte, weil sie eine mit einem griechischen Bauarbeiter verheiratete Italienerin war. Von Todds Leuten jedenfalls hatte sich keiner betrunken.

»Auf Nick Kazanzakis Rede hätte ich verzichten können«, sagte sie. Die Welt bekam allmählich wieder Ecken und Kanten. »Was ist bloß mit ihm los? So eine Ansprache, bei einer Hochzeit.«

»Nick ist schon in Ordnung«, sagte Constantine. »Ab und zu macht er gern einen kleinen Witz. Niemand hat's gestört.«

»Betty Emory hat es sehr wohl gestört. Ich habe direkt neben ihr gesessen. Ich habe gesehen, wie sie erstarrt ist.«

»Scheiß auf Betty Emory. Die hat eh 'nen Stock verschluckt, schau sie dir bloß an.«

»Oh, wie reizend. Eine sehr nette Ausdrucksweise für eine Dame. Und ich will dir mal eins sagen: Sie *ist* eine Dame. Was man von etwa der Hälfte aller Frauen, die heute da waren, nicht behaupten kann.«

Constantine kam ins Bett. Der Alkoholdunst war mit seinen altbekannten Körpergerüchen durchsetzt.

»Laß uns nicht streiten«, sagte er. »Nicht heute nacht.«

»Schön. Nichts liegt mir ferner als ein Streit.«

Er zog sich die Bettdecke über die Brust. Sie sah, wie verhärmt sein Gesicht wirkte, wie abgespannt. Er wurde älter.

»Das war das Hochzeitsfest unserer Tochter«, sagte er.

»Ja.«

»Jetzt heißt sie Emory. Susan Emory.«

»Ich weiß.«

Sie schaltete das Licht aus. Das Zimmer wurde dunkel, doch nach und nach zeichneten sich Gegenstände ab: die eine Hälfte von Marys Frisierkommode mit dem ovalen Spiegel, die Vorderbeine der Chaiselongue, auf der nie jemand saß. Mary lag da, schaute sich das Zimmer an, und in ihrem Kopf herrschte so ein Durcheinander, daß sie keinen klaren Gedanken fassen konnte. Der Wecker summte leise vor sich hin. Doch da war noch etwas anderes, ein seltsames Geräusch, und zuerst dachte sie, es komme von draußen, bis ihr klar wurde, daß es Constantine war, der neben ihr weinte. Er hatte sich weggedreht, und sie legte ihm die Hand auf den Rücken, auf die breiten Streifen seines Pyjamas.

»Con?« sagte sie. Er antwortete nicht.

»Con? Ist alles in Ordnung?«

»Mir fehlt nichts«, sagte er mit belegter Stimme.

»Con, was ist los?«

»Nichts.«

»Irgend etwas muß doch sein.«

Eine Minute verstrich, in der nur sein leises Weinen ertönte. Sie dachte: Mein Leben hat sich verselbständigt. Ich weiß nichts darüber.

»Ich kann nicht glauben, daß sie wirklich weg ist«, sagt er.

Die Worte lösten lediglich einen neuen Weinkrampf aus, und sein Schluchzen klang beinahe körperlos, so als zerreiße man nasses Papier. Seit Jahren hatte sie ihn nicht mehr weinen hören. Mary hatte Mitleid mit ihm, war aber beinahe ebensosehr gereizt.

»Sie ist nicht weg«, sagte sie. »Sie führt jetzt bloß ihr eigenes Leben. New Haven ist nicht besonders weit weg.«

»Sie ist weg«, sagte Constantine. »Sie ist nicht mehr bei uns.«

»Nun ja, eigentlich ist sie schon lange nicht mehr bei uns, nicht wahr?«

»Sie ist bei mir gewesen«, sagte Constantine.

Mary verstand. Sie verdrängte den Gedanken.

»Du bist bloß müde«, sagte sie. »Und du hast zuviel getrunken. Morgen früh ist wieder alles in Ordnung.«

Er drehte sich zu ihr um. Im Zwielicht wirkte sein verweintes Gesicht gehetzt, uralt. Mary erkannte nur zu deutlich, wie er aussehen würde, wenn er hilflos war und ihre Fürsorge brauchte.

»Bitte«, sagte er. Er streckte die Arme aus, und als sie sich nicht an ihn schmiegte, ergriff er sie und drückte sein heißes, nasses Gesicht an ihren Hals. »Bitte«, sagte er.

»Du bist bloß müde«, sagte sie. »Und betrunken.«

»Ich bin mehr als das«, sagte er. »O Gott.« Er küßte ihren Hals, umfaßte ihr Kinn und drückte die Lippen auf ihren Mund. Sie hatten lange nicht mehr miteinander geschlafen. Wie lange war das? Sechs Monate? Länger? Heute nacht würde es nicht dazu kommen, nicht, wenn es nach ihr ging. Längst hatte sie sich angewöhnt, im Wettstreit mit ihren Gefühlen die Oberhand zu behalten. Seit Jahren schon spürte sie, wie ihre Begierde nachließ, allmählich erlosch wie die Lichter in einem Haushalt, der sich anschickt, schlafen zu gehen. Gelegentlich war sie genau hier, in diesem Bett, in Panik verfallen. Dies war ihr kommendes Schicksal; dies war die Zukunft, die sich auf ihrer Haut einprägte. Die Gefühle, die Furcht an sich, kamen ihr mittlerweile vertraut vor – sie waren ein Bestandteil dessen, was sie mit dem Ausdruck »mein Leben« meinte. Nein, heute nacht war ihr nicht danach zumute, ihr Leben zu ändern. Nicht mit einem rührseligen und betrunkenen Constantine, nicht nach einem derart an den Kräften zehrenden Tag.

Sie befreite sich von ihm und sagte: »Schatz, leg dich schlafen. Morgen wird es dir wieder besser gehen.«

»Ich kann nicht schlafen«, sagte er.

»Doch, du kannst.« Sie sprach zu ihm genauso wie früher zu den Kindern, wenn sie aus einem Alptraum erwachten. Und so wie damals wunderte sie sich auch jetzt über ihren bestimmten, mütterlichen Tonfall. *Sie glauben, daß ich ihre Mutter bin. Sie glauben, daß ich weiß was ich tue.*

»Mach einfach die Augen zu«, sagte sie. »Eh du dich's versiehst, ist es passiert.«

Und zu ihrer Überraschung gehorchte er. Ohne Widerworte wälzte er sich auf seine Bettseite, wie ein ungezogener Junge, der in die Schranken gewiesen werden will, selbst wenn er behauptet, er wolle jeden Trubel und Kitzel auf der Welt. Sie lag ruhig neben ihm und lauschte mit mütterlicher Besorgnis seinem nachlassenden Schluchzen. Erst nachdem er eingeschlafen war, erfaßte sie ein so gewaltiges und namenloses Entsetzen, daß sie aufstand und drei Pillen nahm, weil sie sich schlicht und einfach ein bißchen Schlaf gönnen wollte.

Sie nahm eine Haarbürste, ein billiges Armband, ein Stück braune Seife. Sie wußte, daß sie damit aufhören mußte. Sie tröstete sich mit einer kurzen Auflistung ihrer Tugenden. Alles, was sie gestohlen hatte, war billig, und sie gebrauchte es nie. Solange sie die Gegenstände nicht benutzte, fühlte sie sich nicht schuldig. Susan schickte Ansichtskarten aus Hawaii, wo sie die Flitterwochen verbrachte – kurze, oberflächliche Versicherungen, wie glücklich sie sei. Ihre Handschrift kam Mary schwungvoller, erwachsener vor, als sie sie in Erinnerung hatte. Mary befestigte die Ansichtskarten mit den Obstmagneten am Kühlschrank. Die gestohlenen Gegenstände bewahrte sie in ihrem Schubladenversteck auf, bis ihr Besitz aussah wie die Aussteuer einer armen Braut.

1970 Er nannte es Autoballett. Es besaß die gleiche Kraft und Anmut, die gleiche tönende Lautlosigkeit. Düster standen die Bäume draußen an den Landstraßen, schwarz und gewichtig wie Grabsteine wirkten die Zaunpfähle. Unter den mondbeschienenen Dächern hinter den Bäumen und Zaunpfählen schliefen Farmer. Billy stellte sich gern die Ruhe dort vor. Wenn er sich dieses Schweigen ausmalte, war er um so mehr von dem begeistert, was ihre Scheinwerfer bewirkten. Was ihre Musik und Motoren brachten. Zweige huschten im Gold- und Silberlicht vorbei. Staub wirbelte auf, gelb vor ihnen und rot hinter ihrem Heck. Fetzen ihrer Lieblingssongs drangen in die Träume der Farmer.

»Autoballett!« rief er dann vom Rücksitz. Er streckte die stiefelbewehrten Füße aus dem Fenster. Zeitweise hatte er bei Nacht das Gefühl, als eröffne sich ihm eine riesige neue Welt voller Freiheit und Liebe.

Manchmal waren sie im Auto von Larrys Vater unterwegs, manchmal mit dem Wagen von Bix' Vater. Manchmal, wenn sie Glück hatten, bekamen sie beide. Larrys Vater hatte einen grünen Chevrolet Impala, Bix' einen Ford Galaxie. Der Chevy war eine Idee rasanter, doch der Ford fuhr sich so butterweich und schwebend, daß man Schmetterlinge im Bauch und einen Ständer bekam, wenn die Piste holprig wurde. Billy hoffte immer auf den Ford.

»Schneller«, sagte er. »Drück auf die Tube.« Er war die Stimme der Geschwindigkeit. Er war der Kleinste, der Schlaueste, derjenige, der auf die verzwickteste Art geliebt und gehaßt wurde. Am Radio kam »Eight Miles High«.

»Du bist verrückt«, sagte Dina. Sie saß mit Billy auf dem Rücksitz und drückte ihr dickes Knie an sein dürres. Sie schmierte sich bonbonrosa Lippenstift auf die vollen Lippen, zog ihre Augenbrauen mit schwarzem Fettstift nach. Ihre Stiefel waren höher als Billys. Sie bezeichnete sich als Piratenkönigin.

»Yeah«, sagte er. »O ja. Ich bin verrückt.«

Sie rieb ihr Knie an seinem. Die alte Nervosität überkam ihn wieder, die atemlose Beklemmung. Vorne ließen Bix und Larry zu dröhnender Musik die Wodkaflasche kreisen. Manchmal war es Wodka, manchmal Bier. Was sie gerade kriegen konnten. Einmal hatte Dina ihrem Vater eine Flasche Pfefferminzlikör gestohlen, und Billy und Larry hatten eine fünf Kilometer lange grüne Spur aus Erbrochenem entlang der Straße hinterlassen.

»He, Jungs, kriegt man hier als Dame vielleicht auch mal was zu trinken?« sagte Dina. Larry reichte ihr die Flasche. Schweigend und von einer mörderischen Glückseligkeit erfaßt, saß Bix mit ausgestreckten Armen am Lenkrad. Er war derjenige, der richtig hundsgemein werden konnte. Die Nacht huschte vorbei, lauter Streifen aus tiefen und helleren Schwarztönen, gesprenkelt mit Insekten.

Als Dina einen Schluck Wodka genommen hatte, reichte sie Billy die nach ihrem Lippenstift schmeckende Flasche. Billy betrachtete die zottig braunen Konturen von Bix' Kopf. Er kippte sich den Wodka in den Mund, spürte das Brennen, die kleine Explosion. Am liebsten hätte er vor Glück und Wonnegefühl aufgeschrien. Grenzenlos tat sich die Zukunft vor ihm auf.

»Autoballett«, sagte er. »Zeit für Kunststücke.«

»Was für Kunststücke?« sagte Larry. Er hatte die unreinste Haut, die freundlichste, umgänglichste Art. Er gab einem Sachen, um die man nie gebeten hatte. Er hatte die gleiche Frisur wie Keith Richards.

»Achten fahren«, sagte Billy. Er setzte sich aufrecht, beugte sich nach vorn, zwischen Bix und Larry. Beugte sich tiefer in die Musik. Gedämpft leuchteten die Ziffern und Zahlen am Armaturenbrett. Baumstämme schossen vorbei.

»Achten fahren«, sagte Billy erneut und reichte Larry die Flasche. Bix kurvte zur anderen Straßenseite und wieder zurück. Die Reifen quietschten – ein klarer, schneidender Ton.

»Schlangenlinien«, sagte Bix. »Bloß zum Aufwärmen.«

Bix hatte ein kriegerisches Gemüt. Wie ein Torpedo richtete er sich auf die Welt.

»Saugt euch nicht an der Flasche fest, Jungs«, sagte Dina.

»Los, fahr ganz verrückt«, sagte Billy in Bix' Ohr. Durch die Bewegung hatte er einen Ständer bekommen. Er liebte Bix und fürchtete sich zugleich vor ihm. Ein tiefhängender Ast fegte über das Auto wie eine riesige Schwinge.

»Hui«, sagte Larry.

»Das Mädchen ist am Verdursten«, sagte Dina. Ihr Parfüm war überall.

»Wie verrückt?« fragte Bix. Er gab Billy die Flasche nach hinten.

»Wir sind schon zu lange auf dieser Straße«, antwortete Billy. »Laß uns fliegen.«

»Fliegen? Du willst fliegen?«

»Yeah. O ja.«

»Gut. Auf geht's.«

Bix trat auf die Bremse und riß das Steuer hart herum. Der Wagen schlug in einen Graben, schleuderte dann wieder heraus. Glitzernde Wodkatropfen flogen Billy ins Gesicht. Laut wie ein kaputter Knochen knackte ein Stück Holz unter der Achse.

»Huiih«, sagte Larry.

Der Wagen wurde noch einmal hochgeschleudert, dann fing er sich wieder. Sie waren auf einer Wiese. Im Scheinwerferlicht erstreckte sie sich bis zu einer Gruppe dünner Bäume.

Billy jauchzte auf. Dina schrie: »Was habt ihr vor?«

»Achten fahren«, johlte Billy. »Komm schon.« Er setzte Bix die Flasche an den Mund, kippte sie. Wodka ergoß sich in Bix' Mund über sein Hemd. Bix jagte den Motor hoch, und der Wagen schoß mit voller Festbeleuchtung durch das knietiefe Gras.

»Huiih, abgefahren«, sagte Larry mit einem anerkennenden Lächeln. Dina legte ihre Hand auf Billys Schulter. Sie trug sechs Ringe. Einige waren silbern, ein paar aus Plastik.

»Wo sind wir?« sagte sie. Sie sprach mit wodkaschwerer Zunge.

»Wir sind im All«, erklärte ihr Billy. »Wir fliegen.«

Der Diskjockey, der irgendwo inmitten von Musik und hellem Licht saß, spielte »Ruby Tuesday«.

»Das ist gefährlich«, sagte Dina.

»Ich weiß.«

Bix fuhr mit dem Ford einen weiten Bogen. Dunkelheit und ein satter Wiesenduft drangen durch die Fenster. Die Achsen schlugen so hart durch, daß sie die Flasche nicht an den Mund setzen konnten. Gras und Bäume und Himmelsfetzen flogen schräg im Scheinwerferlicht vorbei. Billy lachte, und Dina lachte ebenfalls.

»Achten fahren«, sagte Bix, der so unbeteiligt und grausam klang wie ein Bomberpilot. Billy schwoll das Herz in der Brust. Er sagte sich, daß er in irre Bewegungen verliebt war.

»Yeah«, sagte er. Weil er die Flasche nicht an Bix' Mund brachte, goß er ihm einen Schuß Wodka über den Kopf. Billy spürte den Rand der Welt, er empfand das jähe grelle Glücksgefühl, das viel zu schnell fürs gewöhnliche Leben war. Nur wenn man Vollgas gab, nur wenn man Risiken einging, konnte man in diese andere Dimension eindringen, die mit Lichtgeschwindigkeit durch Zeit und Raum schoß.

Larry summte den »Donauwellenwalzer«. »Da da da, ta ta ta, ta daa.«

»Los«, schrie Billy. »Los-los-los-los-los.«

Eine Kuh tauchte aus dem Nichts auf. Sie zogen gerade die letzte Schleife ihrer Acht, und da war sie aufeinmal, schwarzweiß und groß wie ein entgegenkommender Wagen. Billy sah ihr glänzendes schwarzes Auge. Er sah das eingerissene weiße Ohr. Er schrie. Larry schrie. Bix riß das Lenkrad herum, und der Wagen stellte sich mit einem schrillen, blechernen Kreischen quer. Erde kam durch die Fenster geflogen. Billys Mund und Augen waren voller Dreck. Der Wagen schlitterte, schoß nach vorn und blieb dann so plötzlich stehen, daß Billy auf den Vordersitz geschleudert wurde. Er konnte nichts sehen. Er spürte, wie er mit der Stirn an etwas schlug, das weder hart noch weich war. Ein Traumbild schoß ihm durch den Kopf: ein Sandsturm in der Wüste, und eine düstere, vermummte Gestalt, die hindurchrannte. Mick Jagger sang: »Who could hang a name on you?«

Stille legte sich unter die Musik, eine brodelnde, bange Stille. Billy zwinkerte, rieb sich den Lehm aus den Augen, zwinkerte noch mal. Er stellte fest, daß er auf dem Bauch lag und auf einen Stiefel blickte. Einen braunen Arbeitsstiefel. Bix' Stiefel. Er drehte sich um und blickte hoch zu Bix.

Blutend und lächelnd saß Bix am Lenkrad.

»Mist.« Bix grinste. »Mistverdammte Mutter Gottes.«

Billy stellte fest, daß er auf dem Vordersitz lag und den Kopf unter dem Armaturenbrett hatte. Bix und Larry saßen nach wie vor auf ihren Plätzen. Dina hockte mit verdutzter, aber freundlicher Miene hinten drin, so als habe sich das Gespräch einem Thema zugewandt, von dem sie nicht viel verstand.

»Eine Bruchlandung«, sagte Billy. »Wir haben eine Bruchlandung gebaut.«

»Hui.«

»Mist. Heiland noch mal.« Bix kicherte. Blutfäden rannen über seine Stirn. Ein granatapfelfarbener Tropfen hing zitternd an seiner Nase.

»Bix, du hast dir weh getan«, sagte Billy.

»Ich?«

»Mann, du blutest.«

»Ehrlich?«

»Das Auto könnte in die Luft gehen«, sagte Billy. »Kaputte Autos gehen doch immer in die Luft, oder?«

»Ich weiß nicht.«

»Wir sollten lieber hier raus. Kommt schon.«

Jeder blieb totenstill, so als wäre ihnen mit einem Mal klargeworden, daß der Wagen am Rand einer Klippe hing und durch die geringste Bewegung in den Abgrund stürzen konnte. Bix, blutüberströmt und erhaben lächelnd, ließ die Hände am Lenkrad. Larry schaute staunend und gutgelaunt nach vorn – seine gewohnte Miene –, und Dina saß weiterhin freundlich und verdutzt wie ihre eigene Großmutter auf dem Rücksitz.

»Bewegung«, sagte Billy. »Es könnte in die Luft gehen.« Alle drängten hinaus in die Nacht, die jetzt anders war, hinaus in die sich langsam legende Wolke aus aufgewirbeltem Staub. Billy rannte ein paar Schritte weit weg, drehte sich dann um. Dina war hinter ihm. Bix und Larry waren in die andere Richtung gerannt. Der Wagen stand schräg, mit der Schnauze in einem Graben und den Hinterrädern einen Viertelmeter über dem Boden. Er wirkte gigantisch und jämmerlich zugleich.

»Herrgott«, stieß Dina aus. »Ist mit dir alles in Ordnung?«

Er nickte. »Ich hab' mir bloß ein bißchen den Kopf angeschlagen. Aber Bix hat sich weh getan. He, Bix.«

Billy rannte zur anderen Seite des Wagens, wo Bix und Larry standen und sich in aller Ruhe, die Hände in die Hüften gestützt, den Schaden besahen. »Unglaublich«, sagte Larry.

»Bix«, sagte Billy. »He. Laß mich mal deinen Kopf ansehen.«

Bix legte die Hand geradezu ehrfürchtig an die Stirn, so als sei die Verletzung etwas Kostbares. »Schon okay«, sagte er. »Ich bin bloß ein bißchen gegen das Lenkrad geknallt.« Als er die Hand wieder senkte, glitschten seine Finger vor Blut. Er lächelte.

»Wir sind geflogen«, sagte er.

»Yeah«, sagte Billy. Er stand dicht neben Bix. Er konnte das Blut riechen, durchsetzt mit dem Duft des Grases und Bix' schwacher Schnapsfahne. »Bist du sicher, daß dir nichts fehlt?«

»Hundertprozent. Und dir?«

»Ich bin okay. Bloß 'ne kleine Beule.«

Bix schaute auf seine blutigen Finger. Er legte die Hand auf Billys Stirn und malte langsam und bedächtig einen Kreis.

»Kriegsbemalung«, sagte er.

Billys Stirn prickelte. Er trug Bix' Blut. Dina, die Piratenkönigin, kam kreideweiß über die Wiese. »Herrgott«, sagte sie. »Sind alle heil geblieben? Was ist da passiert?«

»Wir haben gelebt«, sagte Billy, und er spürte, wie seine Stimme vor Aufregung höher wurde. »Wir haben alle gelebt.«

»Wir haben das Auto von Bix' Vater zu Schrott gefahren«, sagte Dina.

»Es ist nicht Schrott«, sagte Bix. »Ich wette, wir können es wieder aus dem Graben rausschieben.«

»Warte 'nen Moment«, sagte Larry. Er rannte zum Wagen.

»Nicht«, rief Billy. »Es könnte in die Luft gehen.«

Bix fing an zu lachen. Dann fing Billy an und Dina ebenfalls. Larry stieg in den Wagen und kam mit der Wodkaflasche in der Hand wieder heraus. »Da ist noch was drin«, rief er.

»Ein Wunder.« Billy lachte.

»Schaut.« Dina deutete in die Dunkelheit. Matt leuchteten ihre Ringe auf. Fünfzig Meter weiter stand friedlich die Kuh und glotzte sie an. Billy heulte vor Lachen. Bix hieb ihm auf den Rücken. Billy fiel ins Gras, und Bix stolperte über ihn. Billy roch das Blut und den scharfen persönlichen Duft von Bix. Billy lachte so heftig, daß er kaum Luft bekam. Er hatte einen Ständer. Larry nahm einen Schluck Wodka, ließ die Flasche rundum gehen. Als sie leer war, stand Bix auf und warf sie nach der Kuh. Die Flasche flog keine dreißig Meter weit und zerbarst dann an einem Stein. Die Kuh rührte sich nicht.

»Argh«, johlte Bix. Er beschmierte sich beide Hände mit dem Blut an seiner Stirn und rannte schreiend und winkend auf die Kuh zu. Als er Bix zusah, hatte Billy das Gefühl, als erkenne er all das wieder. Da war das schrägstehende Auto, in dem noch immer die Musik lief und dessen Scheinwerfer den Boden anstrahlten. Da war die gefleckte Kuh, und da war Bix, der blutend und ausgelassen in seiner Armeejacke auf sie zurannte. Es war kein Déjà-vu-Erlebnis. Billy hatte nicht das Gefühl, als habe er all das schon einmal gesehen. Statt dessen kam es ihm so vor, als habe da etwas auf ihn gewartet, eine seltsame Vollkommenheit, und nach dem langen Chaos seiner Kindheit werde er nun, da er es sah, zu jemand Neuem, jemand Besonderem. Ein Hochgefühl erfaßte ihn, und mit einem Juchzen sprang er auf und rannte Bix hinterher. Die Erde unter seinen Stiefeln war weich und uneben, und er spürte, wie er in einen Bereich eindrang, der so wahrhaftig war, daß er nur darauf zurennen und schreien konnte. Er hatte Bix gerade eingeholt, als die Kuh mit einem mißmutigen Schnauben abdrehte und davontrottete. Er und Bix jagten sie, bis sie in einen ungelenken Galopp verfiel, ohne sich jedoch ernstlich aus der Ruhe bringen zu lassen. Die Kuh war nur eine friedliche Freßmaschine, die sich zeitweise etwas schneller bewegte. Schreiend hetzten Billy und Bix sie weiter, bis sie wie auf ein heimliches Stichwort bin gleichzeitig stehenblieben und einander anschrien. Bix' blutverschmiertes Gesicht glänzte wild und verwegen. Sie schrien, und etwas Unsichtbares geschah. Eine gewaltige Liebe, knisternd wie ein Lichtbogen, entstand zwischen ihnen. Billy hörte auf zu schreien. Stumm und von einer jähen Furcht erfüllt stand er da. Bix schaute ihn mit unbewegter Miene an, starr und ausdruckslos wie eine Statue. Dann drehte er sich um und rannte zum Wagen zurück. Billy stand allein im Gras, und die Leidenschaft und die Furcht drohten ihn zu übermannen. Bix hatte den neuen Bereich mit sich genommen, und Billy rannte hinter ihm her, gierte nach mehr, egal, was geschehen mochte. Als er und Bix zu den anderen stießen, verfielen alle in einen kurzen, ausgelassenen Freudentanz. Am Radio lief »Light My Fire«. Der neue Bereich durchdrang alles. Irgendwie kam es ihnen so vor, als hätten sie eine Art Sieg errungen.

Als der Song vorbei war, setzten sie sich ins Gras. Grillen zirpten, und der Diskjockey spielte »Incense and Peppermints«. Billy berührte die Stelle an seiner Stirn, wo Bix' Blut angetrocknet war.

»Wir müssen das Auto rausschieben«, sagte Bix.

»Meinst du, wir schaffen's?« fragte Billy.

»Yeah.«

Eine Zeitlang sprach niemand. Dina saß neben Billy, rupfte büschelweise Gras aus und betrachtete Bix. Bix war still und grimmig. Er verfügte über eine geradezu soldatische Zurückhaltung. Billy schwoll das Herz in der Brust. Er würde alles tun, jegliche Verluste hinnehmen.

»Wir sind geflogen«, sagte er. Es klang zaghafter, als er erwartet hatte. Er war sich des Himmels bewußt – blasse Sterne und die blinkenden roten Lichter eines Flugzeugs. Das Jetzt begann zu schrumpfen. Ein zischendes, zugiges Nirgendwo wollte wiederkehren.

»Verdammt, wir sind geflogen«, sagte er.

Bix stand auf. Er hatte breite Schultern und eine anmutige, wenn auch etwas schwerfällige Haltung. Er stand da, als hätte er die Taschen voller Steine.

»Kommt mit«, sagte er. »Wir müssen das gottverdammte Auto rauskriegen.«

Sie schoben an den vorderen Kotflügeln, und Stück für Stück bekamen sie das Auto aus dem Graben, genau wie Bix vorausgesagt hatte. Er rutschte auf den Fahrersitz, und nach mehreren Versuchen sprang der Motor an. Nichts war kaputt. Eine tiefe Stille stellte sich ein. Etwas war zu Ende gegangen, wenigstens für diese Nacht. Nichts war kaputt. Larry stieg vorne ein, Billy und Dina hinten. Bix steuerte den Ford wieder auf die Straße.

»Tolle Nacht«, sagte Billy.

»Abgefahren«, sagte Larry. Bix und Dina schwiegen. Billy war noch nicht bereit für das Nirgendwo.

»Ich glaube, ich brauche noch ein bißchen Kriegsbemalung«, sagte er. Er streckte den Arm aus und berührte das Blut an Bix' Wange. Bix verpaßte ihm eine mit dem Handrücken. Er erwischte Billy so heftig am Kinn, daß sein Kopf nach hinten flog. Der Wagen schlingerte auf die andere Straßenseite.

»Bix«, sagte Dina. »Was ist mit dir los?«

»Rühr mich nicht an«, sagte Bix. »Ich will nicht, daß du mich anrührst.«

»Ist mit dir alles in Ordnung, Billy?« fragte sie. Ihr Knie drückte an seines. Er schob ihr Knie weg.

»Mir fehlt nichts«, sagte er. »Laß mich in Frieden.«

Die Stille erstarb; doch solange er den pochenden Schmerz spürte, war er irgendwo. Das Radio lief weiter. Billy stützte das Kinn in die Hand und streckte die Füße aus dem Fenster. Er empfand eine so übermächtige Liebe, daß sein Herz hämmerte und ihm schwindlig wurde. Der Wagen raste dahin, und Billy sah, wie die Baumstämme vorbeihuschten. Er spürte, wie Dinas Parfüm in seine Haut eindrang. Bix fuhr schweigend, und Billy strich sich mit den Fingerspitzen über den Unterkiefer, tätschelte die Schramme, als gehöre sie jemand anders, jemandem, den er verehrte. Der Wagen stürzte hinein in das wachsende Irgendwo. Er glaubte, die ganze Nacht lang fahren zu können.

Als er nach Hause kam, drang ein schwaches, gedämpftes Licht von oben herunter. Er ging so leise, wie er konnte, doch die Stiefel machten trotzdem Lärm. Dazu waren sie da.

»Billy?« Mit dem Licht drang die Stimme seiner Mutter von oben herab. Er hielt auf dem Absatz inne, holte mit zusammengebissenen Zähnen Luft.

»Ja, Mama.« *Laß mich in mein Zimmer. Alles, was ich will, alles, was ich brauche, sind Ruhe und Dunkelheit.* Er ging die Treppe hoch und den Flur entlang, doch dann kam seine Mutter aus ihrem Zimmer und bedachte ihn mit ihrem besorgten Lächeln. Sie war verquollen und dennoch strahlend in ihrem rosaroten Bademantel.

»Es ist spät«, sagte sie.

»Ich weiß. Ich weiß, daß es spät ist.«

In Stiefeln und Lederjacke stand er da, schaute sie nicht an. Er wußte, daß er nach Wodka und Kuhmist roch. Er wußte, daß er Blut im Gesicht hatte.

»Schau dich nur an«, sagte sie. »Was hast du bloß getrieben?«

»Nichts«, sagte er. Er wollte eine Mutter wie Bix, die mit einem Cocktail in der Hand von Zimmer zu Zimmer ging. Die nichts als eine Schachtel Kent und Scotch und ihr bitteres, abgeklärtes eigenes Ich brauchte.

»Was ist mit deiner Stirn passiert?« fragte sie. »Hast du dir weh getan?«

Sie wollte seine Stirn berühren, doch auf schwerem Absatz wandte er sich von ihr ab. Sie erwischte ihn am Ärmel. Seine Lunge verkrampfte sich, und mühsam, mit zusammengebissenen Zähnen atmete er ein. Neuerdings befiel ihn diese jähe Atemlosigkeit, auch wenn er es noch niemandem erzählt hatte. Vermutlich hatte er Lungenkrebs.

»So benimmt man sich nicht als Harvard-Mann«, sagte seine Mutter mit einem launigen Flüstern.

»Ich bin kein Harvard-Mann, Mama.«

»Im September wirst du einer sein, Billy. Weißt du eigentlich, daß du etwas ganz Besonderes bist? Weißt du, wieviel aus dir werden kann.«

»Vielleicht will ich überhaupt nicht nach Harvard«, sagte er.

»Mach dich nicht lächerlich. Nach der ganzen Büffelei.«

»Ich hab's bislang noch niemandem gesagt. Ich meine, Bix und Larry und so. Die wissen's noch nicht mal.«

Sie kam ganz nah zu ihm. Sie roch nach Puder und Schlaf und noch etwas anderem, einer schwachen, aber aufdringlichen Süße, die ihm angst machte. »Bix und Larry«, sagte sie. »Ich möchte, daß du dich mit denen vorsiehst. Hörst du mich? Bix und Larry sind im Grunde genommen nichts anderes als kriminelle Halbstarke.«

»Yeah. Tja, genau das mag ich ja an ihnen.«

»Mein Schatz«, sagte seine Mutter, und ihr Flüstern wurde tiefer, rauher und drängender. »Was ist bloß mit dir los? Was geht in dir vor?«

»Nichts ist mit mir los«, sagte er gelassen. »Ich bin müde. Ich muß dringend schlafen.«

»Du bist nicht mehr wie früher«, sagte sie. »Du bist nicht mehr derselbe Junge. Ich weiß nicht, wer du heute bist.«

Er wollte in ihre Haare fassen, fest zupacken und ihr erklären – was? Daß eine neue Welt kommen werde und sie zu Hause bleiben müsse. Einen Moment lang stand er da, von Liebe und Wut überwältigt, umgeben von dumpfer, nicht atembarer Luft, und wollte sie – so kam es ihm vor – ein letztes Mal berühren.

»Stimmt«, sagte er. »Ich bin jemand anders. Ich bin bereits weg.«

1970 Constantine hatte sich klar und deutlich ausgedrückt: keinerlei Störung, unter gar keinen Umständen. Nicht, wenn er mit Bob Nupp zugange war. Nupp, ein korpulenter Mann in einem rotgestreiften Hemd, war der durchtriebenste unter den Bezirksinspektoren. Man mußte Nupp bauchpinseln; man mußte das Wort führen. Man mußte um ihn werben wie um eine Braut, ihm schmeicheln und dann das Geld so beiläufig und betont gleichgültig zuschieben wie ein Schuljunge, der einem Mädchen die Hand an die Brust legt. Es war ein Kunststück, und wenn man an einem entscheidenden Punkt den Schwung verlor, konnte es passieren, daß er einem endgültig entglitt. Constantine hatte es schon miterlebt. Nupp war ein träger, unentschlossener Mensch, von zwiespältigen Gefühlen hin- und hergerissen, und wenn die Besprechung unterbrochen werden sollte, war ihm durchaus zuzutrauen, daß er seinen massigen Leib aus dem Sessel wuchtete und mit leeren Händen von dannen zog, um am nächsten Morgen aufzutauchen und keuchend, aber scharfen Blickes die Unterlagen durchzugehen und allerlei Einwände vorzubringen.

Als Sandy die Bürotür öffnete und nervös den Kopf ins Zimmer steckte, dachte Constantine daher: Das war's, die ist erledigt. Jetzt konnte er sie nicht feuern, nicht vor Nupp. Folglich runzelte er vorerst nur die Stirn und versetzte schroff: »Sandy, ich hab's Ihnen doch gesagt. Keinerlei Störung. Hab' ich Ihnen das nicht gesagt?«

»Mister Stassos, tut mir leid. Ich weiß. Ich wollte bloß, na ja. Es ist die Polizei. Die haben gesagt, es sei wichtig.«

Constantine atmete scharf ein – die Luft schmeckte nach Fichtennadelraumspray und Nupps Schweiß. Die Polizei. Ging es um Susan, der er jetzt keinen Schutz mehr gewähren konnte? War es wegen Billy, weil er mit seinen Freunden durch die Gegend raste? Die ganze Welt bestand aus Gefahren. Wenn man Kinder hatte, verbrachte man sein ganzes Leben lang in Angst.

»Danke, Sandy«, sagte er. Er zögerte, bevor er zum Telefon griff, und schielte zu Nupp. Wenn es schlechte Nachrichten waren, wollte er sie nicht im Beisein dieses fetten Schwachkopfes hören. Nupps Lippen waren dick und fleckig wie Würste. Er ließ die oberen drei Knöpfe seiner weiten Hemden immer offen und zeigte seine behaarte, schlaffe Brust, so als handle es sich um etwas Seltenes und Schönes.

»Ich muß sowieso gehen«, sagte er. »Ich finde von alleine raus.«

Constantine nickte. »Wir sehen uns morgen, Bob«, sagte er, und mit einer Deutlichkeit, für die er sich später verachten sollte, wurde ihm bewußt, daß es wegen dieses Telefonanrufs eine ganze Reihe von Beanstandungen geben würde, die ihn ein Vermögen kosteten. Er würde Sandy auf jeden Fall feuern.

Er wartete, bis Nupp sich aufgerappelt hatte und aus der Tür war. Dann drückte er auf den Knopf an seinem Telefon.

»Constantine Stassos«, sagte er. »Was kann ich für Sie tun?«

»Mister Stassos?« Die Stimme, eine Männerstimme, war ausdruckslos und bestimmt. So als spreche eigentlich das Telefon.

»Ja. Stassos. Was gibt's?«

»Mister Stassos, hier spricht Officer Dan Fitzgerald. Sie müssen zur Dienststelle des Sheriffs von Nassau County kommen. So schnell wie möglich. Es liegt an der Old Country Road in Mineola. Kennen Sie sich in der Gegend aus?«

»Worum geht es, Officer? Ist eins meiner Kinder ...?« Er brach ab. Er konnte es nicht ertragen, dieser Stimme soviel Macht über seine Zukunft einzuräumen. Bevor die Stimme etwas erwidern konnte, fügte er hinzu: »Ich möchte mit dem Verantwortlichen sprechen. Geben Sie mir den Sergeant.«

»Mister Stassos, wenn Sie zur Dienststelle des Sheriffs kommen ...«

»Sagen Sie mir nur eins, Sie Hundesohn. Sagen Sie's mir. Ist mit meiner Tochter alles in Ordnung?«

Keine Antwort, nur das leichte Knistern in der Leitung. Constantine konnte Fetzen eines anderen Gesprächs hören. Eine Frauenstimme, die leise »ganze Tage lang« sagte.

»Ich glaube nicht, daß es sich um Ihre Tochter handelt«, sagte der Sprecher zögernd. Aus irgendeinem Grund dachte Constantine, man habe ihn wegen der Tochter eines anderen Mannes angerufen, eines unbekannten Mädchens. Susan, dachte er, und es war wie ein stummes Gebet.

»Sir«, fuhr der Sprecher fort, »die Frau, die wir festhalten, ist Ihre Gattin.«

In tiefem Schweigen fuhren er und Mary von der Dienststelle des Sheriffs zurück. Constantine brachte sie in die Innenstadt, wo sie ihren Wagen geparkt hatte, und wortlos, ohne Gruß oder Dank, stieg sie aus und setzte sich in ihr Auto. Sie war fassungslos, außer sich. Ihr Make-up war verwischt, so daß sie wie dahingeschmolzen wirkte, kläglich und fuchsteufelswild zugleich.

Constantine hielt sich dicht an das Fließheck ihres Dodge Dart und folgte ihr nach Hause. Nicht zum ersten Mal, hatte die Polizei gesagt. Man würde eine geachtete Frau, ein anerkanntes Mitglied der Gemeinde, nicht festnehmen, wenn sie bloß einmal ein paar billige Gegenstände in ihre Tasche steckte. Nein, Mary war mehrere Monate lang beobachtet worden. Die Hausdetektive wollten keine unnötigen Scherereien machen. Die ersten beiden Male ließen sie es durchgehen, dann erteilten sie ihr eine Verwarnung. *Gnädige Frau, ich glaube, Ihnen ist da ein Versehen unterlaufen. Ich bin sicher, daß Sie die Haarbürste nicht in Ihre Tasche stecken wollten.* Als sie es wieder machte, hatte man sie festgenommen.

Die Cops waren höflich, sogar betreten. Immerhin war man in Amerika. Wenn man es zu etwas gebracht hatte, wenn man zu Geld gekommen war, wollte selbst die Polizei glauben, daß man unschuldig war. Ihre Betretenheit war für Constantine schrecklicher, als wenn sie feindselig gewesen wären. Sie hatten vorgeschlagen, daß Mary einen Psychologen aufsuchen sollte. Er hatte genickt, die Papiere unterschrieben und dem Mann, der seine Frau ins Gefängnis gebracht hatte, die Hand geschüttelt. Was hätte er sonst tun sollen?

Mary steuerte in die Auffahrt, und er folgte ihr. Nachdem sie ins Haus gegangen waren, blieb sie in der Küche stehen, umklammerte mit beiden Händen ihre Tasche und blickte sich mit verdutzter Miene um, als wäre der vertraute Raum mit einem Mal verändert.

»Mary«, sagte Constantine, der hinter ihr stand. Sie war hübsch gekleidet, trug einen kurzen, dunklen Rock und ein grünes Jackett. Überrascht stellte Constantine fest, daß er ihre Figur wahrnahm, den Schwung ihrer Taille und die wohlgeformten Beine unter den dünnen Strümpfen.

»Nicht«, sagte Mary.

»Was?«

»Ich weiß nicht. Ich möchte nicht reden. Ich habe nicht das Recht, darum zu bitten, stimmt's?«

Er hörte, wie sie rasselnd einatmete. Er trat vor sie und blieb stehen. Sie weinte, stand aber aufrecht da und hielt mit beiden Händen ihre Tasche fest. Er konnte ihr mühsames Atmen hören.

Er wußte, daß er wütend sein sollte. Er wußte, daß er genaugenommen sogar wütend war, doch seine Wut verpuffte irgendwo. Sie flammte auf und verglühte wieder, bevor er ihrer habhaft werden konnte. Die einzigen Gefühle, die er aufbringen konnte, waren Verwirrung und Scham, so als habe er selbst eine Straftat begangen.

»Mary«, sagte er wieder.

»Oh, bitte, Constantine«, sagte sie, und trotz der Tränen klang ihre Stimme kräftig. »Für uns gibt es hier nichts zu besprechen.«

»Parfüm«, sagte er. »Ein Schlüsselring. Ein Stück Seife.«

Sie nickte. »Die waren für Billy«, sagte sie.

»Hä?«

»Ich habe an ihn gedacht, als ich sie genommen habe. Oh, Con, ich gehe zu Bett. Ich glaube, ich muß ein Weilchen zu Bett.«

»Warum?« sagte er. »Wir haben genug Geld. Wir hätten das Zeug kaufen können. Was hätte es denn gekostet? Zehn, fünfzehn Dollar?«

»So in etwa, vermute ich.«

»Warum denn?«

»Ich weiß es nicht.«

Constantine schaute sie an und sah das Mädchen, das sie einst gewesen war. Er sah ihre forsche Selbstsicherheit, er sah sie funkelnd vor Entrüstung, und er sah, mit welch hinreißender Eleganz sie getanzt, geplaudert und ein Glas zum Mund geführt hatte. Einerseits, so erkannte er jetzt, in dieser Küche, war sie immer noch dieses Mädchen, andererseits aber auch nicht. Etwas war gewelkt und erschlafft, so als sei es mit den harten Knochen darunter in Berührung gekommen. Etwas Aufrechtes und Entschiedenes war geblieben.

»Ich verstehe es nicht«, sagte er.

»Damit wären wir schon zu zweit«, sagte sie. »Vielleicht solltest du mich anschreien und das Geschirr zerschlagen. Vielleicht solltest du auf mich einprügeln. Möglicherweise ginge es uns dann beiden besser.«

»Mary, ich ... es tut mir leid.«

Sie lachte – ein unverhofft leiser, gehauchter Ton, so als blase sie eine Kerze aus. »All die Jahre«, sagte sie. »Und endlich reut es dich ...«

Sie brach ab und starrte ihn mit einer derart düsteren, ausdruckslosen Miene an, wie er sie noch nie bei ihr gesehen hatte.

»Ich gehe jetzt zu Bett«, sagte sie. »Ich werde morgen darüber reden, ich werde alles tun, was ich tun muß, aber im Augenblick möchte ich nur noch zu Bett gehen.«

Sie verließ das Zimmer, ohne ihn auch nur zu berühren. Er hörte ihre Schritte, sanft und beharrlich, als sie die Treppe emporstieg.

Constantine schenkte sich ein Glas Schnaps ein, blieb in der Küche stehen und trank ihn. Das Eis knackte; der schmale rote Strich am großen Zeiger der neuen, teekesselförmigen Uhr wanderte über das Zifferblatt. Er verfolgte das stille Eigenleben des Hauses, bis Billy durch die Tür kam. Constantine hörte seine Schritte im Vorsaal, das unverwechselbare Klacken seiner Stiefel auf den Fliesen, ein unbekümmertes Geräusch, wie von einem Pony.

Billy kam in die Küche, wo er offenbar Mary vermutet hatte. Als er Constantine sah, änderte sich seine Miene.

»He, Papa«, sagte er.

Er trug ein lila-orange geblümtes Hemd mit so weiten Flatterärmeln, daß Constantine sich fragte, ob es nicht für eine Frau gedacht war. Fransig hingen ihm die Haare über die Augenbrauen, drückten sein Gesicht zusammen, so daß er mit seiner unreinen Haut ein bißchen beschränkt und dusselig wirkte.

Er ist ein Stipendiat, erinnerte sich Constantine. Er hat ein Stipendium für Harvard bekommen.

»Wie gehts denn so, Bill?« fragte er.

»Bombig.« Er öffnete den Kühlschrank, schaute hinein, schloß ihn wieder. Er nahm sich ein Oreo aus der Keksdose, nagte fein säuberlich am Rand entlang.

»Du bist früh zu Hause«, sagte Billy.

»Ja«, antwortete Constantine. »Bin ich.«

»Wo ist Mama? Weg?«

»Sie ist zu Bett. Es geht ihr nicht besonders.«

»Oh.«

Constantine hatte keine Ahnung, was man als Vater danach zu seinem Sohn sagte. Er nahm einen Schluck Schnaps. Beinahe ohne es zu wollen, hörte er sich sagen: »Wenn die verdammten Haare noch länger werden, kannst du überhaupt nichts mehr sehen.«

»Ich kann sehen«, versetzte Billy. »Ich habe den ganzen Kopf voller Augen.«

Constantine nickte. Immer mußte er ihm eine schlaue Antwort geben, ihn ständig seinen Spott und Trotz spüren lassen. Er wußte, daß er seinen Sohn liebte – welcher Mann tut das nicht? –, aber er wünschte, er wäre anders. Er wollte jetzt, in diesem Augenblick, mit seinem Jungen in der Küche stehen und über den vergänglichen Ruhm auf dieser Welt und die unverhofften, nachhaltigen Enttäuschungen reden. Er wollte mit seinem Sohn ringen, ihm mit voller Kraft einen Football zuwerfen.

»Hast du dir das Hemd von deiner Schwester geborgt?« sagte er.

»Ich muß los, Papa.«

»Wir reden grade. Oder reden wir nicht mehr miteinander?«

»Ich muß rüber zu Dina. Sag Mama, daß ich dort zu Abend esse, okay?«

»Ich habe dir eine Frage gestellt.«

»Das weiß ich doch. Es ist mein Hemd, Papa. Es sind meine Haare und mein Hemd und mein Leben.«

»Niemand hat gesagt, daß es nicht dein Leben ist. Aber ich bin derjenige, bei dem das Rektorat wegen der Haare anruft. Und das schwuchtelige Hemd habe ich mit meinem Geld bezahlt.«

Billy stand mitten im Zimmer. Er stand, so schien es, an genau der gleichen Stelle wie Mary, als sie weinend mit beiden Händen ihre Tasche festgehalten hatte.

»Genaugenommen hast du es nicht bezahlt«, sagte Billy. »Ich hab's mir von meinem eigenen Geld gekauft. Deswegen arbeite ich ja bei Kroeger, damit ich nicht mehr von dir anzunehmen brauche, als ich unbedingt muß.«

»Beruhige dich«, sagte Constantine. »Kein Grund, so außer Rand und Band zu geraten.«

»Du hast dieses Hemd nicht bezahlt«, sagte Billy, »aber paß auf. Ich werd's dir trotzdem geben. Das macht ein Hemd wett, das du für mich gekauft hast, als ich noch zu klein war, um selber Geld zu verdienen. Wie findest du das?«

Er fing an, sein Hemd aufzuknöpfen, und mit jedem weiteren Knopf wurde das zum Vorschein kommende V aus dürrem, bläulich-weißem Fleisch größer.

»Bill. Um Himmels willen.«

Er zog das Hemd aus und hielt es Constantine hin. Seine bloße Brust war knochig, leichenblaß, hie und da mit leuchtend roten Pusteln gesprenkelt. Wie konnte ein Junge, der sich anschickte, ein Mann zu werden, nur so krank und ältlich aussehen?

»Nimm es«, sagte er.

»Hör auf«, befahl ihm Constantine. »Hör auf damit!«

Billy ließ das Hemd zu Boden fallen. »Was ist mit den Stiefeln?«

sagte er. »Die sind teuer gewesen. Die sollten zwei oder drei Paar von denen wettmachen, die du mir in der Grundschule gekauft hast.«

Er zog eins seiner dürren Beine an und mühte sich mit dem knöchelhohen, dunkelbraunen Stiefel ab. Als er ihn abstreifte, hätte er beinahe das Gleichgewicht verloren, und Constantine mußte unwillkürlich lachen. Zum ersten Mal – jedenfalls solange er sich entsinnen konnte – bemitleidete und bewunderte er seinen Sohn. Sein Sohn besaß Temperament und eine heftige Männlichkeit.

»Bill«, sagte er liebevoll. »Billy.« Als sein Sohn aus dem Stiefel schlüpfte, streckte Constantine die Hand aus, um ihm die zu lang geratenen Haare zu zausen. Vielleicht sollten sie einen zusammen trinken. Billy war siebzehn, alt genug für einen kleinen Bourbon in den eigenen vier Wänden.

Als er Constantines Hand spürte, zuckte er zurück wie von einem Stromschlag getroffen. »Nicht«, sagte er zusammengeduckt.

Constantine wurde klar, daß Billy gedacht hatte, er wolle ihn schlagen.

»Bill«, sagte er lächelnd. »Komm schon, beruhige dich.« Er streckte die Hand aus, mit dem Teller nach oben – eine Geste, mit der man seine Not kundtut, seine guten Absichten.

Doch Billy, der sich offenbar schämte, weil er zurückgezuckt war, trat noch zwei Schritte zurück. Er hatte noch immer einen Stiefel an, der auf dem Boden laut klackte.

»Ich werde es dir zurückzahlen«, sagte er. »Alles. Jedes einzelne Ding, das du mir gegeben hast.«

»Du benimmst dich wie ein Irrer«, sagte Constantine.

Billy drehte sich um und marschierte humpelnd in einem Stiefel zur Haustür.

»Rede nicht so mit mir«, sagte Constantine scharf, aber er machte keine Anstalten, ihm zu folgen. Im Augenblick brachte er es nicht übers Herz. Er hörte, wie die Tür aufging und wieder geschlossen wurde. Dann hörte er, wie ein Stiefelabsatz an die Tür knallte – heftig. Jetzt war Constantine bereit zur Auseinandersetzung. Er rannte zur Tür, doch als er sie aufriß, fand er lediglich den anderen Stiefel, der quer auf dem obersten Absatz lag.

Im Haus war es ruhig. Man konnte das Rauschen in den Rohren und Leitungen hören. Küchengeräte summten vor sich hin. Mary war oben und schlief, tief in ihre Träume versunken. Eine Diebin, eine Wiederholungstäterin; eine Frau, die schweigend im grellen Licht der Polizeidienststelle gesessen hatte, während das Make-up auf ihrer blassen, wie abgestorben wirkenden Haut verlief. Billy war halbnackt zu seinen Freunden gegangen. Constantine dachte an Susan, als er sich ein neues Glas eingoß, die tapfere, kluge und versöhnliche Susan, die sich mit traumwandlerischer Sicherheit eine Zukunft erschloß, die nur immer bessere Neuigkeiten barg. Was geschehen war, spielte keine Rolle. Es war nur ein paarmal dazu gekommen, im Suff eine Kleinigkeit. Nur Küsse und Umarmungen. Es war Liebe, sonst nichts. Er überlegte, ob er Susan anrufen sollte, doch er wußte, daß er viel zu stolz war, als daß er jemals ein Gespräch hätte verwinden können, bei dem er seine eigene Tochter in halbtrunkenem Zustand um Vergebung bat. Eines Tages würde er alt sein. Er mußte vorsichtig mit der Vergangenheit umgehen, die er sich bereitete.

Billys buntes Hemd lag zusammengeknüllt am Boden. Constantine bückte sich, hörte das leise Knacken in seinen steifen Knien, und hob es auf. Es war leicht wie Rauch, aus einem hauchzarten Material gemacht. Daumennagelgroße orange Mohnblüten und trompetenförmige lila Blumen leuchteten auf schwarzem Grund. Constantine hielt das Hemd an sein Gesicht, atmete den Duft ein. Es roch nach seinem Sohn – seinem süßen Parfüm und Deodorant, dazu ein Hauch Teebeerenbonbons, die er des frischeren Atems wegen nahm. Billy war von der Vorstellung besessen, daß er schlecht roch, und Constantine hatte Verständnis für diese jungenhafte Angst. Er selbst hatte Anis gekaut, sich mit Duftwasser übergossen, dreimal pro Tag die Zähne geputzt. Was für Gedanken waren das, die Billy so schreckten, daß er sich förmlich mit Parfüm tränkte, fast die Haut verbrühte, weil er so heiß duschte, daß im ganzen Haus die Fenster beschlugen? Was für Gedanken? Constantine ließ das Hemd wieder zu Boden fallen. Dann – weil er ein Familienvater war, weil er eine mit Haßgefühlen versetzte Liebe zu seinem Sohn hegte – hob er es erneut auf und hängte es sorgfältig über die Lehne eines Küchenstuhls.

Wie viele Menschen hatten gesehen, wie seine Frau festgenommen worden war? Wer alles redete darüber, jetzt, beim Abendessen? *Ich habe dir doch gesagt, daß es früher oder später so kommen wird. Was kann man von solchen Leuten schon erwarten?* Seine Augen brannten … Soviel Arbeit, soviel Vorsicht tagein, tagaus. Und alles in einem so labilen Gleichgewicht.

Er ging zu der Glasschiebetür, schaute hinaus in den Garten. Susan, die in ihrer ordentlichen kleinen Wohnung droben im Norden gerade das Abendessen auftischte. Daran wollte er denken. Doch ebenso wie die Heiterkeit und der Zorn widersetzte sich auch der Gedanke an Susan seinem Zugriff, wollte sich einfach nicht dort einfinden, wo seine rechtschaffenen Gefühle beheimatet waren. Statt dessen drängten sich ihm bittere Gebete für Billy, Mary und sich selbst auf. Erlöse uns von unseren namenlosen Niederlagen, den Ratten im Gemäuer.

Er ging hinaus in den Garten, stand eine Weile da und blickte nach oben. Bald würde es dunkel werden. Der Himmel wurde allmählich flacher, verlor seine blauen Tiefen, schmiegte sich fester um die Erde. Rosa und golden zog ein Düsenflugzeug seinen Kondensstreifen im letzten Tageslicht. Constantines Haus wirkte so groß und unnahbar wie ein Schlachtschiff. Die Fenster spiegelten den Himmel und die schwarzen Äste der benachbarten Bäume wider.

Dieses Stück Land gäbe einen vorzüglichen Gemüsegarten ab, wenn Wilkinsons Ahorn nicht soviel Schatten werfen würde. Da drüben, am südlichen Rand, wäre genau der richtige Fleck. Mit dem leeren Glas in der Hand ging er hin und schritt an der Stelle, die ihm am vielversprechendsten vorkam, ein bescheidenes Geviert ab. Ja, ein Gemüsegarten. Bohnenbeete, Salat, wunderschöne, hochwachsende Sonnenblumen. Genau hier. Himbeeren, die wie Edelsteine glitzerten. Tomaten, so groß und fleischig wie Männerherzen. Er schaute hinab auf das Gras zwischen seinen Füßen. In den teuren weißen Halbschuhen wirkten seine Füße adrett, kündeten von Wohlstand. Die goldenen Schnallen funkelten. Er nahm einen Schluck aus dem leeren Glas und schaute weiter hinab auf den Grund und Boden, der ihm gehörte.

Zoe hatte gehört, was in der Küche vorgefallen war. Sie hatte alles beobachtet. Jetzt sah sie ihn von ihrem Schlafzimmerfenster aus allein und ungewohnt klein auf dem Rasen stehen. Sie saß da, rauchte einen Joint und beobachtete, wie ihn die Nacht umfing. Sie spürte, wie das ganze Haus schrumpfte.

Sie drückte den Joint aus und ging den Flur entlang, vorbei an Mamis stillem Schlafzimmer. Sie ging durch die Farben und die ruhige Ordnung hinaus in den Garten, wo die Nachtinsekten ihre Kreise zogen.

»Hi, Papi«, sagte sie. Überrascht drehte er sich um. Er betrachtete sie. Sie sah ihm am Gesicht an, daß sie blaß und wild war, das Seltsamste seiner Kinder. Man liebte sie, doch man kannte sie nicht.

Sie würde irgendwo anders hingehen. Jeden Tag sagte sie lebewohl.

»Zoe«, sagte er. Sie sah, daß er sie völlig vergessen hatte.

»Hmm«, sagte sie.

»Ah, Zoe. Schau an. Du bist es.«

»Ich weiß. Ich weiß, daß ich es bin. Ich habe dich vom Fenster aus gesehen.«

»Ich ...« Papi hob die Arme und ließ sie wieder sinken. »Geht's dir gut?« fragte er.

»Klar.«

Schweigen umfing sie. Dann sagte Papi: »Ich habe überlegt, ob ich hier vielleicht einen Gemüsegarten anlegen sollte. Hier hinten.«

»Mm?«

»So was macht allerhand Arbeit«, sagte er. »Auf einen Garten muß man ständig aufpassen. Ungeziefer geht ran. Unkraut. Zu viel Sonne, zu wenig.«

Sie zuckte die Achseln. »Mir würde es gefallen«, sagte sie. »Ich hätte gern einen Gemüsegarten.«

»Wir könnten hier allerlei Sachen ziehen«, sagte er. »Wir könnten Kürbisse anbauen, Bohnen, Tomaten.«

»Ich mag keine Tomaten.«

»Okay. Keine Tomaten.«

Sie erschauderte beim Gedanken an Tomaten. Er ging in die Hocke und griff mit den Fingerspitzen ins Gras. Er hob eine kleine Handvoll Erde aus.

»Kein schlechter Boden«, sagte er und richtete sich wieder auf »Schau mal. Siehst du, wie dunkel er ist?«

Sie nickte. »Ich hätte auch gern ein paar Blumen«, sagte sie. »Könnten wir hier auch Blumen ziehen?«

Ein Gemüsegarten wäre etwas, zu dem man zurückkehren konnte. Ein Gemüsegarten wäre eine Erinnerung.

»Klar«, sagte er. »Dieser Boden ist wie gemacht für Blumen.«

Vorsichtig, so als handle es sich um etwas Zerbrechliches, gab er ihr den kleinen Erdklumpen. Sie hielt ihn dicht ans Gesicht und atmete den dunklen, satten Duft ein.

»Gute Erde«, sagte er. Sie tat so, als bemerke sie die Träne nicht, die ihm über das Gesicht lief. Sie wußte nicht, was sie dazu sagen sollte.

»Ich würde den Garten sprengen«, sagte sie. »Ich würde mich darum kümmern.«

»Bestimmt«, sagte er. »Ich weiß, daß du das tun würdest.«

Er berührte ihr Haar. Seine Hand war groß und unsicher. Sie hatte die Erde in der Hand und sah zu, wie das weiße Hemd ihres Vaters die letzten Lichtstrahlen einfing und bewahrte.

»Ich weiß, daß du das tun würdest«, sagte er noch einmal.

II

Kriminelle Weisheit

1971 Der Himmel über Cambridge war eisig blau, ein Blau bar jeder Heimeligkeit und ohne den geringsten Hauch von Freundlichkeit. Es war ein warmer Oktobertag, und obwohl es erst kurz nach Mittag war, hätte sich Billy nicht gewundert, wenn an diesem Himmel frostige kleine Sterne aufgegangen wären. Er lag auf dem Hof der Universität im Gras und schaute nach oben. Inez, die auf ihrem Hegel und Kierkegaard saß, weil sie ihren Rock schonen wollte, strahlte eine vogelgleiche Würde aus, während sie ihn mit unverhohlen scharfem, mißbilligendem Blick bedachte.

»Billy ist zu nett«, sagte sie. »Derjenige, der dich Billy genannt hat, wollte, daß du dich dein ganzes Leben lang anständig benimmst.«

Inez hatte einen schmalen, goldenen Körper und wilde, drahtige schwarze Haare. Ihr rundes, markantes Gesicht wirkte so verdutzt und geheimnisvoll wie das Antlitz einer Eule. In ihrer kleinen, runden Brille spiegelten sich die Sonne und das rege Treiben rundum.

»Meine Eltern haben mich Billy genannt«, erklärte ihr Billy. »Was hast du denn gedacht?«

»William ist besser«, antwortete sie. »Oder Willy.«

»Nicht *William*«, sagte Charlotte. »William. Würg.«

Charlotte war ein Mädchen aus dem mittleren Westen, bleich wie Milch, mit kräftigen Händen, die nie zur Ruhe kamen. Ständig faßte sie irgendwohin, entweder an ihre Haare, an die Knöpfe ihrer Tweedjacke oder an Inez' bloßes, goldenes Knie.

»Stimmt«, sagte Inez. »Willy. Oder Will. Für feierliche Anlässe.«

»Mit Will käme ich vielleicht klar«, sagte er. »Willy ist zu – ich weiß nicht. Vermessen. Geziert. Mit Will könnte ich vermutlich leben.«

Inez und Charlotte berieten sich leise miteinander. »Alles klar«, sagte Charlotte. »Wir nennen dich Will. Das Kind Billy ist tot. Du bist ein neuer Mann, Süßer. Erhebe dich und ziehe hinaus in die Welt.«

»Ihr könnt doch nicht einfach meinen Namen ändern«, sagte er.

»Können wir wohl. Wir haben es getan.«

»Okay. Schaun wir mal. Inez, hiermit taufe ich dich in Schwester Agatha von Modesto um. Charlotte, fortan wird man dich Zsa Zsa heißen.«

Wieder berieten die Frauen miteinander. Sie schüttelten die Köpfe.

»Wir haben bereits die richtigen Namen«, sagte Inez. Charlotte las ein abgefallenes Blatt auf und riß es mitten durch, so als sei dies die Zeremonie, mit der sowohl der Zeitpunkt als auch das Thema endgültig abgehakt wären. Selbst ihre nervöse Gestik hatte etwas Weihevolles an sich.

»Süßer, wir tun das nur zu deinem Besten«, sagte sie. »Wir lassen uns nicht von einer Laune leiten. Billy klingt einfach nach etwas, aus dem du herausgewachsen bist.«

»Schön«, sagte er. »Ist mir recht. Ihr nennt mich Will. Ich werde euch Schwester Agatha und Zsa Zsa nennen.«

»Das wird nicht an uns hängenbleiben«, versetzte Charlotte. »Warte mal ab.«

»Ich heiße seit achtzehn Jahren Billy«, sagte er. »Es ist zu spät, um daran noch was zu ändern.« Aber insgeheim gierte er nach einem neuen Namen. Er hielt es kaum für möglich.

»Warte mal ab«, sagte Inez. Um sie war alles in Bewegung; Blätter leuchteten auf und schwebten durch die Luft. Jedermann war in Eile; jedermann schleppte Bücher durch das träge Herbstlicht, das sie wie Nebel umfing. Wenn es einen Himmel gäbe, so glaubte

Billy, dann müßte er aus einer endlosen Reihe von Himmeln bestehen, von denen jeder einzelne so erschreckend, fremdartig und vollkommen wäre, daß man es sich nie und nimmer vorstellen konnte. In jedem Himmel wäre man jemand anders.

»Es ist anmaßend«, sagte er. »Es ist so eine jämmerlich egozentrische Pose.«

»Krieg dich wieder ein«, riet ihm Charlotte, und er wollte es versuchen.

Sie wohnten alle drei im obersten Stockwerk eines verblichenen braunen Hauses an der Massachusetts Avenue. Bunt gemusterte Tagesdecken blähten sich hinter den klapprigen Fenstern; silberne Ketten glitzerten dreist auf der ansonsten tadellosen, der Straße zugewandten Veranda. Billy verehrte dieses Haus. Er liebte Charlotte, weil sie so witzig und gesittet und leicht maskulin war. Er liebte Inez, weil sie sich so willentlich und methodisch jeglichem gesunden Menschenverstand verweigerte. Wegen ihr gab es Speed und Löschblatttrips. Wegen ihr fanden sich fortwährend Fremde ein, für gewöhnlich schmale, grüblerische Männer, die plötzlich unter der Dusche auftauchten, auf der Veranda ihre Gitarren zupften oder schüchtern und unrasiert am Frühstückstisch saßen. Billy nannte Inez und Charlotte die heiligen Schwestern der Hingabe. Er erzählte ihnen alle seine Geheimnisse, und danach erfand er neue.

Der Name Will blieb an ihm hängen, was er kaum zu hoffen gewagt hatte. Seine anderen Freunde griffen ihn bereitwillig auf, weil es so schien, als sei fast alles auf der Welt alt und abgenutzt und brauche einen neuen Namen. Der Name Will wurde zunächst ein heimliches Privileg, dann rechtmäßig und schließlich eine feststehende Tatsache. Keiner seiner Freunde nannte ihn mehr Billy. Billy gehörte der Vergangenheit an, dem Alten, dem zum Untergang verurteilten Zeitalter der Autos, der Sorgen und der imperialistischen Habgier, der gepflegten Trostlosigkeit in den Häusern. Will war schön geworden: reine Haut, ein scharfgeschnittenes, edles Gesicht, umgeben von schulterlangen Haaren. Will war sehnig und ausgeglichen, mit einem ebenmäßigen Körper, langen Beinen und einem Dreieck aus weichen, fransigen Haaren auf der Brust. Er bewegte sich anmutig, wenn auch ein bißchen zaghaft, in seiner Militärjacke und den unförmigen Khakihosen. Manchmal, unter gewissen Umständen, konnte er sogar glauben, daß er sich in einen Mann namens Will verwandelt hatte. Dann ging es vorbei, und er war wieder der alte, ein Junge namens Billy, jemand, der klein und töricht war. Andere nannten ihn Will, doch in seinen Träumen und Gedanken war er Billy, nichts weiter, ein Junge, der so schlau war, daß er sich durchmogeln konnte, ein Junge, der nur zu genau um die Grenzen des Möglichen wußte.

An einem warmen Aprilabend, als die Luft nach Regen roch und die Leute auf der Brattle Street Tulpen in Papiertüten in der Hand hatten, beugte sich ein Mann über Billy und sagte: »Weißt du, du bist eine rare Seele. Stört es dich, wenn ich dir das sage?«

Billy, der an einem weißen Marmortisch saß, Faulkner las und Kaffee trank, blickte in heller Panik auf, so als hätte eine körperlose Stimme soeben vor aller Öffentlichkeit seinen unangenehmsten heimlichen Wunsch ausgesprochen. Der Mann beugte sich über den Tisch. Er war deutlich über dreißig, hatte ausdrucksvolle, entfernt an eine geologische Formation erinnernde Züge und klare Augen. Er schien wahnwitzige Ausmaße zu besitzen, obwohl er nicht groß war. An einem windstillen Tag wirkten seine Haare wie vom Wind zerzaust.

»Nein«, versetzte Bill. Er fürchtete sich sehr, doch sein Tonfall klang ruhig und leicht gelangweilt, so als sei er derartige Aufmerksamkeiten gewöhnt. Er wußte nicht, ob der Mann verrückt war oder übererregt. Sein Gesicht wirkte auf eine geradezu hündische Art begeistert. Er trug eine weiße, weit ausgestellte Hose und eine braune Lederweste und hatte eine Kordel mit einem Yin-Yang-Zeichen um im den Hals hängen.

»Eine rare und sehr alte Seele«, sagte der Mann in einem nachdenklichen Tonfall. »Ich mußte stehenbleiben und dir das sagen. Du solltest keinen Kaffee trinken, er regt den Körper an, aber tötet den Geist. Durch diesen Kaffee bist du von lauter kleinen, orangen Blitzen umgeben.«

Billy nickte. Er wußte, daß der Mann lächerlich war, möglicherweise sogar gefährlich, aber er wollte nicht, daß er schon ging. Der Mann betrachtete ihn mit einer so unverblümten Verehrung.

»Ich mag Orange«, sagte Billy und nahm einen Schluck Kaffee.

»Richtig, die Jugend«, sagte der Mann. »Auf voller Flamme, denn sie währt ewig. Ich kann's dir nicht verübeln. Ich war genauso. Ich heiße Cody.«

»Reden Sie Fremde immer so an?«

»Nicht alle. Ich sehe etwas in dir, was ich kenne, genauso wie ich das Licht sehen kann, das du ausstrahlst. Orange, aber mit einem äußeren Kranz aus wunderschönem, reinem Blau. Stell dir die Farbe der Flamme an einem Gasherd vor.«

»Ich bin Will«, sagte Billy keck, und er hatte augenblicklich das Gefühl, als nenne er einen falschen Namen. Wenn er sich an diesen Namen gewöhnte, würde sich ihm eine Flut neuer Möglichkeiten eröffnen.

»Zauberhaft«, sagte Cody. »Ich bin entzückt.«

Cody schüttelte ihm die Hand auf eine völlig neue Art, mit dem Teller zuerst, so daß seine und Billys Hand sich wie zur Siegespose eines Boxers vereinten. Codys Hand war groß, trocken und schwielenlos.

»Bist du ... bist du hier aus der Gegend?« fragte Billy.

»Ich bin vom Mars, mein Kind«, sagte Cody. Seine Augen hatten einen Stich ins Grüne. Trotz seiner kantigen Derbheit strahlte dieses zerfurchte, grobknochige Gesicht eine gewisse innere Schönheit aus. Er hätte auch durchaus schon vierzig sein können. »Bist du ein Student? Hah-vahd?«

Billy nickte. Er hatte die Erfahrung gemacht, daß er einerseits stolz darauf war, ein Elitestudent zu sein, andererseits aber war es ihm peinlich. Bei jedem Gespräch suchte er kundzutun, daß er nicht aus großem oder behütetem Hause stammte, aber jedesmal kam es ihm vor, als ob er lüge. War er etwa ohne Geld und Liebe aufgewachsen? Waren seine Schwierigkeiten genaugenommen nicht die Problemchen der Privilegierten?

»Hah-vahd«, wiederholte Cody, und es klang vergnügt und geringschätzig zugleich. »Die neuen Erlöser. Was liest du da?«

Billy hielt sein Buch hoch. Es war *Absalom, Absalom!* Cody nickte.

»Der große alte Mann höchstselbst«, sagte er. »Verrat mir eins, Will. Was liebst du auf dieser Welt?«

»Was?«

»Was du liebst?«

Billy lächelte nervös, und er fühlte sich begehrenswert und zugleich etwas absonderlich. Er wollte, daß dieser Mann mit seinen Komplimenten fortfuhr, nicht weil er sie genoß, sondern weil er das Gefühl hatte, wenn sie ihm verwehrt würden – wenn Cody ihn als faden Harvardjungen abtäte –, könnte seine ungewisse innere Hoffnung dahinschwinden. Dann, so fürchtete er, könnte er tatsächlich fade werden. »Na ja, ich liebe Faulkner«, sagte er, und seine Ohren glühten ob der allzu braven, unzulänglichen Antwort. Je mehr er das Bedürfnis verspürte, diesen Cody zu fesseln, desto stärker wurde das Gefühl, daß er ihn haßte.

»Kein Buch«, sagte Cody. »Und auch keinen Toten. Was liebst du auf der Welt? Und damit meine ich lebende, atmende Organismen.«

»Ich liebe Kaffee«, sagte Billy gedankenlos. »Ich liebe ein günstiges Schnäppchen im Supermarkt. Ich glaube, ich muß jetzt leider gehen.«

Cody legte die Hand auf Billys Unterarm. Seine Fingernägel waren kurz geschnitten und so leuchtend rosa, daß es fast kitschig wirkte.

»Geh noch nicht«, sagte er. »Geh erst ein bißchen mit mir spazieren. Ich habe so ein Gefühl, was dich angeht. Ich muß herausfinden, ob ich recht habe.«

Billy sprach zu Codys Hand. »Du bist wirklich hartnäckig«, sagte er.

»Begleite mich einfach ein paar Straßen weit. Etwas geht vor sich. Rund um uns rattert und kurbelt, öffnet und schließt sich etwas. Weißt du, was ich meine?«

»Nein.«

»Klar weißt du's. Komm schon.«

Er zögerte. Dann entschied er, daß er sich als Will, eine tapfere, unbekümmerte Gestalt, die es eigentlich gar nicht gab, durchaus darauf einlassen konnte. Mit gemischten Gefühlen, teils Ergebenheit, teils Furcht, bezahlte Billy seinen Kaffee und ging mit Cody weg. Die Straßenlaternen, gelblich blaß vor dem bleichen Abendhimmel, waren angegangen.

»Du machst dir doch gar nichts aus Sonderangeboten im Supermarkt«, sagte Cody. »Du wolltest bloß eine schlaue Antwort geben.«

»Na ja, die Frage war so geschwollen.«

»Schlau, schlau, schlau. Du mußt vorsichtig sein, sonst wirst du durch die feine Uni, auf die du gehst, so schlau und abgeklärt und zynisch, daß du meinst, du kannst alles durchschauen. So alt willst du doch nicht sein.«

Cody verströmte beim Gehen einen schwachen Duft nach geschältem Holz. Er war ein gedrungener Mann, der sich in einer Aura aus Gerüchen und leisen metallischen Geräuschen bewegte: Schlüssel in seinen Taschen, Armbänder an seinen Handgelenken. Billy war nervös und kam sich etwas erniedrigt vor. Er verspürte ein Schwellen in den Lenden. Er hatte immer gewußt, was er wollte, doch er konnte sich nicht vorstellen, seine Sehnsucht auszuleben, und so hatte er wie ein Ästhet gelebt, ein keuscher Jünger. Er war Freund gewesen und Schüler, zimperliches Ziel fragender Blicke, schmächtig und schwatzhaft, unfaßbar romantisch, unabhängig. Nur mit sich selbst war er zu Rate gegangen, und immer gehetzt. Er war vorsichtig gewesen, was seine Träume anging.

»Ich möchte alt sein«, sagte er. »Und ich sehe nicht ein, was gegen Schlauheit einzuwenden ist.«

»Gift«, sagte Cody. »Witz und Schläue sind schädlicher als dreißig Tassen Kaffee. Ich rede von der statischen Spannung, die dich umgibt. Aber hör zu, Will. Meinst du, du könntest mich lieben?«

»Was?«

»Ich glaube, ich könnte dich lieben. Eine Stunde lang. Vielleicht sogar länger. Kein Grund, sich so kryptisch auszudrücken. Ich erkenne eine Reinheit in dir, die ich liebend gern berühren würde.«

»Was?« Billy lachte. Es klang unsicher, trocken und quakig.

»Tu nicht so schockiert. Nein ist nein, das liegt ganz bei dir, aber tu nicht so, als ob ich dich etwas gefragt hätte, an das du noch nie gedacht hast.«

»Na ja.« Wieder das Lachen, obwohl er gar nicht hatte lachen wollen. »Ich meine bloß ...«

Er blieb stehen. Sie standen auf halber Höhe der Häuserzeile, und rundum gingen Leute vorbei. Rechts vor ihnen war ein Donutladen, der zu einer Kette gehörte, die auch in Billys Heimatstadt eine Filiale hatte. Er schaute auf das helle Ladenschild, auf die gleichförmigen, fahlen Zuckerwaren, die in Reih und Glied auf Metalltabletts ausgelegt waren. Er dachte an sein Zimmer, die Bücher in seinem Regal.

»Ich wohne ein Stück die Straße runter«, sagte Cody. »Warum kommst du nicht mit und rauchst einen Joint mit mir?«

Er schaute Cody an, sah sein gegerbtes, mitgenommenes Gesicht, und ihm wurde klar, daß sich die Frage von selbst beantwortete. Er mußte sich nicht damit beschäftigen; er brauchte nicht nachzugrübeln oder eine Entscheidung treffen. Er mußte lediglich nicht nein sagen.

»Wo wohnst du?« sagte er.

»Da lang«, sagte Cody. »Folge mir.«

Er ging mit Cody die Brattle entlang, vorbei an den üblichen Geschäften. Cody redete, und Billy antwortete, doch das Gespräch berührte ihn nicht. Er dachte an die Gefahr und an Hingabe, an seine schwellenden Lenden. Er dachte daran, seine Meinung zu ändern. Charlotte würde ihn ob seines gesunden Menschenverstandes loben, Inez würde ihn seiner Feigheit wegen necken. Die Welt rundum war voller Glanz, die Straßenlaternen, die Autolichter, alles glitzerte. Inez predigte ein Leben voller Risiken. Charlotte plädierte für Weisheit, das sorgfältige Abwägen von Gewinn und Verlust. Er wußte nicht, was er, Billy, glauben sollte. Ein Hund bellte. Er wußte nicht, was er in so einer Situation tun sollte, folglich ließ er sich von Cody entlang der Story Street und über einen Plattenweg zu einem haferschleimfarbenen Mietshaus führen.

Billy kannte das Haus – er kannte alle Häuser am Harvard Square –, und als Cody die Tür aufschloß, überkam ihn ein jäher Zorn. Cody prägte mit seiner Art die Grenzenlosigkeit dieser Straßen. Fortan und für alle Zeiten würde dieses Haus etwas ausstrahlen.

»Die Wohnung einer Freundin«, sagte Cody. »Sie ist fort, im Einsatz. Ich halte derweil die Dämonen fern.«

Billy lachte wieder, und es klang schrill und verschreckt. So wollte er nicht lachen. Er wollte gelassen sein. Er wollte tapfer sein und begehrenswert, frei.

»Glaube nicht, daß es keine Dämonen gibt«, sagte Cody. »Dämonen und Engel ringen ständig um unsere Seelen. Die Welt ist wichtiger, als alle Unternehmer meinen. Angenommen, die Menschen kommen zur Besinnung, angenommen, sie denken zuviel über Gut und Böse nach, sind sie keine guten Kunden mehr. Puff. Schon löst sich das ganze Konsumprinzip in Wohlgefallen auf.«

»Na ja«, sagte Billy. Er folgte Cody zwei Treppen hoch und einen Gang entlang, bis sie vor einer wuchtigen braunen Tür standen.

Die Wohnung hing voller Teppiche, allesamt blumig gemustert und bunt, dazwischen Elefanten im Profil, die unbeirrt und starren Blickes dahinzogen. Alles war voller Teppiche; sämtliche Wände waren damit verhängt, und in dicken Knäueln wogten sie von der Decke. Fahles Abendlicht drang durch die Fenster und wurde von den vielfältigen Stoffen aufgesogen, so daß der Raum tief und düster wirkte, wie eine Grotte. Cody zündete eine Kerze an, dann noch eine und eine dritte.

»Jede Menge Bettdecken«, sagte Billy. »Hier steht jemand schwer auf Bettdecken.«

»Setz dich«, sagte Cody. »Ich mach' uns einen Tee.«

Er verschwand, vermutlich in der Küche, und Billy setzte sich auf ein Kissen. Dann stand er wieder auf und ging ans Fenster. Autoscheinwerfer huschten jetzt auf der Straße vorbei. Neonreklame leuchtete. Billy sah das blaugraue Flackern eines Fernsehers in einer Wohnung auf der anderen Straßenseite, und auf einmal packte ihn der Neid. Da drüben führte jemand ein ganz gewöhnliches Leben ohne jede Überraschung. Da drüben saß jemand auf der Couch, machte ein Bier auf und schaute sich die Sieben-Uhr-Nachrichten an. Billy beschloß, ein bißchen Tee zu trinken, Cody zu erklären, daß es schön gewesen sei, ihn kennenzulernen, und danach zu gehen. Er würde sich wieder der Tagesordnung zuwenden, seinem schlichten Dasein.

Cody tauchte mit zwei Teetassen auf und blieb im Licht der Kerzen stehen. Er ließ Billy zu sich kommen. »Auf ein langes Leben«, sagte Cody und hob seine Tasse. Der Tee roch bitter. Billy ließ den Dampf über sein Gesicht ziehen, trank aber nicht.

»Klettenwurzel«, sagte Cody.

»Was?«

»Das ist Klettenwurzeltee. Am Anfang wirst du ihn scheußlich finden, weil du dein ganzes Leben lang Zucker gewöhnt bist. Trink ihn, er hilft gegen sämtliche grundlosen Ängste.«

Vorsichtig führte Billy die Tasse an die Lippen. Der Tee hatte in der Tat einen leicht fauligen Geschmack, wie Wasser, das sich am Waldboden gesammelt hat. Cody lachte.

»Du mußt ihm eine Chance geben«, sagte er. Er öffnete ein Kästchen, das auf einem Holztisch stand, nahm einen Plastikbeutel voller stumpfgrünem Marihuana heraus und rollte mit flinker Hand, geschickt wie ein Bäcker, einen Joint. Das Kästchen war kunstvoll geschnitzt und mit Perlmuttintarsien verziert. Als Cody den Joint anzündete, wirkte sein Gesicht im Licht der Streichholzflamme wie ein Gemälde an einer Höhlenwand. Codys Gesicht war vernarbt, von tiefen Furchen durchzogen. Wenn er ruhte, verlor er jegliche Schönheit.

Er gab Billy den Joint. Billy sog den Rauch tief ein, nahm voller Dankbarkeit das vertraute süße Brennen zur Kenntnis. Als er den Joint an Cody weiterreichte, legte dieser sanft die Hand auf Billys Brust.

»Ich kann dein Herz spüren«, sagte er. »Kind, wovor hast du solche Angst?«

»Ich habe keine Angst«, sagte Billy. Er ließ Cody einen Zug nehmen, bekam den Joint zurück und inhalierte erneut.

»Tja, wenn du nämlich Angst *hättest,* wäre sie völlig unbegründet«, sagte Cody. »Das hier ist bloß Liebe, Mister Will. Genau das, hinter dem du tagein, tagaus herhechelst. Für dich ist damit nur Gutes verbunden.«

»Ich glaube ...«, sagte Billy. »Hör zu, ich sollte lieber gehen.« Er gab Cody den Joint zurück.

»So bald schon?«

»Yeah. Na ja, ich könnte irgendwas Lächerliches sagen, zum Beispiel, daß mir gerade eingefallen ist, daß ich mich mit jemandem treffen soll. Aber eigentlich ...« Er hoffte, wegen seiner Ehrlichkeit geliebt zu werden. Er war ein braver, freundlicher Junge, der nach wie vor die Grenzen dessen kannte, was erlaubt war. Cody, ein reizender und väterlicher Mann, würde ihn wegen allem lieben, gegen das er sich entschied. Der Raum war voller Schatten und unstetem Licht.

»Hör zu, eigentlich ...«, sagte Billy, und es klang wie aus weiter Ferne, so als spräche ein anderer Junge, der in einem anderen Zimmer stand. Er sah zu, wie Cody den Joint in den Aschenbecher legte und näherrückte. Er spürte, wie Cody sanft die Hand auf seine Schulter legte. Da war der holzige Geruch. Da war das leise Klingen. Billy wollte und wollte doch nicht.

»Alles ist gut, mein Kind«, sagte Cody. »Nur keine Sorgen. Das hier ist etwas Gutes, und zwar durch und durch.«

Codys Hände strichen an Billys Rückgrat herab, und dann war Billy jenseits von allem. Dann geschah etwas, und selbst wenn Billy sich losgerissen und aus der Wohnung gerannt wäre, wäre es dennoch geschehen. Er war auf der anderen Seite, und mit einem schrecklichen Gefühl der Erleichterung ließ er Cody sein Hemd aufknöpfen. Er war einen Moment lang so ruhig und mit sich im reinen wie ein Kind, das vor dem Schlafengehen ausgezogen wird.

»Zauberhaft«, flüsterte Cody. »Du bist ein zauberhafter Junge, und es ist eine feine Sache, wenn man so schlank und hübsch ist wie du.«

Billy ließ das Wort nachklingen. Hübsch. Er legte die Finger auf den obersten Knopf von Codys Hemd und öffnete ihn, von einer jähen Heiterkeit erfaßt. Da war ein neues Stück von Codys Haut, braun, mit schwarzen Haaren übersät. Billy konnte kaum glauben, daß er die Erlaubnis dazu hatte. Das Blut hämmerte in seinem Schädel, und er hatte das Gefühl, etwas von ihm treibe empor und sehe frohlockend, aber erschrocken zu, wie seine Hände über die Knöpfe von Codys Hemd hinabwanderten. Codys Hemd war offen. Billy konnte die weichen Muskeln auf seiner Brust sehen, die pelzige Wölbung seines Bauches. Billy war hin- und hergerissen zwischen kribbelnder Begierde und heißer, himmelschreiender Scham.

»Komm her«, sagte Cody. »Komm hierher.« Er führte Billy zu einer mit Kissen bedeckten Matratze, und dort zog er mit steter, sicherer Hand Billys Hemd aus, so als sei er, Cody, ein Arzt, und als füge das Hemd Billy ein schleichendes, nicht feststellbares Leid zu. »Nun leg dich hin«, sagte Cody.

»Ich ...«

»Schh.« Cody hielt seinen dicken braunen Finger an die Lippen. Billy gehorchte. Er brauchte lediglich nein zu sagen. Kerzenlicht strich über die Teppiche wie ein Windhauch. Er spürte, wie Cody seine Schuhe aufband. Plötzlich mußte Billy unbedingt sprechen. Plötzlich glaubte er, daß er vergehen würde, wenn er den Klang seiner Stimme nicht hörte. Er würde im Nirgendwo verschwinden, das am Rande der Welt lauerte.

»Hör mal, Cody«, sagte er, und in dem dämmrigen Raum klang seine Stimme schwach. »Ich glaube nicht, daß ich das möchte. Ich meine, ich sollte lieber gehen.«

»Du willst doch gar nicht gehen«, sagte Cody. »Das redest du dir bloß ein.«

Billy packte die Wut. Am liebsten hätte er Cody getreten – Codys gespanntes, zerfurchtes Gesicht befand sich genau über seiner Schuhspitze –, wäre aufgesprungen und hätte geschrien: Sag du mir nicht, was ich möchte.

Er rührte sich nicht. Heiß brannte die Wut auf seiner Haut und verwandelte sich dann in etwas anderes, etwas Unbekanntes. Ärger und Begierde und Furcht waren so ineinander verflochten, daß er das eine nicht vom anderen unterscheiden konnte. Ruhig lag er unter ihrer vereinten Last da, während Cody mit einem leisen, angestrengten Ächzen seine Stiefel auszog und auf den Boden stellte. Als Billy sah, wie seine Stiefel beiseite gestellt wurden, dachte er kurz und ohne jede Furcht an seinen Tod.

»Ich ...«, sagte er, und dann sagte er nichts mehr. Ebenso dringend, wie er hatte sprechen müssen, wollte er jetzt schweigen, zwischen die Kissen und Teppiche und den Krug mit Pfauenfedern gleiten, die im Halbdunkel schimmerten. Er ging im Raum auf, und alles konnte mit ihm geschehen. Alles war in Ordnung.

Zärtlich, aber mit den gleichen sicheren Bewegungen knöpfte Cody Billys Hose auf und zog sie aus. Schwer atmend lag Billy in Socken und Boxershorts da. Er hatte einen Ständer, und er schämte sich noch immer, jetzt jedoch auf eine eher losgelöste Art – er schämte und er freute sich, und er betrachtete den Zug hellgrüner Elefanten, die mitten durch den Stoff über ihm marschierten. Er war in dem Raum aufgegangen. Alles konnte geschehen. Er sah seine Hose und sein Hemd zusammengeknüllt am Boden liegen, und es war die Kleidung von jemand anders, jemandem, den er erfunden hatte.

Cody zog Billys Unterhose aus. »Zauberhaft«, flüsterte Cody. Billy atmete schwer. Er war nackt bis auf die Socken. Er war jemand, auf den das Wort *zauberhaft* zutraf. Cody zog sich ebenfalls aus. Billy hob den Kopf, sah fiebernd vor Spannung zu, wie Cody aus seinem Hemd schlüpfte, die Schuhe abstreifte, aus der Hose stieg. Er trug keine Unterwäsche. Nackt und pelzig stand er da, steif. Seine Arme waren dünn; er hatte einen Bauch. Cody kniete sich auf die Matratze und rieb mit den Handtellern über Billys Brust. Billy schaute ihn nicht an. Er blickte zur Decke, wo die Elefanten hintereinander herzogen, und dann spürte er Codys Lippen auf seinem Bauch. Einen Moment lang packte ihn die Panik. Sein Herz flatterte. Das darf nicht geschehen. Es darf nicht. Doch er hielt still, und es durfte geschehen. Es geschah. Codys Bartstoppeln kitzelten, als sein Mund weiter nach unten glitt, und dann hatte er Billy in sich aufgenommen. Billy hob den Bauch an. Er sorgte sich wegen der Zähne. Er blickte starr nach oben. Codys Mund bewegte sich. Billy sagte sich: Das hier geschieht. Er kam sich mächtig und lächerlich zugleich vor. Er erinnerte sich an den Unterarm des Kellners, der ihm vor einer Stunde seinen Kaffee gebracht hatte. Der Kellner hatte gut ausgesehen, aber blaß und unzufrieden gewirkt. Seine Unterarme waren bleich und unbehaart gewesen, voller kleiner, zuckender Muskeln. Billy blickte auf Codys bloße Schulter, auf Codys windzerzausten Kopf. Cody bewegte den Kopf, und da war das Wonnegefühl, stark, doch weit weg, mit einem leichten Schwindel verbunden, ganz anders als der altbekannte Kitzel, den Billy sich mit flinker Hand selbst bereitete. Codys Haare waren schwarz, zerwühlt, unschuldig. Der Kellner hatte so gewirkt, als schmerze ihn seine eigene Schönheit. Er war mürrisch gewesen. Die Muskeln an seinem Arm hatten gezuckt, als er den Kaffee eingegossen hatte. Billy stellte fest, daß er an den Arm des Kellners denken und das Wort *schön* zu sich sagen konnte. Er hatte die Erlaubnis, und tonlos sagte er das Wort. Der Arm wurde schön und dann auch der Mann, ein freudloser Fremder mit Bartschatten. Ein Mann, der manchmal nackt war, der schmale Hüften haben mußte und eine mürrische Haltung, die Arme über der bloßen Brust verschränkt. Billy dachte an die sichtliche Freudlosigkeit des Kellners. Er betrachtete die Oberseite von Codys Kopf. Ja. Bix hatte sein Blut auf Billys Gesicht geschmiert. Der Hintern des Kellners mußte klein und stramm sein. Ja. Er dachte an Bix – seinen stummen Zorn, das irre Leuchten seiner Augen –, und er dachte an den kleinen, unschuldigen Hintern des Kellners, und er dachte an sich, wie er von kräftigen Armen hochgehoben wurde, und dann, mit einem überraschten Aufschrei, kam er.

Das war es. Es war vorbei.

Augenblicklich verwandelte es sich in ein Nichts. Es war soviel gewesen, und jetzt war da gar nichts, bloß eine dumpfe Scham und der Wunsch, irgendwo anders zu sein. Cody wischte sich über den Mund, lächelte. Er tätschelte Billys Bauch und griff mit der anderen Hand zu dem Joint im Aschenbecher.

»Mmm«, sagte er und zündete den Joint an. »Köstlich.«

Billy sagte nichts. Er sah, daß er mit einem lüsternen, verrückten alten Mann allein in einem Zimmer war.

»Alles in Ordnung«, sagte Cody und bot ihm den Joint an. »Dir fehlt nichts, alles ist bestens.«

»Ich muß gehen«, sagte Billy. Er nahm den Joint nicht an.

»Ich weiß.«

Billy stand auf, zog seine Kleidung wieder an. Cody beobachtete ihn. Billy konnte seine Blicke spüren. Er wollte Cody nicht anschauen, doch als er angezogen war, mußte er es tun, und er sah einen schmalen, unscheinbaren Mann, der mit übergeschlagenen Beinen dasaß und die letzten Reste eines Joints rauchte, er sah seinen runden Bauch und den purpurroten Penis, der aus einem Büschel dunkler Haare aufragte. Billy konnte es nicht glauben. Diese Häßlichkeit, dieses jämmerliche Fleisch.

»Tschüß«, sagte er.

»Wiedersehen. Mach dir keine Gedanken.«

»Mach ich nicht.«

»Ich bin noch zwei Tage hier«, sagte Cody.

»Wir werden uns vermutlich nicht mehr sehen. Ich meine, ich muß jede Menge büffeln ...«

»Ich weiß. Komm gut heim. Bitte quäle dich so wenig wie möglich.«

»Yeah. Gut.«

»Geh. Geh in Frieden, mein Kind.«

Billy nickte. Er wußte, er konnte jetzt gehen, und es würde ihm verziehen. Seine ganze Begierde war verflogen. Der Vorfall hatte gar nichts zu bedeuten, von der schlichten Neugier einmal abgesehen, der Aufgeschlossenheit, die alle Abenteurer mitbrachten, wenn sie in eine neue Welt aufbrachen. Dann ging er zu Cody – drei Schritte – und drückte ihm einen Kuß auf die Lippen. Keiner von ihnen sagte etwas. Billy wandte sich ab und wollte gehen. Er spürte einen Tropfen Feuchtigkeit auf der Unterlippe, Codys Speichel oder sein eigener Saft. Er konnte seine Stiefel auf den Dielen klacken hören. Er schloß die Tür hinter sich, schritt den kahlen Flur entlang und stieg, zwei Stufen auf einmal nehmend, die Treppe hinab. Er ging durch das abstoßende kleine Foyer mit dem gelb lackierten Holz und den schmuddeligen Chrombriefkästen, öffnete die Glastür und trat hinaus in die verwandelte Nacht. Es war April, und ein kräftiger Geruch lag in der Luft, obgleich es in den kommenden Wochen noch das eine oder andere Schneegestöber geben würde. Will holte tief Luft, dann noch einmal. Er war aus dem Zimmer heraus, doch er hatte es nicht hinter sich gelassen. Er trug es in sich. Er hatte einen anderen Mann geküßt, und mit einem Mal wußte er, wer er sein würde. Als er in die Brattle Street einbog, berührte er neugierig seine Lippen. Ein wildes Durcheinander von Gefühlen, teils Glück, teils Entsetzen, wallte in ihm auf und übermannte ihn so plötzlich, so unerwartet, daß er stehenblieb, einfach stehenblieb, und sein Spiegelbild im Schaufenster einer Buchhandlung betrachtete. Er war ausgelassen und voller Furcht. Er hatte einen anderen Mann geküßt. Er ließ sich von dieser neuen Sache durchdringen, dieser Möglichkeit. Ein Bogen Zeitungspapier raschelte über seine Füße hinweg, und im künstlichen Licht von Cambridge sagte er leise seinen neuen Namen vor sich hin, voller Zärtlichkeit und Erstaunen, so als spreche er zu einem fremden Bruder, der jahrelang fortgewesen und plötzlich unangekündigt zurückgekehrt war und nun strahlend, grimmig und verrückt wie ein Engel vor ihm stand, erfüllt vom abgeklärten, unbefleckten Kummer eines Engels.

1971 Es wollte nicht geschehen. Susans Ansicht nach hätte es inzwischen soweit sein müssen, doch nichts tat sich. Nichts wollte sich einnisten, in ihr festsetzen und über lange Monate hinweg Hände ausbilden und Füße, die ersten Regungen eines stummen, roten Schlummers. Sie führte sorgfältig Buch über ihre Tage; sie wußte stets Bescheid. Es gab Zeiten, in denen sie dachte: Das war's. Das war das leichte Stechen. Jetzt geht es los. Aber nichts ging los. Sie war allein mit sich.

Sie wollte nicht mehr länger warten. Sie wollte eine eigene Familie haben. Wenn sie und Todd ein Kind hätten, wären sie für sich, vollständig; sie würden geachtet werden. Sie müßten an den Feiertagen nicht mehr ihre Familien besuchen.

Von dem Baby einmal abgesehen – einem vorübergehenden Problem – war ihr Leben recht angenehm. Einigermaßen angenehm. Sie hatte nichts gegen ihre Arbeit, Schreib- und Verwaltungsaufgaben im Immatrikulationsbüro. Sie hatte nichts gegen Yale, obgleich sie keinen Zugang dazu fand. Insgeheim nannte sie es die Festung. Sie und Todd und alle, die sie kannten, wohnten in Sichtweite der Feldsteinmauern und Rasenflächen des Campus. Neben dem Campus, rund um einen kleinen Park und eine alte Kirche, war eine Reihe von Geschäften und billigen Restaurants aus dem Boden geschossen. Das bot sich von selbst an; dahin konnte man gehen. Jenseits der Geschäfte und Cafés gab es zerbrochenes Glas, schwarze Männer und Frauen, den düster-dreckigen Lichtschein des Busbahnhofes. Susan bewegte sich in engen Kreisen. Sie beklagte sich nie. Sie freundete sich mit den anderen Mädchen in ihrer Abteilung an, jungen Studentenfrauen wie sie auch. Sie mochte ihren Chef, Mr. Morst, einen näselnden, umgänglichen Mann, der irgendwie nach einem heißgelaufenen Staubsauger roch und über keinerlei sexuelle Ausstrahlung verfügte, nicht die geringste. Mr. Morst stellte nur bescheidene Ansprüche. Bitte bringen Sie diese Akten zurück, bitte tippen Sie dieses Formular. Er wußte, daß Susan und die anderen Mädchen nicht lange bleiben würden, und er wußte auch, daß sie eine andere, ebenso bedeutungslose Arbeit finden würden, wenn ihnen diese hier nicht mehr zusagte. Nach dem Ansturm verworrener, widersprüchlicher Sehnsüchte, die Susan auf der Schule erlebt hatte, kam ihr dieses Inseldasein, dieses Leben mit seinen einfachen, anspruchslosen Aufgaben, manchmal wie ein schuldbewußtes Vergnügen vor. Sie tat genau das, was nötig war, nicht mehr und nicht weniger. Die Stunden zogen vorüber wie Güterwaggons, stetig, in einer mechanischen Gleichförmigkeit, die etwas von der gemessenen, erhabenen Würde eines Überlandzuges an sich hatte. Todd war vollauf mit seinen Seminaren beschäftigt und erfüllte alle in ihn gesetzten Erwartungen. Es gab keine Überraschungen. Ein Jurastudium wurde immer wahrscheinlicher, entweder in Yale oder in Harvard. Die Tage kamen und gingen. Doch nichts wuchs in Susan heran, und sie wollte es doch so. Bis das geschah, bis sich das Baby bemerkbar machte, würden ihre Tage aus Warten bestehen. Sie tippte die Personalien der Studenten auf Formblätter, und sie tippte genau auf Linie. Sie ging einkaufen, kochte, putzte die Wohnung und trank Kaffee mit Ellie und Beth und Linda, den anderen Mädchen im Büro. Die anderen wollten eine Schwangerschaft möglichst vermeiden, bis ihre Männer einen Abschluß hatten, bis sie wußten, ob sie ihr weiteres Leben in New York oder in Kalifornien oder irgendwo in der Prärie verbringen würden.

»Mit meiner Familie werde ich noch die nächsten zwanzig Jahre beschäftigt sein«, sagte Betty beim Kaffeetrinken während der Morgenpause. »Ich habe nichts dagegen, wenn in meinem Leben noch ein, zwei Jahre lang ein frischer Wind pfeift.«

»Ich mußte meiner Mama versprechen, daß ich warte, bis ich dreiundzwanzig bin«, ergänzte Ellie. »Sie sagt, ein Mädchen, das jünger ist, kann kein Kind aufziehen, weil es selber noch ein Kind ist.«

»Kann schon sein«, sagte Susan. »Aber wißt ihr, ich habe das Gefühl, daß jemand auf mich wartet. Ich meine damit mein Baby.«

»Wie das?«

Sie seufzte, und unter ihrem Atem kräuselte sich der Kaffee in der Tasse. »Ach, kümmert euch doch nicht um mich«, sagte sie. »Ich meine doch höchstens die Hälfte von dem, was ich sage. Es ist bloß so, daß ich dieses, ich weiß nicht, dieses Gefühl habe. So als gäbe es mein Baby bereits, und er würde bloß darauf warten, bis ich soweit bin, damit er endlich anfangen kann zu leben.«

»Oder sie«, sagte Linda.

»Aber ich habe das Gefühl, daß es beim ersten Mal ein Junge wird. Ich bin mir da so sicher. Genau das meine ich ja. Ich denke ständig, das ist bereits ein Mensch, jetzt, in diesem Augenblick, und ich halte nur alles auf. Wie wenn er wieder verschwindet, wenn ich zu lange warte.«

»Lieber erst dann ein Baby, wenn man einen festen Wohnsitz hat«, sagte Beth. »Du weißt doch gar nicht, wo du und Todd nächstes Jahr um diese Zeit sein werdet. Wenn du jetzt schwanger wirst, ich meine jetzt gleich, heute nacht, mußt du eventuell mit einem drei Monate alten Säugling an irgendeinen abgelegenen Ort ziehen.«

»Todd wird sich nicht zum Jurastudium an irgendwelchen abgelegenen Orten einschreiben«, sagte Susan, und sie empfand eine klammheimliche Befriedigung dabei. Unter den vier Mädchen war sie diejenige, die mit einem Jungen verheiratet war, über dessen Zukunft es nicht die geringsten Zweifel gab. Beths Mann, Arnie, hatte plötzlich das Hauptfach gewechselt, Publizistik statt Maschinenbau. Lindas Bob hatte in zwei Seminaren gepatzt. Diese Mädchen mußten auf sich aufpassen, ihr Leben soweit wie möglich in geregelten Bahnen halten, weil sie sonst wer weiß wo landen konnten.

»Ich wette, wenn du einen drei Monate alten Säugling hast«, sagte Linda, »kommt dir schon der Supermarkt wie ein abgelegener Ort vor.«

»Ach, alle machen viel zu viel Getue darum«, sagte Susan. »Meine Mutter hatte meinen Bruder und mich, noch ehe sie einundzwanzig war, und kein Geld, und sie hat es prima hingekriegt.«

Wieder warfen sich Beth und Ellie Blicke zu. »Tja, ich bin eben nicht meine Mutter«, sagte Ellie. Susan wußte, daß sie die Außenseiterin war, diejenige, gegen die man sich verbündete. Sobald sie die Stelle aufgab, würde sie nichts mehr mit diesen Mädchen zu tun haben.

»Ich sollte mich lieber wieder an die Arbeit machen.« Sie seufzte. »Schreckliches Unheil wird geschehen, wenn ich bis heute mittag meine Akten nicht abgeheftet habe.«

»Richtig«, sagte Beth mit einem übertrieben schicksalsergebenen Tonfall. Als sie die Angestelltenkantine verließen, blieb Lindas Rock an ihren Nylonstrümpfen hängen, und ihre geriffelten Oberschenkel kamen zum Vorschein. Einen Moment lang hatte Susan mit schrecklicher Deutlichkeit Lindas Zukunft vor Augen. Lindas Mann würde nicht genügend Geld verdienen. Linda würde fett werden – es fing bereits an – und mit ihren Kindern daheim sitzen, während ihr Mann einen immer größeren Bogen um sein Zuhause machen würde, ein Haus, wie Susans Vater sie baute, aus Stiftnägeln und falschem Holz zusammengeschustert.

Die Häuser ihres Vaters waren für Leute gedacht, die auf keinen grünen Zweig kamen.

Susan wußte, daß Linda in der Schule fröhlich und unauffällig und mit den beliebteren Mädchen befreundet gewesen war, weil von ihr nicht die geringste Gefahr ausging. Sie wußte, daß Linda sich zum Ausgleich für ihren flachen Busen und das fliehende Kinn allzeit bereit gezeigt hatte. Susan erkannte dies ganz automatisch, so wie ein Juwelier unwillkürlich den Handelswert eines Steines erkennt. Sie wollte deswegen kein Urteil fällen, aber was sie mit eigenen Augen sah, ließ sich nicht so ohne weiteres verdrängen. Zur Strafe dachte sie an Rosemary, wie sie gekrönt und weinend auf dem Football-Feld gestanden hatte. Komm dir bloß nicht überlegen vor, ermahnte sie sich. Du bist bloß Prinzessin gewesen, du hast nicht gewonnen. Doch je mehr sie darüber nachdachte, desto bewußter wurde ihr, wie farblos Linda war, wie wenig Pfiff Beth besaß, und daß Ellie stets zuviel Rouge aufgetragen hatte.

Als sie nach Hause kam, fand sie Todd am Schreibtisch vor. Er machte eine Wandlung durch. Sie verfolgte es mit eigenen Augen. Er hatte sich eine neue Brille gekauft, mit lakritzfarbenem Gestell. Die gewisse Jungenhaftigkeit – sein altbekanntes, durchsichtiges Bedürfnis, geliebt zu werden – war verflogen, und an ihre Stelle war neuerdings das Bedürfnis zu arbeiten getreten. Susan kamen seine Studien manchmal wie ein Gelage vor. Mit unerbittlicher Gier büffelte er in seinen Büchern. Irgendwo tief vergraben gab es Muße und Befriedigung, den glorreichen Moment, doch um dahin zu gelangen, mußte er endlos Literatur und Nachschlagewerke verschlingen. Er mußte sich den Weg dorthin erschreiben, jede Frage umfassend und richtig beantworten, sämtliche Stoffe so gründlich verstehen, daß er sich in harter, mühsamer Arbeit selbst ein Bild von ihrem Sinn und Inhalt machen konnte.

»Hi«, rief sie ihm von der Tür aus zu.

»Hi.« Er blickte auf, lächelte, schob seine Brille höher. Seine Unterarme waren dick und kräftig, voller hellblonder Haare.

Sie ging zu ihm, massierte ihm die Schulter. »Wie läuft es?« fragte sie.

»Es geht«, sagte er. »Internationales Finanzwesen ist ein Hammer.«

»Bestimmt.« Jetzt, in den höheren Semestern, kamen ihr seine Studienfächer so unergründlich und entrückt vor wie die Legenden um irgendwelche sagenumwobenen Gebirgsmassive in Asien. Während der ersten beiden Jahre hatte Susan mithalten können. Unter Literatur des zwanzigsten Jahrhunderts konnte sie sich etwas vorstellen; unter Mikrobiologie konnte sie sich etwas vorstellen. Aber jetzt studierte er so unfaßbare Fächer wie Wirtschaftsrecht und Geistesgeschichte. Sie verfolgte, wie er mit zunehmendem Wissen verschlossener, älter wurde. Sie dachte an ihre Kinder, die sie Güte würde lehren müssen und die unablässig Güte von ihr verlangen würden.

»Wie ist dein Tag gelaufen?« fragte er.

»Bestens. So wie immer. Ich mache uns was zum Abendessen.«

»Okay.«

Sie knetete ein letztes Mal seine Schulter und ging in die Küche. Die Wohnung war gemütlich, aber wenig bemerkenswert. Es war ihr erstes gemeinsames Zuhause, doch Susan konnte ihr einfach nichts abgewinnen. Es war eine Übergangslösung, genau wie ihre Arbeit. Sie hielt sie sauber, kaufte gelegentlich Blumen. Jeden Morgen wußte sie, was sie zum Abendessen zubereiten würde. Jeder Tag gebar einen neuen, und in seltsam hoffnungsvollen Augenblicken spürte sie, wie etwas aus ihr hervorbrechen wollte, spürte sie einen sanften, aber beharrlichen Druck auf ihrer Haut.

Sie wusch gerade den Salat, als das Telefon klingelte.

»Hallo?«

»Hallo, mein Schatz.«

»Hallo, Mama.«

»Rufe ich zu einer ungelegenen Zeit an?«

»Nein. Ich habe gerade mit dem Abendessen angefangen. Wie geht es dir?«

»Oh, uns geht es gut.«

Susan hörte es, und sie wußte Bescheid. Sie erkannte es am Summen in der Leitung.

»Was ist passiert?« fragte sie. »Was stimmt nicht?«

»Gar nichts. Nichts Großartiges. Billy hat gerade von der Schule aus angerufen und mir gesagt, daß er an Weihnachten nicht nach Hause kommt. Keine große Sache.«

»Wohin geht er?«

»Zu ein paar Freunden von ihm. Leuten, die irgendwo eine Hütte haben. In Vermont. Eine Hütte in Vermont.«

»Tja, das klingt, als wollte er sich amüsieren«, sagte Susan. »Mama, Billy führt jetzt sein eigenes Leben. Er muß an den Feiertagen nicht unbedingt nach Hause kommen.«

»Ach, das weiß ich doch. Meinst du etwa, das weiß ich nicht. Er muß seine eigenen Wege gehen. Das soll er von mir aus auch.«

»Aber?« sagte Susan.

»Wie bitte?«

»Aber was dann? Ich weiß, daß du darüber nicht glücklich bist.«

»Nun ja, mein Schatz, natürlich bin ich nicht *glücklich* darüber. Welche Mutter möchte nicht, daß ihre Kinder an Weihnachten nach Hause kommen?«

Susan klemmte den Hörer zwischen Schulter und Ohr und fing an, den Salat auseinanderzureißen. »Es geht doch um etwas anderes?« sagte sie. »Worum geht es?«

»Ach, mein Schatz, das weißt du doch.«

»Sag's mir.«

»Du weißt doch genausogut wie ich, daß Billy wegen deinem Vater an Weihnachten nicht nach Hause kommen möchte. Ich wußte, daß es dazu kommen würde. Ich habe damit gerechnet. Erinnerst du dich noch an letzte Weihnachten?«

»Ich werde es nie vergessen.«

Susan hörte, wie ihre Mutter Luft holte. Sie hörte, daß sie einen dicken Kloß im Hals hatte.

»Dein Vater vertreibt Billy«, sagte ihre Mutter. »Deswegen bin ich so verflixt sauer.«

»Niemand vertreibt Billy, Mama. Er geht aufs College, sein Leben ändert sich. Er wird schon wieder kommen.«

»Manchmal könnte ich deinen Vater ermorden. Ich meine, wieso ist er nur so stur? Hast du irgendeine Ahnung? Ich erlebe mit, wie er's auf einen Streit anlegt, und bitte ihn, damit aufzuhören, aber er will nicht. Er kann nicht aufhören. Er ist wie ein Ochse.«

»Tja, Mama.«

»Wie bitte?«

»Ich meine, na ja, du hast ihn geheiratet, nicht wahr?«

»Was soll denn das heißen? Ich habe einen Jungen geheiratet, vor zweiundzwanzig Jahren. Die Menschen ändern sich. Das weißt du bloß noch nicht. Nicht daß ich meine, Todd würde sich verändern. Todd ist anders.«

»Ich glaube nicht, daß irgend jemand sich sosehr verändert«, sagte Susan. »Wenn Papa heute bockig ist, muß er auch damals schon bockig gewesen sein.«

»Er ist nicht bockig, mein Schatz. Ich habe nie gesagt, daß er bockig ist. Ich habe gesagt, er ist wie ein *Ochse.*«

»Ach, krieg dich wieder ein. Er kann furchtbar sein. Er ist ...«

»Mein Schatz, ich liebe deinen Vater. Dein Vater ist alles, was ich habe.«

»Ich habe nicht gesagt, daß du ihn nicht liebst.«

»Ich würde alles für deinen Vater tun.«

»Mama, hör zu ...«

»Schön, sag's mir. Wie geht's Todd?«

»Todd geht's bestens. Arbeitet viel, wie immer.«

»Großartig«, sagte ihre Mutter. »Er ist ein richtiges Arbeitstier, dieser Todd. Und was ist mit dir, mein Schatz? Deine Arbeit strengt dich doch nicht zu sehr an, oder?«

»Nein, die Arbeit ist prima. Hör zu, mit Billy wird schon wieder alles in Ordnung kommen. Er wird größer werden, und er und Papa werden sich zusammenraufen.«

»Ach, ich weiß. Das weiß ich doch. Das sind bloß die typischen Schwierigkeiten, die jeder Junge in seinem Alter durchmacht. Ich lass' dich jetzt dein Abendessen fertigmachen. Todd wird hungrig sein.«

»Okay. Mama?«

»Hmm?«

»Nichts. Papa ist nicht zu Hause, oder?«

»Dein Vater? O nein, der arbeitet noch. Du kennst ihn doch. Er und Todd sind sich da ganz ähnlich, zwei Arbeitstiere. Laß ihn keine Bücher mitnehmen, wenn ihr Weihnachten nach Hause kommt.«

»Ich will sehen, was ich tun kann.«

»Ich kann's kaum erwarten, dich zu sehen, mein Schatz. Weihnachten kann gar nicht früh genug kommen. Bestell Todd schöne Grüße von mir.«

»Okay. Tschüß, Mama.«

»Tschüß. War schön, mit dir zu reden, mein Liebes.«

Susan legte auf und stand eine Weile da. Sie mußte etwas Zeit verstreichen lassen. Sie wollte nicht weinen, nicht heute abend. Sie zerteilte den Salat, holte eine Tomate aus dem Kühlschrank. Sie wartete und wandte sich wieder ihrem Leben zu, den üblichen Verrichtungen, ihrer freundlichen Küche – auch wenn sie ihr nur vorübergehend gehörte –, in der es keinerlei Heimsuchungen gab.

In dieser Nacht schliefen sie und Todd miteinander. Sie wußte, daß er erschöpft war. Nur zu gern hätte er ihr einen kurzen, trockenen Kuß gegeben und wäre eingenickt. Aber es war eine ihrer Nächte. Sie strich mit den Händen an seinem breiten Rücken hinab, küßte ihn verlangend, und er verstand. Er umfaßte ihre Brüste, strich mit dem Mund über ihren Nacken. Er schob die Hand unter ihr Nachthemd, berührte sie sanft zwischen den Beinen. Sie stöhnte unter seinem schlichten Betasten. Durch die Ehe war das Mysterium greifbarer und unergründlicher zugleich geworden. Sie hatte ihn auf der Toilette gesehen. Sie hatte ihn verschwitzt und ungewaschen erlebt. Sie hatte ihn dabei ertappt, als er so öde, stumpfsinnig und selbstzufrieden ausgesehen hatte, daß sie gedacht hatte: Das ist das Ende, er interessiert mich nicht mehr. Das kann er nicht wieder gutmachen. Doch gleichzeitig wurde ihr sein Fleisch immer vertrauter. Seine Eigenheiten – das Zickzackmuster feiner Härchen an seinem Unterleib, die dicke Ader an seinem Bizeps – waren auch die ihren geworden, so daß ihr Anblick eine jähe, bekümmerte Zärtlichkeit erzeugte, die sie weder gekannt hatte noch sich jemals hatte vorstellen können, ein Hin- und Hergerissensein zwischen Macht und Verlust. Sie glaubte jetzt, daß sich in Sachen Liebe kein Mensch sicher sein konnte. Die Liebe stellte sich klammheimlich ein, unverhofft, und selbst wenn sie darniederlag, war eine Grenze überschritten worden, ein Heiligtum preisgegeben. Ihre ganze Gewißheit, die Gleichförmigkeit ihrer Tage war jetzt von der Furcht durchdrungen, daß Todd etwas zustoßen könnte. Wenn er verletzt würde oder krank, würde sie einerseits frei sein, andererseits aber, und das wog schwerer, war typischer für Susan, würde ein Teil von ihr für immer verstummen.

»Oh«, flüsterte sie. Da war sie, die Eichel, sie drängte sich an sie, drängte in sie. Todd war müde. Das hier würde besonders kurz ausfallen. Sie fuhr mit den Händen über seiner Rückenmuskulatur auf und ab. Noch immer beeindruckte sie seine Kraft. Das unter der Haut liegende Fleisch war so knotig, so angespannt. Sie stellte sich vor, Todd leide unter fortwährenden Schmerzen, von denen er nur erlöst wurde, wenn er schlief oder sich der Liebe hingab. Sie glaubte, daß ein derart großer und muskulöser Körper weh tun mußte, und wenn sie ihn berührte, wollte sie ihm Linderung bereiten, seine Knoten lösen.

»Oh«, sagte sie wieder, lauter. Normalerweise war sie geräuschvoller als er, was ihr peinlich war. Sie sorgte sich, daß sie zuviel Vergnügen daran finden könnte, zu genießerisch und gierig war. Es geht um das Baby, sagte sie sich. Als Todd in sie eindrang, dachte sie an das Baby, den wartenden Sohn. Vielleicht geschah es heute nacht. Sie wußte so viel. Sie wußte, daß er dunkelhaarig sein würde, genau wie sie. Sie wußte, daß er ernsthaft sein würde und freundlich und keinerlei Schwäche anheimfallen. Todd stieß in sie, und sie betastete die harten, schmerzenden Muskeln an seinem Rücken. Armer Kerl, dachte sie. Sein Atem kitzelte sie am Ohr. Armer Kerl. Stetig und unverwandt stieß er zu, stumm bis auf sein heftiges Atmen, und das Lustgefühl wuchs. Sie öffnete sich weiter und immer weiter. Mit jedem Stoß öffnete sie sich mehr, bis sie sich keuchen und stöhnen hörte und den Schweiß an Todds Rückgrat spürte. Jetzt ist es soweit. Sie dachte an das Baby, den wartenden Sohn, daß dies der richtige Zeitpunkt sein könnte, das hier, jetzt. Da war es, das hohe Klingen, das helle Nirgendwo in ihrem Innern. Sie dachte an das Baby, und sie dachte an Todd, und als er sich mit einem überraschten Aufkeuchen in sie entleerte, vermischten sich in ihrem Bewußtsein beide vorübergehend miteinander, Todd und das Baby, das Innere und das Äußere, all das Fleisch, das darauf wartete, daß sie zu sich fand, damit es erlöst werden konnte von seinem Kummer und Schmerz.

1972 Trancas' Mutter hatte alles hinter sich gelassen: einen Ehemann, Petunienbeete, ein Haus mit blauen Fensterläden, das an Zoes Straße stand. Sie hatte Trancas mitgenommen, damit ihre Tochter in trunkener Entsagung bei ihr lebte, bis sie den harten Kern des Nichts fand, von dem aus sie wieder von vorn anfangen konnte. Sie trank sich dazu durch, rauchte zwei Chesterfield gleichzeitig. Sie sah fern und wartete auf den Tag, an dem sie so viele Stunden vergeudet hätte, daß die Zeit als solche zerfiele, die Tage nicht mehr von den Nächten zu unterscheiden wären und sie inmitten der Trümmer nach einem anderen Ich suchen könnte. Sie wollte mit ihrer Tochter LSD schlucken, doch Trancas behauptete, sie wüßte nicht, wo man welches bekommen könne.

»Bis dann, Mädels«, rief Trancas' Mutter ihnen fröhlich aus dem bunten Zwielicht zu. Flackernd spiegelte sich das Fernsehbild in ihrem Scotchglas. Zoe beschloß, sich und Trancas als Schwestern zu betrachten, zwei junge, kriminelle Mädchen, die noch alles vor sich hatten.

Zoe verstand Trancas' Mutter. Sie hatte die Vorhänge und die ordentlich mit Papier ausgelegten Schränke verlassen, war in die Wildnis hinausgezogen. Sie wollte ihr menschliches Leben mit tierischen Augen betrachten, um zu erkennen, wo die Fehler verborgen waren.

»Scheiß drauf«, murmelte Trancas.

Zoe kniff Trancas in den Arm, der hart und fett wie eine Wurst war. Zoe mochte Trancas' Mutter. Sie hatte Hochachtung vor ihrer Hoffnung auf Wiedergeburt, so erschöpft und spöttisch sie auch sein mochte.

»Viel Spaß«, sagte Trancas' Mutter. Sie blickte durch ihren Scotch auf den Bildschirm. Es müßte wie ein Kaleidoskop wirken, dachte Zoe. Trancas' Mutter war so dürr und zierlich wie eine alte Ballerina, so würdevoll schlampig wie eine übergeschnappte Königin. Sie trug eine mit Blumen und verschlagen glitzernden

Spiegeln bestickte indische Bluse. Sie strahlte ein mattes, unstetes Schimmern aus, das zum Flackern des Fernsehers paßte. Sie hätte eine in den Raum projizierte Gestalt aus dem Fernseher sein können.

»Gute Nacht, Mrs. Harris«, sagte Zoe. Trancas schubste sie durch die Tür und schloß sie, als gelte es, eine tödliche Strahlenquelle zu versiegeln. Trancas bemitleidete und fürchtete ihre Mutter mit einer Inbrunst, die stärker war als jede Liebe.

»Scheiß drauf«, sagte Trancas erneut, diesmal lauter, zu der zerschrammten, mit einer dicken Farbschicht übermalten Tür.

»Sei nicht so hart zu ihr«, sagte Zoe.

»Du bist nicht ihre Tochter«, antwortete Trancas. »Du gehst morgen wieder nach Garden City.«

»Du kannst Garden City nicht ausstehen.«

»Letzte Nacht hat sie einen Sessel abgefackelt«, sagte Trancas. »Mit ihrer Zigarette. Ich bin aus meinem Zimmer gekommen, und sie hat dagehockt, war fest eingeschlafen. Die ganze Bude war voller Qualm, und direkt neben ihrem Arsch sind kleine Flammen aufgezüngelt.«

»Sie sollte vorsichtiger sein«, sagte Zoe, doch sie hatte sogar Verständnis für die Sehnsucht zu brennen. Trancas' Mutter hatte vermutlich geträumt, sie sitze auf einem Sessel aus Feuer, steige mit dem Rauch auf und blicke hinab auf das altbekannte weltliche Trachten.

»Du hast verdammt recht«, sagte Trancas. »Wenn sie sich unbedingt umbringen will, von mir aus, sie soll bloß nicht mich und das halbe Haus mitnehmen.«

»Sie ist niedergeschlagen.«

»Sie ist eine verfluchte Wahnsinnige, nichts anderes. Komm schon, nichts wie weg von hier.«

Trancas und Zoe gingen gemeinsam die Jane Street entlang, unter den im Abendlicht schimmernden Bäumen hindurch. Trancas war genauso alt wie Zoe und seit dem neunten Lebensjahr ihre beste Freundin, und jetzt hatte sie die Welt der Regeln und mädchenhaften Begierden hinter sich gelassen. Zoe besuchte sie an den Wochenenden. In Trancas' Kleiderschrank bewahrte sie ihre anderen Sachen auf: einen schwarzen Minirock, eine durchsichtige Bluse, schwarzbraun wie starker Kaffee. In New York behandelten sie manche Männer, als wäre sie schön.

»Morgen«, sagte Trancas, »will ich mir ein Motorrad angucken.«

»Was für ein Motorrad?«

Trancas holte einen Zeitungsfetzen aus ihrer Gesäßtasche. »An der Zehnten Straße West verkauft jemand für dreihundert Dollar eine alte Harley«, sagte sie.

»Du hast aber keine dreihundert Dollar. Du hast überhaupt kein Geld.«

»Wenn mir die Maschine echt gefällt, treib' ich die dreihundert auf.«

Trancas probierte eine neue Unbekümmertheit aus, eine abgefeimte Freiheit, bei der man sich keinerlei Gedanken zu machen brauchte. Sie plante ihre Flucht. Neuerdings hatte sie kräftig zugelegt, schob das Kinn vor, damit ihr Gesicht kantiger wirkte und weniger freundlich. Sie wollte sich ein Motorrad kaufen, eine Lederjacke, ein Messer mit Perlmuttgriff. Zoe war nach wie vor ihre beste Freundin und auf eine neue, undurchsichtige Art Mitverschworene bei ihren neuen Ideen. Wie Verliebte zogen sie durch die Straßen.

»Wo willst du denn dreihundert Dollar hernehmen?« fragte Zoe.

»Das läßt sich machen«, sagte Trancas. »Es gibt Mittel und Wege.«

Sie gab sich gern geheimnisvoll. Als sie und Zoe sich kennengelernt hatten, war Trancas groß und intelligent, linkisch und wenig begehrenswert gewesen. Ungelenk, tapsig und durcheinander war sie gewesen, in einen Wirrwar aus Fehlern und Hoffnungen verheddert. Jetzt gab sie sich großspurig. Sie sprach sogar von Kalifornien.

»Vielleicht kauft es dir deine Mutter«, sagte Zoe.

»Bestimmt«, versetzte Trancas.

»Du könntest sie fragen.«

»Sie hat kein Geld.«

»Dein Vater schickt ihr bestimmt welches.«

»Sie will seine Schecks nicht einlösen. Mit dem letzten hat sie sich den Arsch abgewischt und ihn dann zurückgeschickt.«

Trancas hatte das schlechte Benehmen ihrer Mutter lieb gewonnen. Manche Geschichten stimmten sogar.

»Wieso haust du dann nicht deinen Vater an?« sagte Zoe.

»Wegen einem Motorrad? Er will mir Ballettschuhe kaufen. Er sagt ständig, daß es noch nicht zu spät ist, damit anzufangen.«

Zoe nahm ihre Freundin an der Hand, als sie die Hudson Street überquerten. Der Abendhimmel hing voller dichter kleiner Wolkenknäuel, die sich grau vor dem rotschwarzen Horizont abhoben.

Sie gingen rüber ins East Village, in eine Bar, die Trancas mochte. In der Kneipe brannte ein dumpfes blaues Licht inmitten der schalen Dunkelheit. Männer in lederner Cowboykleidung tanzten, und niemand schien zu bemerken oder sich daran zu stören, daß Zoe und Trancas erst sechzehn waren. Es war eine Kneipe, in die man auch mit einer Schlange um den Hals hätte hineinspazieren können. Aus der Musikbox ertönte James Browns »Super Bad«.

Trancas und Zoe setzten sich auf ein kaputtes Sofa im hinteren Bereich, nahe dem Pooltisch und den stinkenden Klos. Trancas zündete einen Joint an, reichte ihn Zoe.

»Ganz schön voll heute abend«, sagte Trancas.

»Hmm.«

»Guck dir den Typ mit der Tätowierung an.«

»Wo?«

»Gleich dort. Am Pooltisch.«

Ein sehniger Mann mit einem Katzengesicht beugte sich in den Lichtkegel, der auf den Pooltisch fiel, und visierte die Siebenerkugel an. Seine Arme waren mit allerlei Herzen, Dolchen und grinsenden Schädeln übersät, mit schlangenartigen Drachenleibern und weit aufgerissenen, gierigen Lindwurmmäulern.

»Klasse«, sagte Trancas.

»Hmm.«

»Ich lass' mir auch 'ne Tätowierung machen.«
»Was für eine?«
»Eine Rose vielleicht«, sagte Trancas. »Am Arsch.«
»So was hat man für immer«, versetzte Zoe.
»Ich möchte gern was für immer haben. Du nicht?«
»Na ja. Ja, ich glaube schon.«
Sie rauchten den Joint, hörten sich die Musik an. In der Bar verging die Zeit nicht, hier gab es nur Musik und Dämmerlicht in unterschiedlichen Schattierungen. Zoe hatte Angst, und es gefiel ihr. Sie mochte die Nächte in der Stadt, in Bars wie dieser, all die kleinen Gefahren und Verheißungen. Es war, als ziehe man los, um in den Wäldern zu leben. Daheim in Garden City stand das Essen alphabetisch geordnet auf den Regalen.
»Vielleicht auch einen Blitz«, sagte Trancas.
»Was?« Zoe wurde allmählich stoned. Sie konnte spüren, wie die Musik in ihr wogte. Sie erkannte, daß der abgewetzte braune Plüsch an der Armlehne des Sofas eine Welt für sich war.
»Einen Blitz statt einer Rose«, sagte Trancas. »Ich glaube, eine Rose wäre vielleicht zu – du weißt schon. Eine *Rose*.«
»Ich mag Rosen«, sagte Zoe.
»Dann solltest du dir eine machen lassen.«
»Vielleicht mach' ich es.«
»Du kannst dir ja 'ne Rose machen lassen, und ich lass' mir 'nen Blitz machen. Oder 'nen Drachen. Ich mag den Drachen, den der Typ am Arm hat.«
»Du kannst dir ja einen Blitz und einen Drachen machen lassen«, sagte Zoe.
»Mach' ich auch. Ich muß mich bloß entscheiden, was ich zuerst will.«
Trancas holte einen weiteren Joint heraus, und dann saß ein Mann auf der Armlehne des Sofas. Zoe hatte ihn nicht kommen sehen. Sie fragte sich, ob er schon die ganze Zeit dagewesen war. Nein, vor ein paar Minuten hatte sie noch den braunen Plüsch angestarrt.

»He«, sagte der Mann. Er lächelte. Haare umgaben sein Haupt wie ein Heiligenschein. Er hatte wilde, widerspenstige schwarze Haare auf dem Kopf, stachlige schwarze Koteletten und einen borstigen kleinen Kinnbart. Er war dunkel und undeutlich, wie eine Tätowierung.

»Hi«, sagte Zoe. Sie sprang augenblicklich auf ihn an, diesen gedrungenen, lächelnden Mann mit dem wirren Haar. Von Dope wurde sie immer träge und lüstern.

»Was gibt's?«

»Nichts. Sitze bloß rum.«

Sie bot ihm den Joint an, und er nahm einen Zug. Er spitzte die Lippen, wie in einem Comic, kniff die Augen zusammen und sog die Wangen ein. Zoe lachte.

»Was ist dabei so komisch?« fragte er und gab den Joint zurück.

Sie schüttelte den Kopf, nahm ebenfalls einen Zug. Dieser süße kleine Comic-Mann hatte etwas Sinnliches an sich. Etwas Wachsames und Verlorenes, Hundeartiges. Er trug schwarze Motorradstiefel, ein schwarzes Samthemd. Er hätte eine Figur sein können, die aus einer schwarzen Kuckucksuhr herausspringt und die Zeit ansagt.

»Du bist sehr hübsch«, erklärte er. »Macht es dir was aus, wenn ich das sage?«

»Eigentlich bin ich gar nicht hübsch«, sagte sie. »Ich wünschte, ich wäre es.«

»Du bist es.«

»Nein. Vielleicht wirke ich in diesem Licht hübsch, weil ich es so möchte. Ich meine, vermutlich siehst du gar nicht *mich*, du siehst bloß, wie gern ich ein hübsches Mädchen wäre, das auf einem Sofa in einer Bar sitzt.«

Sie lachte wieder. Das Dope war gut.

»Was war das?« sagte er.

»Ich weiß nicht. Ich habe keine Ahnung, was ich gerade gesagt habe.«

»Du bist 'n irres Mädchen, wa?«

»Ja. Ich bin ein irres Mädchen.«

»Das ist gut. Ich hab's gern irre. Du bist doch ein Mädchen, oder?«

»Was?«

»Du bist doch kein Junge.«

»Nein. Ich bin kein Junge.«

»Gut«, sagte er. »He, ich mag Jungs, aber ich weiß gern, was Sache ist. Verstehst du, was ich sagen will?«

»Ich glaub' schon. Nein. Nicht richtig.«

»In diesen Laden kommen allerhand Mädchen, die eigentlich gar keine sind.«

»Das weiß ich«, sagte sie. Wußte sie es wirklich? Sie kam nicht mehr ganz mit.

»Aber bei dir weiß ich's genau. Du hast was an dir, was man nicht nachmachen kann, wie eine Art Glühen. Weißt du, was ich sagen will?«

»Du willst sagen, daß ich glühe.«

»Hmm. Ich heiße Ted.«

»Hi, Ted. Ich bin Zoe, das ist meine Freundin Trancas.«

»Schön, euch kennenzulernen. Hört mal, habt ihr zwei Lust auf ein paar Lines?« fragte er.

»Okay. Klar.«

»Ich habe ein, zwei Gramm bei mir zu Hause. Ich wohne gleich auf der anderen Straßenseite. Wie wär's, wenn wir alle drei rübergehen und rasch ein paar Lines ziehen?«

Zoe schaute Trancas an, die mit den Achseln zuckte. Trancas weigerte sich, nein zu sagen. Sie wollte unter keinen Umständen ein Mensch werden, der dieses Wort benutzte.

»Okay«, sagte Zoe.

»Kommt mit.«

Der Mann stand auf, und Zoe und Trancas wollten sich ebenfalls erheben, als jemand sagte: »Mädels, geht nicht mit dem da mit.«

Zoe sah zuerst seine Schuhe, rote Riemchenpumps mit zehn Zentimeter hohen Absätzen. Meine Mutter hat ein Paar solche, dachte sie, aber nicht so hohe. Ansonsten trug er Army-Klamotten, eine schulterfreie Rüschenbluse und eine platinblonde Perücke, die mit hellem, künstlichem Knistern bis auf die Schulter fiel. Er hatte die Hände in die Hüfte gestemmt und strahlte einen schwachen, puderartigen Glanz aus. Er hatte ein schmales, scharfgeschnittenes Gesicht, aus dem helle, heftige Entrüstung sprach.

»Zisch ab, Cassandra«, sagte Ted.

»Der hier will euch nichts Gutes, meine Damen«, sagte der Mann mit der Perücke. »Laßt euch nicht mit ihm ein, es sei denn, ihr mögt's gern grob, und ich meine wirklich *grob.*«

»Leck mich.«

»Letzten Monat ist ein Mädchen wegen ihm ins Krankenhaus gekommen, und ich hab' ihm gesagt, wenn er noch mal diese Bar abgrast, pack' ich ihn am Wickel. Du meinst wohl, ich habe geblufft, Nick, mein Schätzchen?«

»Eigentlich heißt er Ted«, sagte Zoe.

»Diese Bar zieht den Abschaum von der Straße an wie Scheiße die Fliegen«, sagte der Mann zu Zoe und Trancas. »Kommt schon.«

»Es liegt an euch«, sagte der Mann mit der Perücke. »Solange euch klar ist, worauf ihr euch einlaßt.«

Zoe zögerte. Sie wußte, das Trancas ihre Meinung nicht ändern würde. Sie konnte es nicht; jedes Anzeichen von Furcht oder gesundem Menschenverstand würde sie zurückwerfen, sie wieder zu dem großen, ungeliebten und nervösen Mädchen machen, mit dem sie bewußt abgeschlossen hatte. Zoe schaute den Comic-Mann an, der jetzt eine finstere Miene zog, und sie blickte zu dem Mann mit den scharfen Zügen und der langen, silbernen Perücke, der dastand wie eine irre Gottheit der Schicklichkeit und des Wahns, mit einer Unzahl bunter, glitzernder Reifen und Armbänder behängt. Zoe dachte an Alice, die durch den Spiegel gegangen war, ein unschuldiges, vernünftiges Mädchen. Sie hatte ihre Haut gerettet, weil sie sich richtig verhielt, weil sie auf die sprechenden Tiere und verrückten Wesen hörte.

Zoe faßte einen Entschluß. »Vielleicht sollten wir einfach hierbleiben«, sagte sie zu Ted oder Nick. »Es sei denn, du willst gehen«, fügte sie, an Trancas gewandt, hinzu.

Erleichtert schüttelte Trancas den Kopf. »Ich bleib' bei dir«, sagte sie. »He, Mädchen, ich kann dich doch in so 'nem Laden nicht allein lassen.«

»Laßt ihr euch etwa von dem Schleimscheißer hier angst machen?« sagte der Mann. »Ihr macht wohl Witze. Ihr wollt mich veräppeln, stimmt's?«

»Nein«, sagte Zoe. »Wir bleiben lieber hier. Trotzdem danke.«

Sein Gesicht schien förmlich zu schrumpfen. Es sah so aus, als wolle er seinen Kopf kleiner wirken lassen. »Soso«, sagte er. »Hört ruhig auf Stadtstreicherinnen, hört auf Penner, die wissen immer, wovon sie reden. Hört ruhig auf Tunten, die vor 'ner Woche noch in Bellevue gehockt haben.«

»Gar nicht wahr«, sagte der Mann mit der Perücke zu Zoe. Er klang entschieden, wie eine sittsame Matrone, erhaben und in sich ruhend. »Ich bin nie in Bellevue oder irgendeiner anderen Anstalt für geisteskranke Kriminelle gewesen. Ich leugne ja gar nicht, daß ich ein Weilchen wegen Ladendiebstahls gesessen habe, Schätzchen, aber das hat in keinster Weise meine Fähigkeiten beeinträchtigt, einen Perversen auf Anhieb zu erkennen.«

»Einen Perversen«, sagte der Mann. »Soso. Du bezeichnest mich also als Perversen.«

»Ein Perverser«, sagte der Mann mit der Perücke, »ist jemand, der mit anderen Leuten Sachen macht, die sie nicht mit sich machen lassen wollen. Punktum.«

»Kommt schon«, sagte der Mann zu Zoe. »Ich will mir das Gesicht von dem Scheißer nicht noch länger anschauen.«

»Wir gehen nicht mit«, versetzte Zoe. »Wirklich.«

Er schüttelte den Kopf. »Blöde Zicke«, sagte er.

Der Mann mit der Perücke hob die Hände und wackelte mit dem Fingern. »Geh weg!« sagte er. »Du hast hier keine Macht.«

Und Nick oder Ted ging unter leisen Verwünschungen, die er wie kleine, giftige Rosen um sich warf, seiner Wege.

»Ihr habt die rechte Wahl getroffen, Mädels«, sagte der Mann mit der Perücke. »Glaubt mir.«

Zoe empfand eine tiefe Dankbarkeit und Furcht, eine eigenartige Hochachtung. Sie hatte früher schon Tunten in der Bar gesehen, wäre aber nie auf die Idee gekommen, daß sie Notiz von ihr nahmen.

»Ich heiße Trancas«, sagte Trancas ungeduldig. »Und das ist meine Freundin Zoe. Wie heißt du?« Trancas wollte ihr Leben in Bars zubringen, sämtliche Tunten beim Namen kennen.

»Cassandra«, sagte der Mann. »Ich bin entzückt.« Nun, da Ted oder Nick weg war, schien er jedes Interesse verloren zu haben. Er blickte sich um, schickte sich an zu gehen. In der dicken Luft glitzerte er wie ein ganzer Schwarm Fische.

»Ich mag deine Ohrringe«, sagte Zoe. An Cassandras einem Ohr hing ein silbernes Raumschiff, am anderen ein kupferner Mond, der irgendwie gereizt und unruhig wirkte.

»Yeah«, sagte Trancas. »Die sind klasse.«

Cassandra griff an seine Ohrringe. »Oh, die Rakete und der Mond«, sagte sie. »Sagenhaft, nicht wahr? Willst du sie haben?«

»O nein«, sagte Zoe.

»Ich bestehe darauf.« Cassandra löste den Mond von seinem Ohr. Im Licht der Bar wurde das kleine, kupferne Mondgesicht dunkler.

»Nein, also wirklich, bitte«, sagte Zoe. »Ich kann nicht.«

»Ist es eine Frage der Hygiene?« fragte Cassandra.

»*Nein.* Ich will bloß ...«

»Dann teilen wir sie«, sagte er. Ihr nehmt den Mond, ich behalte die Rakete.« Er ließ den etwa pfenniggroßen Mond vor Zoes Gesicht baumeln.

»Wirklich?« sagte Zoe. »Ich meine, du kennst mich doch gar nicht.«

»Schätzchen«, versetzte Cassandra, »ich bin wie ein Weihnachtsbaum. Ich lasse hier ein bißchen Tand und dort ein bißchen. Es gibt immer wieder neues Zeug. Vertrau mir. Die Welt ist groß und bunt, und sie besteht aus lauter Zeug. Außerdem habe ich diesen Plunder geklaut. Ich kann jederzeit was Neues klauen.«

Zoe griff nach dem Ohrring. Trancas half ihr, den Dorn durchs Ohrläppchen zu schieben. »Das ist ja ein großartiges kleines Ding«, sagte Trancas. »Das ist ein echter Schatz.«

»Jetzt sind wir Ohrringschwestern«, sagte Cassandra. »Ein Leben lang miteinander verbunden.«

»Vielen Dank«, sagte Zoe.

»Gern geschehen«, entgegnete Cassandra. »Jetzt entschuldigt mich, Mädels, ja?« Elegant entfernte er sich auf seinen hohen Absätzen. Seine Platinperücke flirrte im künstlichen Licht.

»Wow«, stieß Trancas aus. »Das ist vielleicht 'ne Type.«

»Vermutlich hat er uns das Leben gerettet«, sagte Zoe.

»Wahrscheinlich. Verflucht, er ist unsere Schutzfee, genau das ist er.«

Trancas und Zoe setzten sich wieder aufs Sofa und rauchten noch ein bißchen Dope, doch jetzt konnte sich nichts Großartiges mehr ereignen. Sie rauchten den Joint zu Ende und verließen die Bar. Sie gingen noch in ein paar andere Läden, rauchten einen weiteren Joint, tanzten miteinander und sahen sich die Männer an. Als sie wieder in Trancas' Wohnung kamen, saß ihre Mutter schnarchend vor dem Fernseher. Zoe überzeugte sich, daß nichts angekokelt war. Trancas legte den Finger an den Kopf ihrer schlafenden Mutter. »Peng«, sagte sie. Ihre Mutter lächelte im Traum und wachte nicht auf.

»Ich wünschte, du würdest dieses Wochenende mal zu Hause bleiben«, sagte Mami. »Was ist denn an New York so unendlich faszinierend?«

»Trancas fühlt sich einsam da drin«, sagte Zoe. »Sie braucht meine Gesellschaft.«

Mami trug rote Tennisschuhe. Ihr Schatten fiel auf die zarten Salat- und Bohnenschößlinge, die dunkleren, ungestümeren Kürbistriebe. Mami stand da, als müsse sie tausend hungrige kleine

Mäuler stopfen. Wenn die Bohnen soweit waren, würde sie sie von den Ranken pflücken und in kochendes Wasser werfen.

»Vielleicht«, sagte sie, »kommt Trancas auch mal ein oder zwei Wochenenden ohne dich aus.«

»Ich sehne mich nach ihr«, sagte Zoe. »Ich fühle mich hier ebenfalls einsam.«

Sie trug Cassandras kupfernen Mondohrring. Sie hatte die zu ihrem häuslichen Dasein passende Kleidung an, Flickenjeans und ein eingefärbtes T-Shirt. Sie kauerte zwischen den mit Schildern versehenen Beeten und zupfte Unkraut aus. Die Erde spendete ihr Schatten; sie strahlte eine tief in ihr sitzende Kühle aus.

»Laß sie doch gehen, Mary«, sagte Papi. Er trug eine Kiste Primeln, die so leuchteten, daß sie Hitze ausstrahlen mußten. Papi strahlte ebenfalls ein hitziges Leuchten aus, eine Art brennenden Kummer.

»Ich meine ja bloß, daß es allmählich ein bißchen zuviel wird«, sagte Mami. »Jedes Wochenende.«

Papi kam her und stellte sich neben Zoe. Er legte die Hand auf ihr Haar. Wenn sie zusammen im Garten waren, verteidigte er ihr Recht, zu tun und zu lassen, was sie wollte. Außerhalb des Gartens fand er keinen Zugang zu ihr. Er liebte sie dennoch, doch ihr Wesen konnte er nur erfassen, wenn sie über Wurzeln und Mutterboden sprachen, ihren Ehrgeiz, gemeinsam etwas gedeihen zu lassen.

»Es ist immerhin ihre beste Freundin«, sagte er. »Und außerdem ist samstagabends hier in Long Island nicht viel los. Hab' ich recht, Zoe?«

Zoe zuckte die Achseln. Überall war schwer was los. Aber sie hatte in New York eine Art Anliegen. Sie war nicht auf Ruhm oder glutreiche Selbstzerstörung aus wie Trancas. Sie wollte etwas anderes, so was Ähnliches, wie Alice es besessen haben mußte, nachdem sie ins Wunderland gegangen und hinterher in die Welt der Gärten, der Schulbücher und Wäscheleinen zurückgekehrt war. Sie wollte sich größer vorkommen.

»Na schön«, sagte Mami mit einem selbstzufriedenen, bitteren

Unterton. Sie genoß ihre Niederlagen mit einer Art säuerlichem Widerwillen, genauso wie sie ihr Essen genoß. »Mach doch, was du willst.«

Sie stapfte mit ihren roten Segeltuchschuhen durch das Gras zum Haus zurück. Papi stand nach wie vor neben Zoe, hatte die eine Hand auf ihrem Kopf liegen und hielt in der anderen die Primelkiste. Süß und schwer wogte der Blumengeruch herab. Primeln welkten hilflos in ihrem eigenen Duft dahin. Sie bestanden nur aus Geruch und Farbe, hatten nicht die derbe, aufrechte Art der Gemüsepflanzen.

»Komm, wir pflanzen die hier noch ein«, sagte Papi. »Und um halb eins fahr' ich dich zum Bahnhof.«

»Danke«, sagte sie. »Tut mir leid, daß ich soviel weggehe.«

»Schon okay«, versetzte er, und sie wußte, daß er die Wahrheit sagte. Susans Auszug hatte eine gewisse Leere hinterlassen und Billys ebenfalls. Als Susan gegangen war, hatte sie ein Stück Zukunft mitgenommen; Billy hatte die Fehler der Vergangenheit mitgenommen und sie verewigt. Ihr Weggang erfolgte aus einem ganz anderen, wenn auch nicht weniger zwangsläufigen Grund. Fortzugehen gehörte mit zu ihrer Aufgabe.

Manchmal war Cassandra in der Bar. Manchmal war er nicht da. Zoe stellte fest, daß sie die ganze Woche lang darauf wartete, bis sie abends mit Trancas in die Bar gehen konnte, und wenn Cassandra nicht da war, kam sie sich verstoßen und zurückgesetzt vor, so als habe jemand sein Versprechen nicht gehalten. Wenn Cassandra da war, begrüßte Zoe ihn nervös und erwartungsvoll, so ähnlich, wie sie mit einem Jungen sprechen würde, den sie liebte. »Hallo, Schätzchen«, sagte Cassandra immer und zog weiter. Zoe war nicht in Cassandra verliebt, aber sie wollte etwas von ihm. Sie wußte bloß nicht genau, was es war.

Trancas ging neuerdings auf den Strich, um das Geld für ein Motorrad aufzutreiben. Ihr erster Bericht klang, als hätte sie wer weiß was vollbracht.

»Ich bin vor dem einen Kino an der Zweiundvierzigsten rumgehangen«, sagte sie in der Cafeteria an der Waverly zu Zoe. »Ich hatte so 'nen Schiß, daß ich mich gefragt habe: Was ist, wenn keiner mich will? Was ist, wenn niemand weiß, was ich hier mache?«

Trancas' Gesicht strahlte, ihre Wangen glühten derart vor Begeisterung, daß sie fast zornig wirkte. Sie schaufelte fünf Löffel Zucker in ihren Kaffee. Sie trug eine Jeansjacke und ein Grateful-Dead-T-Shirt, ein mit Rosen bekränztes Skelett.

»Ich hab' mir gesagt, ich steh' einfach da«, erzählte sie. »Eine Viertelstunde in etwa, und wenn nichts passiert, geh' ich heim. Und dann vergehn etwa vierzehneinhalb Minuten, und plötzlich kommt so ein Typ auf mich zu, ein ganz normaler Typ, um die Fünfzig. Er hat nicht besonders betucht ausgesehen, aber er war auch kein Widerling, lauter Polyesterklamotten, so ein Typ halt, du weißt schon, ein ganz normaler Typ, hat vermutlich den ganzen Tag im Büro gesessen und irgendwas gemacht, und dann ist er wieder nach Hause gefahren. Jedenfalls kommt er auf mich zu, und zuerst hab' ich gedacht, er wär 'n Freund von meinem Vater. Dann hab' ich gedacht, nein, der will mir irgendwas erzählen, zum Beispiel, daß der Bus unten an der Ecke hält, oder er drückt mir so 'ne Jesusbroschüre in die Hand oder so was Ähnliches. Aber nein. Er kommt direkt auf mich zu und sagt ›Hallo‹. Ich sag' ebenfalls ›Hallo‹, und er sagt: ›Können wir miteinander ins Geschäft kommen?‹ Und ich hab' Herzklopfen und so einen Schiß, aber meine Stimme hört sich an, als ob ich das schon tausendmal gemacht hätte, wie wenn ich 'ne ganz Ausgebuffte wäre. Ich schau' ihn mir 'nen Moment lang an, und dann sag' ich: ›Kann schon sein.‹ Und es war so *irre*, Zoe. Es war, als ob ich genau wüßte, was ich sagen und wie ich mich geben muß. Er fragt: ›Was verlangst du?‹, und ich sage: ›Kommt drauf an, was du willst.‹ Ich war so *cool*, ich weiß nicht, woher das gekommen ist.«

»Was hat er gesagt?« fragte Zoe. Sie beugte sich über die zerschrammte, fleckige Tischplatte. In der Küche der Cafeteria sang ein Mann mit starkem Akzent »Hang down Sloopy, Sloopy, hang down.«

»Er hat gesagt: ›Ich will einen geblasen kriegen, und ich will ein bißchen Zärtlichkeit‹«, sagte Trancas. »Und weißt du, was ich gesagt habe?«

»Was?«

»Ich habe gesagt: ›Einmal blasen macht dreißig Dollar, und Zärtlichkeit ist bei mir nicht drin.‹«

»Ich glaub' dir kein Wort.«

»Es ist wahr. Ich war so cool, Zoe. Ich hab' 'ne Rolle gespielt, und ich hab' sie total hingekriegt.«

»Und was ist dann passiert?«

»Er hat gesagt: ›Wie wär's mit fünfundzwanzig?‹ Und ich hab' ihn bloß *angeschaut,* wie wenn ich sagen wollte: Geh mir nicht auf den Wecker, du Wichser. Und er hat gelacht, so ein volles, breites Ha-ha-ha, mit großen, weißen Zähnen, und dann hat er gesagt: ›Einverstanden, dreißig also.‹ Scheiße, hab' ich mir gedacht, was passiert jetzt? Soll ich jetzt etwa mit ihm in ein Hotel gehen, was ich kenne? Aber er sagt, ich soll mitkommen, und wir sind ein paar Straßen weiter zu dem Hotel gegangen, wo er gewohnt hat, ins Edison oder so ähnlich. Genau, das Edison war's. Und wir sind auf sein Zimmer gegangen, und ich habe gesagt: ›Wie wär's mit meinen dreißig Kröten, bevor wir uns miteinander einlassen?‹ Er hat wieder die große Hahaha-Lache gemacht und mir das Geld gegeben. Mann. Der hat Zähne wie Eiswürfel gehabt. Er hat mir keinerlei Fragen gestellt. Hat sich nicht mal erkundigt, wie alt ich bin. Er hat sich einfach ausgezogen, und er war nicht grade ein hübscher Anblick, aber ich hab' in meinem Leben schon Schlimmeres gesehen, und ich hab' mich ebenfalls ausgezogen und der Arschgeige mitten auf dem Bett einen geblasen. Dann hab' ich mich wieder angezogen und bin schleunigst abgehauen.«

»Das ist alles?« fragte Zoe.

»Das ist alles. Dreißig Kröten.«

»Du hast es wirklich gemacht?«

»Anders komm' ich nie zu Geld.«

»Hast du keinen Schiß gehabt?«

»Zoe, ich hab' dir doch *gesagt*, daß ich Schiß gehabt habe.«

»Vor ihm, meine ich.«

»Nein. Vor dem mußte man keinen Schiß haben. Wenn du ihn sehen würdest, wüßtest du Bescheid.«

Zoe trank ihren Kaffee, blickte durch das beschlagene Fenster hinaus auf den Waverly Place. Ein beleibten Mann führte einen belustigt dreinschauenden Hund spazieren, dem er eine weiße Bluse und einen karierten Rock angezogen hatte. Offenbar gab es eine neue Welt ohne alle Regeln und eine alte mit zu vielen. Sie kannte sich in keiner von beiden aus. Ihre Mutter war der Schutzengel der alten Welt. Ihre Mutter war stolz und gekränkt, und sie warnte Zoe: Laß dich nie von einem Jungen um den Verstand bringen, Jungs wollen alles zerstören, was dir kostbar ist.

Cassandra war den Schutzgeist der neuen Welt. Er war für Sex, aber er war auch für Sicherheit. Er warnte Mädchen davor, mit Männern wegzugehen, die ihnen Leid zufügen wollten.

»Ich weiß nicht recht, ob du so was machen solltest«, sagte Zoe zu Trancas.

Auf Trancas' Gesicht lag nach wie vor ein wildes, verzücktes Leuchten. »Dreißig Dollar, Zoe«, sagte sie. »Für etwa zwanzig Minuten Arbeit. Noch neun Typen, und ich kann mir die Harley holen.

»Aber das ist Prostitution.«

»Mann. Das isses auch, wenn du Kellnerin oder Sekretärin bist. Für das hier gibt's bloß mehr Geld.«

Zoe schaute Trancas an und versuchte sie zu verstehen. Wollte sie sich endgültig befreien, oder war sie im Begriff, sich langsam und allmählich umzubringen? Wie konnte man den Unterschied zwischen Emanzipation und Selbstmord erkennen?

»Sei vorsichtig, wenn du es schon unbedingt weiter machen willst«, sagte Zoe.

»Bestimmt«, antwortete Trancas, und Zoe konnte ihren Leichnam sehen. Sie konnte das bläulich weiße Fleisch sehen und das leichte Lächeln, das um ihren Mund spielen würde, nachdem sie ihre Mutter geschlagen hatte und am wildesten, abgelegensten aller Orte angelangt war. Siegreich.

An diesem Abend stand Cassandra in einem alten Ballkleid, einem Unding aus smaragdgrünem Satin und limonenfarbenem Chiffon, an der Bar. Zoe wartete, bis Trancas auf der Toilette war, und ging dann rasch zu Cassandra. Cassandra hatte ein Glas in der Hand und redete mit einem großen Schwarzen, der ein Samtcape und ein kanariengelbes rundes Hütchen trug.

»Hallo, Cassandra«, sagte Zoe.

Cassandra hatte ein kluges Gesicht, das unter der dicken Puderschicht, dem Lippenstift und den künstlichen Wimpern wie zerquetscht wirkte. Die Kosmetika und die verzwickte Doppelrolle, Mann und Frau zugleich sein zu müssen, schienen ihn förmlich nach vorn zu zwingen, und mitunter sah er so aus, als presse er das Gesicht an eine Glasscheibe und spreche deutlich und eine Idee zu laut mit jemandem auf der anderen Seite.

»Ah, hallo, Kleine«, sagte er. »Wie geht es dir?«

»Mir geht's bestens. Eigentlich wollte ich fragen, ob ich mal kurz mit dir reden kann.«

»Schätzchen, du kannst reden, soviel du willst. Fang einfach von vorne an und zieh's schnurstracks bis zum Ende durch.«

»Unter vier Augen vielleicht? Es dauert bloß einen Moment.«

»Es gibt nichts auf der Welt, was Miss Cinnamon hier noch schockieren könnte«, sagte Cassandra.

»Da haste recht«, versetzte Miss Cinnamon. Ein gelber Schleierfetzen hing zitternd wie Insektenflügel über seinen schimmernden Brauen.

Zoe zögerte. »Na ja«, sagte sie. »Du kennst doch Trancas, meine Freundin?«

»Klar kenn' ich die.«

Zoe stockte. Am liebsten hätte sie das Gesicht in Cassandras Flitterkleid vergraben, in seinem glatten, schimmernden Glanz. Sie wollte auf Cassandras schmalem Schoß sitzen, ihm Geheimnisse ins Ohr flüstern und ihrerseits hören, daß jenseits der Gefahren der gewöhnlichen Welt eine großartige und sagenhafte Geborgenheit wartete.

»Heraus mit den Sprache, Schätzchen«, sagte Cassandra. Seine Stimme klang so fest und stetig wie Regen, der auf den Bordstein fällt.

»Sie geht neuerdings auf den Strich«, sagte Zoe.

»Tja, das ist bestimmt sehr einträglich.«

Miss Cinnamon legte ihre riesige Hand auf Zoes Arm. »Hat sie eine Dose Tränengas dabei, Schätzchen.«

»Ich mache mir Sorgen um sie«, sagte Zoe.

»Sie sollte Tränengas und ein Messer mitnehmen«, sagte Miss Cinnamon. »Sie kann sich ja ein schickes kleines Messer besorgen, es muß ja nicht irgendein riesiges altes Ding sein. Sie kann es in ihren Stiefel stecken.«

»Weshalb machst du dir Sorgen?« fragte Cassandra.

»Ich habe Angst, daß ihr was zustoßen könnte.«

»Deswegen braucht man ja Tränengas und ein Messer, Schätzchen. Hör zu, wenn ich dir was sage.«

»Allen möglichen Leuten kann was zustoßen«, sagte Cassandra. »Schreckliche Sachen geschehen.«

»Ich weiß«, sagte Zoe.

»Ihr Mädels seid noch so jung. Habt ihr keine Eltern oder so was Ähnliches? Wer kümmert sich um euch?«

»Trancas und ihre Mutter wohnen hier in der Stadt. Ich komme bloß am Wochenende her. Ich wohne mit meiner Familie draußen auf Long Island.«

»Ein anderer Stern«, sagte Cassandra.

»Auch dort geschehen schreckliche Sachen«, erklärte ihr Zoe.

»Kann ich mir vorstellen, Schätzchen. Oh, schau, da kommt deine Freundin.«

Trancas war von der Toilette zurück. Sie sah Zoe mit Cassandra reden und kam her zu ihnen, erfüllt von der ihr eigenen gierigen Glückseligkeit, ihrer Vorliebe für Versuchung und Untergang. Zoe stellte sich vor, wie sie das Geld zusammenfaltete und in ihre Tasche steckte, bevor sie einem Mann mit eiswürfelgroßen Zähnen einen blies.

»He, Cassandra«, sagte Trancas in ihrer großmäulig derben Cowboyart. »Klasse Hut«, fügte sie, an Miss Cinnamon gewandt, hinzu.

»Vielen Dank, Kleine«, sagte Miss Cinnamon geziert. Zoe erkannte, daß Miss Cinnamon einst ein kleiner Junge gewesen war, der mit seiner Mutter zur Kirche ging. Unter den leidenden Augen Christi hatte er vor dem Altar gesessen, umgeben von einem rauschenden Chor aus Samt, Brokat und Krinoline.

»Wir diskutieren gerade das Für und Wider des Gewerbes«, sagte Cassandra.

Trancas warf Zoe einen Blick zu. Aus Trancas' Miene sprachen Betretenheit und ein trotziger Zorn, der an Stolz erinnerte, auch wenn es keiner war.

»Genau«, sagte sie. »Das Gewerbe.«

»Ich kann dir nur eins raten, meine Liebe«, sagte Cassandra. »Verkauf dich nicht unter Wert. Nicht in deinem Alter. Du könntest zwanzig Dollar allein dafür kriegen, daß du dein Hemd ausziehst. Lutsch niemand den Schwanz für weniger als fünfzig. Wenn dir jemand weismachen will, daß er eine Straße weiter für die Hälfte einen geblasen kriegt, dann soll er's sich halt von irgend 'nem müden alten Ding besorgen lassen, das kaum mehr auf den eigenen Beinen stehn kann und ohne Brille keinen Ständer mehr finden. Sag ihm, er soll ruhig hingehen und sich 'nen Sonderpreis machen lassen, wenn er's denn so will. Nun, und wenn du bereit bist, mit jemand zu ficken, dann verlang hundert. Wenigstens. Verzieh keine Miene, wenn du deinen Preis nennst. Handle nicht. Und *wenn* du mit jemand fickst, dann mach es nur mit Kondom. Du kannst ja nicht wissen, *wo* die mit ihren Schwänzen überall dringewesen sind.«

»Okay«, sagte Trancas.

»Und außerdem, Kleines«, sagte Miss Cinnamon, »habe ich deiner Freundin grade gesagt, du sollst Schutzmaßnahmen ergreifen.

Besorg dir Tränengas und ein hübsches kleines Messer, das du in deinen Stiefel stecken kannst.«

»Genau«, sagte Trancas.

»Wir sprechen aus Erfahrung, meine Liebe«, sagte Cassandra. »Hör auf deine Tanten.«

»Okay«, sagte Trancas, und für einen kurzen Augenblick legte sie ihre hitzig mißtrauische Miene ab.

Sie standen einen Moment lang schweigend da, alle vier. Zoe wurde von einer schwindelerregenden Mischung aus Liebe und Furcht erfaßt, einem Gefühl, wie sie es noch nie erlebt hatte. Sie spürte, wie sie ihr altes Leben verließ, die Familienmahlzeiten und die Möbel, die ruhige, grüne Einsamkeit im Garten. Als kleines Mädchen hatte sie sich immer vorgestellt, in den Wäldern zu leben, doch sie wußte, daß sie das nicht fertigbrachte, nicht wirklich. Sie konnte sich weder ein Nest in den Bäumen bauen noch Pilze und Beeren essen. Selbst wenn sie den Mut dazu gehabt hätte, hätte sie irgend jemand zurückgeholt. Sie wäre in so ein Haus gesteckt worden, wo man diejenigen Mädchen aufnahm, die meinten, sie könnten einem Leben in geschlossenen Räumen entfliehen, und die man dort behielt, bis sie ihren Wünschen entsagten.

Von einem Leben in diesen Wäldern hier konnte sie niemand abhalten. Das hier war eine Bestimmung, die man einem Mädchen nicht versagen konnte, diese riesige, kunterbunte Stadt, die die seltsamsten Kinder beherbergte.

»Dürfte ich dich vielleicht irgendwann mal zum Tee einladen?« sagte sie zu Cassandra.

Cassandra kniff die Augen zusammen und lächelte dann. »Entschuldige bitte? Zum Tee?«

»Oder, du weißt schon, eine Tasse Kaffee. Ich möchte einfach mit dir reden. Du bist doch meine Tante, stimmt's?«

Cassandra überlegte. Sie lächelte Miss Cinnamon zu. Zoe kam sich vor, als spreche sie mit zwei wohlhabenden, berühmten Frauen. Sie hatten das entsprechende Auftreten. Sie besaßen diese hochmütig spöttische Anmut.

»Tee«, sagte er zu Miss Cinnamon, und er sprach das Wort aus, als sei es komisch und schrecklich zugleich. Dann besorgte er sich beim Barkeeper einen Stift und schrieb seine Telefonnummer auf eine Serviette.

»Eins solltest du wissen«, sagte er, als er Zoe die Serviette reichte. »Deine Tante Cassandra wird dich umbringen, falls du jemals, egal, unten welchen Umständen, vor drei Uhr nachmittags anrufst. Hast du mich verstanden?«

»Ja«, sagte Zoe. »Ich habe verstanden.«

»Es gibt nichts Bösartigeres als eine Tunte, die aufgeweckt wird, bevor sie soweit ist. Glaub mir, Kleine, *damit* willst du dich wirklich nicht anlegen.«

1972

Will, Inez und Charlotte waren ein letztes Mal zusammen auf Trip gegangen, hatten sich ihre Ergebenheit beteuert und fuhren dann über die Sommerferien zu ihren Eltern. Als Will von seinen Eltern am Bahnhof von Garden City abgeholt und nach Hause gebracht wurde, stellte er überrascht fest, daß die Stadt sowohl lächerlich als auch zutiefst vertraut wirkte, auf eine beinahe unwirkliche Art vertraut. Es war, als stünde er unter Hypnose und erinnere sich allmählich an ein früheres Leben. So als reise er durch ein fremdes Land und wisse aufgrund übernatürlicher Kräfte, daß der Fahrer an der nächsten Kreuzung links abbiegen und hinter dem dunklen, struppigen Maulbeerbaum ein gelbes Haus mit hohem Giebel auftauchen werde. Er war darauf vorbereitet gewesen, daß er beim Anblick der Rasenflächen und der schmucken, stattlichen Häuser gereizt und gelangweilt reagieren würde. Er hatte sich genau diese Schwerelosigkeit vorgestellt, die er jetzt empfand, während sein Vater mit beiden Händen das Lenkrad umfaßte und seine Mutter von einer neuen Badehose erzählte, die sie im Sonderangebot für ihn gekauft hatte. Nicht gerechnet hatte er hingegen mit dieser Behaglichkeit, dieser beinahe surrealen Heimeligkeit. Er hatte nicht erwartet, daß er, als der Buick seines Vaters an der vertrauten Stelle abbog, das Gefühl haben könnte, er komme nach Hause. Nachdem er aus dem Wagen gestiegen war, blieb er auf dem Rasen stehen und schaute zu dem Haus, das mit dem Geld seines Vaters erbaut worden war, ein großes, weitläufiges Ungetüm, auf eine provinzielle Art prachtvoll, mit Spitzdächern und Erkerfenstern, wie blanke Knochen im Sommerlicht. Drinnen gab es keinerlei Bücher, von den Taschenbuchbestsellern einmal abgesehen, die seine Mutter im Urlaub las. Es gab keinen einzigen Gegenstand, kein Stück Geschirr oder Mobiliar, das älter war als Will. Aber es gab das vertraute Essen. Und er hatte eine Zuflucht. Sein Vater regierte dieses Haus mit einem tiefverwurzelten und unerschütterlichen Besitzerstolz, und Will würde in gewisser Hinsicht – unausgesprochen zwar, aber dafür nur um so nachdrücklicher – immer seines Vaters Diener bleiben.

»Einen Groschen für deine Gedanken«, sagte seine Mutter.

»Hä? Oh, Entschuldigung.«

»Ich habe Hühnersalat gemacht. Bist du hungrig?«

»Ich glaube schon. Klar.«

»Dann komm rein. Es ist so schön, dich wieder daheim zu haben.«

Er blieb keine zwei Tage. Den Entschluß zur Abreise fiel noch am ersten Abend. »Und, an welches Hauptfach denkst du?« fragte sein Vater beim Essen.

»Ich glaube, ich möchte Lehrer werden«, sagte Will.

Es war eine Lüge. Er war über seine eigenen Worte überrascht. Er wollte nicht Lehrer werden. Der Lehrerberuf war eintönig, undankbar, unterbezahlt. Er wollte Architektur studieren. Er wollte Häuser bauen.

Seine Mutter, die schmäler war und häufiger still vor sich hinlächelte, als er sich erinnern konnte, strich mit dem Fingernagel am Rand ihres Tellers entlang. Schillernde Flecke, kalte kleine Regenbogen aus künstlichem Licht, funkelten im Kristalleuchter.

»Lehrer«, sagte sein Vater. Er sprach das Wort mit einer verächtlichen Gleichgültigkeit aus. Er gab einen leisen, abschätzigen Ton von sich. Wills Vater war massiger geworden. Er wirkte schwammig und aufgedunsen, wie man es häufig bei von Natur aus schlanken Männern findet, die allmählich Fett ansetzen. Sein Vater, so vermutete Will, hatte genausoviel Gewicht zugelegt, wie seine Mutter verloren hatte.

»Yeah. Lehrer.«

Zoe mit ihren Karnevalsfarben, den flickenübersäten Landstreicherklamotten und dem klimpernden Zigeunerschmuck saß Will gegenüber. Hilflos lächelte sie ihm zu.

»Lehrer für was?« fragte sein Vater.

»Für Kinder«, sagte Will. Alles, was er sagte, überraschte ihn. Ursprünglich hatte er englische Literatur gewählt, war dann auf Linguistik umgestiegen und hatte sich jetzt mehr oder weniger für Fächer entschieden, die er nach dem Collegeabschluß benötigen würde, wenn er sich für ein Architekturstudium bewerben wollte. Für den Herbst hatte er sich bereits in Seminaren über Palladio und Frank Lloyd Wright eingeschrieben. Er wollte lernen, wie man Stromleitungen durch einen Raum führte. Doch er brauchte eine andere Existenz, eine, die er seinem Vater vorweisen konnte. Er brauchte ein Ich, das ihm nicht naheging.

»Ich glaube, ich möchte gern Kinder unterrichten, die jeder schon abgeschrieben hat«, sagte er. »Ich könnte zum Beispiel für die Lernförderung arbeiten.«

»Ich glaube, daß du sehr gut mit Kindern umgehen könntest«, sagte seine Mutter. »Du wärst ein wunderbarer Lehrer.«

»Muß man dazu nach Harvard gehen?« sagte sein Vater. »Zwergbriketts hättest du auch mit zwei Jahren Schmalspurausbildung unterrichten können.«

»Gebrauch bitte nicht so ein Wort, solange ich hier bin«, versetzte Will.

»Tut mir leid. Nee-ger. Farbige Kinder. Ich fass' es nicht. Und was wird aus deiner erstklassigen Ausbildung?«

»Nein, antworte du mir zuerst, Papa? Wo kommt dieser ganze Haß her? Was soll das? Was hast du davon?«

»Jetzt fangt nicht schon wieder an, ihr zwei«, sagte seine Mutter. Ihr Fingernagel erzeugte auf dem Porzellan ein leises Knarren, einen reinen, trockenen Ton.

»Was für Haß«, sagte sein Vater. »Ich hasse niemand, es sei denn, ich habe Grund dazu. Ich will lediglich wissen, warum du nach Harvard gehst, nach *Harvard,* verdammt noch mal, wenn du nichts weiter willst, als Nee-gerkinder unterrichten?«

»Das reicht«, sagte Will. Er nahm die Serviette vom Schoß und warf sie auf seinen Teller. »Mama, das Essen war köstlich.«

»Mein Schatz, du hast ja kaum was gegessen.«

»Mir ist der Appetit vergangen.«

»Komm schon«, sagte sein Vater. »Spiel nicht die Primadonna. Ich weiß nicht, wie du in 'nem Klassenzimmer voller Buschneger klarkommen willst, wenn du nicht mal ein paar deutliche Worte aushältst.«

Will stand auf. Er blickte hinab auf seinen Vater, der kauend inmitten seines Wohlstands hockte. Sein Vater trug eine grüne Karohose. Auf der Tapete an der Wand ragten hohe Pagoden über romantische kleine Brücken und watende Kraniche. Will wollte nur eins: nichts mit dieser Familie zu tun haben. Verschwinden. Einen Moment lang überlegte er, ob er seinem Vater mitten in die zufriedene Fresse schauen und in aller Ruhe sagen sollte: ›Ich schlafe mit Männern.‹ Er dachte daran, seinen Vater zum Abschied zu küssen. Er war furchtbar wütend, und er schämte sich, und dazwischen spürte er eine unbestimmte Sehnsucht, die wie ein Bienenschwarm in seinen Adern schwirrte.

»Billy«, sagte seine Mutter. »Mein Schatz, setz dich hin und iß dein Abendbrot auf.«

Billy. Als er aus dem Mund seinen Mutter seinen alten Namen vernahm, verließ Will das Zimmer. Er hatte ihnen nichts von seinem neuen Namen gesagt. Ihm schwindelte vor Erregung. »Wenn du nicht mal ein paar offene Worte aushältst«, hörte er seinen Vater sagen, »kann ich dir bloß viel Glück im Leben wünschen.« Will spürte, wie sich ihm der Magen umdrehte. Er war nicht bereit zu verschwinden, noch nicht. Er wußte noch nicht genau, wie es wirklich um ihn bestellt war, und wenn er zuviel sagte, würde er nie mehr zurückkommen können.

Später kam Zoe zu ihm aufs Zimmer. Sie klopfte so sacht, daß er Bescheid wußte, ohne fragen zu müssen. »Komm rein, Zoe«, sagte er. Sein Vater hätte an die Tür gehämmert, seine Mutter hätte angeklopft, höflich, aber mit einem energischen Rhythmus, so zielbewußt und stetig wie Hagelschlag. Nur Zoe vermittelte den Eindruck, daß man nicht unbedingt auf sie achten müsse.

Sie trug ein zerrissenes oranges T-Shirt mit einem Werbeaufdruck für die Carlsbad Caverns, wo sie nie gewesen war, und ein hauchzartes, mit roten Arabesken übersätes Hemd. An einem schwarzen Samtband, das sie um den Hals gebunden hatte, hing eine Glocke, die etwa so groß und so ähnlich geformt war wie ein weiblicher Daumennagel. »Hi«, sagte sie.

»Komm rein, Zoe«, sagte er. Das Zimmer barg noch immer Schätze. Ein Dylan-Poster, die an die Decke geklebten Sterne aus Silberfolie. »Komm her, setz dich zu mir aufs Bett.«

Er dachte kurz an Cody, der behauptete, er könne die von den Menschen ausgehende Strahlung erkennen. Manchmal glaubte Will, er könne ein schwaches Leuchten sehen, das Zoe umhüllte, auch wenn es nicht den elektrischen Spannungsfeldern ähnelte, die Cody beschrieben hatte. Es war kaum sichtbar, eine Art Phosphoreszieren, so als steige ein in Zoe hausender Geist um den Bruchteil eines Zentimeters aus ihrer Haut heraus. Will hatte nichts für Mystizismus übrig. Nie dachte er ernsthaft über Gesichte nach. Doch in diesem Augenblick mußte er sich eingestehen, daß es ihm manchmal, wenn er unverhofft zu Zoe blickte, so vorkam, als flackere ein fahler Lichtschein über ihr, wenn niemand auf sie achtete.

In Patschuliduft gehüllt trat sie ein und setzte sich auf seine Bettkante. Wie konnte eine Familie, die so laut und begehrlich war, jemanden wie sie hervorbringen?

»Was gibt's?« sagte er. Er berührte ihr wirres schwarzes Haar. Nur für Zoe empfand er diese geradezu schmerzliche Zuneigung. Die anderen liebte er, doch Zoe war diejenige, um die er sich sorgte, die bei ihm Angst auslöste. Sie war unstet; sie kam und ging.

»Ich bin froh, daß du daheim bist«, sagte sie. »Du hast mir gefehlt.«

»Zoe, ich halt es aber nicht den ganzen Sommer hier aus«, sagte Will. »Ich glaube, ich geh' lieber wieder nach Cambridge.«

»Jetzt schon?« sagte sie.

»Herrgott, Zoe, was machst du bloß mit deinen Haaren? Du hast da doch keine Spinnen oder irgendwas drin, oder?«

»Es ist zu früh«, sagte sie. »Du hast weder Bix noch Larry oder sonst jemanden gesehen?«

»Es wird immer schlimmer werden. In ein paar Tagen werden Papa und ich wieder handgreiflich werden. Kannst du dich an letzten Sommer erinnern?«

»Was willst du denn in Cambridge machen?« sagte sie.

»Ich kann mir eine Arbeit suchen. Was für eine, ist mir egal. Man kriegt immer eine Arbeit, wenn einem egal ist, was man machen muß.«

»Kannst du nicht noch eine Weile hierbleiben? Eine Woche?«

»Ich glaube, ich sollte lieber gleich gehen«, sagte er. »Ich habe gar nicht erst vor auszupacken.«

»Bitte?«

»Komm schon.«

Sie nickte. »Ich denke hauptsächlich an mich«, sagte sie. »Ich habe Angst, daß wir eines Tages nichts weiter sind als, du weißt schon. Verwandte.«

»Ich werde dich immer erkennen, Zoe. Ich erkenne dich an den Haaren.«

»Ich wünschte, ich könnte ebenfalls weg«, sagte sie.

Er nahm ihre Hand. Am liebsten hätte er ihr gesagt: Ich kann nicht bleiben, weil ich nicht mehr zur Familie gehöre, aber ich weiß auch nicht, wie ich mich von ihr lösen soll. Er wollte ihr alles sagen. Doch Zoe gehörte noch zu diesem Haus, und er mußte sein Geheimnis wahren. Er mußte flüchten.

»Du wirst noch früh genug weg sein«, sagte er. »Und du kannst jederzeit hochkommen und bei mir in Cambridge wohnen, okay? Eine Bahnfahrkarte für dich kann ich mir allemal leisten. Okay?«

»Okay«, sagte sie.

»Möchtest du einen Joint rauchen?« fragte er.

»Hmm.«

Er holte einen Joint aus der Jackentasche, zündete ihn an und reichte ihn weiter. Sie inhalierte, gab ihn zurück, strich sich die Haare aus dem Gesicht, und irgend etwas an ihren Gesten verriet ihm, daß sie erwachsen war. Es war einfach geschehen. Sie führte jetzt ein eigenes Leben, hatte eigene Absichten und allerlei Geheimnisse. Stumm und leicht verwundert betrachtete er sie. Auf diese Weise, so wurde ihm klar, entstanden Erwachsene. Plötzlich entwickelten sie sich, und zwar aus seltsamen, unglücklichen Kindern wie Zoe und ihm. Im nächsten Jahrhundert würden sie noch leben.

»Zoe?« sagte er.

»Hmm.«

»Nichts.«

Was hätte er ihr sagen wollen? Daß er sie liebte und Angst um sie hatte, daß er sie von ihrem Schmerz erlösen wollte. Daß er gerade eine Verwandlung durchlief, genau wie sie. Schweigend saßen sie zusammen und ließen den Joint kreisen. Die Silberfoliensterne, die er mit zwölf Jahren an die Decke geklebt hatte, spendeten ihr schwaches Licht.

1973

Constantine steckte Saatgut in die Scholle, und die Scholle vergalt es ihm mit rotblättrigem Salat, rankenden Stangenbohnen und prallen, üppigen Pfefferschoten. Er und Zoe bestellten den Garten gemeinsam, und es gab da bestimmte Momente. Wenn er zum Beispiel einen vollständig ausgebildeten krummhalsigen Gartenkürbis entdeckte, grade mal so lang wie sein Ringfinger, oder wenn Zoe mit einem Arm voller Basilikum in der Nachmittagssonne stand. Es gab Momente, in denen er glaubte, er sei am Ziel seiner Wünsche angelangt. Doch sie vergingen wieder. Sie vergingen immer wieder.

Einst war da mal ein Taumel gewesen. Einst war da mal ein prickelndes Strahlen gewesen.

Jetzt ging Mary abends mit Handschuhen zu Bett; sie arrangierte Blumen auf kleinen Nadelkissen. Susan war weg. Unter ihrem Schleier hatte sie ihn kaum eines Blickes gewürdigt, als er sie durchs Kirchenschiff geführt hatte. Sie rief manchmal an, aber sie konnte ihm keine Gesellschaft mehr leisten.

Und was war aus seinem Sohn geworden? Er war zwanzig, ein Junge mit einer kleinen, runden Brille, wie sie allenfalls verbitterte alte Jungfern trugen. Ein Junge, dessen Haare mit trockenem Knistern auf die schmalen Schultern fielen, wie die Gardinen im Zimmer einer alten Frau. Droben in Harvard hockte er herum und wurde fromm, entdeckte seine Liebe zu den Schwachen dieser Erde, die in ihrem ganzen Leben nicht so schwer gearbeitet hatten wie Constantine in einer Woche. Von wegen Benachteiligung er konnte da ein paar Geschichten erzählen. Komm doch mal in dieses Land, ohne Geld, ohne ein Wort Englisch zu können außer ›Hallo‹ und ›Bitte‹. Wie viele Männer, die mit ›Hallo‹ und ›Bitte‹ anfingen, vermochten das aufzubauen, was er aufgebaut hatte? Du bist also schwarz. Tut mir leid. Und jetzt erzähl mir mal deine wahre Geschichte.

Was war passiert? Jemand wie Billy, ein junger Mann mit derartigen Gaben, sollte die Welt genießen. Er sollte stolz durchs Leben schreiten, kräftig wie ein Pferd, schlau wie ein Wolf, und den Weibern das dicke, schwache Blut aus den Herzen quetschen. Als Mary einen Sohn gebar, hatte Constantine sich vorgestellt, wie er die Zukunft mit beiden Händen ergreifen und sie ihm in den Mund stopfen würde. Töchter, selbst die besten, verschwanden irgendwann und lebten mit anderen Männern. Aber in einem Sohn war man selbst enthalten. Man hatte an seinen Freuden teil; er lebte in einem, und man lebte in ihm.

Vielleicht, dachte Constantine, habe ich Fehler gemacht. Er wußte, daß er zu Temperamentsausbrüchen neigte, einer hitzigen Großspurigkeit, die sich nicht bezähmen lassen wollte. Er hatte diese Leidenschaft immer zu seinen Tugenden gezählt. Für einen Jungen, so hatte er aus gutem Grund geglaubt, waren Zucht und Ordnung ebenso notwendig wie für einen Baum das Stutzen. Constantines Vater hatte seinen Sohn gegen den Herd gestoßen, bis dessen Kopfhaut platzte, er hatte ihn so heftig am Arm gezerrt, daß er aus dem Gelenk sprang wie eine Bohne aus der Schale. Die Strafen hatten Constantines Willen geprägt, etwas aus ihm gemacht. Durch die Strafen war er zu dem geworden, der er war, ein starker, ehrgeiziger Mann, der so viele Verletzungen überstanden hatte, daß er fortan furchtlos durchs Leben ging. Aber er liebte seinen Vater nicht. Er hatte die erstbeste Gelegenheit ergriffen und den Ozean überquert, um sich ein so großes Ich zu erschaffen, daß sein Vater ihm nichts mehr anhaben konnte. Könnte es sein, war es möglich, daß Billy das gleiche machte? Konnte es sein, daß die Haare und die Perlen eine Art Selbstverwirklichung darstellten, die so ausgefallen war, daß sie ihn vor seinem Vater beschirmte? In der Illustrierten *Life* stand, jetzt sei das Zeitalter des Wassermanns angebrochen. In *Life* waren Bilder abgedruckt, auf denen Männer mit schulterlangen Haaren gutgelaunt neben Frauen standen, die keinen Wert auf Treuegelübde legten. Diese Typen schliefen miteinander, wann immer sie wollten, gingen nackt schwimmen, behaupteten, sie hätten keinerlei Interesse, von den Bäumen und dem Wasser, den Frauen und den Kindern in ihren Betten einmal abgesehen. Eine zügellose neue Welt war es, die da inmitten der alten erstand, ein anderes Land mit eigenen Sitten und einer fremden Sprache. Und nun begab sich Billy anscheinend dorthin, so wie Constantine einst Griechenland verlassen hatte und nach Amerika gegangen war. Er wußte nicht genau, ob er seinen Sohn zurückrufen wollte oder lieber mit ihm ziehen. Constantine war Ehemann und Vater, ein verläßlicher, wenn auch nicht unbedingt feuriger Liebhaber, ein schwerarbeitender Mann. Er fand sich nirgendwo in diesem Heft von *Life*.

Sie hieß Magda, genau wie eine der Gabor Sisters. Constantine verlor sich in ihr wie eine Münze in einem Kanalschacht. Mit Magda hatte er das Gefühl, hinabzustürzen und dann aus der Dunkelheit aufzuleuchten – ein Schatz, verborgen und schwer zu erreichen. Magda war Ungarin, genau wie die Gabor Sisters, allerdings klang ihr Akzent nach zwei Jahrzehnten in New Jersey nur mehr schwach und abgeschliffen durch. Wenn er sich ihr hingab, wenn er in ihrem großen, weißen Leib steckte, gab Constantine wilde, frohlockende Töne von sich, die er sich um Marys willen stets verkniffen hatte. Mit einundvierzig war Mary ein alterndes Mädchen; Magda war fast ihr ganzes Leben lang eine Frau gewesen. Heftig drang Constantine in ihr feuchtes, weit offenes Loch ein – sie mochte keine Feinheiten –, und wenn er sie nagelte, wenn er ein ums andere Mal zustieß, übertönte sie ihn mit ihren Schreien und nahm ihn gänzlich in sich auf. Sie mußte gut und gerne siebzig Kilo wiegen; er selbst wog nur fünfundsiebzig. Er rammelte sie aus Leibeskräften. Er biß in ihre Brüste, riß an ihrem Haar. Sie schrie manchmal so laut, daß ihm die Ohren klangen, und hinterher, wenn sie schwitzend auf den Laken lagen und von nebenan Radioklänge durch die Gipswand drangen, legte sie ihm die Hand auf die Brust, streichelte ihn mit ihren rosa Fingernägeln und flüsterte: »Phantastisch, Baby. Ein phantastischer Fick.«

Die Offensichtlichkeit, mit der es geschah, war ein Teil seines Vergnügens. Er bumste während der Mittagspause in einem Motelzimmer mit der Sekretärin seines Kompagnons. Es war ein Stelldichein wie aus dem Witzblatt, und er kam sich vor, als sei er einem Club beigetreten, einer landesweiten Bruderschaft mit eigenen Riten und Gewohnheiten. Er genoß nicht nur den Sex, sondern das ganze Drumherum – wenn er seinen Buick auf der Rückseite des Motels parkte, sich beim grinsenden Portier mit den verklebten

Augen und den spärlichen, an den kahlen Kopf geklatschten Haaren den Schlüssel abholte. Er mochte das Knistern des auch tagsüber brennenden Neonschilds (*Ferienzimmer* in Rot, dazu drei rosa Pfeile); er mochte die beiden identischen Bilder mit blauen Blümchen, die über jedem Bett an die Wand genagelt waren. Er genoß es, daß er mit sechsundvierzig noch jedesmal einen Ständer bekam, wenn er Tom Jones oder Engelbert Humperdinck am Radio hörte. Sie kamen ihm vor wie Brüder, die ihre von Sehnsucht und Verlust kündenden Lieder in eine Welt hinaussangen, die so groß war, daß sie jederzeit eine Überraschung bereithielt.

Das Zeitalter des Wassermanns. Verdammt richtig.

»Du bist 'ne Wucht, Baby«, sagte Magda, und das Motelzimmer schien ihr beizupflichten. Er war zu wuchtig für dieses Zimmer mit den Wasserflecken an der Gipsdecke und dem verfilzten Zottenteppich. Er war zu wuchtig für diese Frau, eine übergewichtige Kunstblondine, die sich mit ihrer Mutter und vier Katzen ein Doppelhaus teilte. Er tätschelte ihr schweres, wogendes Fleisch. »Du bist aber auch nicht schlecht«, sagte er. Seine Begierde erstaunte ihn. Er hatte immer von Schönheit geträumt, und jetzt bekam er einen Steifen, wenn er morgens bei laufendem Radio am Schreibtisch saß und an einen gewaltigen, weichen Bauch dachte, einen Arsch wie zwei riesige weiße Kürbisse. *»It's not unusual to make love with anyone«*, sang Tom Jones. Manchmal verdrückte er sich während der Arbeit auf die Toilette und holte sich einen runter, dachte dabei an Magda, ein mächtiges Gefäß aus lauter Fleisch. Mit sechsundvierzig war er geil wie ein Fünfzehnjähriger. Er hätte sein eigener Sohn sein können, der Sohn, den er sich wünschte. Er lächelte sich im Toilettenspiegel an, während er seinen Schwanz über dem Becken bearbeitete, gerade rechtzeitig, damit er in zwei Stunden im Mayflower Motel eine anständige Nummer hinlegen konnte. Die Überraschungen waren noch nicht zu Ende. Alter war lediglich eine schlechte Erfindung, etwas, das man den Schwachen erzählen konnte.

Sein Leben mit Mary trat in den Hintergrund, und er stellte fest, daß er freier leben konnte. Irgend etwas wurde weicher. Etwas, das in ihm gesteckt hatte, eine widerborstige Mischung aus Zorn und Enttäuschung, legte sich, und an seiner Statt gab es nur mehr die Stunden, eine nach der anderen, Arbeit und einen tüchtigen Fick, noch mehr Arbeit, Abendessen und danach Schlaf. Mary lebte neben ihm her. Sie probierte neue Rezepte aus (Käsefondue, Quiche Lorraine), kaufte, was sie brauchte. Als ihre Auseinandersetzungen und ihre Liebe nachließen, erkannte er, daß es etwas ganz Einfaches gab, das unterschwellig immer vorhanden gewesen war, selbst bei ihren alltäglichen Streitereien. Er erkannte allmählich, daß es völlig ausreichte, wenn man vögelte und Geld verdiente, sich am Telefon mit seiner schönen Tochter unterhielt, wenn sie denn zufällig anrief, mit seinem jüngsten Mädel den Garten jätete und angesichts des ersten Rettichs mit ihr in Freudenschreie ausbrach. Denk nicht zuviel über deinen Sohn nach. Die Mittagspausen mit Magda, die nicht mehr von ihm erwartete, als er bereit war zu geben, bedeuteten für ihn eine Art Rettung in höchster Not, wie er sie kaum mehr zu erhoffen gewagt hätte. Er hatte das Gefühl, ein neues, unbeschwerteres Leben zu führen; aus seinem alten hatte er nur eine Angewohnheit übernommen, und an der hielt er stur fest: nachts hinaus zu seinen Häusern zu fahren und die Bewohner bei ihrem Alltagsleben zu beobachten. Er war jetzt seltener unterwegs, nur noch alle zwei Monate einmal. Aber er fuhr nach wie vor hin. Nach wie vor stellte er seinen Wagen ab und lauschte begierig, wie bei diesen geheimnisvollen Männern und Frauen das Abendessen verlief wie sie sich stritten, miteinander schliefen, ständig Sorgen darum machten, was sie ihren Kindern einmal bieten konnten. Nach wie vor saß er still er in seinem Buick, rauchte eine Zigarette nach der anderen, horchte begierig auf die leisen Lebenszeichen der Siedlung, wie ein Priester bei der Beichte, der darum bemüht ist, das wahre Wirken von Gut und Böse zu vernehmen, während seine Schäfchen ihm in ungelenken Worten von ihren fleischlichen Schwächen berichten.

1974 Mary kleidete sich zur Feier des Tages ganz in Cremetöne. Sie trug einen cremefarbenen Strohhut und ein beiges Leinenjackett zu einem schlichten, cremefarbenen Kleid. Als sie an Constantines Seite über den Campus spazierte, die in Handschuhen steckende Hand auf seinen Ellbogen gelegt, als das Laub rundum tanzende Schatten aufs Gras warf, wußte sie, daß sie an einem Punkt angelangt war, der ihr erhalten bleiben würde, egal, was noch geschehen mochte. Egal, welche Fehler sie auch beging, welche Demütigungen sie einstecken mußte, das hier würde ihr stets bleiben: Wie sie neben ihrem Gatten durch Harvard spazierte, während fremdartige Musik aus den Fenstern der Studentenunterkünfte drang und Kinder in Talar und Ehrenhut, unterwegs in eine vielversprechende Zukunft, vor den Kameras Gesichter schnitten. Aus einem der Fenster ertönte ein klarer Tenor, der irgend etwas von einer weiten Welt sang. Oder war es eine wilde Welt?

»Ganz schön eindrucksvoll«, sagte Constantine.

»Hmm«, sagte sie mit einem leicht verdrießlichen Unterton. Sie wollte keinerlei Anerkennung zollen. Sie wollte nur hier sein und dazugehören, genau das sein, was sie in diesem Augenblick war: eine attraktive, schick gekleidete Frau, die hierhergekommen war, um mitzuerleben, wie ihr Sohn sein Harvard-Diplom erhielt. Sie wollte zwischen ihrem Mann in seinem marineblauen Anzug und ihrer Tochter sitzen, der Frau eines vielversprechenden Jurastudenten in Yale.

»Ich habe uns zum Mittagessen einen Tisch reserviert«, sagte Constantine. »In dem Lokal, auf das die Florios so verrückt sind.«

»Schön«, sagte sie. Sie wollte sich nicht unterhalten. Sie wollte sich nicht weiter ihrer Angst hingeben, daß Paul und Liz Florios Vorstellung von einem guten Restaurant vermutlich kostspielig, aber völlig daneben war, ein piekfeines Lokal mit kunstvoll serviertem, aber schlechtem Essen; ein Lokal, über das die anderen Familien Witze rissen, wenn sie auf dem Weg zu anderen Restaurants, von denen Mary und Constantine nichts wußten, daran vorbeifuhren. Sie hatte Billy gefragt, wohin sie nach den Feierstunde essen gehen sollten, doch Billy benahm sich dieser Tage sehr seltsam. Er hatte lediglich gesagt: »Macht wegen dem hier bitte keine großen Umstände. Gehen wir doch einfach irgendwo einen Hamburger essen. Ich möchte nicht in irgendeinen Freßtempel, nicht bei dem, was überall auf der Welt vorgeht.« Sie hatte nicht gewußt, was sie erwidern sollte, daher war sie auf das Naheliegende verfallen: »Weißt du, du bist der erste aus meiner Familie und aus der Familie deines Vaters, der einen Collegeabschluß schafft. Der Allererste.«

»Ich weiß, Mama. Ich weiß.«

Billy würde den einzige bleiben. Susan war verheiratet, und Zoe war Zoe. Constantines Leute waren, soweit sie wußte, nach wie vor griechische Bauern, und die Kinder von Marys Brüdern konnten von Glück reden, wenn sie bis zu ihrem dreißigsten Lebensjahr noch nicht im Kittchen gelandet waren. Sie wollte Billy klarmachen, daß diese Feier ebenso wichtig war wie eine Hochzeit oder eine Beerdigung. Billy war sein Leben lang in ihrer Obhut gewesen. Er hatte keine Ahnung, was ihm erspart geblieben war: all die langen, hoffnungslosen Jahre, über rostige Maschinen gebeugte Männer, Frauen, die vor sich hinmurmelten, während sie ihre Suppe auslöffelten. Er wußte nicht, wie schwer die Zeit in einem Zimmer lasten konnte. Er glaubte, das Leben halte für alle Geschöpfe ein glückliches Ende bereit.

»Um ein Uhr«, sagte Constantine. »So hast du es doch gewollt, stimmt's?«

»Hmmm?«

Sie kamen zum Hof, wo die Abschlußfeier stattfinden sollte. Still und verlassen standen die in Reih und Glied aufgestellten Stühle, und weiter vorn, auf einem Podium, unterhielt sich ein weißhaariger Mann, der einen Anzug trug und so frisch wie der personifizierte Erfolg wirkte, mit einem jüngeren Mann in Jeans über die Bedienung des Mikrophons.

»Fürs Mittagessen«, sagte Constantine. »Ich habe für ein Uhr reserviert. Damit sollten wir jede Menge Zeit haben, auch wenn wir das Lokal nicht gleich finden.«

»Schön.«

Er seufzte, und sie konnte hören, wie es in seiner Lunge rasselte. Er neigte zur Schleimbildung, sie eher zum Ausdörren. Wenn sie alt wurden, so glaubte sie, würde er vermutlich dick werden, klebrig und haarig, während sie dünn und trocken wie ein Haselnußstecken wäre. Die Unterschiede zwischen ihnen traten immer deutlicher zutage. Manchmal machte sie sich Gedanken darüber, wie es sein mochte, mit Constantine alt zu werden, doch jetzt, in diesem Augenblick, hatte sie das Gefühl, als durchbreche sie die altbekannte Hülle aus Zweifeln, die sie umgab, und dringe ein in eine sichere, unvergängliche Zukunft, die zwischen dem Laub glitzerte, die frohlockend entlang der weißen Dachrinnen dieser alten Ziegelbauten funkelte, in denen einst große Männer einen Teil ihren Jugend verbracht hatten.

»Wir sollten allmählich zu Billy rübergehen«, sagte Constantine.

»Sofort«, antwortete sie. »Wir haben noch Zeit. Ich möchte noch ein bißchen auf dem Campus spazierengehen.«

»Hübsch isses hier, nicht wahr?« sagte er.

Marys Stirn brannte, und auf ihrer Oberlippe stand ein dünner Schweißfilm. Sie liebte Constantine dafür, daß Harvard ihm gefiel, daß er voller Stolz durch die schattigen Wandelgänge und über die breiten Treppen schritt, doch er war auch ein Mann, der ›isses‹ sagte. Er verdiente das Geld, und er stand ihr bei und liebte sie – jedenfalls auf seine Weise. Aber er wollte sie auch heute nachmittag in das Restaurant der Florios ausführen, ein gewisses Chez sowieso.

»Komm, wir gehen zu Billy«, sagte sie.

»Ich dachte, du willst weiter spazierengehen.«

»Das geht nicht. Ich weiß nicht, was ich mir dabei gedacht habe. Wir sind sowieso schon spät dran.«

Je weniger man sich über Billys Wohnung äußere, so sollte sie später ihren Freunden daheim berichten, desto besser. Zuerst meinten sie und Constantine, sie hätten sich in der Adresse geirrt. Das Haus sah aus, als würde es jeden Moment in einer Staubwolke zusammenbrechen, so daß hinterher nur mehr die rostigen Rohre und der bröckelnde Kamin aus dem unkrautverwachsenen Garten aufragten. Mary warf einen Blick auf den Papierschnipsel, auf dem sie die Adresse notiert hatte. »Nein, das ist es«, sagte sie.

»Herr im Himmel«, sagte Constantine. »Das hätte man sich ja denken können.«

»Fang bitte nicht schon wieder an«, sagte sie. »Heute ist ein Freudentag. Kein Grund, jemandem den Spaß zu verderben.«

Er nickte grimmig. »Ich hoffe, da drin stößt einem nichts zu«, sagte er. Er ließ die Hand auf ihrem Ellbogen, als sie über die rohen Verandadielen gingen und eine grell gestrichene Treppe – jede Stufe in einer anderen Farbe – hinaufstiegen, die allenfalls noch als Brennholz taugte. »Herrgott«, murmelte Constantine. In der Luft lag ein süßlicher, herber Geruch, den Mary nicht benennen konnte. Katzen bestimmt, und Weihrauch – den Geruch kannte sie aus der Kirche. Das Haus wirkte wie eine entweihte Kapelle, eine einstmals heilige Stätte, die jetzt streunenden Katzen und wimmelndem Ungeziefer anheimgefallen war. »Hätte man sich ja denken können«, sagte Constantine, und Mary befahl ihm, still zu sein.

Als sie an die verschrammte Tür klopften, rief Billy: »Es ist offen.« Sie gingen hinein, und er saß in geflickten Jeans und einem ausgefransten Flanellhemd mit Zoe auf einem Sofa, das geradewegs von der Müllkippe stammen mußte. Die Wohnung war, nun ja, unbeschreiblich – hier hätte ein Wahnsinniger hausen können, jemand, der so unbeleckt war von den einfachsten Grundsätzen von Sauberkeit und Ordnung, daß er jedes schmuddlige Stück Müll auf der Straße auflas und stolz zur Schau stellte. Als Mary und Constantine eintraten, faßte sie unwillkürlich mit den Fingerspitzen an ihre Ohrringe.

»He, Leute«, sagte Billy. »Willkommen im Hause Usher.«

»Herrgott, schau dir bloß diese Ramschbude an«, sagte Constantine. Er brachte sogar ein knurriges Lachen zustande, und Mary dachte: Schön, sie überspielen es mit einem Frotzeln. Sie regeln das wie Männer, mit einem derben Witz.

»Für mich ist es ein Zuhause«, sagte Billy.

»Farbenprächtig ist es auf alle Fälle«, sagte Mary. »Mir gefällt es. Es ist lustig«, fügte sie, an Constantine gewandt, hinzu.

Wieder wallten derart verworrene Gefühle in ihr auf, daß sie spürte, wie ihr erneut der Schweiß auf der Oberlippe ausbrach. Sie wollte Billy gegenüber seinem Vater verteidigen. Und sie wollte sich neben Constantine stellen und von Billy wissen, was aus ihm geworden war. Wie konnte er nur so tief sinken? Ihr wurde eng um die Brust, und mühsam rang sie um Atem.

»Ein gottverdammtes Rattennest«, sagte Constantine. Er klang nach wie vor knurrig humorvoll. Bitte, flehte Mary stumm. »Was bist du denn jetzt?« fragte er. »So was wie ein Beatnik?«

»So ist es, Papa«, sagte Billy. »Du hast den Nagel wieder einmal auf den Kopf getroffen. Ich bin tatsächlich ein Beatnik. Du hast es genau erfaßt.«

»Jetzt hör mal zu, Freundchen ...«

»Kommt schon, Jungs«, sagte Mary, obwohl sie vor Atemnot kaum sprechen konnte. Sie hatte das Gefühl, als schnürten ihr unsichtbare Eisenbänder die Lunge ein und zögen sich mit jedem weiteren Atemzug enger zusammen. »Heute ist ein Freudentag, da wollen wir doch nicht streiten.«

Billy und Zoe saßen nebeneinander auf dem Sofa, das so aussah, als sei es mit Läusen und Flöhen verseucht. Mary erschauderte und atmete durch. Und mit einem Mal erkannte sie, daß Billys und Zoes Landstreicherklamotten – Kostüme, die sie für töricht, aber harmlos gehalten hatte – Ausdruck einer weit größeren Widernatürlichkeit waren. Da saßen sie, ihr Sohn und ihre Tochter, deretwegen sie tagein, tagaus gerackert, um Glück und schönes Wetter gebetet, ihr Geld eingeteilt hatte. Da saßen sie, in Lumpen gehüllt, mit ungekämmten Haaren, und fläzten wie das allerletzte Gesocks auf einem Möbelstück herum, das schon im Neuzustand schäbig und fadenscheinig gewesen sein mußte. Selbst Marys trunksüchtiger Vater hatte mehr Stolz besessen. Ihre sizilianische Großmutter, die so arm gewesen war, daß sie sich nicht einmal Trinkgläser kaufen konnte, hatte ihre eingeweckte Marmelade ordentlich in Reih und Glied aufbewahrt. Zum erstenmal in ihrem Leben wurde Mary bewußt, daß ihr Sohn ein Fremdling geworden war. Jemand, dem alles zuzutrauen war, der Gedanken und Sehnsüchte hegte, von denen sie keine Ahnung hatte.

»Stimmt«, sagte Constantine. Er hob den Arm und schaute auf seine Uhr. Der dunkelblaue Ärmel seines Wollsakkos und die steife weiße Hemdmanschette rutschten zurück, und zum Vorschein kam das beruhigend solide wirkende Gehäuse seiner Rolex. Beim Anblick der Uhr ihres Gatten stellte sich Mary einen Moment lang vor, er und ihr Sohn wären Offiziere bei zwei miteinander verfeindeten Verbänden – der eine stark und wohlhabend, mit Panzern ausgerüstet; der andere wendig, gerissen und anarchisch, mit kleinen Pfeilen bewaffnet, die in unbekannte Gifte getunkt worden waren.

»Hol lieber deinen Talar und deinen Hut«, sagte Constantine. »Wir müssen unterwegs noch am Hotel vorbeischauen und Susan mitnehmen.«

»Ich gedenke weder Hut noch Talar zu tragen«, sagte Billy.

»Hä?«

»Ich gehe nicht in Hut und Talar. Ich bin bereit, die Verleihung und das ganze Drumherum mitzumachen. Aber den Affenaufzug tu' ich mir nicht an.«

»Stell dich nicht so an«, sagte Constantine. »Komm schon, hol sie, sonst kommen wir zu spät.«

»Da gibt's nichts zu holen. Ich habe mir weder einen Hut noch einen Talar bestellt.«

»Oh, Billy«, sagte Mary.

Constantine schluckte. Mary konnte geradezu hören, wie wild es in ihm brodelte. Sie wollte sich nur irgendwo hinlegen, wo es sauber und sicher war, bis sie wieder Luft bekam.

»So«, sagte Constantine. »Du willst also in deinem Beatnikaufzug zur Diplomverleihung gehen? Du willst da wie ein Gammler aufkreuzen?«

»Ich möchte in meiner normalen Kleidung hingehen«, sagte Billy. »Wieso wird da so ein großes Trara drum gemacht?«

»Du mußt unbedingt anders sein, stimmt's?« sagte Constantine. »Du mußt einfach auffallen.«

»He, Jungs«, sagte Mary, doch ihre Stimme war kaum vernehmlich.

»Schau«, sagte Billy, »ich habe Freunde, die mich schon auslachen, weil ich überhaupt hingehe. Mich hinhocke und mir anhöre, wie Typen, die an der Erfindung von Napalm mitgewirkt haben, Reden über diese große, alte Lehrstätte schwingen. Wißt ihr, was Napalm anrichtet? Das ist so, wie wenn Feuer an einem kleben bleibt. Sich bis auf die Knochen durchfrißt.«

»Ich weiß nicht, was das Gerede soll«, sagte Constantine. »Was hat denn das eine mit dem anderen zu tun?«

»Harvard bekommt große Forschungsaufträge von der Regierung«, antwortete Billy. »Ist dir aufgefallen, wie hübsch die Anlage ist, wie gepflegt? Was meinst du denn, woher das ganze Geld kommt? Vom Lehrbetrieb? Aus dem Verkauf von Sweatshirts?«

»Junger Mann, ich könnte *dir* einiges darüber erzählen, wo das Geld herkommt ...«

»Jungs«, sagte Mary. »Kommt schon. Susan wartet auf uns.«

»Papa, ich bin froh, daß du und Mama gekommen seid«, sagte Billy. »Ich freue mich, daß wir das gemeinsam erleben. Aber es gibt Grenzen. Kapiert ihr mich?«

»Ich weiß nicht, worauf du hinaus willst.«

»Es ist mein Abschluß. Es ist mein Leben. Und den gottverdammten Aufzug zieh' ich nicht an.«

»Genau«, sagte Constantine. »Es muß nach deiner Nase gehen, was? Du scherst dich nicht darum, daß deine Mutter, Zoe, Susan und ich extra hierhergefahren sind?«

»Doch. Ich schere mich sehr wohl darum. Ich danke auch aufrichtig, daß ihr eigens wegen meiner Abschlußfeier hierhergefahren seid. An der ich nur euretwegen teilnehme. In meinen normalen Klamotten.«

»Dann kannst du's dir abschminken«, sagte Constantine. »Unsretwegen brauchst du gar nichts zu machen. Nur keine Umstände.«

Billy schüttelte den Kopf. Mary spürte, wie ihr das Wasser in die Augen stieg. Durch einen Tränenschleier sah sie Billy aufstehen. »Es gibt immer zweierlei Möglichkeiten, wie man etwas angeht, stimmt's Papa? Auf deine Weise oder auf die falsche Weise. Wir müssen ja auf dem Hof von Harvard unbedingt alle Fotogelegenheiten nutzen, und nach dem Festakt müssen wir uns ins Auto setzen und zu irgendeinem furchtbar schicken französischen Restaurant fahren. Du bist nicht hier, weil du meine Abschlußfeier miterleben möchtest. Du bist hier, um die Abschlußfeier des Sohnes mitzuerleben, den du dir *wünschst.* Ich hab' 'ne Neuigkeit für dich. Das sind zwei verschiedene Leute.«

»Hübsche Ansprache«, sagte Constantine. »Sehr hübsch. Und wo, verdammt noch mal, ist dein *Herz* geblieben, junger Mann? Weißt du, was du deiner Mutter damit antust?«

»Mama und ich können jederzeit über alles reden, was ich ihr antue. Hier geht es um dich und mich. Stimmt's? Du wolltest nach Harvard fahren, den großen Boß markieren und dich neben 'nem Typ in Hut und Talar ablichten lassen. Hör zu, ich kann dir eine Handvoll Jungs besorgen. Große, stramme Jungs mit kurzen Haaren, die demnächst Jura oder Wirtschaft studieren. Ich habe meine Beziehungen. Hol deine Kamera, und wir können sofort zum Hof«

»Halt's Maul«, schrie Constantine. »Halt das Maul, junger Mann.« Starr stand er da, tiefdunkel im Gesicht, die Arme verkrampft. Mary wußte, daß er sich jeden Moment, bei der geringsten weiteren Provokation, auf ihn stürzen würde.

»Oh, Con, Billy, bitte«, flüsterte sie.

»Mama schert sich nicht drum, was ich zur Abschlußfeier trage. Nicht wahr, Mama?«

»Ich weiß nicht«, sagte sie. »Ich möchte bloß – bitte, streitet euch nicht.«

»Tu ihr das nicht an«, sagte Constantine. »Untersteh dich.«

Billy nickte. »Das hier war ein Fehler«, sagte er leise. »Mama, Papa, tut mir leid, daß ihr für nichts und wieder nichts soweit gefahren seid.« Vorsichtig wich er seinem Vater aus und ging zur Tür.

»Wo willst du hin?« verlangte Constantine zu wissen.

»Spazieren. Vielleicht geh' ich später noch ins Kino. Was meinst du, Zoe? Willst du mitkommen? Im Orson Welles läuft *Asphalt-Cowboy.*«

Zoe zwinkerte, als habe sie völlig vergessen, daß sie ebenfalls anwesend war. Alles ist schiefgegangen, dachte Mary. Die ganze Mühe, die ganze Liebe, das vorsichtige Walten tagein, tagaus waren umsonst gewesen.

»Ich kann nicht«, sagte Zoe. »Tut mir leid. Ich muß bei Mary und Constantine bleiben.«

Sie bestand neuerdings darauf, sie beim Vornamen zu nennen. Weder durch Strafe noch Gewalt ließ sie sich davon abbringen.

»Okay«, sagte Billy. »Bis später.«

Er ging. Die Tür fiel hinter ihm ins Schloß. Mary dachte, Constantine werde ihm hinterherlaufen, doch er rührte sich nicht. Niemand rührte sich.

»Unglaublich«, sagte Constantine. »Unglaublich.«

Tränen strömten jetzt über Marys Gesicht, heiße schwere Tränen, die an ihren Wangen hinabrannen. Sie holte ein Taschentuch aus ihrer Handtasche. »Was tun wir jetzt?« fragte sie kleinlaut.

»Wir gehen zu der gottverdammten Diplomverleihungsfeier, ganz einfach«, versetzte Constantine. »Kommt schon. Wir müssen Susan im Hotel abholen. Sie wartet auf uns.«

Niemand rührte sich. Zoe blieb auf dem Sofa sitzen und schaute ihre Schuhe an, und Mary mußte sich mühsam im Zaum halten, damit sie nicht hinging und sie anschrie: Was ist mit euch los? Was geht hier vor?

»*Kommt* schon«, sagte Constantine.

»Con.«

»Nein. Kein Wort mehr. Susan wartet auf uns. Wir müssen los.«

»Ich muß noch mal auf die Toilette«, sagte Mary.

»Geht's dir nicht gut?«

»Mir geht's bestens. Ihr müßt bloß einen Moment warten, in Ordnung?«

Sie ging durch das Wohnzimmer und lief den Flur entlang. Sie kam an einer unordentlichen, gelb gekachelten Küche vorbei, einer geschlossenen Tür, einer weiteren geschlossenen Tür. Sie mußte nicht auf die Toilette; sie mußte allein sein, und wenn es nur ein, zwei Minuten waren. Sie mußte sich aufs Atemholen konzentrieren. Nachdem sie das Badezimmer gefunden hatte, verschloß sie die Tür und holte eine Pille aus ihrer Handtasche. Sie schluckte die Pille und blieb eine Zeitlang schwer atmend vor dem Waschbecken stehen. Im Becken lag ein langes, dunkles Haar, eingeringelt wie ein Fragezeichen. Sie sah den fleckigen Spiegel; sie sah den Keramikbecher, der drei Zahnbürsten enthielt, Billys und die seiner beiden Mitbewohnerinnen, die sie nicht zu Gesicht bekommen hatte. Mary wußte nicht, welche Zahnbürste Billy gehörte. Die gelbe, breitgedrückte? Die etwas neuere hellgrüne, die hart und stachelig wie eine Haarbürste aussah? Oder die saubere, an deren oberem Rand ein kleiner, halbrunder Zahnpastafleck haftete? Keiner sah man auf Anhieb an, ob sie ihrem Sohn gehörte, doch eindeutig fremd war auch keine. Plötzlich erkannte sie, daß sie überhaupt nicht mehr mitkam. Ihr eigenes Leben, der Rhythmus des Hauses, seine Pflege und Instandhaltung waren ihr so wichtig vorgekommen, so wesentlich, daß sich alles andere, selbst das Leben ihrer Kinder, nur am Rande abgespielt hatte, in einem Bereich, der so eigentümlich und unveränderlich war wie eine Fotografie. Zwar dachte sie ständig an Billy, doch ihre Gedanken waren eher abstrakter Natur, etwa so, wie wenn sie an eine Figur aus einer Fernsehserie dachte, die gerade nicht lief. Doch das hier war sein Badezimmer, in dem ein säuerlicher Geruch nach Chlor und Schimmel hing. Hier waren die Zahnbürsten. Bei ihrem Anblick befiel sie eine derart heftige Beklemmung, daß sie sich auf den Rand der Badewanne setzen und sich vornüberbeugen mußte, bis ihr Kopf beinahe die

Knie berührte. Atme durch, befahl sie sich. Beruhige dich. Hole Luft. Im gleichen Moment, so jedenfalls kam es ihr vor, hörte sie, wie Constantine an die Tür klopfte und wissen wollte, ob mit ihr alles in Ordnung sei. »Bestens«, rief sie fröhlich. Sie streckte die Hand aus und betätigte die Toilettenspülung. Als sie wieder stand, überkam sie das Bedürfnis, die Zahnbürsten, am liebsten alle drei, in ihre Handtasche zu stecken, damit sie sie später untersuchen und vielleicht feststellen konnte, welche ihrem Sohn gehörte. Doch das wäre Irrsinn. Jeder wüßte, wer es gewesen war. Constantine klopfte erneut.

»Mary? Ich komme rein.«

»*Nicht*«, sagte sie viel zu scharf. »Mir geht's bestens«, fügte sie in sanfterem Tonfall hinzu. »Wirklich.«

Sie atmete ein letztes Mal durch. Dann nahm sie, bevor sie die Tür öffnete, einen verblichenen rosa Waschlappen vom Handtuchhalter und steckte ihn rasch, beinahe gedankenlos, in ihre Tasche.

Als Susan hörte, daß sie ohne Billy zu dem Festakt gehen wollten, sagte sie: »Tja, also wirklich, was soll das?« Sie trug ein glockenförmiges grünes Kleid, das mit weißen Blumen bedruckt war. Es war etwas kürzer, als Mary lieb war, doch ansonsten war Susan tadellos. Rosa glänzten ihre Lippen, die Haare reichten nur bis auf die Schulter. Sie blickte Constantine unverwandt an, wenn sie sprach. Das Hotelzimmer strahlte geradezu vor Sauberkeit und Redlichkeit, genau wie Susan.

»Wir gehen hin«, versetzte Constantine. »Komm schon.«

»Das ist doch albern«, sagte Susan. »Wenn Billy sich unbedingt flegelhaft aufführen will, dann laßt ihn doch. Das ist noch lange kein Grund, daß wir uns mit einem Haufen fremder Leute die Verleihungsfeier antun.«

Mary bewunderte unwillkürlich die furchtlose Haltung ihrer Tochter, ihre unerschütterliche Sicherheit, den strengen Schnitt ihres Kleides. Sie brachte es fertig, Billy als Flegel zu bezeichnen. Sie kannte das richtige Wort, durch das sein schlechtes Benehmen nichtig und bedeutungslos wurde – eine vorübergehende Zeiterscheinung. Mary hatte keine Ahnung, wieso sie auf Susan ohne jeden Grund so oft gereizt reagierte, und weshalb Billy, das respektloseste, destruktivste ihrer Kinder, ihr nur einen dumpfen Schmerz bereitete, der zudem, so kam es ihr vor, von ihrer eigenen Betretenheit herrührte.

»*Ich* gehe hin«, sagte Constantine. »Ihr könnt von mir aus machen, was ihr wollt.«

Susan blickte zu Mary, die ihr ein mattes Lächeln zuwarf. Susan zuckte abfällig mit der Schulter. Mary kannte die Geste: Mami kannst du vergessen, die entscheidet sich immer für den einfachsten Weg. Marys Gesicht glühte, doch sie wußte, wenn sie jetzt sprach, wenn sie auch nur ein Wort sagte, würde sie anfangen zu weinen, und diesmal könnte sie nicht mehr aufhören. Sie haßte ihre Familie, samt und sonders. Keiner hatte eine Ahnung, was in ihr vorging, von diesem Gefühl, auf einem Drahtseil zu stehen, dieser schrecklichen Gier nach Luft.

»In Ordnung, schön«, sagte Susan. »Dann gehen wir eben ohne Billy zu Billys Verleihungsfeier. Todd besucht einen alten Freund. Er will sich dort mit uns treffen.«

Sie gingen zu der Diplomverleihungsfeier. Sie nahmen in einer der hinteren Stuhlreihen Platz. Hier, unter den Müttern in den Pastellkleidern und den Vätern mit ihren dunklen Anzügen, kam Mary sich mit einem Mal töricht vor, und gleich darauf packte sie der helle Zorn. Billy war daran schuld, daß sie wie die Idioten dastanden. Er hatte sie vor all diesen Leuten gedemütigt; diesen Männern, denen man am Gesicht ansah, wie tüchtig und erfolgreich sie waren, und diesen kühlen, beredten Frauen mit ihren lackierten Fingernägeln. Marys Ärger über Susan verflog, und statt dessen überkam sie eine Art übermütige Dankbarkeit. Sie war Susan, die links von ihr saß, dankbar, und ebenso Todd, der neben Susan saß und mit seinem dunkelblauen Anzug – die gleiche Farbe wie Constantines – stattlich und gesetzt wirkte. Mary faßte an ihren Ohrring, rutschte ein Stück zu Constantine, der mit finsterer Miene rechts von ihr saß. Sie wollte ihren Ärger nicht auf Zoe übertragen, die mit ihrem bauschigen Musselinkleid, den unordentlichen Haaren und den altmodischen Schnürschuhen, auf denen sie bestanden hatte, neben Constantine saß. Zoe kleidete sich in letzter Zeit wie eine Frauengestalt auf einer Daguerreotypie, eins dieser lockenköpfigen Wesen, die einen auf alten, braunweißen Fotos mit schroffem, gestrengem Blick anstarrten, die so teilnahmslos und ängstlich wirkten, so wahnwitzig feierlich, und die inzwischen alle längst tot waren.

»Ich glaube, Billy wird noch auftauchen«, flüsterte Mary Susan zu. »Ich glaube, er blufft nur.«

»Halt aber nicht solange die Luft an«, entgegnete Susan. »Er hat den gleichen Sturkopf wie – du weißt schon, wer.«

Mary nickte wissend, obwohl es ihr nur selten so vorkam, als seien sich ihr Mann und ihr Sohn in irgendeiner Hinsicht ähnlich. Sie lebten in grundverschiedenen Sphären, vertraten eine grundverschiedene Geisteshaltung.

»Ich glaube dennoch, daß er auftauchen wird«, sagte sie. »Wieso, um alles auf der Welt, sollte er sich seine Abschlußfeier entgehen lassen, nach all der Mühe?«

»Tja, aber halt nicht die Luft an.«

Einen kurzen, bangen Moment lang fragte sich Mary, ob Susan erraten hatte, daß sie unter Atemnot litt. Nein, es war nur eine Redensart. Sacht legte sie die Hand auf das angewinkelte Knie ihrer Tochter, über das sich der Strumpf spannte.

Der Festakt begann. Er bestand aus lauter Ansprachen, und durch die in den Bäumen angebrachten Lautsprecher klangen alle Redner gleichermaßen tief und hohl. Mary hörte nicht zu. Zur Zerstreuung suchte sie sich einen Jungen aus, der weiter vorn saß, in dem für Studenten vorgesehenen Bereich. Er sah ein bißchen wie Billy aus – er hatte die gleichen knochigen, aber breiten Schultern, die Mary immer an Flügel erinnerten, und er besaß auch den kräftigen Unterkiefer, der für seinen schmalen, anmutigen Hals eine Idee zu groß und wuchtig wirkte. Doch dieser Junge hatte sauber geschnittene Haare, und er war, nun ja, anwesend. Sie fragte sich, wer seine Eltern sein mochten. Unmittelbar vor ihr saß ein Mann, der zu alt aussah, als daß er einen Sohn haben konnte, der gerade das College abschloß. Aber er war eindeutig mit einer viel jüngeren Frau verheiratet, einem dieser niedlichen, rundum zierlichen Wesen, die überall als Schönheiten hingestellt wurden, obwohl sie genaugenommen gar nicht besonders schön waren. Sie waren schlicht und einfach Töchter aus reichem Hause, die über die entsprechende Macht verfügten und verlangen konnten, daß das gängige Schönheitsideal so großzügig ausgelegt wurde, daß auch sie darunter fielen. Mary spürte, wie sich vor Neid und Bewunderung ihr Bauch verkrampfte. Ihr Sohn war vermutlich der zweiten Ehe des alten Mannes entsprungen, und Mary meinte sich die niedergeschlagene, alternde Frau (war sie unfruchtbar? war sie arm?) geradezu vorstellen zu können, die wegen dieser Wasserstoffblondine mit ihrem schnippischen Kinn und ihrer Gebärfreudigkeit, der winzigen Nase und der großen Mitgift, aufs Abstellgleis geschoben worden war. Marys Blick wanderte von dem vor ihr sitzenden Paar zu dem Jungen, der Billy ähnelte. Sie sah, wie er einem neben ihm sitzenden Jungen etwas zuflüsterte, vermutlich etwas über die lange, aber lohnenswerte Arbeit, die ihnen bevorstand, während eine tiefe Männerstimme knisternd aus den Lautsprechern hallte.

Als Mary und ihre Familie nach dem Festakt mit den anderen Eltern aufstanden, versuchte sie den Jungen, der Billy ähnelte, ausfindig zu machen.

»Ich kann's kaum glauben, daß wir uns das angetan haben«, sagte Susan. »Ich kann kaum glauben, daß ich auf diese Weise zwei Stunden meines Lebens vergeudet habe.«

Todd ergriff ihre Hand und brachte eine Miene zustande, die zuversichtlich und mitfühlend zugleich wirkte. Zoe stand in ihrem unförmigen Kleid herum und hing irgendwelchen Gedanken nach.

»Billy ist ein Rebell«, sagte Todd. »Davon gibt's hier jede Menge.«

»Okay, alle miteinander«, sagte Constantine. »Wir müssen noch etwa eine halbe Stunde totschlagen. Ich hab' uns den Mittagstisch für eins reserviert.«

»Wir ziehen das bis zum bitteren Ende durch, was?« sagte Susan.

»Willst du etwa aufs Essen verzichten, bloß weil deinen Bruder der Hafer sticht? Sollen wir deswegen das Mittagessen sausen lassen?«

»O nein«, sagte Susan. »Auf keinen Fall.«

Als sie den Hof verließen, faßte Mary Susan an den Arm und sagte: »Danke für den Beistand.«

»Bedank dich nicht bei mir«, sagte sie. Ihr abweisender Tonfall überraschte Mary. Selbst nach all den Jahren wunderte sie sich nach wie vor über den Haß ihrer Tochter. Wie immer wollte sie Susan die Hände auf die Schulter legen und sagen: ›Wieso lehnst du mich ab, wo ich doch so leide?‹

»Ich weiß nicht, was ich mit den beiden tun soll«, sagte sie, und sie mochte die Leichtigkeit ihres Tonfall, den heiteren Klang. Es konnte nur aufwärts gehen.

»Was willst du denn da tun?« sagte Susan. »Was kannst du da denn überhaupt tun?«

»Nun ja, gar nichts, nehme ich an. Billy wird schon wieder zu sich kommen. He, ist mit dir alles in Ordnung?«

»Alles bestens, Mami. Alles in bester Ordnung.«

Susan ging weg und sagte irgend etwas Unverständliches zu Todd. Mary und ihre Familie begaben sich auf den großen Platz, mitten unter die Collegeabsolventen und ihre Familien. Rund um sie johlten und umarmten junge Männer und Frauen einander, während ihre Talare düster im schlichten, schattenlosen Frühsommerlicht aufleuchteten. Jemand öffnete eine Flasche Sekt. Über dem Dach der Bibliothek stand der Halbmond am Himmel. Als sie durch das Tor gingen und auf die Straße kamen, sah Mary den Jungen wieder, der gerade mit seinen Eltern (ganz gewöhnlich wirkenden Leuten) und einem hübschen blonden Mädchen in einen Wagen stieg. Das Mädchen drückte dem Jungen die Hand, und sein Vater, der den Arm lässig um die Schulter seiner rosig wirkenden Frau gelegt hatte, sagte etwas, über das sie alle lachen mußten. Mary beobachtete sie, bis sie wegfuhren. Sie fragte sich unwillkürlich, wohin sie wohl fuhren, was sie an diesem Abend essen mochten, worüber sie sich miteinander unterhielten, wohin sie danach gingen. Beiläufig, so als suche sie ein Taschentuch oder ein Pfefferminzbonbon, steckte sie die Hand in die Tasche und berührte den Waschlappen, den sie aus Billys Wohnung mitgenommen hatte.

1975

Susan wachte eines Nachts auf und wußte mit einem Mal ganz genau, daß sie und Todd kein Kind bekommen würden. Es hatte einfach nicht sein wollen. Auf das Baby zu warten war ihre eigentliche Beschäftigung, es hatte ihr Dasein gerechtfertigt. Jetzt mußte sie etwas anderes machen. Todd, der neben ihr schlief, hatte einen Arm über das Gesicht geschlagen. Sie stand auf und ging ins Badezimmer, um sich ein Glas Wasser zu holen. Das Flanellnachthemd umschmeichelte sie beim Gehen. In diesen dunkeln Räumen war sie sich ihrer nur zu bewußt – ein schwacher, bläulicher Schatten inmitten der schwarzen, gedrungenen Umrisse von Bett, Lampe und Kommode.

Sie ging ins Badezimmer, ließ sich ein Glas Leitungswasser ein und nahm es mit ins Schlafzimmer. Die Luft war von Todds Atem erfüllt, seinen leichten, rhythmischen Schnarchtönen. Wenn er schlief, erinnerte Todd sie an ein Unterseeboot. Stetig dümpelte er durch die Nachtstunden dahin, und die Geräusche, die er von sich gab – das gedämpfte Schaben, das gelegentliche Wortgeblubber, klangen so, als taste er sich blindlings weiter voran, geleitet von Sonarwellen, die von Korallenriffen und versunkenen Gebirgsketten zurückgeworfen wurden. Selbst im Schlaf war er unterwegs. Stetig bewegte er sich auf den Morgen zu, den Zeitpunkt, da er aufwachen und sich begierig wieder an die Arbeit begeben konnte.

Susan trank das Wasser, ging zum Fenster und schob die Vorhänge einen Spalt weit auf. Hinter den Vorhängen, zwischen Glas und Stoff, war eine Schicht kalter Luft, und als sie diese im Gesicht spürte, dachte sie einen Moment lang, etwas fliege aus ihr heraus. Still lag die Straße im schwachen, orangen Schein der Straßenlaternen. Da draußen, hinter den dunklen Fenstern, schliefen Menschen wie Todd und sie, Menschen mit Zielen und festen Vorsätzen, die sich eine Weile ausruhten, bis der neue Tag mit seinen zahllosen weiteren Erkenntnissen anbrach. Manchmal dachte sie voller Verwunderung, daß genau hier, in dieser Straße, Menschen lebten, die dazu beitragen würden, daß die Welt ein anderes Gesicht bekam. Irgendwann würden sie Wissenschaftler und Politiker sein, würden neue Heilmethoden erfinden und Gesetze erlassen. Sie drückte den Rand des Wasserglases an ihr Kinn. Draußen schlich eine Katze am Gehsteig entlang, jagte ihren Schatten. Ihr Blick folgte der Katze, und als sie unter einen Fliederbusch huschte, meinte sie hinter der Hecke eine Gestalt zu sehen. Sie blickte zu ihrem Fenster herauf, zu ihr. Sie war genauso breitschultrig wie ihr Vater, hatte die gleiche Haltung, wie ein angeschlagener Boxer, und plötzlich bekam Susan Angst, war sie davon überzeugt, daß ihr alles, alles, was sie wollte, genommen werden würde. Dann kniff sie die Augen zusammen und sah, daß ihr nur das Schattenspiel der Zweige einen Streich gespielt hatte. Eigentlich ist gar nichts geschehen, ermahnte sie sich. Küsse, zu mehr ist es nie gekommen. Energisch zog sie die Vorhänge zu, so als schließe sie eine Schublade. Sie wartete, bis sie sich wieder beruhigt hatte.

1976

Cassandra bezeichnete sie als ihre Tochter. Cassandra kümmerte sich um ihre eigenen Angelegenheiten, achtete aber auf sie wie eine Mutter. Zoe hatte noch andere Freunde, eine Wohnung und einen Job, von dem sie mehr oder weniger die Miete bestreiten konnte. Sie hatte Liebhaber. In ihrem Leben gab es eine Vielzahl von Fixpunkten, die Tag für Tag mehr und größere Aufmerksamkeit erforderten, als Cassandra sie aus ihrer zynischen persönlichen Weltanschauung bezog. Diese beruhte auf Kleidung und Männern, auf der Vorliebe für Überraschungen und der Überzeugung, daß Überraschungen unmöglich waren. Cassandra lebte im Spiegel. Sie lebte in Bars (Zoe empfand Cassandra mittlerweile als eine »Sie«). Dennoch behauptete sie, sie habe Zoe adoptiert. Wie eine Mutter sprach sie Lob oder Tadel aus. In der Bar suchte sie für Zoe Männer aus. »Der dort, Schätzchen«, flüsterte sie und deutete mit ihrem langen Finger hin. »Er sagt, er sei schwul, aber man weiß, daß er sich ab und zu ein Mädchen nimmt, und ich weiß aus bester Quelle, daß er einen Mordspimmel zwischen seinen dürren Beinchen hat.«

Cassandra unterwies Zoe in der Kunst des Blasens. Sie nähte Kleider für sie, drängte sie, ihre Haare zu bändigen.

»Wild aussehen ist ja schön und gut«, sagte sie. »Aber wie 'ne Medusa auszusehen ist was ganz anderes. Mit dieser Urwaldfrisur verschreckst du ja die Männer. Wieso läßt du dir von mir nicht eine Cremespülung machen und die Spitzen ein bißchen zurechtstutzen? Wollen doch mal sehen, ob wir's bei Sturmwind nicht zum Fliegen kriegen.«

Doch Zoe wollte ihre Frisur nicht ändern. In ihren Haaren hauste etwas, etwas Schweres und Verschlungenes, das sie behalten wollte.

Nach dem Schulabschluß hatte sie sich mit Trancas eine Wohnung gemietet, doch jetzt war Trancas fort, und Zoe wohnte mit ihren Freunden Ford und Sharon im dritten Stock eines fahrstuhllosen Hauses an der East Third Street, gegenüber vom Hauptquartier der Hell's Angels. Trancas, die sich in drei Frauen zugleich verliebt hatte, war in Oregon. Zoe arbeitete in einem Secondhand-Kleiderladen an der MacDougal Street. Sie rauchte in dem engen kleinen Büro hinter dem Geschäft ihre Joints, beriet fremde Leute bei der Auswahl alter Abendkleider, Seidenschals oder Hawaiihemden. Der Moschusgeruch der gebrauchten Kleider setzte sich in ihrer Haut fest, und sie nahm abends heiße Bäder und betupfte sich mit Grasöl, bis sie sich wieder frisch fühlte. Zu Hause rauchte sie noch mehr Joints und trank Wein mit Susan, die als Kellnerin arbeitete, und Ford, der auf der Straße Gitarre spielte. Sie hängte schlechte Porträts von Fremden an ihre Schlafzimmerwände, deckte bunte Schals über die Lampe. Sie lebte in New York wie Alice, dachte stets, daß sie eines Tages in die andere Welt zurückkehren werde. Die Welt der Gärten, der Schulbücher, der Wäscheleinen. Im Augenblick aber gab es ihre Freunde und die anspruchslose Arbeit, Lohn bar auf die Hand. Es gab Affären mit Männern, bei denen man wußte, wie man dran war. Es gab Trips im Central Park; es gab Amphetaminspritzen, nach denen sie durch die Stunden glitt wie ein Faden durch das Nadelöhr. Sie wollte lernen, soviel sie konnte. Als kleines Mädchen hatte sie im Haus ihrer Eltern gelebt und im Fernsehen verfolgt, wie die Töchter und Söhne der alten Ära in ausrangierter Kleidung und Flaggenfetzen mit Blumen im Haar tanzten. Es war eine Art Verheißung gewesen, die sich bereits in Wohlgefallen aufgelöst hatte, als sie erwachsen war, ein vergeblicher, leicht verrückter Glaube, daß Mensch und Tier in Unschuld miteinander leben konnten. Zoe trauerte darum, doch sie trauerte nicht um das Verstreichen der alten Zukunft. Sie hatte zuviel Sehnsucht, zuviel unruhige Energie, als daß sie ein Leben lang hätte Dope anbauen oder Ziegen und Hühner füttern wollen. Sie wollte die wahren Gefahren des Waldes erleben; Weiden und Scheunen erinnerten zu sehr an Häuser.

Cassandra rief an, wenn ihr danach zumute war. Manchmal kam sie vorbei. Tagsüber trug sie keinen Fummel. Sie wirkte ganz gewöhnlich, hager, hatte dünne rote Haare. Sie trug weite Khakihosen, übergroße Hemden und manchmal ein oder zwei Armbänder.

»Und, was hast du zu bieten, Schätzchen?« sagte sie, als sie am Küchentisch saß und Kaffee trank. In Männersachen wirkte sie femininer. In Kleidern und mit Perücke sah sie wie ein Mann in Kleid und Perücke aus.

»Ich habe jemand neues kennengelernt«, sagte Zoe. Sie versuchte immer, ein, zwei neue Geschichten auf Lager zu haben.

»Erzähl schon.« Cassandra hatte ihre spitzen Ellbogen auf die Tischplatte gestützt und blickte über den Rand der Kaffeetasse, wie eine mit allen Wassern gewaschene Ehefrau.

»Tja, ich hab' ihn im Tompkins Square Park kennengelernt«,

sagte Zoe. »Ich war beim Musikpavillon und habe ein bißchen gekifft, und er hat 'nem Hund ein Frisbee zugeworfen.«

»Männer mit Hunden«, sagte Cassandra, »sind im allgemeinen vertrauenswürdig, aber nicht die großen Bringer im Bett.«

»Der Hund ist zu mir hergekommen. Eigentlich war's 'ne Hündin, bloß 'ne Promenadenmischung, aber hübsch, und ich habe sie gestreichelt, und dann bin ich mit dem Typ ins Gespräch gekommen.«

»Und wie war er?«

»Süß. Irgendwie unbedarft. Er hat ständig ›Wow‹ gesagt.«

»Nichts weiter?«

»Nein. Er hat zum Beispiel gesagt: ›Wow, rauchst du etwa in aller Öffentlichkeit Hasch?‹, oder: ›Wow, du hast ein klasse Halsband an.‹ Er ist mir vorgekommen wie ein zehnjähriger Junge, der auf einmal fünfundzwanzig geworden ist. Weißt du, was ich meine?«

»Oh, den Typ erkenne ich von weitem. Die machen einen großen Bogen um eklige alte Tunten.«

»Wir haben die Pfeife zu Ende geraucht und danach alle beide mit dem Hund Frisbee gespielt.«

»Komm lieber gleich zum Thema Sex. Das hier wird allmählich langweilig.«

»Wir waren total verschwitzt. Er hat sein Hemd ausgezogen.«

»Und was kam zum Vorschein?« fragte Cassandra.

»Ein hübscher Körper. Schmächtig. Eine Art Jungenkörper, mit winzig kleinen Brustwarzen. Aber mir hat er gefallen. Ich brauche keine Muskeln.«

»Ihr Heteromädels seid entzückend. Kein Wunder, daß ihr alle heiratet. Es sind die *Männer* die sich irgendwann einfach verpissen, weil sie ständig auf der Suche nach Vollkommenheit sind, stimmt's?«

»Ich weiß es nicht«, sagte Zoe. »Ich würde den Typ nicht heiraten.«

»Mach dir darüber keine Gedanken. Hast du ihn mit nach Hause genommen?«

»Hmm. Ich hab' ihm erzählt, ich würde gleich um die Ecke wohnen, und er könne bei mir duschen, wenn er möchte.«

»Braves Mädchen«, sagte Cassandra. »Wie ein Löwe, der eine Gazelle schlägt.«

»Ich bin eine Schlampe«, sagte Zoe. »Was soll ich dazu sagen?«

»Du hast ihn also abgeschleppt.«

»Hmm. Und er hat sich geduscht, und du weißt schon. Da waren wir nun.«

»Um Gottes willen, was hat er mit der Hündin gemacht?«

»Ich habe ihr eine Schale Wasser gegeben, und sie hat sich einfach auf den Wohnzimmerboden gelegt. Es war 'ne brave Hündin.«

»Und wie war's im Bett?« sagte Cassandra. »Erzähl's Mami.«

»Nett. Na ja, es ging ein bißchen schnell. Er war zu schnell für mich. Aber süß. Hinterher ist er gleich eingeschlafen. Er hat sich von mir runtergerollt und sofort geschlafen, glaube ich, noch ehe er richtig auf der Matratze lag.«

»Genau wie ich gesagt habe«, versetzte Cassandra. »Männer mit Hunden.«

Cassandra arbeitete als Näherin und trat bei Theateraufführungen in Kellerclubs auf. Sie hatte keine Hauptrollen. Sie spielte Dienerinnen und Sklavinnen oder die beste Freundin der weiblichen Hauptfigur. Zoe sah sie sich immer an. In *Blaubart,* wo sie die zum Tode verurteilte Ehefrau spielte, stand Cassandra vor einer bemalten Pappkartontür und sagte: »Oh, mein Meister hat mich davor gewarnt, in sein Allerheiligstes einzudringen, in diese, seine innerste Kammer, doch ich *muß* wissen, was da drinnen ist.« In *Anna Karenina* oder *Nachtexpreß* gehörte sie einem Chor an, der »Auf immer lieb' ich diesen Mann« sang. In *Die Geheimnisse des Reiches Chun King* trat sie in einem Kimono auf und sagte: »Der Kaiser hat Wing Li zu seiner Konkubine und Mutter seines Erben auserkoren, auf daß sie mit ihm ins Reich der Ruhe einkehre, welches jenseits der Blauen Berge liegt, und ihr andern Mädels seht zu, daß ihr euch alle rausschert.«

Zoe applaudierte stets voller Stolz, doch insgeheim war es ihr manchmal auch brennend peinlich. Sie liebte Cassandra. Sie empfand sie aber auch als eine gewisse Last. Sie kam sich gleichzeitig aufgewertet und herabgesetzt vor, weil Cassandra ein Idealbild von ihr mit sich trug: Zoe, das Mädchen, das sich befreit hatte, das weder nett noch gewöhnlich war. Manchmal konnte sie dieses Mädchen sein, manchmal wollte sie nur in einem kleinen, weißen Schlafzimmer liegen, während Cassandra und die andere Zoe durch die glitzernden Straßen zogen, wo es alles gab, was sie wollten.

Nach der Vorstellung kam Cassandra immer heraus und ging mit Zoe etwas trinken. Die Clubs waren tiefdunkel und verströmten einen uralten Geruch, einen Mief, den Zoe von den Behältern voller ungewaschener Kleidung her kannte, die hinter dem Laden aufbewahrt wurden. Cassandra stellte Zoe rundum vor. »Das hier ist mein Mädchen. Ja, meine Damen, die hier ist hundertprozent echt. Sie ist meine Schutzbefohlene; ist sie nicht hinreißend?«

Alle pflichteten bei, daß sie hinreißend sei. Wer wußte schon, was sie dachten? Zoe saß in ihren dunklen Sachen auf dem Barhocker, abgeschirmt durch das schwarze Kajal, mit dem sie sich neuerdings die Augen schminkte. Sie trank ein Bier und hörte ihrem Gerede zu. Die Männer in Kleidern waren nicht auf ein Gespräch aus. Sie waren der Mittelpunkt, sie brauchten sie nur zum Zuschauen.

»Weißt du, was mich neidisch macht? Diese kleinen Füße. Stell dir vor, du könntest in ein Geschäft gehen und dir einfach ein Paar Schuhe kaufen, auf das du scharf bist.«

»Ehrlich gesagt, Liebes, kann ich mir nichts Deprimierenderes vorstellen. Es ist so einfach. Jeder Trottel kann in ein Geschäft gehen. Ich hingegen liebe die Herausforderung. Ein Paar Pumps in Größe sechsundvierzig zu finden, na, das ist doch 'ne Leistung, auf die ein Mädel stolz sein kann.«

»Aha. Hab' ich das Paar, das du da anhast, nicht letzte Woche beim Schuster an der Stange hängen sehen?«

»Sieh dich vor, Schätzchen. Die Polizei möchte nach wie vor

rauskriegen, wer die beiden Kanus aus dem See im Central Park geklaut hat, aber ich hüte meine Zunge.«

Cassandra und ihre Freunde brauchten Zoe nicht lange. Sie sagte gute Nacht und ging, während sie weiter an der Bar miteinander redeten und lachten. Cassandra geleitete sie normalerweise zur Tür.

»Danke fürs Kommen, mein Engel.«

»Die Vorstellung war gut, Cassandra.«

»Na ja, es gibt einen Grund, weshalb man die Bühne als die Bretter, die die Welt bedeuten, bezeichnet, und es gibt auch 'nen Grund, weshalb die meisten Leute nicht dazugehören. Ruf mich an.«

»In Ordnung.«

»Nicht zu früh.«

»Nie und nimmer.«

Wenn Cassandra nachmittags in Hose und T-Shirt kam, setzte sie sich an Zoes Küchentisch und las mit den Fingerspitzen die Krümel auf. »Ihr Kinder solltet ein bißchen häufiger putzen, sonst wimmelt's hier bald von Kakerlaken.«

Manchmal dachte Zoe, sie sollte eine klare Linie entwickeln. Einen gewissen Ehrgeiz, damit sie, wenn jemand sie fragte: ›Was machst du gerade?‹, eine bessere Antwort geben konnte als: ›Ich mache mir gerade ein Opiumzäpfchen‹, oder: ›Ich mache gerade mit dem Bassisten aus dem vierten Stock rum.‹ Einfach dazusein, das war offenkundig ihre größte Gabe, und manchmal dachte sie, es sei genug. Manchmal dachte sie, ich bin Augenzeugin. Ich bin dazu da zuzusehen.

Als sie einundzwanzig wurde, kündigte sie in dem Altkleiderladen und bekam einen besser bezahlten Job als Cocktailkellnerin. Sie verliebte sich in einen der Barkeeper, einen wunderschönen, hitzigen Mann, der von Kindesbeinen an graue Haare hatte. Sie zog aus ihrer Wohnung an der East Third Street aus und lebte mit ihm in seinem Loft in Soho, dann zog sie wieder zurück, nachdem er sie in einem Anfall von Eifersucht verprügelt hatte. Sie bekam einen

Job in einer anderen Bar, arbeitete bis vier Uhr morgens, schlief bis ein Uhr nachmittags. Sie schaute sich mit Ford und Sharon Fernsehserien an, fing an zu rauchen und hörte wieder damit auf. Sie verliebte sich in eine ruhige, ausgeglichene Frau namens Brenda, die Tarotkarten legte und ihren Lebensunterhalt als Beleuchterin am Broadway verdiente, und trennte sich wieder von ihr.

Manchmal hörte Zoe monatelang nichts von Cassandra. Manchmal rief Cassandra fünfmal die Woche an. Manchmal – allerdings nicht oft – kam sie in die Wohnung und blieb den ganzen Nachmittag.

»Es macht Spaß, jemand zu kennen, der so jung ist wie du. Es gefällt mir, daß du nicht so abgehoben bist.«

»Für meine Begriffe bin ich ganz schön abgehoben«, sagte Zoe.

»Ich meine *ab*gehoben im Sinne von sagenhaft. Das, was dir aus allen Filmen von Ida Lupino entgegenspringt. Den Mund kann ich mir auch mit den ganzen andern Mädels fusslig reden, aber ehrlich gesagt, meine Liebe, komme ich mir dabei immer ein bißchen fremd vor. So als wäre das nicht meine Muttersprache, egal, wie fließend ich sie beherrsche. Manchmal ist es einfach schön, hierherzukommen, rumzusitzen und Scrabble zu spielen.«

Cassandra und Zoe hatten sich angewöhnt, Scrabble zu spielen, wenn sie zusammen waren. Cassandra gewann immer. »Mir gefällt es auch«, sagte Zoe.

»Oh, mein kleines Mädchen, die Tochter, die mir nie vergönnt war. Jetzt erzähl mir eins, mein Engel – vögelst du mit jemand Neuem?«

1977

Mary wußte es. Sie wußte es wegen der Gerüche, die er mitbrachte, der Melodien, die er summte. Man sah ihm am Gesicht an, daß es eine andere gab. Die Tatsache an sich überraschte sie nicht einmal. Männer gingen eben fremd, ihre Gier trieb sie dazu. Sie war als kleines Mädchen gut erzogen worden, und niemals würde sie Gefühle mit Vernunft verwechseln.

Was sie überraschte, war nicht die Tatsache an sich, sondern ihre Abgeklärtheit und manchmal – an gewissen Abenden, wenn sie erschöpft war – sogar Erleichterung. Constantine war ihr untreu, und sie konnte es verstehen. Sie war alles andere als die perfekte Frau, obgleich sie sich einst vorgenommen hatte, eine zu werden. Sie grämte sich um Geburtstagskuchen, hielt alles sauber, nähte tadellose Säume. Doch die Jahre vergingen, und sie war nie das begehrende Weibchen geworden. Sie war kühl und zurückhaltend im Bett. Sie stahl und konnte es offenbar nicht lassen. Sie mochte sich nicht mit den vornehmen Frauen anfreunden, ihre Vertraute werden, obgleich sie in zahllosen Ehrenämtern diente. Wenn Constantine etwas laufen hatte, wenn er eine Möglichkeit gefunden hatte, seine Begierde zu stillen, so wie andere Männer vor die Tür gingen und eine Zigarette rauchten, sollte ihr das recht sein. Verliebt war er nicht, davon war sie felsenfest überzeugt. Er hatte die Grenzen seiner Zuneigung mit einer Süffisanz und Selbstgefälligkeit abgesteckt, die ebenso auffällig waren wie das Parfüm der Frau. Constantine war von Natur aus dazu geschaffen, etwas aufzubauen, Eigentum zu erwerben, und er mochte sein Leben durchaus um die eine oder andere Frau bereichert haben, doch niemals würde er freiwillig auf eines seiner Besitztümer verzichten. Er würde nie die verzwickte Freundschaft opfern, zu der er und Mary gefunden, die Annehmlichkeiten eines Zuhauses, das sie sich geschaffen hatten. Folglich spielte sie mit. Sie spielte nicht gern die Ahnungslose. Sie kam sich dabei so töricht, so unterschätzt vor. Doch der Einsatz schien ihr vergleichsweise gering. Mit einem beiderseitigen Übereinkommen hätte sie nicht leben können. Sie hätte nicht hingehen, den Efeu gießen oder neue Rezepte ausprobieren und dabei so tun können, als billige sie die Untreue ihres Mannes. Doch sie konnte ein Geheimnis wahren.

Sie wahrte das Geheimnis fast ein Jahr lang, und vielleicht hätte sie es noch länger gewahrt, doch eines Tages, mitten in einer Hitzewelle, wie es sie seit der Jahrhundertwende nicht mehr gegeben hatte, schaute sie auf dem Weg zum Lebensmittelgeschäft bei Constantine im Büro vorbei, um einen Vertrag abzugeben, den er zu Hause vergessen hatte. Sie ging selten zu ihm ins Büro. Sie hatte dort nichts zu schaffen. Es war nicht dafür bestimmt, daß einen Ehefrauen dort besuchten. Es gab keinerlei Annehmlichkeiten, weder Illustrierte noch bequeme Sessel, und die Toilette, eine öffentliche, die am andern Ende des Flurs lag und für die man einen Schlüssel an einem riesigen Messingring brauchte, war unsäglich. Wenn Constantine und sein Partner beim Bau ihrer Häuser gnadenlos auf Sparsamkeit achteten, so waren sie, was die Gemütlichkeit ihres Arbeitsplatzes anging, mindestens ebenso streng. Ihre Büros im zweiten Stock eines entfernt dem Stil der englischen Spätgotik nachempfundenen Gewerbehauses waren mit billigem Hartholz getäfelt und mit bunt zusammengewürfelten Schreibtischen aus unechtem Holz und Kunstledersesseln ausgestattet. Mary betrat das Büro äußerst ungern. Sie fühlte sich unbehaglich angesichts dieser Schäbigkeit, und bei den seltenen Gelegenheiten, da sie gezwungen war hinzugehen, war sie hinterher eine ganze Zeitlang nervös und unsicher, so als habe sie Termiten entdeckt, die am Fundament des Hauses nagten.

Doch der Vertrag wurde gebraucht, und so fuhr sie an einem glühendheißen Morgen kurz vor zehn Uhr in einem beigen Leinenkleid und einer eierschalenfarbenen Seidenbluse zum Büro. Als sie hinkam, saß Constantine am Schreibtisch und wirkte so hektisch, so überarbeitet, so von seinen Aufgaben in Anspruch genommen, daß sie annahm, er habe, als er die Tür aufgehen hörte, zum Telefon gegriffen, alle drei Tasten auf einmal gedrückt und kritzle jetzt irgendwelchen Unsinn auf seinen gelben Notizblock. Sie dachte, es sei eine Pose, das typische Gebaren eines Geschäftsmannes, der Kreditgeber und Anleger gleichermaßen beruhigen wolle. Sobald er sie sah, würde er sich beruhigen, den Hörer auflegen und sich in den großen Schreibtischsessel zurücklehnen, der jedesmal ein hartes, trockenes Knistern erzeugte, wenn er über die durchsichtige Kunststoffplatte rollte, die Constantine hingelegt hatte, um den Teppichboden zu schonen.

Doch er redete weiter. »... ein niedriger Anschlag, hab' ich gesagt. Verflucht, wenn du das unter einem niedrigen Voranschlag verstehst, weiß ich nicht, was ich noch sagen soll ...« Er winkte ihr zu – eine knappe Handbewegung, einladend und abweisend zugleich. Er deutete auf die rechte Ecke seines Schreibtischs, und sie legte den Vertrag hin. Er verzog den Mund zu einem stummen ›Danke‹ und telefonierte weiter.

»... ich möchte dir einen guten Preis machen, nicht mehr und nicht weniger. Willst du mir sagen, was ein guter Preis ist? Ich sag' dir eins, ein *guter Preis* ist ...«

Mary, die sich nach ihrem vergleichsweise ruhigen, sauberen und sanften Privatleben sehnte, wandte sich zum Gehen. Sie prallte mit Nick Kazanzakis' Sekretärin zusammen, der fetten jungen Frau, die sie vor zwei Jahren bei der Weihnachtsfeier kennengelernt hatte – wie hieß sie doch gleich?

»Oh«, sagte Mary und lächelte. »Hallo. Wie geht es Ihnen?«

Wie hieß sie doch gleich? Martha, Margaret. Nein, es war irgend ein ausländischer Name.

Die junge Frau stand da und starrte Mary mit einer so ausdruckslosen, dämlich verdutzten Miene an, daß Mary annahm, sie müsse schwachsinnig sein. Sie sah ganz so aus – fett, ein kleiner Kopf mit farblos blonden Haaren, die zu einem straffen kleinen Dutt aufgesteckt waren. Mary hatte unwillkürlich den Eindruck, sie müsse langsam und deutlich sprechen, wie mit einem Kind. ›Ich bin Mrs. Stassos‹, hätte sie am liebsten gesagt. ›Das ist aber ein hübsches Kleid, was Sie da anhaben.‹

»Hallo«, sagte die junge Frau, und es klang hart, nach einem bestimmten Akzent, aber keineswegs beschränkt. Und dann sah Mary ihr Mienenspiel – es war so deutlich zu erkennen, als fülle man eine klare Flüssigkeit in ein buntes Glas. Trotz ihrer Schminke wirkte die junge Frau mit einem Mal unverschämt und triumphierend, so als wisse sie allein um irgendwelche weit zurückliegenden Vergehen von Mary, eine uralte Sünde, die Mary vergangen und vergessen gewähnt hatte.

»Wir haben uns schon mal gesehen, glaube ich«, sagte Mary. »Ich bin Mary Stassos.«

»Magda Bolchik«, sagte die junge Frau. Sie musterte Mary weiterhin mit überheblichem Blick und einem derart unverhohlenen Haß, daß er geradezu in Wellen von ihr auszuströmen schien, wie Hitze, die vom Asphalt aufsteigt.

»Bei der Weihnachtsfeier, meine ich«, sagte Mary. »Ich wollte gerade gehen. Ich habe nur ein paar Papiere abgeliefert.«

»Genau, bei der Weihnachtsfeier«, sagte Magda.

»Jawohl. Nun ja, schön, Sie wieder mal zu sehen.« Mary empfand allenfalls ein leichtes Erstaunen, eine gewisse Unruhe, als sie sich an der jungen Frau vorbei zur Tür begab, und vielleicht wäre es dabei geblieben, doch dann drehte sie sich noch einmal um und sah es. Sie sah, daß die junge Frau rasch um Constantines Schreibtisch herumgegangen war, hinter ihm stand und die Hand auf seine Schulter gelegt hatte. Sie sah, wie Constantine die Hand der jungen Frau wegschob, und sie sah den gehetzten Blick, als er zu ihr, Mary, aufschaute, während er weiter über einen anständigen Preis für Holzarbeiten verhandelte.

Die also war es.

Mary vergaß sich; sie vergaß ihre festen Vorsätze hinsichtlich Ursache und Wirkung. Sie hatte gewußt, daß Constantine eine Geliebte hatte, doch die Frau, die sie sich vorgestellt hatte, war so gänzlich anders, soviel edler als die hier, daß es ihr vorkam, als werde hier gegen die ehernen Gesetze der Physik verstoßen. Wenn es möglich war, daß diese unscheinbare, übergewichtige Frau mit ihrem Mann schlief – ihre Rivalin war –, dann mußten jeden Moment die Papiere auf Constantines Schreibtisch in schrille Schreie ausbrechen, wie Vögel auffliegen und im Zimmer umherschwirren. Die Kaffeekanne mußte zerplatzen, die Wände bersten. Mary stand einen Moment lang da, während Magda sie grimmig und zufrieden wie ein fressender Bär anstarrte und Constantine, der nach wie vor am Telefon verhandelte, flehend und schuldbewußt zu ihr aufblickte.

Mary tat das einzige, was ihr einfiel. »Bis später«, sagte sie freundlich. Sie faßte an ihren Ohrring. Und dann ging sie.

Sie stellte fest, daß sie es zu Hause nicht aushielt, nicht einmal, nachdem sie eine Pille genommen hatte. Die Zimmer kamen ihr wie verpestet vor, von einer schrecklich lastenden Stille erfüllt, so als dringe ein unsichtbares, tödliches Gas durch die Wände. Mary kam der Gedanke, daß ihre Atembeschwerden von irgend etwas im Haus herrühren könnten, einer Ausdünstung, die aus dem Boden aufstieg und nur sie vergiftete, weil sie mehr Zeit als jeder andere hier zubrachte. Natürlich war das lächerlich. Seit sie erwachsen war, litt sie unter diesen Anfällen von Atemnot. Dennoch konnte sie momentan nicht im Haus bleiben. Sie bekam hier keine Luft. Sie konnte nicht daheim bleiben. Sie konnte auch nicht einkaufen gehen. Sie konnte keine Freundin besuchen, weil sie nur offizielle Freundschaften pflegten, die entweder auf Constantines geschäftlichen Interessen oder ihrem Einsatz für wohltätige Zwecke beruhten. Die Frauen, die sie am ehesten mochte, die ruhigen, wohlerzogenen Frauen, die den Komitees vorsaßen und die Empfänge veranstalteten, hatten ihr nie mehr als eine höflich oberflächliche Liebenswürdigkeit entgegengebracht. Sie hatte das zwar jahrelang hingenommen, doch jetzt konnte sie es nicht ertragen; auf keinen Fall konnte sie jemandem unangemeldet einen Besuch abstatten, bei dem sie bei aller Herzlichkeit doch nur geduldet würde. Und selbst wenn sie annahm, daß man sie empfangen, ins Wohnzimmer bitten und ihr ein Glas Eistee anbieten würde, hätte sie viel zu große Angst, sie könnte zusammenbrechen. Und wenn sie auch nur vor einer dieser kühlen, selbstsicheren Frauen einen Zusammenbruch erlitte, stünde sie da wie jede hergelaufene Immigrantin, eine hysterische Zugereiste, die sich ihrem abgrundtiefen Jammer hingab – wild gestikulierend, stammelnd, wehklagend, weil das weiße Schiff wieder in See gestochen war. Man würde sie freundlich behandeln, das wußte sie, doch zugleich auch für übertrieben gefühlsbetont halten, und das würde sie nicht überstehen.

Statt dessen fuhr sie nach New York und nahm sich ein Zimmer im Plaza.

Das Plaza beruhigte sie etwas. In dem ruhigen, goldverzierten Foyer kam sie sich allmählich wieder vor wie eine Frau, die sich im Griff hatte, eine Frau mit Macht und Mitteln, die alles tun konnte, was getan werden mußte. Sie ließ sich auf ihr Zimmer geleiten, murmelte dem Pagen etwas bezüglich ihres Gepäcks zu, das erst später eintreffen werde, und sobald sie allein war, stellte sie die Klimaanlage so hoch wie möglich und legte sich auf das Doppelbett. Ihr Zimmer wies nach Süden, was ihr nicht ganz recht war, aber eins mit Blick zum Park hatte nicht zur Verfügung gestanden, zumindest nicht für eine Frau, die allein, ohne Gepäck und vorherige Anmeldung eingetroffen war. Draußen vor dem Fenster lag die Stadt fahl und quirlig unter der Hitze. Sie kam nie zur Ruhe, nicht einmal an einem Tag wie diesem. Auf der Fifth Avenue lärmten nach wie vor die Taxis, und auf der anderen Straßenseite, bei Bergdorf's, hasteten die Verkäuferinnen mit eisiger Selbstsicherheit zwischen den Auslagen hin und her. Die Hitze brachte diesen ewigen Existenzkampf nicht zum Erliegen, diese alles umfassende Suche nach Vollendung, nach dem Schuh, dem Geschmeide oder dem Glas Wein; dem goldenen Ei, das man in der Hand halten und dabei sagen konnte: Ja, das ist es, hier, in diesem Augenblick. New York war das glatte Gegenteil von Garden City. Dort hatte man den Eindruck, als ändere sich der Lauf der Zeit und passe sich der eigenen Stimmung an; wenn man dort in Trübsinn und Hoffnungslosigkeit versank, schien es, als nehme die ganze Welt Anteil am Verlust des eigenen Glaubens. Wie zum Beweis bekam man die verlassenen Zimmer voller Möbel vor Augen geführt, den nutzlos im Vorgarten stehenden Vogelkasten während die alte Mrs. Ramble in Schal und Mantel aus ihrem Haus auf der anderen Straßenseite trat und einen Papierfetzen entfernte, den der Wind auf ihren Rasen geweht hatte. In New York nahm alles seinen Lauf, man war unwichtig, und bei diesem Gedanken war Mary dazu imstande, nahezu zehn Minuten lang verhältnismäßig friedlich und ruhig atmend auf dem Bett liegenzubleiben, umgeben vom gedämpften Lärm von der Straße und der eisigen Geborgenheit ihres makellosen Zimmers, den Rosenmustertapeten, dem Korb voller teurer Toilettenartikel, der, wie sie wußte, neben dem Waschbecken stehen würde.

Dann mußte sie wieder an die junge Frau denken, an ihren genüßlichen Gesichtsausdruck, die schimmernden Plastikperlmuttknöpfe an ihrer aprikotfarbenen Synthetikbluse. Die Hand auf der Schulter ihres Mannes. Die junge Frau, die Constantine sich gesucht hatte.

Mary setzte sich auf und griff zum Telefon. Auf einmal wollte sie mit ihren Kindern sprechen. Nicht weil sie ihnen erzählen wollte, was ihr Vater trieb, ganz gewiß nicht, sondern einfach, weil sie ihre Stimmen hören wollte, die Liebe spüren, die sie ihr entgegenbrachten, weil sie daran erinnert werden wollte, daß ihr Leben in Bewegung geraten war und weitergehen würde. Am liebsten hätte sie mit Billy gesprochen, doch Billy war irgendwo unterwegs, auf einer rätselhaften Reise, nachdem er jegliche Aufmerksamkeiten abgelehnt und lediglich versprochen hatte, alle paar Wochen eine Ansichtskarte zu schicken. In einem Jahr hatte sie drei Karten bekommen, eine aus San Francisco, eine aus Gallup, New Mexico, und eine aus British Columbia. Sie versuchte es bei Susan in Connecticut, doch dort meldete sich niemand, und während sie das Telefon klingeln ließ, sah sie die verlassenen Zimmer im Haus ihrer Tochter vor sich, die schmucken Antiquitäten im amerikanischen Kolonialstil und die dezenten, konventionellen Tapeten. Sie fühlte sich so alleingelassen wie noch nie in ihrem Leben. Schließlich wählte sie Zoes Nummer. Zoe wohnte kaum mehr als einen Kilometer weit weg, doch irgendwie kam es Mary so vor, als sei Zoe am allerschwersten zu erreichen, als lebe sie an einem abgelegenen Ort in weitester Ferne. Das Telefon klingelte dreimal, bevor jemand den Hörer abnahm und sagte: »Hallo?« Es war eine Frauenstimme, dunkel und rauchig.

»Oh, Entschuldigung«, sagte Mary. »Ich muß mich wohl verwählt haben.«

»Nein, nein, das ist der Anschluß von Zoe Stassos. Sie ist gerade aus dem Haus gegangen. Ich bin das Dienstmädchen.«

»Wie bitte?«

»Kleiner Scherz. Ich bin eine Freundin von Zoe. Sie müßte in zwei Minütchen wieder da sein. Kann ich ihr etwas ausrichten?«

»Nun ja. Ich bin ihre Mutter.«

»*Oh*. Mrs. Stassos. Ich habe schon soviel von Ihnen gehört.«

»Wirklich?«

»Hmm. Ich bin eine Freundin von Zoe. Ich würde, ehrlich gesagt, wer weiß was dafür geben, Sie mal kennenzulernen. Ich heiße Cassandra.«

»O ja«, sagte Mary. »Zoe hat Ihren Namen erwähnt.«

Genaugenommen hatte Zoe, soweit sich Mary entsinnen konnte, nie irgend etwas von einer Cassandra gesagt. Dennoch, diese kleinen Artigkeiten entbot man einfach. Die Frau klang älter als Zoe, was Mary seltsam vorkam, doch sie hörte sich freundlich und kultiviert an. Besser jedenfalls als dieses ungehobelte, tolpatschige Gör namens Trancas und die anderen absonderlichen Wesen, die Zoe im Lauf der Jahre mit nach Hause gebracht hatte.

»Soll sie Sie zurückrufen, wenn sie wieder da ist?« fragte Cassandra.

»Nein, schon in Ordnung. Bestellen Sie ihr einfach, daß ich angerufen habe.«

»Aber gewiß doch.«

»Ich hoffe, sie kommt mit der Hitze zurecht«, sagte Mary. »Sie beide, hoffe ich.«

Sie wußte, daß es an der Zeit war aufzulegen, doch sie war noch nicht bereit für die Stille in dem Zimmer, für die Ungewißheit darüber, was in dieser oder der nächsten Stunde geschehen mochte. Sie wollte noch ein, zwei Minuten mit diesem fremden, aber freundlichen Menschen über ganz gewöhnliche, belanglose Dinge reden.

»Oh, mir macht die Hitze nichts aus«, sagte Cassandra. »Ich habe das Geheimnis schon vor vielen Jahren herausgekriegt. Sie müssen sich dem einfach überlassen. Wenn es so heiß wird wie jetzt, trage ich nicht das geringste Make-up, und es ist mir völlig egal, *wen* ich damit verschrecke.«

Endlich, dachte Mary, war da jemand, der sich einer Sprache bediente, die sie verstand. Hier war jemand, der nicht über Strümpfe oder Make-up lästerte, der nicht darauf bestand, mit nackten Beinen herumzulaufen, ungekämmt und in anderer Leute Lumpen gekleidet. »Im Sommer trage ich nur Seide und Leinen«, sagte Mary.

»Vorzüglich«, antwortete die Frau.

»Darf ich Ihnen meinerseits ebenfalls ein kleines Geheimnis verraten?«

»Bitte sehr.«

»Ich lege Höschen und BH über Nacht ins Eisfach.«

»Oh, das muß ich auch mal ausprobieren.«

»Es ist wunderbar«, sagte Mary. »Und wenn die Beine genug Sonne sehen, kann man sogar auf die Strümpfe verzichten.«

»Ich liebe Sonne. Aber wissen Sie, ich bekomme schreckliche Sommersprossen.«

»Darauf sollten Sie besser ein Auge haben.«

»Ich bin nun mal eindeutig eierschalenfarben.« Cassandra seufzte. »Altes skandinavisches Erbteil. Meine sämtlichen Vorfahren haben an den Ufern der Fjorde gehaust und ständig das blasseste Mädchen aus dem Dorf geheiratet.«

»Oh, aber sehr weiße Haut kann sehr bezaubernd sein. Was für einen Lippenstift benutzen Sie? Neigen Sie eher zu kühlen, rosigen Farbtönen?«

»Wissen Sie, wenn ich zu kühle und rosige Töne nehme, seh' ich unter Umständen aus wie jemand, der nach zwei Wochen an den Strand geschwemmt wird. Möglicherweise schockiert Sie das, ich weiß, aber ich habe mich zu Rot durchgerungen. Ich meine, richtig rot. Scharlachrot.«

»Wirklich?« sagte Mary.

»Man kann es natürlich nicht überall tragen. Aber wissen Sie, hier in New York habe ich manchmal den Eindruck, daß man lieber jemand schockieren sollte, bevor man selbst schockiert wird.«

»Kann ich mir vorstellen. He, ich sollte Sie nicht solange aufhalten.«

»Aber nicht doch. Ich habe diesen kleinen Plausch ungeheuer genossen.«

»Ich auch. Wir werden uns sicherlich noch einmal sprechen.«

»Ich hoffe doch. Ich bestelle Zoe, daß Sie angerufen haben. Tschüßchen.«

»Tschüß.«

Mary hängte auf und legte sich wieder aufs Bett. Wie vermutet, erwarteten sie die Stille und die Ungewißheit. Doch sie fühlte sich jetzt auch ein bißchen wohler. Es gab jemanden auf der Welt, mit dem sie über schlichte, belanglose Dinge reden konnte, eine reizende Frau, die nicht erhaben oder herablassend klang. Mary blickte zu der schneeweißen Gipsdecke auf und lauschte dem vorbeirauschenden Verkehr. Sie würde Zoe etwas schelten, wenn sie das nächste Mal mit ihr sprach, weil sie ihr diese zauberhafte neue Freundin verschwiegen hatte.

1979

In den Liedern hieß es, die Liebe sei alles und überall. Unter Wills Fenster trieb sich die halbe Nacht lang ein Mann mit Jägerkappe und kratziger Karohose herum und schrie: »He, liebst du mich, liebst du mich, he, du Arschgeige, ich rede mit dir.« Man konnte die Polizei rufen, aber er käme trotzdem wieder – das war sein Revier. Will versuchte ihn mit Schallplatten zu übertönen, mit Rocksängern und Jazzposaunisten, aus deren Musik ebenso beharrlich die immer gleiche Frage erklang. *Liebst du mich, liebst du mich, he, du Arsch, liebst du mich?* Will konnte sich nicht vorstellen, daß man sich in etwas so Kompliziertes und Unfaßbares wie einen anderen Menschen verlieben konnte. Er machte sich keine Gedanken. Er machte sich nicht viele Gedanken. Er teilte sich mit einer Freundin und ihrer fünfjährigen Tochter eine Wohnung. Er hatte einen kleinen Freundeskreis. Liebe spielte sich anderswo ab, unter anderen Menschen. Sie würde sich schon bei ihm einstellen, wenn es soweit war. Er war sechsundzwanzig und konnte sich meistens einigermaßen ausstehen. Manchmal allerdings, wenn er nach einem langen Unterrichtstag am Schreibtisch saß und niemand ihn hören konnte, stöhnte er über all die Konferenzen, die bescheidenen Erfolgserlebnisse mit Schülern, die zahllosen Möglichkeiten, sich zu blamieren, die ein Beruf mit sich brachte, in dem er einerseits Autorität ausstrahlen, andererseits aber auch die viel schwierigere und vermutlich zutreffendere Rolle als Diener seiner Schüler erfüllen mußte. Mitunter dachte Will an den Abend vor vielen Jahren, als er seinem Vater ins Gesicht geschaut hatte, mitten in diese vor sich hinmampfende Fresse, und gesagt hatte: ›Ich möchte Lehrer werden.‹ Er hatte es nur gesagt, um seinen Vater zu provozieren, um ihm seine hochgesteckten Erwartungen zu nehmen. Doch hinterher hatte er häufig an die wütende Erwiderung seines Vaters denken müssen: ›Muß man nach Harvard gehen, damit man Zwergbriketts unterrichten darf?‹ An den Soßenfleck am Kinn seines Vaters, die bläßlichblaue Eßzimmertapete. Als Will quer durchs Land gezogen war, sich als Kellner und Laufbursche durchgeschlagen hatte – als er sich von der Kindheit verabschiedet und sich für das Arbeitsleben vorbereitet hatte, hatte er festgestellt, daß seine Vorliebe für Architektur immer mehr nachließ, und allmählich, mit einer geradezu berauschenden, begeisternden Hilflosigkeit, hatte er erkannt, daß er tatsächlich Lehrer werden würde.

Und so unterrichtete er an der Grundschule von Bacon Hill, für sechzehntausend Dollar im Jahr. Er hatte Freunde, ging abends in sorgfältig ausgewählten, erschwinglichen Restaurants essen, sah sich französische oder italienische Filme an. Er ging spazieren, kaufte sich preiswerte Kleidung. Er suchte Liebe.

Er lernte den Mann an einem ganz gewöhnlichen Abend kennen. Er traf ihn in einer Bar in der Innenstadt, wo einen alte Männer mit steifem Lächeln und einem Heißhunger auf junge, just aus dem Bus gestiegene Cowboys auf ein Glas einluden. Will ging hin, weil der Laden so daneben war. Er erwartete gar nichts. Er wollte ein, zwei Bier trinken, mit den alten Jungs reden. Er mochte sie; er empfand sie als eine Art Geisterhelden, die ins Reich der Schatten eingegangen waren. Sie stammten aus einer anderen Zeit. Sie hatten sich die besten Jahre ihres Lebens hindurch auf öffentlichen Toiletten herumdrücken, unverzagt die Verschwiegenheit städtischer Parkanlagen aufsuchen müssen. Jetzt waren sie wie Flüchtlinge, die in ein Land voller Überfluß kamen. Will konnte es ihnen nachsehen, wenn sie gar zu gierig lächelten oder einem frisch aus Worcester oder Fall River eingetroffenen Knaben hinterherhechelten. Sie waren seine Onkel, sie waren schlecht behandelt worden. Sie konnten einem unglaubliche Geschichten erzählen.

Der Mann stand nahe der Tür und trank ein Bier. Er stand im Lichtschein der Musikbox, so als wäre es das Normalste auf der Welt, daß man so groß und blond und gutaussehend war, so eine energische, wuchtige Kinnlade hatte und Schultern, so breit wie ein Schneepflug. Er war zu groß für diesen Laden. Selbst die Onkel hatten Angst vor ihm. Die Onkel kamen mit einem nervösen Knaben aus einer dahinsiechenden Stadt der Spindeln zurecht. Sie verstanden sich darauf, verständnisvoll auf einen schmächtigen, vermeintlich selbstsicheren Jungen einzureden, weil sie wußten, wie es um sein Herz bestellt war. Sie wußten mehr als jeder andere, was Angst bedeutete. Sie hatten in Angst gelebt, sie hatten es überlebt. Sie hatten Ehen geschlossen, ohne zu lieben, waren von Kriminellen und Polizisten verprügelt worden, hatten ihre Zähne auf dem Bürgersteig ausgespien. Jetzt saßen sie keck auf den Barhockern, schmuck und duftend, fein heraus, und unterhielten sich leise darüber, daß es Leute wie ihresgleichen heute um so vieles leichter hätten als sie vor zwanzig Jahren. Sie wirkten so erhaben und losgelöst wie alt gewordene Infanten. Doch dieser Mann war zu vollkommen. Niemand wagte sich in seine Nähe.

Will beugte sich über die Bar und redete mit einem Mann namens Rockwell. Rockwell hätte als Doppelgänger von Everett Dirksen auftreten können. Er hatte eine Treibhaustulpe am Revers stecken. »Muß sich um 'nen Irrtum handeln«, sagte er, trank einen Schluck Daiquiri und nickte zu dem Mann hin. »Vielleicht haben seine Federn Feuer gefangen, und er ist mitten auf der Washington Street runtergefallen. So was passiert manchmal, mußt du wissen. Die fliegen zu nah an die Sonne ran.«

»Ich glaube nicht, daß der echt ist«, sagte Will. »Ich glaube, wir bilden uns den alle bloß ein. Es ist eine Art Massenhysterie. Wenn genug schwule Männer an einem Ort zusammensitzen, kann es schon mal passieren, daß sich ihre Traumbilder sozusagen gegenseitig verstärken.«

»O nein, der ist kein Traum, Willy. Der ist echt. Der ist auf der Suche. Glaub mir, der ist heut abend auf irgendwas aus.«

»Liebe«, sagte Will. »Liebe. Worauf sind denn alle aus?«

»Auf allerhand«, sagte Rockwell. Er sang: »*Most gentlemen don't like love, they just like to kick around.* Cole Porter, der große Weise dieses Jahrhunderts.«

»Ich weiß nicht«, sagte Will. »Eigentlich haben wir doch Angst vor der Liebe, meinst du nicht? Wir sagen, wir mögen das, was wir kriegen können. Wenn ein guter Fick rausspringt, sagen wir, das ist alles, was wir möchten. Aber mal ehrlich, meinst du nicht, daß sich im Grunde genommen jeder nur verlieben möchte?«

»Eine sehr hübsche Betrachtung zum Wesen des Menschen. Ehrlich gesagt, mir wär's fast lieber, wenn er ginge. Er macht mich nervös. Was *will* er hier? Die Verehrung genießen, wenn du mich fragst. Solche Männer gibt es. Bewunderungssüchtige. Ich wette mit dir um einen Drink, daß er heute nacht 'ne Handvoll Bars aufsucht, mit niemand spricht und danach heimgeht und sich vor dem Spiegel einen runterholt.«

»Wer weiß?« sagte Will. »Hältst du es für richtig, jemanden zu verurteilen, bloß weil er gut aussieht?«

»Seit undenklichen Zeiten fällen alte Vetteln harte Urteile über hübsche junge Dinger. Diejenigen unter uns, die einst selber hübsche junge Dinger waren, haben normalerweise recht.«

»Er könnte auch einfach hier sein, weil er hofft, jemanden kennenzulernen. Warum nicht?«

»Die Herzogin von Windsor könnte bei Woolworth rumstöbern, weil sie etwas zu finden hofft, was ihr gefällt«, sagte Rockwell. »Aber höchstwahrscheinlich dürfte sie einen anderweitigen Grund haben. Wie alt bist du denn, Willy? Hast du dir deinen jugendlichen Idealismus etwa immer noch nicht abgeschminkt? Ab einem bestimmten Alter steht einem so was nicht mehr zu Gesicht.«

»Was kriege ich, wenn ich hingehe und mit ihm rede?«

»Meine ewige Hochachtung.«

»Wenn sich herausstellt, daß er ein ganz normaler, anständiger Typ ist, zahlst du bis Ende des Monats meine Zeche. Wie wär's damit?«

»In Ordnung. Geh. Und erstatte Meldung.«

Will nahm sein Bier und ging zielbewußt auf den Mann zu. Es war die einzige Möglichkeit. Durch das Gespräch mit Rockwell, die Vorstellung, daß man ihn für kühn und draufgängerisch hielt, hatte er Mut gefaßt. »Entschuldigen Sie bitte«, sagte er, »aber ich muß Sie etwas fragen. Was machen Sie hier?«

»Hä?« Der Mann hatte ein offenes, freundliches, aber auch markantes Gesicht. Er war in Wills Alter, vielleicht ein bißchen darüber.

»Der Zutritt zu dieser Bar ist ausschließlich traurigen alten Tunten gestattet«, sagte Will. »Ich muß Sie leider bitten zu gehen.«

»Du bist keine alte Tunte«, sagte der Mann. Er setzte die Bierflasche an den Mund. Ein ovaler Lichtfleck huschte über das Glas.

»Ich genieße hier Gastrecht«, sagte Will. »Ich heiße Will.«

»Matt«, sagte der Mann. Sie schüttelten sich die Hand. Matt trug ein weißes Oberhemd, hellblaue Kordhosen und roch zu stark nach Cologne. Seine Haare, prachtvolle, dunkelblonde Locken, reichten nicht ganz bis auf den Kragen.

»Du machst hier wirklich jeden kirre«, sagte Will leise, verschwörerisch. »Du siehst zu gut aus für diesen Laden. Du gibst allen andern das Gefühl, daß sie so aussehen wie, na ja, wie sie eben aussehen.«

»Vielleicht sollte ich gehen«, sagte Matt.

Will wurde mit einem Mal unsicher. Vertrieb er diesen Mann etwa? Er wußte, daß er allzu gewieft, allzu schlau wirken konnte, wenn er nervös war. Doch in gewisser Hinsicht, und auch das war ihm bewußt, wollte er, daß Matt ging. Er war einfach zu gut gebaut, zu sehr vom Glück begünstigt. Die Selbstverständlichkeit, mit der er seine Schönheit zur Schau stellte, wirkte in der verbrauchten Luft der Bar geradezu unangenehm.

»Nein«, sagte Will. »Das habe ich gar nicht so gemeint. Weißt du, ich wollte bloß pfiffig sein.«

»Ich werde sowieso allmählich müde«, sagte Matt. »Ich muß morgen früh aufstehen.«

»Oh. Na dann.«

Matt gähnte, wie um seine Müdigkeit zu unterstreichen. Ein heller Speichelfaden spannte sich zwischen den oberen und den unteren Schneidezähnen.

»Eigentlich muß ich auch gehen«, sagte Will. »Ich habe morgen früh Unterricht. Ich bin nur auf ein kurzes Bier mit meinen Tanten und Onkeln hergekommen.«

»Bist du Lehrer?« fragte Matt.

»Yeah.«

»Ich bin gerade mit der Ausbildung fertig geworden.«

»Wirklich?«

»Ich habe gerade mein Diplom in Politologie gemacht. In Harvard.«

»Tja. Irgendwer muß es ja machen.«

»Hmm«, sagte Matt. »He, ich muß los.«

»Okay.«

Die Stimmung schlug um, wurde irgendwie verdruckst. Will und Matt schauten einander an, zuckten leicht die Achseln, so als seien sie sich über den Witz der Lage einig. »Hast du Lust, noch auf ein Bier mit zu mir zu kommen?« fragte Matt.

Will kniff die Augen zusammen. Matt mußte tatsächlich eine Sinnestäuschung sein. Es schien einfach nicht möglich, daß so ein Mann, ein Mann wie aus seinen Träumen, muskulös und mit mächtiger Kinnlade, ihn zu sich nach Hause einlud. So ging es nicht zu in der Welt, in der er lebte.

»Okay«, sagte Will. »Klar.«

»Also dann. Gehen wir.«

Sie holten ihre Mäntel. Als er mit Matt die Bar verließ, warf Will einen kurzen Blick zu Rockwell. Rockwell hob sein Daiquiriglas, und Will stellte ihn sich in einem Hafen vor, wie er inmitten der Eltern und verlassenen Geliebten stand und dem auslaufenden Schiff hinterherblickte. Rockwell war einst ein gutaussehender Mann gewesen, dem alle Möglichkeiten offengestanden hatten, und einen Moment lang bekam Will einen Eindruck von der Einsamkeit, die irgendwann jeden erwartete. Der kleinen Tüte mit Lebensmitteln, dem langen Aufstieg über die Treppe. Dann trat er hinter Matt aus der Bar.

Draußen hing ein feiner, funkelnder Eisnebel in der Luft. Matt hielt ein Taxi an, und damit endete ihr Gespräch. Er nannte dem Fahrer eine Adresse in Cambridge, etwa sechs Straßen von dem Haus entfernt, in dem Will gewohnt hatte, als er noch in Harvard war, setzte sich neben Will auf den Rücksitz und versank in Schweigen. Will stellte ihm ein paar Fragen, ganz einfache Fragen, nach seiner Ausbildung etwa oder seinem Geburtsort, doch Matt antwortete einsilbig und wandte den Blick nicht von der am Fenster vorbeihuschenden Stadt. Um seine Nerven zu beruhigen, suchte er bei Matt nach Anzeichen menschlicher Schwäche. Seine Fingernägel waren nicht besonders gepflegt. Sein Cologne (Will kannte die Marke) war billig und ordinär. Auch er mußte Träume haben, trotz seiner Schönheit und Figur manch eine Enttäuschung verwinden. Auch er war einst ein Kind gewesen, hatte vor Erbitterung gebrüllt.

Matt wohnte in einem hohen, braunen Ziegelbau, einem der Häuser, an denen Will früher immer vorbeigegangen und sich mit leichtem Schaudern gefragt hatte, wer aus freien Stücken in so etwas einziehen mochte. Matt schwieg noch immer, als er Will ins Foyer und zum Fahrstuhl geleitete. Matts Schönheit blieb auch im grellen Fahrstuhllicht makellos, doch sein Gesicht, die wie aus

Stein gemeißelten Züge, wirkten nicht mehr so offen und beruhigend gütig wie in der Bar und im Taxi. Plötzlich konnte sich Will nicht mehr vorstellen, ihn zu küssen. Das geht vorbei, sagte er sich. Was immer auch geschehen mag, bald bin ich wieder auf der Straße, in meinem Leben. Er überlegte, was er essen wollte, wenn er nach Hause käme. Bananen waren noch da, wenn auch ein bißchen überreif. Ein bißchen chinesisches Essen war noch übrig.

In Matts Wohnung standen lediglich stapelweise Kartons und ein Sitzsack. Die nackten weißen Wände flimmerten im hellen Licht der Kugellampe an der Decke. Nirgendwo gab es Schatten. Auf einen der Kartons hatte jemand mit ruhiger Hand das Wort *Platten* geschrieben. »Ich bin am Packen«, sagte Matt. »Ich ziehe übermorgen nach Washington.«

»Oh. Na denn, angenehme Reise.«

»Möchtest du ein Bier?« fragte Matt.

»Klar.«

Matt ging in die Küche und kehrte mit zwei Bierflaschen zurück. Überall war dieses Licht, farblos wie Leitungswasser. Laß dich darauf ein, sagte sich Will. Mach es, egal, was geschieht, und dann geh. Doch die Atmosphäre widerstrebte ihm. Dieses Zimmer war das Gegenteil von sinnlich. Er hatte das Gefühl, als explodierten Glühbirnen in seinem Gesicht. Er und Matt standen beisammen und tranken ihr Bier. Will kam sich in seiner Kleidung wie verloren vor. Seine Schuhe wirkten riesig. Ihm kam der Gedanke, daß er und Matt sich mißverstanden haben könnten. Vielleicht hatte Matt aus irgendeinem Grund nicht gemerkt, daß er in eine Schwulenbar gegangen war. Möglicherweise hatte er Will schlicht und einfach auf ein Bier zu zweit einladen wollen, bevor er sein bisheriges Leben aufgab und ein neues begann. Die Vorstellung gefiel Will – er brauchte sich nicht auf ein sexuelles Abenteuer mit jemandem einzulassen, der so unnahbar und vollkommen war.

»Was für eine Stelle trittst du an?« fragte Will.

»Ich darf dir den Namen von meinem Chef nicht verraten. Aber er hat ein sehr hohes Regierungsamt inne, und ich soll sein persönlicher Assistent werden. Es ist eine großartige Stelle. Ich hatte Glück.«

»Das klingt gut. Meinen Glückwunsch.«

»Danke.«

Sie tranken ihr Bier aus. Matt drehte die Flasche in der Hand und sagte: »Ich hab' das noch nicht oft gemacht. Für mich ist das irgendwie wirklich was Neues.«

»Oh«, sagte Will. »Du kommst also, sozusagen, grade erst dahinter?«

Matt zog die Schulter hoch, wog die Flasche in der Hand ab, und Will glaubte zu verstehen. Da war es, etwas Dumpfes, Namenloses, eine Art Unbeholfenheit. Alles tat sich auf; alles ergab einen Sinn. Matt war Neuling. Er war in der Bar aufgekreuzt, weil er nicht gewußt hatte, wohin er gehen sollte – vermutlich hatte er den Namen irgendwo gehört. Eine alte Furcht nistete in diesem vollendeten Körper. Endlich, nach jahrelangen Täuschungsmanövern, wollte sich Matt zu seiner Sehnsucht bekennen, bevor er sein altes Leben hinter sich ließ und in ein neues eintrat. Will spürte, wie ihn eine jähe Zärtlichkeit übermannte, ihm den Hals einschnürte.

»Es ist schwer, stimmt's?« sagte er. »Ich meine, ich war die ersten paar Male höllisch nervös.«

Matt nahm einen tiefen Schluck aus seiner leeren Flasche. In Ordnung, dachte Will. Er trat einen Schritt nach vorn, legte die Arme um Matts breite Schulter. Aus dieser Nähe konnte er Matts Schweiß riechen, dazwischen sein süßes Cologne. Ihm kam der Gedanke, daß sich hier ein Kreis schloß. Jetzt lag es an ihm, geduldig und großherzig zu sein, jemand anders dabei zu helfen, daß er zu sich fand. »Du brauchst vor nichts Angst zu haben«, sagte er. »Das hier ist etwas Gutes. Ich meine, laß locker. Ich kümmere mich um alles.«

»Gut«, sagte Matt, und er klang überraschend barsch. So als sei ihm nach langem, erbittertem Streit etwas zuerkannt worden, das ihm von Rechts wegen gehörte.

»Hast du noch ein Bett?« fragte Will. »Oder ist das bereits in Washington?«

»Es ist hier drin«, sagte Matt.

Er führte Bill ins Nebenzimmer, drückte auf einen Lichtschalter, und das gleiche Licht flammte auf. Das Zimmer enthielt ein Doppelbett, ungemacht, und weitere Kartons. »Großartig«, sagte Will. »Ich meine, freut mich, daß das Bett noch da ist.«

»Möchtest du mich ausziehen?« sagte Matt.

»Soll ich denn?«

»Ich frage dich.«

»Tja, jawohl. Ich mach's.«

Matt blieb mitten im Zimmer stehen und ließ sich entkleiden. Will streifte Matts Hemd ab, bat ihn dann, sich aufs Bett zu setzen, damit er ihm Schuhe und Socken ausziehen könne. »Gefällt dir das?« fragte Matt. »Ziehst du gern einen Typ aus?«

»Jawohl«, sagte Will. Irgend etwas stimmte nicht. Matt wirkte nicht nervös. Er wirkte verächtlich, bockig. Seine Stimme hatte einen höhnischen Unterton.

»Dachte ich mir doch.«

Will ermahnte sich, freundlich zu bleiben. Jeder Mann ging anders mit seinen Ängsten um. Am besten, er blieb freundlich, übte sich in Geduld und Geschick, wie ein liebender Vater. Er zog Matt Schuhe und Socken aus, stand wieder auf. Matt grinste.

»Ja, du magst das«, sagte er.

»Klar mag ich es«, sagte Will. »Wieso auch nicht?« Er öffnete Matts Gürtelschnalle, schob seine Hose und dann die Boxershorts bis auf die Knöchel herunter. Lächelnd stieg Matt aus seiner Hose. Er hatte eine leichte Erektion. Ein Kranz aus goldenen Haaren bedeckte seine Brust und zog sich in einer unregelmäßigen Linie bis hinab zu seinem Unterleib. Will sah, daß Matts Schwanz kleiner war als seiner. »Was hast du jetzt vor?« fragte Matt.

»Tja, ich glaube, ich ziehe mich ebenfalls aus«, sagte Will. Matt nickte. Will entkleidete sich rasch; er schämte sich ein bißchen wegen seines schmächtigen Fleisches, war aber stolz auf seinen Schwanz. »So«, sagte er, als auch er nackt war. Die beiden Männer schauten einander an.

»Und was hast du jetzt vor?« fragte Matt.

»Jetzt werde ich dich auf das Bett legen«, sagte Will. Er hoffte, daß es wie ein Befehl geklungen hatte, nicht nach einer Frage. Trotz seines Vorsatzes, väterlich und freundlich zu sein, wurde er das Gefühl nicht los, daß dies hier eine Prüfung war, die er entweder bestand oder verhaute.

»Ich leg' mich lieber selber hin«, sagte Matt ruhig. Lässig streckte er sich auf der Matratze aus, verschränkte die Arme hinter dem Kopf. Seine Achselhöhlen waren voller dunkelgelber Haare, und plötzlich wurde Will ungehalten. Dieser Mann war zu sicher, zu selbstgefällig.

»Beweg dich nicht«, sagte Will. »Bleib so, wie du bist.«

Er kniete sich auf das Bett, nahm Matts Schenkel zwischen die Beine. Er wußte, daß er in dem unbarmherzigen Licht bleich und dürr wirkte. Es störte ihn nicht. Er machte sich ans Werk. Er leckte Matts blasse Nippel, biß sie sanft, ließ den Mund langsam über Matts Bauch nach unten wandern. Er folgte der gezackten Haarlinie. Da war der Geruch von Matts Cologne und von Matt selbst, ein schwacher, aber herber Duft, wie Eisen an einem eiskalten Tag. Will ließ den Mund um Matts Schwanz kreisen. Matts Schwanz war klein und gerade, die Eichel dunkelrosa, der Schaft etwas heller. Er küßte Matts Schenkel, leckte seinen Hodensack, zupfte mit den Lippen leicht an seinem Schamhaar. Als Matt zu stöhnen begann, biß Will in seine Schenkel, fuhr mit der Zunge unter seine Eier. Will stellte sich vor, seine Zunge sei aus Feuer und Matts Fleisch ein Gefäß, das zum Kochen gebracht werden wollte. Da. Und noch einmal, da. Die Flamme wird dich überall berühren. Gleich wirst du ins Kochen geraten. Matt begann mit dem Hintern zu zucken, und Will berührte Matts Schwanz leicht mit den Lippen. »Ah«, stieß Matt aus, und Will nahm den Mund weg. Leide, dachte er. Sehne dich danach.

»Dreh dich um«, sagte er.

»Das ist prima so«, sagte Matt. Seine Stimme klang jetzt dünner, kehliger.

»Dreh dich um. Tu, was ich dir sage.«

Zu seiner Überraschung gehorchte Matt. Da waren sie, die goldenen Muskeln auf seinem Rücken, die Konturen seiner Wirbelsäule. Da war sein Arsch, so zauberhaft und unschuldig, daß Will beim bloßen Anblick einen trockenen Mund bekam. Er verehrte Männerärsche. Sie waren ein wohltuend kindlicher Körperteil. Wenn man den blanken Arsch eines Mannes sah, wurde einem klar, daß dieses große, polternde und aufbrausende Wesen voller Muskeln und überschüssiger Kraft einst furchtsam und klein gewesen war.

Will leckte Matts Kniekehlen, tastete sich langsam am Schenkel empor. Wieder stöhnte Matt. Sein Hintern zuckte. Als Will oben angelangt war, leckte er die Falte, wo der Schenkel in den Hintern überging. Er konnte kaum glauben, daß all dieses Fleisch, diese grenzenlose Fülle, zu seiner Verfügung stand. Er fuhr mit der Zunge an Matts Hinterbacken hoch, biß etwas heftiger in das Fleisch, als er beabsichtigt hatte, aber es schien Matt nichts auszumachen. Will biß in Matts Arsch, und er kam sich stärker, größer vor als je zuvor. Er war ein Kannibale, der einen Söldling gefangen hatte. Hier, bei ihm, war der große, weiße Mann aus der Welt des Geldes und der Kanonen nichts als Nahrung, bloß eine Mahlzeit. Er ließ die Zunge in den Spalt von Matts Arsch gleiten. Sein Arsch hatte einen säuerlichen, menschlichen Geruch an sich, und wieder wurde Will von einer Woge aus Begierde und Zorn erfaßt. Er dachte nicht an sein eigenes Vergnügen. Er mußte Matt verschlingen. Er mußte Matts Fleisch beherrschen, damit er nie wieder überheblich tat. Nie wieder würde er rüpelhaft sein. Will leckte die Spalte von Matts Arsch, stieß mit der Zunge in sein Loch. Ja, weißer Mann, ja, Waffenhändler, es gibt nichts, was ich nicht essen werde. Gegen Zungen und Zähne, gegen wahre Gier, kommen deine Kanonen nicht an. Ich werde sie verspeisen, alle deine Regeln und Gesetze. Deine Bockigkeit. Ich verspeise dich. Jetzt.

»Aaah«, schrie Matt. »Ach Gott.«

»Dreh dich wieder um«, befahl Will. Matt tat, wie ihn geheißen. Sein Schwanz war zum Bersten steif. Will leckte die Spitze, das weiche rosa Fleisch. Matt keuchte jetzt kurz und abgehackt, wie ein Sprinter. Bei jedem Atemzug stöhnte er tief und flehend auf. »Aaah? Aaah? Aaah?« Will ließ den Mund über Matts Schwanz gleiten. Jetzt esse ich dein Allerhöchstes. Jetzt kommst du in mich, und du wirst dich nie wieder zurückkriegen. Ich verspeise dich, und ein Teil von dir wird für immer in mir sein. Will nahm Matts Schwanz gänzlich in sich auf. Er fuhr mit dem Mund auf und ab, nicht zu schnell. Er kitzelte Matts Eier mit den Fingern, drang tiefer und stieß leicht an sein Loch.

Matt kam mit einem leisen Schrei, einem hohen, spitzen Ton, den Will nicht erwartet hatte. Matts Schenkel krampften sich um Wills Kopf, und Will versank in Matts Fleisch, das seine Ohren verstopfte, spürte Matts Saft, der seinen Mund ausfüllte.

Dann war es vorbei. Matts Schenkel lösten sich, und Will gab seinen Schwanz frei. »Uii«, sagte Matt.

Will lächelte. Matt zupfte an seinem Schwanz, führte die Finger an die Nase. Will war gespannt, was danach kam. Matt gähnte.

»Das ist es also«, sagte er. »Das ist alles.«

»Bloß der erste Akt«, sagte Will. »Geht's dir gut?«

»Mir geht's prima, Mann. Bestens. He, es ist schon spät. Ich muß jetzt schlafen.«

Will wußte nicht genau, was er meinte. Erwartete er, daß sie die Nacht zusammen verbrachten?

»Tja, es ist ein bißchen spät«, sagte er. Er war noch benommen von ihrem Beisammensein, seiner Erektion. Er wollte Matt kosen, für seine Geschicklichkeit gelobt werden, sich Matts ganzen großen, muskelbepackten Bauch vornehmen.

»Ich habe morgen einen schweren Tag vor mir«, sagte Matt. »Du solltest jetzt lieber gehen.«

»Richtig«, sagte Will. Sein Gesicht glühte, doch er brachte es nicht über sich, auch seinen Teil einzufordern. So sehr mochte er sich nicht erniedrigen. Er stand auf und zog langsam seine Sachen an. »Ich glaube, ich hab's dir nicht erzählt«, sagte Matt zu ihm, während er sich ankleidete. »Ich heirate demnächst.«

»Oh. Meinen Glückwunsch. Hast du zufällig irgendwo meinen linken Schuh gesehen?«

»Hast du schon mal ans Heiraten gedacht?«

»Nein. Noch nie.«

»Solltest du aber. Du bist ein guter Kerl. Du könntest ein richtig nettes Mädchen kriegen.«

»Daran liegt mir aber nichts«, sagte Will.

»Was willst du denn dann? Dein Leben lang das hier machen?«

»Das was?«

»Das hier.« Er holte weit mit den Armen aus, so als wolle er den ganzen kahlen Raum umfassen, ihre zwei Körper. »Schwulitäten.«

»Ich mag Schwulitäten.«

Matt schüttelte den Kopf. »Willst du mal ein Bild von dem Mädchen sehen, das ich heirate?« sagte er.

»Nicht unbedingt.«

Matt stand auf und ging nackt ins Zimmer nebenan. Er kehrte mit einem Bild in einem Silberrahmen zurück. Ein langer, feuchter Faden hing aus seinem Schwanz.

»Das ist sie«, sagte er. Er zeigte Will ein Foto von einem hübschen blonden Mädchen mit einem aufgeweckten, v-förmigen Gesicht und einer Perlenkette um den Hals.

»Hübsch, was?« sagte Matt.

»Sehr hübsch. Ich muß gehen.«

Matt stand mit dem Foto in der Hand da. Sein Gesicht war gerötet, die Augen blitzten. »Ich möchte dir etwas erklären«, sagte er.

»Was?«

»Ich habe das bloß gemacht, weil ich sehen wollte, ob es mir gefällt. Wenn man im Begriff ist, sich sein Leben lang zu binden, ist man natürlich ein bißchen neugierig. Und weißt du was? Mir ist schlecht geworden. Bei diesen Schwulitäten kommt mir das Kotzen.«

»Das tut mir aufrichtig leid«, sagte Will. »Gute Nacht.«

»Ich möchte mich also gewissermaßen bei dir bedanken. Weil du mir geholfen hast, zu mir zu finden.«

»Nicht der Rede wert.« Will verließ das Zimmer. Die Wohnungstür verschwamm ihm vor den Augen, als er nach dem Knauf tastete.

»Gute Nacht, Schwuchtel«, sagte Matt hinter ihm.

Als Will nach Hause kam, duschte er so heiß, daß er es gerade noch ertragen konnte. Er goß sich einen Schuß Bourbon ein, ging zu Bett. Als er die Geschichte später seinen Freunden erzählte, meinten sie, so etwas könne vorkommen. Manchmal geriet man eben an einen Widerling. Sein Freund Dennis erzählte ihm von einem gutgekleideten Mann mit sanfter Stimme, der ihn zwei Tage lang ans Bett gefesselt hatte, weil er anscheinend davon überzeugt war, daß Dennis' Gegenwehr nur ein besonders raffinierter Ausdruck seines Vergnügens sei. Rockwell konnte mit etlichen Geschichten über erniedrigende Begebenheiten in Fernfahrerkneipen, Parkanlagen und auf der Männertoilette des British Museum aufwarten. Jeder Schwule hatte seine Geschichten. Man hatte sie ausgeraubt, zusammengeschlagen, nackt mitten auf einer Schnellstraße in New Jersey abgesetzt. Das waren die üblichen Begleiterscheinungen; so was kam vor. In den Anekdoten, den Kriegsgeschichten, lebten sie fort, und sobald man so etwas erst einmal hinter sich hatte, steigerte es nur das Ansehen. Matt, der Nazi-Engel, wie Rockwell ihn bezeichnete, war nur eine Episode im großen Passionsspiel. »Denk doch mal an den armen Arsch, der jetzt mit 'nem netten, blöden Mädchen verheiratet ist, und sich immer in den Bars und Kinos rumdrücken muß«, sagte er zu Will. »Glaub mir, so was hab' ich oft genug erlebt. Die werden nur ekelhaft, wenn du einen bestimmten Nerv berührst. Leg 'ne Schweigeminute für den jämmerlichen Schmock ein, und dann mach weiter wie bisher.«

Will glaubte Rockwell. Dennoch machte ihm die Erinnerung an Matt zu schaffen. Es hatte etwas mit Matts ruhiger, hochmütiger Art zu tun, wie er nackt in dem hellen Licht gestanden hatte, mit dem Foto des Mädchens in der Hand. Will sah Matt vor sich, wie er im Anzug, mit weitausholenden Schritten, das Kinn energisch vorgeschoben, in einem verschwiegenen Regierungsgebäude verschwand, und jedesmal packte ihn eine eiskalte, brennende Furcht.

1979 Es war keine Affäre. *Affäre* war das falsche Wort für das, was Susan hatte. Es war – ja was? Ein Fehler, den sie sich gestattete. Eine andauernde Versuchung, der sie zeitweilig nicht widerstehen konnte oder wollte. Wenn sie an Frauen dachte, die eine Affäre hatten, stellte sie sich Hotelzimmer vor, tränenreiche Nachmittage, himmelhohes Verlangen und abgrundtiefe Reue. Hier ging es um Sex und um etwas anderes, eine eher artige Zuneigung, die erstaunlich viele Ähnlichkeiten mit den Freundschaften hatte, die sie in ihrer Kindheit eingegangen war. Affären geschahen mit Vorsatz; sie wurden durch ein mehr oder minder mühsames regelmäßiges Beisammensein aufrechterhalten. Sie und Joel hingegen schliefen einfach miteinander, wenn ihnen danach zumute war und die Umstände es gestatteten. Er war Baumdoktor. Sie wußte, daß man darüber schmutzige Witze reißen könnte, obgleich sie es ihrerseits nicht tat – sie war sich nicht ganz sicher, was dabei herauskommen würde. Sie und Todd wohnten noch keine drei Monate in dem Haus in Connecticut, als Joel wegen der großen Ulme kam, die irgendwie das Ulmensterben überlebt hatte, die einzige in einer Gegend, die einst wegen ihrer Bäume bekannt gewesen war. Als Todd und Susan das Haus gekauft hatten, hatten sie erfahren, daß man sie als Bewahrer von etwas Kostbarem betrachtete, einer Art Denkmal. Von seiten der Nachbarn wurde ihnen geraten – genauer gesagt, befohlen –, die Gepflogenheit des vormaligen Besitzers fortzuführen und alle sechs Wochen Joel kommen zu lassen, damit er über das weitere Gedeihen dieses auf unerklärliche Weise verschont gebliebenen Baumes wache. Für die Stadt Darien war der Baum ein Symbol der Errettung, ein Zeichen dafür, daß die Zukunft nicht gänzlich zerstört werden konnte, nicht einmal von der unersättlichen Gier einer Pilzkrankheit. Pflichtschuldig rief Susan Joel an, einen kleinen, leutseligen Mann um die Vierzig, der Pfeife rauchte, nach Tabak und Holz roch und etwas Scheues an sich hatte. Er war wie ein Wesen aus dem Wald, wachsam und jederzeit bereit zu fliehen. Wie ein Tier wirkte er behutsam und zugleich auf eine rätselhafte Art zielbewußt. Als er das erste Mal kam, sah Susan zu, wie er furchtlos die verchromte Ausziehleiter hinaufstieg, um einen abgestorbenen Ast abzusägen, und sie war beeindruckt, mit welcher Hingabe er sich seiner simplen Arbeit widmete, so als sei er mit ihr verheiratet. Mit raschen, gefühlvollen Bewegungen sägte er den Zweig ab, und sobald er abgefallen war, stieg er von der Leiter und trug ihn geradezu zärtlich zu seinem Kleinlaster, so als handle es sich um ein totes Haustier. Seine schwarzen Haare waren kurzgeschoren; er trug gelbe Arbeitsstiefel und eine grüne Karojacke. Susan spürte, daß er ein romantischer Mensch war, ein starker, tüchtiger Mann, der nur diesen einen Ehrgeiz besaß und der einen, so vermutete sie, in den Wald mitnehmen und alles, was es dort zu sehen gab, benennen konnte. Er pfiff vor sich hin; er fuhr einen Kleinlaster, auf dessen Tür in hellblauen Buchstaben sein Name stand.

Es geschah beim zweiten Besuch. Nachdem er sich den Baum angesehen hatte, kam er ins Haus, um seinen Lohn in Empfang zu nehmen. Susan bot ihm eine Tasse Kaffee an, er willigte ein, und dann standen sie in der Küche und redeten über die wundersame Errettung von Susans Baum. Nur über dieses eine Thema. »Eine seltsame Sache«, sagte er mit seiner sanften, monotonen Stimme. »Es gibt kein festes Schema, nirgendwo. Ein Tornado kann ein Haus plattmachen, einfach plattmachen, und eine Wand mit einem Regal voller Porzellantassen bleibt stehen. Porzellantassen. Und nicht eine ist zerbrochen.«

»Ich nehme an, genau da spielt dann das Religiöse hinein«, sagte sie, und er zuckte die Achseln, so als sei ihm jeder Verweis auf überirdische Dinge peinlich. Vermutlich war er ein Mann, für den nur das Reale, Greifbare zählte. Als er sich anschickte zu gehen, gab Susan ihm die Hand, und er schaute sie mit seinen sanften Tieraugen an. Er war taktvoll. Sie hätte lediglich den Blick senken und ihre

Hand wegziehen müssen. Doch sie zögerte, und sanft, voller Behutsamkeit, zog er sie an sich. Er war knapp zwei Zentimeter größer als sie. Er wußte irgendwie, daß er sie nicht auf den Mund küssen dürfte. Er küßte ihre Wange so zärtlich, daß es geradezu keusch wirkte. Dann küßte er ihre Stirn und ihr Haar. Wenn er versucht hätte, ihr den Hof zu machen, hätte sie ihn abgewiesen. Wenn er zudringlich geworden wäre, sie gepackt oder an die Wand gedrückt hätte, hätte sie ihn fortgeschickt und Todd im Büro angerufen. Sein Benehmen war es, seine schlichte und leicht scheue, freundliche Art, durch die alles Weitere möglich wurde. Sex, so schien er damit auszudrücken, sei die natürlichste Sache der Welt – das gehöre einfach dazu, wenn zwei Menschen auf diese Weise zusammenkommen. Sie ließ sich darauf ein, so wie sie in einem Gespräch mit jemand Älterem oder Gebildeterem auf einen unerwarteten Themenwechsel eingegangen wäre. Eng umschlungen standen sie im Vorsaal, und er flüsterte: »Was meinst du, wollen wir nach oben gehen?« Sie zögerte. Es gab nur eine Möglichkeit, wie sie es ihm beibringen konnte. »Ich nehme keine empfängnisverhütenden Mittel. Ich habe nichts im Haus.« – »Schon gut, schon gut«, versetzte er. »Das brauchen wir auch nicht.« Sie hielt erneut inne, musterte die geschwungene Holzgarderobe, die gestreiften Tapeten. Sie nickte. Als sie die Treppe hinaufstiegen, kam es ihr vor, als ob sie ihn weder führe noch ihm folge. Seine Hand ruhte auf ihrem Kreuz, doch er schob sie nicht voran. Er schien nur die Verbindung zwischen ihnen aufrechterhalten zu wollen, so als würde ihr ganzes Vorhaben zunichte gemacht, wenn sie abrisse. Sie war nervös und aufgeregt, doch zielbewußt ging sie den Flur entlang und ins Gästezimmer. Sie wollte nicht das Bett nehmen, das sie mit Todd teilte. Als sie auf dem Flickenteppich inmitten des bunt zusammengewürfelten Mobiliars stand – das Gästezimmer diente als eine Art Abstellplatz für ausrangierte Sachen –, kam ihr der Gedanke, daß sie erst neunundzwanzig und schon Besitzerin, Mitbesitzerin, dieses Hauses war, einer mit drei Schlafräumen ausgestatteten und von einem halben Hektar Land umgebenen Kolonialstilvilla, vermutlich ein weitaus imposanteres Haus als das, in dem Joel wohnte. Sie war die Herrin und zugleich williges Opfer von allem, was geschah. Sie ließ ihn ihre Bluse aufknöpfen. Sie war klaren Kopfes. Sie wußte, was vor sich ging. Wenn sie über dergleichen nachgedacht hatte, hatte sie sich immer vorgestellt, es handle sich um eine Art ohnmächtige, durch Trunkenheit und Leidenschaft ausgelöste Raserei. Doch jetzt sah sie geradezu kühl und gefaßt zu, wie er sie entkleidete und sich dann ebenfalls auszog. Sie war nicht stolz auf ihren Körper, schämte sich seiner aber auch nicht. Ihr Körper war eine Tatsache, er war genauso natürlich wie die Ulme draußen, besaß die gleiche unverbrüchliche Daseinsberechtigung. Sein Leib war fest, spärlich behaart, nicht so muskulös, wie sie sich vorgestellt hatte. Interessiert musterte sie seinen Penis – von Todd einmal abgesehen, kannte sie so etwas nur von Bildern her. Joels Penis war länger als Todds, die Eichel stumpfer und roter, und sie wußte, daß es angeblich auf die Größe ankommen sollte, doch das hatte für sie noch nie eine Rolle gespielt. Sie mochte Todds Penis, den rosig braunen Schaft und die zarte, lavendelfarbene Spitze. Joels Penis war derber, mit dicken Adern überzogen, und bei seinem Anblick befielen sie einen Moment lang Zweifel. Vielleicht, so kam ihr plötzlich in den Sinn, war dieser Penis eine Mißbildung, etwas Abnormes und Schädliches. Vielleicht sollte sie ihre Meinung ändern, ihn wegschicken. Beinahe hätte sie etwas gesagt, doch er nahm sie wieder in die Arme, bedeckte ihren Kopf und Nacken mit Küssen, und sie beschloß, es geschehen zu lassen. Hinterher sollte sie sich daran erinnern, daß sie einen Entschluß gefaßt hatte.

Er geleitete sie zum Bett, einem alten Doppelbett, das ihren Eltern gehört hatte, und schlug die Überdecke zurück. Sie war gerührt ob seiner Häuslichkeit, seiner Sanftheit. Sie schlüpfte unter die Decke und kam sich vor wie ein Mädchen in einem Märchen, das von einer Bestie mit gewaltigen Pranken und mächtiger Hinterhand gefangengenommen wurde, einer Bestie, die andere verschlang, sie jedoch anbetete. Sie hatte immer gedacht, etwas wie das hier sei mit Gefahr verbunden, mit scharfem Raubtierbrodem und zerreißendem Gewebe. Nie hatte sie sich vorgestellt, daß es angenehm und zärtlich sein könnte.

Joel schlüpfte neben sie, und sie legte ihm die Hand auf die Schulter. Er lächelte scheu. Sein Gesicht war weder häßlich noch schön. Es war einfach ein Gesicht, mit einer rundlichen Nase, ganz gewöhnlichen Augen und dichten struppigen Brauen. Er strich mit dem Finger über ihren Arm, berührte besänftigend, fast wie ein guter Freund, ihren Ellbogen. Das hier geschieht wirklich, dachte sie. So ist das also. Er hob die Hand an ihre Brust, streifte mit den Fingerspitzen über den Nippel, und sein Mund bildete ein O, so als ob auch er die Berührung spüre, sie überraschend angenehm empfinde. Seine Zeigefingerspitze kreiste um den Nippel, dann griff er unter ihre Brust und wog sie sanft in der Hand. »Hm«, flüsterte er. Sie war gerührt, aber nicht erregt, und sie glaubte bereits, alles werde ganz sanft verlaufen, harmlos und beiläufig. Sie würde nicht beteiligt sein; sie konnte sehen, wie sie das Bett machte, nachdem er gegangen war. Ihre Einstellung war vermutlich richtig: Sex war bestenfalls eine angenehme, aber nicht weiter wichtige Erfahrung, bei weitem überschätzt. Weil es keine Rolle spielte, weil das hier bald vorüber sein und sich nichts ändern würde, ließ sie ihre Hand auf seine Brust sinken. Sie wollte ihn erkunden wie eine Krankenschwester, und danach würde sie über das gleiche Wissen verfügen wie andere Frauen, eine Vorstellung von Gewicht und Gefüge eines Männerleibes haben. Es war eine natürliche Neugier, ohne jede Glut. Sie war zufrieden mit Todd. Doch manchmal hatte sie sich gefragt, inwieweit er Gemeinsamkeiten mit anderen Männern hatte und worin er sich von ihnen unterschied. Sie hatte sich gefragt, was andere Frauen meinten, wenn sie sich über die Männer ausließen, mit denen sie ins Bett gingen. Joels Brust fühlte sich unter einer dünnen Fettschicht fest an, so wie Susans Schenkel. Genau in der Mitte sproß ein Büschel gekräuselter Haare, die einen Kranz um seine Brustwarzen – sie waren länger als die von Todd, und weiblicher – bildeten und in einem spärlichen Streifen nach unten, über seinen leicht gerundeten Bauch verliefen. Mit zwanzig mußte er der Traum aller Mädchen gewesen sein, und beim Gedanken daran stellte sie ihn sich als Schuljungen vor. Ruhig, dachte sie. Sportlich, aber kein Held, weder gefeiert noch verachtet, einer der eher ausgeglichenen Jungs, die getreulich immer mit dem gleichen Mädchen (ein anständiges Mädchen, halbwegs hübsch, das im Schulchor sang) ging und es bald darauf heiratete. Mittlerweile mußte er seit über zwanzig Jahren verheiratet sein, und mit der Treue nahm er es nicht mehr so genau. Lächelnd beugte er sich über sie und legte den Mund an ihren Nippel, der entfernt seinem eigenen ähnelte. Es war ihr unangenehm, und beinahe hätte sie sein Gesicht weggestoßen, doch seine Lippen fühlten sich samtig an, und er küßte ihren Nippel, ohne daß sie einen Zahn spürte. Dann berührte er ihn mit der Zunge, und zum erstenmal reagierte auch ihr Körper – es war ein jähes, spitzes Kribbeln, bei dem sie scharf einatmete. Damit hatte sie nicht gerechnet. Er leckte den einen Nippel, und dann leckte er den anderen, und sie wurde hin- und hergerissen zwischen Lust und schmerzlichem Ziehen, wie sie es als kleines Mädchen empfunden hatte, wenn ihr Vater sie festgehalten und gekitzelt hatte. Sie vermochte nicht zu sagen, ob es ihr gefiel oder nicht. Das ziehende Kribbeln kam aus dem Bauch und reichte bis zur Kehle, und ohne die Lippen von ihr zu nehmen, ließ Joel die Finger über ihren Bauch zu ihrer Scham hinabwandern. »Oh«, sagte sie so laut, daß es sie selbst überraschte. Joels Finger strichen über ihr Schamhaar, stahlen sich gemächlich zwischen ihre Locken, und sie hatte das Gefühl, als erhebe sich ein Wind zwischen ihren Beinen. Dieser Eindruck sagte ihr zu, die Vorstellung, von einem Windhauch zwischen den Beinen berührt zu werden, und als er über ihr Schamhaar strich, wünschte sie, er möge sie etwas tiefer berühren. Was war, wenn er nicht mehr als das machte? Sie drängte ihr Becken seinem Finger entgegen, und als er ihn zurückzog, reagierte sie einen Moment lang ungehalten. Wer war er denn schon, dieser ruhige, unscheinbare Junge, der allmählich in die Jahre kam? Wofür hielt er sich eigentlich? Sie räusperte sich. Lächelnd sah er zu ihr auf, und langsam, küssend, glitt er mit dem Mund über ihren Bauch hinab. Er gab einen Ton von sich, ein schwaches Pfeifen und Stöhnen. Sie lag ruhig da, betrachtete seine Ohren und das dünner werdende Haar, wußte nicht genau, was sie wollte oder nicht wollte. Sie sah zu, wie er küssend über ihren Bauch strich, und dann wurde ihr klar, was er beabsichtigte. Todd hatte das nie getan; nie hatte er sich mit dem Mund dorthin gewagt. Sie mochte es nicht; sie fühlte sich dabei zu ausgesetzt, doch Joel küßte die Innenseite ihrer Schenkel, und sie bat ihn nicht darum aufzuhören. Sie wartete. Diese heftige Erregung war neu, unangenehm, und sie bekam Angst. Sie bedauerte, daß sie sich darauf eingelassen hatte. Sie wollte in ihrer Küche sein, allein, sich eine frische Kanne Kaffee aufsetzen, die Pflanzen gießen. Er schob sein Gesicht zwischen ihre Beine. Er berührte sie dort unten mit der Zunge. Es war wie ein Stromstoß, so als werde sie von etwas Heißem, Feuchtem durchzuckt. Sie stöhnte, obgleich sie es nicht vorgehabt hatte. Er leckte sie, öffnete mit den Daumen das Fleisch, und dann fand er sie. Er fand die Stelle, und er wußte es. Zuerst dachte sie, er habe sie nur zufällig gestreift – Männer wußten nichts davon –, doch er ließ die Zunge dort kreisen, und er wußte es, er wußte es, er hatte sie gefunden, und er wußte, daß er sie dort berühren mußte. Sie stöhnte jetzt lauter, sie wollte nicht aufhören. Sie legte die Hände an seinen Kopf, an seine borstigen, schütter werdenden Haarstoppeln, und hielt ihn fest, weil sie Angst hatte, er könnte aufhören. Sie hatte Angst, sein Wissen könnte vergänglich sein. »O Gott«, sagte sie. Dieses Rauschen in ihrem Blut, das war etwas anderes. Sie kannte das Gefühl, sich zu öffnen, das heftige, zuckende Ziehen, doch das hier ging viel weiter. Sie war ein jähes Auf und Ab gewöhnt, kurz und schnell. Einen warmen, roten Schatten, der vorüberhuschte und nur die Ahnung von etwas Heißem, Hitzigem hinterließ. Das hier hörte nicht auf. Seine Zunge war unerbittlich, sie fand sie immer wieder, und sie wand sich, als hoffe sie so, der Zunge zu entrinnen, doch es gelang ihr nicht – sie fand sie und fand sie immer wieder, und sie schrie laut auf. »Oh, oh, oh, o Gott, oh.« Und noch immer öffnete sich etwas in ihr, eine ungeheure fleischige Kluft.

Es konnte nicht sein, sie konnte sich nicht noch weiter öffnen, das hielt sie nicht aus, es zerriß sie. Und er fand sie und fand sie immer wieder, und sie wurde hochgerissen und höher. Es brach über sie herein und erfüllte sie, und sie verlor den Halt, doch es kümmerte sie nicht, sie war in sich, und die Flut wollte nicht enden, die heißen, feuchten Stöße, sie wollten nicht enden, und dann, endlich, hörten sie auf.

Er hob das Gesicht, lächelte sie an. Sie betrachtete ihn mit einer gewissen Verständnislosigkeit, einer leichten Betretenheit, die allmählich zunahm. Sie sah, daß sie mit einem dünnen Schweißfilm bedeckt war. Zärtlich küßte er ihre Kniebeuge. Er strich sich eine Haarsträhne aus der Stirn.

Und dann fing sie an zu weinen. Sie hatte nicht damit gerechnet. Es begann ganz leise, war zunächst nicht mehr als ein feuchtes Brennen in ihren Augen, doch als sie Joels treuherziges Gesicht sah, ging es in einen Weinkrampf über, nicht laut, aber von tief innen, gelegentlich von einem keuchenden Atemzug begleitet. Sie ließ den Tränen freien Lauf. Sie war traurig und erleichtert zugleich, so als sei sie einem schlichten Glücksgefühl entronnen und habe etwas Größeres, Schwierigeres und Verheißungsvolleres entdeckt. Joel streichelte ihr Haar. »Schon gut, schon gut«, flüsterte er, und sie stellte sich vor, daß er auf diese Weise mit den Bäumen sprach, wenn er im Geäst saß und kranke Stücke entfernte.

Als sie sich ausgeweint hatte, zogen sie beide wieder ihre Sachen an und gingen zusammen den Flur entlang, vorbei an der geschlossenen Tür zum dritten Schlafzimmer, das als Kinderstube gedacht war. Susan fand sich nicht gleich zurecht, so als wäre sie mitten in der Nacht in einem neuen Haus aufgewacht, das ihr zunächst fremd vorkam, bis sie feststellte, daß sie tatsächlich dorthin gehörte. Da war die gestreifte Tapete, die sie ausgesucht hatte, dort, am Fuß der Treppe, hing der wertvolle alte Spiegel. An der Haustür blieb Joel stehen. Seine mit Harzflecken bedeckten Arbeitsstiefel hatten fast die gleiche Farbe wie die gefirnißten Kieferndielen. Er ergriff ihre Hand.

»Das war schön«, sagte er.

»Meinst du?« sagte sie. Dann lachte sie und wischte sich über die Augen. »Ja. Es war schön.«

Er hätte es so leicht zunichte machen können. Er hätte schlüpfrig oder selbstzufrieden sein können. Er hätte, sei es durch seine Haltung oder seine Miene, andeuten können, daß er sie bemitleidete. Er hätte sie fragen können, wann sie es wieder tun wollten.

»Tschüß«, sagte sie.

»Wiedersehen.« Er öffnete die Tür, und sie trat mit ihm hinaus auf die Veranda. Es war noch immer warm und freundlich. Es war immer noch Herbst. Sie wohnte nach wie vor an einer von malerischen Kolonialstilvillen gesäumten Straße in Darien, und vor den Haustüren lagen grinsende Kürbisköpfe. In ein paar Tagen würden sich anderer Leute Kinder verkleiden, an den Türen klingeln und Süßigkeiten verlangen.

»Oh«, sagte sie. »Hast du an deinen Scheck gedacht?«

Er legte die Hand auf die Brusttasche seiner Jacke. Sie mußten beide lachen. »Hab' ihn«, sagte er. Er ging hinaus zu seinem Laster und fuhr weg. Er winkte ihr von der Straße aus zu.

Sie war selbst überrascht, daß sie eine Woche später auf dem Weg zum Supermarkt anhielt, als sie seinen Kleinlaster sah, und ihn kurzentschlossen ansprach. Er arbeitete auf dem Gelände einer Grundschule, wo er bunt zusammengewürfelte junge Bäume stutzte, die man offenbar angepflanzt hatte, damit die Ansammlung fahler, flacher Bimssteinbauten etwas weniger schroff wirkte. Er trug seine Stiefel und einen marineblauen Pullover, dazu Jeans, die zu tief auf der Hüfte saßen. An den Fenstern des Flachbaus hinter ihm klebten bunte Blätter aus Bastelpapier.

»Hallo«, sagte er, und er freute sich sichtlich über den Besuch. Seine Augen waren braun, eher gewöhnlich. Seine Haut glühte im trüben Tageslicht.

»Hallo.« Einen Moment lang herrschte Stille. »Ist es dir recht, daß ich kurz angehalten habe?«

»Klar«, sagte er. »Klar, warum nicht?«

»Na ja. Ich weiß nicht. Hast du keine Frau?«

»Oh, wir leben weitab vom Schuß. In Wilton. Die kommt nicht hierher. Bestimmt nicht. Geht's dir gut?«

Sie nickte. »Ich habe so etwas noch nie getan«, sagte sie. »Ich nehme an, das sagen sie vermutlich alle.«

Er zuckte die Achseln. »So viele gibt's da nicht.«

»Ach, komm schon.« Sie war nicht eifersüchtig. Sie wollte, daß es etwas durchaus Übliches war; sie wollte das Gefühl haben, in eine Gemeinschaft aufgenommen worden zu sein.

Wieder zuckte er die Achseln und lachte. »Okay. Es gibt ein paar.«

»Ich sollte besser gehen«, sagte sie. »Wir haben uns wiedergesehen und, ich weiß nicht. Es wäre mir komisch vorgekommen, wenn ich einfach vorbeigefahren wäre.«

»Es ist schön, dich wiederzusehen«, sagte er.

»Vielleicht sehen wir uns noch mal. Ich meine, vor der nächsten Baumuntersuchung. Bin ich zu forsch?«

»Nein. Es wäre schön, dich wiederzusehen. Ich würde mich freuen.«

»Ich glaube, du solltest nicht mit dem großen Laster kommen«, sagte sie. »Du weißt schon, die Nachbarn. Gott, klingt das komisch. Ich benehme mich ja wie eine grüne Witwe.«

»Du kannst auch bei mir im Büro vorbeikommen«, sagte er. »Die Adresse hast du ja. Es ist drüben in Norwalk. Du könntest dort vorbeikommen.«

»Könnte ich. Wie wär's mit Dienstagnachmittag?«

»Vier Uhr? Vier Uhr wäre gerade recht.«

»Das ist ein bißchen spät«, sagte sie. »Ginge es auch um drei?«

»Ich hab' einen Auftrag in New Canaan. Bis halb vier müßte ich zurück sein.«

»In Ordnung. Dann also um halb vier.«

»Okay.«

»Bis dann.«

»Okay. Bis dann.«

Sie stieg wieder in ihren Wagen und fuhr zum Supermarkt. Sie konnte es kaum glauben, es war zu seltsam. Es gab keinen inneren Aufruhr, keinerlei Gefühlschaos. Lediglich eine Terminabsprache und dieses bekümmerte, aber unmißverständliche Gefühl der Erleichterung.

Sie war selbst überrascht, daß sie sich zu Joel nach Norwalk davonstehlen und Todd dennoch weiter lieben konnte. Sie hatte sich vorgestellt, daß Hingabe begrenzt sei. Sie hatte immer geglaubt, Liebesfähigkeit wäre eine Art Energie, und wenn man sie auf jemand Neuen konzentrierte, müßte man jemandem, den man bereits liebte, den entsprechenden Anteil an Zuneigung vorenthalten. Doch ihre Liebe zu Todd hielt weiter an; manchmal schien sie eher zugenommen zu haben. Sie ließ ihm ihre ganze Zärtlichkeit zukommen. Sie richtete ihn nach wie vor mit Freuden auf, wenn er von seinem schweren, gestrengen Tagewerk in der Stadt zurückkehrte. Das Ausmaß an Arbeit, das er sich seit dem College auflastete, so hatte sie inzwischen festgestellt, würde nie abreißen. Zu Unrecht hatte sie geglaubt, nach Abschluß seines Studiums sei er ein fertiger Mensch, angesehen und frei. Die Plackerei in Yale war keine Prüfung gewesen, sondern nur der Auftakt zu einem Leben voller endloser Plackereien. Inzwischen war klar, daß die ganze Arbeit nur zu weiterer Arbeit führte. Sein Wert würde stets in Frage gestellt werden, und er würde sich wieder und immer wieder beweisen müssen. Der Wettbewerb würde allenfalls noch härter werden, die Hürden noch höher, je mehr minder begabte Männer ausschieden. In Todds Kanzlei wurden nur die Besten genommen, und man rechnete damit, daß hinterher die Hälfte wieder entlassen werden würde. Todd hatte nicht die Absicht, wieder entlassen zu werden, und er hatte auch nicht die Absicht, zu guter Letzt lediglich als erfolgreicher Anwalt dazustehen. Er wollte Einfluß nehmen. Er wollte ein neues Rechtssystem begründen. Er beriet den Stadtplanungsausschuß von Darien, wann immer er es terminlich einrichten konnte, und er stand dem Schulbeirat mit Rat und Tat zur Seite. Er sorgte dafür, daß man ihn kannte. Er glaubte aus gutem Grund, daß er es eines Tages zum Abgeordneten oder gar zum Senator bringen könnte; und es könnte sogar noch mehr dabei herausspringen. Nichts und niemand konnte ihn aufhalten. Er war klug und gutaussehend, er besaß einen gewissen würdevollen, ungefährlichen Charme. Er war mit einer klugen und gutaussehenden Frau verheiratet, die gearbeitet hatte, um ihm das College und das Jurastudium zu ermöglichen, und jetzt am örtlichen College studierte. Die Vorstellung, daß sie schreckliches Unheil anrichtete, wenn sie entdeckt würde, kam Susan fremd und unfaßbar vor, so ähnlich wie die Schauergeschichten über die Strafen, die man der Hexerei bezichtigten Frauen zugefügt hatte. Sie tat nur das, was notwendig war, lebte am Rand eines Waldes, weitab von dem, was Todd unter seiner Welt verstand. Sie verrichtete ihre Hausarbeiten, nahm an ihren Kursen teil, tröstete ihren Mann nach langem, mühseligem Tagewerk.

Die Sache mit Joel gedieh weiter. Sie wollte nicht mehr als Sinnlichkeit und eine schlichte Freundschaft. Sie war nicht auf Liebe aus. Sie kümmerte sich nicht um Empfängnisverhütung. Inzwischen ging sie ohnehin davon aus, daß sie keine Kinder bekommen konnte. Und genau das gefiel ihr an Joel: daß sie nicht an ein Baby zu denken brauchte, nicht an Versagen oder Unfähigkeit. Bei Joel suchte sie das reine, schamlose Vergnügen. Sie ritt ihn, stieß diesen großen, roten Schwanz in sich hinein. Sie drängte sich seinem Gesicht entgegen, verkrallte sich schreiend in seinen Haaren, damit er ja nicht aufhörte. Niemals hätte sie damit gerechnet, mit diesem hitzigen Hochgerissenwerden und diesem inneren Bersten. Niemals hätte sie sich vorgestellt, daß sie so darin fortgeschwemmt werden würde. Hinterher, auf der Heimfahrt, kam sie sich vor wie gereinigt, erleichtert, so als sei sie von einer Staubschicht befreit. Die kalte Luft fühlte sich anders an. Sogar der Rock lag anders auf ihren Schenkeln.

Im darauffolgenden September rief eines frühen Morgens ihre Mutter an. »Hallo, mein Schatz«, sagte sie fröhlich, aber mit einem verhärmten Unterton, und Susan wußte augenblicklich, daß irgend etwas vorgefallen war.

»Mama. Was ist los?«

»Nun ja, ich muß dir etwas mitteilen.«

»Was denn? Mama, was ist passiert?«

»Liebling, ich habe deinen Vater gebeten auszuziehen. Er wohnt vorerst im Garden City Hotel.«

»Was? Was meinst du damit?«

»Wir haben uns getrennt. Ich weiß nicht genau, wie es weitergehen wird. Tut mir leid, daß ich dir das am Telefon erzähle, aber ich dachte, du solltest es wissen.«

»Was ist passiert?«

»Ach, das hat sich schon seit langem angebahnt, mein Schatz«, sagte ihre Mutter. »Du hast doch bestimmt gewußt, daß dein Vater und ich immer, nun ja, ein bißchen Schwierigkeiten hatten.«

»Aber wieso jetzt?« sagte Susan.

Ihre Mutter stockte. Ein schwaches statisches Rauschen hing in der Leitung. »Weißt du, worum es wirklich geht, mein Schatz?« sagte ihre Mutter. »Es ist so, daß ich endlich zu mir komme. Ich bin keineswegs eine Frauenbewegte oder so etwas Ähnliches geworden, glaube mir. Ich geh' jetzt nicht hin und verbrenne meine BHs. Aber, ich weiß nicht recht, wie ich es sagen soll. Ich nehme an, ich weiß schon seit langem, daß ich mein eigenes Leben brauche. Dein Vater und ich haben euch Kinder großgezogen, wir waren damit ausgelastet, und nun, da ihr alle auf eigenen Füßen steht, müssen wir ebenfalls für uns allein sein. Kannst du das verstehen?«

Susan hatte sich verkrampft. Sie konnte an nichts anderes denken, als daß sie versagt hatte. Sie war entdeckt worden. Sie wußte nicht mehr, was sie meinte. Sie wußte nicht mehr, was sie dachte.

»Ich weiß nicht«, sagte sie. »Ich weiß nicht, was ich sagen soll.«

»Das ist bestimmt ein Schock«, sagte ihre Mutter. »Ich kann es verstehen.«

»Ich muß Schluß machen.«

»Susan, alles wird gut werden. Wir sind nach wie vor eure Eltern, daran hat sich nicht das Geringste geändert.«

»Mutter, ich muß wirklich Schluß machen. Ich kann im Moment nicht mit dir reden.«

»Tu, was du für richtig hältst. Ich kann es verstehen.«

»Du verstehst es nicht«, sagte Susan. »Du verstehst gar nichts.«

»Ich mache dir keinen Vorwurf, daß du wütend bist.«

»Vielen Dank.«

»Dein Vater, nun ja. Sein Temperament. Ich wollte ja bloß ...«

»Ich muß Schluß machen. Tut mir leid.«

»Okay, mein Schatz. Tu, was du möchtest.«

Susan saß am Eßzimmertisch, als Todd nach Hause kam. Sie hatte ihn nicht im Büro angerufen. Sie hatte niemanden angerufen. Sie hatte den Hörer in der Hand gehalten und die Finger auf die Tasten gelegt, sie hatte vorgehabt, ihren Mann anzurufen, ihren Bruder und ihre Schwester, irgendwen. Dann hatte sie die Hand weggenommen und war ins Eßzimmer gegangen, wo sie sich an den Mahagonitisch gesetzt hatte, den sie von ihren Eltern zum Einzug geschenkt bekommen hatten. Sie ließ das Telefon klingeln, als jemand anrief, dann noch jemand und dann ein Dritter. Ihr war übel und schwindlig, so als wäre sie seekrank. Durch die großen Glasflügeltüren konnte sie den Garten sehen, das leuchtend grüne Gras. Als sie und Todd sich für das Haus entschieden hatten, hatten sie einander auf den Garten aufmerksam gemacht, der ein gutes Stück von der Straße entfernt war und reichlich Platz für eine Schaukel, einen Sandkasten und ein Planschbecken bot. Im Geäst der berühmten Ulme ließe sich sogar ein Baumhaus bauen. Jetzt stürzte alles auf sie ein – wieviel sie aufs Spiel gesetzt hatte, wie selbstsüchtig sie gewesen war. Sie erkannte nun – wie hatte sie das nur übersehen können? –, wie zart und zerbrechlich alles war. Sie hatte einen schrecklichen Fehler begangen, und sie konnte ihn nicht als Versehen hinstellen, als eine kurze fleischliche Schwäche. Sie hatte gelogen. Sie hatte es wieder und immer wieder getan. Obgleich sie nicht religiös war, betete sie jetzt, als sie allein im Eßzimmer saß. Bitte mach, daß ich ungestraft davonkomme, und ich werde mein Leben lang brav sein. Fast zwei Stunden lang blieb sie auf dem Queen-Anne-Stuhl aus Mahagoni sitzen. Sie rührte sich nicht, und nach einer Weile dachte sie an gar nichts mehr. Sie hatte keine Ahnung, wohin sie gehen sollte, was sie mit sich anfangen sollte, und so unternahm sie gar nichts. Als Todd nach Hause kam, fand er sie im Dunkeln vor. Er stürzte zu ihr und sagte: »Liebling, was tust du da?« Da war sein Geruch, da war seine Betroffenheit, da waren die vertrauten Gesten.

»Dasitzen«, sagte sie. »Ich sitze einfach da.«

»Warum? Was gibt es? Was ist passiert?«

»Meine Mutter hat heute angerufen. Sie und Papa wollen auseinander.«

»Was?«

»Auseinander, sich *trennen*. Er ist ins Hotel gezogen.«

»Herrgott«, sagte Todd. »Weißt du mehr drüber?«

»Ich, ach, ich kann nicht.«

»Liebling. Oh, mein Liebling, das muß ein Schock sein, ich weiß.«

»Ich. Ach, da ist so viel.«

»Komm«, sagte er. »Komm mit in die Küche. Ich mache uns etwas zu essen, und danach bringe ich dich zu Bett. Okay?«

»Okay.«

Er bereitete für sie beide Rühreier mit Speck zu, und nach dem Essen brachte er sie nach oben und schlug die Überdecke auf ihrem Bett zurück – es wirkte ebenso zärtlich wie bei Joel im Gästezimmer. Ihr Gesicht glühte vor Scham. »Geh mit mir ins Bett«, sagte sie. »Okay? Bleib nicht auf und arbeite, lese nicht.«

»Klar«, sagte er. Er zog sich aus und legte sich zu ihr ins Bett. Sein Körper war so wie immer, sein Körper eben, beinahe so vertraut wie ihr eigener. Sie versuchte nicht auf seinen Penis zu starren, dessen Farbe und Form so wunderbar alltäglich waren.

»Ich dachte, sie hätten das Schlimmste überstanden«, sagte sie. »Ich dachte wirklich, wenn sie erst mal so weit miteinander ...«

»Laß ihnen Zeit«, sagte Todd. »Ich wette, der alte Constantine ist nach einer Woche wieder da.«

»Vielleicht. Ich bin mir da nicht so sicher.«

»Glaub mir. Was sollen sie denn ohne einander tun?«

Sie legte die Hand auf seine glatte, geschmeidige Brust. Eine Leere tat sich in ihr auf, und eine nie gekannte Furcht erfaßte sie. Vergib mir, sagte sie insgeheim. Ich will's nie wieder tun. Sie küßte Todd, strich mit den Fingern an seinen Rippen entlang. »Oh, ich liebe dich«, flüsterte sie, den Mund dicht an sein Ohr gelegt. »Ich liebe dich so sehr.«

»Ich liebe dich auch, meine Süße«, sagte er.

Sie küßte ihn zärtlich auf den Mund. Er war ihr einziger, wahrer Freund, und sie hatte ihn betrogen. Der Kuß wurde erwidert, und er wälzte sich herum, bis er über ihr war. Sie öffnete die Beine, und er glitt in sie hinein zum erstenmal, seit wann? Einem Jahr? Länger? Da war er, er drang in sie ein, und da war das altvertraute, hitzige Aufwallen, der rote Schatten. Sie lag da wie immer, hatte die Hände auf den harten Muskeln an seinem Rücken und knetete sie weich. Voller Dankbarkeit küßte sie ihn auf Wange und Ohr. Die altbekannte Wärme erfüllte sie, die wohltuend flackernde Erregung. Sie paßte genau auf, daß sie sich nicht ungewöhnlich verhielt, nichts von dem anwandte, was sie bei Joel gelernt hatte. Sie hätte Todd bitten können, etwas langsamer zuzustoßen, ihr ein bißchen Zeit zu lassen, bis sie soweit war. Sie hätte ihn bitten können, sie dort unten mit der Zunge zu berühren. Doch dann wüßte er Bescheid, er käme darauf. Sie fühlte sich wie durchsichtig, so als trage sie ihre Treulosigkeit offen zur Schau. Ihre Gier und Geilheit, ihren zerstörerischen Charakter. »Todd, oh, ich liebe dich«, flüsterte sie. Er verzog das Gesicht, seufzte auf, ließ sich zur Seite sinken und legte kameradschaftlich den Arm über ihre Brüste. Er küßte sie, und sie lag neben ihm und betete still vor sich hin. Wenn sich in drei Wochen herausstellen sollte, daß sie schwanger war – möglicherweise von Todd, wahrscheinlicher aber von Joel –, würde sie ein letztes Gelübde ablegen. Sie würde auf ewig treu sein. Sie würde ihren Unterricht abbrechen, nicht mehr an einen Beruf denken. Sie würde vollkommen sein, unfehlbar, ein Muster an Freundlichkeit und guten Taten.

1982 Bei seinem Anblick, wie er nackt auf der Feuerleiter stand und »Didn't It Rain« sang, während die Finsternis um seinen dunklen, graziösen Körper lichter wurde und die Nutte eine Etage höher schrie, er solle das Maul halten – bei eben diesem Anblick wußte Zoe genau, was es mit der Liebe auf sich hatte. Sie saß auf der Matratze und summte »Dunkler Engel«. Nur diese beiden Worte, ein ums andere Mal, während Musik die heller werdende Luft erfüllte und die wütende Nutte an der Decke den Kontrapunkt stampfte. »Heut' nacht hab' ich einen dunklen Engel zu Gast.« Wenn Zoe das Talent dazu besäße, würde sie den Song schreiben. Schwarze Schwingen, schlanke Flanken, geschmeidig zuckende Muskeln auf blankem Gebein. Kein sterbliches Fett. Noch immer spürte sie das LSD in ihrem Blut, und sie summte: »Dunkler Engel an meinem Fenster.« Er hatte gesagt, er wolle eine Hymne auf Annie singen, die mit wirrem Haar irgendwo im East River trieb, ein stummer Engel der Ertrunkenen, schwerelos inmitten glitzernder Fische und verlorener Geschmeide. Zwischen ihm und dem Wasser gab es noch andere Menschen, doch für die war diese Musik nicht gedacht.

»He«, sagte Zoe, und sie sah, wie der Ton den Dunst im Zimmer durchschnitt. Sie sah, wie er genau zu Levon hinschoß. »He.«

Er hörte nicht auf. Sie sah, wie ihr Ton in sein Ohr eindrang und dort blieb. Jetzt war noch etwas von ihr in ihm. Er gab es nicht immer zurück.

Am liebsten hätte sie gesagt: »Komm her, komm wieder ins Bett«, doch sie wollte nicht so viele Töne hergeben. Sie wollte nicht, daß er sie alle behielt. Sie stand auf und wickelte die Decke um sich. Orientmuster. Der Stoff prickelte in der kühlen, klammen Luft. Ein Strahlenkranz erstand und folgte ihr über die Dielen zum Fenster.

»He«, sagte sie erneut und stieg hinaus. Von oben dröhnte die Stimme der Nutte herunter. »Ihr scheißverfluchten Irren, haltet's Maul, oder ich hol' die Polizei.« Sie würde niemanden holen. Zoe tat es leid, daß sie ihren Namen nicht kannte. Floretta war lieb gewesen und Luz komisch und voller Gram, doch seither waren drei andere Mädchen eingezogen, und alle waren sie wie schwarze Löcher, ohne jeden Glanz oder Großmut, voller Niedertracht. Man konnte sie nicht beim Namen kennen.

»Levon«, flüsterte sie, ein klares Wort, das er ruhig behalten konnte, weil es ihm ohnehin gehörte. Er sang weiter. Er war in seinen Gesang versunken. In den Wohnhäusern auf der anderen Seite des Friedhofs brannte vereinzelt Licht. Zoe dachte, die Leute könnten herausschauen und Levon sehen, der nackt und vollkommen im ersten, zögernden Tageslicht seine Hymne sang. Vielleicht empfinden sie es als Trost, dachte sie, oder sie haben Angst. Ein großer Schwarzer, dessen Gesang über den Friedhof schallt. *Das jüngste Gericht, just als ihr euren Kaffee aufsetzen und nachgucken wolltet, ob die Socken über Nacht auf der Heizung trocken geworden sind.*

»Levon, hier draußen ist es wie im Meer.« Sie wußte nicht genau, was sie meinte, doch wenn sie ihren Mund nur machen ließe, so stellte sie fest, würden Dinge dabei herauskommen, von denen sie noch keine Ahnung hatte. »Es ist, als stünde man am Rande von Atlantis«, hörte sie sich sagen. Und allmählich verstand sie sich. In diesem letzten, dunstigen Dämmerlicht war New York wie eine versunkene Stadt voller tiefdunkler Grotten, während der Himmel darüber lichter und heller wurde. Eine wäßrige Stille umfing den alten Friedhof, und ein mit Rankenfußkrebsen überwucherter Grindwal schwamm träge zwischen den Grabsteinen und den Lichtern dahin. Fische flitzten umher, flink und quecksilbrig wie Gedanken.

»Oh, Levon«, flüsterte sie. »Ist das nicht seltsam? Ist das nicht einfach schön und, na ja, *seltsam?*«

Sie wußte, daß er sie hören konnte. Er hörte alles. Auf Töne zu achten hatte er sein Leben lang gelernt. Aber er ging nie ein Risiko ein. Er war ein Fischer, der seinen Fang behielt.

Sie streichelte seine harten Schulterblätter, ließ die Finger an seinem Rückgrat hinabwandern. Levon war völlig sichtbar. Da waren seine Muskeln, die unter der satinartigen, auberginefarbenen Haut zuckten. Da war seine Wirbelsäule. Unter der Haut waren seine Körperfunktionen zu spüren, so wie bei anderen Männern die Nacktheit unter der Kleidung spürbar war, und sie stellte sich vor, wie sie ihn auszog, die Haut von den tiefroten Muskelsträngen schälte und nach Lunge und Eingeweiden griff. Sie stellte sich vor, wie sie sein fleischiges, glänzendes, ungebärdig vor sich hinpochendes Herz herausnahm und in Händen hielt. Levons Körper war so offenkundig, so bar jeder Scham und Rätselhaftigkeit. Sein einziges Geheimnis beherbergte er in seinem Hirn, wohin er sich bei Bedarf zurückzog und wo nichts, weder Zärtlichkeit noch Sex oder Sinneslust, zu ihm vordringen konnte.

»Levon«, sagte sie, und sie war froh, daß er nicht reagierte. Was wollte sie ihm eigentlich sagen? Daß sie ihn so sehr liebte, daß sie ihn ausweiden wollte, Organ für Organ, und seine Einzelteile der über den Wohnhäusern aufgehenden Sonne zum Gruß darbieten. Daß sie gleich hier, auf der Feuerleiter, mit ihm ficken, ausgelöscht, besungen und herumgewirbelt werden wollte, bis sie etwas anderes war, eine beliebige Gestalt in der sich verändernden Welt.

Er beendete sein Lied, als ihm danach zumute war. Während sie wartete und mit offenen Händen über seinen straffen Rücken strich, erkannte Zoe, wie es einem als Frau eines Schiffskapitäns erging, wenn der Geist des Gatten zu einem kam und die Nachricht von dessen Tod eine Stunde vor Eintreffen des Boten überbrachte. Sie erkannte das jähe Erschrecken, den Nachhall und die hohle, eitle Bestätigung. Trauern war etwas Eindeutiges, ein schlichter Schmerz. Von nun an würde das Leben einfacher sein. Kein Kopfzerbrechen mehr, ob er in Sicherheit war. Nie wieder Sorgen, daß seine Liebe abflauen und brüchig werden könnte.

»Levon«, sagte sie einmal mehr, nur um zu sehen, wie sein Name in der Luft Gestalt annahm.

»Mmm.« Er klang immer so sanft und vorsichtig. So als könnte jemand zuhören, Notizen machen, Pläne für eine Zukunft schmieden, in der Levon weniger zählte.

»Baby, es wird hell. Komm lieber rein, sonst wirst du noch verhaftet.«

Er nickte. Die Muskelstränge an seiner Schulter bewegten sich wie dünne, träge Schlangen in der Sonne. Er stand da, als überlege er, ob eine Festnahme erwägenswert wäre. Etwas Reinigendes, hart, aber lohnend. Dann wandte er sich zu ihr um. Sein steifes Geschlecht stieß an ihre Hüfte, und sie dachte: ›Er hat mit einem Ständer hier draußen gestanden und eine Hymne gesungen.‹ Er hielt sie fest. Die Nutte oben schrie nach der Polizei.

Zoe konnte sich nicht erinnern, daß sie hineingegangen waren. Es geschah einfach; sie waren draußen, und dann waren sie drin. Sie waren wieder auf der Matratze, fickten miteinander, und ihr Stöhnen und feuchtes Flutschen erfüllte den Raum. Der Trip wollte nicht abklingen. Zoe spürte seinen Schwanz in sich, und sie spürte die Farben, die durch ihr Blut schossen, die heißen Orange- und Gelbtöne, glitschig und schrill, wie prickelnde Wasserstrahlen. Sie spürte sich, wie sie die Beine um Levons Schulter geschlungen hatte, wie sie wimmerte, und sie spürte das Zimmer, die mit Laken und Decken verhängten Möbel, die Bilder in den abblätternden Goldrahmen. Sie sah, daß es eine Rumpelkammer war, in der nur das Warten hauste. Beim Ficken verlor sie langsam den Bezug zu sich. Sie trieb dahin. Sie stellte fest, daß sie und Levon in einem toten Raum fickten, in einem Haus voller Nutten, Drogensüchtiger und steinalter, geduckter Frauen. Irgendwo in einem Zimmer kochte jemand ein Ei. Irgendwo im grauen Zwielicht tastete jemand nach einer Vene. Der Verkehr rollte die Second Avenue hoch, und ein Busfahrer seufzte über das seichte Vergnügen der letzten Nacht. Die Gegenwart dehnte sich, bis sie mit der Vergangenheit und der Zukunft verschmolz. Die Schatten der Einwanderer, Seeleute und Händler stahlen sich unter die schläfrigen Lebenden, und da war Levon auf der Feuerleiter, mit einem Song und einem Ständer, und brachte Musik für die Seele der irren Annie dar, die zu dem Entschluß gekommen war, daß die gewaltige Ekstase, der lange Sturz in das schimmernde, ölschwarze Wasser, besser war als ein weiterer Tag voller Erstaunen. Hier war Levon, der sie schweigend, verschwitzt und mit Hingabe fickte. Ficken war wie Tunnel bauen; er mußte sich mit einem Teelöffel aus dem Gefängnis freigraben. Oh, wie sie ihn liebte. Sie liebte seine Geduld und seine Gleichgültigkeit, seine Angewohnheit zu verschwinden, bevor er das Zimmer verließ. Sie liebte ihn, und in gewisser Hinsicht – sie konnte es nicht ganz benennen – wünschte sie, er wäre tot. Sie sah in die Zukunft, in der Levon sie ohne Erklärung, mit bedrückter, bedächtiger Ehrerbietung verlassen würde, genau so wie er seine Hymnen sang.

Dann war der Fick vorüber, und die heißen Farben wurden zu kühlen Blautönen. Levon seufzte auf, rollte sich von ihr. Sie kam nie, wenn sie auf Trip war; sie dachte nicht einmal daran. Es wäre zu viel. Es würde sie zerreißen wie eine Melone, in die man einen Knallkörper steckt. Es würde sie zu weit öffnen. Ihr Körper kühlte ab, und sie legte die Hand auf Levons verschwitzte Brust, atmete seinen scharfen Zitronengeruch ein. Sie spielte mit seinem schlaffen, feuchten Schwanz. Er war anders als andere Männer, nicht bloß weil er schwarz war. Er behielt seinen ganzen Haß für sich, so als wäre er etwas Kostbares, das er nicht mit der Welt teilen wollte.

»Hübsch«, flüsterte sie.

»Hä?«

»Du bist so hübsch.«

Er grunzte, entweder gelangweilt oder verächtlich. Er behielt ihre Worte, wie Tonbandschnipsel, die er für immer in seinem Schädel verwahrte. Sie hielt dagegen, so wie sie es sich beigebracht hatte, mit unsichtbaren Händen, die ihr Inneres umklammerten.

Man konnte ausflippen, wenn man zuließ, daß man seine Verluste und menschlichen Schwächen zählte.

»Du bist *wunderschön*«, sagte sie. Laß einfach los. Mach dir keine Sorgen darüber, was behalten und was zurückgegeben wird. »Du hast den phantastischsten Schwanz, den ich je gesehen habe.«

Er kicherte wie ein Vater über die unbändige Begeisterung eines Kindes. »Der Neger ist berühmt für seine körperliche Ausstattung«, sagte Levon. »Forscher haben manchmal welche als Kuriositäten aus dem dunklen Kontinent mit zurückgebracht. Es ist nichts Persönliches. Es ist was Afrikanisches.«

»Ich könnte dich lieben«, sagte sie. »Was würde passieren, wenn das wahr wäre?«

Er grunzte erneut, strich mit der Hand an ihrem Schenkel hoch. Draußen schrie eine Möwe. Ameisen krabbelten geschäftig über die Bäume, die zwischen den alten Gräbern standen, die bröckeligen braunen Ruinen der Häuser.

»Hör mal«, sagte sie. »Vielleicht sollten wir ein bißchen schlafen.«

»Mmm.«

Sie griff in die Kiste neben der Matratze, schüttelte zwei Rote aus einer Kristallflasche. »Schlafen wir einfach ein bißchen«, sagte sie und reichte ihm eine.

»Yeah«, murmelte er und schluckte die Pille. »Schlafen und träumen.«

Sie schluckte ebenfalls eine Pille und wartete auf die graue Teilnahmslosigkeit, das wattige Gefühl. Ruhig, mit geschlossenen Augen atmete Levon neben ihr, doch so rasch konnte er nicht eingeschlafen sein. Mit einer Fingerspitze berührte sie ihn sanft an Stirn, Brust und Bauch, so als suche sie den Knopf. Den Mechanismus, mit dem sich alles aufklappen ließe. Sie wollte das, was er aus freien Stücken nicht hergab. Seine Kindheit, seine Ängste. Seine Erklärungen. Er war nicht unfreundlich, doch er lebte in seinem eigenen Reich. Sie konnte die Regeln nur lernen, indem sie gegen sie verstieß. In Levons Reich waren Komplimente Beleidigungen, und Geschichten waren Lügen. Das einzige menschliche Geräusch, das nicht insgeheim den Makel von Unterwerfung und Überlegenheit barg, war die Musik.

Darüber machte sich Zoe Sorgen: Sie hätte versuchen können, ihn tatsächlich zu ermorden. Er war ihr erster sanfter Mann, ihr erster Schwarzer, und sie liebte ihn mit derselben Grausamkeit wie ein Jäger. Hatte sie etwa nicht daran gedacht, mit den Händen in ihn zu greifen? Wurde sie etwa nicht feucht bei der Vorstellung, in seinen vollkommenen Arsch zu beißen, nicht sanft, sondern heißhungrig, die Zähne in seine runden Hinterbacken zu schlagen, in dieses aufreizend unschuldige Muskelfleisch? Sie dachte daran, in Levon einzudringen, ihn auszuhöhlen. Sie fuhr mit den Fingern durch sein Schamhaar, und prompt stellte sich eine LSD-Phantasie ein: Sie sah Cassandra, die den Mund beim Essen so weit aufriß wie eine Schlange, so daß sie Leiber verschlingen konnte, die beinahe so groß waren wie ihr eigener. Halt ein, dachte sie. Laß dich nicht zu sehr gehen. Sie dachte an Bäume voller Schlangen. Sie betrachtete Levons Profil.

Ja, er würde sie bald verlassen. Er war nie hiergewesen, nicht richtig, und er würde irgendwo hingehen, wohin sie ihm nicht folgen konnte. Er träumte in einer anderen Sprache als sie.

Langsam strich sie mit den Fingern über ihre Brüste, zur sanften Wölbung ihres Bauches. Nichts rührte sich dort, noch nicht. Er würde sie verlassen, bevor das Kind sich zeigen würde, und vermutlich, so dachte sie, war das richtig. Sie würde es ihm nicht sagen. Sie hatte nicht die Worte dafür. Und außerdem war es ihr Kind, ihres allein. Levon würde ihm einen Namen geben wollen, den sie nicht kannte. Er würde die zarte Seele des Kindes mit den Händen umfangen und sie seiner grausigen Sammlung einverleiben wollen. Sie schaute ihn lange an. Sie sah zu, wie der Schlaf von seinem seltsamen, schönen Gesicht Besitz ergriff.

Sie besaß den namenlosen Teil von ihm. Sie würde ihn bewahren; sie würde zu ihm in einer Sprache reden, die vollkommen und wahrhaftig war.

»Leb wohl, Geliebter«, flüsterte sie. »Gute Nacht«, sagte er, ohne die Augen aufzuschlagen.

Dann wirkte die Droge, und sie ließ sich von einem Traum aus dem Zimmer entführen.

1982

Am Abend nach der Unterzeichnung der Scheidungsurkunde kaufte sich Constantine ein Sechserpack Bier und fuhr hinaus zu seinen Häusern. Er wollte Magda nicht sehen. Er wollte gar nichts tun, aber er wollte auch nicht untätig sein. Er parkte an der Straße, rauchte Zigaretten und trank Bier. Er wartete darauf, daß sich eine gewisse innere Ruhe einstellte, doch je mehr Zeit verging, desto gereizter wurde er beim Anblick der erleuchteten Fenster, des Kommens und Gehens, der kleinen, gelben Entenküken aus Keramik, die einer weißen Keramikente folgten. Für wen hielten sich diese Leute überhaupt? Pfeifen waren sie, Trottel, die sich den Arsch abrackerten, um die Raten für diese Hundehütten abzuzahlen – Wände, die man mit einem Eßlöffel durchstoßen konnte, und Aluminiumfensterrahmen, die etwa so dicht waren wie ein Regenmantel, wenn man ins Meer fiel. Er fuhr zu einer anderen Straße – Amity Lane – und dann zu einer dritten, dem Meadowview Drive. Am Meadowview Drive, mitten in einer Häuserzeile, stand eine Einheit leer. Nummer 17, richtig. Jeder, der mit Häusern spekulierte, wußte, daß gewisse Häuser aus irgendeinem Grund anscheinend mit einem Fluch beladen waren. Sie waren die Blindgänger, der Ausschuß, obwohl sie aus dem gleichen Material gebaut waren, den gleichen Balken und Platten, wie alle anderen. Die gleiche Doppelgarage, die gleiche Auslegeware, die gleiche Kücheneinrichtung. In Constantines Erschließungsgebieten lagen sie nur drei oder vier Häuser neben ihren absoluten *Doppelgängern,* Herrgott noch mal. Aber aus irgendeinem Grund wollten sich diese Häuser einfach nicht verkaufen lassen. Sie blieben dunkel und leer, während im übrigen Gebiet alles bezogen wurde. Vögel nisteten in den Dachrinnen,

Stinktiere warfen im Untergeschoß ihre Jungen. Jugendliche brachen ein, rauchten darin Marihuana oder vögelten in den leeren Räumen, beschmierten die Wände mit Zoten. Schließlich wurde man mit jemandem handelseinig, überließ ihm die Hütte für zirka fünf Riesen unter Marktwert, und manchmal war die Sache damit erledigt, aber manchmal, bei ein paar Häusern, wollte der Ärger einfach nicht abreißen. Die neuen Eigentümer kamen mit ihren Ratenzahlungen nicht nach, und dann, nachdem die Bank ihren Anspruch darauf geltend gemacht und Constantine sie von der Bank zurückgekauft hatte, kamen die nächsten Eigentümer, nette Leute, ganz normale Typen, bei einem Autounfall ums Leben, verloren ein Kind oder waren eines Tages einfach verschwunden; manchmal stand sogar das Geschirr noch ordentlich im Regal. Niemand in diesem Gewerbe glaubte an Flüche oder Gespenster, heilige Begräbnisstätten oder ähnlichen Kram, aber gelegentlich gab es, aus welchen Gründen auch immer, Häuser wie das am Meadowview Drive Nummer 17: häufig leerstehend und, wenn es bewohnt war, wie vom Unglück heimgesucht. Diese Häuser schienen das Pech förmlich anzuziehen, obwohl die Wände frisch gestrichen und die Kamine gerade waren.

Constantine stieg aus dem Wagen und ging langsam um das stille Haus, besah sich die schlichten Einzelheiten. Weiße Aluminiumverkleidung, Dachtraufen aus Aluminium, grüne Holzfaserfensterläden, die er en gros gekauft hatte. Zu neu und zu sauber für ein Spukhaus, dachte er. Das Innere des Hauses war in Dunkelheit gehüllt, in das Schweigen der leeren Räume, doch er kannte sich darin ebensogut aus wie in seinem eigenen Haus. Vom Foyer (die Frauen standen auf solche kleinen Unterscheidungen, wie zum Beispiel den Vorsaal »Foyer« zu nennen) aus kam man geradeaus ins Wohnzimmer mit der Eßecke. Links war die Küche, dazu ein kleines, Aufenthaltsraum genanntes Loch. Rechts waren drei winzige Schlafzimmer, zwei Bäder. Alles in allem hundert und sieben Quadratmeter. Constantine schlenderte zu dem Garten hinter dem Haus, einem Flecken blanker Erde, die er eigens aus Passaic hatte anfahren lassen, um den Sumpfboden aufzufüllen, der hier einst gewesen war, nichts als ein großer, nasser Dschungel voller Schilf, Frösche und ab und zu einem Brüllkranich. Er stand auf der blanken Erde und blickte zu dem Haus, das er gebaut hatte. Da war die Glasschiebetür, die ins Wohnzimmer führte, dort das hohe, rechteckige Fenster des Elternschlafzimmers. Er bückte sich, hob einen Stein auf und warf ihn ohne jeden Zorn, beinahe nachdenklich, an das Schlafzimmerfenster. Der Stein durchschlug das Glas, als handle es sich um schwarzes Eis – mit einem leisen, klaren Klingen –, und hinterließ ein gezacktes, weißrandiges Loch. Constantine wußte nicht genau, wie ihm zumute war. Möglicherweise war er wütend, aber vielleicht war es eher ein Gefühl der Leere, so als müsse er sämtliche Fenster in diesem gottverdammten Haus einwerfen, bloß um wieder zum Nullpunkt zu gelangen, bloß um wieder so etwas Einfaches wie Zorn empfinden zu können. Er warf einen weiteren Stein, dann noch einen. Er zerschlug alle drei Scheiben des Schlafzimmerfensters, dann schmiß er die Glasschiebetür ein, die nicht zerspringen wollte, sondern nur ein Loch neben dem anderen bekam, so als nehme man jemanden unter Beschuß. Er warf einen Stein nach dem anderen, und dann, als er sich wegen der Polizei Gedanken machte, aber immer noch nichts als Leere verspürte, keinerlei Gefühl außer einem unbestimmten Drang wegzukommen, stieg er wieder in seinen Wagen und fuhr fort.

Es war eine klare, warme Nacht. Der Highway besaß einen ureigenen, steten Rhythmus, einen weichen, weißen Glanz. Fahren hatte etwas Tröstliches an sich, und fast achtzig Kilometer lang sagte er sich, daß er genaugenommen bloß fahren wolle, nichts als sich abreagieren. Erst als Manhattan hinter ihm lag, gestand er sich leicht verlegen ein, daß er vermutlich vorhatte, zu Susan nach Connecticut zu fahren.

Nach Mitternacht traf er dort ein. Beim Anblick von Susans Haus, einer stattlichen Villa im Kolonialstil, die inmitten hochgewachsener Bäume auf einem ordentlichen Stück Land stand, stiegen ihm Tränen in die Augen. Sie hatte es geschafft. Sie war glücklich, in guten Händen; sie führte das Leben, das er sich und allen seinen Kindern hatte ermöglichen wollen. Er stieg aus dem Wagen und schritt ruhig über den Rasen, lauschte. Außer den Grillen und dem schwachen Seufzen und Rascheln der Nacht konnte er nichts hören. Keinerlei Kindergeschrei. Aber, he, oben brannte Licht. Er stieg die Haustürtreppe hinauf und blieb stehen. Was wollte er Susan erklären, wenn sie an die Tür käme? Die Wahrheit mußte genügen. Er und ihre Mutter seien heute geschieden worden, und er könne den Gedanken nicht ertragen, mit jemand anders als Susan zusammenzusein. Dennoch klopfte oder klingelte er nicht. Irgend etwas regte sich in ihm, eine Art wilde Reue, und er wollte nicht, daß Susan ihn so sah. Er wollte den Schnaps und das Mitgefühl ihres Mannes nicht – ein Schlappschwanz, ein netter Junge, der es geschafft hatte, weil seine Eltern reich waren und er nicht von Leidenschaften hin- und hergerissen wurde wie manch andere Männer. Constantine wollte in diesem Haus nicht alt werden oder allein sein, oder auf irgendeine Art geschlagen. Und doch wollte er auch nirgendwo anders sein. Er mochte dieses Haus, die massiven, stattlichen Konturen, die Gauben über den Dachfenstern, die Regentraufen. Das hier war das Original. Hier waren die typischen Bauteile, die er und Nick Kazanzakis an ihren Häusern drunten in Jersey und Long Island mit Preßspan und Aluminium nachahmten. Manches – die quergeteilte Tür, die Erkerfenster – sah genauso aus wie an dem kleinen Spukhaus am Meadowview Drive. Constantine war noch nicht bereit wegzufahren, doch er konnte auch nicht klingeln. Er konnte hier nicht als schwächliches, Schutz suchendes Wesen vorsprechen. Er blieb eine Weile auf der Veranda stehen, bis er durch das obere Fenster das leise, aufgebrachte Geschrei des Babys hörte, und dann ging er wie auf Befehl zu seinem Wagen zurück. Dort blieb er, bis alle Lichter ausgingen. Er verfolgte die fortschreitende Dunkelheit, das Spiel der Schatten auf den Schindeln, hinter denen Mutter, Ehemann und Säugling schliefen. Eine Stunde verstrich, dann noch eine. Er beobachtete das verstohlene nächtliche Treiben, das rastlose Wirken der Nacht an sich, bis seine Wachsamkeit nachließ und er in dem Schweigen aufging, das aus der Erde erstieg und sich mit einem anderen Schweigen vereinte, einem tieferen, eisigeren, das von den Sternen fiel. Er sah einen Waschbären, der gemächlich, so als wäre es sein gutes Recht, über den Rasen seiner Tochter trabte. Er sah eine Eule, die sich lautlos aus einer Ulme schwang wie der Geist des Baumes persönlich. Er hörte Laute, ein leises, freudiges Schilpen, aber auch Warnschreie oder schlichte Erkennungszeichen. Er vernahm einen langen Vogelruf, einen Entsetzenslaut, der eindeutig wie eine Frage klang. Schrill und in rascher Folge: *Kann es sein? Kann es sein? Kann es sein?* Er zündete sich eine weitere Zigarette an, machte ein neues Bier auf. Es waren nur Küsse und Umarmungen gewesen. Er hatte sich nie mit ihr eingelassen. Er liebte sie, Herrgott noch mal. Er *war* sie, gewissermaßen, und sie war er. Falls das irgendwie einen Sinn ergeben sollte. Küsse waren harmlos. Küsse waren in Ordnung. Er verfolgte den Fortgang der Nacht. Einen Moment lang hatte er das Gefühl, er behüte das Haus vor der wimmelnden Dunkelheit, in die es gehüllt war. Dann wieder kam er sich vor wie ein obdachloser, verarmter Mann, der vor die Tore der nächtlichen Stadt gezogen war, seine Not zu beichten und jedweden Schutz zu suchen, den man ihm gewähren mochte.

1982 Das Hänflingsdasein war vorbei. Er hatte kein Interesse mehr daran, schlau und wendig zu sein, ein Pfiffikus. Mit neunundzwanzig war Will auf Proportionen aus. Er wollte sich mit einer gewissen Erhabenheit, einer lässigen Erdenschwere bewegen. Er hatte das Herumalbern satt. Er war soweit, daß er ein bißchen gefährlich wirken wollte, nicht mehr so, als müsse er sich ständig rechtfertigen.

Er fing in einem Studio am Stadtrand an. Schicksalsergeben ging er hin, schamhaft und innerlich aufgewühlt. Er schämte sich wegen seines alternden Knabenkörpers, und er schämte sich für seinen Wunsch, etwas daran zu ändern. Zynisch zu sein, trotzig und schmächtig, war einfacher. Es war einfacher, auf einem Barhocker zu sitzen und Witze zu reißen. Jetzt konnte er es sich eingestehen – er war es seiner Eitelkeit schuldig. Er wollte das, was jeder Dumme wollte; er teilte ihren Glauben an die Allmacht des Fleisches. Dennoch ging er hin, obwohl es ihn beim bloßen Gedanken daran schauderte. Nach Schulschluß fuhr er zu dem Studio, ließ die Formalitäten über sich ergehen. Das von ihm auserkorene Studio befand sich in einem pleite gegangenen Einkaufscenter in Malden, fernab von seinen üblichen Kreisen. In diesem Studio strampelten nicht mehr ganz so junge Männer schwitzend auf den Übungsfahrrädern. Horden von muskelbepackten Jungs mit altmodischem Haarschnitt stemmten gewaltige Gewichte und warfen einander lauthals einschüchternde Beleidigungen zu. Die Jungs hätten Brüder seines alten Freundes Bix sein können – polternd und selbstsicher, in ihre eigene Schönheit verliebt und stets bereit, jeden Mann zu ermorden, der sie ebenso bewunderte wie sie sich selbst. Will hielt sich zurück. Er blieb auf der anderen Seite des mit Teppichboden ausgelegten Raumes und beobachtete sie voller Abscheu und widerwilliger Bewunderung zwischen den Hanteln und Übungsgeräten hindurch.

Er war demütig und er war gewissenhaft. Er verzog das Gesicht, als er zweieinhalb Kilo auflegte. Manchmal, wenn er nach einem besonders läppischen Gewicht mit rotem Kopf und völlig ausgepumpt dastand, blickte er sich lächelnd um, so als wolle er jedem Zuschauer kundtun, daß er sich nur darüber lustig machte. Als er feststellte, daß niemand ihn beobachtet hatte und sich anscheinend auch niemand darum scherte, nahm er sich das nächste Gewicht vor und fing von neuem an.

Die Zweieinhalb-Kilo-Hantel wurde ihm zu leicht, und er stieg auf fünf Kilo um, dann auf siebeneinbalb. Nach fast zwei Monaten bemerkte er, daß er um die Brust etwas zugelegt hatte. Zunächst mochte er nicht glauben, daß es von seinem Training herrührte. Nie hätte er sich vorgestellt, daß sein Körper auf irgendeine Art von Ertüchtigung oder körperlicher Arbeit reagieren würde. Sein Körper schien stets ein Eigenleben zu führen. Er war immer unverändert geblieben, gesund, auch wenn Will weder genügend Schlaf gefunden, noch sich des Alkohols enthalten oder ein besonderes Augenmerk auf seine Ernährungsweise gelegt hatte. Jetzt musterte Will sein Spiegelbild, und er sah, daß sich unter der flachen weißen Haut auf seiner Brust zwei Muskelhügel ausbildeten. Er drehte sich zur Seite, besah sich dann wieder von vorne. Da waren sie, eindeutig. Kleine Muskelbündel, die er geschaffen hatte.

Er trainierte härter, und er legte zu. Es war wie ein Wunder. Seine Brustmuskulatur wurde deutlicher, und danach, etwas langsamer, zeichneten sich die Muskeln an Schultern und Rücken ab. Er hatte das Gefühl, als erwachse ein zweiter Leib aus ihm. Er verfolgte, wie er Gestalt annahm: die ausgeprägten Stränge an seinem Trizeps, den zunehmend fülliger werdenden Bizeps. Er legte sich Bücher über spezielle Ernährungsmethoden zu und fing an – nach wie vor verschämt und betreten –, sich Fitneßmagazine zu kaufen, in denen ölige, braungebrannte Männer neue Übungsmethoden vorführten. Er probierte die neuen Übungen aus. Er kaufte sich Vitamine, zwang sich, fünf Mahlzeiten pro Tag einzunehmen. Er war gänzlich auf diesen neuen Körper konzentriert, beobachtete seine Veränderungen mit einer Hoffnung, wie er sie noch nie für einen anderen Mann aufgebracht hatte. Manchmal war es ihm auch peinlich – in was für einen Menschen verwandelte er sich eigentlich? –, doch er gab sich hin. Er gab sich der Bewunderung hin, seiner eigenen und der anderer. Allmählich wurde er ein richtiger Schrank. Er, Billy, der schmächtige Junge, der seine ganze Kraft aus seinem Verstand und der Fähigkeit, nein zu sagen, bezogen hatte. Wenn er im Studio unter der zunehmenden Last das Gesicht verzog, spornte er sich an, sagte sich, daß es um Masse und Muskulatur ging, das Ende allen Selbstzweifels. Als das Wetter besser wurde, kaufte er sich ärmellose T-Shirts; er kaufte sich zum erstenmal ein Paar Laufschuhe. Er führte ein Doppelleben – einerseits war da der verängstigte Knabe, zum anderen der Mann, dessen Muskeln so ausgeprägt waren, daß sie fleischfarbene Schatten auf seine Haut warfen. Gelegentlich stellte er sich vor, er zeige diesen kräftiger gewordenen Körper seinem Vater. Er stellte sich die bewundernden Blicke seines Vaters vor und dessen klammheimliches Verlangen. Manchmal bekam Will Schuldgefühle, weil er soviel Zeit und Mühe auf etwas derart Vergängliches verschwendete. Manches Mal erfüllte ihn so ein Hochgefühl, daß er sich um zehn Jahre zurückversetzt wähnte, in die Zeit, als er nachts mit seinen Freunden losgefahren war, in diesen großen, ausgeborgten Autos, die einen wer weiß wohin bringen konnten.

1982

»Hallo?«

»Mary Stassos, bitte.«

»Am Apparat.«

»Mary hier ist Cassandra. Zoes Freundin. Erinnern Sie sich noch an mich?«

»Cassandra. Ja.«

»Mary, hören Sie zu. Zoe ist in Ordnung, aber sie liegt im Krankenhaus.«

»Was?«

»Regen Sie sich nicht auf. Sie ist in *Ordnung.*«

»Was ist los? Was ist passiert?«

»Tja, Schätzchen, sie hat ein paar Pillen zuviel genommen.«

»*Was?*«

»Sie hat sich ein bißchen vertan. Zu viele kleine rote Dingerchens. Kann jedem mal passieren. Nun hören Sie mal zu: Ihr geht's *gut.* Die sagen, sie lassen sie morgen oder übermorgen wieder raus. Sie wollte nicht, daß ich Sie anrufe, und fast hätte ich's nicht getan, aber dann hab' ich mir gedacht: Verflucht noch mal, ich hab' noch nie jemand gehorcht, wieso also jetzt damit anfangen? Und eigentlich sollte eine Mutter über so was Bescheid wissen?«

»Wo ist sie? In welcher Klinik?«

»Im Saint Vincent. Ich bin gerade dort.«

»Ich komme gleich hin. Und, Cassandra?«

»Hmm?«

»Bleiben Sie bei ihr, bis ich hinkomme?«

»Ich kann doch meine Tochter jetzt nicht im Stich lassen!«

»Wie bitte?«

»Reine Redensart. Und jetzt, Schätzchen, schwingen Sie sich in Ihr Auto und *fahren Sie los.*«

»In einer Stunde kann ich dort sein.«

»Brechen Sie sich nicht den Hals, meine Liebe. Ihr geht's gut, ehrlich. Ich würd's Ihnen sagen, wenn's nicht so wäre. Ab und zu macht ein Mädel halt mal 'nen Fehler. Und Mary?«

»Ja?«

»Dem Baby geht's gut. Wenn Sie hier sind, müssen wir zwei mal ein ernstes Wörtchen mit dem Mädel reden, wie man sich in ihrem Zustand verhält. Wir werden sie tüchtig ausschimpfen ...«

»Dem Baby?«

»Hören Sie, kommen Sie einfach *her* Mädchen, Sie haben einiges nachzuholen.«

Zoe lag schmal und grau in dem Krankenhausbett und schlief. Mary stand da und achtete auf besondere Merkmale ihrer Tochter. Das Mädchen im Bett hatte etwas Leeres an sich, etwas Beliebiges. Sie war schmal, nicht hübsch, das Haar strähnig und ungewaschen. Mary ertappte sich dabei, wie sie auf Zoes Hände starrte. Das Gesicht war wächsern, gelöst, wie eine Studie über das Spiel der Haut an einem Schädel. Mary schaute auf Zoes Hände, und dort, an der Krümmung und am Zucken der Finger, erkannte sie sie. Da war es, das unausgeprägte Wesen ihrer Tochter, das kreatürliche Drängen und Drücken. Da war sie wieder, die grämliche Einjährige, die träumend auf ihrem Schoß schlief und den Blutstrom in Marys Beinen unterband, weil sie sich nicht getraute, ihre Stellung zu verändern, aus lauter Angst, Zoe könnte aufwachen und wieder eine Stunde lang grundlos und untröstlich weinen.

Sie betrachtete noch immer *Zoes* Hände, als jemand hinter ihr sagte: »Mary?«

Es war ein Mann in einem Kleid.

Er stand im hellen Krankenhauslicht, ein großer Mann mit grellroten Lippen und riesigen, spinnenbeinartigen, künstlichen schwarzen Wimpern. Er trug eine schwarze, hochtoupierte Perücke und ein rotes Ballkleid aus lauter Netzen, Chiffon und roter Synthetikspitze.

»Ja?« sagte Mary.

»Ich bin Cassandra.«

Mary war einen Moment lang völlig verwirrt, wußte nicht, wie ihr geschah – sie kam sich so ähnlich vor wie an dem Tag in Constantines Büro, als ihr klargeworden war, daß er ein Verhältnis mit der fetten, hausbackenen Magda hatte. Das war Cassandra. Die Worte bildeten sich in ihrem Kopf. Ihre Tochter hatte eine Überdosis genommen, und das hier war die Frau, die Mary am Telefon so gefallen hatte.

»Entschuldigen Sie den Aufzug«, sagte Cassandra. »Ich hatte keine Zeit, mich umzuziehen. Normalerweise trage ich so was nicht in der Notaufnahme.«

Mary nickte. »Cassandra«, sagte sie.

»Oh, ich weiß, ich weiß. Das Leben steckt voller Überraschungen, stimmt's? Haben Sie schon mit dem Doktor geredet?«

»Ja.«

»Na, sehen Sie? Sie wird wieder gesund werden.«

»Was ist geschehen?«

»Sie wollte nicht auf Marilyn machen, falls Sie das meinen. Da bin ich mir ganz sicher. Es war schlicht und einfach ein Fehler, genau wie ich Ihnen am Telefon gesagt habe. Aber sie muß damit aufhören. Sie wissen ja, wie die jungen Leute sind. Die glauben, ihnen könnte nie und nimmer was passieren.«

Mary hatte das Gefühl, als erlebe sie all das von außen, so als schwebe ein Teil von ihr unter der Decke und sehe zu, wie sie neben ihrer schlafenden Tochter stand und mit einem Mann in einem roten Kleid redete. Wie sie Fragen stellte und Antworten hören wollte.

»Haben Sie nicht etwas von einem Baby gesagt?« fragte sie.

»Ich dachte, Sie wüßten Bescheid. Sie hat mir erzählt, daß sie's Ihnen gesagt hat. Ich habe ständig zu ihr gesagt: ›Was gedenkst du eigentlich zu tun, das Kind die ersten achtzehn Jahre lang *verstecken?*‹ Ich habe gesagt: ›Du bist nicht Lucy Ricardo, also komm mir nicht mit irgendeinem schrägen Plan.‹«

»Wie lange ist sie schon schwanger?«

»Vier Monate.«

»Und der Vater?«

»Ich hatte nie das Vergnügen.«

»Nun ja«, sagte Mary.

Sie stand da, einfach so. Sie weinte nicht. Sie rührte sich nicht.

Cassandra legte Mary die Hand auf die Schulter. Seine Hand war weich und leicht, und Mary stellte zu ihrer Überraschung fest, daß ihr die Berührung nicht zuwider war.

»Ich weiß, Schätzchen«, sagte er. »Das ist alles ein bißchen viel auf einmal, stimmt's?«

III

In der Musik

1983 Magda war keine Schönheit, jedenfalls nicht im Sinne der Modepuppen, die manche Männer mochten. Diese staksigen Frauen ohne Arsch oder Titten, mit mächtig aufgeplusterten Haaren, wie ein Mop. Mary war so eine Schönheit. Sie hatte diese Modepuppenfingernägel, diese Schenkel, die sich nicht berührten. Constantine hatte es erlebt, hautnah. Er kannte die Kehrseite der Medaille, er wußte, wonach es einen dabei gelüstete. Er kannte sich aus mit tipptopp gepflegten Nachtkästchen. Er kannte die grundlose, unendliche Unmut, gegen die es kein Heilmittel gab, weil keine Ursache dafür vorlag, nichts Greifbares, außer der schlichten Tatsache, daß eine Frau aufgrund ihrer Schönheit mehr von der Welt erwartete, als ein schwer arbeitender Mann ihr bieten konnte. Er hatte es erlebt – vielleicht war das der Unterschied zwischen ihm und anderen Männern. Er hatte bereits das gehabt, wonach sich andere Männer ein Leben lang sehnten. Vielleicht wußte er etwas, was den meisten Männern entging. Vielleicht hatte er aufgrund seiner Erfahrung eine Art Weisheit erlangt, einen stärkeren und lebhafteren Einblick in die Kehrseiten des herkömmlichen Schönheitsideals.

Na schön. Wenn Mary sich wegen Magda von ihm scheiden lassen wollte, wenn sie das Haus haben wollte, das er gebaut hatte, und dazu jeden Monat einen tüchtigen Batzen von seinem Einkommen, wenn sie die Kinder gegen ihn aufhetzen wollte ... Na schön. Er wußte eine Antwort, und sie war schlicht und zutreffend. Seine Liebe zu Magda hatte etwas Besonderes an sich. Es war keine Liebe im üblichen Sinn, bei der irgendein armer Tropf seine Frau wegen einer scharfen Blondine verließ, die bei der nächstbesseren Gelegenheit wiederum ihn sitzenließ. Diese Liebe, die er empfand, war etwas anderes, und wenn man das nicht kapierte, wenn man seiner immer noch so unsicher war, daß man mit Schönheitsköniginnen herumstolzieren mußte, na ja, dann war einem halt nicht zu helfen.

Zu Hause, in seiner Mietwohnung, spielte Constantine seine alten Schallplatten und dachte an Magda. Er spielte Tom Jones, Engelbert Humperdinck. Er spielte sie heimlich, weil ihn seine sämtlichen Kinder, selbst Susan, wegen seines Musikgeschmacks neckten, und dieser Tage wollte er nicht geneckt werden. Okay, er hatte noch nie geneckt werden wollen, aber dieser Tage wurde er bei jedem Scherz, der auf seine Kosten gemacht wurde, fuchsteufelswild, bei der geringsten Andeutung, daß man sich lustig über ihn machte. Und wenn er im Beisein der Kinder sauer wurde, lieferte er Mary bloß noch mehr Munition für ihre Hetzkampagne gegen ihn. Folglich hörte er sich seine Schallplatten allein an, nach der Arbeit. *It's not unusual to make love at any time,* sang Tom Jones. Er bewahrte die Platten in einer Schublade auf, nicht gerade versteckt, aber außer Sichtweite, damit seine Kinder nicht wieder über ihn herzogen, falls mal eins vorbeikommen sollte. Er hatte genug davon. Dieser Tage wollte er bloß geliebt werden.

Er wollte geliebt werden. Was war daran verkehrt?

Er heiratete Magda in St. Bartholomew, der größten Episkopalkirche in den sechs umliegenden Landkreisen. Scheiß auf den Katholizismus mit seinen Verfluchungen und Bußen, seinem Beharren darauf, daß fröhlich erduldetes Elend die einzig wahre Tugend sei. Scheiß auf die griechisch-orthodoxe Kirche seiner Kindheit mit ihren Schleiern, ihrer Geheimniskrämerei und den Altären am Straßenrand. Nach Ansicht der Episkopalen war Jesus zur Lobpreisung der Fleischlichkeit auf die Erde gekommen, um uns mitzuteilen, daß es in Ordnung sei, wenn man menschlich war. Daß es in Ordnung sei, wenn man etwas haben wollte. Daß nichts gegen Besitz einzuwenden sei, solange man demütig war und immer daran dachte, daß man ohnehin alles wieder hergeben mußte, wenn einem die Stunde schlug. Daher bestand Constantine auf einer episkopalen Trauung, und Magdas alte, katholische Mutter, deren Dasein sich wegen ihrer Arthritis aufs Fernsehschauen und die eine oder andere schelmisch-scherzhafte Beschwerde beschränkte, brachte nichts vor, mit dem er nicht fertig wurde. Wenn er Bezirksinspektoren und eine Horde hintertriebener Tagelöhner überzeugen konnte, konnte er auch eine kranke, gutmütige alte Ungarin umstimmen, die den lieben langen Tag in einem Hausmantel berumsaß, der die gleiche Farbe hatte wie altes Brot. Außerdem war sie nicht blöde. Sie erkannte eine gute Partie auf den ersten Blick.

Constantine und Magda veranstalteten die größte Hochzeit, die St. Bartholomew je erlebt hatte. Tausend weiße Gladiolen wurden für die Trauung geschnitten. Eine fast einen Meter fünfzig hohe, mit Rosen, Schwänen und Glöckchen aus weißem Zucker verzierte Torte wurde gebacken, auf der Braut und Bräutigam aus Porzellan – Porzellan, kein Plastik – standen, beide mit leicht unscharfen, verzückten Gesichtern und winzigen roten Mündern. Für Magdas Kleid waren von irgendwem – vermutlich belgische oder französische Nonnen, oder wer immer sich auf so etwas verstand – vierzig Meter weiße Spitze gewirkt worden, dazu kaum weniger als ein halber Hektar weißer Seide und Chiffon mit weißen Pailletten und Perlen, nicht größer als ein Spatzenauge. Mary hatte Constantine einmal von einem verbotenen Stich erzählt – irgendwas Chinesisches, eine Art Stickerei, die so fein war, daß man sie den Frauen verbieten mußte, weil sie bei der Arbeit blind wurden. Während Constantine vor dem Altar stand, warf er einen Blick zu Billy. Sein Trauzeuge, sein einziger Sohn und Erbe, gutgebaut jetzt, breit und bockig in seinem geliehenen Frack. Heiß schoß Constantine das Blut in die Schläfen. Er wußte, was Billy war, aber er konnte das Wort nicht aussprechen, nicht einmal insgeheim. Hier stand er nun, vor allen Leuten, mit seinem durchtrainierten, mädchenhaften Sohn, und dort, in der ersten Bankreihe, saß

Zoe mit ihrem kleinen, schwarzen Balg, daneben Susan – Susan, die Vollkommene, die kaum mit ihm geredet hatte –, ihr fröhlicher, arschkriecherischer Mann und ihr Sohn, sein Enkelsohn, mit seinem offenen Gesicht und einem winzigen, dunkelblauen Anzug. Sein Enkelsohn. Mit drei konnte der Kleine schon seinen Namen schreiben; er konnte einen Softball so fest werfen, daß einem die Hand brannte. Er strahlte eine frühreife Würde aus, eine ganz eigene Gewichtigkeit. Er stellte die Zukunft dar, für die Constantine geschuftet hatte, dieser stramme, herzensgute Junge mit dem griechischen Kinn und den weit auseinanderstehenden amerikanischen Augen. Wenigstens dieser eine geradlinige, reine und kräftige Sproß war aus dem ganzen Wirrwarr entsprungen. Vor dem Altar erlebte Constantine eine erhabene Glückseligkeit, ein Gefühl wie einst, das aus dem tiefen Wissen um die Wandlungen und die unergründliche Ordnung der Welt herrührte. Er hatte gelitten, vielleicht hatte er in gewisser Weise sogar gefehlt, doch nun stand er hier in seinem Frack, vorn in dieser gewaltigen Kirche, fühlte sich groß und stolz wie ein Löwe, und er sagte sich: In Ordnung. Er sagte: Laß es geschehen, alles. Und wie auf einen stillen Befehl hin setzte der Hochzeitsmarsch ein, und durch das mit rotem Teppich ausgelegte Kirchenschiff kam Magda mit ihrem wie ein Mondgarten schimmernden Kleid auf ihn zugeschritten. Er stellte fest, daß ... Na schön, vielleicht war das ein bißchen seltsam, aber er stellte fest, daß ihm die Vorstellung zusagte, eine Näherin könnte erblindet sein, um das hier zu erschaffen, diesen erhabenen Augenblick, da er umgeben war von buntem Glas und Musik und zahllosen Gladiolenstengeln, die im Dämmerlicht des Kirchenschiffes hell und klar wie Fackeln leuchteten. Es war wie eine Art Auferstehung, eine Befreiung aus der Welt des Kleinlichen. Es kam ihm bedauerlich, aber durchaus richtig vor, daß durch diese Fülle, die er erschaffen hatte, diese Großartigkeit, etwas aus der Welt weggenommen wurde. Manchen Menschen wurden Liebe und ein ungeheures Wohlbefinden zuteil. Manche Frauen wurden beim Nähen blind. So war nun mal der Lauf der Dinge. Wesentliches kann man nicht erschaffen oder zerstören, nur umverteilen. Hat man hier ein bißchen mehr, gibt es da drüben ein bißchen weniger.

1984 Mary ging zum Fenster und schaute auf die Überreste von Constantines Gemüsegarten. Das war das einzige Zugeständnis an ihren Zorn, an ihr unterschwelliges Bedürfnis, weh zu tun. Das Haus war weiterhin tadellos; sie machte die Betten, wischte die Böden, polierte den Eßzimmertisch, bis die Platte in einem tiefen und satten Glanz erstrahlte, obwohl sie ihre Mahlzeiten stets in der Küche oder auf einem Tablett vor dem Fernseher einnahm. Doch in Constantines Garten tat sie nichts. Gleichgültig, wenn auch mit leichtem Ingrimm, sah sie zu, wie die Tomaten reiften und an der Staude aufplatzten, wie die Bohnen welkten und das Basilikum braun wurde. Sie sah zu, wie die Zucchiniranken auswuchsen und den ganzen Garten überwucherten, wie die Zucchini groteske Ausmaße annahmen, bis sie wie aufgequollene Baseballschläger aussahen, groß und holzig, ungenießbar. Danach sah sie zu, wie die Zucchini abstarben, jählings in sich zusammenfielen, schrumpften, bis schließlich nichts als tote, beim ersten Frost mürbe gewordene Blätter übrigblieben und eingefallene Fruchtkörper. Mary deckte die Rosenstauden ab, bettete die Zwiebeln der mehrjährigen Blumen in Torfmull, beschnitt den Birnbaum. Hingebungsvoll kümmerte sie sich um alles Leben im und um das Haus, doch sie rührte keine Hand – setzte nicht einmal den Fuß hinein – für Constantines zugrunde gegangenen heiligen Gatten. Der erste Schnee puderte die schwarz gefaulten Salatköpfe, die nicht einmal mehr die Kaninchen fressen wollten. Der Wind riß die Bohnenstangen um, und einmal, an einem stürmischen Tag Anfang Dezember, blickte Mary gerade zur rechten Zeit aus dem Fenster und sah, wie eine kleine, sich schlängelnde Ranke mit einem feinen, fächerförmigen braunen Blatt über den Zaun hinweggefegt wurde und in dem wirbelnden, eisigen Grau verschwand.

1986 Jamal aß den Himmel. Er riß den Mund so weit auf, daß er das schwache Knacken der Gelenke tief in seinem Kiefer spürte, während er alles einsog, das ganze fette, schwere Weiß, das ihn umwirbelte. Auf seiner Zunge verwandelte es sich in Nichts. Er rannte im Kreis, aß einen Klumpen von diesem dicht und weiß herabfallenden Himmel, und er stellte fest, wie er von der Kälte und der Weite erfüllt wurde, dem ganzen riesigen, leeren Raum.

»Jamal.« Es war Cassandra, mit blauer Brille und einer weißen Jacke. Jamal sog einen letzten Mundvoll ein. Bedauernd blickte er auf den ganzen Himmel, den er nicht mehr essen konnte.

»Gehen wir, Baby.« Cassandra, die in ihren schweren Stiefeln groß wirkte, kam her. »Alle anderen sind soweit.«

Jamal stand abwartend da. Er hatte einen Teil der weißen Stille gegessen, aber es war noch soviel übrig.

»Hübsch, was?« sagte Cassandra. Sie legte ihre große Hand auf seinen Kopf. »Wenn man die Natur mag. Nun, ich persönlich ziehe eine Cocktailbar oder eine Wohnung vor, wo man das Licht ein bißchen regeln kann. Helligkeit ist was für junge Leute. Und jetzt komm mit, sonst fährt deine Großmutter da drin noch aus ihrer Strumpfhose.«

Jamal ergriff ihre Hand. Ihre Hand war regelrecht heiß, voller wulstiger Ringe. Flocken fielen auf ihre weiße Jacke und verschwanden. Als sie ihn zum Haus zurückführte, riß er den Mund weit auf und aß noch ein bißchen mehr.

»Man wird zu Stein, wenn man nicht vor Einbruch der Nacht aus Connecticut wegkommt«, sagte Cassandra. »Moment mal, das stimmt nicht. Ich habe deiner Großmutter versprochen, daß ich in deinem Beisein nicht mehr übertreiben will. Sie sorgt sich um deinen gesunden Menschenverstand. Also hör zu, ich ziehe die Aussage zurück. Man wird nicht zu Stein, wenn man nach Einbruch der Dunkelheit in Connecticut bleibt. Das Leben geht ganz normal weiter, aber in Connecticut.«

Jamal füllte seinen Mund, machte Fußstapfen. Das Haus kam in Sicht, weiß, mit weißen Streifen an den schwarzen Fensterläden. Flocken fielen vor den gelben Fensterhöhlen.

»Da wären wir«, rief Cassandra durch die Hintertür. Drinnen war es warm und voller Vorschriften. Seine Großmutter kam aus der Küche, kauerte sich vor ihn.

»Da bist du ja«, sagte sie. Sie schenkte ihm ihr knappes, schmerzliches Lächeln. Sie war dunkler als Cassandra, heiterer und besorgter. Sie und Cassandra hatten den gleichen Mund.

»Guck dich an«, sagte seine Großmutter. »Du bist ohne deine Fäustlinge da draußen gewesen.«

»Einem jähen Drang anheimgefallen«, sagte Cassandra.

»Seine Hände sind eiskalt.« Großmama machte ein verkniffenes Gesicht. Für sie war Sorge etwas, was man schmecken konnte.

»Komm mit in die Küche, Jamal«, sagte Cassandra. »Wärmen wir deine kleinen Patschhändchen ein bißchen auf.«

»Ehrlich«, sagte seine Großmutter. »Du kannst nicht halb angezogen rausrennen. Es ist *eiskalt* da draußen.«

»Wie wahr, wie wahr«, sagte Cassandra. »Danket dem Herrn für die Zentralheizung.«

»Jamal, hörst du mir zu? Du mußt *nachdenken*. Du kannst nicht einfach alles tun, was dir in den Sinn kommt.«

»O Mary«, sagte Cassandra.

Das Gesicht seiner Großmutter erstarrte.

»Also wirklich«, sagte sie. »Ich bin seine Großmutter.«

»Und ich bin seine Patentante. Und ich bin der Meinung, daß ein vierjähriger Junge ab und zu ruhig mal ohne seine Fäustlinge raus in den Schnee laufen kann. Das bedeutet noch lange nicht, daß er eines Tages auf die schiefe Bahn gerät.«

»Cassandra ...«

Großmama blickte zu Boden, dann wieder auf. »Schon gut«, sagte sie. Sie kaute an einem dicken, süß-sauer schmeckenden Kloß aus Ärger und Sorge. »Seht zu, daß ihr weiterkommt, ihr zwei.«

Jamal ließ sich von seiner Großmutter an der Hand nehmen und in das Zimmer führen, wo die Party gewesen war. Unter der Decke hüpften und tanzten noch die Ballons. Weißlich stand die halbe Torte auf dem weißen Tisch, umrahmt von geschmolzenen Kerzenstümpfen. Ben saß auf einem Stuhl am Kopfende des Tisches, daneben Tante Susan. Ihr Großvater stand dahinter und schaute sich gierig im Zimmer um. Er wollte das Haus essen. Jamal wollte alles essen, was außerhalb des Hauses war. Ben fuhr mit seinem neuen, orangen Lastwagen über das Tischtuch. Er schaute Jamal mit seinen harten Augen an.

»Du bist ja noch da«, sagte Ben.

Jamal nickte. Ben und sein Großvater schauten ihn an und sahen, daß er klein und dunkel war und leicht verschwinden konnte. Er sah, daß sie ihn so wahrnahmen.

»Klar bist du noch da«, sagte Großpapa. »Du würdest doch nicht von deiner eigenen Geburtstagsparty davonlaufen?«

»Alle haben gedacht, du hättest dich verlaufen«, sagte Ben.

Tante Susan strich über Bens Haare. Dann kam sie her und wartete eine Viertelsekunde, bevor sie über Jamals Haare strich. Er spürte ihre Hand, wie sie verharrte, und dann spürte er die Berührung.

»Wir haben dich aus den Augen verloren, Liebling«, sagte Tante Susan.

Jamal nickte. Er hatte die frostige Luft gegessen. Er war nirgendwo gewesen und überall.

»Wir müssen aufbrechen«, sagte seine Großmutter. »In dem Wetter möchte ich nicht bei Dunkelheit fahren.«

Sie sprach mit seinem Großvater, auch wenn sie ihn nicht anschaute. Da waren die schlechten Straßen und die Dunkelheit. Da war noch etwas anderes, ein lauerndes, geduldiges Verlangen.

»Hmm«, sagte Tante Susan. »Jamal, mein Schatz, schön, daß du hiergewesen bist.«

Onkel Will kam von irgendwo her. Erst war er nicht im Zimmer und dann doch.

»He, wir haben schon gedacht, du wärst nach Hause gelaufen.«

Jamal blickte auf den Teppich. Da waren Leute drin versteckt. Hier war die fette Japanerin mit den ausgebreiteten Armen. Dort war der lächelnde Teufel. Als er wieder aufblickte, war Onkel Will immer noch da. Er stand bei Tante Susan. Tante Susan lächelte. Ihr Kleid war so ähnlich wie das von Großmutter, aber heller, mit mehr Knöpfen. Tante Susan trug den goldenen Vogel an der Brust, den hellen, stummen Vogel mit dem scharfen Schnabel.

»Kommt jetzt, ihr Rasselbande«, sagte seine Großmutter. Ängstlich sah sich Jamal nach Cassandra um. Sie war weg, und dann war sie auf einmal wieder da, hinter ihm. Sie hatte ihr Strahlen und ihren Duft an sich. Er griff hoch und berührte seine Haare, dann griff er nach ihrer Hand. Das Zimmer glitzerte und funkelte.

»Besten Dank euch allen«, sagte Cassandra. Es dauerte eine Zeitlang, bis alle ihre Mäntel angezogen und voneinander Abschied genommen hatten. Als die Haustür aufging, wehte Schnee herein. Jamal sah zu, wie er zwischen den Dielen verschwand. Er dachte an alles, was er nicht gegessen hatte. Er hatte ein paar seiner Geschenke im Arm: einen orangen Laster, so ähnlich wie der von Ben, und ein Raumschiff Enterprise. Onkel Will hatte den Stoffbären, den Jamal sich gewünscht hatte, und der ihm jetzt peinlich war, obwohl er ihn noch immer wollte und, auf eine unbestimmte Art, zugleich auch verabscheute. Der Bär hatte blicklose schwarze Augen und eine blasse, orange Zunge.

»Bestell Zoe gute Besserung«, sagte Tante Susan.

»Aber natürlich«, sagte Großmama. Sie küßte Tante Susan. Susan war wie seine Großmutter, aber dunkler, besorgter und glatter. Der Vogel an ihrer Brust glitzerte. Jamal, der die Arme voller Geschenke hatte, ging zwischen Cassandra und Onkel Will zum Wagen. Da waren sie, die verzwickten Schwingungen von Liebe und Haß, ein tiefes, vielschichtiges Summen. Als er zurückblickte, sah er Ben und Großpapa im gelben Licht unter der Tür stehen und warten, bis sie aufbrachen. Onkel Will fuhr, und Großmama saß vorne neben ihm. Jamal saß mit Cassandra hinten.

»Tja, das wäre überstanden«, sagte Onkel Will.

»Ich find es schön«, sagte Großmama.

»Klar«, antwortete Onkel Will. »Es war schön. Es war eine bezaubernde kleine Party.«

Jamal beobachtete, wie die Flocken an die Autofenster klatschten. Er beobachtete, wie die Bäume vorbeihuschten und andere Autos und Häuser. Er sah, wie er alles an sich nahm, aus dem Fenster griff und jedes Haus, jeden Baum einsammelte, während sie durch das wirbelnde Weiß fuhren. Er sah, wie er sie mit nach Haus nahm und seiner Mutter zeigte.

»Sag's noch mal«, flüsterte er Cassandra zu.

»Was?«

»Du weißt schon.«

»Noch mal dasselbe?« sagte sie.

»Ja.«

»Schätzchen, du bist ja *besessen?*«

»Sag es.«

»Okay. Du warst nagelneu, du warst das winzigste kleine Ding ...«

»Wie winzig?«

»Hmm. Du warst noch ein bißchen kleiner als die Hühnchen im Fenster von Lee Chow.«

»Nein.«

»Wir werden keinen Zentimeter davon abweichen, nicht wahr? Okay, du warst genauso winzig wie Mrs. Garcías Hündchen. Der geheimnisvolle Namenlose.«

»Ja.«

»Und wir haben dich ins Auto gelegt und sind mit dir bis zum Green River in Massachusetts gefahren.«

»Das hat lange gedauert«, sagte Jamal.

»Ja, das hat es. Über zwei Stunden. Es gab günstiger gelegene Flüsse, aber deine Mutter war mal am Green River gewesen und hat dabei festgestellt, daß er etwas Magisches an sich hat. Und als du dann geboren bist, blieb uns nichts übrig, als dich dort zu taufen.«

»Ja.«

»Wir sind mehr als zwei Stunden gefahren«, sagte Cassandra. »Es war an einem schönen Tag im Juli, und entlang der Straße blühten Tigerlilien und Rudbeckien. Ich trug, wenn ich das so sagen darf, ein sehr reizendes kleines Taufkostüm. Weiße Lederhose, dazu einen weißen Frack und ein Paar Wanderstiefel, weil es nämlich eine *Wanderung* war, Schätzchen, bis wir bei diesem magischen Fluß ankamen, da sich deine Mutter keinen ausgesucht hat, der in Straßennähe lag, nein, das hat sie nicht.«

»Wir sind mit einem blauen Auto gefahren.«

»Ja, das sind wir. Mit einem geliehenen Toyota, nichts Großartiges, aber zuverlässig. Du warst dabei und deine Mutter und Onkel Will und ich.«

»Hmm.«

»Und als wir ankamen, haben wir das Auto abgestellt und dich bis zum Fluß getragen.«

»Wie lange?« sagte Jamal.

»Oh, laß mich mal nachdenken. Wie lautet doch die richtige Antwort darauf? Länger, als man zu Fuß von der Canal Street zum Central Park braucht.«

»Das ist richtig.«

»Und schließlich kamen wir hin, und die Frisur von deiner Tante Cassandra war ein bißchen durcheinander, aber sie war ein treuer Weggefährte, eine sehr entfernte Verwandte von Daniel Boone. Und wirklich, der Fluß war wunderschön. Es war ein großer, breiter Fluß, an beiden Ufern mit Bäumen bestanden, und Herrgott, es war kaum jemand da, weil nicht viele Leute freiwillig soweit laufen, bloß um irgendwas zu sehen, was bei ihnen zu Hause aus der Leitung kommt ...«

»Es hat Fische gegeben.«

»Hmm. Forellen. Man konnte sie sehen. Wir haben alle unsere Schuhe ausgezogen und sind hineingewatet. Das Wasser war eiskalt, und Tante Cassandra hat sich einen Moment lang geziert, sich dann aber bewundernswerterweise überwunden. Das Wasser war klar, und der Grund war mit lauter kleinen runden Steinchen übersät, und es war wirklich ganz hübsch, auch wenn es bei der Temperatur sogar 'nen Eskimo gegraust hätte.«

»Mami hat mich getragen.«

»Ja, das hat sie«, sagte Cassandra. »Wir haben dich hinaus ins Wasser getragen und ein paar Worte gesagt, und Will und ich haben versprochen, uns um dich zu kümmern, und dann hat Will dir trotz der Einwände deiner Tante Cassandra ein bißchen eisiges Wasser über den Kopf gegossen. Weil es ja immerhin eine Taufe war.«

»Ich habe geschrien.«

»Wie jeder halbwegs empfindsame Mensch. Du hast den ganzen Rückweg über geschrien, und kaum waren wir wieder im Auto, bist du eingeschlafen.«

»Und damit ist die Geschichte zu Ende«, sagte Jamal.

»Mehr oder weniger. Auf diese Weise wurde das müde alte Ding, das du vor dir siehst, zur Patentante. Schätzchen, was wäre die Welt bloß ohne Überraschungen?«

»Das ist das Ende«, sagte Jamal.

»Tja, ja, aber andererseits auch wieder nicht«, antwortete Cassandra.

Zoe hatte Fieber, als sie nach Hause kamen. Es hatte eine Weile nachgelassen; sie hatte ganz normal am Tisch gesessen, eine Tasse Kamillentee getrunken, den an ihrem Fenster vorbeiwirbelnden Schnee betrachtet und auf die Rückkehr ihres Sohnes gewartet. Dann flackerte das Fieber wieder auf, und sie wurde hineingezogen, sie versank in Hitze und Benommenheit, in merkwürdigen, brodelnden Gedanken, die sich in Träume verwandeln wollten. Die Krankheit war wie eine Droge, aber sie hatte auch etwas Schneidendes an sich, etwas Gemeines, und sie mußte kämpfen, damit sie den Überblick behielt, das Zeitgefühl in diesem Raum mitten im Schnee. Sie war in New York, es war Januar. Die verblichenen Rosen auf dem Lehnsessel wollten sich bewegen, Gesichter schneiden, doch sie sagte nein, und sie blieben Rosen, rosa und purpurrot, unverändert. Sie lag auf der Matratze, betrachtete die Rosen, und dann waren sie da – sie hatte so genau auf die Rosen geachtet, daß sie die Tür nicht gehört hatte. Scheu und ungeduldig stieg Jamal zu ihr auf die Matratze. Er strahlte Kälte aus, und seine Haare waren mit klaren, kugelrunden Wasserperlen übersät.

»He«, flüsterte sie. »Da bist du ja wieder.«

»Ich habe ein Raumschiff gekriegt«, sagte er. Er zeigte es ihr, eine graue Untertasse mit einer durchsichtigen Kuppel oben drauf. In weitem Bogen schwang er es durch die Luft, und sie konnte es riechen, den strengen Plastikduft, die künstliche, leblose Süße.

»Genau so eins, wie du dir gewünscht hast«, sagte sie. Sie hörte ihre Stimme, ein wäßriges Hauchen, das irgendwo aus ihrer Nähe kam, aber nicht aus ihr. »Hat es dir Spaß gemacht?«

»Ja«, sagte er, doch sie wußte, daß er nicht die Wahrheit sagte. Woher lernten sie zu lügen, so früh schon, selbst wenn sie niemand dazu aufforderte?

Ihre Mutter setzte sich auf den Rand der Matratze, legte ihr die Hand auf die Stirn. »Du glühst ja immer noch«, sagte sie.

»Es geht schon«, sagte Zoe. »Eine Zeitlang ging's mir besser. Es hat erst vor etwa einer halben Stunde wieder angefangen.«

»Ich glaube, du solltest lieber zum Arzt gehen«, sagte Will. »Wenn du ihn nicht anrufst, tu' ich es.«

»Nein, schon in Ordnung«, sagte Zoe. »Es ist eine Grippe. Jamal hatte sie letzte Woche, stimmt's, mein Schatz?«

Er nickte. Er war versunken, vollauf mit dem Raumschiff beschäftigt, und sie schloß sich ihm an. Die Lampe schien auf die graue Außenhaut und die weiße Aufschrift *Enterprise.* Im Weltall war es hell, nicht dunkel. Man konnte überall hin.

»Ich mache für Jamal eine Suppe heiß«, sagte Cassandra. »Schätzchen, möchtest du nicht auch ein bißchen was essen.«

»Nein«, sagte Zoe. Die Haut des Schiffes war glatt und glitzernd wie Granit, und einen Moment lang glaubte sie, in diesem kleinen Spielzeug sei etwas Großartiges versteckt. Dann glaubte sie es nicht, dann doch wieder.

»Ich möchte keine Suppe«, sagte Jamal.

»Okay, na schön«, versetzte Cassandra. »Ich hatte sowieso nicht vor, mir beim Büchsenöffnen die Fingernägel zu ruinieren.«

»Er sollte aber etwas essen«, sagte Zoes Mutter. »Jamal, du hast den ganzen Tag nichts als Labberzeug zu dir genommen.«

»Er hat Geburtstagstorte gegessen, Eiscreme und eine beträchtliche Menge Schnee«, sagte Cassandra. »An manchen Tagen ist einem halt nur nach weißer Kost zumute.«

»Bloß ein paar Löffel Suppe, Jamal«, sagte Zoes Mutter.

»Keine Suppe«, sagte Jamal, doch Zoes Mutter ging in die Küche und machte Suppe heiß, weil sie es so entschieden hatte. Zoe spürte, daß Jamal zwischen Furcht und Verlangen hin- und hergerissen war, daß er Hunger hatte, aber auf gar keinen Fall Hunger haben wollte, daß er sein Raumschiff liebte. Sie ermahnte sich: Du bist seine Mutter. Laß dich nicht zu sehr von ihm hinreißen.

Will kniete sich neben die Matratze, streichelte ihr Haar. »Ich mache mir Sorgen um dich«, sagte er.

»Mußt du nicht«, versetzte sie. »Eine Grippe, was ist da schon dabei?«

»Dreimal seit September.«

»Ich krieg' sie von Jamal. Jede, die viel mit einem Kind zusammen ist, wird krank. Wir stecken uns immer wieder gegenseitig an.«

»Ich wünschte trotzdem, du würdest zu einem Arzt gehen.«

»Ich brauche keinen Arzt«, sagte sie. »Ich bleibe ein, zwei Tage im Bett, dann vergeht es von selbst wieder.«

Cassandra kniete sich neben Will. Da waren sie mit ihrer Sorge und ihrer Liebe, ihrem Stolz und Selbstbaß, ihrem beiderseitigen Widerwillen voreinander. »Meiner Ansicht nach brauchst du vor allem eins«, sagte Cassandra. »Daß wir alle gehen und dich endlich allein lassen, damit du ein bißchen schlafen kannst.«

Zoe lächelte, in Hitze gehüllt. Da war Wills Gesicht, hübscher jetzt, seit er sich eine Persönlichkeit erschaffen hatte, ruhig und von sich überzeugt, wie ein Garten, der nur einer Frucht vorbehalten ist. Da war die freimütig zur Schau getragene, trotzige Häßlichkeit von Cassandra, ihre herbe Ausstrahlung. »Ihr müßt nicht gehen«, sagte Zoe, doch sie wußte, daß sie schließlich doch gehen würden, egal, was sie sagte, ob sie es wollte oder nicht.

Sie hatte geträumt. Ein Fiebertraum, aufwühlend, voller Ängste und Beklemmungen, so als sei die Welt von lauter Schrecken bevölkert. Sie wachte auf und lag schwer atmend da, bis sie sich wieder im Zimmer zurechtfand, mit der unebenen Decke und den alten Möbeln, dem blauen Fenster, durch das kraftlos ein einzelner Winterstern schien. Jamal war zu ihr ins Bett gekommen. Sie kämpfte gegen den Drang an, ihn zu wecken, und dann wachte er von selbst auf, so als habe er ihre Gedanken gehört. Das kam manchmal vor. Sie wußte nicht genau, ob es ein Zeugnis für oder wider ihre Fähigkeiten als Mutter war. Er schlug die Augen auf und starrte sie an.

»Hi«, sagte sie. Er antwortete nicht. Er hatte sein Raumschiff ins Bett mitgenommen.

»Alles in Ordnung?« fragte sie. Er nickte. Sie zog ihm die Decke über die Brust. Der bleiche, kalte Stern schien nach wie vor durchs Fenster, und Zoe erlebte eine Art Wachtraum, in dem sie und ihr Sohn sich in einer Ruine verbargen, zwischen hallendem Marmor und feuchten Schlinggewächsen im blauen Schatten eines verfallenden Monuments, während jemand oder etwas sie suchte. Er war so lebhaft, daß sie den Finger an die Lippen legte und Jamal zu schweigen gebot. Dann ging der Traum vorüber, und sie stellte fest, daß sie eine ganz normale Frau war, die sich mit ihrem Sohn in einem Zimmer in New York befand. Doch das Gefühl, gehetzt zu werden, wollte nicht abklingen. Flüsternd befahl sie Jamal, er solle wieder schlafen, worauf er das Raumschiff nahm und über seinen Kopf hielt.

»Beam uns hoch«, sagte er.

1987 Seine Mutter wollte etwas von ihm. Er lag unter dem Bett und atmete die Dunkelheit ein, während sie suchend seinen Namen durch die Zimmer rief. »Ben? Ben? Benjamin?« Er machte sich so klein wie möglich inmitten der Stille, die ihn umgab. Er war nicht bereit, sich sehen zu lassen, nicht jetzt. Alte Fehler beschäftigten ihn, bittere Gedanken, die dumpfe Armseligkeit des Daseins. Sie wollte ihn in strahlender Verfassung. Er konnte nicht strahlen, nicht jetzt, daher machte er sich unsichtbar und ließ sie weiter durchs Haus ziehen und seinen Namen in Zimmer rufen, wo sie nur Tapeten und die in stummer, femininer Würde im nachmittäglichen Licht stehenden Möbel vorfand. Er wartete; er nahm ihr Parfüm wahr, als sie vorbeiging. Bitte, sagte er still vor sich hin, und schließlich verschwand sie und sagte zu seinem Großvater: »Hier ist er nicht. Vielleicht ist er hinunter zum Strand gegangen. Genau, dachte er, zum Strand, und er sah sich dort stehen – sein anderes, goldenes Ich, heiter und stark, furchtlos – und eine Muschel oder den Griff einer Porzellantasse oder irgendein anderes kleines Geschenk in Händen halten, das er gefunden hatte. Er wartete derweil ab, verkrochen in sein kläglicheres Ich, ein Junge, der sich unter dem Bett versteckte und nicht auf die Rufe seiner Mutter reagierte, und nach einer Minute krabbelte er hervor und spähte über den Fenstersims. Da war sie, auf dem Weg zum Strand, eine schmale, entschlossene Gestalt in einem blaßrosa Rock, die sich mit grimmigem Besitzerstolz bewegte, so als wäre sie die verschollene Gemahlin des Ozeans, die nun zurückkehrte, um ihre Rechte einzufordern. Mama, rief er tonlos und sah zu, wie sie davonschritt, den Sohn zu finden, den sie sich wünschte, den Sohn, der nicht kläglich oder unartig war, sondern sie mit einem Geschenk erwartete.

Als sie außer Sicht war, kletterte er auf das Bett und legte sich hin, genoß das Gefühl, vom Haus seines Großvaters umgeben zu sein. Er liebte dieses Haus mehr als jeden anderen Ort. Es warf seinen Schatten auf die Bäume rundum; alle seine Geheimnisse waren neu und rein. Vom Schlafzimmerfenster aus sah man den Garten, und vom Garten aus sah man die gerade blaue Linie des Ozeans, der einem, wenn man dort stand, wie etwas Gewaltiges und Schlichtes und zugleich unvorstellbar Kostbares vorkam, das sich nur deshalb dort befand, damit die vielschichtigen Schönheiten des Hauses zur Geltung kamen. Das Haus hatte Fenster aus blauem und rotem Glas. In dem Haus gab es Kronleuchter, an denen sich das Licht in reinem, farblosem Funkeln brach, einen offenen Kamin, in dem Ben aufrecht stehen konnte, ein Zimmer, das er den Eispalast nannte, weil es mit dicken weißen Teppichen, weißen Stoffblumen und weißen Korbstühlen ausgestattet war, die still und wie erstarrt darauf warteten, daß sich jemand auf sie setzte, damit sie ihre heimliche Musik erzeugen konnten, ein eisiges Knacken und Ächzen. Etwas Helles und Verheißungsvolles, etwas Unsichtbares bewegte sich gemächlich und selbstsicher von Zimmer zu Zimmer. Es war kein Gespenst – das Haus war zu makellos für Gespenster, zu lichtdurchflutet. Aber neben seinem Großvater und Magda hauste noch irgend etwas anderes darin, ein lebender, nichtmenschlicher Geist, den Ben sich als weißen Pfau vorstellte, erhaben, stolz und sagenhaft, der jetzt die Wendeltreppe heraufstieg, um dann den mit Teppichen ausgelegten Flur zu dem Erkertürmchen im dritten Stock entlangzustolzieren, wo sich das auf den Garten und den Ozean gerichtete Fernrohr befand und auf dessen Dach die amerikanische Flagge im Wind knatterte.

Er lag auf dem von ihm in Beschlag genommenen Bett in dem kleinen Zimmer mit Blick auf den Baum, in dem es eine Kommode gab, deren Messinggriffe wie grollende, entrüstete Adler aussahen. Er stand auf – studierte vor dem Spiegel kurz eine unschuldige Miene ein und begab sich auf die Suche nach seinem Großvater.

Sein Großvater war nach unten in die Küche gegangen, wo er am Fensterbrett Tomaten aufreihte. In dem dunkelblauen Hemd und mit dem verbeulten Strohhut auf dem Kopf wirkte sein Großvater massig, freundlich und kuschelig.

»Hi«, sagte Ben, und er war der Ansicht, daß seine Stimme einigermaßen normal klang. Sein Großvater wandte sich um. Sein Großvater war gütig und großherzig, ein alter Mann mit bescheidenen Bedürfnissen.

»Hallo, Kleiner. Deine Mutter hat dich überall gesucht.«

»Ich bin hier gewesen«, sagte Ben. Flugs ging er zum Fenster und nahm eine satt und durchscheinend glänzende Tomate in die Hand. Da war die Tomate, und da war der Duft seines Großvaters, eine Mischung aus Aftershave und dem würzigen, strengen Geruch seines Fleisches.

»Sie ist runter zum Strand gegangen und sucht dich«, sagte sein Großvater.

Ben balancierte die Tomate auf dem Handteller. »Fleischklops«, sagte er.

»Der Stolz von New Jersey«, antwortete sein Großvater. »Komm, wir holen deine Mutter. Dein Vater wird jede Minute hiersein und euch abholen.«

Widerwillig legte Ben die Tomate zurück und folgte seinem Großvater durch die Küchentür. Als sie hinunter zum Ozean gingen, nahm ihn sein Großvater an der Hand. Mit sieben war Ben eigentlich zu alt für so etwas, doch seinem Großvater gestattete er es nicht nur, sondern er hoffte sogar darauf, weil sein Großvater ein geheimes Wissen besaß und ein wahrhafteres, zufriedeneres Leben führte. Ben hielt die Hand seines Großvaters fest, während sie am Rand des Gartens entlanggingen, und eine jähe, heiße Lebensfreude erfüllte ihn, eine große, unbestimmte Sehnsucht, ausgelöst durch den Geruch seines Großvaters und die Erinnerung an die fette Tomate in seiner Hand, ihre Fülle und ihren Glanz, das satte, unregelmäßige Fruchtfleisch. Ein reines, prickelndes Hochgefühl erfaßte ihn – da war eine Fülle zwischen seinen Beinen, und das Wort *Fleischklops* ging ihm durch den Kopf –, und augenblicklich schämte er sich dafür. Er war unartig, obwohl er nicht hätte sagen können, wieso. Da war es wieder, sein minderwertiges Ich, das zaghafte, das sich versteckte, und bald, sehr bald schon, würden sie seine Mutter finden, die etwas anderes von ihm erwartete. Als er und sein Großvater am Garten vorbei- und den Abhang zum Strand hinuntergingen, stellte Ben sich vor, er könne in seinen Großvater hineinsteigen wie ein Soldat in einen Panzer und ihn auf die Frau in dem rosa Rock zusteuern, die stets Rechtschaffenheit verlangte. Da war sie, im Sand vor dem Ozean, und suchte ihn.

»He, Susie«, rief sein Großvater. »Schau mal, wen ich gefunden habe.«

Sie wandte sich um und sah ihn. Ben war sich nie ganz sicher, was sie wußte, wie tief ihre Blicke gingen. Er nahm sich zusammen, ließ die Hand seines Großvaters los. Er rannte zu ihr, und beim Rennen fand er wieder zu sich, zu seiner Kraft und Reinheit. Als er »Hi, Mama« rief, klang seine Stimme so ruhig wie die Wogen.

»Hallo«, sagte sie, und sie war weder ärgerlich noch enttäuscht. Bei seinem Anblick, als sie ihn rennen sah, wurde ihr Gesicht dunkel vor Freude. »Ich habe dich überall gesucht«, sagte sie.

»Ich war die ganze Zeit da«, sagte er. Etwas geschah mit ihm. Er konnte es spüren. Er war vor der Furcht und der Unartigkeit davongerannt, er war allem entwischt, und da war er nun, ein fröhlicher Junge, der nichts zu verbergen hatte. Er rannte zu seiner Mutter, vollführte zur Ablenkung einen kurzen Tanz vor ihr, hob einen Stein auf und warf ihn in das blaue Wasser. Er spürte, wie kräftig sein Arm war, wie heiß seine Freude.

»Komm schon«, sagte sie. »Dein Vater wird jede Minute hier sein, und wir sind noch nicht einmal annähernd fertig.«

Ben warf einen weiteren Stein, dann noch einen. Er tanzte am Strand, und jetzt war es ein wilder, hopsender Reigen zur Feier seiner Daseinsberechtigung. »*Komm* schon«, sagte seine Mutter, doch er wußte, daß seine kleinen Ungehorsamkeiten, seine unbändige Energie einen Teil seines Charmes ausmachten. Sein Großvater wollte seine große, braune Hand auf die Schulter seiner Mutter legen, doch sie trat einen Schritt weg. Sie kam her und strich Ben zärtlich, mit unermeßlichem Stolz, über den Hinterkopf.

»Ich konnte dich nirgendwo finden«, sagte sie so leise und inständig, als ginge es um ein Geheimnis, das nur sie beide kannten und vor seinem Großvater verbergen müßten. Er hob einen Stein auf, hielt ihn in der Hand. Der Ozean war voller heller Sprenkel, stetig und zielbewußt. Er stand neben seiner Mutter und blickte hinaus. Er hielt den Stein in der Hand.

»Macht euch lieber auf die Socken«, sagte sein Großvater, und Ben spürte, was die Stimme seines Großvaters auf der Haut seiner Mutter anrichtete, das leichte Schaben. Er warf den letzten Stein – er hüpfte einmal auf, zweimal – und rannte wieder den Strand hinauf. Er genoß die über seine Haut streichende Luft, die Spätnachmittagssonne und den Wind. Während er rannte, kam es ihm vor, als lasse er kleine Blitze hinter sich, das Gegenteil von Schatten, glitzernde Punkte, die er ausstrahlte, so ähnlich wie Licht auf einer Messerschneide. Er rannte zum Haus, wußte, daß er jede Suche wert war. Er überlegte, ob er bis zum Erkertürmchen laufen, seine Mutter dort hinlocken sollte, doch als er in den Vorsaal kam, war Magda da, die gerade die Autoschlüssel in die Handtasche steckte. Sie klirrte und funkelte und bedachte ihn mit ihrem breiten, gleißenden Strahlen. Magda schaute ihn an. Es war, als richte sie ihren Suchscheinwerfer auf ihn; sie konnte alles beim Namen nennen.

»Hallo«, sagte sie. Sie schaute wieder in ihre Handtasche, wo sie offenbar eine Welt im kleinen sah, die ihr mehr Zufriedenheit und Seelenfrieden bereitete als die große.

»Hi«, sagte Ben. Unter all den Erwachsenen, die er kannte, war Magda die einzige, die es nicht für nötig hielt, sich mit irgendwelchen Worten oder Taten bei ihm einzuschmeicheln. Aus diesem Grund, und aus etlichen anderen mehr, liebte er sie.

Sie verlangte nichts, weder von ihm noch von jemand anders. Sie war reich, keck und entschlossen, fett und überschwenglich.

»Ich war am Strand«, sagte er im Brustton der Überzeugung, so als müsse er ihr etwas darlegen, sich genau erklären. Magda hatte eine mächtige, auf- und abwogende Brust und einen kantigen Kopf; manchmal stellte er sich vor, sie sei die Vorsehung und Stimme eines Vulkans.

»Der Strand ist voller Glassplitter«, sagte sie. »Ich weiß nicht, wo die alle herkommen.«

Sie klappte ihre Handtasche zu, und aus ihrer Brust drang ein grollendes Seufzen, so als wolle sie den Kronleuchter in Schwingungen versetzen, damit er zeigen könne, wie sich das Licht an ihm brach und veränderte. Magda hatte sich von der wundersamen kleinen Welt ihrer Handtasche losgerissen und sich einer Welt voller Glassplitter zugewandt, einer Welt, in der man scharfes Urteilsvermögen und Zurückhaltung benötigte.

»Ich bin immer vorsichtig«, sagte Ben, und er kam sich vor, als werfe er eine zu geringe Opfergabe – eine Hibiskusblüte, einen Granatapfel – in einen Kraterschlund.

»Hast du Hunger?« fragte sie, und ihr Tonfall deutete an, daß Hunger und Vorsicht eng miteinander verwandt waren. Ben empfand die Frage wie ein Rätsel, auf das es eine richtige und eine falsche Antwort gab.

»Nein«, sagte er unsicher, und sie nickte. Er hatte richtig geraten. Magda trug große, unregelmäßige Perlen an den Ohren, die wie kleine, schillernde Cousins von Großvaters Tomaten aussahen. Mitten auf ihrer Brust hockte starr und steif eine Diamanteidechse; die Edelsteine an ihren Fingern erwiderten das funkelnde Feuer des Kronleuchters. Einmal war Ben mit ihr in New York in ein Juweliergeschäft gegangen, und dort hatte sie die gleiche Zufriedenheit ausgestrahlt wie beim Blick in ihre Handtasche. Das Geschäft war voller Ecken und Kanten gewesen, ordentlich, von einem kühlen, erhabenen Schweigen erfüllt, und Ben stellte sich vor, daß es in Ungarn, wo Magda herkam, so ähnlich sein mußte wie in einem Juweliergeschäft und in ihrer Handtasche. Sie hatte Heimweh, sie sehnte sich nach einer Welt, in der alles sicher war, glitzernd und ordentlich auf Samtkissen ruhte.

»Heiß ist es heute«, sagte sie.

»Hmm.«

»Ich geh' mir ein Glas Sprudel holen. Möchtest du eins?«

»Okay«, sagte er, und sie schenkte ihm ein mattes Lächeln.

Magda ruhte in sich. Für sie war alles erfüllbar; wenn sie etwas brauchte, kaufte sie es sich.

Dann kamen Bens Mutter und Großvater, und alles änderte sich. Als Magda sie durch die Küchentür eintreten hörte, blickte sie Ben an, als habe er ihr etwas vorenthalten, etwas, das sie für ihren Feldzug wider Chaos und Überraschung hätte wissen müssen. Reumütig stellte sie ihre Handtasche auf das goldene Beistelltischchen und ging in die Küche. Ben folgte ihr.

Als Magda hereinkam, zeigte Großpapa Bens Mutter gerade eine von den Tomaten in der Küche. Ben sah, wie seine Mutter von der Tomate zu Magda blickte, und er erkannte, daß hier die Ursache für alles andere lag, in diesem heimlichen Geflecht aus Vorwürfen und Folgen. Die Tomate war an Magda schuld.

»Hi«, sagte Bens Mutter fröhlich.

»Hallo«, antwortete Magda.

Großpapa kam her und küßte Magdas kühle, gepuderte Wange. Bens Mutter verzog den Mund zu einem schmalen Strich, einem knappen, krampfhaften Lächeln.

»Hallo«, sagte Großpapa. »Wieder mal die Läden leergekauft.«

Magdas Miene wurde mit einem Mal mißmutig und ungehalten, so als schalte man in einem Auto unverhofft vom Vorwärts- in den Rückwärtsgang. Der Strand war voller Glassplitter, und die Möwen machten die Dachziegel kaputt. »Ich habe kein Kleid gefunden«, versetzte sie. »Die waren alle scheußlich.«

»Nächste Woche gibt's hier wieder ein großes Remmidemmi«, sagte Großpapa stolz. »Eine von Magdas Wohltätigkeitsveranstaltungen.«

»Krebs«, sagte sie, und ihr Gesicht wirkte wieder zufriedener.

»Mm«, sagte Bens Mutter.

»Wird diesmal 'ne dolle Sache«, sagte Großpapa. »Zelte, eine Band. Jede Menge gute Feen mit Blumen und Häppchen.«

Bens Mutter schaute auf die Uhr und sagte: »Ich weiß nicht, wo Todd bleibt.« Die Tomate war an Magda schuld, und Magda war am Krebs schuld, und alles zusammen, Magda und der Krebs und die

Glassplitter am Strand, fiel wiederum auf Großpapa zurück, der so stolz und glücklich dastand mit seinem zerbeulten Strohhut. Großvater war derjenige, den Ben am allermeisten liebte.

»Anna wollte mich zu so einem *grünen* Ding überreden«, sagte Magda. »Chiffon, mit Pailletten. Scheußlich. Hier gibt's nichts. Ich muß morgen nach New York fahren.«

»Ja, in New York gibt es *massenhaft* Kleider«, sagte Bens Mutter. »Oh, schau, da kommt er.« Der Wagen von Bens Vater rollte in die Auffahrt. Das Laub zeichnete dunkle Schatten auf den glänzenden braunen Lack, und Ben spürte das Ziehen in seinem Bauch. Bald würde er wieder allein mit seinen Eltern sein.

»Nimm die Tomaten mit«, sagte Großpapa. Er ergriff eine braune Papiertüte und schüttelte sie mit einer raschen, gekonnten Handbewegung auf. Großpapa wußte immer, was er machte. Er war freundlicher als Magda, aber genau wie sie konnte er sich alles gönnen, was er brauchte. Er liebte seine Tomaten, sein Haus. Er steckte die Tomaten in die Tüte, erst eine, dann noch eine und wieder eine. Da war seine starke braune Hand, da war die fette Fülle der Tomate, die er liebte. Ben spürte, wie sich wieder dieses Hochgefühl einstellte, das Ziehen in seinen Lenden, und er wußte, daß er in den unguten Zustand geraten, vom rechten Weg abirren könnte. Er rettete sich, indem er hinausrannte, dem Wagen seines Vaters entgegen.

Bens Vater hatte den Wagen geparkt und stieg gerade aus. Er strahlte Strenge und Opferbereitschaft aus, eine unendliche Tugendhaftigkeit. Ben rannte zu ihm und nahm teil an seines Vaters Güte, seiner Unnachgiebigkeit und alltäglichen Mühe. Einen Moment lang waren Ben und sein Vater eine Person. Dann sagte sein Vater: »Hi, Sportsfreund, wie läuft's?«, und allein sein Tonfall genügte, um sie wieder zu trennen. Das Leben von Bens Vater bestand aus lauter Erwartungen, und Ben sollte sie alle erfüllen.

»Ganz gut«, sagte Ben. Er verharrte zwischen zwei Zuständen, dem unguten und dem sichtbaren. Dann überkam ihn ein verzweifeltes Liebesbedürfnis, und er riß sich zusammen.

»Ich habe Freiwürfe geübt«, sagte er. »Sieben von zehn habe ich versenkt.«

»Gut. Das ist sehr gut.«

Sein Vater war glatt und stattlich und auf Glück bedacht. Ben tat sein Möglichstes.

»Ich möchte, daß Großpapa den Korb höher hängt«, sagte er. »Ich möchte, daß er ihn ganz oben hinhängt.«

»Meinst du, du bist schon soweit?«

»Hmm.«

Ben feuerte ein paar Boxhiebe in die Luft ab. Er tanzte für seine Mutter; für seinen Vater drosch er mit den Fäusten auf die Luft ein. Sein Vater hatte ein hübsches Gesicht, er bewegte sich so geschmeidig und anmutig wie ein Boot. Sein Vater schätzte alles ab, was ihm vor Augen kam, und traf rasche Entscheidungen.

»Reg dich wieder ab, Kleiner«, sagte sein Vater, und er klang so entzückt, daß Ben in gespieltem Zorn noch entschiedener auf die Luft einboxte. Sein Vater lächelte, ließ ihn an seiner Liebe und Zuversicht teilhaben. Er würde für den Senat kandidieren. Er würde mit ruhiger Hand fahren, sein Bedürfnis nach Nahrung befriedigen, in seiner Arbeit Vergebung finden.

»Ist deine Mutter drin?« sagte er.

»Hmm.«

»Seid ihr beide aufbruchbereit?«

»Jawohl.«

Bens Vater faßte ihm an die Schulter. Seine Hand teilte ihm mit, daß er jetzt wieder ruhig sein, sich korrekt und anständig verhalten sollte. So ähnlich stellte Ben ihn sich in der Arbeit vor; er stellte sich vor, wie er die Hand auf die Menschen, die Computer und die Telefone legte, sie alle darum ersuchte, ihm auf seinem weiteren Weg beizustehen, eine strengere Welt zu erschaffen, in der das Gute belohnt und das Schlechte vernichtet werden würde. Ben hört auf, in die Luft zu boxen. Er ging mit seinem Vater ins Haus, wo seine Mutter sie erwartete.

Sie sagte zu seinem Vater, daß sie froh sei, ihn zu sehen. Sie küßte ihn kurz auf den Mund, so als wolle sie es hinter sich bringen und holte die Sonnenbrille aus ihrer Handtasche.

»Hallo, Todd«, sagte Großpapa, und er und Bens Vater schüttelten sich nach Männerart die Hände, zeigten einander ihre guten Absichten und ihre Körperkraft. Magda schüttelte seinem Vater ebenfalls die Hand – sie küßte weder Männer noch Frauen –, und Ben konnte sehen, daß sie dabei an Juweliergeschäfte und das Innere ihrer Handtasche dachte, an diese makellose Schönheit aus Schwarz und Gold. Sie war völlig in Gedanken an diese beschauliche Ordnung versunken. Morgen würde sie nach New York fahren, wo es massenhaft Kleider gab.

»Wir müssen uns sputen, Schatz«, sagte Bens Mutter zu seinem Vater. »Du bist spät dran.«

Bens Vater zuckte mit der Schulter – ein bißchen übertrieben, wegen Großpapa. Sie waren beide unschuldige Arbeiter, die in einer Welt voller Frauen zu überleben versuchten. Doch Großpapa ließ sich nicht darauf ein. Er gab wieder dieses Geräusch von sich – hech, hech, hech – und drückte Bens Mutter einen lauten Schmatz auf die Wange.

»Hast du deine Tomaten?« fragte er sie.

»Ja«, versetzte sie mit einem leisen Krächzen. Die Tomaten waren an Magda schuld; der Krebs fraß Mrs. Marshall im Haus nebenan.

»Laß dich mal drücken«, sagte Großpapa zu Ben, und Ben begab sich in Großpapas starke, stachlige Arme. Da war der Duft seines Großvaters, sein süßlich-scharf riechender Atem. In den Armen seines Großvaters war Ben formlos. Er durfte niemand sein.

Dann wurde er losgelassen, mußte sich wieder den alltäglichen Anforderungen stellen. Magda gab ihm einen trockenen Kuß, während sie über Kleider und Krebs nachdachte, das geordnete Dasein in anderen Ländern. Er ging mit seinen Eltern zum Wagen, begab sich auf den Rücksitz und sah zu, wie das Haus seines Großvaters im farblos wäßrigen Schimmern zwischen den anderen Häusern und Kartoffelfeldern verschwand.

»Wie war es?« fragte Bens Vater seine Mutter.

»Es ging«, sagte sie. »Das Übliche. Ich wünschte, du würdest dich nicht verspäten.«

»Ich tu' mein Bestes.«

»Magda hat *noch* mehr zugelegt. Sie ist breit wie eine Tonne.«

»Ich nehme an, dein Papa mag es ein bißchen mollig«, sagte Bens Vater.

»Bitte mach dich nicht darüber lustig. Mach dich über etwas anderes lustig.« Bens Mutter nahm ihre Sonnenbrille ab, putzte sie an ihrem Rock und setzte sie wieder auf. Sie wandte sich an Ben.

»Tja, mein Schatz«, sagte sie. »Wir haben es geschafft. Wie wär's, wenn wir bei P. J. zu Abend essen.«

»Klar«, sagte Ben, und er wußte, daß sie seine Freude genoß. Sie fuhren im Schatten der Bäume dahin, durch das gelegentliche Sonnenlicht. Seine Mutter war wieder glücklich, in Sicherheit. Sie summte irgend etwas vor sich hin, eine Melodie, die wie Musik gewordene Fröhlichkeit klang.

»Ich bin ja so erleichtert«, sagte sie zu Bens Vater, »daß ich wieder von dort weg bin.«

»Du hast deine Pflicht getan«, entgegnete Bens Vater.

»Weißt du, was sie sich jetzt noch anschaffen wollen? Einen Springbrunnen. Das erste, was man künftig zu Gesicht bekommt, wenn man durch die Haustür tritt, ist ein Gipsdelphin, der Wasser in eine Muschelschale speit.«

»Jeder nach seinem Geschmack.«

»Es ist peinlich. Für wen halten die sich eigentlich, für den König und die Königin von Saba?«

Ben saß auf dem Rücksitz und hatte die Tüte mit den Tomaten seines Großvaters auf dem Schoß. Er steckte die Hand hinein. Er ergriff eine Tomate, die noch warm war von der Sonne, und gestattete sich ein kurzes Abgleiten auf die andere Seite, in das schwache, schweigende Ich, das nur allein sein und schlafen wollte.

1987 Die Damenkränzchen waren Cassandras Idee gewesen. Mary hielt ihn hin und redete sich immer damit heraus, daß sie bereits anderweitige Verpflichtungen habe, an Stirnhöhlenbeschwerden leide oder einfach zu sehr mit dem Haus eingespannt sei. Doch Cassandra rief sie weiterhin an, beharrlich und seltsam unbefangen (merkte er denn nicht, daß er hingehalten wurde), und schließlich gab Mary nach. Ja, schön, sie werde in die Stadt fahren und sich mit Cassandra zum Mittagessen treffen. In Ordnung, am Montag in einer Woche um halb zwei in einem Lokal irgendwo in Greenwich Village. Nein, sie werde ganz bestimmt keine Schwierigkeiten haben, es zu finden.

Was hätte sie sonst tun sollen? Cassandra war tatsächlich Marys beste und einzige Verbindung zu Zoe. Aus irgendeinem Grund schien Zoe dieser Person zu vertrauen. Zoe hatte diese Person zur Patentante (ihre Bezeichnung) ihres Kindes ernannt, obgleich es natürlich keine richtige Taufe gewesen war und Zoe sich selbstverständlich nicht dazu überreden ließ, das Kind ordentlich in der Kirche taufen zu lassen. Mary hatte diesbezüglich zwiespältige Gefühle. Einerseits ging es um das Seelenheil des Kindes. Andererseits jedoch empfand sie unbestritten eine gewisse Erleichterung, weil sie nicht zu Pater McCauley von St. Paul gehen und mit ihm die besonderen Umstände bei der Taufe eines illegitimen Mischlingskindes besprechen mußte, dessen Vater weiß Gott wo war und dessen Mutter einen Mann als Patentante haben wollte, dem durchaus zuzutrauen war, daß er mit Perücke und Kleid im Hause des Herrn erschien.

Am Montagmorgen um elf stand Mary in ihrem Schlafzimmer, versuchte sich zu entscheiden, was sie tragen sollte, und dachte: Das hier geschieht wahrhaftig mit mir. Bei dem Gedanken in seiner ganzen vertrackten Einfachheit mußte sie sich, härter als beabsichtigt, auf den mit grüner Seide bezogenen Hocker vor ihrem Frisiertischchen setzen. *Das hier geschieht wahrhaftig.* Bis dahin hatten die jüngsten Begleitumstände ihres Lebens nur als eine rumorende

Masse ohne jede erkennbare Form oder Bedeutung in ihrem Hinterkopf existiert, manchmal strahlend und silbern, manchmal düster, zusammengesetzt aus mehr oder minder zufälligen Ereignissen: das eine Idee zu locker sitzende Toupet, das ihr Anwalt trug, als er die Scheidungsklage aufgesetzt hatte; eine Kette aus Bernsteinperlen, die sie für Susan gekauft, aber aus einem jähen Entschluß heraus für sich behalten hatte; ein bewölkter Mittwochmorgenhimmel voller Verheißungen und Mahnungen, so als sei beides eng miteinander verwandt. Es hatte nur kleine Vorfälle dieser Art gegeben; sie waren heftig, doch kaum aufschlußreich, eng verbunden mit bestimmten Verrichtungen wie Putzen, Einkaufen und ihrer neuen Arbeit sowie der überraschend tiefen Freude, die sie darin fand, daß sie abends allein zu Bett gehen konnte. Während sie jetzt ihre Kleidung für das Mittagessen auszuwählen versuchte, dachte sie mit geradezu wissenschaftlicher Objektivität: Das hier geschieht wahrhaftig. Ich lebe allein in einem Haus mit fünf Schlafzimmern. Meine älteste Tochter spricht kaum ein Wort mit mir. Mein Sohn liebt Männer. Ich versuche mich zu entscheiden, was ich zum Mittagessen mit der »Patentante« meines jüngeren Enkelsohns tragen soll, und ich habe keine Ahnung, was ich anziehen soll, weil ich nicht weiß, in was für ein Lokal ich gehen werde und außerdem noch nie mit einem Mann essen gewesen bin, der Frauenkleider trägt. Sie ergriff ein Fläschchen mit Nagellack, stellte es wieder hin, und ihr kam der Gedanke, daß Cassandra in diesem Augenblick irgendwo in einer Wohnung sitzen und sich fragen mochte, was man zum Essen mit einer Frau wie ihresgleichen tragen sollte, einer wohlhabenden und geachteten, einer gepflegten Dame. »Bin ich nicht«, sagte Mary laut, und sie war überrascht vom Klang ihrer eigenen Stimme in dem leeren Zimmer. Was hatte sie damit gemeint? Sie war wohlhabend und geachtet; sie war zweifelsohne gepflegt. Was genau war sie *nicht?* Sie ergriff wieder das Nagellackfläschchen, schaute es an, als sei in der blassen, beige schimmernden Flüssigkeit irgendein Hinweis verborgen. Ich bin mir nicht sicher, sagte sie sich.

Das marineblaue St.-John-Kostüm, entschied sie. Und dann fing sie mit einem Mal an zu lachen. Das hier geschieht wahrhaftig, sagte sie sich, und sie beschloß, es von der komischen Seite zu sehen. Sie beschloß, es von der komischen Seite zu sehen, und auf einmal sah sie es so. Mittagessen mit einem Mann, der sich möglicherweise schicker kleidete als sie. Nun denn, in Ordnung. Das marineblaue St.-John-Kostüm. Die Ferragamo-Pumps. Eine einfache Perlenkette.

Cassandra hatte ein Restaurant an einer gewissen Charles Street ausgewählt, die in einem Stadtviertel lag, in dem Mary noch nie gewesen war. Als jüngere Frau hatte Mary – und darauf hatte sie bestanden – nur das New York der Theater und Hotels gekannt, der türmchenbewehrten Kalksteinbauten, die hoch über das ruhige, gefährliche Grün des Central Park aufragten. Jetzt, in ihrem späteren Leben, war sie dank ihrer Kinder in unsäglichen Gegenden gewesen. Sie hatte sich zwischen Bettlern und Irren hindurchgezwängt, auf einer zerbrochenen Bierflasche einen flachen Charles-Jourdan-Schuh ruiniert, war schmuddelige, stinkende Treppenhäuser hinaufgestiegen. Bei einem Besuch bei Zoe hatte sie einmal um einen menschlichen Kothaufen herumgehen müssen, der wie der Inbegriff von Stumpfsinn und Verkommenheit mitten in einem azurblau gekachelten Hausflur gelegen hatte. Wenn sie das überstanden hatte, konnte sie auch ein Mittagessen in einem weiteren unbekannten Teil der Stadt überstehen, in einem Restaurant zudem, das jemand wie Cassandra auswählen mochte. Das hier geschah. Es konnte komisch werden, wenn man es zuließ. Wenn man nicht zu genau hinguckte, sich nicht zu viele Gedanken machte.

Wie sich jedoch herausstellte, waren weder die Charles Street noch das Restaurant so anstößig, wie Mary erwartet hatte. Die Charles Street war genaugenommen sogar ziemlich hübsch, mit Bäumen bestanden, von Stadthäusern gesäumt, in denen Mary sich durchaus vorstellen konnte zu wohnen – stattliche Altbauten, durch deren großzügig geschnittene Fenster man kunstvolles

Stuckwerk, kannelierte Deckenrosetten und Kronleuchter erkennen konnte. Eins der Häuser war mit Wistarienranken überwuchert, zwischen denen Mary eine Steintafel mit eingemeißelten Blättern, Arabesken und einem verwitterten Gesicht entdeckte, das von strenger Tugendhaftigkeit, von Ergebenheit, Willenskraft oder unerschütterlicher Keuschheit zu künden schien. Sie blieb vor dem Gesicht stehen, das von einem Netz faseriger brauner Ranken überzogen war, und empfand eine seltsame, aber nicht unangenehme Vertrautheit, so als hätte sie diese Straße als Kind aufgesucht. Das Antlitz wirkte weiblich, auch wenn sich das mit letzter Gewißheit nur schwer feststellen ließ angesichts der Ranken und der altmodischen Steinmetzarbeit, einem Stil, bei dem jede Figur, Männer und Frauen gleichermaßen, irgendwie an selbstgefällige, leicht übergewichtige junge Mädchen erinnerte.

Das Restaurant, das an einer Straßenecke lag und dessen Name in dezenten Goldbuchstaben am Fenster stand, sah so aus, wie Mary sich die kleinen Cafés in Paris vorstellte: schummrig, aber sauber, dunkel getäfelt, mit schneeweißen Tischdecken, die mehr Licht spendeten als die bernsteinfarbenen Wandlampen. Als sie an der Tür innehielt, erfaßte sie eine jähe, unerwartete Reue: Fortan würde man sie in dieser zauberhaften, geheimnisvollen Straße und in diesem reizenden Restaurant stets als eine Person betrachten, die sich mit jemandem wie Cassandra abgab. Als jemanden, der in seinem Leben soweit gekommen war. Sie sagte sich, daß sie nach Paris fliegen werde; sie würde jede Woche ein bißchen Geld beiseite legen.

Cassandra winkte ihr von einem Tisch in der Nähe des Fensters aus zu. Erleichtert stellte Mary fest, daß er Männerkleidung gewählt hatte, einen schwarzen Rollkragenpullover und Jeans. Als Cassandra sich erhob und die Hand ausstreckte, war Mary einmal mehr darüber verblüfft, wie unscheinbar er aussah, dieser dürre, segelohrige Kauz mit seinen struppigen, rötlichen Haaren und den wäßrigen Augen. Er hätte ein alternder Verkäufer oder Kellner sein können, einer der Menschen, die man kaum wahrnahm, weil sie weder durch Erfolg noch durch aufsehenerregendes Versagen auffielen. Sie waren einfach ein Leben lang stille, dienstbare Geister.

»Reizend, Sie zu sehen«, sagte Cassandra.

»Die Freude ist ganz meinerseits«, antwortete sie. Sie gab ihm die Hand, und er drückte sie kräftiger, als sie erwartet hatte.

»Bitte. Nehmen Sie Platz.«

»Danke sehr.«

Sie setzte sich, nahm augenblicklich die Serviette vom Tisch und breitete sie über ihren Schoß.

»Das ist ja ein wunderbares Lokal«, fügte sie hinzu. Es fiel ihr leichter, wenn sie liebenswürdig war. Wenn sie das hier einfach wie ein Mittagessen zu zweit, ein ganz normales Mittagessen mit einem Freund betrachtete, fiel es ihr leichter. Sie hatte keine Ahnung, was sie ohne ihre guten Umgangsformen hätte tun oder sagen sollen.

»Ganz bestimmt, nicht wahr?« sagte Cassandra. »Sehr angenehm. Ich gehe hier manchmal hin, wenn ich rein nervenmäßig keinen Funken *Joie de vivre* mehr aushalte. Hier kann man eine Stunde lang am Fenster sitzen und eine Tasse Tee trinken, wenn man möchte.«

»Ein klein bißchen erinnert es mich an Paris«, sagte Mary.

»Oui. Ça pourrait être un bistro en plein Marais.«

»Sprechen Sie Französisch?« fragte Mary.

»Gott, das war bestimmt unsäglich protzig. Tut mir leid, Schätzchen, reine Nervensache. Normalerweise sitze ich mittags nicht beim Damenkränzchen.«

»Sprechen Sie wirklich Französisch?«

»Oh, na klar. Ich probiere nicht mein Lebtag lang bloß Lidschatten aus. Ich habe mir Spanisch und Französisch beigebracht, und auf deutsch komme ich einigermaßen klar, auch wenn man damit nichts weiter anfangen kann, als mit Deutschen zu reden.«

»Wo haben Sie Französisch gelernt?«

»In Paris, vor zirka hundertfünfzig Jahren. Ich habe eine Weile dort gewohnt, die olle Schute hier hat schon so manchen Hafen gesehn. Eine miese kleine Dachkammer im Beaubourg, glauben Sie mir. Amerika ist *nicht* die alleinige Heimstatt von Schund und Schäbigkeit.«

»Mein Mann und ich wollten immer mal nach Paris reisen«, sagte Mary.

»Oh, na ja, es ist ab und an ganz zauberhaft, genau wie die Leute immer sagen, aber ich weiß nicht recht. Ich habe neulich sogar meinen Paß verfallen lassen. Reisen kam mir auf einmal ... irgendwie erbärmlich vor oder so. Man fährt irgendwohin, und dann fährt man woanders hin, und dann fährt man noch mal woanders hin, und ich weiß, daß so was angeblich wunderbar sein soll, aber ich habe, ehrlich gesagt, allmählich Zahnschmerzen davon bekommen. Ständig habe ich Leute gesehen, die sich Souvenirs kauften, und ich mußte ständig dran denken, daß die im Jahr zweitausend alle in irgendwelchen Ramschläden wieder auftauchen, daß diese Hermès-Schals länger leben als die Leute, die sie kaufen, und, na ja, ist ja auch egal. Überflüssig zu sagen, daß heutzutage der Central Park mein bevorzugtes Reiseziel ist.«

Einen Moment lang verlor Mary die Fassung. Sie strich über die Serviette auf ihrem Schoß. Sag einfach das, was du zu jedem anderen sagen würdest, dachte sie.

»Wir wollten immer auf Reisen gehen«, warf sie ein. »Aber wegen der Kinder und des Geschäfts und so weiter ...«

»Dann machen Sie's doch jetzt«, sagte Cassandra. »Glauben Sie mir, wenn ich so 'ne atemberaubende alleinstehende Frau wäre, wäre ich längst auf dem nächstbesten Schiff. Obwohl die Männer in Frankreich, offen gesagt, Schweine sind, Schätzchen.«

»Ich denke derzeit nicht sehr an Männer.«

»Tja, falls Sie *jemals* wieder daran denken sollten, streichen Sie die Franzosen. Vertraun Sie mir.«

»Und eine atemberaubende alleinstehende Frau bin ich wohl auch kaum«, sagte Mary. »Ich bin fünfundfünfzig Jahre alt und derzeit, ehrlich gesagt, etwas müde. Ich bin, nun ja, ein wenig schlapp.«

»Lächerlich«, sagte Cassandra. »Sie sind eine Schönheit, und das wissen Sie auch. Sie kommen doch erst jetzt hinter das ganze Geheimnis Ihres Wesens.«

»Das ist lieb. Aber wirklich.«

»Kommen Sie mir nicht *damit*. Wie lange ist es her, daß Sie diesen Mistkerl losgeworden sind. Fünf Jahre? Schätzchen, allmählich wird's mal Zeit, daß die Witwe Stassos ein bißchen über die Stränge schlägt.«

Mary nahm die Speisekarte. »Wollen wir etwas bestellen?« sagte sie. »Ich habe Hunger.«

»Was Sie brauchen«, sagte Cassandra, »ist eine neue Frisur. Sie brauchen *Ab*wechslung. Was meinen Sie, wie Ihnen das stehen würde, wenn Sie Ihre Haare dicht unter den Ohrläppchen abschneiden ließen, bloß ein schlichter, gerader Schnitt, und sie offen tragen würden? Ohne Locken, ohne Spray.«

»Ich finde sie schön so, wirklich«, antwortete Mary. »Ich wüßte nicht, wie ich anders damit klarkommen sollte. Mm, Hühnersalat mit Papaya. Das klingt gut.«

»Vielleicht sollten Sie auch mit dem Färben aufhören. Lassen Sie sie doch grau nachwachsen. Ich wette, es ist ein wunderschönes Silbergrau.«

»Sie sind bestens. Wirklich. Danke für Ihre Aufmerksamkeit. Haben Sie in letzter Zeit mit Zoe gesprochen?«

»Heute morgen.«

»Wie geht es ihr?«

»Ihr geht's gut«, sagte Cassandra. »Heute ist der Tag, wo sie bis sieben arbeitet, und ich hole Jamal im Kindergarten ab.«

»Sind Sie ... Verbringen Sie viel Zeit mit ihm?«

»Zoe braucht Hilfe. Ein Kind allein aufzuziehen überfordert einen.«

Mary trank einen Schluck Wasser. Sie meinte dieses Essen ebenso überstehen zu können, wie sie eine Hochzeitsnacht, drei Geburten, eine schwierige Ehe und all die unerklärlichen kleinen Haßausbrüche ihrer Kinder überstanden hatte. Sie brachte es fertig, jemanden wie Cassandra zu kennen. Nicht einmal diese absonderliche Situation konnte ihr etwas anhaben, weil sie alle Hoffnung verloren und keinerlei Angst mehr hatte, nicht mehr so war wie einst. Was konnte schon geschehen? Was konnte sie denn noch verlieren?

»Ich bin mir sehr allein vorgekommen, als ich meine Kinder aufgezogen habe«, sagte Mary. »Mein Mann war so gut wie nie da.«

»Tja, dann wissen Sie ja Bescheid.«

»Ja. Ich weiß Bescheid.«

»Jamal ist im Augenblick unheimlich scharf auf Waffen«, sagte Cassandra. »Mit einem Mal gibt's auf der Welt nur noch zweierlei: Waffen und nutzlosen Kram.«

»Ich nehme an, das ist völlig normal.«

»Oh, klar ist es das. Aggressionstrieb, das Normalste von der Welt. Zoe mag es nicht. Sie stellt sich ständig vor, wie sie verhört wird, nachdem er ein ganzes Einkaufszentrum in Grund und Boden geballert hat. Aber das geht vorbei. Ein kleiner Junge ist nun mal nicht Pu, der Bär, egal, wie sehr man sich's auch wünschen mag.«

»Das klingt ja, als hätten Sie damit Erfahrung«, sagte Mary.

»Ich habe zwei Brüder und eine Schwester aufgezogen. Unsere Mutter hat manchmal vergessen heimzukommen, und ich kann's ihr, offen gesagt, nicht verübeln. Wenn ich eine alleinstehende Frau namens Erna Butz wäre und in Table Grove, Illinois, allein und ohne Geld vier Kinder aufziehen müßte, würde ich mich manchmal auch aus der Wirklichkeit abseilen mögen.«

»Sie hat Sie allein gelassen?«

»Bitte, gucken Sie mich jetzt nicht so an, als wäre ich eine Figur aus einem Dickens-Roman. Ohne sie waren wir besser dran. Ich bin mit den Kindern viel besser klargekommen als sie.«

»Nun ja«, sagte Mary. Sie überlegte sich gerade, was sie darauf antworten sollte, als der Kellner kam und ihre Bestellung entgegennehmen wollte. Mary bestellte sich den Hühnersalat und, nach kurzem Zögern, ein Glas Weißwein. Cassandra bestellte den Hühnersalat und eine Tasse Tee.

Nachdem der Kellner wieder gegangen war, beugte sich Cassandra vor und sagte leise: »Bertram, falls Sie sich fragen sollten.«

»Wie bitte?«

»Ich bin als Bertram Butz in Table Grove, Illinois, geboren. Meinen Sie etwa, ich werfe meiner Mutter vor, daß sie abgehauen ist? Nicht eine Sekunde lang, Schätzchen. Ich kann sie vollkommen verstehen.«

»Reden Sie heutzutage miteinander?« fragte Mary.

»O nein. Sie ist tot.«

»Tut mir leid.«

»Oh, mir vermutlich auch. Wenn auch nicht so sehr, wie es sich vielleicht gehört.«

»Was ist mit Ihren Brüdern und Ihrer Schwester?«

»Die wissen nicht, wo ich bin.«

»Sie belieben zu scherzen.«

»Nein, es ist besser so, glauben Sie mir. Sie führen ein ganz bürgerliches Leben. Sie wohnen nach wie vor in Illinois, sind alle verheiratet und haben Kinder. Die wollen keinen Besuch von ihrer Tante Berta.«

»Das ist ja entsetzlich.«

»Nein, keineswegs«, sagte Cassandra. »Es bedeutet lediglich, daß wir einander über Weihnachten nicht erdulden müssen. Nun, und was ist mit Ihnen? Sie sind doch New Yorkerin, stimmt's?«

»Nun ja, ich bin in New Jersey geboren.«

»Italienerin, richtig? Man sieht's Ihnen an den Augen und den Jochbeinen an.«

»Mein Mädchenname war Mary Cuccio. Meine Eltern haben es mir nie ganz verziehen, daß ich einen Griechen geheiratet habe.«

»Herr im Himmel, worüber sich die Leute alles aufregen. Sie haben jung geheiratet, stimmt's?«

»Mit siebzehn. Ich wollte von zu Hause weg.«

»Schätzchen, das höre ich häufig«, sagte Cassandra. »Heiraten stand nicht unbedingt im Bereich meiner Möglichkeiten, folglich bin ich aufs College gegangen. Ich habe eine Stipendium für die

Universität in Wisconsin bekommen, und zu den Kleinen hab' ich gesagt: ›Soundso funktioniert die Waschmaschine, und so bringt ihr Mami zu Bett, wenn sie zu Bett gebracht werden muß. Und nun sayonara.‹«

»Vermutlich hätte ich auch aufs College gehen sollen«, sagte Mary. »Ich habe gar nicht richtig darüber nachgedacht. Es kam mir einfach nicht so vor, als ob ich so was könnte.«

»Tja, ich habe ein Jahr Oberstufe durchgehalten, aber nicht bis zu Ende gemacht. Ich hatte Literatur als Hauptfach, aber ich konnte mir nicht recht vorstellen ... sagen wir einfach, daß mir irgendwas gefehlt hat. Ich konnte mir einfach nicht vorstellen, mir den Kopf fusselig zu büffeln, bloß damit ich am Ende als dürrer, abgeschlaffter Knacker an einer Schule im mittleren Westen Literatur des neunzehnten und zwanzigsten Jahrhunderts unterrichten würde, irgendwo weit ab vom Schuß, wo ich mich vermutlich in etliche Schüler verknallt hätte, die bloß mit mir geflirtet hätten, damit sie bessere Noten kriegen. In einem anderen Zeitalter hätte ich's vermutlich trotzdem gemacht – als bekennende Tunte hatte man in etwa soviel Chancen wie als Frau –, aber da die Zeit nun mal so war, stand ich eines Tages mitten in der Vorlesung über die *Flügel der Taube* auf, habe die Mücke gemacht, meine dreihundert Dollar auf der Bank abgehoben und bin nach New York gezogen.«

»Sind Sie froh darum?«

»Ja, auf jeden Fall. Eigentlich wollte ich nie über Anna Karenina oder Madame Bovary *unterrichten*. Ich wollte Anna Karenina und Madame Bovary *sein*. Und ehrlich gesagt, wenn einen die Natur mit dem Gemüt einer tragischen Diva und dem haarigen Körper eines Mannes ausstattet, der mit zweiundzwanzig kahl wird, tja ...«

»Ich war sechzehn, als ich meinen Mann kennengelernt habe«, sagte Mary. »Meinen Exmann. Aber *sechzehn*. Bedenken Sie doch mal.«

»Sie waren halt eine Lolita. Ich wette, Sie haben diese Kleinstadtjungs schwer fertiggemacht.«

»Eigentlich nicht. Hübsch genug dazu war ich, nehme ich an,

aber mit sechzehn ist man sich damals noch furchtbar jung vorgekommen. Das war nicht so wie heute. Constantine war mein erster Freund. Können Sie das glauben?«

»Sie haben Ihre Sandkastenliebe geheiratet. Das kommt vor.«

»Ich habe ihn bei einem Tanz kennengelernt. Einem Tanz, den die Kirche bei mir in der Gegend veranstaltet hat. Er war stellvertretender Vorarbeiter des Trupps, in dem mein Bruder gearbeitet hat. Er war der Chef meines älteren Bruders, und er kam mir so imposant vor. Er hat etwas dargestellt. Er war einundzwanzig. Er ist bei diesem trostlosen Tanz im Keller einer Kirche aufgetaucht und trug ein rotes Sportsakko.«

»Flott.«

»Ich hatte gerade in einer Illustrierten ein Bild von einem Jungen mit so einem roten Sportsakko gesehen. Um die Wahrheit zu sagen, ich glaube, ich habe mich zuerst in das Sakko verliebt. Erst in das Sakko, dann in den Jungen.«

»So rum geht's eben auch.«

»Und ich wollte mich unbedingt verlieben. Ich konnte es kaum abwarten. Wissen Sie, meine Eltern ... nun ja, ich hatte so schreckliche Angst, daß ich so werden könnte wie sie. Ich wollte etwas – Besseres. Ich habe gedacht, ich lasse mich einfach auf alles ein.«

»Ich glaube, da haben wir etwas gemeinsam, stimmt's?« sagte Cassandra.

Das war das erste Damenkränzchen, wie Cassandra ihre gemeinsamen Mahlzeiten bezeichnete. Danach traf sich Mary mit ihm alle vier oder fünf Wochen, und zwar immer im gleichen Restaurant. Mit der Zeit empfand sie bei den Begegnungen mit Cassandra einen gewissen Trotz, einen leichten Kitzel ob der verbotenen Freuden, die sie sich gönnte. Mary sagte sich, daß sie sich nur deswegen mit Cassandra treffe, weil sie mit Zoe in Verbindung bleiben wolle, was nicht unzutreffend war. Doch nach etwa sechs Monaten und fünf Damenkränzchen mußte sie sich eingestehen, daß sie auch an Cassandra selbst Gefallen gefunden hatte. Im Rahmen ihrer gemeinsamen Interessensgebiete konnte sie alles sagen, was ihr in den Sinn kam, und sie wußte, daß Cassandra sich ihr gegenüber nicht überlegen vorkam. Wenn überhaupt, dann kam *sie* sich überlegen vor, doch Mary dachte nicht gern in solchen Begriffen. Ihr Leben war schwierig genug, und diese gemeinsamen Mittagessen verliefen überraschend locker. Sie zählten nicht; sie spielten keine Rolle. Bei Cassandra konnte man sich darauf verlassen, daß der Gesprächsstoff nie ausging, so wie sich Marys Familie einst auf sie verlassen hatte. Sie war nie langweilig (Mary bezeichnete Cassandra in Gedanken mittlerweile immer als »sie«), und in regelmäßigen Abständen erinnerte sie Mary an ihre Schönheit und wiederholte ihre Behauptung, so fragwürdig diese auch sein mochte, daß Mary mit fünfundfünfzig gerade erst in die Geheimnisse wahrer Weiblichkeit vordringe. Nach einem ihrer gemeinsamen Essen kam Mary der Gedanke, daß Cassandra sie in gewisser Weise an die Freundinnen aus ihrer Kindheit erinnerte, die Italienermädchen aus ihrer alten Wohngegend, mit denen sie in den letzten fünfunddreißig Jahren kaum ein Wort gewechselt hatte. Cassandra besaß eine ähnlich deftige, ausgefallene Art; sie schien ein ähnliches Vergnügen an ihren knalligen, wenn auch beschränkten Erwartungen zu finden. Hier war sie, eine Freundin, die sie zuvorkommend behandelte und keine Gefahr darstellte. Mary nahm sie in Gedanken mit in die Geschäfte von Garden City und zu ihren Clubversammlungen, bei denen die anderen Frauen nach wie vor unendlich freundlich und höflich waren und nicht das geringste Interesse an der geschiedenen Italienerin hatten, deren griechischer Mann schundige Stadtrandsiedlungen baute.

Beim sechsten gemeinsamen Mittagessen brachte Cassandra Jamal mit. Als Mary eintraf, waren sie beide da, und Jamal, der ein Telefonbuch untergelegt hatte, saß auf ihrem üblichen Stuhl. Er war über den Tisch gebeugt, redete leise, aber eindringlich auf Cassandra ein, und hatte mit seinen kleinen, dunklen Händen die Tischkante so fest umklammert, daß das Tuch Falten warf und der Salzstreuer umzukippen drohte. Als Mary an der Tür stand, verlor sie jedes Gefühl der Vertrautheit, das sie für Cassandra entwickelt hatte. So wie sie beide dasaßen, tief ins Gespräch vertieft, wirkten Cassandra und Jamal geradezu unwirklich und übertrieben, wie Kuriositäten aus einem abgehalfterten Wanderzirkus, wunderlich, zu jeder kleinen Schandtat bereit und auf eine überspannte, schrille Art weise. Mary kämpfte gerade gegen den Drang an, einfach kehrtzumachen und wieder zu gehen, als Cassandra sie entdeckte. Einen Moment später sah Jamal sie und lehnte sich rasch zurück, wie der Inbegriff des ertappten Sünders.

»Überraschung«, sagte Cassandra, als Mary lächelnd zum Tisch hinging. »Die mußten heute den ganzen Kindergarten dichtmachen. Anscheinend ist irgendwas Tödliches in die Rohre gelangt. Es war zu spät, um Sie noch anzurufen, also hab' ich Jamal mitgebracht.«

»Ist doch großartig«, sagte Mary, obgleich sie überrascht feststellte, daß sie leicht gereizt auf Jamals Anwesenheit bei ihrem gemeinsamen Essen reagierte. Er war ihr Enkel – was also stimmte nicht mit ihr?

»Hallo, mein Schatz«, sagte sie zu ihm. Sie beugte sich über ihn, und er ließ sich küssen, ohne sich in irgendeiner Weise anmerken zu lassen, daß er dies auch wünschte. Er konnte so ein verschlossenes Kind sein, so still und geistesabwesend, obwohl er vor einem Augenblick noch anscheinend ohne jede Scheu und Zurückhaltung mit Cassandra geredet hatte. Mary bemühte sich darum, Zuneigung zu entwickeln, ein Zusammengehörigkeitsgefühl, und manchmal gelang es ihr, doch häufiger scheiterte sie und schaute Jamal nur an, als wäre er irgendein fremdes Kind, störrisch und zurückhaltend, ein bißchen dumpf. Vielleicht wäre es einfacher, dachte Mary, wenn er ihr mehr ähnelte. Wenn er nicht diese blauroten Lippen und das Kraushaar hätte.

»Wir haben auf Passanten geschossen«, sagte Cassandra. »Bislang haben wir ein glattes Dutzend erwischt.«

Mary holte sich einen Stuhl von einem anderen Tisch und nahm Platz. Er ist ein Kind, ermahnte sie sich. Er möchte nichts weiter als alle anderen Kinder auch.

»Die haben also die Schule dichtgemacht, stimmt's«, sagte sie betont fröhlich zu Jamal.

»Morgen wollen sie wieder aufmachen«, sagte Cassandra. »Ab und an schlägt eben das Verhängnis zu, und man bekommt einen Tag frei.«

»Nun ja«, sagte Mary. »Ist es nicht schön, wenn man einen Tag frei hat?«

»Wir haben gedacht, wir gehen nach dem Essen in den Central Park«, sagte Cassandra. »Kommen Sie mit?«

»Mal sehen«, sagte Mary. »Jamal, was möchtest du denn gern essen?«

Jamal bedachte Mary mit einem so unbestimmten und unsicheren Blick, so bar jeden Wiedererkennens, daß sie sich fragte – was regelmäßig vorkam –, ob er wirklich bei normalem Verstand war. Vielleicht sollte man ihn ein paar Tests unterziehen.

»Ich nehme einen Cheeseburger«, sagte Cassandra, »weil's mir schnurzegal ist.«

»Cheeseburger«, flüsterte Jamal.

»Also dann zwei«, sagte Cassandra. »Mary, für Sie einen Salat?«

»Ich glaube schon«, sagte sie.

Jamal wandte sich zum Fenster, deutete mit dem Finger auf einen älteren Passanten und sagte: »Zzzip.«

»Den haste«, sagte Cassandra. »Ein hübscher Fetter.« An Mary gewandt fügte sie hinzu: »Wir machen keine Gefangenen.«

»Aha«, sagte Mary.

Jamal rutschte herum, legte mit dem Finger auf ein Paar am Nebentisch an und sagte: »Zzzip.«

»Dreh dich um, Schätzchen«, sagte Cassandra. »Und leg das Ding weg. Es gehört sich nicht, daß man auf andere Gäste schießt.«

Zu Marys Überraschung gehorchte Jamal. Plötzlich wirkte er gar nicht mehr seltsam – nichts wirkte mehr seltsam –, und Cassandra hätte ein ganz gewöhnlicher Vater sein können, der mit seinem Kind das übliche Wechselspiel zwischen Nachsicht und Anspruch, Verehrung und anständigem Benehmen austrug.

»Spielst du gern Cowboy?« fragte Mary Jamal, worauf er sie wieder einmal völlig verständnislos anguckte, so als seien nicht nur ihre Worte, sondern auch sie selbst etwas Unerhörtes und möglicherweise Gefährliches.

»Eine ganz höfliche Frage, Jamal«, sagte Cassandra. »Vielleicht wäre es ganz interessant, wenn du deiner Großmutter zur Eröffnung unserer kleinen Gesprächsrunde etwas über den Planeten Sark erzählst.«

»Wie bitte?« sagte Mary.

Jamal guckte auf die Tischplatte, so als wäre auch sie etwas absolut Fremdes.

»Jamal stammt nämlich vom Planeten Sark«, sagte Cassandra. »Es handelt sich dabei um einen durchschnittlich hellen, etwas links des Orion gelegenen Stern. Er feuert keine Kugeln auf die Leute ab, weil Mord auf seinem Planeten nicht nur verboten, sondern schlichtweg unmöglich ist. Sarkianer können ebensowenig töten, wie Sie oder ich freiwillig aufhören können zu atmen. Es geht nicht. Wenn sie jedoch an ein besonders lästiges Wesen geraten, können sie es mit einer speziellen Waffe zappen, worauf es unsichtbar wird. Und eins kann ich Ihnen sagen: Die Zahl der unsichtbaren Bewohner dieser Welt wächst derzeit rasant. Sie machen weiter wie bisher, sie sind weiter rüde und gemein und voller Vorurteile, aber keiner kann sie mehr sehen. Jamal, kommt das in etwa hin?«

Jamal guckte auf seine Finger, dann auf den Boden.

»Ich nehme an, das ist besser, als wenn er sie erschießt«, sagte Mary.

»Sehr viel besser«, antwortete Cassandra. »Es hält die Mütter bei Laune, ohne daß der Aggressionstrieb gänzlich unterdrückt wird. Es ist wirklich eine rundum höchst befriedigende Lösung.«

Nach dem Essen ging Mary mit Cassandra und Jamal zum Central Park. Eigentlich wollte sie gar nicht mitgehen, doch wenn sie eine Ausflucht vorgebracht hätte, wäre sie sich genauso vorgekommen wie die Frauen, die sich auf einen Termin beim Friseur beriefen, um ihrem eigenen Enkel zu entrinnen. Als Mary anbot, sie mit ihrem Wagen hinzufahren, bestand Cassandra darauf, daß sie die U-Bahn nehmen sollten. »Mittlerweile herrscht schrecklicher Verkehr«, sagte sie, »und Parkplätze gibt's da droben nicht.« Mary erklärte sich einverstanden, weil es so am einfachsten war, doch als sie mehrere Straßen weit bis zur U-Bahn gehen mußten, fragte sie sich unwillkürlich, ob Cassandra vielleicht etwas dagegen hatte, in ihren Wagen zu steigen – in der kühlen, von Wohlstand kündenden Stille zu sitzen, die ihr gehörte. Marys Wagen war friedvoll, ordentlich, zuverlässig; am U-Bahnhof gab es nichts als grelles Licht und verstohlene, geduckte Gestalten. Das tiefe Knacken aus den Lautsprechern klang wie das unbewußte Gemurmel der Stadt, der Erguß ihrer rastlosen Träume. Cassandra fühlte sich hier anscheinend zu Hause, sie stand auf dem Bahnsteig, hielt Jamal an der Hand und plauderte mit Mary über die neuerdings kürzeren Rocksäume, die angeblich wieder fallen sollten. Es stank nach Fäulnis, Urin und altem Bratfett. Mary mußte mit einem Mal an ihre Kindheit denken, an die bedrückende Zukunft, die ihrer geharrt hatte, und es kam ihr so vor, als bekomme sie hier überhaupt keine Luft mehr, als müsse sie keuchend wieder nach oben rennen. Statt dessen lächelte sie Cassandra an, nickte und atmete. Inzwischen hatte sie gelernt, ihre Erstickungsanfälle in den Griff zu bekommen und dabei wie die Ruhe in Person zu wirken. Sie konnte es durchstehen. Und falls es zu sehr Oberhand nehmen sollte, gab es immer noch die Pillen. Dann sah Mary die Scheinwerfer des einfahrenden Zuges, und sie wußte, daß sie es schaffen konnte.

Der Park besaß eine gewisse unvollkommene, gerade im Wiedererstehen begriffene Schönheit. Die Sonne, die jetzt, Anfang April, allmählich wieder Kraft gewann, sandte ihre ersten warmen Strahlen aus, und das braune Gras war hie und da bereits mit zaghaft schimmerndem Grün durchsetzt. »Wie hübsch«, sagte Mary. An einem Tag wie diesem, da man beinahe zu sehen meinte, wie sich die Erde unter dem strahlenden Himmelsblau wieder zu regen begann, konnte man sich durchaus vorstellen, daß eine gewaltige, brausende Freundlichkeit, sanft und kaum bemerkenswert, die dem menschlichen Empfinden eher entsprach denn die zürnende Güte Gottes, die Welt regierte.

»Wenn man Natur mag, ist es hübsch«, sagte Cassandra. »Wir gehen, offen gesagt, nur hierher, weil es Jamal gefällt. Mich machen Parks immer nervös. Ich denke ständig an die ganzen Äste, die einem jeden Moment die Perücke vom Kopf reißen können.«

Jamal, der auf dem Zementweg vorausgerannt war, blickte zurück und überzeugte sich, daß Cassandra und Mary ihm auch folgten. Mary erkannte, daß er tatsächlich ein völlig normales Kind war, sich auf typisch kindliche Weise an der Freiheit und dem weiten Raum begeisterte, jedoch auch Angst davor hatte, so frei zu sein, daß er nicht mehr zurückfinden könnte. Als sie ihn auf seinen kurzen, dürren Beinchen dahinrennen sah, schwor sie sich insgeheim: Ich werde es bei ihm besser machen. Das hier werde ich mir merken.

»Bringen Sie ihn häufig hierher?« fragte sie.

»Ein- oder zweimal die Woche. Jetzt, wo das Wetter wieder besser wird. Wir halten uns etwas zurück, wenn draußen Schnee liegt. Das paßt ihm zwar nicht, aber wirklich, es gibt *Grenzen.* Ich habe für Kälte nicht so sehr viel übrig.«

»Ich liebe den Winter«, sagte Mary. »Nichts liebe ich so sehr wie einen klirrend kalten, trockenen Tag.«

»Na dann, Schätzchen, können *Sie* ihn ja nächsten Winter in seinen Schneeanzug schnüren und mit ihm hergehen, damit er seine Schneeengel machen kann.«

»Das wäre schön.«

»Dann *tu's* doch. Meine Liebe.«

Es war das erste Mal, daß Cassandra eine nicht ganz so gutmütige und liebenswürdige Äußerung von sich gab, wie Mary überrascht feststellte. Sie schaute sich Cassandras Gesicht von der Seite an und erkannte – natürlich, sie hatte es stets gewußt –, daß sie durchaus Temperament besaß. Hier, im sanften Frühlingslicht, sah sie auch, daß Cassandra entschlossen und hoheitsvoll wirkte, ihre Bürde gleichmütig trug und vermutlich älter war, als Mary gedacht hatte, nämlich weit über fünfzig. Ein schwaches, aber deutliches Strahlen, so ähnlich wie der Schein der weißen Tischtücher in dem Restaurant an der Charles Street, schien von Cassandras Gesicht auszugehen und das gelbliche, eher diffuse Licht der Nachmittagssonne zu erwidern.

»Vielleicht werde ich es tun«, sagte Mary. Woher sollte jemand wie dieses Wesen hier so eine Haltung haben, so eine stürmische Zielstrebigkeit.

»Prima«, sagte Cassandra.

Mary spürte die jähe Kälte zwischen ihnen, und zum ersten Mal begriff sie, daß sich Cassandras Verhältnis zu ihr nicht ausschließlich auf Bewunderung und den Wunsch zu gefallen beschränkte. Schweigend gingen sie beide eine Weile nebeneinander her. Die Zweige warfen undeutliche Schatten auf den Weg.

»Es wäre mir lieb, wenn Sie mehr Zeit mit ihm verbrächten«, sagte Cassandra schließlich, und Mary wußte ihren Tonfall nicht zu deuten. Ungehalten war er nicht, aber auch nicht freundlich. Er war eher energisch, aber ausdruckslos, so als zähle sie eine Reihe wichtiger, unbestrittener Tatsachen auf.

»Das sollte ich wohl«, sagte Mary. »Ich werde es tun.«

Wie konnte sich jemand wie dieses Wesen hier herausnehmen, ihr eine Lektion zu erteilen? Dennoch hörte sie zu.

»Ich meine es ernst«, sagte Cassandra. »Er sollte Sie besser kennenlernen. Er könnte Sie eines Tages brauchen.«

»Hmm.«

»Dieses Kind führt alles andere als ein konventionelles Leben, und glauben Sie mir, ich gebe mich keinerlei Illusionen bezüglich irgendwelcher Konventionen hin. Dennoch. Es gibt gewisse Grenzen. Ich denke gar nicht gern daran, daß er einfach rumgeschubst werden könnte, wenn irgendwas passiert. Ich möchte nicht, daß er bei jemand leben muß, der ihm fremd ist.«

Mary fühlte irgend etwas. Sie konnte es nicht benennen, doch es war da, ein inneres Ziehen, wie eine leise Erinnerung an eine längst vergessene, schreckliche Sorge. Sie erschauderte, und das Ziehen setzte sich beharrlich fort. Lachend rasten zwei schwarze Frauen mit surrenden Rollschuhen an ihnen vorbei. Cassandra war blaß und dürr und voller dunkler Andeutungen, und Mary berührte sie mit den Fingerspitzen am Arm.

»Was ist los?« fragte sie.

Cassandra legte die Hand auf Marys Arm.

»Gar nichts. Es ist genau so, wie ich sagte.«

»Nun ja«, sagte Mary, und etwas anderes fiel ihr dazu nicht ein. Ein Schwarm Tauben flog so dicht vorbei, daß Mary meinte, sie würden mit den Flügeln ihr Gesicht streifen, doch sie zuckte nicht zurück. Vermutlich wäre ihr der Schlag der Taubenschwinge sogar willkommen gewesen. Diese wilde Sanftheit, dieses lebendige, unbeschwerte Flattern. Sie spürte regelrecht, wie die Federn sie streiften. Weiter vorn bückte sich Jamal und hob etwas auf, eine Münze oder einen glitzernden Stein, mit dem er angerannt kam und es Cassandra zeigte.

1988 Die schrecklichste Schönheit offenbarte sich erst bei Nacht. Bei Tageslicht bestand die Welt aus lauter Fakten man konnte sich allerlei Zerstreuungen hingeben. Spätnachts jedoch wenn sich alles andere Leben von den Straßen verzogen hatte, gab es nur Sehnsucht oder Leere. Das hier war Boston – um Mitternacht träumten die meisten Einwohner tief und fest. Zu fortgeschrittener Stunde gehörten die Straßen den Männern, zumindest in bestimmten Gegenden, und in dieser Zeit war dort, wo man sonst ganz gewöhnliche Geschäfte tätigen konnte – ein Pfund Kaffee kaufen, sich die Haare schneiden lassen, eine Feuer- und Diebstahlversicherung abschließen –, eine gewisse kecke, kraftvolle Schönheit der einzige Vorzug.

Will füllte seine Kleidung jetzt aus, er bewegte sich ohne jede Unterwürfigkeit. In einer kalten Aprilnacht stand er mit seinen

Freunden vor einem Kino, verabschiedete sich mit einem Kuß von ihnen und begab sich auf den Heimweg. Obwohl Ostern bereits vorbei war, hing noch immer ein winterlicher Geruch, wie Regenwasser auf kahlen Ästen, über Boston.

Vor ihm liefen zwei Jungs auf dem Gehsteig, die miteinander flüsterten und lachten, sich schubsten und sich so vertraut und ungezwungen wie Brüder gebärdeten. Sie waren jung und kräftig, mit ihren billigen Lederjacken und hellen Schals viel zu leicht angezogen, hatten breite, eher durchschnittliche Gesichter, und wirkten aufgrund ihrer Statur und Haltung dennoch geradezu schmerzhaft schön. Mit ihrer Unbekümmertheit schienen sie der ganzen Straße mitteilen zu wollen, daß Sex keine Qual war, kein verwerflicher geistiger Kraftakt. Sex war so gewöhnlich wie Gras zu rauchen – was war schon groß dabei? Will wollte nicht aufdringlich wirken, wollte sie lieber unauffällig beobachten. Er wollte ... Nicht sie, obgleich er mit beiden gern geschlafen hätte. Was ihn bewegte, war nicht schlichtes körperliches Verlangen. Er wollte ihre Sicherheit, ihren lässigen Gang. Er wollte all das, was sie mit ihren Scherzen und ihrem lauten Lachen erschufen, und er wollte das, was sie sich gönnten, als sie mit klackenden Stiefeln die Treppe zu einem Miethaus hinaufrannten, wo sie entweder miteinander ins Bett oder zu einer Party gingen, von der Will nichts wissen konnte, weil dort nur junge Männer Zutritt hatten, die genauso waren wie diese beiden, selbstbewußt, leutselig und taufrisch. Will fummelte an seiner Jacke herum, zupfte seine Ärmel zurecht. In etwas über einem Monat wurde er fünfunddreißig. Sein Leben gefiel ihm durchaus – er konnte sich kein anderes vorstellen –, doch nach wie vor fühlte er sich von einer Leere heimgesucht. Trotz aller Ereignisse kam ihm sein Leben noch immer eintönig vor, und noch immer wartete er auf die Erfüllung. Genaugenommen konnte er sich nicht beklagen, weder über die harte, aber befriedigende Arbeit noch über die Schar herzensguter, interessanter Freunde oder die diversen Affären, die manchmal drei Wochen dauern konnten, manchmal auch ein Jahr, aber von Anfang an, vom ersten prickelnden Gespräch, dem ersten nervösen Beisammensein, zum Scheitern verurteilt waren. Aus Leidenschaften wurden Bedürfnisse; feste Überzeugungen führten zu Mißmut und Wutausbrüchen. Will machte sich nichts daraus, nicht wirklich. Er sagte sich, daß alles mögliche geschehen konnte. Noch war alles möglich. Er hatte Affären, und stets gelang es ihm, eine Art Freundschaft aufrechtzuerhalten, nachdem die Lust und die Hoffnung längst abgeklungen waren. Er trainierte im Studio, lief alle paar Tage rund zehn Kilometer, ging stundenlang auf Einkaufsbummel, bis er die richtigen Stiefel fand, und – ja, es war nichts als eitle Selbstgefälligkeit, doch er wollte mehr als schlichte Eitelkeit und die schwache, schale Befriedigung, die sie einem bieten konnte. Er suchte Gewißheit, einen festen Halt, damit er nicht mehr klammheimlich und schmachtend Fremden hinterherzustarren brauchte. Damit er nicht mehr törichte Jungs zu beneiden brauchte oder die Muskeln von Männern, die weniger gut gebaut waren als er.

Da er noch nicht müde war, ging er vier Straßen weiter, um sich ein Bier zu genehmigen und den Frauen beim Poolbillard zuzusehen. Dankbar stand er in der dunkelgelben Hitze der Bar und schaute zu, wie sie den Tisch abräumten. Diese Frauenbande war berüchtigt, niemand konnte sie schlagen. Kaum einer versuchte es. Die Männer hielten sich lieber an ihre Getränke und sahen zu, wie sich die Frauen gegenseitig schlugen. In einem weiteren Raum am anderen Ende der Bar tanzten ein paar Wildentschlossene zu »Smalltown Boy«, auch wenn der Diskjockey nach einem kalten Aprilwochenende nicht gerade so aussah, als glaube er an die Macht der Musik.

Eine schmächtige Frau in schwarzen Jeans spielte die Zweierkugel über Bande und versenkte sie mit Effet in der Ecktasche, als sei es das Selbstverständlichste von der Welt. Will sagte etwas Beifälliges zu dem Mann neben ihm, oder der Mann sagte etwas Beifälliges zu ihm. Sie wurden sich nie darüber einig, wer zuerst wen angesprochen hatte. Es sollte nie eine Rolle spielen.

»Die Frauen sind gut.«

»Große Klasse.«

»Ich habe mir immer gewünscht, ich könnte gut Pool spielen.«

»Ich vergesse manchmal, daß ich's nicht kann. Ich laufe herum, als könnte ich's. Ich versuche es jedenfalls.«

»Wie, bitte schön, läuft jemand, der Pool spielen kann?«

»Du weißt schon. Selbstbewußt. Er schreitet. Ein bißchen o-beinig vielleicht.«

»Ziemlich kühn. Ich bin ständig am Aufpassen, daß ich nicht hinfalle.«

»Ich bin auf dem Weg *hierher* hingefallen. Ich bin wegen nichts und wieder nichts gestolpert. Ein kleiner Hubbel auf dem Gehsteig, allenfalls zwei, drei Zentimeter hoch. Gerade als ich wie jemand schreiten wollte, der Pool spielen kann.«

»Du bist *hingefallen?*«

»Ich bin gestolpert. Rundum waren Leute. Und weißt du, ich bin immer unsicher, wie ich mich verhalten soll, wenn mir so was passiert. Ich kann mich nie recht entscheiden. Geht man weiter, als wäre nichts passiert? Lächelt man und schüttelt den Kopf? Dreht man sich um und schaut sich an, worüber man gestolpert sein könnte?«

»Man kann sich auch auf den Bordstein setzen und weinen.«

»Vermutlich ja.«

Die Frau in den schwarzen Jeans schoß mit der weißen Kugel die Sechs an, so daß diese gegen die Zehnerkugel stieß und sie in die Seitentasche beförderte.

»Jetzt fällt mir nichts Schlaues mehr ein«, sagte der Mann.

»Mir geht's genauso«, sagte Will.

Er hieß Harry. Er war weder hübsch noch hausbacken. Er hatte feste, dünne Arme und eine Tolle. Er hatte ein pfiffiges Gesicht, gelbe Einsprengsel in den Augen und tiefe Furchen um den Mund. Er war vierzig, und genauso sah er auch aus. Harry war der richtige Name für ihn. Er paßte zu seinem leicht zerzausten Äußeren, der Brille mit dem schwarzen Rahmen, dem anmutigen Spiel seines Arsches in der weiten, zerknitterten Wollhose.

Sie tranken ihr Bier aus. Gemeinsam verließen sie die Bar, ohne sich vorher abzusprechen. Will hatte die hübschen Jungs satt, und er war nach wie vor in hübsche Jungs vernarrt, und irgendwie verspürte er ein dumpfes Bedürfnis nach Ruhe. Er ging neben Harry durch die nassen, dunklen Straßen. Er fühlte sich weder angezogen noch abgestoßen.

»Hier muß ich abbiegen«, sagte Harry. Sie standen zusammen an der Straßenecke. Wassertropfen reflektierten das Licht, Neonbuchstaben leuchteten auf dem Asphalt. Harry nahm die Brille ab, putzte sie an seiner Jacke.

»Meinst du, wir sollten Telefonnummern austauschen oder so?« sagte Will.

Vielleicht könnten sie Freunde werden. Vielleicht könnten sie miteinander ins Bett gehen und Freunde werden.

»Ja. Ich glaube schon.«

»Ich habe keinen Stift.«

»Ich glaube, ich auch nicht.«

»Vielleicht sollten wir einfach zusammen nach Hause gehen.«

»Ich weiß nicht. Eigentlich habe ich mir vorgenommen, nicht mehr einfach so mit jemandem zu schlafen.«

»Ich habe mir, ehrlich gesagt, mehr oder weniger das gleiche vorgenommen.«

»Irgendwie läuft die ganze Sache von Anfang an komisch, wenn man mit jemandem schläft, bevor man weiß, ob seine Eltern tot sind oder noch leben. Nicht daß ich meine, daß hier irgend etwas anfängt.«

»Hmm.«

»Ich nehme mir immer vor, attraktiv, markig und anmutig zu sein. Und ich schaffe es nie.«

»Noch ist keiner von uns ins Stolpern geraten.«

»Das stimmt.«

»Vielleicht sollten wir einander anrufen und mal zusammen ausgehen.«

»Eine ganz entsetzliche Vorstellung.«

»Ich weiß.«

»Kannst du dir meine Telefonnummer merken, wenn ich sie dir sage?«

»Klar.«

»Du wirst sie dir nicht merken. Komm, gehen wir lieber gleich zu mir.«

»Hältst du das für gut?«

»Nein. Aber wir machen's trotzdem.«

Harry wohnte im ersten Stock eines Sandsteinhauses. Er war Herzspezialist, er spielte Saxophon. Nackt wirkte er schmal und feingliedrig, nahezu haarlos im Lichtschein einer kleinen Lampe. Er trainierte nicht. Einst war er vermutlich ein flinker, sehniger Junge gewesen, und jetzt, als Mann, hatte er die Statur eines alternden Akrobaten, mit dünnen Muskelsträngen an Armen und Beinen und einem kleinen Bauchansatz, der sich fest und rundlich unter seiner glatten, flachen Brust wölbte. Wenn sich daraus mehr entwickeln sollte als nur diese eine Nacht, dann wäre er, so erkannte Will sofort, der Schöne und Harry sein ruhiger, launiger Begleiter. Will gefiel die Vorstellung, doch er lehnte sie auch ab. Er war überrascht. Hier, in dieser teuer, aber planlos eingerichteten Wohnung war er derjenige mit dem Körper, aber ohne Kohle. Damit hatte er nicht unbedingt gerechnet.

Im Bett küßte Harry die Muskeln an Wills Brust. Er strich mit der Zunge über Wills Nippel, arbeitete sich langsam nach unten vor. Will gefiel es ganz gut. Es war angenehm, in Harrys Bett zu liegen und Harrys Zunge zu spüren, mehr nicht. Es war weder gewaltig noch gefährlich. Hier konnte gar nichts schiefgehen. Will streichelte Harrys Schulter und machte sich keinerlei Sorgen. Er ließ es geschehen. Als Harry sich wieder zu Wills Gesicht emporküßte, schmiegten sie sich behutsam aneinander, so als läge ein rohes Ei zwischen ihren Leibern.

Harry, dachte Will. Wieso muß er ausgerechnet Harry heißen?

Hinterher schliefen sie. Eigentlich wollte Will gehen – wenn auch eher aus Höflichkeit –, doch Harry ergriff seinen Arm. »Bleib da«, sagte Harry. Und er blieb. Nichts schien dagegen zu sprechen. Im Nu war er tief eingeschlafen, Rücken an Rücken mit Harry.

Als er noch Billy gewesen war, hatte er oft in der Kleiderkammer seines Vaters gesessen und alles erkundet. Er kramte in dem Durcheinander aus Schuhcremedosen, Bürsten und verlorenen Münzen herum. Die schwarz schimmernde Kammertür kam ihm vor wie ein versteckter Kanalschacht. Alles mögliche fiel hinein und lagerte sich hier ab. Er tastete auf dem Fußboden herum, bis seine Finger auf etwas Festes stießen – ein Schuhlöffel, so geheimnisvoll wie Strandgut. Er führte den Schuhlöffel an die Lippen; er schmeckte neu, hauptsächlich jedoch nach gar nichts. Er biß fest hinein, dann hielt er ihn in den schmalen Lichtstreifen, der unter der Tür hindurchfiel. Seine Zahnabdrücke waren erstaunlich vollkommen, symmetrisch.

Die nebenan gelegene Kleiderkammer seiner Mutter war wie ein Garten voller bunter, blumig-süßer Düfte. Er mochte auch diese Kammer, doch fand er ihre Üppigkeit überwältigend und konnte in der schweren, parfümgetränkten Luft kaum atmen. Die Kleiderkammer seines Vaters war eher dürftig und unordentlich. Alles war nachtfarben. Über ihm baumelten Ärmel und Manschetten aus der Dunkelheit. Auf dem Linoleumboden standen die Schuhe seines Vaters. Billy legte das Gesicht an einen schwarzen Ausgehschuh seines Vaters. Er war riesig, beinahe so lang wie Billys Arm, und selbst in der dunklen Kleiderkammer strahlte er einen stumpfen, braunschwarzen Glanz aus. Billy atmete tief ein. Der Schuh verströmte einen strengen, doch seltsam unwiderstehlichen Duft. Er roch nach Creme und irgendwie auch nach den Geheimnissen im Leben von Billys Vater. Ein starker, fauliger, faszinierender Geruch. Er war tief darin versunken, als sein Vater die Kammertür öffnete.

Harry stand am nächsten Morgen früh auf und kochte Kaffee. Will lag halbwach im Bett und kam langsam zu sich. Kleine, regengraue Lichtpunkte spiegelten sich auf Tasten und Trichter eines Saxophons. Die Regale an der Wand waren voller Bücher, Bücher stapelten sich in den Ecken und auf einem wackligen Stuhl. In einem Wasserglas stand ein Strauß verdorrter Osterglocken. Verschlafen und mit nacktem Arsch kam Harry aus der Küche zurück. Oben herum trug er ein weißes Trägerunterhemd. Feinripp, typische Altmännerkleidung. Er gab Will eine Kaffeetasse, stieg wieder ins Bett.

»Konntest du schlafen?« fragte er.

»Yeah«, sagte Will.

Es gab nichts Außergewöhnliches zu bereden. Sie tranken ihren Kaffee. »In anderthalb Stunden muß ich in der Schule sein«, sagte Will.

»Ich fange freitags später an.«

»Angenehm.«

Die Kaffeetassen waren weiß und wuchtig, sahen genauso aus wie das Geschirr in einem Selbstbedienungsrestaurant. Auf dem Tischchen neben dem Bett befanden sich eine Kleenexschachtel, ein Notizbuch, etliche Stifte, ein erhaben dreinblickender Steinengel und eine Taschenbuchausgabe von *Anna Karenina*.

»Liest du Tolstoj?« sagte Will.

»*Anna Karenina* lese ich alle paar Jahre mal wieder. Ich bin verrückt auf Tolstoj.«

»Ich verehre Tolstoj ebenfalls. Aber am meisten fahre ich auf George Eliot ab.«

»*Middlemarch* ist unglaublich.«

»*Das* lese ich alle paar Jahre wieder. Ich kriege davon regelrecht Nasenbluten.«

Es gab nichts Außergewöhnliches zu bereden. Die Gelegenheit bot sich an, eine ganz einfache Gelegenheit, und die verrinnenden Sekunden waren wie Momentaufnahmen, die von Mal zu Mal schärfer wurden. Will kam der Gedanke, daß er für Harry genau das sein könnte, was er von hübschen Männern immer für sich erhofft hatte. Er könnte freundlich und intelligent sein, ein Partner mit einer Welt ganz für sich. Er könnte eine Weile bleiben und dann, wenn er seine Freiheit wieder haben wollte, könnte er gehen.

Mit gemischten Gefühlen, teils Stolz, teils Mitleid, legte Will die Hand auf Harrys knochiges, blasses Knie.

Zwei Abende später gingen sie zusammen essen. Sie erzählten einander ihre Geschichte, teilweise jedenfalls. Harry war mit acht Geschwistern in einem riesigen, kalten Haus in Detroit aufgewachsen, hatte einen Vater, der auf strenge Zucht und Ordnung achtete, und eine Mutter, die sich so sehr in Regeln und Vorschriften vertieft hatte, daß sie gläubig geworden war. Harrys einziger Kummer – der einzige, den er einräumen wollte – bezog sich auf die Musik. Er behandelte Herzpatienten, und das war in Ordnung – er mochte seinen Beruf ziemlich –, doch es konnte niemals das Gefühl ersetzen, das einen erfaßte, wenn man die Lunge mit Luft füllte und eine lange Melodie für sein Publikum blies.

»Ich hatte nicht den Mut, Musiker zu werden«, sagte er. An den Wänden des Restaurants hingen Plakate mit alten Ozeandampfern, die seit dreißig Jahren nicht mehr auf große Fahrt gegangen waren.

»Arzt zu sein erfordert auch Mut«, sagte Will.

»Eigentlich nicht. Das kann man nicht vergleichen. Wenn man sich erst mal für den Arztberuf entschieden hat, wird man mitgerissen, es entwickelt eine Eigendynamik. Es würde viel mehr Mut erfordern, mit der Medizin aufzuhören, als den Beruf weiter auszuüben.«

»Möchtest du denn aufhören?«

»Nein, mir gefällt das, was ich mache. Ich spiele gern in meiner Wohnung Saxophon und bilde mir ein, daß ich in irgendwelchen Clubs spiele. Manche Phantasien sind mehr als bloße Einbildung, meinst du nicht?«

»Ich glaube schon. Ich wollte Architekt werden und bin schließlich Grundschullehrer geworden.«

»Macht es dir keinen Spaß?«

»*Mittlerweile* macht es mir Spaß. Ich glaube, zuerst habe ich es nur gemacht, um meinen Vater zu ärgern.«

»Ich habe viel schlimmere Sachen gemacht, um meinen Vater zu ärgern.«

»Er hatte soviel Hoffnung in mich gesetzt, er war so darauf versessen, daß aus mir was richtig Großes wird, und eines Tages habe ich ihm ins Gesicht geschaut und gesagt: ›Leck mich. Ich werde Grundschullehrer.‹«

»Ich habe jede Menge Drogen genommen und die ganze Zeit Gitarre gespielt. Ich mußte in Mexiko Medizin studieren.«

»Ich habe getrunken und bin durch die Gegend gerast. Meine Freunde und ich haben drei Autos zerschrottet, bevor wir die Schule abgeschlossen hatten.«

»Da hast du's ihm aber gezeigt.«

»Ich glaube ja.«

»Außerdem hat's Spaß gemacht.«

»Hm?«

»Es hat Spaß gemacht, Drogen zu nehmen und Gitarre zu spielen. Ich wette, es hat auch Spaß gemacht, Autos zu Schrott zu fahren. Es ging nicht nur darum, unseren Vätern eins auszuwischen.«

»Na ja, nein. Ich glaube nicht.«

Harry lächelte und strich mit dem Finger am Rand seines Wasserglases entlang. Auf seinen Fingern wuchsen goldene Härchen. Ein loser Faden hing aus seiner Manschette auf das Handgelenk, und ohne nachzudenken warf Will einen kurzen Blick auf sein Handgelenk, so als spüre auch er den Faden.

Er hatte keine Angst vor Harry. Er fragte sich, ob er nicht vor jedem anderen Mann, den er gekannt hatte, ein bißchen Angst gehabt hatte.

Er und Harry schliefen behutsam miteinander. Es war gut, einigermaßen gut, aber für Will fühlte es sich anders an als gewohnt. Normalerweise kam es ihm so vor, als verschwinde er dabei, als ginge er gänzlich in der Schönheit des anderen Mannes auf. Bei Harry war er sichtbarer, präsenter. Manchmal mochte er das Gefühl. Manchmal meinte er, er müsse aufstehen und gehen, sich wieder seinem gewohnten Leben zuwenden, der Bequemlichkeit und dem vertrauten Elend.

Sie gingen ins Kino, sie speisten in Restaurants. Am ersten sonnigen Tag fuhren sie mit Harrys Wagen nach Provincetown, gingen bibbernd in Jacke und Pullover am Strand entlang. Einmal stand Harry in seiner braunen Wildlederjacke da, während der Wind dunkelbraune Haarsträhnen an seine Brille wehte, und eine vollkommene Schönheit umgab ihn, eine aus dem Augenblick, dem strahlenden, kalten Himmel und den feinen goldenen Stoppeln auf seiner Oberlippe entstandene Schönheit. Will und er gaben keinerlei Erklärungen ab; es entwickelte sich einfach. Eine weitere Nacht und dann noch eine, lauter Sonntage mit Kaffee und Zeitungen.

Manchmal glaubte Will, er verliebe sich.

Manchmal sagte er sich: Ich will mehr als das.

Er hatte so lange auf einen dunkelhaarigen, jungenhaften Mann gewartet, einen Helden, der all das umsetzte, was er über Abenteuer und Körperlichkeit gelernt hatte. Er hatte sich darauf vorbereitet; er hatte sich in jemanden verwandelt, der das haben konnte. Niemals hatte Will sich einen schmalen, ganz annehmbar aussehenden Mann vorgestellt, der Tanzen und lange Nächte nicht mochte. Nie hatte er sich einen derart fragwürdigen Geschmack in Sachen Kleidung vorgestellt, Zimmer voller Krempel, dünne Beine und einen flachen Arsch.

Sie redeten ständig. Sie unterhielten sich über alles. Will stellte fest, daß es keinerlei Grenzen gab, daß er alles erzählen konnte. Als sie eines Nachts im Bett lagen, sagte er: »Manchmal mache ich mir Sorgen, daß ich mich vielleicht gar nicht richtig verlieben kann. Nicht so wie das, was andere Leute unter ›verlieben‹ verstehen.«

»Was verstehen andere Leute darunter?« fragte Harry. Er hatte die nackten Beine in Wills Beine gehakt. Harrys Jacke und Hose hingen an einer Stuhllehne, und sie saßen im Dunkeln wie geduldige alte Männer, die Wache hielten.

»Ich weiß nicht. Ein Preisgeben des eigenen Ich, nehme ich an.«

»Wieso solltest du dich preisgeben?«

»Ich meine damit folgendes: Ich mache mir Sorgen, daß Liebe vielleicht eine gewisse grundsätzliche Großmut erfordert, die mir fehlt. Ich frage mich, ob ich überhaupt großmütig bin, vielleicht liegt's daran. Ich bin sehr eitel.«

»Ich weiß, daß du eitel bist«, sagte Harry. »Es gibt Schlimmeres.«

»Das ist doch der ganze Ärger. Es ist nicht einmal eine schwere Sünde. Es ist allenfalls eine jämmerliche kleine Verfehlung. Dann lieber wirklich und wahrhaftig schlecht sein.«

»Meinst du etwa, es wird Zeit, daß du mir sagst, du liebst mich? Hast du das Gefühl, ich warte nur darauf?«

»Nein. Ich weiß nicht. *Ist* es so?«

»Ich glaube nicht. Vielleicht tu' ich's. Aber ich brauche es nicht unbedingt.«

»Es sind jetzt sechs Monate«, sagte Will.

»Fast sieben. Bitte stell die Sache jetzt nicht so hin, daß du versagen könntest.«

»Aber man *kann* versagen. In der Liebe. Man kann sich zurückhalten. Man kann an einen gewissen Punkt gelangen und dann nein sagen.«

»Vermutlich schon. Hast du das Gefühl, daß es dir so geht?«

»Ich bin mir nicht sicher. Vielleicht.«

»Die Liebe steht in schlechtem Ruf. Wer hätte nach all den Filmen keine Angst davor?«

»Meinst du, du liebst mich?«

»Du willst doch nur, daß ich's zuerst sage«, versetzte Harry.

»Und?«

»Ja.«

»Okay.«

»Okay?«

»Okay.«

»Es bringt mich nicht um, falls du dir nicht sicher sein solltest. So nervös bin ich nicht.«

»Das bist du wirklich nicht, stimmt's?«
»Nein. Wirklich nicht.«
Sie küßten sich und schliefen noch einmal miteinander.

Es geschah, als Will seinen Regenschirm vergaß. Er hatte frühmorgens Harrys Wohnung verlassen, war bereits auf der Straße und kehrte noch einmal um. Die Tür war offen. Harry spielte im Schlafzimmer Saxophon, nur ein paar kurze Harmonien, bevor er zur Arbeit mußte. Er hörte Will nicht eintreten. Er stand in Unterhose und weißen Socken da und spielte. Will erkannte die Melodie nicht. Er sah von der Tür aus zu. Er hatte Harry schon zigmal spielen sehen, aber noch nie so; noch nie, wenn Harry nicht wußte, daß er beobachtet wurde. Dadurch änderte sich etwas. Mit geschlossenen Augen und rotem Kopf stand Harry da, über das Saxophon gekrümmt. Er wirkte so versunken, wie Will ihn noch nie erlebt hatte, nicht einmal im Bett. Eine Ader trat an seiner Schläfe heraus. Er spielte gut, nicht glänzend, aber er ging völlig darin auf. Da stand er, ein Mann mit leichtem Bauchansatz, ausgeleierten weißen Socken und blau gestreiften Boxersborts, und spielte in einem unordentlichen Schlafzimmer Saxophon, während der Regen ans Fenster pladderte. Es war nur das. Aber irgend etwas stieg in Will auf. Ganz würde er es nie verstehen. Er meinte, Harry als Kind zu erleben und in hohem Alter – die ganze Spanne von Harrys Leben zog in diesem Augenblick vor ihm vorbei. Einen Moment lang ließ er sich gehen und versetzte sich in Harry, in den Sturm und Drang seines Spiels, und er spürte Harrys Ängste und Hoffnungen und noch etwas anderes. Die Stimme seiner Tage. Das sinnliche Gefühl, in seinem Körper zu leben, dieses Horn zu blasen und ihm Töne zu entlocken. Schweigend stand Will da. Er sagte kein Wort. Er holte seinen Regenschirm aus dem Wohnzimmer. Er ging wieder.

Er fand allmählich Erfüllung, eine Art Erfüllung. Die Erfüllung, die man bei Brot und guten Gesprächen findet. Sein Alltag nahm neue Gestalt an, wurde klarer, umfassender. Er konnte er selbst sein, aber auch der junge Mann, der von Harry geliebt wurde, und er konnte, allerdings nicht so deutlich, auch Harry sein. Das alte, unstete Gefühl schien zu vergehen, doch es gab auch Rückfälle. Wenn es verging, entdeckte Will an seiner Statt eine schlichte Freude und eine neuerliche Enttäuschung. Eine Enttäuschung, die sich trotz aller Zufriedenheit ständig regte, am Rande nur, doch beharrlich wie eine Biene. Jetzt stand er nicht mehr zu Verfügung, wenn der vollkommene Mann kommen sollte, derjenige, bei dessen lässigem Muskelspiel die Zeit stehenblieb. Falls es diesen Mann gab – diesen fröhlichen, kraftstrotzenden Gesellen , würde Will ihn nicht kennenlernen, weil er statt dessen diesen hier gefunden hatte, einen freundlichen Mann mit schütter werdendem Haar. Etwas nahm ihn in Beschlag; etwas grub sich in sein Fleisch. Er war himmelhoch jauchzend und gelegentlich auch zu Tode betrübt. Er schlief mehrmals mit mehreren schönen, dummen Jungs, die er in Bars oder im Studio kennenlernte. Er kaufte Harry Jazzplatten und einen Kaschmirpulli und cremefarbenes Briefpapier aus Frankreich. Er machte sich über alles mögliche Sorgen, über alles Mißgeschick auf der Welt, und manchmal weinte er vor lauter unfaßbarem Glück und Kummer.

1989

Zoe hatte so lange nichts gespürt. Sie hatte um das Virus gewußt. Sie hatte sich eingebildet, daß sie es spüren konnte – eine Art leises elektrisches Knistern, kleine Entladungen, die irgendwo zwischen Haut und Knochen aufglimmten. Aber sie hatte es schon seit fast drei Jahren und hatte sich bislang nie krank gefühlt. Sie hatte sich der Vorstellung hingegeben, daß sie sich die Krankheit zwar zugezogen habe, aber nicht davon betroffen sei, so wie ein Radiogerät gefahrlos Sendungen empfangen konnte, in denen umfassendere rechtliche Maßnahmen gefordert wurden, ein besserer Schutz für die Reichen etwa und härtere Strafen für alle anderen. Ein Radio hielt derart boshafte Inhalte aus, ohne Schaden zu nehmen. Im Lauf der Jahre hatte Zoe zunehmend

Gefallen an der Idee gefunden, daß ihr Körper ein Radio sei, glimmend und brummend zwar, aber intakt.

Sie hatte häufiger Erkältungen oder eine Grippe als sonst, doch sie nahmen stets ihren gewohnten Verlauf, und wenn sie abgeklungen waren, fühlte sie sich siegreich, voller Lebenskraft. Als sich schließlich die Kopfschmerzen und das erste wirkliche Fieber einstellten, als sie um drei Uhr morgens auf klatschnassem Bettzeug aufwachte, reagierte sie zunächst ungläubig, so wie damals, als sie erstmals von ihrer Ansteckung erfahren hatte. Etwas anders vielleicht, aber mit beinahe der gleichen Heftigkeit. Als sie vor drei Jahren den Bescheid bekommen hatte, war sie sich vorgekommen, als greife sie etwas an, wolle sie unterwerfen. Jetzt kam sie sich verraten vor, nicht vom Virus, sondern von ihrem Körper. Er hätte sich anpassen sollen und lernen, ihr zu Diensten zu sein. Er sollte mit der Infektion leben können wie ein Fisch im Wasser.

Hatte sie etwa geglaubt, sie sei etwas anderes, die große Ausnahme?

Na klar.

Sie blieb so oft wie möglich auf den Beinen. Sie arbeitete weiterhin als Sekretärin bei der Rechtsberatung, putzte ihre Wohnung, telefonierte. Sie meinte, wenn sie sich so wie immer verhielte, würde auch wieder eine gewisse Normalität einkehren. Sie betete nicht, richtete jedoch unablässig inständige Bitten an all die Mächte, die über das Wirken von Gesetzmäßigkeiten und Zufall gebieten mochten. Bitte macht, daß keine Lungenentzündung dazukommt. Danke, daß der Kleine gesund geblieben ist. Manchmal pries sie sich dafür, daß sie sich um ihren Sohn mehr Gedanken machte als um sich. Manchmal schalt sie sich wegen ihrer offenkundigen Selbsttäuschung – ihre Dankbarkeit dafür, daß Jamal verschont geblieben war, und ihre Sorgen um seine Zukunft verdeckten lediglich die Tatsache, daß sie in Wirklichkeit nichts weiter wollte, als am Leben zu bleiben. Würde sie ihn an ihrer Stelle sterben lassen? Nein. Nie und nimmer. Wäre sie bereit, ein gewisses Maß seines Glücks und Wohlbefindens für ihr eigenes Überleben einzutauschen? Ja. Bis zu einem gewissen Punkt wäre sie bereit, ihren Sohn zu opfern.

Sie stellte fest, daß sie auf Omen achtete: Telefonnummern, die ausschließlich aus geraden oder ungeraden Zahlen bestanden, das erste Wort, auf das ihr Blick bei der Lektüre einer Zeitung fiel. Als sie an der Second Avenue einmal eine blinde Frau auf sich zukommen sah, sagte sie sich: ›Wenn sie links an mir vorbeiläuft, geht's mir besser. Wenn sie rechts vorbeiläuft, geht's mir schlechter.‹ Als die Frau abbog und ein Geschäft betrat, war Zoe zunächst erleichtert, dann fluchte sie. Selbst wenn es so etwas wie Omen oder Hinweise geben sollte, mußte sie doch feststellen, daß sie sie nicht zu deuten verstand.

Sie hatte lange gewartet, bis sie es Jamal erzählte. Er war erst vier, als sie es erfahren hatte. Sie hatte sich gesagt, daß noch genügend Zeit sei. Doch sie hatte sich gefragt, was er ihr mehr übelnehmen würde: Daß sie ihn vor den bitteren Tatsachen hatte abschirmen wollen, oder daß sie ihm die Wahrheit sagte.

Sie wußte, daß er ihr das Sterben übelnehmen würde. War das nicht das einzige unverzeihliche Verhalten? Unerträglich kam ihr der Gedanke vor, daß sie sterben könnte, bevor Jamal alt genug wäre, um zu verstehen, daß auch sie einst ein Kind gewesen war. Wenn sie stürbe, solange er noch ein kleiner Junge war, würde sie in seiner Erinnerung nur als Mutter fortbestehen. Er würde sich an ihre Freundlichkeit erinnern und an ihre Fehler. Er würde sich seine eigene Legende zurechtlegen und ihrer auf diese Weise gedenken. Und so würde sie nach dem Tod als überlebensgroße Phantasiegestalt fortleben. Sie mochte die Vorstellung ganz und gar nicht, aber irgendwie war sie auch davon fasziniert. Sie, Zoe, würde zur Legende werden. Dieser Gedanke, so grauenhaft er auch sein mochte, gab ihr einen gewissen Halt, ein Gefühl der Geborgenheit.

Er war sieben, als sich bei Cassandra die ersten Sarkome zeigten. Zoe kam zu dem Entschluß, daß sie nicht länger warten konnte. Sie schmierte ihm ein Brot, setzte sich zu ihm an den Tisch. Es war an einem kalten, weißen Tag, an dem es einfach nicht schneien wollte.

Draußen vor dem Fenster hing der Himmel tief und bleiern über den Häusern.

»Jamal, mein Schatz«, sagte sie. »Du weißt doch, was Aids ist, stimmt's?«

Jamal kaute an seinem Brot. Er hielt es mit beiden Händen, wie ein viel kleineres Kind. Er mußte sich dringend die Haare schneiden lassen. Lange, zottige schwarze Korkenzieherlocken fielen ihm in Stirn und Nacken. Sie ertappte sich dabei, wie sie seine Wimpern anstarrte.

Ob er zu Weihnachten wohl gern ein Fahrrad hätte?, fragte sie sich. Würde ihm damit auch nichts passieren?

Er nickte.

»Aids«, sagte Zoe, »ist eine Art Krankheit, stimmt's?«

Wieder nickte er.

»Man nennt das ein Virus. Das ist so was Ähnliches wie ein winziger Käfer, viel zu klein, als daß man's sehen könnte. Es kann bei Menschen ins Blut geraten. Und es macht sie dann krank.«

»Hmm.«

»Tja. Ich habe es. Es ist in mein Blut geraten, und ich könnte krank werden. Ich werde wahrscheinlich krank.«

»Wann?«

»Ich weiß es nicht. Es könnte jederzeit passieren. Ich dachte, ich sollte es dir lieber gleich sagen.«

»Wie hast du's dir geholt?« fragte er.

»Ich bin mir nicht sicher.« Sie hielt inne. Hör nicht auf, sagte sie sich. Sag ihm einfach die Wahrheit. Er wird sich an jede Lüge erinnern, die du ihm erzählt hast.

»Wahrscheinlich bei einem Mann«, sagte sie. »Ich weiß ehrlich nicht, bei wem. Oder durch eine Nadel.«

»Hast du's dir bei meinem Vater geholt?« fragte er.

»Nein.«

Sie wußte es nicht genau. Aber es gab Grenzen, sie konnte ihm nicht alles sagen.

»Wirst du sterben?« fragte er.

»Ich weiß es nicht. Ich hoffe nicht. Könnte aber sein.«

»Wenn du stirbst, muß ich dann zu meinem Vater ziehen?«

»Nein«, sagte sie.

»Gut.«

Sie streichelte seine Haare. Er biß in sein Brot, kaute, schluckte. Irgendwo in der Decke pochte ein Rohr.

»Wenn du stirbst, bleibe ich bei Cassandra«, sagte er.

»Du magst Cassandra. Nicht wahr?«

»Ich hab's aber nicht. Oder?«

»Nein. Ich bin schon vor Jahren mit dir zum Test gegangen. Wahrscheinlich kannst du dich gar nicht mehr daran erinnern. Der Doktor hat dir etwas Blut abgezapft, und du hast 'ne halbe Stunde lang geschrien. Aber nein, dir fehlt nichts.«

»Kann ich rauf zu Ernesto gehen?«

»Möchtest du mich vielleicht noch etwas fragen?«

»Nein.«

»Bist du sicher?«

»Ja.«

»Möchtest du wirklich zu Ernesto gehen?« sagte sie.

»Hmm.«

Er stand auf, ging zur Tür.

»Jamal?« sagte sie.

»Was?«

»Sei vorsichtig.«

»Okay.«

»Treib dich mit Ernesto nicht im Treppenhaus rum. Bleibt bei ihm in der Wohnung.«

»Okay.«

»Neulich hab' ich gesehen, wie sich ein Mann vor unserem Haus rumgetrieben hat, der, na ja, nicht besonders angenehm gewirkt hat. Ich glaube, es ist besser, wenn Ernesto und du nicht mehr im Treppenhaus spielt. Okay?«

»Okay.«

»Bleib nicht zu lange, okay?«

»Okay«

»Na schön. Tschüß.«

Er ging hinaus und zog die Tür hinter sich zu. Sie hörte, wie er die Treppe hinaufstieg.

Das war das Gespräch gewesen, bei dem sie ihrem Kind mitgeteilt hatte, daß sie krank werden und wahrscheinlich sterben würde. Was hatte sie denn gewollt? Vorwürfe und Geschrei? Daß er weinend in ihre Arme gestürzt kam? So war es wahrscheinlich besser. Dennoch nahm sie es ihrem Sohn übel, daß er so ruhig geblieben war und sich lediglich gefragt hatte, was aus ihm werden würde. Sie war erleichtert und wütend zugleich, und sie war so traurig, daß sie es fast nicht ertragen konnte. War so etwa der Tod? So unangenehm und gewöhnlich? Sie konnte es sich durchaus vorstellen. Vielleicht überraschte er einen hauptsächlich wegen seiner Ähnlichkeit mit ganz alltäglichen Vorkommnissen. Es war nicht unbedingt gesagt, daß mit ihm alle Gefühle und Empfindungen endeten; vielleicht endeten mit ihm nicht einmal die zwischenmenschlichen Schwierigkeiten. Als sie so am Küchentisch saß, vor sich einen Steinkrug mit Treibhaustulpen und das angebissene Brot ihres Sohnes, während das Virus in ihrem Blut herumschwirrte, erkannte sie, daß sie allein um sich besorgt aus dem Leben scheiden konnte, umgeben von Menschen, die ihre Hand halten, ihr über die Stirn streichen und sich wünschen würden, daß sie es endlich hinter sich bringen möge, damit sie sich wieder ihrem Leben zuwenden konnten. Die dankbar wären, daß es nicht sie getroffen hatte.

Doch das wollte sie nicht, nicht diese Bitterkeit und nackte Angst. Sie wollte Erhabenheit. Sie wollte Glücksgefühl.

Nein. Nicht einmal das. Sie wollte weiter Lebensmittel einkaufen, Musik hören, im Bett liegen und die Zeitung lesen. All diese Kleinigkeiten hatten so viel mit ihr zu tun, waren so sehr Ausdruck ihres Seins, daß ihr mit einem Mal klar wurde, daß sie nicht sterben würde. Sie würde nicht sterben. Sie war zu sehr dem Diesseits verhaftet, dem Fleischlichen.

Sie hielt die Hand vor ihr Gesicht, roch an ihrer Haut. Dann streckte sie den Arm aus und ergriff Jamals halb aufgegessenes Brot. Man konnte jeden einzelnen Zahnabdruck erkennen. Sie saß da und hielt es in der Hand.

»Tja, Schätzchen«, sagte Cassandra am Telefon. »Was hast du denn von ihm erwartet?«

»Ich weiß nicht«, sagte Zoe. »Ehrlich nicht.«

»Der hat mächtig dran zu knapsen, bis er 'ne Einstellung dazu findet, daß du krank bist. Wenn du erwartest, daß er sich nach fünf Minuten darüber klar ist, tja, dann deutet das allenfalls auf eine bewundernswert abgehobene Weltsicht hin.«

»Wie geht es dir?«

»Nicht schlecht, wenn man's bedenkt. Heute morgen bin ich ausgegangen und habe mir sechs Paar undurchsichtige schwarze Strumpfhosen gekauft. Ich denke nicht daran, auch noch an den Beinen Make-up zu tragen. Es gibt Grenzen.«

»Ich habe ihm noch nichts von dir gesagt.«

»Ist wahrscheinlich ganz klug. Man muß ihm ja nicht alles auf einmal verpassen.«

»Aber ich weiß ehrlich nicht, wer sich um ihn kümmern soll. Wenn keiner von uns dazu in der Lage ist.«

»Ich habe deine Mutter schon darauf einzustimmen versucht.«

»Ich weiß nicht, ob ich ihn meiner Mutter überlassen möchte. Sie würde ihr Bestes geben ...«

»Aber sie ist eine Vorstadttussi, und er ist ein wilder Junge, der von Tunten aufgezogen wurde. Ich weiß. Aber denk drüber nach, Schätzchen. Meiner Ansicht nach ist keiner unserer Freunde die Idealbesetzung für 'ne Mutterolle.«

»Alice und Louise könnten es hinkriegen.«

»*Alice* würde es schaffen«. sagte Cassandra. »Louise würde *einwilligen,* weil Alice es möchte. Sie hätte die besten Vorsätze, und innerhalb von drei Wochen würde sie ihm das Leben zur Hölle machen. Er läßt die Erdnußbutter rumstehen, und sie verdrischt ihn nach Strich und Faden.«

»Vielleicht hast du recht. Was ist mit Sam?«

»Ich möchte nicht, daß Jamal mit einem Alkoholiker zusammenlebt. Punktum.«

»Er ist kein Alkoholiker«, sagte Zoe.

»Für meine Begriffe reicht es, wenn man an zwei von drei Abenden besoffen ist.«

»Die Zwillinge?«

»Die Zwillinge können ja kaum auf *sich* aufpassen. Dann wär's sinnvoller, wenn Jamal sich der Zwillinge annimmt.«

»Auch Tim und Mark und Robert sind krank«, sagte Zoe.

»Deine Mutter hat Geld und jede Menge Zeit, und sie ist nicht verrückt. Na ja, jedenfalls nicht mehr als die meisten Leute.«

»Ich habe an meinen Bruder gedacht«, sagte Zoe.

»Die Plastiktype? Würg.«

»Ich weiß nicht, wieso ihr beide nicht miteinander klarkommt. Das ist mir ein Rätsel.«

»Da gibt's nichts zu rätseln. Ich bin das sagenhafte Ergebnis meines eigenen Unterbewußtseins, und er kann vor Kraft kaum gehen und zieht sich die einschlägigen Hefte dazu rein. Was gibt's da klarzukommen?«

»So ist er nicht. Du bist ungerecht.«

»Oh, na ja, kann schon sein«, sagte Cassandra. »Ich kann's nicht ändern, aber er verkörpert nun mal all das, was ich am wenigsten mag. Er treibt sich gern in schmucken kleinen Bars und Restaurants rum, geht immer nach der neuesten Mode, und er lebt in *Boston*, Herrgott noch mal.«

»Er ist Lehrer, und er ist in einen Arzt verliebt. Du nimmst ihn gar nicht richtig wahr. Du hast irgendwann beschlossen, daß du ihn nicht magst, und damit hat sich's.«

»Kann sein, kann sein«, sagte Cassandra. »Ist nun mal eine meiner Lieblingsbeschäftigungen, daß ich hübsche Jungs nicht abkann, die der Meinung sind, daß sich die ganze Welt bloß um ihr Arschloch dreht. Entschuldige meine Ausdrucksweise.«

»Er wäre gut zu Jamal. Er mag Kinder.«

»Er würde Jamal den ganzen Fitneßfummel anziehen, er würde ihm die Freuden einer Cocktailparty beibringen. Er würde ihn mit nach Boston nehmen. Oh Gott, meine ganze jahrelange Arbeit war umsonst.«

»Ich wollte Will sowieso anrufen«, sagte Zoe. »Ich muß es jetzt meiner Familie beibringen, und ihm will ich's zuerst sagen.«

»Bei deiner Mutter hätte es Jamal besser. Da bin ich mir sicher.«

»Tja, aber er ist mein Kind. Nicht wahr?«

»Schätzchen, er ist *dein* Kind. Jetzt spiel dich bloß nicht auf.«

»Ich muß diese Entscheidung treffen, Cassandra.«

»Nun mach aber mal halblang. Meinst du ehrlich, ich wechsle jahrelang Windeln und geh' in den Zoo, bloß damit ich eines Tages, wenn die Kacke ins Dampfen kommt, abgeschoben werde wie ein tattriges altes Kindermädchen, deren Dienste man nicht mehr bedarf?«

»Wir sollten uns nicht streiten. Okay?«

»Wir sollten uns aber auch nicht von oben herab kommen. Okay? Bloß weil du ihn geboren hast, hast du noch lange kein Vetorecht. Mir liegt genausoviel an dem kleinen Scheißer wie dir. Er ist auch mein Kind.«

»Ich weiß. Ich meine bloß ...«

»Da gibt's gar nichts zu meinen«, sagte Cassandra. »Du solltest mich besser kennen. Glaub bloß nicht, daß du's bei mir mit 'nem sanftmütigen kleinen Ding zu tun hast, das seinen Platz im Leben kennt. Ich mag zwar eine reizende Patentante sein, aber ich kann auch die Medea geben.«

»Ich weiß.«

»Tja. Wir können ja später darauf zurückkommen, nehme ich jedenfalls an. Wie geht es *dir?*«

»Ganz gut. Ein bißchen müde bin ich.«

»Hast du Lust auf einen Einkaufsbummel?«

»Ich glaube nicht«, sagte Zoe. »Ich brauche eigentlich nichts.«

»Schätzchen, wenn die Leute deshalb nicht mehr einkaufen gehen würden, läge die Wirtschaft vollends darnieder.«

»Ich glaube, ich möchte heute nachmittag bloß zu Hause rumhängen. Ich glaube, mir ist einfach nach Lesen zumute.«

»Wie belieben. Ich muß mir unbedingt ein bißchen Schmuck besorgen. Vielleicht klappre ich mal die Galerie bei Bloomingdale's ab. Ich bin so lange nicht mehr dort gewesen. Ich wette, die haben mich inzwischen vergessen.«

»Okay. Viel Spaß.«

»Bestimmt. Nichts kann die Lebensgeister eines Mädchens mehr anregen als ein Zug durch die Gemeinde. Und noch was, Zoe.«

»Hmm?«

»Ich möchte bloß das Beste für Jamal.«

»Ich weiß. Das möchten wir alle beide.«

»Herr im Himmel, mag man's denn glauben. Ich als Fürsprecherin von Vernunft und Redlichkeit. Tja, man weiß halt nie, was alles passieren kann, nicht?«

Zoe rief bei Will in Boston an. Sie hinterließ eine Nachricht auf seinem Anrufbeantworter, und mehrere Stunden später meldete er sich bei ihr.

»Hi, Zoe.«

»Hallo, Will. Wie geht's dir?«

»Gut. Na ja, ganz gut. Ich hatte 'nen ziemlich beschissenen Tag.«

»Tut mir leid«, sagte sie.

»Ich habe da ein Kind in meiner Klasse, den typischen Tunichtgut. Ich hab' ihn nach der Schule dabehalten, nicht bloß zur Strafe, sondern weil ich mit ihm mal allein die Aufgaben durchgehen wollte, damit er vielleicht ein bißchen was lernt. Ich kriege das nicht etwa bezahlt, klar? Ich mache es, weil ich den Kerl aus dem einen oder anderen verqueren Grund einfach mag. Jeder andere würde ihn einfach weiterreichen, bis er alt genug ist, daß man ihn rausschmeißen kann. Er hält sich für blöde, und er meint, wenn er die ganze Klasse durcheinanderbringt, wenn er den ganzen Unterricht über den Haufen wirft, kommt vielleicht keiner dahinter. Ich lasse also die Eltern kommen, damit man mal drüber reden kann, wie sie ihm zu Hause auf die Sprünge helfen können. Und sie sind der reinste Alptraum. Die Mutter ist so ein verkniffenes, schmallippiges Ding, etepetete und abgehalftert zugleich, die klassische Schlampe, die's als Mädchen zu doll getrieben hat, mit vierzehn schwanger und danach religiös geworden ist. Und der Vater erst. Ein großer, fetter Typ, still und mit mieser Miene. Die rühren kein Buch an, haben daheim wahrscheinlich in jedem Zimmer eine Knarre, und mitten im Gespräch schaut mich der Vater mit so 'nem verschlagenen, gönnerhaften Glänzen in den Augen an und sagt: ›Man sieht nicht grade viele männliche Lehrer.‹ Es ist das erste Mal, daß er überhaupt was sagt. Und dabei wirft er seiner Frau so einen wissenden Blick zu, und sie erwidert ihn. Und es trifft mich einfach – die wissen genau, daß ich schwul bin, und sie werden ihrem Sohn sagen, daß er sich von mir fernhalten soll. Durch mich hat dieses Kind vielleicht die einzige Chance. Ich sage dir, daß niemand anders an der Schule auch nur das Geringste an ihm liegt, und die werden ihn gegen mich aufhetzen. Denen ist es sowieso egal, wie er in der Schule mitkommt. Die wollen, daß er genauso beschränkt wird wie sie. Und es kommt einem so scheiß hoffnungslos vor. Ich meine, da ist diese bodenlose Fiesheit und Stupidität, und das ist so eingefleischt und, ich weiß nicht, es scheint derart *zuzunehmen* – so als ob die Menschen immer mieser und blöder werden und sich immer mehr darauf einbilden.«

»Ich weiß«, sagte Zoe. »Ich meine, es ist schrecklich.«

»Tut mir leid, daß ich mich so gehenlasse. Das muß man immer in Kauf nehmen, wenn man mich werktags anruft. Was gibt's Zoe? Wie läuft die Kiste?«

»Ich habe Aids, Will.«

»Was?«

»Ich habe Aids.«

»Mein Gott.«

»Ich bin seit fast drei Jahren positiv. Ich hab's noch niemandem von der Familie erzählt. Tut mir leid.«

»O mein Gott.«

»Es gibt keine Entschuldigung, wirklich. Ich dachte bloß – solang's nicht zu viele Leute wissen, würde es mir selber irgendwie unwirklich vorkommen, nehm' ich an. Wenn's die Leute nicht wissen, müßte ich nicht mit der Krankheit leben.«

»Bist du bei einem Arzt gewesen?«

»Selbstverständlich bin ich bei einem Arzt gewesen.«

»Einem guten?«

»Ja. Einem guten.«

»Wie äußert sich ... Sind schon Symptome aufgetreten?«

»Nächtliche Schweißausbrüche. Sie haben gerade angefangen. Kopfschmerzen. Deswegen ist mir ja klargeworden, daß ich's dir sagen muß.«

»Wo stehen deine T-Zellen? Weißt du das?«

»*Ja,* ich weiß es. Bei vierhundert.«

»Ich komme runter.«

»Das mußt du nicht.«

»Es geht jede Stunde ein Flug.«

»Du kannst hier nichts tun, Will.«

»Ich brauche zwei, allenfalls drei Stunden.«

Will traf knapp drei Stunden später ein. Zoe kochte gerade Tee. Jamal saß am Küchentisch und aß sein Abendbrot. An der Tür zögerte Will einen Moment, da er nicht wußte, ob Jamal eingeweiht war oder nicht.

»Hi, Will«, sagte Zoe. Sie küßte ihn, als handle es sich um einen ganz gewöhnlichen Besuch. Sie sah nicht anders aus als sonst. Aber zunächst ging es natürlich jedem so. Will hatte bereits eine gute Handvoll Freunde begraben – er wußte sehr wohl, wie lange es dauerte, bis sich Veränderungen einstellten. Wenn die Leute zum erstenmal krank wurden, hatten sie alle noch tiefe, strahlende Augen, und nach wie vor lag die Haut straff über Muskeln und Knochen. Das ganze frühe Wirken der Krankheit war unsichtbar, so als werde innerlich ein Netz aus peinlich genauen Stichen angelegt. Doch hier war seine Schwester, und all seinen Erlebnissen zum Trotz gab er sich einen Moment lang der Illusion hin, daß alles in Ordnung sei. Es war eine Täuschung gewesen, ein Irrtum. Zoes Wohnung war so wie immer, hell und schäbig. Hier war die große Küche mit den breiten Dielenbrettern, in der es immer nach Zimt und Kaffee roch. Dort, hinter der gläsernen Geschirrschranktür, waren die angeschlagenen Teller und einschichtigen Tassen, da die verblaßten Bilder mexikanischer Heiliger und die scheußlichen Laiengemälde, die sie in Trödelläden auflas (ein Engel mit wallender Nancy-Sinatra-Frisur, ein Chihuahua, ein lächelnder Mann mit Bürstenschnitt und asymmetrischen Schweinsaugen). Für eine tödliche Krankheit war es hier einfach nicht ernst genug. Es fehlte die nötige Feierlichkeit und Schwere. »Hi«, sagte Will. »Hi, Jamal.«

Jamal saß am Tisch und tat so, als esse er. »Hallo«, sagte er. Die Angewohnheit, Leute, die er nicht so gut kannte, einfach anzuschweigen, hatte er neuerdings aufgegeben. Statt dessen begegnete er ihnen mit einer erhabenen, wenn auch leicht grämlichen Höflichkeit. Er sagte ›Hallo‹ und ›Vielen Dank‹ und ›Komm mal wieder vorbei‹.

»Bist du hungrig?« fragte Zoe Will.

»Nein. Ja. Ein bißchen.«

»Wir haben Reis und Bohnen«, sagte sie. »Jamal ist nämlich Vegetarier geworden.«

»Wirklich?« sagte Will zu Jamal.

Jamal nickte. »Ja«, sagte er.

»Nicht mal mehr Fisch?«

»Fische sind was Lebendes. Sie haben doch Blut.«

Zoe holte Will einen Teller Reis mit Bohnen. Er setzte sich neben Jamal an den Tisch. Jamal spießte mit seiner Gabel eine einzelne Bohne auf, steckte sie behutsam zwischen die Schneidezähne, saugte sie ein.

Er wirkte nicht nervös oder ängstlich. Offenbar wunderte er sich auch nicht, weshalb sein fünfhundert Kilometer weiter weg wohnender Onkel so plötzlich aufgetaucht war.

»Was macht die Schule?« fragte Will.

»Entzückend«, sagte Jamal. Er schien es nicht ironisch zu meinen.

»Zweite Klasse, stimmt's?«

»Ja«, antwortete Jamal.

»Wenn du in Boston wohnen würdest, könnte ich in ein paar Jahren dein Lehrer sein. Ich unterrichte die fünfte Klasse.«

»Ich weiß.«

Zoe goß sich eine Tasse Tee ein, setzte sich ebenfalls an den Tisch. »Ich war schon vor zwanzig Minuten mit dem Essen fertig«, sagte sie. »Jamal ist der langsamste Esser auf der Welt.«

Jamal lächelte schüchtern, so als wäre es ein Kompliment gewesen. Er bohrte eine Gabelzinke in ein einzelnes Reiskorn.

»Gut für die Verdauung, nehme ich an«, sagte Will. Wieso kam man sich im Beisein von Kindern häufig so vor wie bei Besuchen von Politikern aus unbekannten und weit entfernten Ländern?

»Cassandra ißt überhaupt nichts«, sagte Jamal.

»Natürlich ißt sie«, sagte Zoe. »Jeder muß essen.«

»Cassandra trinkt nur Wasser und Saft und Kaffee«, sagte Jamal.

»Stimmt nicht«, versetzte Zoe. »Cassandra ißt jede Menge. Das ist alles *überhaupt* nicht wahr.«

»Sie ißt einmal am Tag einen Apfel. Einen grünen Apfel.«

»Ich möchte mich nicht mit dir streiten. Du glaubst doch selber nicht, was du sagst. Ich wette, du hast sie in den letzten achtundvierzig Stunden irgendwann einen Hamburger essen sehen.«

»Wie geht's Cassandra?« fragte Will.

»Ganz gut«, sagte Zoe.

»Cassandra ißt keine Hamburger mehr«, sagte Jamal. »Sie findet sie ekelhaft.«

Als Jamal und Will aufgegessen hatten, schickte Zoe Jamal zum Hausaufgabenmachen in sein Zimmer. Sie brachte die Teller zur Spüle, und Will folgte ihr. Er legte die Hand auf ihren schmalen Rücken.

»Kleines«, sagte er.

Sie ließ heißes Wasser über die Teller laufen. »Jamal weiß Bescheid«, sagte sie. »Aber danke, daß du es nicht in seinem Beisein angesprochen hast.«

»Ich hätte nie ...«

»Ich möchte nicht, daß er ständig darauf gestoßen wird. Manchmal frage ich mich, ob das richtig ist. Vielleicht sollte er es die ganze Zeit hören, damit er es als etwas Alltägliches sieht.«

Sie drückte Spülmittel auf einen Schwamm, genau so wie einst ihre Mutter. Das Spülmittel war in einer weißlich schimmernden Plastikflasche, genau wie bei ihrer Mutter.

»Ich halte deine Entscheidung für richtig«, sagte er. »Oder ... na ja, wer weiß? Wer hat schon eine Ahnung, wie man sich Kindern gegenüber verhalten muß.«

»Danke, daß du gekommen bist«, sagte sie.

»Bedank dich nicht bei mir.«

Sie schwiegen beide seltsam einträchtig, so als hätten sie sich unlängst kennengelernt und wüßten nun nicht, wie sie sich möglichst elegant voneinander losreißen könnten, da ihnen der Gesprächsstoff ausgegangen war. Vermutlich sollten sie einander in die Arme fallen und losweinen. Sie weinten nicht. Sie waren Erwachsene, die in der Küche Geschirr abspülten, während ein Zimmer weiter ein Kind seine Hausaufgaben machte.

»Mir ist das ein bißchen peinlich«, sagte sie. »Ist das nicht verrückt? Ausgerechnet jetzt?«

»Nimmst du irgendwas?«

»Noch nicht. Sharon, meine Ärztin, will mich auf AZT setzen. Aber es macht mich nervös. Ich höre schreckliche Sachen drüber. Ich hab' ihr gesagt, ich möcht's mir erst überlegen.«

»Ich glaube, du solltest AZT nehmen. Vielleicht auch nicht. Ich weiß es nicht. Ich habe ebenfalls schlimme Sachen drüber gehört. Ist diese Sharon eine gute Ärztin?«

»Ja, hab' ich dir doch gesagt. Mach dir nicht so viele Sorgen.«

»Klar, richtig. Wieso sollte ich mir Sorgen machen?«

»Und sei bitte nicht so sarkastisch.«

»Wenn weder Sorgen noch Sarkasmus erlaubt sind, weiß ich nicht mehr, was ich erwidern soll«, sagte er. »Du nimmst doch keinerlei Drogen mehr?«

»Jetzt nicht mehr. Ich nehme tonnenweise Vitamine. Ich esse ordentlich.«

»Das reicht meiner Meinung nach nicht.«

»Ich fange demnächst wahrscheinlich mit irgendwelchem Zeug gegen opportunistische Infektionen an«, sagte sie. »Bactrim heißt es, glaube ich. Ich könnte mir vielleicht auch Pentamidine zum Inhalieren vorstellen, aber das kostet ein Vermögen.«

»Wen kümmert's, was es kostet?«

»Will, meine Versicherung kommt nicht für alles auf. Ich kann von Glück sprechen, daß ich überhaupt versichert bin. Was meinst du, weshalb ich jahrelang Tag für Tag einen Rock anziehe, nach Downtown gehe und mich vor einen Computer hocke.«

»Mach dir keine Sorgen ums Geld«, sagte er.

»Ich muß mir aber Sorgen ums Geld machen.«

»Ich kann dich unterstützen.«

»Vielen Dank. Aber was verdienst du? Fünfundzwanzigtausend im Jahr?«

»Harry hat Geld. Papa hat Geld. Susan hat Geld.«

»Na schön. Ich mache mir keine Sorgen mehr.«

»Apropos Drogen«, sagte er. »Ich, na ja, ich hab' 'nen Joint mitgebracht. Möchtest du einen Joint rauchen?«

»Okay. Ja. Würd' ich gern.«

Will nickte zu Jamals Zimmer hin, zog die Brauen hoch.

»Er hat mich schon öfter stoned erlebt«, sagte Zoe. »Was soll ich sagen? Ich bin eine dieser Mütter, über die man in der Zeitung liest.«

»Ich halte dich für eine gute Mutter.« Er holte den Joint aus seiner Brieftasche.

»Ich weiß nicht. Ich versuch's. Es ist schwerer, als man's sich vorstellt. Nein, das stimmt nicht ganz. Es ist schwer, aber auf eine andere Art, als man erwartet hat. Es ist – menschlicher als erwartet. Ich hatte mir die Grenzen immer klarer vorgestellt, so als wüßte ich genau, was man zu einem Kind sagt.«

Will zündete den Joint an, nahm einen Zug, bot ihn ihr an. Sie trocknete sich die Hände an einem tarnfarbenen Geschirrtuch ab.

»Mama war gar nicht so besonders menschlich, meinst du nicht?« sagte er. »Ich meine damit nicht, daß sie eine Art Scheusal war, aber irgendwie kam sie mir nie wie eine greifbare *Person* vor. Ich meine, wie jemand, der hier auf dieser Welt lebt und nervös ist. Weißt du, was ich meine?«

Zoe nahm einen Zug vom Joint, stieß einen dicken Rauchkringel aus, der träge im Lichtschein hing. »Ach, Mama war verängstigt«, sagte sie. »Sie war einfach so, na ja, *verängstigt.*«

»Vermutlich. Hast du ... hast du es ihr gesagt?«

»Noch nicht. Ich mußte es erst bei dir ausprobieren.«

Will nahm den Joint, inhalierte.

»Ich kann damit ganz gut umgehen«, sagte er. »Meinst du nicht?«

»Hmm. Das habe ich gewußt.«

Will ergriff ein Plastikmännchen, das auf der Arbeitsplatte stand.

»Was ist das?« fragte er.

»Einer von Jamals Enterprise-Leuten. Das ist der Doktor. Ich vergesse immer seinen Namen.«

»Pille. Captain Kirk nennt ihn Pille.«

»Genau«, sagte sie. »Er war aber keine der richtigen Hauptpersonen, oder?«

»Nicht ganz. Aber er war immer dabei. Er war – nützlich.«

»Jamal hat sie alle. Schau, hier ist ein Klingone.«

»Ziemlich ekelhafte Type.«

»Er steht auf Außerirdische. Er schert sich nicht drum, ob sie gut oder böse sind. Will?«

»Ja?«

»Cassandra hat es ebenfalls.«

»O Gott.«

»Sie hat's schon länger als ich. Sie hat ein Kaposi-Sarkom am Bein.«

»O je.«

Er hatte den kleinen Plastikdoktor in der Hand, den Mann namens Pille. Der Doktor hatte winzige, schwarze Augen und eine unwirkliche Hautfarbe, wie Heftpflaster.

»Ist Cassandra auf AZT?« fragte er.

»Sie hat's probiert. Aber sie ist davon so anämisch geworden, daß sie kaum noch stehen konnte. Das ist ja einer der Gründe, weshalb ich so unsicher bin, ob ich's nehmen soll.«

»Ich weiß nicht, was ich dazu sagen soll.«

»Du brauchst gar nichts zu sagen«, versetzte sie. »Ich bin schon froh, daß du hier bist.«

Sie ging zum Tisch und setzte sich so resolut hin, als sei es einfach das Nächstliegende. Sie hatte noch immer die Plastikfigur in der Hand. Sie stellte den Außerirdischen vor sich auf den Tisch und schaute ihn so ernst und abschätzend an wie ein Juwelier, der sich überlegt, ob ein Stein dem angeblichen Wert entspricht oder nicht.

»Papa will ein Treibhaus bauen«, sagte sie.

»Ich weiß.«

Will ließ aus der Leitung ein Glas kalten Wassers ein, nahm es mit zum Tisch. Er trank einen Schluck, stellte das Glas neben den Klingonen. Zoe trank einen Schluck.

»Er will Orchideen züchten«, sagte sie. »Ist das nicht eine komische Vorstellung – er und Orchideen züchten?«

»Er und Magda versuchen sich vornehm zu geben. Sie hat sich auf diese ganze Wohltätigkeitsarbeit eingelassen. Hast du schon davon gehört?«

»Genau wie Mama.«

»Genau wie Familie Schickimicki. Kaum zu glauben, daß sie nicht längst von irgendeinem Tierschützer mit Blut bespritzt worden ist, wenn sie immer im Fuchsmantel durch Bridgehamptom zieht.«

Zoe lachte.

Ihr Blick war unverändert.

»Mama ist so einsam«, sagte sie. »Sie sollte das Haus verkaufen.«

»Würde es dich stören, wenn sie's täte?«

»Nein. Ich hänge wirklich nicht daran.«

»Ich auch nicht. Eigentlich sollte das der klassisch traumatische Vorfall sein, wenn deine Eltern das Haus verkaufen, in dem du aufgewachsen bist. Aber mir fällt dazu bloß eins ein: ›Mama, nimm dir 'ne Eigentumswohnung. Mach schon, Mädchen.‹«

»Wir sind da nicht besonders glücklich gewesen.«

»Manchmal schon. Es hat gewisse Momente gegeben.«

»Na ja, klar. Es hat gewisse Momente gegeben.«

Sie ließ den Klingonen am Rand des Wasserglases entlanglaufen.

»Ich habe mit meinem Leben nicht besonders viel angefangen«, sagte sie.

»Ach komm. Sag doch nicht so was.«

»Es ist die Wahrheit, nichts weiter. Wenn ich über mich nachdenke, du weißt schon. Daß ich vielleicht nicht mehr da bin. Manchmal denk' ich mir, na ja, es ist nicht so, wie wenn ich mitten in der Arbeit an einem großen Kunstwerk wäre oder anderen Leuten das Leben retten würde oder so. Ich habe bloß Jamal und meine Arbeit und diese Wohnung.«

»Das reicht«, sagte Will. »Man muß nicht unbedingt der große Hirnchirurg sein.«

»Die Sache ist bloß die. Angenommen, das würde wieder vergehen, angenommen, ein Wunder geschieht und ich würde nicht mehr krank sein. Ich glaube nicht, daß ich mich groß ändern würde. Ich könnte ehrlich nicht sagen, ich werde jetzt Ärztin oder setze mich für die Armen ein oder irgendwas. Ich meine, eine Zeitlang habe ich stille Zwiegespräche mit ... einer Art unsichtbarer Macht geführt, und ich wollte sie irgendwie überzeugen, daß ich alles anders machen würde, wenn ich noch eine Chance bekäme. Aber mir war die ganze Zeit bewußt, daß es nicht stimmt.«

»Du hast jede Menge getan, Liebes. Ich möchte nicht, daß du dir darüber Sorgen machst.«

»Das eigentlich Komische dabei ist«, sagte sie, »daß es mir deswegen kein bißchen leichter fällt. Die Vorstellung, sterben zu müssen. Die Tatsache, daß ich nicht mitten aus einem großen Werk herausgerissen werde.«

»Hmm.«

»Manchmal ist mir irgendwie nach großer Tragödie zumute. Lächerlich, nicht wahr? Ich möchte das Gefühl haben, daß mein Abgang einen gewaltigen Verlust für die Welt bedeutet, und ich weiß, daß es nicht so ist. Der einzige Mensch, für den es wirklich eine Katastrophe wäre, ist Jamal.«

»Hör zu, Zoe, dieses Gerede kommt etwas verfrüht, meinst du nicht?«

»Ich denke, wenn mir irgendwas zustößt, und wenn Cassandra irgendwas zustößt ... ich meine, ich habe mich gefragt.«

»Du siehst prima aus. Das sind gerade mal die ersten Symptome ...«

»Ich habe mich gefragt, ob du glaubst, daß du Jamal vielleicht zu dir nehmen könntest. Ich muß wissen, daß er jemand hat, der sich um ihn kümmert.«

»Herrgott, Zoe«, sagte Will. »Ich glaube schon.«

»Cassandra hat sich darauf versteift, daß Jamal bei Mama bleiben sollte. Und ich weiß nicht recht. Mama ist so, na ja. Sie ist halt *Mama.* Sie und Jamal passen einfach nicht zueinander. Bei dir könnte ich ihn mir schon eher vorstellen.«

»Ich muß mal drüber nachdenken. Aber, na ja. Wahrscheinlich ginge das schon in Ordnung. Wenn du es so möchtest, würde ich ihn wahrscheinlich schon nehmen.«

»Danke.«

»Möchtest du rauf nach Boston kommen?« sagte Will. »Ich könnte dir bei der Wohnungssuche helfen.«

»Nein. Das hier ist unser Zuhause, hier hat Jamal seine Freunde. Und ich könnte ihn und Cassandra nicht auseinanderreißen.«

»Genau.«

»Cassandra ist als Elternteil mindestens genausogut wie ich. Das stellst du dir nicht vor.«

»Tja, falls du jemals deine Meinung ändern solltest, wenn du mal eine Zeitlang rauf nach Norden kommen möchtest, dann sag einfach Bescheid.«

»Danke.«

»Bedank dich nicht bei mir. Bitte.«

Sie ließ den Klingonen über den Küchentisch laufen, stellte ihn vor Will hin.

»Vielen Dank, Will«, sagte sie mit tiefer Stimme.

»Bitte sehr«, sagte er.

Sie saßen zusammen am Tisch, bis Jamal in die Küche kam und sagte, daß er die Hausaufgaben fertig habe und jetzt fernsehen wolle. Sie sahen eine Stunde mit ihm fern, dann brachte Zoe ihn zu Bett. Sie und Will begaben sich wieder an den Küchentisch, wo sie fast die ganze Nacht saßen und redeten. Manchmal ließ Will den Klingonen müßig auf dem Tisch herumspazieren, manchmal Zoe. Während sie miteinander redeten, entwirrte Will die Knoten in Zoes Haaren.

1989

Mary fuhr ein- oder zweimal im Jahr nach Boston, weil sie ihren Sohn sehen und in einer Stadt sein wollte, in der niemand sie kannte. Besser gesagt, sie wollte ihren Sohn sehen und genoß den Aufenthalt in Boston als willkommene Dreingabe. Boston war wie New York im kleinen, eine Stadt, in der sie besser aussah als die meisten Frauen ihres Alters und wo niemand um ihre persönliche Geschichte wußte. Sie wohnte stets im Ritz-Carlton, schon immer ein ausgesprochener Luxus, doch jetzt noch viel mehr, da sie von den Unterhaltszahlungen und dem bißchen Geld lebte, das sie mit ihrer Arbeit bei Anne Klein verdiente. Dennoch, das Ritz war es wert. Wenn sie in Rock und Jacke durchs Foyer ging, hätte sie eine dezent gekleidete, vermögende Geschäftsfrau aus San Francisco sein können. Sie hätte die amerikanische Ehefrau eines ausländischen Weinimporteurs sein können, der sich eine Wohnung in Paris und ein Haus in der Toskana leistete. Sie sparte Geld für diese Abstecher, gönnte sich keine anderweitigen Urlaubsreisen, und selbst ihre Kleidung kaufte sie immer im Hinblick darauf, daß sie sie in Boston tragen wollte. Wenn sie in Boston die Newbury oder die Arlington Street entlangspazierte, vorbei an den Schaufenstern der teuren Geschäfte, hätte sie alles mögliche sein können. In Boston, wo die Frauen aus den alten, reichen angelsächsischen Familien eher etwas gedrungen, mopsig und enttäuscht wirkten, wo Burberry-Regenmäntel offenbar groß in Mode waren und Frauen mit zwanzig Kilo Übergewicht nichts Besseres zu tun hatten, als grelle Karos und Tartanmuster zu tragen – dort konnte Mary ihre fremdartig-exotische Ausstrahlung genießen, ihren dunklen italienischen Teint und die klaren, klassisch schönen Züge.

Dort konnte sie die harte Wirklichkeit gelegentlich verdrängen. Sie war nicht die Mutter eines todkranken Mädchens. Sie hatte ihre Jugend nicht mit einem aufbrausenden, ungebildeten Mann vergeudet, der sie wegen einer fetten Sekretärin mit kanariengelbem Haar verlassen hatte. Sie führte kein bescheidenes Leben in einem riesigen, leeren Haus. Sie war nicht auf irgendwelche Frauen angewiesen, um deren Freundschaft sie sich einst vergebens bemüht hatte.

Wenn sie nach Boston fuhr, war sie eine Frau, die in einem guten Hotel wohnte. In ihrer Handtasche befanden sich ein schlanker, goldener Füllfederhalter, ein französischer Lippenstift mit eleganter schwarzer Emailhülse. Sie war hier, um sich mit ihrem Sohn zu treffen, einem schmucken Mann in Jeans und Tweedsakko.

Billy (in seinem Beisein nannte sie ihn inzwischen immer Will) traf sich mit ihr in Restaurants und Geschäften oder besuchte sie im Ritz. Bei vielen Besuchen bekam sie seine Wohnung gar nicht zu Gesicht. Während ihrer Reisen nach Boston herrschte eine gewisse Förmlichkeit zwischen ihnen. Sie ließ ihren Alltag hinter sich und kam in diese Stadt, und Billy tat es ihr gewissermaßen gleich. Er zog ein Sakko und seine ansehnlichsten Schuhe an und fuhr mit der U-Bahn in einen Stadtteil von Boston, der für ihn ebenso fremd war wie für sie. Sie waren zwei Touristen. Stolz und keck spazierten sie durch die Straßen, genossen ihre Anonymität. In Boston gab es fleckige Ziegel und Kalksteinbauten, eine ungestüme, selbstsüchtige Geschäftigkeit, Schaufenster voller Waren. Mary hatte ihre Hand auf Billys leicht angewinkeltem Ellbogen liegen und sprach mit ihm über erfreuliche, alltägliche Dinge. So vieles lag unausgesprochen zwischen ihnen. Sie wußte über ihn Bescheid, obwohl er ihr nichts gesagt und sie ihn nie direkt danach gefragt hatte. Sie wußte nicht mehr, wann sie es bemerkt hatte. Sie hätte nicht sagen können, ob es im Frühling 1980, im Herbst 1982 oder an Weihnachten nach seinem dreißigsten Geburtstag gewesen war, als sie begriffen hatte, daß ihr Sohn homosexuell war. Sie meinte, sich noch daran erinnern zu können, daß sie es nicht gewußt hatte, doch wenn sie sich in diese Zeit zurückzuversetzen versuchte, spielte ihr das Gedächtnis einen Streich und sie glaubte, sie habe es immer schon gewußt, selbst als er noch ein kleines Kind gewesen war. Nur noch schemenhaft konnte sie sich an diese Ahnungslosigkeit erinnern; es war, wie wenn man die Anwesenheit einer anderen Person spürt, noch bevor man sie sieht. Wenn sie zurückblickte – wenn sie genau festzustellen versuchte, wann es eine Mary gegeben hatte, die davon ausgegangen war, daß ihr Sohn Frauen mochte und eines Tages heiraten würde –, waren alle Eindrücke von ihrem jetzigen Wissen beeinflußt, und das Bild, das sie als Mutter eines heterosexuellen Sohnes von sich zu haben meinte, verschwand so plötzlich, als habe es diese Mary nie gegeben.

Sie nahm es als gegeben hin, als eine Tatsache, so entrückt und heiter wie Boston an sich. Sie fand sich stillschweigend damit ab und sann nicht über die näheren Umstände nach. Sie und Billy hatten eine unausgesprochene Vereinbarung. Hübsch gekleidet traf er im Hotel ein und holte sie ab. Er redete über seine Arbeit, erkundigte sich nach seinen Schwestern, hörte viel mehr zu, als daß er selbst sprach. Manchmal erinnerte er an einen schüchternen Freier. Es gab sogar Augenblicke, in denen er sie an Constantine in jungen Jahren erinnerte – an Constantine, den Tagelöhner, in der besten

Kleidung, die er sich leisten konnte, dessen Englisch alles andere als fließend war, der höflich und geduldig mit ihr umging, weil er hingerissen war, weil er nicht einmal die Hälfte dessen verstand, was sie sagte, und weil er mit den Überraschungen – seinem Temperament, der Sache zwischen seinen Beinen – bis nach der Hochzeit hinter dem Berg hielt. Sie dachte nicht darüber nach, welche Überraschungen Billy zu bieten haben mochte. Sie wartete auf seinen Anruf aus dem Foyer. Sie ging mit ihm in Geschäfte und kaufte ihm neue Kleidung, zückte energisch ihre Kreditkarte und erstickte so alle Einwände, die er, wie sie beide wußten, aus reiner Gewohnheit vorbrachte. Sie führte ihn zum Abendessen in nette Restaurants aus, wo sie das Gespräch bestritt, während er unverbindlich zuhörte. Es war wie eine Art Rücksichtnahme, eine Möglichkeit, sich ihre gegenseitige Liebe zu bekunden.

Jahrelang hatte es auf diese Weise geklappt. Und es hätte, was Mary betraf, auch noch jahrelang so weitergehen können. Sie verstand sich als ältere Dame in einem dunklen Kostüm, korrekt und würdevoll, bestens bekannt beim Personal des Ritz, die alle paar Monate hier abstieg, um sich mit ihrem ebenfalls ergrauten Sohn zu treffen, einem hübschen, stattlichen Mann mit sauber gestutztem Schnurrbart und faltiger, wie feines Leder schimmernder Haut. Sie spazierten gemeinsam durch die Public Gardens. Sie speisten in ruhigen kleinen Restaurants zu Abend, wo sie mit kindlicher Heiterkeit, doch auch mit allem Nachdruck, zu dem das Alter sie berechtigte, weiterhin darauf beharrte, die Rechnung zu übernehmen.

Auf diese Weise meinte sie mit ihrem Sohn in Anstand altern zu können, und insgeheim beglückwünschte sie sich zu ihrer Offenheit. Nicht jede Mutter würde die Entscheidung eines Kindes derart respektieren, sein Privatleben achten. Manche Mütter waren regelrechte Drachen. Manche Mütter bettelten und drohten. Sie, Mary, packte ihre besten Kleidungsstücke ein und nahm sich ein Zimmer im Ritz.

Es geschah bei ihrem Besuch im Frühjahr. Sie saßen in einem Restaurant, als Billy sich zu ihr beugte und sagte: »Mama, ich glaube, ich habe mich verliebt.«

Nur diese Worte. Ihr wurde zunächst nicht klar, wieviel sie beinhalteten. Sie trank einen Schluck Wasser und sagte: »Wirklich?«

Fast eine Minute lang sprach keiner ein Wort. Mary nahm die gedämpften, zufriedenen Geräusche der anderen Gäste wahr, das Klappern der Bestecke und Kaffeetassen, die leisen Unterhaltungen. Es war ein bezauberndes Restaurant, eins von ihren Lieblingslokalen in Boston, eine vornehme Gaststätte mit ausnahmslos gutaussehenden Kellnern und flackerndem Kerzenschein vor rauchigen Spiegeln. Auf so ein Lokal hatte Mary nach Billys Abschlußfeier gehofft, damals, als Constantine dafür zuständig gewesen war, der sie in ein scheußliches Café mit einer welkenden Treibhausrose auf jedem Tisch, gestreiften Baumwolltüchern und Urlaubspostern an den Wänden geführt hatte. Als sie nun ihrem Sohn gegenübersaß und darauf wartete, daß er fortfuhr, wollte sie auf einmal weg sein. Nicht aufstehen und ihn verlassen – das würde sie nicht tun –, sondern mit dem Restaurant verschmelzen, sich von ihrem Körper lösen und in diesem Raum aufgehen, in diesem vertrauenerweckenden Stimmengewirr, den mit buttergelbem Damast bezogenen Wänden, all diesem edlen und von gutem Geschmack kündenden Glanz.

»Er heißt Harry«, sagte Billy.

»Nun ja«, sagte Mary. Sie faßte den Entschluß, sich nicht überrascht zu geben. Was hätte sie auch davon? »Wie lange kennst du ihn schon?« fragte sie.

»Fast ein Jahr.« Billy ergriff sein Messer, legte es wieder hin. Mary sah, daß er sowohl stolz als auch betreten war. Sie erkannte, daß ein Teil von ihm sich überhaupt nicht geändert hatte seit dem Tag, als er zehn Jahre alt gewesen war und ihr ein kunstvolles Perlenhalsband mitbrachte, das er im Sommerlager eigens für sie angefertigt hatte. Sie hatte gewußt, daß er stolz und selig über dieses Halsband gewesen war, und sie hatte auch gewußt, daß die anderen

Jungs im Lager vermutlich eher Aschenbecher oder Brieftaschen für ihre Mütter gebastelt hatten. Sie hatte sich ausgemalt, wie ihr Sohn inmitten der Mädchen saß und mit grimmig entschlossener Miene Perlen auffädelte, voller Hingabe in diese typisch weibliche Betätigung vertieft. Jetzt, mit sechsunddreißig, saß er da und zog scheu und verlegen die Brauen hoch.

»Ich dachte mir, daß du vermutlich Bescheid weißt«, sagte er. »Über mich.«

Mary sagte nichts. Es kam ihr so vor, als würde ihr etwas abhanden kommen, das sie später noch gebrauchen könnte, wenn sie ihr Wissen eingestand. Billy wartete, drehte das Messer um, und als ihm klar wurde, daß sie nichts sagen würde, fuhr er fort.

»Ich komme mir ziemlich blöde vor, daß ich mich in diesem Alter dazu bekenne«, sagte er. »Ich hätte es dir schon vor Jahren sagen sollen. Ich habe einfach gewußt, daß du Bescheid weißt, und ich habe mir ständig gesagt, daß ich's offiziell bekanntgeben werde, wenn ich mich verlieben sollte. Weil ich's dir, na ja, in Verbindung mit einem lebenden Menschen beibringen wollte, nicht nur als, du weißt schon, eine *Neigung*. Was von meiner Seite aus vermutlich nichts als Feigheit war. Aber wie auch immer, jetzt weißt du's. Besser zu spät als nie, stimmt's? Ich liebe einen Mann namens Harry.«

»Nun ja«, sagte Mary.

»Bist du schockiert?« Billy blickte zu ihr auf, und sie sah, wieviel ihm daran lag, daß sie nicht schockiert war. Wie sehr er es brauchte – ja was? Nicht ihre Vergebung, die nicht unbedingt. Ihre Anerkennung. Er wollte auf keinen Fall, daß sie ihn befremdlich fand. In diesem Alter, nachdem er fast zwanzig Jahre lang allein gelebt und genau das getan hatte, wonach ihm zumute war. Zwanzig Jahre lang hatte keines ihrer drei Kinder nach ihren Vorstellungen und Ansichten gelebt. Sie hatten sie mit ihrer Höflichkeit und Nachsicht verspottet. Sie hatten nur das getan, was sie wollten, und sie ihrem zunehmend leerer werdenden Leben überlassen. Und nun, so spät noch, war er ihr wieder ebenso schutzlos ausgeliefert wie einst als Baby.

Zunächst hätte sie es am liebsten ausgenutzt. Sie hätte ihm sagen können, daß sich ihr beim Gedanken daran, daß ihr einziger Sohn einen anderen Mann liebte, der Magen umdrehte. Sie hätte sagen können, daß damit ihre sämtlichen Hoffnungen zunichte gemacht würden. Oder schlimmer noch (irgendwie wußte sie, daß es noch schlimmer wäre), sie hätte einfach das Thema wechseln können. Sie hätte sein Liebesleben als eine leichte Verirrung abtun können, ein geringfügiges Abweichen von der Norm, kaum der Rede wert.

Sie hätte ihm jede Kränkung, jede Enttäuschung und Ungezogenheit heimzahlen können. Sie dachte daran, wie weinerlich er mit vier gewesen war. Sie dachte daran, wie wild er es mit siebzehn getrieben hatte, als er für eine Horde dummer, brutaler Freunde mehr übrig gehabt hatte als für sie. Sie dachte daran, wie er am Tag seiner Abschlußfeier ins Kino gegangen war und ihr wegen nichts und wieder nichts eine tiefe Freude und Befriedigung verweigert hatte.

Beinahe hatte sie ihrem Ärger nachgegeben, diesem drängenden Reiz, der sich wie ein zwischen den Zähnen steckendes Knorpelstück anfühlte. Doch statt dessen sagte sie, fast wider Willen, mit sanfter, klarer Stimme: »Nein. Ich bin nicht schockiert.«

»Gut«, sagte er.

»Erzähl mir mehr von Harry.«

Billy lächelte. Es war kaum mehr als ein unwillkürliches Zucken um die Mundwinkel, und sie erkannte – sie spürte es eher, als daß sie es sah –, daß ihm vor Dankbarkeit heiße Tränen in die Augen stiegen. Weil sie ruhig geblieben und einfach ihr Interesse bekundet hatte. Nur deswegen. Feuchte Augen bei einem Jungen, einem Mann, der so lange verschlossen gewesen war wie eine Mandel in der Schale.

»Er ist Herzspezialist«, sagte er. »Er spielt Saxophon. Die Hauptsache aber ist, daß ich bei Harry das Gefühl habe, ich könnte mich ewig mit ihm unterhalten.«

Mary nickte. Sie spürte, wie sich etwas in ihr aufblähte, eine harte kleine Luftblase, die unmittelbar unter ihren Rippen zu sitzen schien, wie ein dritter Lungenflügel. Sie war enttäuscht. Sie war wütend. Doch sie konnte ihrem Kind nichts zuleide tun, obgleich sie wünschte, sie hätte die nötige Kraft dazu. Wer wußte schon, welchen anderen Verlauf ihr Leben genommen hätte, wenn sie die Frau gewesen wäre, die auf ihren Sohn eindreschen, sich rächen konnte. Hätte sie vielleicht jemand Besseren geheiratet, wenn sie so eine Frau gewesen wäre, streng und rücksichtslos, rasch aufbrausend? Hätte sie dann vielleicht Kinder aufgezogen, die sie achteten, die es im Leben zu etwas brachten, weil ihre Mutter ständig mit Schwert und Schuppenpanzer hinter ihnen her war? War das nicht die Frau aus dem Ritz? Jemand, der Zähne zeigen, sich durchsetzen konnte.

Doch hier, in diesem Restaurant, angesichts der Begeisterung und Verletzlichkeit ihres Sohnes, seiner alternden Hände, wurde ihr ein für alle Male bewußt, daß sie diese Frau nicht sein konnte. Sie war so, wie sie war. Ihre Herkunft mit all den endlosen Verstrickungen war ein Teil von ihr. Sie konnte ihrem Sohn lediglich voller Liebe und Furcht und vielleicht auch mit gelegentlich aufflackerndem Zorn zuhören, während er schüchtern lächelnd und mit zaghafter Stimme von dem Mann erzählte, den er liebte.

»Es ist mir selbst ein bißchen rätselhaft«, sagte Billy. »Er ist nicht gerade der bestaussehende Typ, der mir je über den Weg gelaufen ist. Er ist sehr klug und freundlich, aber er ist keineswegs der Prinz auf dem weißen Roß. Anscheinend liebe ich ihn einfach. Das ist mir noch nie passiert, nicht so was wie das hier. Ich merke einfach, daß mir immer mehr an ihm liegt.«

»Das klingt nach etwas Ernstem«, sagte Mary.

»Das ist es auch«, antwortete Billy. »Ich glaube schon. Möchtest du ihn mal kennenlernen?«

Mary mußte plötzlich daran denken, wie sie vor über zwei Jahren mit Cassandra und Jamal durch den Central Park spaziert war. Mit diesem seltsamen kleinen Jungen, in dessen Adern ihr Blut floß, vermischt mit dem Blut eines Schwarzen, den sie nie kennengelernt hatte. Sie dachte an Cassandras Gesicht, an den uralten, gebieterischen Ausdruck, als die ganze aufgesetzte, jungmädchenhafte Herzlichkeit von ihr gewichen war.

Was hatte Cassandra gesagt. *Er könnte Sie eines Tages brauchen.* So etwas Ähnliches. *Ich möchte nicht, daß er bei Fremden leben muß.*

Mary dachte an die Flügel, die beinahe ihr Gesicht gestreift hätten. »Ja«, sagte sie. »Ja natürlich möchte ich ihn kennenlernen.«

1992 Jenseits der Häuser war grünes Niemandsland. Dort gab es nichts als tiefes, rauschendes Gras. Ben war mit Andrew und Trevor unterwegs, sang Fetzen aus »Jeremy« und blies blauen Zigarettendunst in die Luft.

»Ich liebe Mary Kelly«, sagte Andrew. »Ich meins ernst. Ich liebe Mary Kelly.« Andrew war der Überschwengliche, der furchtlose Romantiker. Trevor war kleiner, unberechenbarer, neigte eher zu Vorsicht und Albernheiten.

Ben war der Stille. Er hielt Andrew und Trevor mit seinen Blicken in Bann, versicherte ihnen wortlos, daß jemand Bescheid wußte. Jemand wußte über alles Bescheid und hatte sie im Griff.

»Du liebst doch bloß Mary Kellys Titten«‹ sagte Trevor. »Du liebst genau zweieinhalb Pfund von Mary Kelly, du Sack.«

»Die wiegen mehr als zweieinhalb Pfund.«

»Hast du sie gewogen?«

»Glaub mir.«

»*Bestimmt. Dir* und glauben.«

»Dann leck mich.«

»Wenn du willst.«

Sie drangen tiefer in das Gras vor. Andrew war der Blonde mit dem lässigen Gang. Trevor war eher breit und untersetzt, der Inbegriff von geballter Kraft und spöttischem Gehabe. In den Fenstern der Häuser hinter ihnen spiegelte sich der Abendhimmel. Blumen verblaßten im Dämmerlicht. Wasserfontänen stiegen auf und prasselten in weitem Bogen über die Rasenflächen.

»Mary Kelly ist eine verdammte Göttin«, sagte Andrew. »Mary Kelly kann mich jederzeit haben.«

Trevor lachte so laut, daß er eine Kuh aufschreckte, die unter einer Fichte hervorsprang und langsam davontrabte wie ein schwarzes Schemen.

»Mary Kelly hat schon die ganze Football-Mannschaft durchgemacht«, sagte er. »Die Ober- und die Mittelstufe.«

Ben ging wortlos hinter ihnen her. Er schaute nicht auf seine Freunde, die ausgeprägte, arglose Krümmung ihres Rückens.

»Mary Kelly«, sagte Andrew, »ist ganz klar eine Schlampe, aber die ganze Football-Mannschaft hat sie nie und nimmer durchgemacht. Sie hat allerhand Jungs ausgelassen.«

»Die einzigen Typen aus der Mittel- und der Oberstufe, mit denen Mary Kelly noch nicht gevögelt hat, sind Schwuchteln«, sagte Trevor. »He, Ben?«

»Was?«

»Hast du die Zigaretten?«

»Na klar.«

Trevor blieb stehen, nahm sich eine Zigarette aus der Schachtel, zündete sie an. Er inhalierte mit geschlossenen Augen, genoß den Rauch.

»Meinst du, Andrew hat bei Mary Kelly eine Chance?« fragte Trevor Ben.

»Mary Kelly ist in der Oberstufe«, sagte Ben.

»Verdammt, wie ich es hasse, zwölf zu sein«, sagte Andrew.

»Das bleibt nicht so.«

Ben zündete eine Zigarette an, reichte sie Andrew und steckte sich ebenfalls eine an. Andrew klemmte sich die Zigarette, die zuvor Ben im Mund gehabt hatte, zwischen die Lippen und inhalierte. Er stieß eine unregelmäßige blaugraue Qualmwolke aus.

»Ich hasse es«, sagte er. »Sämtliche Frauen, auf die ich scharf bin, sind verfluchte siebzehn Jahre alt.«

»Sei halt auf die scharf, die du kriegen kannst«, versetzte Trevor.

»Ich kann nicht auf Frauen scharf sein, die ich nicht will.«

»Ich will jede Frau«, sagte Trevor. »Ich will die Alten und die Jungen und die Fetten. Ich will sie sogar, wenn sie bei der Chemotherapie sämtliche Haare verloren haben.«

»Hmm.«

»Was ist mit dir, Ben?«

»Was?«

»Du bist so verdammt still.«

»Genau«, sagte Ben.

»Wir nerven dich, stimmt's?«

»Ihr nervt mich nicht.«

»Du bist doch nicht etwa beleidigt, weil wir über Frauen reden. Oder?«

»Nein. Ich bin nicht beleidigt.«

»Gut.«

Sie schwiegen alle drei. Als sie noch kleine Jungen gewesen waren, hatte es genügt, wenn man einfach anwesend war. Es hatte genügt, wenn man gewisse Risiken einging, kräftig war und jederzeit zu einem Spiel bereit. Nun, da sich alles änderte, mußte man neu sprechen lernen. Man brauchte Sehnsüchte ohne Zahl und eine eigene Sprache, um sie ausdrücken zu können.

»Ben ist 'n cooler Typ«, sagte Andrew. »Ben handelt einfach, der braucht nicht drüber zu reden.«

Wenn es soweit war, daß man ihn anfeindete, dachte Ben, wäre Andrew der letzte, der sich daran beteiligte.

»Ben«, sagte Trevor, »ist ein Würstchen.«

»Halt s' Maul«, versetzte Andrew.

»Bist du ein Würstchen, Ben?«

»Nein«, sagte Ben.

»Bist du ein Wichser?«

»Komm schon, Trevor.«

»Biste vielleicht 'n Prinzeßchen?«

Andrew verpaßte Trevor einen derart heftigen Schlag mit dem Handrücken, daß er ins Torkeln geriet. Beinahe wäre Trevor hingefallen. Er sprang zurück, zwinkerte, kniff die Augen zusammen und fing sich dann wieder. Er war verdutzt, er kochte, und er schaute Andrew an, als wäre dieser so klein geworden, daß man ihn nicht mehr sehen könne.

»Rede nicht so mit deinen Freunden«, sagte Andrew.

»Verdammt, das war doch bloß ein Scherz.«

»Niemand lacht.«

Trevor schluckte alles hinunter, die aufbegehrende Bitterkeit und auch die Schmach. Er würde es sich merken, darauf zurückkommen.

»Ein Scherz, Mann«, sagte er. »Ihr Säcke könnt ruhig ein bißchen freundlicher gucken.«

»Ich mag solche Scherze nicht«, sagte Andrew.

Bei seiner Statur konnte er ruhig großmütig sein, andere verteidigen. Er konnte es sich leisten. Man sah, daß er es weit bringen würde. Er verfügte über eine ausgeprägte und unerschütterliche Schönheit und einen idealen Wurfarm.

»Haun wir ab von hier«, sagte Trevor.

Doch keiner von ihnen rührte sich. Sie standen mitten in dem matter werdenden Grün und schirmten ihre Zigaretten mit der Hand ab. Hinter ihnen waren die Häuser, und vor ihnen zog sich eine Reihe schwarzer Bäume rund um den See. Sie sahen zu, wie sich die Bäume allmählich in Dunkelheit hüllten.

Zu Hause verteilte seine Mutter Suppe aus einer weißen Terrine. Kräuselnder Dampf stieg auf und strich über ihr schönes, müde wirkendes Gesicht. Es gab eine Sehnsucht nach dem Guten auf der Welt. Hier in Bens Haus jedenfalls, wo jeder Teller, jeder Löffel in Ehren gehalten wurde. Wo Ben in allen Altersstufen hinter Glasrahmen von der Wand lächelte.

»Ich habe mir überlegt«, sagte seine Mutter, »daß wir vielleicht einen Ausbildungsfonds für Zoes Sohn anlegen sollten.« Sie reichte Ben einen Teller Suppe, schöpfte einen weiteren für seinen Vater ein.

»Hmm«, sagte Bens Vater.

»Ich mache mir Sorgen um ihn. Niemand hat irgendwelche Vorkehrungen getroffen. Er wird einfach irgendwie heranwachsen.«

»Und wessen Fehler ist das?«

»Spielt doch gar keine Rolle, wessen *Fehler* das ist. Wir könnten ein wenig helfen, und nur darauf kommt es an.«

Ben aß einen Löffel Suppe.

»Klar können wir das«, sagte sein Vater. »Ben, was hältst du von Jamal?«

Bens Kopf fühlte sich so heiß an, daß ihm das Zimmer vor den Augen verschwamm. Er hielt seinen Löffel fest. Dann schaute er seinen Vater an und sagte: »Er ist in Ordnung.«

»Du bist sein Cousin«, sagte sein Vater. »Du bist der Ältere, und, na ja, du bist eine Art Vorbild, das ein Kind wie er braucht. Eigentlich bist du fast so was wie ein großer Bruder für ihn.«

Ben bemühte sich um eine gleichmütige Miene. Er war ganz auf sich konzentriert.

»Hmm.«

»Vielleicht sollten wir ihn öfter zu uns einladen«, sagte sein Vater. »Damit er durch die Wälder rennen, ein bißchen Dampf ablassen kann. Du müßtest ihn ein wenig unter deine Fittiche nehmen? Wäre dir das recht?«

Bens Vater war voller Sorgen und Hoffnungen. So vieles hing von ihm ab. Von frühmorgens bis spät in die Nacht mußte er im Parlament sein. Er mußte alles bezahlen, vorsichtig fahren und die Schwierigkeiten draußen in der Welt kennen. Tag um Tag mußte er das getreue Abbild seiner selbst darstellen – ein geduldiger Mann, der durch die unerschütterliche Macht seines Wissens, seine Abscheu vor Faulheit und Verschwendung die Arbeit der Regierungsapparate verbessern würde, derzeit in Connecticut und bald im ganzen Land.

»Klar«, sagte Ben. Seine Stimme klang gut.

»Die Stadt kann nicht gut für ihn sein«, sagte Bens Vater. »Da drunten gibt es jede Menge menschlichen Abschaum, der nichts lieber tut, als unschuldigen zehnjährigen Jungs aufzulauern.«

Ben hatte Angst, der dicke Blutklumpen in seinem Kopf könnte zu sehen sein. Die Luft im Zimmer flirrte wie Flammenzungen. Er saß auf seinem Stuhl, aß seine Suppe.

»Ich glaube, wir sollten auch etwas Geld für ihn anlegen«, sagte Bens Mutter. »Irgendwann wird er mal aufs College gehen wollen.«

»Falls ihn ein anständiges College überhaupt nimmt«, sagte Bens Vater.

Bens Mutter tupfte sich mit ihrer Serviette die Lippen ab. Sie hatte alles geopfert. »Jamal ist hochintelligent«, sagte sie. »Das weißt du doch. Seine Noten übertreffen praktisch jede Norm.«

»Und du weißt, daß er allenfalls jeden dritten Tag zur Schule geht. An einem guten College werden derartige Entscheidungen nicht allein aufgrund der Zeugnisse gefällt. Dort will man Jungs, die so aussehen, als würden sie sich dahinterklemmen.«

»Er macht im Augenblick eine schwere Zeit durch. Aus verständlichen Gründen. Und er geht erst in die Grundschule.«

»Deswegen sage ich ja, daß er öfter hier bei uns sein sollte. Nimm ihn dir ein bißchen vor, laß ihm etwas mütterliche Liebe zukommen.«

»Dagegen«, sagte Bens Mutter, »gibt es ja gar nichts einzuwenden. Aber Geld wird er ebenfalls brauchen.«

»Den Leuten das Geld hinterherzuwerfen, hilft ihnen nicht unbedingt weiter.«

»Bitte, fang nicht damit an.«

»Außerdem«, sagte Bens Vater, »wird sich das eine oder andere College finden, bei dem er ein Stipendium bekommt, selbst wenn er die Schule völlig sausenläßt. Nicht unbedingt eine Eliteanstalt. Aber glaube mir, da draußen gibt's genügend Ausbildungsstätten, die sich um Kinder wie ihn reißen. Die stehen Schlange nach denen.«

»Ben, mein Schatz«, sagte seine Mutter. »Möchtest du noch etwas Suppe.«

»Ich bin mir nicht sicher, ob man ihm ein Bankkonto einrichten sollte«, sagte Bens Vater. »Ich bin mir nicht sicher, ob man ihm mit diesem Beispiel einen großen Gefallen erweist. Daß es etwas umsonst gibt. Mir wäre es lieber, Ben würde ihm das eine oder andere über Werte und harte Arbeit beibringen, solange er noch jung genug ist, um es anzunehmen.«

»Schatz? Suppe?«

Bens Stimme versagte. Der Ton blieb ihm im Hals stecken. Er spannte die Beinmuskeln an, dachte an Rasen und Skier, das dumpfe *Plock* eines genau mit der Mitte des Schlägers getroffenen Tennisballs.

»Ja«, sagte er. »Etwas Suppe noch. Bitte.«

In dieser Nacht wachte er auf, und seine Pyjamahose war klebrig. Der Traum war bereits in sein Blut eingedrungen. Andrew war darin vorgekommen. Andrew war schwimmen gewesen. Nackt und glitzernd war er aus dem kalten, klaren Wasser gestiegen. Auf einmal war da ein Tosen gewesen, wie Wind, aber es war kein Wind. Andrew hatte nackt und von einer jähen Angst erfaßt im flachen, eisigen Wasser gestanden, und das Tosen war lauter geworden, und ohne es zu wollen, ohne eigenes Zutun, war Ben gekommen. Er wachte auf. Er sprang aus dem Bett, riß seine Pyjamahose herunter und ging ins Badezimmer. Er wusch sie unter dem Wasserhahn aus. Er stopfte den nassen Pyjama hinten in seinen Kleiderschrank, holte sich aus seiner Kommode einen neuen. Er versuchte wieder einzuschlafen, doch er war viel zu aufgeregt.

Wie hatte er so etwas zulassen können?

Nachdem er beinahe eine Stunde so dagelegen hatte, ging er hinunter in die Küche. Er konnte spüren, daß seine Eltern tief und fest schlummerten. Er konnte das Ticken der Vorsaaluhr hören. In der Küche angekommen, nahm er den Glaskrug aus dem Kühlschrank, trank ein Glas Wasser und spülte das Glas aus. Er sagte sich, daß er nur deswegen hier sei. Doch er blieb in der Küche und blickte sich um, als wäre er zum allerersten Mal hier. Da waren die Schränke und Regale aus gebeiztem Eichenholz, dort die Kacheln mit den aufgemalten Pflanzenbildern. Hier waren die großen Gläser voller Pasta und Bohnen, Zucker und Salz.

Er nahm ein Messer aus der Schublade, hielt es in der Hand. Neugierig, so als wolle er nur wissen, was geschehen würde, zog er die Klinge quer über die empfindliche Stelle an seinem Unterarm, knapp unterhalb des Ellbogens. Es tat nicht weh, nicht sehr. Man sah nur die Messerspur. Dann kam das Blut. Es war mehr, als er erwartet hatte. Zuerst quoll ein heller Tropfen mitten aus dem Schnitt, dann drang es auf ganzer Länge heraus. Einen Moment lang bildete das Blut einen schmalen Strich, sammelte sich. Dann löste sich ein Tropfen, schlängelte sich über seinen Unterarm und verlief in den Falten an seinem Handgelenk. Er betrachtete das Blut. Es müßte doch möglich sein, dachte er, daß etwas aus ihm herausströmte; und er würde frei sein, sobald es weg wäre. Er war überrascht, wie wenig es schmerzte. Und er war überrascht, wieviel Blut herauskam. Ein zweiter Tropfen rann über seinen Unterarm, dann ein dritter. Plötzlich wurde ihm klar, daß sie auf den Boden fallen würden, und rasch hob er den Arm, damit das Blut in die andere Richtung fließen konnte, doch es war zu spät. Ein einzelner Spritzer zeichnete sich auf dem gesprenkelten weißen Boden ab, dann ein weiterer. Er holte ein Papiertuch. Er wischte damit den Boden auf und rieb dann das Blut von seinem Arm. Es hörte nicht auf zu bluten, und er rieb weiter, bis das Papiertuch völlig durchtränkt und rot war. Ohne das Papiertuch aus der Hand zu legen, hielt er den anderen Arm unter den Wasserhahn und wusch das Blut weg, bis nichts mehr herauskam. Er ließ Wasser in die Spüle einlaufen und schrubbte sie mit einem Reinigungsmittel. Er warf das blutige Papiertuch in den Mülleimer, versteckte es unter den Essensresten und einem angegammelten halben Salatkopf. Doch dann meinte er, seine Mutter könnte es trotzdem finden. Es war nicht wahrscheinlich, aber wenn sie es finden sollte, würde sie ihn danach fragen, und er wüßte nicht, was er sagen sollte. Daher fischte er das Papiertuch wieder aus dem Mülleimer. Schwarze Kaffeesatzkrümel hafteten an dem Blut, dazu ein Fetzen Zellophan und ein Maiskorn. Beim Anblick der an seinem Blut klebenden Abfälle hatte er das Gefühl, ohnmächtig zu werden. Er wurde nicht ohnmächtig. Auf leisen Sohlen ging er mit dem Papiertuch in das Badezimmer im Erdgeschoß. Er hatte vor, es in die Toilette zu werfen und hinunterzuspülen. Aber was war, wenn es im Rohr hängenbliebe? Wenn seine Eltern den Klempner riefen und der einen Klumpen Blut und Abfall herausholte? Ben ging damit von einem Zimmer ins andere, und seine Panik nahm ständig zu, bis ihm die Zimmer mit den bequemen Sesseln und bestickten Kissen, den Vasen voller Blumen immer fremder vorkamen. Was sollte er mit diesem blutigen Fetzen machen? Wo konnte er ihn lassen, ohne Gefahr zu laufen, daß er gefunden würde? Es kam ihm so vor, als ob seine Eltern über alles in diesem Haus Bescheid wüßten, über jeden dunklen Winkel, jedes Versteck. Schließlich stahl sich Ben vorsichtig und darauf bedacht, sowenig Lärm zu machen wie möglich, aus der Küchentür und nahm das Papiertuch mit in den Garten. Die Nacht war kühl, und das Gras unter seinen bloßen Füßen fühlte sich naß und eisig an. Rasch ging er zum hinteren Zaun, kauerte sich hin und hob in der lockeren Erde neben dem Komposthaufen ein Loch aus. Er grub tief, fast bis zu den Ellbogen. Die Erde roch kalt und herb, verbraucht, wie alte Kleidung. Er grub fieberhaft, so voller Furcht, daß er kaum etwas sehen konnte. Seine Eltern konnten jederzeit das Gartenlicht anschalten und aus dem Fenster blicken, und wenn das geschehen sollte, könnte er ihnen keine Erklärung geben. Er warf das Papiertuch in das Loch, füllte es auf und ebnete es mit den Handtellern ein. Erleichtert sprang er auf, doch als er sich wieder dem Haus zuwandte, hatte es sich verändert. Es war nach wie vor ein weißes Haus mit Ziegeldach und dunkelgrünen Fensterläden, doch es war nicht mehr sein Zuhause, und er rannte los, wollte es einholen, hineingehen und sich wieder ins Bett legen, bevor es sich so veränderte, daß er es nie mehr betreten konnte. Sobald er in der Küche war, ging es ihm besser. Die Küche war makellos. Er kannte diese Küche. Er wusch sich an der Küchenspüle die Hände, ging dann leise nach oben und verband seinen Unterarm, damit kein Blut aufs Bettlaken geriet. Der Verband ließ sich verbergen, und bis morgen abend konnte er alle möglichen Erklärungen für den Schnitt vorbringen. Er ging wieder zu Bett. Er fand zu sich zurück, weitestgehend jedenfalls. Schließlich konnte er sogar schlafen, doch einen Moment lang bekam er es wegen des Papiertuches noch einmal mit der Angst zu tun. Er machte sich Sorgen, daß man es finden könnte, und er machte sich noch um etwas anderes Sorgen, um etwas Verrücktes. Er wußte, daß es verrückt war, doch der Gedanke wollte ihm nicht aus dem Kopf gehen. Er stellte sich vor, das Papiertuch könnte sich aus seinem kleinen Grab erheben wie der blutüberströmte Geist eines Ermordeten. Er malte sich aus, wie es da hinten, am anderen Ende des Gartens, durch die Luft trieb.

1992

Sie wollten tagsüber soviel wie möglich voneinander haben. Manchmal schafften sie es. Manchmal ging Jamal zur Schule, trieb sich mit seinen Freunden herum, und seine Mutter ging zur Arbeit, und anschließend kamen beide nach Hause. Sie bereitete das Abendessen zu. Er machte seine Hausaufgaben. Cassandra rief an und erzählte allen möglichen Quatsch oder schaute auf eine Tasse Kaffee vorbei, bevor sie sich zum Ausgehen fertig machte. Jamal und seine Mutter sahen eine Weile fern, gingen zu Bett und ließen die Nacht über sich hereinsinken, das Säuseln der Rohre in den Wänden, die Sirenen und die Radios. Manchmal schafften sie all das.

Manchmal war sie zu krank zum Arbeiten, und dann lag sie den ganzen Tag über auf dem Sofa, las etwas oder auch nicht, döste gelegentlich ein und erwachte nach einem flachen, unerquicklichen Schlaf. Sie stöhnte im Einklang mit den Tauben, die auf der Feuertreppe hockten. Manchmal kam er von der Schule heim und leistete ihr in der dicken Luft Gesellschaft. Manchmal blieb er bis spätabends auf der Haustürtreppe. An diesen Tagen saß er da, weder daheim noch fern von zu Hause, und lauschte den vorbeiziehenden Radioklängen, betrachtete die Frisuren der Passanten. Er saß da, als die Laternen angingen, und er blieb noch eine geraume Weile in ihrem Licht sitzen, während sich auf der Straße das übliche Treiben abspielte.

Als die Tage wieder kürzer wurden, ging er manchmal zu Cassandra. Er wollte sich dort unsichtbar machen, so wie früher zwischen den Spiegeln und Halsketten verschwinden. Er stimmte sich auf das Rattern der Nähmaschine ein, wenn sie mit ihrem Tüll und Chiffon beschäftigt war, ihrer Perlenstickerei. Doch neuerdings wurde es ihm dort zu eng. Es gab nicht genügend Platz für seine langen Beine, seinen Bewegungsdrang. Er langweilte sich. Als kleiner Junge hatte er sich nirgendwo so wohlgefühlt wie hier, in diesen beiden kleinen Zimmern, die derart vollgehängt und ausstaffiert waren, daß man weder Wände noch Böden sah, nur die hohe weiße Decke. Perlen und falsche Leopardenfelle bedeckten Wände und Böden, bunte Schals und Orientteppiche, Hüte, alte Fotos und Bänder aus vergilbter Spitze. Hier gab es ein Sofa mit blauem Samtbezug und Lampen mit bunten Bilderfolgen auf dem Schirm, es gab Kerzenhalter und gestreifte Hutschachteln, getrocknete Rosensträuße in silbernen Gefäßen und zierliche goldene Sessel, und auf der Tapete tanzten blaue und schwarze Leute mit elfenbeinfarbenen Perücken einen Reigen. Hier gab es Regale voller Bücher, eine angelaufene Trompete und einen alten Ventilator, es gab Satinschachteln, Holzkästchen und Silberdöschen, einen lächelnden weißen Buddha mit rissiger Haut, ein gerahmtes Gemälde mit einem rassigen blonden Mädchen in voller Ekstase und zwei lebensgroße eiserne Affen, die Aschenbecher auf dem Kopf trugen. Es war Jamals liebster Aufenthaltsort gewesen, doch jetzt paßte er nicht mehr hierher, er war zu groß geworden. Er befand sich jetzt in einer Zeit, die schneller war als Cassandras Nähmaschine, als all das ganze schillernd bunte Nichts, das sich in ihren Zimmern ereignete.

Cassandra wurde müder, verkniffener. Ab und zu verlor sie an der Nähmaschine die Geduld. Sie fing wieder an zu rauchen.

»Du solltest das lieber lassen«, sagte Jamal eines Nachmittags zu ihr. Es war März, und bislang war nirgendwo ein Flecken Grün zu sehen. Die Bäume im Tompkins Square Park sahen immer noch so aus, als wären sie aus Zement gemacht.

»Ich weiß, daß es eine eklige Angewohnheit ist«, sagte Cassandra. »Aber es gibt halt ein paar Orte, wo man ohne Zigarette einfach nicht hin kann.« Sie saß da, nähte dunkle, röhrenförmige Perlen auf ein schwarzes Mieder und blies genüßlich und mit großer Geste mächtige Qualmwolken ins glitzernde Dämmerlicht. Sie trug ihren rosa Hausmantel. Neben ihr hielt einer der stummen Affen den Aschenbecher hoch.

»Es ist nicht gut für dich«, sagte Jamal.

»Schätzchen, ich *weiß*, daß es nicht gut für mich ist. Meinst du etwa, das muß mir ein Zehnjähriger erzählen?«

»Dann laß es doch sein.«

Mit zusammengekniffenen Augen musterte sie eine Perle. »Bei aller Hochachtung«, sagte sie, »aber kümmere dich, verdammt noch mal, um deine eigenen Angelegenheiten.«

»Das ist meine Angelegenheit«, sagte er. »Ich atme es ebenfalls ein.«

»Das läßt sich ganz einfach lösen«, sagte sie.

»Wie?«

»Rat mal.«

»Meinst du etwa, ich soll gehen?«

»Wenn dich der Qualm so sehr stört, bitte schön. Auf der anderen Seite der Tür gibt's ne ganze Welt ohne jeden Rauch.«

Jamal hob einen weißen Satinstreifen vom Boden auf, riß ihn mitten durch. Er mochte das Geräusch.

»Gehst du heute abend aus?« fragte er.

Cassandra wollte in diesen Nächten immer das gleiche erleben, denn wenn sie es oft genug erlebt hatte, so glaubte sie, würde sich ihr alles erschließen, und etwas, das besser war als Liebe, käme zum Vorschein. Etwas, das besser war als Musik.

»Wenn ich rechtzeitig mit diesem Fummel fertig werde«, versetzte Cassandra, die den Mund voller Nadeln hatte. »Ich muß dieser Tage mehr auf meine Kunden achten. Ich habe nicht mehr so viele wie früher. Heutzutage muß ich mich dahinterklemmen, genau wie alle anderen.«

»Irgendwann möchte ich mit dir ausgehen«, sagte er.

»Die Läden, in die ich gehe, sind nichts für zehnjährige Jungs.«

»Was machst du denn, wenn du ausgehst?« fragte Jamal.

»Darüber haben wir uns doch schon unterhalten.«

»Ich möchte es noch mal hören.«

»Auf der Theke tanzen und mit Trotteln reden. Wenn ich der Meinung wäre, daß dir etwas entgeht, würde ich dich mitnehmen. Glaube mir.«

»Warum gehst du dann ständig aus?«

»Ich bin dafür geschaffen. Jeder sollte das tun, was er am besten kann. Meinst du nicht?«

»Ich möchte irgendwann mitkommen.«

»Okay, schön. Du kommst mit mir ins Pyramid, und ich gehe mit dir zum Grundschultanz.«

»Du könntest jederzeit mit mir zum Tanz kommen«, sagte er.

Cassandra nähte und rauchte. Sie hielt nicht inne mit ihrem Lebenswerk, doch ihr Gesicht wurde verschlossener. Sie zog sich in sich zurück, und das Zimmer wirkte mit einem Mal schmuckloser.

»Wann ist der nächste Tanz?« fragte sie, und ihre Stimme klang anders als sonst. Diese Stimme klang weiter entfernt, so als spiele in der Wohnung nebenan ein Radio.

»Ostern«, sagte er. »Ich glaube nicht, daß es dir gefallen würde.«

»Keine Sorge, ich gehe nicht mit dir zum Grundschultanz. Ich wollte nur wissen, wann der nächste ist.«

»Ostern. Er ist an Ostern.«

»Nimmst du eine Freundin mit?«

»*Nein*«, sagte er.

»Du wirst erwachsen, nicht wahr?«

»Ich weiß nicht.«

»Vergib mir, wenn ich mich abgedroschen anhöre. Du wirst erwachsen. Du entwickelst dich.«

»Nein«, sagte er. »Tu' ich nicht.«
»Jamal?«
»Was?«
»Nichts. Tu mir einen Gefallen, in Ordnung?«
»Was für einen?«
»Entwickle dich nicht zu einem Arschloch.«
»Hmm.«
»Ich bin dir eine gute Mutter gewesen, nicht wahr? Eine halbwegs gute Mutter, wenn man's bedenkt.«
»Ich glaube schon.«
»Tja, falls du ohne mich erwachsen werden solltest, ist das in etwa der einzige Rat, den ich dir geben kann. Bemüh dich drum, kein Arschloch zu werden.«
»Okay.«
Cassandra zog an ihrer Zigarette, stieß eine dichte, unregelmäßige Qualmwolke aus. »Okay, und jetzt *raus*«, sagte sie. »Zoe dürfte inzwischen das Abendessen fertig haben. Du solltest sie nicht warten lassen.«
»Ich möchte noch nicht gehen«, sagte er.
»Tja, aber ich möchte, daß du verschwindest.«
Sie hob den Kopf, spie eine Nadel auf den Teppich. Sie veränderte sich, wurde schmächtiger. Jamal hätte ihr am liebsten die Zigarette aus dem Mund gerissen, den Hausmantel vom Leib gefetzt und sie nackt durch die Tür in den stinkenden gelben Flur hinausgestoßen, wo die Crackdealer ihre Sprüche laberten und Frauen in fremden Sprachen sangen. Er wollte sie aussperren, sich in ihr Bett legen und ihr keine Beachtung schenken, wenn sie klopfte und flehte.
»Nein«, sagte er.
»Du schwingst dich jetzt gefälligst nach Hause. Du bist mir hier zu nichts nütze, und deine Mutter ist ganz allein.«
Jamal berührte das Bein seines Sessels, dann das runde, kalte Ohr des Affen. Er hatte das Bedürfnis, alles in dieser Wohnung zu berühren, es einfach anzufassen.
»Nun?« sagte Cassandra. Ihre Haut leuchtete weiß. Sie war dürr

und knochig, aber voller Würde, vornehm und erhaben wie ein Gespenst.

Jamal faßte sich an die Stirn, den Nacken. Cassandra streckte den Arm aus und berührte dieselben Stellen wie er. Rasch zog sie die Hand zurück, so als habe sie sich an seiner Haut verbrannt.

Am Anfang hatte Jamal immer »Eier« dazu gesagt. Meine Mutter hat Eier. Und er stellte sich vor, sie habe schlechte Eier geholt, faulig und stinkend. Die Eier taten ihr weh, doch wenn sie sie wegwürfe, wäre es noch schlimmer. Wenn jemand Eier hatte, konnte er sie nicht behalten, aber er konnte sie auch nicht wegwerfen.

Jetzt wußte er, daß es am Blut lag. Er war nicht blöde. Aber insgeheim, bei sich, sagte er nach wie vor »Eier« dazu. Er stellte sich noch immer vor, seine Mutter und Cassandra kämen mit einem Arm voller verdorbener Eier aus dem Hühnerstall.

Er begab sich nach Hause, ging aber nicht hinein. Es war so ein Tag, an dem er von der Haustürtreppe aus alles beobachtete. Er saß auf dem Betonpodest, als die Luft allmählich tiefblau und vom ersten Funkeln der Nacht erfüllt wurde. Er beobachtete die vorüberhastenden Männer und Frauen, die auf wer weiß welche Zerstreuungen aus waren. Er beobachtete, wie sich die Hunde in den Gerüchen ergingen. Er ließ Leute ins Haus, die hier wohnten, Leute, die ungefährlich waren. Er schaute auf die Straße und ließ sich durch nichts ablenken.

Es war später denn je zuvor, als er schließlich hineinging. Sie war da, genau so wie er sie sich vorgestellt hatte, so daß er es zunächst kaum glauben mochte. Zu sehr entsprach sie seinen Erwartungen, wie sie dasaß, mit den Kissen und der Kleenexschachtel, ihrem Buch und dem halbvollen Wasserglas.

»Weißt du, wie spät es ist?« fragte sie.

»Ja.«

»Es ist fast Viertel nach zehn.«

»Ich weiß.«

»Wo bist du gewesen?«

»Bloß draußen.«

Er konnte ihr nichts erzählen. Er konnte sie nicht mitnehmen.

»Du kannst nicht so lange draußen bleiben«, sagte sie.

Er betrachtete das helle, unordentliche Zimmer. Neuerdings kaufte sie 100-Watt-Birnen für die Lampen. Am Boden standen Einkaufstüten herum. Ein geringeltes Haar klebte an ihrer schweißnassen Wange.

»Hast du gehört, was ich gesagt habe?« fragte sie.

»Ja.«

»Dann antworte gefälligst.«

»Wie lautet die Frage?«

Sie atmete durch, dann noch einmal. »Die Frage«, sagte sie. »Die Frage lautet, was du dir dabei denkst, wenn du dich in deinem Alter die halbe Nacht draußen rumtreibst.«

»Es war nicht die halbe Nacht.«

»Weißt du, wie es ist, wenn man seit drei Uhr nachmittags hier rumsitzt und meint, du wärst längst auf dem Heimweg von der Schule? Das war vor sieben Stunden. Wenn mich Cassandra nicht um sechs Uhr angerufen hätte, hätte ich überhaupt keine Ahnung, wo du die ganze Zeit gewesen bist.«

»Ich habe nichts Unrechtes gemacht«, sagte er.

»Du mußt mich anrufen und mir sagen, wo du steckst. Hast du schon zu Abend gegessen? Hast du deine Hausaufgaben gemacht?«

»Klar.«

»Jamal ...«

»Was?« sagte er.

»Mach das bitte nicht mehr. Ich kann nicht – du mußt mir ein bißchen mehr entgegenkommen. Du mußt nachmittags von der Schule nach Hause kommen. Und wenn du ausgehst, mußt du mir sagen, wo du bist.«

»Hmm.«

Sie zog ein Kleenex aus der Schachtel, ohne sich über die Augen zu wischen oder zu schneuzen. Sie riß es mitten durch. Sie hielt die zwei Teile hoch.

»Ich weiß nicht, was in dir vorgeht«, sagte sie. »Ich bin ja gern bereit, meinerseits alles zu geben. Aber hilf mir ein bißchen dabei, in Ordnung?«

Er konnte nichts zu ihr sagen. Sie wußten beide, was sie wollten, doch wenn die alten Zeiten nicht wiederkehrten, steckten sie in der Klemme. Sie gehörte nicht auf das Sofa. Er gehörte nirgendwo hin.

»Jamal?« sagte sie. Man sah ihr die Krankheit an den Augen an, an dem Plastikblick. Feucht und doch nicht feucht. Er wollte ihr klarmachen, daß nichts helfen würde, und er konnte es ihr nur mitteilen, indem er in sein Zimmer ging. Er konnte sie im Wohnzimmer spüren, ihren Atem. Er legte sich ins Bett, in die Dunkelheit. Er dachte über sich nach, darüber, daß er im Dunkeln lag und über sich nachdachte. Nicht über sie.

Am nächsten Tag kam er nach Hause und fand seinen Onkel und seine Tante vor. Seine Tante hatte Ben mitgebracht. Sie saßen mit seiner Mutter im Wohnzimmer und tranken Wasser, als wäre es das Köstlichste auf der Welt. Hatten sie etwa auf ihn gewartet?

»Hi, Jamal«, sagte Onkel Will. Onkel Will machte die üblichen Faxen: ein knappes, skeptisches Lächeln, ein kurzes Nicken, das ganze ernsthaftnervöse Gehampel, mit dem er zeigen wollte, daß er ihn zur Kenntnis nahm.

»Hi«, sagte Jamal.

Tante Susan küßte ihn. Sie war sich ihrer Sache immer so sicher. Sie war so geradlinig.

Ben schüttelte ihm die Hand. Von einem Jungen wie ihm erwartete man das. Er wirkte betreten, voller Scham, und er strahlte es aus. Er erstickte schier vor Höflichkeit.

Jamal begriff. Mit seinem rechtzeitigen Nachhausekommen hatte er sie überrascht. Sie waren gekommen, um seiner Mutter während seiner Abwesenheit beizustehen. Seine Anwesenheit kam ungelegen.

»Du bist groß geworden«, sagte Tante Susan. Es stimmte nicht. Er war im letzten Jahr nicht einmal einen Zentimeter gewachsen.

Ben war fast einen Kopf größer geworden. Er wirkte irgendwie verängstigt, trotz aller Muskeln und Manieren, trotz sauberem blauem Polohemd und breiten Schultern. Bei aller Massigkeit hatte er etwas Ausgehungertes an sich.

»Wie läuft's denn so?« fragte Onkel Will.

»Es geht«, antwortete Jamal. »Ben, hast du Lust auf Videospiele?« fügte er rasch hinzu.

»Du bist doch eben erst gekommen«, sagte Jamals Mutter.

»Ich weiß.«

»Okay«, sagte Ben. Es klang, als kämen die Töne tief aus dem breiten, blauen Brustkorb.

»Eine halbe Stunde«, sagte Tante Susan. »Nicht mehr.«

»Wär' schön, wenn wir ein bißchen mehr voneinander hätten, Jamal«, sagte Onkel Will. »Ich kriege dich ja kaum zu sehen.«

»Hmm.«

Er konnte diese Aufmerksamkeiten anderer Leute nicht leiden, weil man dabei so im Vordergrund stand. Er wollte vor allem unsichtbar sein und beobachten.

»Ihr geht doch bloß in den Laden an der Second Avenue?« fragte seine Mutter.

»Wir sind in 'ner halben Stunde wieder da«, sagte er.

»Okay. Tschüß.«

Er sah zu, daß sie so schnell wie möglich wegkamen. Im Hinausgehen warf er einen raschen Blick zu seiner Tante und seinem Onkel. Er dachte an den Ozean, dieses kalte, grüne Nichts. Er dachte an seinen großen Cousin, der so nervös und seltsam wie ein Rennpferd war.

Sobald sie auf der Straße waren, fragte er Ben: »Hast du echt Lust auf Videospiele?«

Ben ging nicht auf die Frage ein. Er blickte zu Boden, als läge dort die Antwort.

»Ich glaube schon«, sagte er. »Du etwa nicht?«

Darauf konnte man seiner Ansicht nach richtig oder falsch antworten. Er wollte es richtig machen.

»Wir können gern Videospiele machen«, sagte Jamal. »Ist mir egal, was wir machen, Hauptsache, ich bin von dort weg.«

»Oh«, sagte Ben.

Sie gingen die Avenue B entlang in Richtung Norden, zum Park hin. Es war ein sonniger, kalter Tag, und nirgendwo lief ein Radio. Die Frau mit dem Karton auf dem Kopf ging vorbei und kreischte irgendwas von wegen deutsch-jüdischer Verschwörung. Sie hatte eine Decke mit Cowboymotiven um sich geschlungen – blasse Rodeoreiter beim Lassowerfen auf bläulich blasse Bullen.

»Ich glaube, die ist verrückt«, sagte Ben.

»Ich auch.«

»Treibst du dich immer noch bei dem anderen verrückten Typ rum?«

»Welchem Typ?«

»Der Typ, der immer Kleider trägt.«

»Oh, Cassandra. Die ist nicht verrückt.«

»Mich hat's vor dem gegraust«, sagte Ben.

»Sag lieber ›sie‹, wenn du von Cassandra redest.«

»Wieso?«

»Es gehört sich«, sagte Jamal.

Ben nickte. Er hielt sich an jedwede Regel.

Sie gingen durch den Park, vorbei an den Zelten der Obdachlosen. Auf einer Bank saß ein alter Mann inmitten seines Sortiments schmutziger Schaumgummistücke und leckte an einem Streifen Aluminiumfolie, der in der Sonne gleißte und funkelte wie ein Schatz. Spaghettifäden hingen in seinem Bart.

»Zum Kotzen«, sagte Ben.

»Schh«, versetzte Jamal. »Er kann dich hören.«

Eine Zeitlang gingen sie wortlos nebeneinander her. Jamal kam sich vor, als führe er ein Pferd durch die Straßen seines Wohnviertels. Ein weißes Pferd, wunderschön, aber leicht schreckhaft.

»Lassen wir die Videospiele lieber sein«, sagte Jamal.

»Okay.«

»Tauchen wir lieber 'ne Weile unter.«

»Was?«

»Komm mit.«

Jamal führte ihn zu dem verlassenen Haus an der Eleventh Street. Das Haus war genauso verrückt wie die Frau mit dem Karton auf dem Kopf, ebenso kaputt und verlassen. Das Dach war eingestürzt, und ein kleiner Baum wucherte aus dem Obergeschoß, so daß seine Zweige wie eine Krone über dem Haus aufragten. Sämtliche Fensterläden waren abgefallen, doch in den Fenstern steckte hie und da noch ein gezacktes Stück Glas.

»Da willst du rein?« sagte Ben.

»Ja.«

Auf der Haustürtreppe sträubte sich Ben. Er schnaubte, scharrte mit den Füßen, tänzelte nervös hin und her, so als wolle er jeden Moment durchgehen. Doch Jamal hatte sich vorgenommen, seinen großen, verängstigten Cousin in diese unkoschere Stille hineinzulocken. Seiner Ansicht nach mußte man ihn an einen Ort bringen, der nicht von dieser Welt war. Seiner Ansicht nach wollte er genau das: sich verstecken.

»Ich muß dir da drin was zeigen«, sagte Jamal.

»Ich glaube, ich möchte da lieber nicht rein«, sagte Ben.

»*Komm* schon.«

Jamal rannte die bröckelige Haustürtreppe hinauf, zog ein loses Brett vor dem Eingang weg. Er wartete. Und einen Augenblick später fügte sich Ben in sein Schicksal und folgte ihm.

»Meinst du, hier ist es sicher?« fragte er.

»Völlig sicher. Ich bin ständig hier.«

Er führte Ben in den Hausflur, wo es nach Mörtel, Pisse und Fäulnis stank. Ein letzter Fetzen Tapete mit einem groben, rostfarbenen Blumenmuster ringelte sich an der Wand. Es war feucht, und der Boden lag voller Crackröhrchen. Trübes Licht sickerte herein.

»Hier lang«, sagte Jamal und stieg die Treppe hoch. Das Geländer war längst verheizt worden, und die Hälfte der Stufen fehlte, aber man konnte noch einigermaßen gut hochsteigen. Im ersten Stock gurrte irgendwo eine Taube.

»Weißt du *genau*, daß es hier sicher ist?« fragte Ben.

»Ja.« Wahrscheinlich war es sicher. Vielleicht trieb sich der eine oder andere Crackbruder herum, aber die waren harmlos. Meistens jedenfalls. Cassandra und seine Mutter würden ihn umbringen, wenn sie wüßten, daß er hierherging, doch er brauchte das – einen Ort, an dem er für sich sein konnte und der fernab von allem anderen war.

Er führte Ben durch den Flur im zweiten Stock, durch türlose Eingänge in verlassene Zimmer, in denen nichts als leere Flaschen, alte Spritzen und klamme Matratzen zurückgeblieben waren. In einem Zimmer stießen sie auf ein Paar rosaroter Stöckelschuhe, die keck und verloren zugleich herumstanden, so als seien sie der Schlüssel zu einem Geheimnis, das niemand mehr lösen mochte.

»Das ist unheimlich«, sagte Ben.

»Geh einfach hinter mir her.«

Jamal führte ihn durch den zweiten Stock und dann nach oben, wo kein Dach mehr war und wo der kleine aschgraue Baum stand, der es irgendwie geschafft hatte, unter geborstenen Dielen, zwischen verwittertem Mörtelstaub und vom Wind angewehter Erde Wurzeln zu schlagen. Hier standen nur mehr nackte, bröckelnde Ziegelmauern, dazwischen leere Fensterhöhlen, durch die man hinab auf die Eleventh Street blicken konnte. Jamal führte Ben in das Zimmer, in dem der Baum wuchs.

»Schau«, sagte er. Er ging zum Fenster. Auf der anderen Straßenseite stand eine Kirche, und über dem Portal, genau in Blickhöhe, befand sich eine goldene Statue. Es war ein Mann in wallendem Gewand mit feierlicher, leicht verdutzter Miene. Er hatte ein Kreuz in der einen Hand, auf das er mit dem Zeigefinger der anderen deutete, doch es schien, als deute er eher auf seinen Kopf. Als Jamal noch jünger gewesen war, hatte er geglaubt, der Mann wolle mit seiner Geste ausdrücken, wie wichtig die Frage nach dem Zusammenhang zwischen dem Kreuz und seinem Kopf sei.

»Früher hab' ich gedacht, das wäre Gott«, sagte Jamal. »Aber er isses nicht. Es ist bloß der heilige Francis Xavier.«

»Der heilige Francis Xavier«, sagte Ben.

Sie blieben eine Zeitlang am Fenster stehen, schauten hinaus auf die Kirche und die Straße. Ein Spatz landete auf einem Ast des kümmerlichen Baumes, schüttelte sich und flog wieder weg.

»Ich häng' hier manchmal rum«, sagte Jamal. »Nicht mehr so oft wie früher. Als ich noch kleiner war, war das hier mein Zuhause. Ich habe mir vorgestellt, das hier sei mein Zimmer. Ich dachte immer, wenn ich weglaufe, kann ich jederzeit hierherkommen und da wohnen.«

»Hier regnet's rein.«

»Ich weiß.«

Mit ernstem Gesicht wandte sich Ben dem heiligen Francis Xavier zu. Eine Horde Motorradfahrer donnerte die Straße entlang.

»Hast du eine Freundin?« fragte er.

»Nein. Du?«

»Es gibt da ein Mädchen, das mir gefällt«, sagte Ben. »Sie heißt Anne. Anne Dempsey.«

»Hmm.«

»Sie ist echt schnuckelig.«

»Hmm.«

Ben nahm einen alten Zementklumpen vom Fensterbrett, wog ihn in der Hand. Jamal fischte einen Penny aus seiner Hosentasche. Er warf ihn auf die Statue des heiligen Francis Xavier. Der Penny flog nicht weit genug, landete auf der Straße.

»Wieso machst du das?« fragte Ben.

»Weil's Glück bringt.«

»Ich habe keinen Penny.«

»Hier.«

Jamal gab ihm einen Penny, und Ben warf ihn. Der Penny traf die Statue mitten auf der Brust, zwischen den starren Falten ihres Gewandes.

»Jawoll«, sagte Ben. Triumphierend stieß er die Faust hoch. Er war zutiefst glücklich und zufrieden, weil es ihm gelungen war, eine Statue mit einem Penny zu treffen. Jamal hatte Mitleid mit ihm, und aus irgendeinem Grund, den er nicht benennen konnte, liebte er ihn. Sein Leben war so abgesichert, so sorglos.

»Damit hast du Glück«, sagte Jamal.

»Probier du es noch mal.«

»Nein. Ich halte nichts vom Glück.«

»Wieso hast du dann zuerst den Penny geworfen?«

»Hast du das Fort noch?« sagte Jamal.

»Was?«

»Das Fort, bei dir daheim. Oben in dem Baum.«

»Oh, das Baumhaus. Ja, das gibt's noch.«

»Als ich noch kleiner war, hab' ich mir immer vorgestellt, ich schleiche mich da rauf und wohne in dem Fort.«

»Und wieso wolltest du das?« sagte Ben.

»Ich habe dieses Fort gemocht. Ich habe mir vorgestellt, ich wohne dort und klaue mir nachts bei deiner Mama aus der Küche was zu essen.«

»Manchmal sitze ich da immer noch drin. In dem Baumhaus.«

»Früher wolltest du mich nie rauflassen«, sagte Jamal.

»Nein, stimmt nicht.«

»Doch, das stimmt. Als wir noch kleiner waren, hast du immer gesagt, das wäre bloß was für Mitglieder. So 'ne Art Club.«

»Kann ich mich nicht dran erinnern.«

»Ich schon.«

»Wir waren kleine Jungs.«

»Ich war verrückt auf das Fort. Ich weiß nicht, was ich mir da oben alles vorgestellt habe. Schätze vermutlich. Irgend so was.«

»Da oben war gar nichts«, sagte Ben.

»Weiß ich. Heute weiß ich es.«

»Hör zu. Falls du jemals ... falls du irgendwann mal Lust hast, nach Connecticut zu kommen, kannst du das tun.«

»Okay.«

»Ich meine, wir sind doch Cousins.«

»Klar.«

Blind und golden starrte der heilige Francis Xavier durch die leere

Fensterhöhle. Jamal und Ben standen eine Zeitlang da, schweigend in den Anblick versunken, umgeben von einer tiefen Stille, lautloser als jede gewöhnliche Ruhe. Dann hob Ben die Hand und strich sich eine dunkle Locke hinter das Ohr, und Jamal erkannte plötzlich, was mit ihm los war. Wie hatte er das nur all die Jahre übersehen können?

Es äußerte sich in allem, was er sagte und tat, doch Jamal hatte es bis jetzt nicht erkannt, bis er sah, wie Ben eine Locke von seinem Haar zurückschob – so sorgsam und zärtlich, als stecke er einen Brief in einen Umschlag. Später sollte sich Jamal sagen, daß ihm das Geheimnis irgendwie durch den heiligen Francis Xavier offenbart worden sei, durch das Kreuz und den fragend wirkenden Kopf.

Ben war genau wie Cassandra.

Jamal hatte das Bedürfnis, seinen großen Kopf zu streicheln, ihn zu beruhigen und dann auf seinen Rücken zu steigen und mit ihm durch die Straßen der Stadt zu reiten. Er würde Ben seine Tüchtigkeit spüren lassen, ihm Mut zusprechen. Mit seinem Schenkeldruck würde er ihm mitteilen, daß es keinerlei Grund zur Furcht gab.

»Wir sollten lieber wieder zurück«, sagte Ben.

»Hmm.«

Sie rührten sich nicht. Sie blieben weiter in dem offenen Raum, wo niemand sie finden konnte. Auf der anderen Seite der Eleventh Street stand still und fragend der goldene Mann.

Nach einer Weile sagte Ben: »Hier oben gefällt's mir.«

»Yeah.«

Sie rührten sich nicht. Irgend etwas geschah, etwas Namenloses. Jamal versuchte es gar nicht erst zu verstehen. Er ließ es geschehen. Es hatte etwas mit Blutsverwandtschaft zu tun, mit dem Dasein als Pferd und Reiter. Es hatte etwas mit der Frage der Statue zu tun und mit dem Baum, der aus den Dielen wuchs. Jamal und Ben standen gemeinsam in dem geheimen Zimmer, und Jamal wollte Trost spenden. Er wollte ganz und gar aufgehen in diesem Trost für einen Jungen, der mehr Glück hatte als er. Als Ben die Hand nach ihm ausstreckte, wich Jamal nicht zurück. Er bot seinen Trost an. Er und Ben blieben sehr lange in diesem Zimmer, und als sie wieder nach Hause kamen, waren alle auf sie sauer.

1992 Leicht war das Geld nie verdient worden, und nun da Reagan weg und Bush am Abtreten war, war es so gut wie gänzlich versiegt. Im Baugewerbe herrschte Totentanz. Zuerst gingen die unsicheren Kantonisten in die Knie, dann knickten auch die solideren Jungs ein. Die jungen Kerle, die einst Nicks und Constantines Hauser gekauft hatten, schienen völlig von der Bildfläche zu verschwinden, all die Maschinisten, Vertreter und Labortechniker, die wie die Besessenen schufteten und mit Hilfe einer kleinen Anzahlung ihrer Eltern und Schwiegereltern gerade die Monatsraten für ein aufgemotztes Einfamilienhäuschen mit knapp tausend Quadratmeter Land in New Jersey oder auf Long Island aufbrachten. Sie waren jetzt weg, diese Kerle mit ihren aufgedonnerten, irgendwie schlampig wirkenden Frauen. Jetzt nahmen sie sich Mietswohnungen oder zogen zu den Eltern. Niemand fühlte sich mehr sicher, nicht einmal die Leute, die noch Arbeit hatten. Niemand wollte etwas riskieren.

Wenn sie weiter im Geschäft bleiben wollten, so erklärte Constantine Nick, müßten sie jetzt auf die Kinkerlitzchen verzichten. Keine Staketenzäune mehr, keine Mansardenfenster, keine kleinen, bunten Glasscheiben an den Haustüren. Die neue Siedlung sollte vor allem erschwinglich sein, und genau so wollte er auch dafür werben. Keine Broschüren mehr, in denen Luxus zu erschwinglichen Preisen oder günstige Finanzierungsmöglichkeiten versprochen wurden. Doch Nick war vernarrt in seine Flausen, seine Frühstückstheken und Erkerfenster. Nicks Starrsinn überraschte Constantine, und schließlich kränkte er ihn. Offenbar hielt sich Nick nach über zwanzigjähriger Partnerschaft für den Denker und Constantine für den Malocher.

»Con«, hatte er zunächst gesagt. »Die Leute werden sie nicht kaufen, wenn sie derart abgespeckt sind. Ich weiß, daß die Lage angespannt ist, aber wenn wir weiter Häuser bauen, wie sie die Leute wollen, werden sie auch gekauft. Vertrau mir.«

Er hatte ruhig und geduldig gesprochen, so als wolle er einem Kind einen einfachen Vorgang erklären.

»Wenn da draußen überhaupt noch jemand Geld für ein Haus hat«, hatte Constantine erwidert, »dann gibt er's nicht für irgendwelche Extras aus. Die Zeiten sind vorbei. Wir müssen saubillig bauen. Wir haben nur dann eine Chance, wenn wir die absolut niedrigsten Preise in der ganzen Region anbieten.«

Als Nick ein paar Tage später trotz aller Geduld wieder an Constantines eiserner Beharrlichkeit gescheitert war, hatte er gesagt: »Das sind doch bloß Hundehütten, was du da vorschlägst.«

»Das sind schon immer Hundehütten gewesen«, hatte Constantine versetzt. »Aber mit diesen Hundehütten hier bleiben wir vielleicht im Geschäft.«

Nick war tatsächlich verletzt gewesen. Einen Moment lang hatte er glasige Augen bekommen. Armer, blöder Arsch. Was hatte er denn gedacht, was sie die ganzen Jahre über bauten? Paläste, die die Jahrhunderte überdatierten? Glaubte er wirklich, ein bißchen messingbeschlagener Kolonialstilschnickschnack würde es herausreißen?

»Es ist eine Ware, Nick. Und eine Ware muß man dem Markt anpassen.«

»Ich mach' das jetzt seit fünfzig Jahren«, hatte Nick schließlich mit zornbebender Stimme gesagt. »Meinst du vielleicht, ich weiß nicht, wovon ich rede?«

»Nein«, hatte Constantine versetzt. »Nicht mehr, glaube ich.«

Zu guter Letzt hatten sie sich auf eine, wie sie es nannten, »Trennung auf Probe« geeinigt. Sie lösten die gemeinsame Firma nicht auf, beschlossen aber, daß Constantine das nächste Projekt in Eigenregie ausführen, selbst finanzieren und eventuelle Verluste allein tragen sollte. Nick hatte nicht von seiner Überzeugung abweichen wollen. Selbstgefällig wie ein Priester hatte er ein ums andere

Mal seine Litanei heruntergebetet, daß es allein am schicken Beiwerk liege, weshalb sich die Häuser verkaufen ließen. Er hatte darauf hingewiesen, daß es sich um ein erprobtes Verfahren handle, das Geheimnis seines Erfolgs: für jeden Dollar, den man in den Einbau eines Whirlpools oder eines offenen Kamins stecke, könne man zwanzig auf den Endpreis draufschlagen. Armer, blöder Arsch. Es handle sich um die größte Anschaffung, die die Leute in ihrem ganzen Leben machten, hatte er gesagt, und von Vernunft ließen sich dabei die allerwenigsten leiten. Ein Käufer in spe gucke sich allerhand Häuser an, er begeistere sich für kleine Annehmlichkeiten. Er wolle sich auf den ersten Blick verlieben. Er wolle sich vorstellen können, wie er mit seiner Familie zu Weihnachten um das Feuer sitze. Er wolle im Jacuzzi vögeln. Er wolle Badezimmerfliesen, die wie Marmor wirkten, er wolle seine Eltern beeindrucken. Man biete diesen Kerlen etwas, in das sie sich verlieben könnten, mache ihnen einen vernünftigen Preis, und sie würden kaufen.

Constantine hatte andere Erfahrungen gemacht. Unter Bush ging die Wirtschaft den Bach runter. Da draußen tat sich nichts mehr. Nick war zu alt, um das zu begreifen – er hatte gedacht, daß leicht verdiente Geld der Reagan-Ära sei das unmittelbare Ergebnis seiner harten Arbeit. Constantine war längst klargeworden, daß kein Geld mehr vorhanden war, doch er ging davon aus, daß es in diesem neuen, sparsamen Amerika auch neue Käuferschichten geben mußte. Er dachte nicht an echte Amerikaner, hart arbeitende, stets optimistische Menschen weißer Hautfarbe, die bereits in der dritten oder vierten Generation hier lebten und für die er und Nick ihre Häuser mit Stuckverzierungen aus Gips und Aluminiummarkisen aufgemöbelt hatten. Er dachte an Einwanderer. Nicht an den Abschaum, sondern an die Ehrgeizigen, die unermüdlichen Arbeiter, die es auf Teufel komm raus zu etwas bringen wollten; an Männer und Frauen, die zwölf Stunden am Tag schufteten und Arbeiten übernahmen, die die echten Amerikaner ablehnten, während die Kinder bei irgendeiner alten Tante blieben, die keinen Brocken Englisch konnte. Früher, als er noch

Tagelöhner gewesen war, hatte er mit solchen Leuten gearbeitet. Verflucht, genaugenommen war er einer von ihnen gewesen. Diese Leute, und davon war Constantine überzeugt, waren verrückt auf etwas Eigenes, sie wollten ihr Geld anlegen, ein Stück von diesem gelobten Amerika ganz für sich haben. Sie wollten vor allem eines – einen Gegenwert. Ihre einzige Liebe galt dem Besitz an sich. Sie würden die billigsten Häuser kaufen, die sie finden konnten.

Daher ergriff er die Gelegenheit am Schopf, nahm seinen Anteil am Firmenkapital und stampfte draußen in Rosedale siebzig Einfamilienhäuser aus dem Boden. Er bot ansprechende Quadratmeterzahlen – die Leute wollten sich nicht mehr eingeengt fühlen, deshalb kamen sie hierher – und strich alles andere. Die Häuser waren schmuck und sauber, mit weißem Rauhputz, aber ohne alles Zubehör, so daß sie fast wie Rohbauten wirkten, die noch auf ihre endgültige Fertigstellung warteten. Was gewissermaßen genau der Clou war. Diese Häuser waren speziell für Juan, Wladimir oder Shahid gedacht, die von klein auf von einem Haus in Amerika geträumt hatten. Kauft es und macht damit, was ihr wollt. Streicht es rosa oder türkis. Baut euch auf der nackten Erde vor der Tür einen Altar für einen Elefantengott. Oder motzt es von mir aus zu einer verfluchten Kolonialstilvilla auf. Tobt euch aus.

Das Einsteigerangebot. Wir bauen kostengünstig für Sie. Sie gestalten Ihr Heim nach Ihren Wünschen.

Das war vor drei Jahren gewesen, und seither hatte er vier Siedlungen gebaut. Es war sogar besser gelaufen, als Constantine zu hoffen gewagt hatte. Man setze die Preise so niedrig wie möglich an, inseriere in den entsprechenden Einwandererzeitungen, und eine völlig neue Bevölkerungsschicht, die man normalerweise gar nicht zu Gesicht bekam, tauchte auf. Sie fuhren in Gebrauchtwagen vor, aber nicht etwa in kleinen Celicas oder Chevy Novas wie Constantines frühere Kunden, sondern in schweren Schüsseln, Buick Rivieras und Chrysler Imperials, fünfzehn oder zwanzig Jahre alt, mit weit über hundertfünfzigtausend Kilometern auf dem Tacho, aber besser gepflegt als manches der Kinder, die sich zu zweit oder dritt mitsamt Tanten oder Großeltern auf dem Rücksitz drängten. Schwarze Gesichter, braune Gesichter. Auch weiße Gesichter, aber für gewöhnlich immer Leute, die gebrochen Englisch sprachen und aussahen, als ob sie sich in einem Ochsenkarren wohler fühlten als in einem 88er Olds. Und viele dieser Leute standen tatsächlich auf dieses billige Zeug. Sie mochten Linoleum und Leuchtstoffröhren. Sie waren das glatte Gegenteil der eingeborenen Amerikaner, die bereit waren, ein kleines Vermögen dafür auszugeben, damit ihr Zuhause möglichst altmodisch wirkte. Diese Leute gaben keinen Furz auf Eichenfurniere, Ziegelattrappen und pompöse Deckenventilatoren. Sie wollten, daß Plastik auch wie Plastik aussah. Wenn sie das Licht einschalteten, sollten die Nachbarn drei Häuser weiter noch geblendet werden.

Warum warten? Verwirklichen Sie sich jetzt Ihren Traum.

Während alle anderen pleite gingen, wurde Constantine Millionär. Er hatte eine Million auf der *Bank*, aber weit mehr hatte er in allerlei Projekten hier oder dort stecken. Nick war Vergangenheit. Wer brauchte ihn noch? Constantine hatte sein eigenes Erfolgsrezept entwickelt, und es bestand aus nur zwei Worten: *Kosten senken.* Er wußte, daß dieses Rezept zeitlos gültig war, und da jeder auf dem Zahnfleisch ging, konnte man leicht Sonderkonditionen erzielen. In Scranton fand er eine Zementfabrik, die bereit war, den Wassergehalt über die erlaubte Grenze hinaus zu erhöhen, bloß um ins Geschäft zu kommen. In Teaneck stieß er auf einen Kerl – eine furchterregende Type, und Constantine gruselte sich nicht so leicht –, der eine ganze Lagerhalle voller altem Isoliermaterial mit Asbestfasern hatte, und das war in etwa so illegal wie Plutonium. Der Typ gab Constantine praktisch noch was dafür, daß er es ihm abnahm.

Doch er ließ nicht zu, daß diese neue Knickrigkeit auf sein Privatleben abfärbte. Eher umgekehrt. Je mehr er bei den Häusern für andere Leute sparte, desto eher war er bereit, seines zu verschönern. Auf die Ausgewogenheit kam es an. Er baute ein Treibhaus und eine Sauna, ließ das Foyer mit weißem Marmor auslegen. Sein Heim verwandelte sich allmählich in einen Palast, und wenn er durch die Zimmer ging, empfand er manchmal eine tiefe, satte Zufriedenheit. All das hier hatte er aus dem Nichts erschaffen. Er hatte keinerlei Hilfe gehabt. All das hier war ausschließlich seins, das Himmelbett, die tiefen Samtsofas und das per Hand gepinselte Wandgemälde, eine ungarische Dorfszene, wegen der Magda über ein halbes Jahr lang gezetert und gemeckert hatte. Er besorgte Magda alles, was sie wollte: schwule Innenarchitekten und Wandmaler, unzählige Kleider oder einen Smaragdring, der mehr kostete als ein Neuwagen. Alles war gut und befriedigend.

Meistens jedenfalls. Es gab ein paar Kleinigkeiten. Seine Gesundheit zum Beispiel, das gottverdammte Herz. Einen Anfall hatte er schon hinter sich, dieses scheußliche Beklemmungsgefühl, so als bohre sich einem eine Faust mitten in die Brust. Er hatte es mit einem Achselzucken abgetan. Er war nicht der Typ, der sich schonte. Er dachte nicht daran, sich auf seine alten Tage in acht zu nehmen und strenge Diät zu halten. Doch manchmal wurde er nervös. Im einen Augenblick ging man spazieren, dachte ans Abendessen oder an eine gute, ordentliche Vögelei, eventuell auch an den Wassergehalt im Zement, und im nächsten konnte einem das Herz platzen.

Und, na schön, da gab's auch die eine oder andere Sache mit Magda. Wieso konnte sie nicht damenhafter sein? Nicht zimperlich oder aufgedonnert. Er wollte gar keine juwelenbehängte Zicke mit müdem Lächeln und unberührbarer Betonfrisur haben. Aber eine Dame. Etwas Seltenes, Knisterndes, mit duftigen Geheimnissen, hart erworbener Weisheit und einer satten, honiggelben Sinnlichkeit. Constantine hörte Frank Sinatras »The Lady is a Tramp« und dachte: jawohl, das ist es. Die wahre Lady ist ein Tramp. Sie ist ausgekocht, aber elegant, und gegen sie sehen alle anderen Frauen wie verwelkte Gardenien aus. Magda entsprach dem beinahe, manchmal sogar so sehr, daß Constantine sich schon erhaben vorkam, wenn er bloß mit ihr in ein teures Geschäft oder Restaurant ging. Er kam sich vor wie ein interessanter Typ, ein gestandenes Mannsbild, das eine schmucke, wunderschöne Frau verlassen, auf ein geordnetes Leben verzichtet und sich fürs Abenteuer entschieden hatte. Ein Typ, der den nötigen Schneid für einen ausladenden Busen und einen fremdländisch klingenden Akzent hatte, für Genüsse im Bett, von denen andere Typen in seinem Alter bloß träumen konnten. Er konnte sich diesen Gedanken ein, zwei Minuten lang hingeben, doch dann befiel ihn wieder Unsicherheit, eine unerfindliche, aber brennende Scham. Magda war nicht mehr nur üppig, sie war gut und gerne zwanzig Kilo darüber, und beim Essen gab sie leise, schnüffelnde Töne von sich – irgend etwas mit den Polypen, so als ob beim Kauen ihre Nebenhöhlen verrutschten und sie sachte schniefen müßte, bis sie wieder an Ort und Stelle waren.

Manchmal liebte er sie, weil sie so stramm und seltsam war. Manchmal reute es ihn bitterlich um all die Schönheit, die ihm fehlte, den Anblick einer schmalen Schulter in einem Abendkleid.

Er wollte sie nicht unglücklich machen. Er wollte sie nicht beleidigen. Klar, manchmal vergaß er sich. Das gehörte bei ihm dazu. Hinterher entschuldigte er sich immer. War es denn wirklich so unverzeihlich, wie er sie beim Dinner der Herzhilfe genannt hatte? Ein Schwein, wohl wahr, aber er war betrunken gewesen. Na schön, er hatte vor sich hingeschnüffelt wie ein Schwein, das im Trog wühlt. Ein Witz, er hatte bloß *witzig* sein wollen.

»Was *willst* du eigentlich?« Trunken war sie durch die Haustür getorkelt, über den erstbesten Sessel gestolpert, hatte ihr Kleid zerrissen, sich langsam auf den Marmor sinken lassen, den zerrissenen Stoff in beiden Händen gehalten und ihn angeschaut, als ob er ihr die Haut aufgeschlitzt hätte.

»Ich will ins Bett.« Er hatte auf den strahlend weißen Marmorkacheln gestanden, ebenfalls alles andere als nüchtern – jedenfalls wußte er nicht mehr genau, wie er sie beide mit dem Wagen heil nach Hause gebracht hatte.

»Ein Schwein. Du hältst mich für ein Schwein.« Sie hatte das Loch in ihrem Kleid betrachtet. Sie hatte auf dem harten Boden gekniet.

»Ein Scherz, verstehst du keinen Scherz mehr? Ich hatte ein bißchen zuviel intus. Kannst ja die Bullen holen.«

»Mit diesem *Scherz* hast mich zum Gespött der Leute gemacht. Darum geht's.« Ihre Augen waren verschmiert gewesen, die Frisur zerdrückt. Wie eine riesige, verwelkte Wasserpflanze hatte sie ausgesehen, als sie so inmitten der steifen Falten ihres Kleides dakniete.

»Ich weiß nicht, worauf du hinauswillst.« Er hatte zur Treppe gehen wollen. Sollte sie sich ruhig auskotzen. Er war zu müde und betrunken, um sich darum zu scheren.

»Das hier. All das.« Sie hatte die dicken Arme ausgebreitet, fett, aber stramm. Sie hatte mit den Händen in der Luft herumgefuchtelt. »All das.«

»Ich geh' jetzt zu Bett.«

»Du hast das bloß gemacht, um mich zu demütigen. Du hast mich bloß geheiratet und dieses Haus gebaut, damit du mich ausführen und als Schwein bezeichnen kannst.«

»Du bist doch verrückt, nichts weiter.«

Doch er hatte gedacht: Irgendwie steckt da bei aller Verrücktheit eine gewisse Wahrheit drin. Eine Braut, die den Verstand verloren hat, spricht die Wahrheit aus, weil sie kein Gespür mehr dafür hat, was sich nicht gehört. Er war bloß betrunken. Alle beide waren sie es.

»Ich bin dein Schwein«, hatte sie gesagt. »Das ist mein Stall.«

Er war an ihr vorbeigegangen, auf die Treppe zu. »Es heißt Koben«, hatte er gesagt. »Verdammt, warum lernst du nicht endlich Englisch?«

»Du Mistkerl. Du Mistkerl.«

Es war ihm komisch vorgekommen, daß sie ihn als Mistkerl bezeichnete. Und er hatte gewußt, daß sie es aus dem Kino hatte. Irgendwo hatte sie vermutlich mal gesehen, wie irgendeine Filmmieze am Fuße einer ausladenden Wendeltreppe zusammenbrach und ihren Mann als Mistkerl bezeichnete. Sie hatte sogar ihren Akzent abgelegt, als sie es sagte. Folglich hatte er gelacht. Und war zu Bett gegangen.

Die nächsten drei Tage war er auf Knien vor ihr gerutscht. Sie merkte sich solche Sachen. Sie behielt sie in der Hinterhand. Anscheinend ließ sich die Angelegenheit durch keine Entschuldigung, so tränenreich er sie auch vorbringen mochte, und keinerlei Geschenke, egal wie großzügig, wieder ins Lot bringen. Sie zog sich in ihren Groll und ihre Gekränktheit zurück wie in ein kleines, unsichtbares Haus, das sie um sich errichtete. Sie ließ dort niemanden zu sich. Drei Tage voller ununterbrochener Entschuldigungen hatten es nicht ganz ungeschehen machen können. Auch nicht die Cartier-Uhr. Schließlich hatte es sich wieder eingerenkt, wie alles auf der Welt, doch wenn Magda mit einem neuen Kleid oder einem Paar Schuhe nach Hause kam, sagte sie manchmal immer noch: »Schau mal, was sich dein Schwein jetzt wieder gekauft hat.« Er lächelte bloß. Die Sache entwickelte sich bereits zu einer Art Liebesgeplänkel, einer bittersüßen Hakelei, wie sie unter Ehepaaren gang und gäbe waren.

Abends fuhr er hin und wieder zu einer seiner neuen Siedlungen. Abends wirkten sie ein bißchen normaler. Die lindgrüne oder zitronengelbe Farbe an dem einen oder anderen Haus fiel nicht mehr so auf; die mit Pagoden oder Altären zu Ehren der Mutter Gottes geschmückten Vorgärten waren bei Dunkelheit weniger schrill. Auf seinen Fahrten durch die neuen Siedlungen nahm er den Duft fremder Speisen wahr, hörte Musik, die kaum als solche zu erkennen war. Er hatte nichts gegen diese Leute, mochte sie aber auch nicht besonders. Er beobachtete sie nur, bis er müde wurde, und dann fuhr er wieder nach Hause. Eines späten Abends – es war bereits nach zehn – hielt er an und saß eine Weile im Wagen, bevor er einen kleinen Jungen bemerkte, der auf der anderen Straßenseite am Bordstein saß. Der Junge war so dunkelhäutig, daß er fast mit der Nacht verschmolz. Es war ein kühler Oktoberabend, doch er saß in kurzen Hosen und einem knappen Unterhemd bibbernd auf dem Bordstein und hatte die Knie an die Brust gezogen. Er konnte nicht älter als fünf oder sechs Jahre sein.

Constantine kurbelte das Fenster herunter. »He«, sagte er.

Der Junge schaute ihn an, sagte aber nichts. Er war nicht schwarz. Ein Inder möglicherweise. Aber dunkelhäutig.

»He«, sagte Constantine. »Solltest du nicht zu Hause sein?«

Der Junge blickte ihn weiter stumm und verständnislos an. Vielleicht konnte er kein Englisch.

Constantine stieg aus dem Wagen. Er ging auf die andere Straßenseite und blieb vor dem Jungen stehen.

»Ich rede mit dir«, sagte er. »Verstehst du? Weißt du, was ich sagen will?«

Der Junge nickte mit ernster Miene.

»Wohnst du hier in der Nähe?« fragte Constantine.

Wieder nickte der Junge.

»Möchten deine Eltern nicht wissen, wo du steckst?«

Diesmal nickte der Junge nicht. Er saß nur da und betrachtete Constantine.

»Geh nach Hause«, sagte Constantine. »Es ist schon spät. Es ist kalt hier draußen.«

Der Junge rührte sich nicht. Ein eigenartiger Geruch – Pfeffer, vermischt mit etwas, das Constantine an einen nassen Hund erinnerte – hing in der Luft. Von weitem meinte er einen Fetzen dieser Negermusik zu hören, die überhaupt keine Musik war, sondern bloßes Geplärr einer Horde von Typen, die Beleidigungen auf alle Weißen ausstießen, während im Hintergrund jemand eine Trommel schlug.

»Geh nach Hause«, sagte er noch einmal. Der Junge schaute ihn freundlich und verdutzt zugleich an, so als bitte Constantine ihn um etwas Unverständliches, das er zwar gern erfüllen würde, aber nicht konnte.

Schließlich stieg Constantine wieder in seinen Wagen und ließ den Motor an. Er steckte den Kopf aus dem offenen Fenster und sagte: »Ich fahre' dich nach Hause, wenn du möchtest.«

Der Junge saß weiter bibbernd da, starrte weiter vor sich hin.

»In Ordnung, wenn du's so willst«, sagte Constantine.

Er trat aufs Gaspedal und fuhr weg. Er fragte sich, ob er jemanden anrufen sollte, entschied sich aber dagegen. Wer kannte sich schon mit diesen Leuten aus? Vielleicht ließen sie ihre Kinder nachts immer ungenügend bekleidet draußen herumlaufen. Vielleicht handelte es sich um eine dieser ausländischen Sitten, die man respektieren mußte, eine dieser Sachen, über die sich Billy immer ausließ. Wie nannte er es doch? Irgendwas mit zentrisch. Sei nicht sowieso zentrisch. Na schön. Als Constantine an der Ecke abbog, dröhnte ihm Musik entgegen, dieses rhythmische Negergeschrei; es kam aus einem Haus, das rosa und braun gestrichen war, wie ein riesiger Kuchen. Aus dieser Entfernung konnte er die Worte nicht verstehen – vermutlich wurden andere Schwarze aufgefordert, Bullen abzuknallen, ihre Frauen zu schänden, die ganze Welt niederzubrennen. Vermutlich hatte er Glück gehabt, daß der Kleine am Bordstein keine Knarre gezogen und auf ihn geschossen hatte. Er fuhr weiter, fort aus der Siedlung, weg von der Musik, und sagte sich, daß er abends nicht mehr hierherkommen sollte. Als er vor seinem Haus stand, stellte er fest, daß er noch keine Lust hatte, den Wagen zu verlassen. Er zündete sich eine letzte Zigarette an und blieb im Wagen sitzen, bis er Magda groß und grimmig im Nachthemd am Fenster vorbeigehen sah. Sie hatte eine deutsche Zeitung, die sie unbedingt abonnieren wollte, in der Hand und aß offenbar ein Salamibrot.

Es gab Arbeit und Liebe, eine Art Liebe. Über die kleinen Hakeleien sah man hinweg.

Und dann gab es noch Zoe. Er durfte nicht zuviel darüber nachdenken.

Er fragte nie, woher sie es hatte. Er wollte es nicht wissen. Sie sah ganz gut aus, kein bißchen anders als sonst, und oftmals vergaß er es ganz und gar. Es ging nicht immer tödlich aus. Man arbeitete an einer Heilmethode. Er lud sie jetzt häufiger zu sich ein, und normalerweise leistete sie dem gern Folge. Sie könne ihm im Garten helfen, sagte er, und sie lehnte fast nie ab. Er wußte, wie sehr ihr dort, in der Stadt, ein Garten fehlte. Manchmal kam sie allein mit dem Zug, manchmal brachte sie den Kleinen mit. Was sollte man da machen? Er war nicht übel, ruhig, konnte sich beschäftigen. Constantine fragte sich, wann er anfangen würde, diese mörderische Musik zu hören, wann er mit einer Knarre aus der Schule nach Hause kommen würde. Auch darüber wollte er nicht zuviel nachdenken. Den ganzen Frühling und Sommer über, bis in den Herbst hinein, arbeiteten er und Zoe gemeinsam im Garten. Es war ein wunderschöner Garten, geschützt von einem niedrigen, grasbewachsenen Hügel, der zum Atlantik hin abfiel. Er hatte zwei Tonnen Mutterboden anfahren lassen, weil man so nah am Meer keinen Furz anbauen konnte. Der Garten wucherte und gedieh, teils wegen des Mutterbodens, teils wegen der Pestizide und chemischen Düngemittel, mit denen er ihn behandelte, wenn Zoe nicht da war. Sie billigte das nicht. Wieso es ihr also sagen? Sollte sie ruhig glauben, der Salat, die Bohnen und Tomaten reiften deshalb so glatt und makellos, weil sie voller Liebe gehegt und gepflegt wurden. Irgend etwas geschah mit ihm, wenn er so im Garten mit ihr arbeitete. Er hatte dabei das Gefühl, er habe in seinem Leben zumindest etwas richtig gemacht. Er hatte diesen Garten für seine kranke Tochter. Er konnte ihr diesen Blick aufs Meer bieten.

Nur einmal, eines Nachmittags im September, gab es einen schlimmen Moment mit Zoe, als sie eine reife Tomate von der Staude pflückte.

»Wunderschön, nicht wahr?« sagte sie. Sie kauerte am Boden, hielt die Frucht in der Hand, dicht an ihrer Brust, so als wäre es ein kleiner Vogel.

»Früher hast du Tomaten nie gemocht«, sagte Constantine.

»Ich bin eben erwachsen geworden.«

»Genau. He, wir kriegen hier aber 'ne hübsche Ernte.« Er kniete sich neben seine Tochter. Sie trug Jeans, die zu weit für sie waren, und ein altes, gestreiftes T-Shirt mit fransig abgeschnittenen Ärmeln – genau die Kleidung, die er eigentlich nicht ausstehen konnte, doch in diesem Augenblick wirkte sie wunderschön, so als habe jede Sekunde ihres Lebens, jede Verfassung, in der er sie jemals erlebt hatte, auf diesen Anblick hingeführt: Zoe, die mit einer Tomate in der Hand blaß und ruhig an einem Septembertag in seinem Garten kniete, während im Hintergrund der Atlantik wogte. Constantines kleines Mädchen. Seine Jüngste, das ungeplante Kind, das er unbedingt nach seiner Großmutter hatte nennen wollen, obwohl Mary sie lieber Joan oder Patricia getauft hatte. Er streckte den Finger aus, wischte einen Schmutzfleck von ihrer Wange. Er spürte, wie groß sein Finger war, wie rauh er sich auf ihrer Haut anfühlte.

»In letzter Zeit habe ich das Gefühl, daß ich nichts mehr essen möchte, das ich nicht selbst mit angebaut habe«, sagte sie. »Die Sachen in den Läden sehen alle so seltsam aus und, ich weiß nicht. Gefährlich. Man will gar nicht wissen, *woher* sie kommen.«

Sie lachte. Sie führte die Tomate zu ihrem Mund, und Constantine hatte am liebsten gebrüllt: ›Nicht, sie ist giftig.‹ Was lächerlich war. Sie war nicht giftiger als alles andere, was die Leute aßen, vermutlich eher weniger. Doch als er sie in die Tomate beißen sah, schauderte ihn bis ins Herz.

»Mmm«, sagte sie. »Das ist eine der besten Tomaten, die ich je gegessen habe.«

Schrecken erfüllte ihn, eine eisige Furcht, die in seiner Brust wogte wie ein schwingendes Pendel. Er hatte sie in den Arm nehmen, um Vergebung bitten mögen. Dann riß er sich zusammen. Vergebung wofür? Daß er sie liebte, daß er sich nach bestem Wissen und Gewissen darum bemühte, ein möglichst guter Vater zu sein? Kommendes Frühjahr würde er ein Haus am Strand mieten, groß genug für alle, nicht bloß für ihn und Magda. Ein Ferienhaus, vielleicht oben auf Cape Cod. Sie konnte den Kleinen mitbringen, damit er ein bißchen Dampf ablassen konnte.

»Probier mal«, sagte sie. Sie hielt ihm die Tomate hin, die auf ihrer schmalen, weißen Hand ruhte.

»Danke, Liebes«, sagte er. Er nahm die Tomate entgegen. Gierig biß er hinein.

1993 Jamal lebte in ihm. Ben dachte an Jamals Augen und Lippen, sein dichtes, knisterndes Haar. Wenn er an Jamal dachte, erfüllte ihn eine tiefe, bedrückende Erregung wie er sie noch nie erlebt hatte, ein heißer, nasser Klumpen, undurchdringlich, zischend vor Furcht, Hoffnung und Scham, obwohl der Klumpen selbst nicht aus diesen Empfindungen bestand. Dick wälzte er sich in seinem Bauch. Es ängstigte ihn. Es war keine Liebe, nicht das, was er sich darunter vorstellte. Es ähnelte eher dem, was er sich unter Krebs vorstellte, dem Krebs, der Mrs. Marshall nebenan geholt hatte, einem Klumpen verrückter Zellen, der sie, wie seine Mutter sagte, *aufgefressen* hatte. Genauso wie der Krebs war es ein Teil von ihm und doch auch nicht. Es fraß ihn auf und ersetzte das Gefressene durch seine eigene Masse.

1993 Connie wollte, daß Ben ihre Anweisungen befolgte. Sie stand am Anlegesteg, hübsch und boshaft zugleich von einem Geflecht wäßrig gleißender Lichtpunkte überzogen, die Hände in die Hüfte gestützt. Wie jeder Sportler glaubte sie an Disziplin, an die Macht ordnungsgemäßer Bewegungsabläufe.

»Beidrehen«, rief sie.

Ben, der etwa zehn Meter vom Anlegeplatz entfernt allein im Boot saß, spürte, wie es sich sträubte und zum Stillstand kommen wollte. Wie es sich widersetzte. Nach knapp zwei Tagen hatte er begriffen, wie träge das Boot war, daß es lieber seine Ruhe haben und fest vertäut im Hafen schaukeln wollte. Man mußte es zwingen, man mußte ihm schmeicheln. Es war wie ein Schoßhund. Er hingegen hatte sich vorgestellt, wie ein Wolf durch das funkelnde, tiefblaue Wasser zu jagen. Sich auf wilden Pranken einen Weg durch die Wogen zu bahnen.

»Das Ding ist 'ne Sau«, schrie er.

»Dreh sie *bei*«, erwiderte Connie. Das Segel der Jolle erschlaffte, füllte sich wieder, spiegelte das Licht, und einen Moment lang liebte Ben das Boot ob seines anspruchslosen, aber beharrlichen Eigenlebens. Selbst ein Schoßhund besaß mitunter eine gewisse animalische Sicherheit, eine erbarmungslose Anmut.

»Gut«, rief Connie. »Jetzt kreuze rüber zu der Boje.«

Er kreuzte zu der Boje, drehte bei und ging über Stag auf die Rückfahrt. Er hing weit über dem ruhigen Wasser, war mit dem Baum beschäftigt. Im Boot, so stellte er fest, wußte er genau, was er tun mußte. Er konnte beinahe spüren, wie das Boot behandelt werden wollte. Er hatte eine angeborene Begabung fürs Segeln, erfaßte instinktiv, wie Segel auf Wind reagierten.

»Wieder zurück zur Boje«, schrie Connie. Er drehte bei, kreuzte elegant zurück zur Boje. Er warf einen Blick zum Bootssteg, zu der Ansammlung grauer Schindelhäuser, zum fahlen Halbmond, den die Bucht und der Strand bildeten. Dort am Strand war Jamal und wartete, bis er an die Reihe kam. Jamal, der in seinen weiten, weißen Jeans dürr wirkte, stand im Sand, die braunen Hände in den Nacken gelegt. Er schaute auf das Wasser, zu Ben in dem Boot. Ben zwang sich, an den Wind zu denken, der das Segel ausbauchte. Er zwang sich, an Connie zu denken, die ihm gleich das nächste Kommando zurufen würde.

Dann war Jamal an der Reihe. Ben stand am Anlegesteg und sah zu. Jamal hatte kein Talent zum Segeln, obgleich er sich trotz aller Hilflosigkeit mit einer tänzerischen Eleganz bewegte, einer trotzigen Würde. Das Segel loppte, wurde schlaff. Connie legte die starken, stämmigen Hände an den Mund und brüllte Jamal zu, er solle beidrehen. Jamal saß im Boot und wirkte so heiter und verloren wie ein junger Prinz. Die Sonne glänzte auf seinen geschmeidigen, honigfarbenen Rückenmuskeln, dem schwarzen, drahtigen Haar.

»Dreh sie *bei*«, schrie Connie. Jamal versuchte es. Als ihm die Leine aus den Händen glitt, lächelte er auf seine scheue Art. Die ganze Welt war nichts als komisch, anrührend und seltsam.

»Dein Cousin begreift nicht so schnell wie du«, sagte Connie.

»Er kümmert sich bloß nicht so sehr darum, was andere Leute ihm befehlen«, sagte Ben.

»So kann man's auch ausdrücken. *Jamal.* Dreh *bei.*«

»Er tut sowieso, was er will«, versetzte Ben.

»Nicht, solange ich bares Geld dafür kriege, daß ich ihm das Segeln beibringe.«

»Viel Glück«, sagte Ben.

Als Connie Ben und Jamal nach der Segelstunde noch beibringen wollte, wie man das Segel festmachte, stieg Constantine aus seinem Wagen, blieb am hinteren Ende des Anlegesteges stehen, blickte aufs Wasser, schaute und nickte, als entsprächen die Bucht und der Himmel darüber vollauf seinen Erwartungen. Ben ließ Connie und Jamal allein und rannte los, um den Beifall seines Großvaters einzuheimsen.

»Und, wirst du allmählich ein richtiger Seemann?« fragte sein Großvater.

Ben kannte die Antwort. »Ich möchte es mit einem größeren Boot versuchen«, sagte er.

»Ist mir klar.« Sein Großvater verzog vor Freude das Gesicht. Das Gesicht seines Großvaters war zerfurcht und zerklüftet, wirkte stellenweise wie ausgewaschen und anderswo wieder angeschwemmt. Gelegentlich hatte es den Anschein, als lasse er alles Menschliche hinter sich und werde zu Urgestein. Er konnte so still und unbeugsam sein wie ein Berg, hoch aufragend und im Laufe eines langen Lebens schroff und verwittert. Granit, blank wie ein frisch geschrubbter Boden, keinerlei Bäume, nur helle Moosflecken, die sich an den nackten Fels klammerten. Neben seinem Großvater atmete Ben tiefer durch, so als wäre er hoch im Gebirge.

»Ich kann segeln«, sagte Ben. »Ich verstehe schon was davon, und diese Jolle ist eine lahme Sau.«

Der alte Mann legte Ben die Hand auf die Schulter. Seine Finger waren stark wie Taue. »Mach erst mal den Kurs zu Ende«, sagte er. »Dann kümmern wir uns um ein größeres Boot.«

»Ich möchte aus der Bucht raus«, sagte Ben. »Ich möchte hinaus auf den Ozean.«

»Nach zwei Tagen Unterricht.« Sein Großvater lächelte, drückte Bens Schulter. Der Wind hob seine stahlgrauen Haare, strich sie wieder glatt.

»Ich kann es«, sagte Ben.

»Glaub' ich dir, Kleiner. Du kannst alles.«

Connie und Jamal, die inzwischen mit dem Boot fertig waren, kamen den Anlegesteg hoch. Nebeneinander wirkten sie wie eine Einheit zwei Wesen, die so gegensätzlich waren, daß sie zusammengehörten, hier das stämmige, herrische blonde Mädchen, da der kaffeebraune Junge, dessen Kraft in seiner Verschwiegenheit und Unnachgiebigkeit lag. Sie wirkten wie Feinde, deren Schlachten schon so lange währten, daß sie ohne einander nicht mehr sein konnten.

»Und, wie machen sie sich, Connie?« rief Großpapa.

Sie zögerte, lächelte. Ben wurde klar, daß sie Jamal nicht aufgrund seiner mangelnden seemännischen Begabung ablehnte, sondern wegen seiner Art. Weil er klein, dunkelhäutig und betreten war.

»Sie stellen sich prima an, Mister Stassos«, sagte Connie.

»Der hier sagt, er möchte ein größeres Boot«, sagte sein Großvater. Er gab Ben einen Klaps auf die Schulter. »Meint, er könnte schon segeln.«

Connie riß die Augen auf. Ein Schwarm blasser Sommersprossen verschwand im Oberteil ihres Badeanzuges.

Ben sagte sich, daß er das mochte. Er dachte an die Geschichten, die er Andrew und Trevor daheim erzählen könnte.

»Er hat das Zeug dazu«, sagte Connie. »Aus ihm könnte ein richtiger Seemann werden.«

»Das dachte ich mir schon. Das ist ja einer der Gründe, weshalb ich uns alle den Sommer über hierhergeschleift habe. Damit der Junge raus aufs Wasser kommt.«

»Er muß erst den Unterricht auf der Jolle durchhalten«, sagte Connie. »Er braucht seine Pflichtstunden. Noch drei Tage, dann kann er auf ein schnelleres Boot umsteigen.«

»Der hier kann nie abwarten«, sagte sein Großvater. Er platzte schier vor Stolz. »Immer größer, immer schneller, das ist sein Motto.«

Jamal stand stolz und still daneben, fast unsichtbar. Er schaute den Steg hinunter, wartete darauf, daß das hier endete und das Nächste anfing. Seine Blicke gehörten ihm. Sein Schatten berührte sich mit Bens.

Der Abend war kühl und blau. Scharfgezackte Wolkenfetzen, die wie zerrissener Flaum am Himmel hingen, spiegelten die letzten orangen Strahlen der untergegangenen Sonne und überzogen das Watt mit einem ölig schimmernden Glanz. Ben und Jamal gingen barfuß zwischen dem grünschwarzen Tanggeschling, den wie fette, feiste Walrösser daliegenden Felsen. Im gekräuselten, orangegestreiften Wasser der Priele sah man kleine Fische hin- und herschießen.

»Hier draußen gibt's Delphine«, sagte Jamal.

»Gibt es nicht.«

»Sie schwimmen hinter den Fischerbooten her. Sie springen nachts in der Bucht.«

»Du bist ja verrückt.«

»*Du* bist es.«

»Das ist viel zu weit nördlich für Delphine.

Jamal schwieg einen Moment, dachte nach. »Letzte Nacht hab' ich einen gesehen«, sagte er. »Ich habe ihn da draußen springen sehen.«

»Du spinnst.«

»Will kommt bald«, sagte Jamal.

»Nein, tut er nicht. Er war eingeladen und hat abgesagt.«

»Er hat seine Meinung geändert. Ich habe gehört, wie meine Mutter mit ihm am Telefon geredet hat.«

»Vor Onkel Will graust mir immer«, sagte Ben.

»Warum?«

»Es ist einfach so. Großpapa mag ihn auch nicht.«

»Er ist Großpapas Sohn.«

»Das heißt noch lange nicht, daß sie sich mögen müssen.«

»Ich mag Will.«

»Du magst jeden.«

»Jeden nicht«, sagte Jamal.

Ben spürte, wie ihm das Blut heiß und rauschend in die Ohren stieg.

»Du magst *mich*«, sagte er.

Jamal bückte sich und hob etwas vom Sand auf. »Schau«, sagte er. Er hielt einen kleinen Plastikkopf hoch, ohne Haare und Augen, weiß und ausgeblichen.

»He«, sagte Ben. Jamal fand ständig Sachen: Tierknochen, Geld, einzelne Spielkarten, ein dünnes Goldarmband. Er sah sie einfach, las sie aus öden Landschaften auf.

»Ein Puppenkopf«, sagte Jamal. Ein abgeklärtes Lächeln lag auf dem augenlosen Gesicht. Jamal hielt den Kopf hoch, damit Ben ihn sehen konnte, bückte sich dann und legte ihn sorgsam wieder hin, so als müsse er genau an die Stelle zurückgebracht werden, wo er ihn gefunden hatte. So als sei er Teil eines großen, gefährdeten Plans.

»Willst du ihn nicht behalten?« fragte Ben.

»Nein. Warum sollte ich?«

»Er ist vermutlich alt. Er könnte etwas wert sein.«

»Ich glaube, er sollte hierbleiben«, sagte Jamal. »Mir ist wohler zumute, wenn er in der Bucht ist.«

Ben hob den Puppenkopf auf, steckte ihn in die Hosentasche. »Wenn du ihn nicht willst, behalte ich ihn«, sagte er.

»Klar. Wenn du ihn willst.«

Das Licht wurde violett. Die Wolken verloren ihre orange Färbung und nahmen einen fahlen Silberton an. Einen Moment zuvor war noch Tag gewesen, jetzt brach die Nacht an. Am Anlegesteg, in den Häusern rundum und auf den im tiefen Wasser ankernden Booten gingen die Lichter an.

»Wir sollten zurückgehen«, sagte Ben.

»Einen Moment noch.«

Er gehorchte nie. Er machte, was er wollte.

Ben warf Steine, die in der Dämmerung verschwanden, so daß nur das leise Aufklatschen zu hören war. Ein Schwarm Möwen balgte sich erbittert um irgendeine Beute, einen roten Fisch oder ein saftiges Stück Abfall. Aufgebracht schlugen sie mit den Flügeln. Eine stieg steil auf, hob sich strahlend weiß vom Himmel ab, hatte etwas Längliches, Fauliges im Schnabel.

»Ich glaube, daß Will morgen kommen wird«, sagte Jamal.

»Scheiß auf Onkel Will«, sagte Ben.

Er würde zu sich kommen. Er würde ein Mädchen wie Connie wollen. Er berührte den kleinen Kopf in seiner Tasche.

Die Fenster des Ferienhauses waren beschlagen, die Lampen warfen oranges Licht auf die holzgetäfelten Wände. Es roch nach Schimmel und alten Küchendünsten, nach kalter Asche im offenen Kamin. Bens Mutter lachte in der Küche, und dann fiel auch Jamals Mutter ein.

»Ich kann's nicht. Du bist dran.« Bens Mutter hatte ein, zwei Gläser getrunken. Bens Vater war zu Hause geblieben und arbeitete wie üblich. Er hatte nichts dagegen, wenn andere sich vergnügten, doch er selbst machte sich nichts daraus.

»Okay. Los geht's.« Jamals Mutter hatte Aids, doch jeder behandelte sie, als sei sie so wie immer – leicht verrückt und zerbrechlich, ein bißchen aus der Art geschlagen.

Bens Großvater und Magda saßen auf den von der Salzluft klammen Bambussesseln im Wohnzimmer, deren Polster gelblich mit grün gesprenkelten Seesternen und Muscheln bedruckt waren, und sahen sich die Nachrichten an. Magda füllte den Sessel aus, füllte ihr Kleid aus, auf dem lauter daumennagelgroße gelbe Schmetterlinge schwärmten. Im Fernsehen wurde über irgendeinen Brand berichtet. Tiere kamen um. Ein loderndes Pferd raste eine von schmucken, stattlichen Häusern gesäumte Straße entlang. Interessiert furchte Magda die Stirn.

»Hallo, Jungs«, sagte ihr Großvater. »Wir haben uns schon gefragt, wo ihr bleibt.«

»Irgendein Idiot mit 'nem Streichholz«, sagte Magda zum Fernseher. »Irgendein Idiot, und schau dir das an. Den sollte man erschießen, wenn man ihn erwischt.«

Magda war der Meinung, daß man Leute, die unvorsichtig waren, erschießen sollte. Sie war der Meinung, daß man Tiere schützen sollte, weil sie in begnadeter Einfalt lebten und somit keine Fehler begehen könnten. Ben mochte Magda nach wie vor, doch inzwischen hatte er sie auch fürchten gelernt. Seit einiger Zeit ließ sie ihn mehr als ihren üblichen Argwohn spüren.

»Erschießen ist viel zu gut für so was«, sagte sein Großvater. »Man sollte ihn in Brand stecken.«

Magda nickte. Finster blickend saßen sie da und ergingen sich in gerechtem Zorn. Am Fernsehen sah man eine Rauchsäule aufsteigen, grau und gelb wie ein Bluterguß, in der die Seelen der toten Tiere entschwebten.

»He«, rief seine Mutter aus der Küche. »Sind das die Jungs?«

»Jawohl, Mama«, rief Ben. Seine Stimme klang gut. Ganz gut.

Er ging zur Küche, blieb unter der Tür stehen. »Hallo, mein Schatz«, sagte seine Mutter. Sie küßte ihn, während Tante Zoe einen Hummer in den Topf steckte.

»Das ist Mord«, sagte Ben.

»Ich weiß«, antwortete Tante Zoe. »Aber so ist nun mal die Nahrungskette. Was soll ich dazu sagen? Die Natur ist nicht nett.« Sie trug schwarze Jeans und ein T-Shirt mit dem roten Gesicht des Vorsitzenden Mao. Bens Mutter hatte eine weiße Bluse und karierte Shorts an. Leise klingelte das Eis in dem Gin-Tonic in ihrer Hand.

Sie strich sich über die Haare, verbreitete einen leichten Hauch Parfüm und Gin, ließ ihn ihre Zuneigung spüren. Ben stellte sich vor, daß sie jeden Tag abzählte, bei eins anfing und den ganzen Tag lang zählte. Sie war so ruhig, weil sie die Zahl einer jeden Minute kannte.

»War der Spaziergang schön?« fragte sie.

»Ganz okay. Es ist Ebbe, das Meer ist ganz weit draußen. Man kann bis weit hinter den Bootsanleger gehen.«

»Ich kann es an euch riechen«, sagte sie und schnupperte an seinen Haaren. »Das Salz.«

Alle Schönheit im Raum ging von ihr aus. Außer ihr gab es nur diese alte Küche, zerschrammtes, lachsfarbenes Resopal und Kiefernholzschränke mit schwarzen Astlöchern und Knorren, so als hätte jemand Zigarren darauf ausgedrückt. Außer ihr gab es nur Tante Zoe, die krank und verrückt war, mit ihrer weißen, fleckigen Haut wie eine Heiligenfigur aus Gips aussah und Hummer in das kochende Wasser warf.

Jamal kam und blieb neben Ben stehen.

»Hallo, Jamal«, sagte Bens Mutter.

Jamal nickte, lächelte schüchtern, so als hätten sie sich gerade kennengelernt.

»Jamal ist Vegetarier«, sagte Tante Zoe.

»Das wissen wir, Liebes«, sagte Bens Mutter.

»Ich war ebenfalls Vegetarierin«, sagte Tante Zoe. »Fünfzehn Jahre lang. Und dann bin ich eines Tages zu McDonald's gegangen und habe mir einen Viertelpfünder gekauft. Einfach so.«

»Ich weiß«, sagte Jamal. Er stand in seiner üblichen Haltung da, leicht zusammengekrümmt, so als wolle er Kraft sammeln, sich sprungbereit machen. Er war so wie immer, weder maskulin noch feminin. Er war Jamal, tapfer und sorglos, ruhig, mit lebhaften Augen und dichtem schwarzem Kraushaar.

»Ich mache den Salat«, sagte Bens Mutter. Sie küßte Bens Stirn. Dann ging sie weg und zerteilte mit den Händen einen Salatkopf.

»Ich habe mich da immer mehr reingesteigert«, sagte Tante Zoe. »Zuletzt konnte ich nicht mal mehr den Gedanken ertragen, Mohrrüben aus dem Boden zu ziehen, Tomaten zu pflücken oder Unkraut zu jäten. Es kam mir so vor, als hätte auch Gemüse so was wie ein Bewußtsein. Wie wenn die Tomatenstaude leiden würde. Ich konnte nur noch Sachen essen, die von selbst abgefallen waren. Fallobst, Nüsse. Ich habe immer weniger zu mir genommen.

Ich konnte keine Mücken mehr erschlagen, keiner Fliege etwas zuleide tun. Und eines Tages hin ich dann zu McDonald's gegangen, ohne mir viel dabei zu denken, und habe mir einen Viertelpfünder bestellt. Mir ist schlecht davon geworden. Aber am nächsten Tag bin ich wieder hin und habe mir noch einen geholt. Und so begann mein Rückfall.«

»Ein Viertelpfünder enthält ungefähr siebzig Gramm Fett«, sagte Ben.

»Tja, Fett gehört zum Leben, nehm' ich an«, sagte Tante Zoe. »Der Tod und das Fett und, du weißt schon. Allerhand Sachen.«

»Wir ernähren uns heutzutage zunehmend von Körnern«, sagte Bens Mutter. »Ich habe mir vorgenommen, den Fettanteil in unserer Nahrung mindestens zu halbieren.«

Tante Zoe blickte zu den kochenden Hummern, und ihre Miene wirkte lüstern und gierig zugleich.

»Ich stehe neuerdings auf Couscous«, sagte Bens Mutter. »Das geht leicht, und man kann allerlei verschiedene Sachen damit machen.«

»Ich weiß«, erwiderte Tante Zoe. »Ordentliche Ernährung hat was für sich, das weiß ich. Ich mußte bloß – ich weiß nicht. Diese fixe Idee loswerden, nehm' ich an.«

»Man muß nicht alles zur fixen Idee werden lassen, weißt du«, sagte Bens Mutter.

Tante Zoe lächelte. »Ausgeglichenheit«, sagte sie, »ist das Allerschwerste.«

Mit einer Mischung aus Heiterkeit und Hilflosigkeit blickte sie zu Jamal. Sie bereitete sich darauf vor, daß demnächst er derjenige sein würde, der sich Gedanken machen und abwägen, der sagen mußte: Bis hierher und nicht weiter. Nach elf Jahren hatte sie genug von ihrem Dasein als Mutter. Sie wollte wieder ein Kind sein.

Jamal ließ sich nichts anmerken. Er ging aus dem Zimmer, trat durch die Drahttür auf die Veranda. Ben konnte durch das Fenster sehen, wie er die langen, dünnen Arme reckte, zum Himmel aufblickte.

Seine Mutter folgte seinem Blick, sah Jamal und zwinkerte Ben zu. Hatte sie gespürt, was in seinem Kopf vorging, als sie ihm über die Haare gestrichen hatte?

»Ben, mein Schatz«, sagte sie. »Könntest du vielleicht den Tisch decken.«

»Klar, Mama.« Er holte Teller und Bestecke, ging ins Eßzimmer. Im Eßzimmer stand ein langer, blauer Tisch, und die rohen Holzwände waren mit fliegenden Fischen bemalt. Im Wohnzimmer sagte ein Fernsehsprecher, daß sich eine Feuerwalze aufs Meer zubewege. Ben deckte den Tisch und achtete darauf, daß Messer, Gabeln und Löffel kerzengerade lagen.

Am nächsten Morgen traf Onkel Will mit seinem Freund ein. Ben wurde beim bloßen Gedanken mulmig im Magen. Er beobachtete sie vom Fenster im Obergeschoß aus. Er schälte mit den Fingernägeln Lacksplitter ab.

Sie kamen im Wagen des Freundes, einem alten MG, gegen den auch Ben nichts einzuwenden gehabt hätte. Doch er würde nicht in ihren Wagen steigen, er wollte nicht, daß sein Arsch mit diesem Polster in Berührung kam. Sie stiegen aus, wurden von seiner Mutter und Tante Zoe im Hof empfangen. Umarmungen, Küsse. Onkel Will war groß, kotzfreundlich, zu schlau; er trug abgeschnittene Jeans und ein weißes, ärmelloses T-Shirt, damit die mit viel Hantelarbeit aufgebauten Muskeln an seinem unsportlichen Körper zur Geltung kamen. Ein Kunstkörper, kräftig, aber ohne Kondition. Er sah aus, als trainiere er für den Zehnkampf, und konnte wahrscheinlich keine zehn Meter weit rennen. Sein Freund war ein professorenhafter Typ mit eckigem Kopf und abwesender Haltung, so als erklinge in seinem Kopf eine Musik, die er nicht ausgesucht hatte. Seine dürren Beine steckten in einem Paar knöchelhoher Sneakers, die er ohne Socken trug.

Bens Mutter und Tante Zoe liebten Onkel Will mit einer nur allzu weiblichen Hingabe und Beharrlichkeit. Sie waren Schwestern, und sie waren Frauen. Sie hatten keine Wahl. Männer trafen die Entscheidungen; Frauen konnten nur ja oder nein zu der Liebe sagen, die in ihnen wohnte. Männer waren für ihre Zuneigung verantwortlich. Frauen wurden durch die Welt gezogen. Nur wenn sie mächtig enttäuscht wurden, hörten sie auf zu lieben, und wenn das geschehen war, konnten sie niemals mehr lieben. Sie schotteten sich ab. Sie veränderten sich körperlich. Sie wollten das nicht.

»... dachte, ihr würdet nicht kommen«, konnte er seine Mutter durch das geschlossene Fenster hören.

»Möchte mir doch nicht den ganzen Spaß entgehen lassen«, antwortete Onkel Will. Er wollte wieder besonders witzig sein, redete in seiner eigenen Sprache. Wo alles eine andere Bedeutung hatte.

Ben sah sie die Treppe zur Veranda heraufsteigen. Onkel Will trug zwei Koffer, und Bens Mutter und Tante Zoe drängten sich um ihn. Sie ließen den Freund hinterherzockeln, der seiner heimlichen, unbekannten Musik lauschte.

Ben hörte, wie sie durch die Haustür kamen. Er hörte, wie sein Großvater zwischen Höflichkeit und Empörung hin- und herschwankte.

»Hallo, Billy«, sagte sein Großvater. Seine Stimme schallte die Treppe herauf, so geruhsam und mächtig wie das Haus selbst, diese hölzerne Festung, die schon seit beinahe hundert Jahren hoch über dieser Bucht thronte.

»Hallo, Papa. Harry kennst du doch noch.«

Onkel Will klang neckisch, piepsig, selbstgefällig. Wie eine Flöte. Ben stand auf, rannte nach unten. Er wollte nicht mehr im Haus bleiben. Er wollte nichts mehr hören.

Er konnte nicht ungesehen an ihnen vorbeikommen.

Sie waren im Wohnzimmer – alle bis auf Jamal, der es immer fertigbrachte, irgendwo anders zu sein. Als Ben die Treppe herunterkam, blickte Onkel Will auf und verzog sein Gesicht zu einer witzig gemeinten Grimasse.

»Ben?« sagte er.

Ben sagte leise »Hallo« und sah zu, daß er nach unten kam.

»Gute Güte, du bist ja fast einen Meter gewachsen.«

Ben zuckte die Achseln. Seine Größe ging allein ihn etwas an, sie war seine Sache, nichts Künstliches. Darüber machte man keine schlauen Witze.

»Derzeit müßtest du mindestens jede Woche einmal vorbeischauen, wenn du mitkommen willst«, sagte Bens Mutter.

Hilf ihm nicht. Biete ihm keinerlei Ansatzpunkt.

Onkel Will kam her, streckte seine weiche Hand aus. Ben ließ seinen geziert männlichen Handschlag über sich ergehen.

»Wie läuft's denn so?« fragte Onkel Will. »Was gibt's?«

»Gar nichts«, sagte Ben.

»Gut siehst du aus.«

Rühr es nicht an. Laß mich bloß in Ruhe, schau mich nicht an.

»He, Ben«, sagte Onkel Will. »Das ist Harry.«

Ben wußte nicht, wohin er gucken sollte. Er blickte zu Boden, wo ein Sonnenstrahl auf den Flickenteppich neben ihm fiel. Dann blickte er zu seinem Großvater. Das Gesicht seines Großvaters war düster wie ein wolkenverhangener Berg.

Der Freund schüttelte ihm die Hand. Die Hand des Freundes war fester, als er erwartet hatte, trockener. Der Freund roch nach Puder, nicht blumig, eher wie Kreide.

»Hallo, Ben«, sagte der Freund.

Sich selbst zuliebe, und weil sein Großvater zusah, schaute Ben den Freund nicht an. Er ließ sich die Hand schütteln, zog sie dann zurück.

»Ich gehe raus«, sagte er zu seiner Mutter.

»Möchtest du nicht noch ein Weilchen hierbleiben?« fragte seine Mutter.

»Nein«, versetzte er. Damit ging er, und er wußte, daß sein Großvater ihn wegen seiner Unhöflichkeit achten würde.

Draußen empfingen ihn die bleierne Hitze und das fahle Licht eines Augustnachmittags. Es war ein völlig windstiller Tag, so als halte die ganze Welt den Atem an. Nicht gut zum Segeln, obwohl Connie ohnehin erst in ein paar Stunden kommen würde, und bis dann konnte sich alles noch ganz anders entwickeln. Ben ging die kurze Straße entlang zum Strand. Sie war mit zermahlenen Muschelschalen bestreut, die wie blanke Knochen im weißlichen Licht schimmerten. Das Wasser in der Bucht glänzte grünlich. Träge schäumte es um die runden Felsenkuppen.

Am Bootssteg entdeckte er Jamal, der bäuchlings auf den Planken lag. Jamal trug eine weite rote Badehose. Ben blieb einen Moment lang stehen und betrachtete ihn. Er dachte nicht an Schönheit. Er ging über den Steg.

»Was gibt es?« fragte er.

»Da ist ein großer Fisch drunter«, sagte Jamal.

»Wo?«

Ben legte sich neben Jamal und blickte durch einen Spalt zwischen den Planken.

»Du mußt warten, bis er sich bewegt«, sagte Jamal.

Ben sah nur das ruhige grüne Wasser, in dem sich unstet, wie eine im Wind schwankende Strickleiter, die Planken des Anlegestegs spiegelten. Er nahm Jamals Körper neben sich wahr, den unschuldigen Druck seines Ellbogens an seinem Ellbogen, Jamals bloßes Knie an seinem Schenkel. Er hielt Ausschau nach dem Fisch. Er dachte an nichts anderes.

»Er ist irgendwo da unten«, sagte Jamal. »Es ist ein richtig Großer.«

»Ich sehe keinen Fisch«, sagte Ben.

»Da. Da ist er.«

Ben sah eine Flosse, flach und gezackt, so breit wie seine Hand. Dann ein Auge. Ein glotzendes gelbes Auge, so groß wie eine Spielmarke. Es kam auf ihn zu. Rasch setzte sich Ben auf. Sein Herz hämmerte.

»Scheiße«, sagte er.

»Was ist los?« fragte Jamal.

»Der ist ja riesig«, sagte er.

»Ziemlich groß. Ich wette, der ist fast einen Meter lang.«

»Viel größer«, sagte Ben.

»Nein.«

»Der ist *riesig.*«

»Hast du Angst vor ihm?« fragte Jamal.

»Nein.«

Doch sein Herz hämmerte immer noch wie wild. Am liebsten wäre er ans Land zurückgerannt, die Straße hinauf, so hoch wie möglich.

»Ist doch bloß ein Fisch«, sagte Jamal. »Er kann dir nichts tun. Es ist bloß ein Fisch.«

1993 Zoe lebte jetzt mit der Krankheit. Sie konnte sprechen wie sonst, sie konnte die üblichen Scherze machen. Doch sie war auf einem Weg, der sie irgendwo anders hinführte. Sie spürte die Veränderung, selbst wenn sie Abendessen kochte, wenn am Fenster die Sterne aufgingen und vertraute Klänge aus dem Fernseher drangen. Sie betrachtete alles von einem Ort aus, an dem sie noch nie gewesen war.

Strahlend kam Will die Verandatreppe heraufgerannt. Harry saß mit einer Zeitung auf einem wie eine Muschelschale geformten Metallstuhl.

»Genau das Richtige«, sagte Harry. »Mitten im August fünfzehn Kilometer laufen. Im Urlaub.«

»Ich steh' drauf«, sagte Will. Seine Brust hob und senkte sich. Er hatte ein Schnupftuch über den Kopf gebunden. Er war ausgelassen, roch nach Schweiß, und er verbreitete stets eine gewisse Zuversicht, einen leichten Hoffnungsschimmer. Zoe mußte an seine Brustwarzen denken, als er ein kleiner Junge gewesen war.

»Und Zoe und ich haben dir voller Genuß zugesehen«, sagte Harry. Er legte den Arm über die Lehne von Zoes Stuhl. Er stützte die sockenlosen, in schmutzigweißen hohen Laufschuhen steckenden Füße auf das Geländer.

»He, Zoe«, sagte Will. Er trat hinter Zoe und Harry. Dann bückte er sich und küßte Harry auf den Kopf.

»Du tropfst meine Zeitung voll«, versetzte Harry.

»Ich tropf' auch noch was anderes voll. Wie geht's, Zoe?«

»Ganz gut«, sagte sie. »Es ist schön hier draußen.«

»Yeah.«

Rundum summten Bienen, über ihnen spannte sich ein strahlend blauer Himmel, und darunter funkelte das unruhige Wasser der Bucht. Man hatte das Gefühl, nichts könne einem passieren, weil es das hier gab, Bienen, die in der Augustsonne zwischen den Strandrosen schwärmten.

»Habt ihr Lust, ein bißchen schwimmen zu gehen?« fragte Will.

»Ich hätte Lust«, sagte Harry. »Wie steht's mit dir, Zoe?«

»Hm?«

»Hast du Lust, schwimmen zu gehen?«

»Oh. Ich weiß nicht. Wie wär's, wenn ich mich einfach an den Strand setze und euch beiden zusehe?«

»Ganz wie du möchtest«, sagte Will.

Zoe nahm eine Haarsträhne in die Hand. Sie wußte nicht genau, ob ihr die Zeit entglitt oder ob sie tiefer in sie eindrang. Sie hielt sich an ihren Haaren fest, als wolle sie so das Gleichgewicht wahren.

»Ich möchte am Strand sitzen«, sagte sie, »und den Jungs beim Schwimmen zusehen.«

»Wir sind keine Jungs«, sagte Harry. »Allenfalls im Traum.«

»Für mich seid ihr welche«, versetzte sie. »Und ich nenne euch in Gedanken auch immer so. Die Jungs.«

»Ich habe nichts dagegen, daß wir in Gedanken als Jungs bezeichnet werden.«

»Du nicht«, sagte Harry.

»Mach mich nicht an.«

»Genau. Der älteste Junge der Welt.«

Sie taten so, als wollten sie übereinander herfallen. Spielerisch ging Will in Kampfpose, nahm die Fäuste hoch wie ein boxendes Känguruh. Harry schlug seine Fäuste beiseite.

»Leg dich nicht mit mir an«, sagte Harry zu Wills Fäusten. »Mir ist nicht danach zumute.«

»Ich habe doch noch gar nicht angefangen«, sagte Will.

Eine Biene kam auf die Veranda geflogen, strich summend über den Holzboden. Zoe betrachtete ihren dicken und doch so schwerelos schwebenden Leib, den hauchzarten Schatten, den er warf. Sie betrachtete ihren Bruder und seinen Liebhaber, den Gleichklang ihrer Bewegungen. Hatte ihre Liebe zueinander etwas mit dem Flug der Biene zu tun? Nein, sie hatte bloß die Angewohnheit, ständig Zusammenhänge zu suchen.

Will sagte etwas zu ihr, und sie lächelte nur. Dieser Tage machte sie sich nicht mehr so viele Gedanken um Worte.

»Runterkommen, Zoe«, sagte Harry.

»Ich bin schon da«, entgegnete sie. »Keine Sorge, ich bin da.«

Ben und Jamal kamen die Verandatreppe hoch, blieben nebeneinander stehen. Die Biene faßte einen Entschluß. Sie verließ die Veranda und flog schräg nach Osten, über Bens und Jamals Kopf hinweg. Und Zoe sah – hatte sie es gewußt? –, daß auch Ben und Jamal ein Paar waren. Sie waren eine Art Paar. Will und Harry waren ein anderes Paar. Die Biene hatte ihre eigenen Wünsche. Sie hielt sich an ihrem Haar fest. »He, Jungs«, sagte Will. »Was gibt's?«

»Wir haben einen Fisch gesehen«, sagte Jamal.

»Wirklich?«

Schweigend stand Ben in all seiner verletzten Tugendhaftigkeit da, mit seiner Sehnsucht nach einer Liebe, die er nicht wollte.

»Einen ziemlich großen«, sagte Jamal. »Unter dem Steg.«

»Habt ihr Lust, schwimmen zu gehen?« fragte Onkel Will.

»Von mir aus«, antwortete Jamal.

Ben sagte nichts. Er ging ins Haus, knallte die Drahttür hinter sich zu. Der leichte Luftzug wehte schale Hausgerüche auf die Veranda. Will schaute Harry an. Komischer Knabe, was?

Jamal kam her und blieb neben Zoe stehen. Er wartete, ob sie etwas sagen wollte, wartete auf die nächste Minute ihres Lebens.

»Dann nichts wie ab zum Strand«, sagte Harry.

»Mama?« sagte Jamal.

»Geht ihr drei mal ruhig«, sagte Zoe. »Ich hab's mir anders überlegt. Ich bleibe lieber hier sitzen.«

»Bist du sicher?«

»Absolut.«

Als Jamal sich nicht rührte, gab sie ihm einen sanften Klaps aufs Hinterteil. »Geh schon«, sagte sie.

»Möchtest du denn, daß ich schwimmen gehe?«

»Ja. Ich möchte, daß du schwimmen gehst.«

»Okay.«

»Okay.«

Sie blieb auf dem Stuhl sitzen, als Will, Harry und Jamal ins Haus gingen, um ihre Badesachen anzuziehen. Die Luft veränderte sich, nahm einen weißlichen Glanz an, der bald stärker, bald schwächer wurde. Etwas ballte sich zusammen, etwas Goldenes, Blaues und Altes. Als Jamal, Will und Harry wieder herauskamen, hatten sie Ben bei sich, der in seiner weiten, orangen Badehose geschmeidig und muskulös wirkte. Will küßte Zoe, und die anderen riefen ihr einen Abschiedsgruß zu, obwohl sie in knapp einer Stunde wieder zurück sein würden. Dieser Tage verabschiedeten sich die Leute ständig von ihr. Sie blickte ihnen hinterher. Als sie ihren Sohn, ihren Neffen, ihren Bruder und seinen Liebhaber gemeinsam weggehen sah, stellte sie fest, daß sich ein gewisses Gleichgewicht eingestellt hatte. Hier war es, genau hier: das Herz des Sommers. Monatelang hatten Reife und Verfall mit vereinten Kräften auf das hier hingewirkt: eine gewaltige Stille, eine tiefe, goldene und blaue Schwere, die weder Wandel noch Widerspruch kannte.

Dann war es wieder vorbei. Sie sah, wie das Licht zum erstenmal matter wurde, das erste Anzeichen des nahenden Herbstes. Sie bemerkte, daß sie die ganze Zeit ihre Haare gehalten hatte. Als ihr Sohn, ihr Neffe, ihr Bruder und sein Liebhaber außer Sicht waren, ließ sie die Strähne los.

»Ist dir auch warm genug?« sagte jemand hinter ihr. Einen Moment lang dachte sie, die Luft selbst habe die Stimme erhoben, so tief klang es, nach leisen Oboen und Kesselpauken. Eine Stimme, in der Bienen herumschwirren konnten, wie kleine Funken, die zwischen den Tönen dahinflogen.

»Ja«, sagte sie.

Ihr Vater kam her und blieb neben ihr stehen. Es war seine Stimme. Es war sein süßlich strenger Geruch.

»Geht's dir gut?« fragte er. »Sitzt du hier etwa ganz alleine?«

»Die anderen waren alle hier«, sagte sie. »Sie sind schwimmen gegangen.«

»Wer?«

»Will und Harry und Jamal und Ben.«

Er ging zum Geländer. Finster blickte er hinaus in den Tag, der von jetzt an wieder kühler wurde, zur Neige ging. Morgen war der erste Herbsttag, auch wenn es laut Kalender erst in drei Wochen soweit sein sollte. Ab morgen würde das Licht satter werden, einen tieferen Stich ins Blaue bekommen.

»Ben und Jamal haben um zwei Segelunterricht«, sagte ihr Vater.

Er war zwischen Liebe und Haß hin- und hergerissen, die einander abwechselten wie die Gezeiten. Sein Haar wurde allmählich durchscheinend. Auf seiner Haut waren Altersflecken.

»Ist schon in Ordnung«, sagte Zoe.

»Hä?«

»Sie werden rechtzeitig wieder da sein.«

»Bestimmt.«

Unwillig trat er vom Geländer zurück. Er beugte sich zu Zoe herunter.

»Fehlt dir auch nichts?« sagte er. »Ist dir warm genug?«

»Ja. Alles ist bestens.«

Er nickte. Er saugte an seinen Zähnen, holte geräuschvoll Luft, und Zoe meinte zu spüren, wie er den Tag verkostete, den Nachgeschmack all seiner Verheißungen.

»Mir geht's bestens«, sagte sie noch einmal. »Es tut gut, einfach so hierzusitzen.«

»Mein Liebes«, sagte er. »Mein kleines Mädchen.«

Weil nicht genügend Schlafzimmer vorhanden waren, schlugen Will und Harry an diesem Abend im stoppeligen Gras hinter dem

Haus ihr Zelt auf. Sie hatten sich eigens wegen dieser Reise ein Zelt gekauft ein leuchtend bonbonrotes Nylonzelt. Zoe sah zu, wie sie es unter allerlei Gelächter und Geplänkel aufbauten. Sie betrachtete Wills Arme und seinen Rücken, als er die Heringe in den sandigen Boden trieb. Leuchtkäfer und Mücken schwärmten in der Dunkelheit, Blätter raschelten, und unten in der Bucht rauschte rastlos das Meer. Sie hörte Susan und roch sie, und dann berührte Susan sie an der Schulter.

»Wie kommen sie da draußen klar?« fragte Susan.

»Hm?«

»Wie. Kommen. Sie. Klar?« Langsam und deutlich, so als spreche sie mit einem Ausländer.

»Wie Abbot und Costello im Zeltlager«, sagte Zoe.

Susan massierte Zoes Schulter. Ihre Finger waren kräftiger, als man gemeinhin annahm. »Geht's dir gut?« fragte sie.

»Hmm.«

»He«, rief Susan hinaus in die Dunkelheit. »Wenn ihr es nicht schafft, stellen Zoe und ich euch das Zelt auf.«

Susan war die treibende Kraft der Familie. Sie war unglücklich, doch dadurch wirkte sie nur um so tüchtiger.

»Danke, wir kommen prima klar«, antwortete Will. In der Dunkelheit sah seine Haut wie poliert aus. Eine schmale Mondsichel stand am Himmel.

»Komm, wir helfen ihnen«, sagte Susan zu Zoe.

»Okay«, sagte Zoe.

»Komm. Wir. Helfen. Ihnen.«

»Ich habe dich verstanden, Susan. Ich bin da.«

Zoe und Susan traten aus der hellen Küche auf die schmale Holztreppe und dann ins Gras. Zoe kam es so vor, als wate sie in warmem Wasser. Sie meinte die heimlichen Blicke der Tiere zu spüren, die sie aus dem Gestrüpp beobachteten. Susan hatte die Hand auf Zoes Ellbogen gelegt, so wie man eine alte Frau führt.

»Gott sei Dank«, sagte Harry. »Die Rettung naht.«

»Wir haben es *geschafft*«, sagte Will. »Schau. Alles erledigt.«

Er stand auf. Da war das Zelt, schlaff und schief zwar, doch es stand. Ein schlichtes, dreieckiges totes Zelt, das so aussah, als wäre es von einem Kind gezeichnet worden.

»Seid ihr sicher, daß ihr da draußen klarkommt?« fragte Susan.

»Klar sind wir sicher«, sagte Will. »Wir lieben die freie Natur.«

»Wir glauben die freie Natur zu lieben«, sagte Harry. »Bislang hat noch keiner von uns im Freien geschlafen.«

»Das stimmt nicht«, sagte Will. »Als ich zwölf war, bin ich mal mit meinem besten Freund und seiner Familie campen gewesen.«

»Ich möchte sehen, wie es da drin ist«, sagte Zoe.

»Bitte einzutreten«, sagte Will.

Sie schlug die Nylonplane zurück und kroch hinein. Das Zeltinnere war eine kleine Welt für sich, schwarz und rot und glänzend, erstaunlich abgeschieden von der großen Welt da draußen, voller warmer Plastikdüfte.

»Es ist schön hier drin«, sagte Zoe. »Kuschelig.«

Will kroch hinein und kauerte sich neben sie. »Nicht schlecht, was?« sagte er.

»Ich möchte auch hier schlafen«, sagte Zoe.

»Geht nicht. Ist nur für Männer.«

Susan schlug die Plane zurück, so daß sie in einem Dreieck aus schwarzem Gras und Sternen kniete. »Das sieht gar nicht schlecht aus«, sagte sie.

Dann tauchte Jamal neben ihr in dem Dreieck auf. Zoe sah seine Haare, den schwachen Schimmer seiner Augen. »Klasse«, sagte er.

»Los, komm rein«, sagte Will.

Jamal zögerte, dann kroch er herein. Zoe sah, wie sehr er einem Tier ähnelte. Sie mußte an einen Waschbären denken, der sich ins Zelt schlich und wie selbstverständlich davon Besitz ergriff.

»Klasse«, sagte Jamal. Er saß dicht neben ihr. Sie nahm einen Zipfel von seinem T-Shirt zwischen die Finger.

»Vielleicht«, sagte sie, »lassen dich die Jungs hier draußen bei sich schlafen.«

»Klar«, sagte Will. »Wenn du möchtest. Ich glaube, es ist genug Platz für uns drei.«

Jamal schaute Zoe an. Sie konnte seine Sehnsucht spüren und seine Furcht. Sie wußte, daß er einerseits bei ihr bleiben, zum andern aber auch weg wollte.

»Mach schon«, sagte sie. »Es wird bestimmt lustig. Du hast noch nie in einem Zelt geschlafen.«

Er zog die Knie bis unter das Kinn. Er machte sich so klein wie möglich, saß schweigend zwischen Zoe und Will.

»Du schnarchst doch nicht, oder?« fragte Will.

»Nein«, sagte Jamal.

»Tja, du bist herzlich eingeladen. Du kannst ja Harry und mich beschützen, wenn wir uns fürchten.«

»Das ist doof.«

»Stimmt. Ist es. Wenn du willst, kannst du gern hier draußen bleiben. Wenn du nicht willst, ist auch niemand beleidigt.«

»Okay«, sagte Jamal. »Ich bleibe bei euch.«

Später, als sie wieder im Haus waren, zog Jamal eine gelbe Schlafanzughose an. Er trug noch immer sein Jesus-and-Mary-Chain-T-Shirt. Zoe stand unter der Badezimmertür, als er sich die Zähne putzte. »Das wird bestimmt lustig«, sagte sie.

Jamal betrachtete sein Abbild in dem fleckigen Spiegel. Surrend schwärmte eine Motte um den Lampenschirm aus bemaltem Blech.

»Du magst Will und Harry, nicht wahr?« sagte sie.

Er nickte. Vielleicht mochte er Will und Harry tatsächlich. Vielleicht wollte er ihr auch nur eine Freude machen.

»Möchtest du irgendwas mit rausnehmen?« sagte sie. »Einen von den Enterprise-Leuten?«

»*Nein*«, sagte Jamal, der den Mund voller Zahnpasta hatte. Aus seiner Begeisterung für die Enterprise-Figuren war ein heimliches Laster geworden. Er glaubte, er sei zu alt für Spielsachen. Eine Mutter kennt zu viele Geheimnisse, dachte Zoe. Deswegen muß sie sterben.

Jamal spuckte die Zahnpasta in das Waschbecken, spülte sich den Mund aus. Und da war sie wieder, seine tiefe innere Ruhe, als er mit den Händen das Wasser auffing und zum Mund führte. Da waren sie, die kommenden Jahre, eine Nacht um die andere.

»Komm«, sagte Zoe. »Ich gehe mit dir raus.«

Sie waren kaum draußen, als sie sah, daß etwas nicht stimmte. Breitbeinig hatte sich ihr Vater neben dem Zelt aufgebaut, die Hände herausfordernd in die Taille gestützt. Zoe fragte sich, ob ihm bewußt war, wie feminin diese Pose wirkte, wie sehr er einer entrüsteten Tunte ähnelte. Will redete mit ihm. Harry stand hinter Will, so als wolle er sich weder einmischen noch ihn alleinlassen.

»... kann es nicht fassen«, sagte Will zu ihrem Vater.

»Ganz ruhig«, sagte ihr Vater. »Reg dich bloß nicht auf.«

Zoe und Jamal gingen durch das Gras zu ihrem Vater und zu Will.

»Zoe«, sagte ihr Vater. Seine Stimmung schlug um. Er schaute sie an, zögerte, zog die Mundwinkel etwas zurück.

»Ist alles in Ordnung?« fragte sie.

»Papa möchte nicht, daß Jamal bei uns schläft«, sagte Will.

Ihr Vater rührte sich nicht. Wenn jemand ihn anstupste, würde er vermutlich einfach vornüber fallen, breitbeinig, die Hände in die Hüfte gestützt. Wie eine umgekippte Statue der Königin Viktoria in Männerkleidung würde er im Gras liegen.

»Was?«

»Bring Jamal wieder ins Haus, Zoe«, sagte ihr Vater.

»Nein, o nein, das wirst du nicht tun«, sagte Will. »Jamal sollte das hören. Er kann dabei etwas lernen.«

»Du hast wohl gar kein Schamgefühl, oder?« sagte ihr Vater.

»Kannst du so was fassen?« sagte Will zu Zoe. »Papa befürchtet, daß Harry und ich Jamal schänden könnten, wenn er bei uns im Zelt übernachtet.«

»Erzähl ihr nicht so was. Das hab' ich nicht gesagt.«

»Nur zu. Streite es ab.«

»Jamal hat sein Bett im Haus«, sagte ihr Vater. »Er ist zu jung für so was. Mehr hab' ich nicht gesagt.«

»Genau«, sagte Will. »Er ist zu jung, um im Garten zu schlafen. Papa, du bist 'ne harte Nuß, weißt du das? Du bist eine verdammt harte Nuß.«

»Hüte deine Zunge, junger Mann. Zoe, du gehst jetzt mit Jamal rein.«

»Geh nicht«, sagte Will. »Rühr dich nicht von der Stelle.«

»Papa«, sagte Zoe. »Bitte.«

»Du elender Mistkerl«, sagte Will. »Meinst du wirklich, du ...«

»Schluß jetzt, hör auf«, sagte ihr Vater.

»Oder was? Hast du etwa vor, mich zu verprügeln? Ich hab 'ne Neuigkeit für dich, Papa. Das schaffst du nicht mehr.«

»Seid still«, sagte Zoe. »Alle beide.«

»Ich lass' mir ja allerhand von dir bieten«, sagte ihr Vater zu Will. »Du kreuzt hier mit deinem Freund auf, spielst dich vor den Kindern auf, und ich lass' es durchgehen. Ich halte den Mund. Aber wenn ich höre, daß du einen Elfjährigen die ganze Nacht lang zwischen euch beiden schlafen lassen willst, dann misch' ich mich ein. Dann muß ich dazwischengehen.«

»Ich bin dein Sohn, verdammt noch mal«, sagte Will. »So sehr du mich auch hassen magst. Aber meinst du wirklich, bist du ehrlich der Meinung ... ich mag's gar nicht aussprechen. Verflucht, wenn hier einer pervers ist, dann bist du es.«

»Der Kleine hat in seinem Leben schon genug schlechte Einflüsse gehabt«, sagte ihr Vater. »Hoffst du etwa, daß er noch mehr danebengerät, damit du keine Schuldgefühle zu haben brauchst?«

»Schuldgefühle? Meinst du etwa, ich müßte wegen irgend etwas Schuldgefühle haben?«

»Das habe ich nicht gesagt.«

»Nach allem, was du angerichtet hast. Schau dir doch Susan an. Schau Zoe an.«

»Was haben Susan und Zoe damit zu tun? Wovon redest du eigentlich?«

Will würde ihren Vater umbringen. Zoe sah es kommen. Er strahlte es geradezu aus. Will sprühte förmlich vor Mordlust, und er würde über ihren Vater herfallen und ihm den Schädel einschlagen, bis nichts mehr übrig war. Zoe sah, daß Will sich dazu anschickte. Von der schieren Muskelkraft her könnte er ihren Vater mit Leichtigkeit umbringen. Das war der eigentliche Zweck. Deswegen gingen Männer Gewichte stemmen.

»Will«, sagte sie.

Harry legte die Hand auf Wills Schulter und sagte: »Laß jetzt gut sein. Komm, wir gehen.«

Will zögerte. Als er Harrys Hand spürte, legte sich sein Zorn. Er drehte sich um und schüttelte langsam den Kopf, so als koste es ihn eine unendliche Überwindung.

»Na schön«, sagte Will. »Nichts wie weg von hier, damit ich das Gesicht von dem Arschloch hier nie wieder sehen muß.«

»Rede nicht so mit mir«, sagte ihr Vater. Er kochte vor rechtschaffener, ohnmächtiger Wut.

»Mit dir rede ich überhaupt nicht mehr«, sagte Will. »Nie wieder.«

Er wandte sich an Zoe und Jamal. Sein Gesicht glühte vor Zorn. Doch da war noch etwas anderes, etwas, das dahinter lag. So als habe er eine schreckliche Eingebung.

»Wir hauen ab«, sagte er leise zu Zoe und Jamal. »Tut mir leid. Ich rufe dich an, wenn du wieder in der Stadt bist.«

Sie nickte. Er und Harry küßten sie, und Will schüttelte Jamal die Hand.

»Das Zelt ist für dich, Kleiner«, sagte er. »Unser Abschiedsgeschenk.«

Sie gingen durch die Küchentür, vorbei an Susan, Magda und Ben. Es dauerte keine zehn Minuten, bis sie die Koffer gepackt hatten und aufbruchbereit waren. Susan und Zoe gingen mit ihnen zum Wagen.

»Das ist doch verrückt«, sagte Susan. »Bleibt hier.«

»Wir können nicht bleiben«, versetzte Will. Tut mir leid. Wir hätten gar nicht erst herkommen sollen. Ich hätte mir denken können, daß so was passiert.«

»Wieso probierst du es nicht noch einmal? Laß mich mal mit ihm reden.«

Will ergriff Susans Hände. Er zog sie an sich.

»Weißt du noch«, sagte er, »wie ich dir mal gesagt habe, daß ich ihn umbringen würde?«

»Nein«, sagte sie.

»Ich weiß es noch ganz genau. Wir standen beide hinten im Garten. Wir waren noch Kinder. Ich habe dir gesagt, daß ich ihn eines Tages umbringen würde; und weißt du, heute nacht hätte ich es beinahe getan.«

»Du übertreibst.«

»Vielleicht. Vielleicht auch nicht. Ich glaube, ich wäre dazu fähig gewesen.«

»Billy«, sagte Susan. »Ich meine, Will ...«

Er küßte sie rasch. »Wir sehn uns, Susie«, sagte er. »Ich komm' mal nach Connecticut. Tschüß, Zoe.«

»Tschüß.«

Will küßte sie, und Harry küßte sie. Sie führte Wills Hand an ihr Gesicht, preßte die Lippen an seine Finger.

»Sei vorsichtig«, sagte sie.

»Keine Sorge«, sagte Harry. »Ich passe schon auf ihn auf«

Harry ließ den Motor an, und sie fuhren weg. Zoe meinte noch zu sehen, wie Will das Gesicht in den Händen vergrub. Und sie glaubte auch gesehen zu haben, wie Harry ihm über den Kopf streichelte. Sie stand mit Susan an der Straße.

»Tja«, sagte Susan.

Das war alles. Sie blieben im Dunkeln an der Straße stehen, bis die rautenförmigen roten Rücklichter von Harrys Wagen verschwunden waren.

Ihr Vater saß breit und schwer auf dem Sofa, als sie wieder ins Wohnzimmer kamen. Magda war nach oben gegangen, zu Bett. Ihr Vater schüttelte den Kopf. »Tut mir leid, daß ihr das miterlebt habt«, sagte er. »Ich hatte einfach das Gefühl, ich muß dazwischen gehen.«

»Du solltest dich was schämen«, sagte Susan.

»Ach, Susie, fang du nicht auch noch an.«

»Was ist bloß mit dir los?« sagte sie. Sie wuchs förmlich über sich hinaus. In dem schummrigen Zimmer strahlte sie geradezu. »Was geht es dich an, wo Jamal schläft?«

»Er ist mein Enkel. Ich will ja bloß alles richtig machen.«

»Oh, du, ausgerechnet du?«

»Ja. Ich.«

Susan stöhnte auf.

»Bitte«, sagte Zoe. »Hört auf damit, alle beide.«

»Ist ja gut, Susie«, sagte ihr Vater. »Er wird drüber wegkommen.«

Darauf kehrte Stille ein. Als Susan wieder sprechen konnte, sagte sie: »Er wird nicht darüber hinwegkommen. Das geht nicht.«

Zoe hielt es nicht länger in dem Zimmer aus. Sie verlor jeden Bezug zu sich. Sie hatte das Gefühl, sich aufzulösen. Sie ging durch die Küche, trat durch die Hintertür. Sie hatte vor, sich eine Zeitlang ins Zelt zu begeben. Sie wollte sich dort verstecken, bis sie wieder zu sich gefunden hatte. Sie watete durch das Gras, doch als sie sich dem Zelt näherte, hörte sie Ben und Jamal miteinander flüstern. Sie waren bereits drin.

1994 Mary spritzte eine letzte Rose auf die Torte, trat einen Schritt zurück und musterte ihr Werk mit kühlem, hoffnungsvollem Blick. Ja, das sah ganz gut aus. »Happy Birthday Zoe«, eingerahmt von Rosen und Lilien aus Buttercreme, dazu Blätter, die sie aus Mandelteig geformt hatte. Der Kursus im Tortenverzieren war eine gute Idee gewesen. Jetzt wußte sie, wie man so etwas machte. Es hatte etwas Tröstendes an sich, wenn man über solche Fertigkeiten verfügte. Diese Torte mit ihren Blüten und Blättern, der pastellblauen Schnörkelschrift, war ein Kunstwerk, das nun in stiller Pracht auf der Küchentheke stand. Ihr Anblick erfüllte Mary mit einer so schlichten Zufriedenheit, daß es ihr vorübergehend so vorkam, als sei Zufriedenheit der eigentliche menschliche Daseinszustand und alle Auswüchse wie Trauer und innere Leere nur Verirrungen.

Sie ging ins Eßzimmer und zupfte eine Tulpe im Tafelaufsatz zurecht. Als Mary dastand und ihr Werk begutachtete – die stramm gerollten Servietten in den silbernen Ringen und die Kerzen in den silbernen Haltern –, nahm ihre Zufriedenheit eher noch zu, um dann in eine vielschichtigere, doch gleichermaßen vertraute Empfindung umzuschlagen, ein Wirrwarr aus Glückseligkeit und Furcht. Dieser mit Tafelsilber und Kristallgläsern gedeckte Tisch strahlte eine Schönheit aus, die wegen ihrer Vergänglichkeit nur um so anrührender und erschreckender wirkte. Sie würde nicht zur Geltung kommen, wenn nicht in Kürze die Gäste einträfen, und doch würde sie mit dem Eintreffen dieser Gäste auch zerstört werden. Sie hatte nichts gegen die Leute, die jetzt jede Minute kommen konnten, jedenfalls nichts Bestimmtes. Sie bedauerte nur die Unordnung, die sie anrichten würden. In unberührtem Zustand war dieser Tisch ein Zeichen ihrer Hingabe, etwas Makelloses. Mary hatte eine vollendete Geburtstagstafel geschaffen, und von den Gästen würde sie zerstört werden.

Will und Harry trafen zuerst ein. Sie kamen in Harrys Sportwagen. Will sprang heraus wie ein Teenager und hob Mary hoch.

»Hallo, meine Schöne«, sagte er. Seine Haare wurden allmählich grau.

Harry folgte ihm mit einer lederfarbenen Segeltuchtasche. »Hallo, Mary«, sagte er. Er küßte sie auf die Wange. Er war ein gutaussehender Mann, bedächtig in seinen Bewegungen, mit einem verschmitzten, intelligenten Gesicht, das von innerer Kraft, Großmut und Gelassenheit kündete. In manchen Momenten konnte Mary es vollkommen verstehen. Jemanden wie ihn hatte sie sich auch immer vorgestellt.

»Kommt rein, ihr zwei«, sagte sie. »Ihr seid gut gefahren.«

»Keinerlei Verkehr«, entgegnete Will. »He, das sieht ja großartig aus.«

»Ich tue mein Bestes«, sagte Mary. Sie achtete nicht auf die leichte Panik, die sie befiel, das Bedürfnis, ihnen das Eßzimmer zu zeigen, sie zu ermahnen, daß bis zum Eintreffen der Gäste alles unversehrt zu bleiben habe, und sie dann wieder hinauszuscheuchen. Sie *sind* die Gäste, ermahnte sie sich. »Ich habe euch beide oben untergebracht«, sagte sie. »In Wills Zimmer. Ben und Jamal kommen doch hoffentlich hier unten im Schlafsack klar. Das Haus wird ziemlich voll werden.«

»Können wir dir bei irgendwas helfen?« fragte Will.

»Nein, besten Dank. Ist alles schon erledigt. Möchtet ihr vielleicht etwas trinken?«

»Ich koch' uns einen Kaffee, okay?« sagte Will. »Wir sind früh aufgestanden. Wir könnten beide 'ne kleine Dosis Koffein gebrauchen.«

»Ich mache welchen«, sagte Mary.

»Ganz ruhig. Ich weiß, wo ich alles finde. Ich habe mal hier gewohnt, weißt du noch?«

»Schön«, sagte sie. Sie würde ihn gewähren lassen. Anscheinend gefiel es Will, wenn er seine Ansprüche geltend machen, auf das Hausrecht und die genaue Ortskenntnis pochen konnte, die er in seiner Kindheit erworben hatte. Sie wollte ihrerseits versuchen, auf ihr Besitzdenken zu verzichten, zumindest über das Wochenende. Zu lange war sie in diesem großen Haus allein gewesen.

»Harry«, sagte sie, »ich zeige Ihnen inzwischen das Zimmer.«

»Mama«, sagte Will. »Harry ist nicht zum ersten Mal hier. Er weiß ganz genau, wo das Zimmer ist. Setz dich hin, ruh dich aus. Ich weiß, was du alles gemacht hast. Du hast drei Geburtstagstorten gebacken und die ersten beiden weggeworfen. Du bist durch fünfundsiebzig verschiedene Läden gezogen und hast Geschenke für Zoe ausgesucht. Hab' ich recht?«

»Oh, in meinem Alter hat man so was längst aufgegeben«, sagte sie. »Heutzutage müssen mich die Leute so nehmen, wie ich bin.«

»Genau«, sagte Will. »Los. Setz dich. Unterhalte dich.«

Mary schwieg. Eine tiefe Liebe erfüllte sie, doch sie verspürte auch einen steten, bohrenden Unmut, so als sei das Haus von Ameisen befallen. Hier war ihr erwachsener Sohn; hier war alles, was aus ihm geworden war. Er war mit seinem Gefährten hier und behandelte sie neuerdings wie ein kindisches und schrulliges Wesen, wie jemanden, der zu alt war, als daß man ihn fürchten mußte. Weil sie ihn so akzeptierte, wie er war, hatte sie viel von ihrer Macht eingebüßt, und sie erkannte, daß sie nicht in der Lage war, diese zurückzugewinnen, selbst wenn sie gewollt hätte. Er war über jeden Tadel ihrerseits erhaben. Sie hatte ihn seiner Wege gehen lassen. Sie war gewissermaßen gar nicht mehr seine Mutter. Seit seiner Kindheit hatte sie seine Gefühle nachvollziehen können, leichter jedenfalls als Susans oder Zoes, und sie verstand ihn auch jetzt. Sie wußte um das Bedürfnis, sich von seiner Mutter zu befreien. Sie wußte um die Liebe unter Männern. Sie nahm ihren Sohn, so wie er war, haßte ihn nicht, obgleich sie regelmäßig von diesem unterschwelligen Unmut befallen würde, diesem Ameisenschwarm. Sie fühlte sich ihm auf eine Weise verwandt, die sie bei keiner ihrer Töchter empfand.

»Kommen Sie, Harry, setzen wir uns ins Wohnzimmer«, sagte sie. »Will, mein Schatz, du kümmerst dich um alles.«

Sie führte Harry ins Wohnzimmer, geleitete ihn zu dem Armsessel. Sie setzte sich auf das Sofa daneben und faltete die Hände züchtig über einem Knie.

»Nun«, sagte sie. »Wie läuft alles?«

»Ziemlich gut«, sagte er. »Viel Arbeit.«

»Das kann ich mir vorstellen. Herzpatienten, das muß ja eine schrecklich verantwortungsvolle Aufgabe sein.«

»Die meisten Fälle sind, ehrlich gesagt, ziemlich wenig aufregend. Ab und zu rettet man mal jemanden, der andernfalls gestorben wäre. Wir spielen uns deswegen alle gern ein bißchen auf. Aber meistens sieht es so aus, daß die Leute entweder überleben oder nicht. Man ist eine Art Handwerker, und solange man keine wirklich dummen Fehler macht, kommen die Leute durch, die auch ansonsten durchgekommen wären, und die anderen, die ohnehin gestorben wären, sterben eben.«

»Nun ja, für mich hört sich das ziemlich aufregend an«, sagte Mary. »Wenn ich das als Hausfrau und Verkäuferin so sagen darf.«

»Wie läuft die Arbeit?«

»Nicht schlecht. Im Grunde genommen bin ich eine ziemlich *gute* Verkäuferin. Ich weiß, wovor Frauen Angst haben, wenn sie einkaufen gehen.«

»Angst?«

»Sie haben Angst davor, nachlässig zu wirken, und sie haben Angst davor, sich zum Narren zu machen, und vom einen zum anderen ist es nur ein kleiner Schritt. Ich helfe ihnen gewissermaßen dabei, den goldenen Mittelweg zu finden.«

»Hört sich knifflig an«, sagte Harry.

»Das ist es auch, ein bißchen jedenfalls. Ich wünschte, offen gesagt, ich wäre in jüngeren Jahren von jemandem wie mir beraten worden. Einer Art, ich weiß nicht, *Schwester*. Ich bin in einem Haus voller Jungs aufgewachsen.«

»Schwer, was? Als einziges Mädchen.«

»Nun ja, es hat auch seine Vorteile. Aber wenn man gerade erwachsen wird und zu sich zu finden versucht, ist es manchmal schwer, weil man sich selber nicht richtig *sehen* kann, egal, wie lange und genau man in den Spiegel schaut. Und manchmal denke ich mir, wie dankbar ich doch für eine Verkäuferin gewesen wäre, die mich nicht angelogen hätte. Weil Frauen einander nämlich schaden wollen, müssen Sie wissen, und das kann einen derart nervös machen. Bloß weil man nicht aussehen will wie eine Witzfigur. Das muß sich furchtbar albern anhören.«

»Eigentlich nicht«, sagte er. »Ich achte nicht so sehr auf meine Kleidung, aber ich glaube, ich kann es durchaus verstehen.«

»Frauen werden anders beurteilt.«

»Ich weiß. Schwule Jungs ebenfalls. Die Leute meinen plötzlich, sie müßten einen nicht mehr so ernst nehmen.«

»Das stimmt vermutlich«, sagte Mary.

Harry streckte die Beine aus. Mary hörte, wie seine Kniegelenke knackten. »Tut mir leid«, sagte er. »Es war 'ne lange Fahrt mit dem kleinen Auto.«

Er hatte graue Augen und reine Haut, auf der sich die ersten Fältchen abzeichneten. Er lehnte Mary nicht ab, doch er mußte auch nicht unbedingt von ihr geliebt werden. Manchmal – mitunter sogar unerwartet heftig – bedauerte sie, daß sie keine Schwiegertochter hatte. Unter anderem zieht man als Frau auch deswegen einen Sohn auf, dachte sie, weil man sehen möchte, was für eine Frau er sich sucht. Er war reizend, doch er war eher eine Art weiterer Sohn. Auf ihn konnte sie sich nichts zugute halten. Ihn konnte sie nicht unterwerfen.

»Ich finde Ihren kleinen Wagen ganz wunderbar«, sagte Mary.

»Sie haben noch nie dringesessen, stimmt's?«

»Nein. Ich glaube nicht.«

»Wenn Sie wollen, nehme ich Sie später auf 'ne Spritztour mit. Sie dürfen fahren.«

»O nein. Ich würde liebend gerne mit Ihnen eine Tour machen, aber so einen Wagen kann ich nicht fahren.«

»Klar können Sie das. Da ist nichts weiter dabei.«

»Wissen Sie«, sagte Mary, »ich habe vergessen, Will die neue Kaffeemaschine zu erklären. Wenn man sie zu weit auffüllt, läuft alles über die Arbeitsplatte. Entschuldigen Sie mich bitte einen Moment, ja?«

»Klar«, sagte er.

Er schien auf sie zu hören, sie ernst zu nehmen. Sie wußte nicht genau, was sie davon halten sollte.

Will stand in der Küche und betrachtete die Torte. Als Mary eintrat, drehte er sich mit verdutzter, leicht reumütiger Miene um, so als habe sie ihn bei einer kleinen Taktlosigkeit ertappt.

»Die Torte ist wunderschön«, sagte er.

»Vielen Dank. Und ich habe auch keine zwei weggeworfen.«

Nur eine. Eine hatte sie weggeworfen.

»Zoe ist achtunddreißig geworden«, sagte Will.

»Ich weiß.«

»Die kleine Zoe. Sie war immer so, ich weiß nicht. Sie ist mir immer so jung vorgekommen. Auch heute noch.«

»Hmm.«

Nichts weiter geschah. Mary stand neben Will. Sie waren allein mit der Torte.

Zwei Stunden später fuhr Susan vor. Mary stand unter der Haustür und sah ihnen beim Aussteigen zu, und bei dem Anblick versank sie einen Moment lang in einen Tagtraum. Lächelnd, bildhübsch und verbittert stieg Susan in Jeans und einer beigen Leinenjacke aus ihrem cremefarbenen Volvo. Danach der stille, gutaussehende Ben. Dann kam Jamal mit seinen wulstigen Lippen und seiner widerborstigen Art. Danach Cassandra, noch dünner, als sie sie in Erinnerung hatte, und schließlich, auf Cassandra gestützt, kam Zoe, deren Haut kalkweiß und durchscheinend wie Papier war. Mary kam es so vor, als habe sie diesen Auftritt schon einmal erlebt, oder einen ganz ähnlichen, doch der Eindruck mochte täuschen – es war eher eine Art Traumgesicht, unscharf vertraut, aber zugleich auch schwindelerregend fremd.

Mary zögerte nicht lange. Sie trat in ihren Sandalen hinaus auf den Rasen und nahm sie alle in Empfang.

»Hallo, ihr Rasselbande. Wie war die Fahrt?«

»Hi, Mama«, sagte Susan. »Es ging gut. Wir sind angekommen.«

Susan und dann Ben küßten Mary. Jamal, der neben Ben stand, vollführte einen knappen Tanzschritt, eine schlangenartige Bewegung, so als wachse etwas aus der Auffahrt und bohre sich in seine Fußsohlen.

»Zoe«, sagte Mary. »Herzlichen Glückwunsch zum Geburtstag, Liebes.«

Zoe lächelte abwesend. Cassandra hielt ihre Hand.

»Hübsch haben Sie's hier, Mary«, sagte Cassandra.

»Vielen Dank, meine Liebe.«

»Das ist Ihr Dornröschenschloß, stimmt's?« sagte Cassandra.

»Es ist zu groß. Ich sollte es lieber verkaufen.«

»Würde ich nicht«, sagte Cassandra. »So viel Platz. Ich wüßte nichts, was mir lieber wäre.«

»Nachts kommt es einem manchmal sehr leer vor«, sagte Mary. »Wenn ich in der Küche sitze und nur die Lämpchen an den Geräten brennen, komme ich mir vor, als säße ich irgendwo tief im Wald an einem Lagerfeuer.«

»Aber ohne das Ungeziefer«, sagte Cassandra. »Für mich hört sich das himmlisch an.«

Zoe stand schweigend neben Cassandra. Schon seit Monaten war Zoe immer stiller geworden, hatte zunehmend die beschauliche, leicht abwesende Art älterer Menschen angenommen. Sie war höflich, vorsichtig und verschlossen, so wie bestimmte alte Frauen. Sie schonte ihre Kräfte.

»Zoe«, sagte Mary. »Herzlichen Glückwunsch zum Geburtstag. Huch, habe ich das nicht schon gesagt?«

»Doch«, sagte Zoe. »Aber trotzdem danke, Mami.«

Sie hatte sie seit ihrer Kindheit nicht mehr ›Mami‹ genannt. Sie lehnte sich wieder an Cassandra.

»Wollen wir reingehen?« sagte Mary.

Zoe nickte, rührte sich jedoch nicht. Ein dunkler Glanz lag in ihren Augen, eine Art Erstaunen.

»Auch dir alles Gute zum Geburtstag, Mami«, sagte sie.

Der Nachmittag verstrich. Harry erteilte Ben und Jamal auf dem Parkplatz vor dem Haus Fahrunterricht. Will und Zoe saßen im Vorgarten auf dem Rasen und sahen zu. Susan hatte sich auf der Suche nach einer Beschäftigung in den Keller verzogen, wo sie in ihren alten Unterlagen nach einem Tagebuch wühlte, das sie einst in der Schule geführt hatte. Cassandra, die Mary noch nie so ruhig erlebt hatte, hatte eine Decke um sich geschlungen, sich auf einen Liegestuhl auf der Terrasse hinter dem Haus gebettet und hielt ihr scharfgeschnittenes, blasses Gesicht in die Sonne, so daß sie beinahe so aussah wie eine alte, wohlhabende Dame in einem Heilbad. Es war ein warmer Mainachmittag, erfüllt vom leisen Rascheln des sattgrünen Laubes und dem Duft der letzten Lilien.

Mary war allein in der Küche mit den Vorbereitungen für das Abendessen beschäftigt. Sie hatte auf dieser Einsamkeit bestanden, die sie schätzte und zugleich als leicht kränkend empfand. Sie briet die Zwiebeln an, stellte die Kartoffeln auf den Herd. Es war ihre gewohnte Küche. Sie holte ein Stück Butter aus dem Kühlschrank und warf einen Blick auf die Torte, die sie ins unterste Fach gestellt hatte, damit Zoe sie sehen konnte. Es war eine zauberhafte Torte. Es würde ein nettes Abendessen werden. Sie schloß die Kühlschranktür und blieb mit dem Stück Butter in der Hand stehen, blieb einfach stehen. Die Torte war im Kühlschrank, ein Kunstwerk, das nun in der kalter Dunkelheit ruhte. Mary stellte fest, daß sie die nächste Bewegung nicht mehr ausführen konnte, sie konnte in dieser Küche nichts mehr anrühren. Sie betrachtete sie, als handle es sich um eine im Museum hinter Glas ausgestellte Nachbildung einer Küche. Da war die Tapete mit dem Weizengarbenmuster. Da waren die kupfernen Kuchenformen und der dreiteilige Drahtkorb voller Bartlett-Birnen und Granny-Smith-Äpfel. Die Zwiebeln brutzelten in der Pfanne. Es war das tadellose Gegenstück zu ihrer Küche, und sie hatte das Gefühl, etwas Unsägliches könnte geschehen, wenn sie irgend etwas anfaßte. Sie stand in dem Raum, doch sie gehörte nicht dazu. Vorsichtig legte sie die Butter auf die Arbeitsplatte. Draußen auf der Auffahrt heulte der Motor von Harrys Wagen auf und Jamal schrie: »Laß *mich* mal.«

Mary ging nach oben in ihr Schlafzimmer. Sie würde es überstehen. Sie würde ihr Make-up erneuern, sich wieder nach unten begeben und das Abendessen zu Ende bringen. Sie ging eine Zeitlang in ihrem Zimmer auf und ab, wußte nicht, wo sie sich niederlassen sollte. Alles war so unmöglich. Die Schatten der Blätter fielen durch das Fenster auf das schneeweiße Blumenmuster ihrer Tagesdecke. Im Spiegel der Frisierkommode wiederum sah sie ihr Bett zweigeteilt und in seltsam schiefem Winkel.

Mary setzte sich an ihre Frisierkommode. Dort, im Spiegel, war ihr Gesicht. Sie betrachtete sich und dachte darüber nach, wie es wäre, wenn sie kein Abendessen kochen würde, einfach in ihrem Zimmer bliebe. Jeglichen Zuspruch zurückwiese. Auf der Glasplatte vor ihr standen Parfümflaschen und ein Schmuckkästchen aus weißem Leder – alles so korrekt, eins neben dem anderen, beständig. Sie betrachtete diese Dinge. Sie tat nichts anderes.

Sie wußte nicht, wieviel Zeit vergangen war, als jemand an die Tür klopfte. Geh weg, dachte Mary. Dann klopfte es wieder, und Cassandras Stimme ertönte.

»Mary?« sagte Cassandra. »Sind Sie da drin?«

Mary antwortete nicht. Sie rührte sich nicht.

Cassandra klopfte erneut. »Schätzchen, ich komme jetzt rein, in Ordnung?«

Nein, dachte Mary. Cassandra öffnete die Tür.

»Ist alles in Ordnung?« sagte sie. »Tut mir leid, wenn ich hier so reinplatze.«

Mary nickte. »Mir geht's bestens«, sagte sie.

»Ich wollte mir in der Küche ein Glas Wasser holen«, sagte Cassandra, »und da habe ich gesehen, daß die Kartoffeln im Trockenen vor sich hinköcheln. Und ich dachte mir, Mary Stassos ist nicht die Frau, die ihre Kartoffeln vernachlässigt, es sei denn, es liegt was wirklich Schwerwiegendes vor. Also bin ich Sie suchen gegangen.«

»Mir fehlt nichts«, sagte Mary. »Vielen Dank.«

Sie nahm an, Cassandra würde sich höflich empfehlen und die Tür wieder schließen.

Cassandra kam in das Zimmer und setzte sich auf die Bettkante.

»Es nervt, nicht wahr?« sagte sie.

Mary antwortete nicht. Sie drehte sich wieder zum Spiegel um, sah sich und Cassandra darin. Cassandra war jetzt nahezu völlig kahl. Und je mehr ihre Haare und das Fleisch schwanden, desto größer schienen ihre Augen zu werden. Mary sah, wie tief Cassandras Augen in den Höhlen lagen; sie hatte das Gefühl, als spräche Cassandras Schädel zu ihr.

Cassandra seufzte und sah sich wie ein leicht neugieriger Tourist in dem Zimmer um. »Das ist ein hübsches Schlafzimmer«, sagte sie.

»Vielen Dank.«

»Früher habe ich immer von so einem Haus geträumt.«

»Machen Sie sich bitte nicht über mich lustig«, sagte Mary. »Nicht jetzt.«

»Mach' ich doch gar nicht. Ich meine das völlig ernst. Als kleiner Junge habe ich immer davon phantasiert, daß ich eines Tages heiraten und ein Haus mit so einem großen Schlafzimmer besitzen würde. Es war nicht gerade eine sinnvolle Phantasie, aber wieso sollte eine Phantasie auch sinnvoll sein?«

»Ich sollte das Haus verkaufen«, sagte Mary. »Es ist zu groß. Ich komme mir hier vor wie ein Gespenst.«

»Hm.«

»Sehen Sie«, sagte Mary. »Es ist ganz einfach. Ich kann nicht.«

»Was können Sie nicht?«

»Das hier«, sagte sie. »All das. Ich glaube nicht, daß ich diese Party ertragen kann.«

»Aber natürlich können Sie das. Es ist eine nette kleine Party. So eine Party durchzustehen ist doch das Einfachste auf der Welt.«

»Ich habe so viel gearbeitet«, sagte Mary. »Ich möchte nicht, daß alles kaputtgemacht wird.«

»So ein kurzer kleiner Nervenzusammenbruch macht doch nichts kaputt. So was habe ich ständig.«

»Es kam mir so ... Es kam mir so vor, als könnten wir, ach, ich weiß nicht. Bevor alle eingetroffen sind, war ich ganz allein hier, und alles kam mir so vollkommen vor.«

»Ich weiß genau, wie das ist«, sagte Cassandra.

»Vielleicht sollte ich lieber noch ein Weilchen allein sein.«

»Ich will Ihnen ja gar nicht erzählen«, sagte Cassandra, »wie viele Stunden es mich manchmal kostet, bis ich meinen ganzen Fummel beisammen habe. Wie das halt so ist mit der Einkauferei und, na ja, den anderen Beschaffungsmethoden. Bis mein Make-up stimmt, die Haare sitzen und alles beisammen ist. Ich sitze manchmal stundenlang in meiner Wohnung, und dann, *ta da,* da bin ich schließlich ... Sie haben mich noch nicht in Bestform erlebt. Ich kann hinreißend aussehen. Besser gesagt, ich konnte es in der Blüte meiner Jahre. Einmal habe ich eine Perücke um einen Vogelkäfig drapiert und bin mit einem lebenden Kanarienvogel auf dem Kopf ausgegangen. Das war meine Hommage an Madame Pompadour. Und wissen Sie was? Es gibt da immer einen gewissen Moment, wenn ich endlich fertig bin und meine eigenen Erwartungen bei weitem übertroffen habe und alleine in meiner Wohnung sitze – na ja, da gibt's immer einen gewissen Moment, in dem ich mir unglaublich gut vorkomme. Unbezwingbar, so als würde ich einer neuen, besseren Art angehören. Und natürlich freue ich mich wie verrückt darauf, endlich rauszukommen und mich sehenzulassen. Darauf kommt's schließlich an. Stellen Sie sich nur vor, wie deprimierend es wäre, das ganze Zeug anzuziehen, vor dem Spiegel rumzustehen, danach wieder alles auszuziehen und ins Bett zu gehen. Nein, nichts liebe ich so sehr, wie vor den Massen einherzustolzieren. Doch es hat auch was für sich, wenn ich dort alleine stehe, kurz bevor ich ausgehe. Irgendwie hat das etwas Vollkommenes an sich. Ich weiß nicht, ob ich sagen würde, daß es besser ist als auszugehen und sich sehenzulassen, Schätzchen, weil ich nämlich zum Vorzeigen geboren bin. Aber ich weiß genau, wie sagenhaft sich der Fummel anfühlen kann, bevor ihn irgend jemand anders zu Gesicht bekommt.«

»Es ist komisch«, sagte Mary.

»Was?«

»Ich weiß nicht. Es ist komisch, wenn ich daran denke, daß ich so eine Party vorbereite, und Sie ... Sie wissen schon.«

»Donnere mich auf wie ein Weihnachtsbaum im Rockefeller Center«, sagte Cassandra. »In einem Paralleluniversum bin ich die Hausfrau, und Sie sind die Tunte.«

»Es ist komisch.«

»Es ist zum Schreien«, sagte Cassandra.

»Ich sollte wieder nach unten gehen.«

»Keine Sorge, ich habe den Herd abgestellt.«

»Oh, richtig. Die Kartoffeln.«

»Das leben kann ganz schön schwer sein«, sagte Cassandra. »Es kann ganz schön schwer sein, immer weiter rumzulaufen, ständig neue Sachen anzuziehen und nicht einfach zusammenzuklappen.«

Mary nahm sich vor aufzustehen. Doch sie stand nicht auf. Sie blieb vor dem Spiegel sitzen und schaute weiter in ihre und Cassandras Augen. Irgend etwas tat sich in ihr auf. Sie legte die Hände auf die kühle Glasplatte der Frisierkommode.

»Nichts ist so unvorstellbar wie der Verlust eines Kindes«, sagte Mary.

»Ich weiß.«

Sie wandte sich um. Cassandra war da.

»Schätzchen, ich weiß«, sagte Cassandra.

»Ist mit Ihnen alles in Ordnung?« fragte Mary.

»Ich sterbe, meine Liebe.«

»Das habe ich nicht gemeint.«

»Haben Sie gemeint, ob ich mich davor fürchte?«

»Nein, das auch nicht unbedingt.«

»Manchmal fürchte ich mich davor«, sagte Cassandra. »Nicht vor dem Sterben an sich, davor habe ich gar keine so große Angst. Ich meine, wenn man um vier Uhr morgens in die U-Bahn geht, gekleidet wie Jackie Kennedy, tja ... Nein, ich fürchte mich davor, daß ich saft- und kraftlos werden könnte. Mein ganzes Leben lang habe ich mich auf meine Wildheit verlassen, mein – wie sagt man doch? – majestätisches Auftreten, und, Schätzchen, es funktioniert. Es ist meine Kraft. Ich bin groß und mehr als bloß ein bißchen verrückt, und wenn jemand auch nur dran *denkt,* mich aufzumischen, richte ich mich zu meinen vollen eins neunzig auf und schau' ihn an, als wollte ich sagen: Leg dich nicht mit mir an, weil ich nämlich nichts zu verlieren habe und dich viel schlimmer aufmischen werde. Sie würden staunen, wie oft ich mich allein durch meine Haltung aus der Klemme gerettet habe. Aber ich mache mir Sorgen, daß eines

Tages die Wölfe über mich herfallen, wenn ich schwächlich wirken sollte, wenn ich es nicht mehr drauf habe, so fies und durchgeknallt zu wirken, daß sich keiner mit mir anlegen mag. Die haben einen Riecher dafür, wenn jemand schwach ist. Und in meinem *Mietshaus* gibt es, offen gesagt, ein paar Gestalten, die einen umbringen, eh' man sich's versieht.«

»Vermutlich kann ich mir das kaum vorstellen«, sagte Mary.

»Ich beneide Sie darum, daß Sie in einem großen Haus außerhalb der Stadt wohnen. Hier kommt mir alles so sicher vor.«

»Ich fühle mich nicht besonders sicher.«

»Oh, na ja, vermutlich kann ich's mir umgekehrt auch nicht vorstellen.«

Mary war sich der Ruhe in ihrem Schlafzimmer bewußt, der wohlriechenden Düfte und der makellosen Rüschen. Wie eine wilde Kreatur saß Cassandra inmitten von allem, blaß und mit Hakennase, krank und voller Rouge, und doch schien es einen Moment lang so, als gehöre Cassandra eher hierher als Mary selbst.

»Sie sind wunderbar zu Zoe gewesen«, sagte sie. »Und zu Jamal. Ich hoffe, Sie wissen, wie sehr ich Ihnen dafür dankbar bin.«

»Bedanken Sie sich nicht bei mir«, sagte Cassandra. »Unterstehen Sie sich. Zoe ist meine Tochter. Jamal ist mein Patenkind. Für Sie habe ich gar nichts getan.«

Mary blickte in Cassandras strenges, vom Tod gezeichnetes Gesicht.

»Nein«, sagte sie. »Vermutlich nicht. Tut mir leid.«

»Schon in Ordnung«, sagte Cassandra. »Das sind schwere Zeiten. Da kann ein Mädchen schon mal außer Tritt geraten.«

»Das stimmt.«

»Tja, nun«, sagte Cassandra, und sie verzog kurz das Gesicht, als sie sich von der Bettkante erhob. »Wollen wir runter zu unseren Gästen gehen?«

»In Ordnung«, sagte Mary. »Ja, wir sollten wieder nach unten gehen.«

»Bringen Sie lieber erst Ihr Gesicht ein bißchen in Ordnung.«

Mary drehte sich zum Spiegel um. »O je, ja«, sagte sie.

Cassandra trat neben sie. »Schätzchen, haben Sie's schon mal mit wasserfester Wimperntusche probiert?«

»Einmal«, sagte Mary. »Sie war mir zu dick.«

»Tja, man hat sie verbessert. Einmal mehr hat sich die Technologie zu unseren Gunsten durchgesetzt.«

»Vielleicht versuche ich es mal.«

»Heutzutage«, sagte Cassandra, »ist das mehr oder weniger eine Notwendigkeit.«

»Vermutlich ja.«

»Da gibt's gar keinen Zweifel. O mein Gott, ist das Opium?«

»Hmm. Möchten Sie ein bißchen probieren?«

»Einen kleinen Tupfer vielleicht. Es geht doch nichts über ein wirklich gutes Parfüm, das den Gestank der Sterblichkeit von einem nimmt.«

»Cassandra.«

»Ein Scherz, meine Liebe. Ehrlich, wie sind Sie nur all die Jahre ohne wasserfeste Wimperntusche oder viel Sinn für Humor zurechtgekommen?«

»Nun ja, leicht ist es nicht gewesen«, sagte Mary.

»Nein. Richtig leicht ist es für niemanden, stimmt's? Nicht mal für Dornröschen in ihrem Schloß.«

»Ich bin nicht annähernd so sicher, wie Sie meinen.«

»*Sicher?*« sagte Cassandra. »Schätzchen, meiner Meinung nach sind Sie total *verkorkst.* Aber Sie haben das Herz am rechten Fleck ... Und jetzt kommen Sie. Bessern Sie Ihre Wimperntusche aus.«

1994 Constantine lag in dem riesigen Bett und sah Magda beim Ausziehen zu. Alles war jetzt wieder freundlich, mehr oder weniger freundlich. Schon recht, es war nicht genau das, was er gewollt hatte. Es war nicht ganz der Glamour, den er sich vorgestellt hatte, die ganze Gabor-Sisters-Sache. Aber er hatte hier zumindest einen Teil davon. Er hatte ein großes Haus, ein wunderschönes Stück Land und eine Frau, die etwas hermachte. He, sie war zwar nicht Mamie Van Doren, aber sie hatte soviel Format und Auftreten, daß den anderen Frauen himmelangst um ihre Männer wurde. Wenn er was zum Vögeln wollte, konnte er jederzeit in die Stadt fahren und sich eine Hure besorgen. War nicht schwerer, als sich einen Kasten Bier zu holen. Sein Geschlechtsleben blieb abwechslungsreich – manche von den Mädels verstanden sich auf ihr Gewerbe, und selbst in seinem Alter juckte es ihn noch, wenn eine Neue in seinen Wagen stieg. Ein Mischmasch aus Lust und Nervosität, wie ein junger Bursche. Das hatte er nach wie vor, er, ein siebenundsechzigjähriger Kerl, dessen Herz schon einmal versagt hatte. Dank der Huren hatte er Abwechslung, und er hatte seine Frau mit ihrer trotzig steifen Wikingerart, er hatte einen prächtig gedeihenden Garten, und er hatte seine Enkel. Er hatte das Segelboot, das er Ben gerade gekauft hatte. Dieser wunderbare Junge, dieses Kind, das einfach alles konnte, sich durch nichts aufhalten ließ. Gar nichts. Er war hübsch und kräftig, klug und reich. Constantine war immer noch hingerissen, wenn er daran dachte, wie er mit Ben das Segelboot kaufen gegangen war, ein sechs Meter langes Rhodes, schnell, ein ganz ordentliches Boot für einen Knaben, der erst vierzehn war, aber er würde schon damit klarkommen. Er wollte gefordert werden. Magda zog ihren BH aus, als ob ihre Titten eine Art Geheimwaffe im Krieg wider die Männer wären. Wen kümmerte es? Das hier war Glück. Eine Art Glück. So ließ es sich fortan leben. Man dachte nicht mehr soviel über sich nach, der ganze Ehrgeiz ließ nach, das Bedürfnis, sich aufzuspielen. Das legte sich, und man gab sich immer mehr damit zufrieden, daß man ein Mann war, den seine Enkel lieben und achten konnten. Die Kinder standen einem zu nahe, die hatten zu viele Fehler aufgeschnappt, die man einst als junger Mann gemacht hatte. Aber die Enkel. Seinen Kindeskindern gab man das Beste vom Besten. Man redete mit ihnen, ermutigte sie. Man hegte und hätschelte sie genauso, wie man einen Urwaldvogel aufpäppeln mochte, der hundert Jahre alt werden konnte. Man kaufte ihnen ein Segelboot, richtete es auf den Horizont aus und stieg hinein. Kommt schon, sagte man. Auf geht's. Der Alte will in See stechen. Er sah sich förmlich durchs Wasser pflügen.

Ben liebte alles, wofür das Boot stand. Es kündete von seinen Fähigkeiten, der vielversprechenden Zukunft, die ihm bevorstand. Er dachte daran, wie die Lichter im Haus seines Großvaters dem Ozean trotzten, und er dachte an den Hafen in der Bucht, wo das Boot wartend im schwarzen Wasser schaukelte. Er sah, wie sich der Ozean in die Ferne erstreckte, bis er auf die Sterne stieß, und er sah all die Sternbilder mit ihren bewohnten Planeten, eine so gewaltige Vielzahl von Welten, daß es auf irgendeiner auch einen Jungen wie ihn geben mußte, einen Jungen mit seiner Stimme, seinem Körper und seinen Gedanken, aber ohne die andere Sache. Es kam ihm so vor, als könne er in das Boot steigen und zu dieser anderen Welt segeln, sich selbst begegnen. Er war der geborene Seemann. Er konnte größer werden und sich ändern, vielleicht noch vor seinem siebzehnten Geburtstag einen Geschwindigkeitsrekord im Überqueren des Atlantiks aufstellen. Im *National Geographic* würde etwas über ihn stehen. Man würde ein doppelseitiges Hochglanzfoto von ihm bringen, wie er mit bloßer Brust in der glitzernden Gischt stand, mit so ernster und entschlossener Miene wie die Gesichter auf den Münzen, und sobald dieses Bild veröffentlicht werden würde, wäre er sein eigener Zwillingsbruder. Er lag auf seinem Bett und gab sich diesem Glücksgefühl hin, dieser Gewißheit. Das hier, dieses Jetzt, gehörte der Vergangenheit an. Er streifte sie gerade ab. Alles mögliche konnte geschehen, er konnte spüren, wie er sich änderte. Dann hörte er Onkel Wills Stimme von unten, gefolgt von Onkel Wills hohem, keuchendem Gelächter. Als einen Augenblick später die Tür zu seinem Zimmer aufging, schlug Bens Freude augenblicklich in Entsetzen um, so als werde er bei etwas Schändlichem ertappt.

Susan hatte vergessen anzuklopfen. Sie versuchte immer daran zu denken. Er war fast fünfzehn, er brauchte seine Privatsphäre. Doch es fiel ihr schwer, daran zu denken, weil er anscheinend keinerlei Geheimnisse hatte, nie mürrisch oder verdrießlich war, wie sie es von einem pubertierenden Sohn erwartet hätte. Sein Leben kam ihr immer noch so sanft und rein vor, genau wie seine Haut. »He«, sagte sie. »Entschuldigung, daß ich nicht geklopft habe. Ich habe mir Sorgen um dich gemacht. Geht's dir gut?« Er sah nicht besonders gut aus. Er war so rasch vom Bett aufgestanden. Das sah ihm nicht ähnlich. Er erklärte ihr, daß alles in Ordnung sei. Sie stand unter der Tür, nickte, hatte noch immer die Hand am Knauf. Manchmal mußte sie ihn einfach angucken. Sie war zunehmend erstaunt und zugleich erleichtert, daß sie ihren Teil zu diesem Jungen beigetragen hatte, diesem herrlichen Menschenkind, das nur Einsen bekam, ohne sich dafür zu plagen, das ein sportliches Naturtalent war und – das Wunderbarste überhaupt – niemals andere Kinder drangsalierte, die ihm meistens so oder so unterlegen waren. Es kam ihr vor wie eine Art Erlösung. Wenn sie religiös gewesen wäre, hätte sie es als ein Zeichen für Gottes Zustimmung betrachtet, seine Anerkennung für alle unsere Mühen und seine Bereitschaft, über unser schwaches, mutwilliges Fleisch hinwegzusehen. Sie und Todd hatten einen Jungen aufgezogen, dessen freundliche und trotz aller Fähigkeiten bescheidene Art das Haus mit Leben erfüllte. Er war ihre Vergebung; er war der Grund für alles. »Bist du sicher, daß alles in Ordnung ist?« fragte sie ihn. Und widerwillig – weil er nun einmal so war, wie er war: ein Junge, der sichtlich unter seinen gelegentlichen Unmuts- und Eifersuchtsanfällen litt – erklärte er ihr, daß er Onkel Will nicht so besonders mochte. Sie saugte an ihrer Unterlippe. Oh, Billy. Sie wollte sich nicht gegen ihn wenden, sie hatte ihn gekannt, als er noch so klein und hilflos gewesen war. Sie wußte genau, in wieviel Leid ihn ihr Vater und ihre Mutter verstrickt hatten. Doch gleichzeitig verstand sie auch die Ablehnung ihres Sohnes. Obwohl sie sich insgeheim schmerzlich dafür schämte, zollte sie ihm sogar Beifall. Die Welt, in der ihr Sohn lebte, bestand aus schlichter Tugendhaftigkeit; für ein Leben, wie Billy es sich geschaffen hatte, war darin kein Platz. Überrascht stellte sie fest, daß sie sowohl ihren Sohn verehren als auch Billy lieben konnte, und daß sie ihren Sohn sogar irgendwie bewunderte, weil er Billy nicht mochte. Sie ermahnte Ben, wies ihn darauf hin, wie wichtig es sei, daß man zu allen Menschen tolerant war. Sie erklärte ihm, daß Onkel Will ein guter Mensch sei, und daß wir doch großherzig zu allen Menschen sein wollen, selbst wenn wir ihre Einstellung nicht gänzlich billigen. Sie mußte Bens wohlbegründetem Schicklichkeitsempfinden entgegenwirken, seinem zunehmenden Haß auf alles Andersartige. Ben pflichtete ihr bei – sie hatte es auch nicht anders erwartet –, sogar wenn sie sich selbst nicht ganz beipflichten konnte. Sie fragte ihn, ob er nicht zum Nachtisch mit nach unten kommen wolle. Sie versprach ihm, daß er hinterher gute Nacht sagen und sich wieder auf sein Zimmer verziehen dürfe.

Todd war erleichtert, als Susan und Ben zurückkamen. Er mochte nicht allein mit ihrem Bruder sein. Nicht daß er wegen so etwas nervös wäre. Seine Anwesenheit war ihm eher peinlich, als daß sie ihm körperliches Unbehagen bereitete. Komisch, ein komisches Gefühl. Strenggenommen nicht einmal seine Anwesenheit, weil sie sich jederzeit über das Schulwesen unterhalten konnten. Glücklicherweise war der Typ Lehrer. Jedesmal wenn man Todd und Will allein ließ, kam einer von ihnen auf den erbärmlichen Zustand des amerikanischen Bildungswesens zu sprechen, und das hechelten sie dann durch, bis Susan zurückkam und sie erlöste. Es lag also gar nicht an der Anwesenheit an sich. Irgendwie hatte ihr Bruder eine zu ungebärdige Art an sich. Es war, als hätte sich ein Vogel ins Haus verflogen. Seine Anwesenheit erzeugte das gleiche verrückte Angstgefühl. Man würde es sich nie anmerken lassen, aber trotzdem hatte man Angst vor einer Lerche oder einem Rotkehlchen, selbst vor einem Spatz, der frei im Haus herumschwirrte. Es traf einen einfach. Diese Unmäßigkeit, dieses Leben, das sich nicht an seinem angestammten Ort befand. Als Susan und Ben hereinkamen, hatte er das Gefühl, als ob der Vogel eingefangen worden wäre.

Will war immer wieder über Susan verblüfft, selbst wenn sie nur ein paar Minuten weggewesen war. Sie alterte, und das überraschte ihn. Nicht das Altern an sich, sondern daß aus ihr eine dieser verkniffenen, gelackten Frauen geworden war, von denen man sagte: ›Sie war einmal eine Schönheit.‹ Er war überrascht, daß Susan einmal eine Schönheit *gewesen war*, daß sie sich so dem Verfall anheimgab. Als ihr Sohn sich teilnahmslos auf seinen Stuhl fallenließ, sagte sie: »Er hat zu hart an diesem wissenschaftlichen Projekt gearbeitet. Ich werde ihm ein bißchen Nachtisch geben, und dann schicke ich ihn wieder zu Bett.« Eigentlich war es abartig, daß Susan mittlerweile so erschöpft wirkte, während Zoe besser aussah denn je zuvor. Zoe, die krank war und ohne Geld mit einem Kind im East Village lebte. Zoe war dieser Tage so blaß und zart wie eine Rose. Na ja, Susan hatte sich das alles selbst eingehandelt, oder etwa nicht? Sie hatte sich auf einen Anwalt eingelassen und auf eine Kolonialstilvilla in Connecticut; sie hatte sich verpflichtet, das teure Weibchen zu spielen. Und die Anstrengung, die sie das kostete, hinterließ allmählich ihre Spuren. Man zahlte eben seinen Preis für ein derart geregeltes Dasein, diese ganze Fügsamkeit. Will liebte Susan, und zugleich bemitleidete er sie und achtete peinlich genau auf jedes Anzeichen dafür, wie unglücklich sie war. Es war durchaus verständlich, daß sie für alles büßen mußte, was ihr zuteil geworden war. Er hatte Schuldgefühle deswegen, doch er konnte nicht umhin, dieser ganzen, heilen republikanischen Welt eine gewisse Strafe zu gönnen, diesem falschen Farmhausambiente, diesem beschränkten Ehemann, der politisch allenfalls eine Idee links von Hitler stand, und diesem Sohn, der mit soviel selbstverständlichem Wohlstand aufwuchs, daß er sich einmal zu einer wirklichen Gefahr für die Welt entwickeln konnte. Will überstand diese Besuche bei seiner Schwester, doch er genoß sie nicht. Hinterher erzählte er Harry immer, er komme sich dabei vor wie ein Anthropologe, der Brauchtum und Besonderheiten einer alten Kultur aufzuzeichnen versuche, die unter der Last ihres eigenen geschichtlichen Bewußtseins zugrunde gegangen war, in ihrem Beharren darauf, daß ein Leben ohne jede Veränderung möglich sei. Beim Gedanken an Harry stand Will auf, entschuldigte sich und ging zum Telefon im Herrenzimmer. Er sagte, er habe vergessen, Harry anzurufen und ihm mitzuteilen, daß er gut in Connecticut angekommen sei, doch genaugenommen wollte er nur Harrys Stimme hören, weil er Trost brauchte angesichts all dieser Eichenschränkchen und alten Spiegel, der Amischendecken, Kupferpötte und betulichen Chintzkissen, und auch eingedenk der Tatsache – obwohl er sich das nie eingestand –, daß sich weder der Gatte noch der Sohn in seiner Gesellschaft gänzlich wohl fühlten und seine Anwesenheit nur duldeten, weil er Susans Bruder war. Er wollte von Harry daran erinnert werden, daß diese Menschen nicht unbedingt die Oberhand behalten mußten.

»Hallo?«

»Hi. Ich bin's. Ich bin angekommen.«

»Ist alles in Ordnung?«

»Klar. Mehr oder weniger.«

»Treiben sie dich bereits zum Wahnsinn?«

»Ja. Eindeutig.«

»Kannst du sprechen?«

»Nicht richtig.«

»Du hast es bald hinter dir. Ein Wochenende dauert nur zwei Tage, und hier erwartet dich eine Flasche Scotch.«

»Gut.«

»Und ich. Ich warte ebenfalls.«

»Noch besser.«

»Und jetzt geh zurück und sei freundlich zu den Republikanern. Sie haben die Wahl verloren, es läuft nicht mehr so, wie sie wollen.«

»Glaubst du das wirklich?«

»Nein. Ich versuche bloß, dich aufzumuntern.«

Zoe inhalierte durch das Plastikröhrchen. Sie fragte sich, ob sie dabei lächelte. Sie betrachtete Will und Susan, die wiederum sie betrachteten. Sie war jetzt irgendwo anders. Dort, wo sie jetzt war, gab es nach wie vor die Übelkeit, die Last in ihrer Lunge, die Mattigkeit, die sie niederdrückte, so als würde ihr Leib von winzigen Tauen festgehalten. Es gab den Schmerz und die Atemnot, die gleiche Furcht, doch mit der konnte sie jetzt leben. Sie ging allmählich in ihrer Krankheit auf, und sie betrachtete ihren Bruder und ihre Schwester wie von fern, so als säße sie in einem Zug und sie stünden am Bahnsteig und sähen ihr nach. Und so als säße sie in einem Zug, verspürte sie eine Mischung aus Trauer und Erleichterung, eine überraschende und trotzige Zufriedenheit ob der Tatsache, daß sie irgendwo hinfuhr, während die anderen zurückblieben. Allmählich erkannte sie, daß das Sterben nicht so schwer sein würde, wie sie erwartet hatte. Sie erkannte, daß sie einfach dahinscheiden konnte. Sie konnte in ihrer Krankheit aufgehen und sich keinerlei Sorgen mehr machen; sie brauchte sich nicht mehr festzuklammern. Sie konnte sich ihr hingeben. Ihre Schwester sagte etwas. Zoe hob die Hand, was wegen der unsichtbaren Taue ihre ganze Kraft erforderte. Sie legte ihre Hand auf Susans. Susan brauchte Trost. Zoe war froh, daß sie das tun mußte, weil sie etwas davon verstand; es war etwas Einfaches, Normales. Dann kam ihre Mutter mit Jamal zurück und stand hilflos da, gut gekleidet, die Hände auf Jamals Schulter. Als Zoe Jamal sah, löste sie sich aus der Krankheit und kehrte in das Zimmer zurück, weil sie keine, aber auch nicht die geringste Freude bei dem Gedanken empfand, daß sie ihren Sohn verlassen würde. Unschlüssig stand er da. Er schaute sie mit ärgerlich funkelnden Augen an, so als erkenne er sie nicht. Seinetwegen versuchte sie in diesem Zimmer zu bleiben. Sie versuchte so zu riechen wie sonst. Lächelte sie? Sie hob ihre Hand von Susans und hielt sie Jamal hin. Er wich zurück, und zum erstenmal vernahm Zoe eine Stimme, die keine Stimme war, die nicht in Worten sprach, sondern wie ein Stein durch sie rollte. Gönne ihm sein Entsetzen, seinen Haß und alle

Liebe, an die er sich aus freien Stücken erinnern mag, und laß ihn sein. Sie nahm es sich vor, und ein Glücksgefühl überkam sie, eine Gelassenheit, die tiefer und schwerer war als jeder Schlaf. Doch dann beschloß sie, sich zur Wehr zu setzen. Schwer atmend harrte sie im Zimmer aus, bis Will endlich ein Einsehen hatte und alle fortschickte.

Jamal hielt es nirgendwo mehr aus. Er hielt es allein nicht aus, nicht zu Hause und auch nicht mehr bei Cassandra, da jetzt auch dort die Krankheit war. Er konnte mit Delores zusammensein. Diese eine Möglichkeit gab es. Delores war ungehobelt und ziemlich häßlich, und sie scherte sich um nichts. Mit ihr konnte er zusammen sein. »He, Baby«, flüsterte sie. »Mach's auf der Stelle mit mir.« Er machte es mit ihr in verlassenen Häusern, er machte es mit ihr in der Küche ihrer Schwester, und er machte es mit ihr am hintersten Ende vom Bahnsteig der Linie E. Sie hatte kräftige, dralle Schenkel und ein feistes Gesicht, sie schielte leicht und war total heiß und naß zwischen den Beinen. Er stieß hinein und verlor sich darin. Bei ihr konnte er sich vergessen, bis er nur mehr die Hitze wahrnahm, ihre üppigen Brüste und den Duft nach Lippenstift und Vanilleparfüm. Er liebte sie nicht, weder ihre Eigenarten noch das kinohafte Gehabe, doch er liebte dieses Versinken. Er liebte das Eindringen. Sie machten es überall. Sie machten es auf Dächern, auf dem Pier an der Christopher Street und unter dem Portal der ukrainischen Kirche. Sie biß ihn, flüsterte seinen Namen. Sie faßte mit den Händen um seinen Arsch, damit er noch heftiger zustieß, wollte ihn nur in sich haben. Er dachte an nichts anderes. Wenn er nicht mit ihr zusammen war, holte er sich einen runter oder überlegte, wann und wo er sich das nächste Mal einen runterholen würde. Tagein, tagaus trieb ihn der Gedanke an sie um. Als er einmal neben seiner schlafenden Mutter im Krankenhaus saß und niemand sonst im Zimmer war, holte er sich dort einen runter. Er rieb sich durch die Tasche seiner Jeans, während sie mühsam durch das Röhrchen einatmete, ausatmete, wieder einatmete. Er konnte nicht anders. Er lebte jetzt mit dieser Begierde. Nur einmal hielt ihn ein Gedanke zurück. Er und Delores gingen die Avenue B entlang, und es war bereits so dunkel, daß man es in den Büschen am Tompkins Square Park machen konnte, und genau dorthin hatte Delores ihn hingeführt, doch er hielt sie zurück. Er sagte, es sei nicht sicher genug. »Klar«, sagte sie. »Aber auf der Kirchentreppe, da war es sicher?« Er ließ sich nicht umstimmen. Er ging von ihr weg, verließ den Park. Sie folgte ihm. Sie jammerte, und er konnte sich nicht rechtfertigen. Er erklärte ihr nicht, daß man vom Park aus die Fenster von Cassandras Wohnung sah und daß er es dort nicht machen konnte. Er brachte es dort nicht fertig.

Cassandra machte sich nicht die Mühe, das Licht einzuschalten. Sie saß im Dunkeln, rauchte und hörte Musik. Als Mary an der Tür klingelte, drückte sie auf den Summer, knipste die Lampe auf dem Klauenfußtisch an. Jetzt bekam die Finsternis einen Stich Farbe, einen Honigton hinter den dunklen, treibenden Flecken. Cassandra entriegelte die Tür, wartete. Sie konnte Marys Schritte hören, und sie konnte Marys Parfüm riechen. Heute war es Joy, drei dreißig der Flacon.

»Hallo«, sagte Mary.

»Hi, Schätzchen«, erwiderte Cassandra. »Kommen Sie rein, legen Sie den Mantel ab. Wie geht's Zoe?«

»Ein bißchen besser, glaube ich. Man hat ihr irgendwas gegeben, damit sie besser schlafen kann.«

»Ich möchte sie sobald wie möglich aus dem Krankenhaus rausholen«, sagte Cassandra. »Krankenhäuser sind gefährlich.«

»Nun ja, man scheint sich dort ziemlich gut um sie zu kümmern.«

»Schrecklich ist es dort, lassen Sie sich nicht täuschen.«

»Nun ja«, sagte Mary. »Im Augenblick haben wir wohl kaum eine andere Wahl. Nicht wahr?«

»Nein. Haben wir nicht.«

»Haben Sie etwas gegessen?« fragte Mary.

»Hmm.«

»Was haben Sie gegessen.«

»Ein bißchen Suppe«, sagte Cassandra.

»Sonst nichts?«

»Ich wollte nichts weiter. Drängen Sie mich nicht, meine Liebe.«

»Ist Ihnen nach Vorlesen zumute?« fragte Mary.

»Einen Moment noch. Ich möchte Ihnen etwas geben.«

Cassandra ging zu dem Frisiertischchen und kramte herum, bis sie die Perlenkette fand.

»Hier«, sagte sie und hielt sie in die Richtung, in der sie Mary vermutete.

»Oh, die kann ich nicht annehmen.«

»Bitte, ich trage sie so gut wie nie, und sie war, offen gesagt, einer meiner größten Fänge. Tiffany oder Cartier habe ich nie geknackt, dort passen sie zu gut auf. Aber glauben Sie mir, selbst so was wie das hier aus einem Laden wie Bergdorf's rauszukriegen, war alles andere als 'ne Kleinigkeit. Ich habe mich ja hauptsächlich dem Tand hingegeben, und diese Halskette ist eins meiner wenigen Besitztümer, die ich mir an Ihnen vorstellen kann.«

»Nein, also wirklich.«

»Machen Sie mir die Freude. Nehmen Sie von einer alten Tunte ein paar Perlen entgegen. Probieren Sie sie wenigstens mal an.«

»Nun ja. Von mir aus.«

Mary nahm die Perlen. Cassandra konnte hören, wie sie den Verschluß einhakte.

»Wie sieht sie aus?« fragte sie.

»Sie ist wunderschön.«

»Sie können sie ruhig gleich nehmen. Ich will sie Ihnen sowieso vermachen. Und offen gesagt, Schätzchen, wenn es soweit ist, herrscht hier ohnehin die große Selbstbedienung. Ich kenne Tunten, die können ein Zimmer schneller ausräumen, als Sie die Bettlaken wechseln.«

»Nun ja«, sagte Mary. Beide schwiegen.

»Ist mit Ihnen alles in Ordnung?« fragte Cassandra.

»Mir geht's bestens.«

»Gut.«

»Wissen Sie, ich habe Ihnen das nie erzählt ...« sagte Mary.

»Werden Sie jetzt bitte nicht sentimental. Mir ist im Augenblick nicht danach zumute.«

»Ich werde nicht sentimental. Ich wollte Ihnen erzählen, daß ich früher ebenfalls Dinge mitgenommen habe.«

»Wie bitte?«

»Ladendiebstahl. Ich habe das früher ebenfalls getan.«

»Tja, hat man denn Töne«, sagte Cassandra.

»Ich weiß nicht, wieso ich das getan habe. Ich habe nie etwas Großes genommen.«

»Da ist gar nichts Geheimnisvolles dabei. Man möchte irgendwelche Sachen, geht doch jedem so. Die ganze Welt ist voller Kram, und man möchte halt was davon haben.«

»Aber ich hätte mir diese Dinge auch einfach kaufen können.«

»Ihnen ging's also um den Reiz. Sie haben eine kriminelle Ader. Bedenken Sie doch bloß, daß wir in einem anderen Leben durchaus Zellengenossinnen hätten sein können.«

»Ich wurde einmal festgenommen«, sagte Mary.

»Ich bin, oh, lassen Sie mich mal nachdenken. Ich bin fünf- oder sechsmal festgenommen worden, glaub' ich. Knastphantasien, obwohl die richtig guten niemals in Erfüllung gehen.«

»Ich habe das noch nie jemandem erzählt. Mein Mann weiß es, aber unsere Kinder nicht.«

»Und jetzt haben Sie gestanden. Kommen Sie sich jetzt anders vor?«

»Eigentlich nicht.«

»Meiner Ansicht nach werden Geständnisse mächtig überbewertet.«

»Ich habe das Buch mit, das Sie wollten«, sagte Mary.

»Haben Sie es gemopst, Schätzchen.«

»*Nein*, ich habe es gekauft. Ich habe seit Jahren nichts mehr genommen. Ich habe einfach damit aufgehört. Ich weiß wirklich nicht, wieso ich angefangen habe, und ich weiß auch nicht, wieso ich aufgehört habe.«

»Wir sind eben rätselhafte Wesen.«

»Ja. Vermutlich sind wir das. Ich hatte auch lange Zeit diese Anfälle von Atemnot. Ich habe Valium dagegen genommen, und dann haben sie nach und nach einfach von selbst aufgehört. Nun ja, größtenteils jedenfalls. Ich bekomme sie nicht mehr so häufig, daß ich deswegen Pillen nehmen muß.«

»Ich habe immer schon behauptet, daß man seine Neurosen entweder selber heilen oder einfach aussitzen kann.«

»Kann schon sein.«

»Wie geht es Ihnen?« sagte Cassandra.

»*Ich?* Mir geht's bestens. Wie geht es *Ihnen?*«

»Mir geht's ebenfalls prima, Schätzchen.«

Mary nahm Cassandras Hand. »Alles wird gut werden«, sagte sie.

»Bitte.«

»Ich meine, mit Jamal wird alles gut werden. Ich werde mich um ihn kümmern.«

»Gut.«

»Er ist ein lieber Junge.«

»Er ist ein *wilder* Junge«, sagte Cassandra. »Und er hat ein großes Herz. Sehen Sie zu, daß Sie ihn nicht zu sehr einengen. Das schaffen Sie eh nicht, und Sie machen sich dabei bloß unglücklich.«

»Ich werde mein Bestes tun.«

»Mehr können wir auch nicht tun, nicht?«

Mary berührte die Perlen um ihren Hals. »Sie sind zauberhaft«, sagte sie.

»Hm? Oh, die Perlen. Ja.«

»Wieso setzen Sie sich nicht. Sie sind bestimmt müde.«

»Bin ich auch, ein bißchen.«

Mary geleitete Cassandra zu einem spindelbeinigen, mit hellblauem Samt gepolsterten Zweisitzer. »Den habe ich aus dem Damenklo im Bonwit Teller geklaut«, sagte Cassandra.

»Diesen Zweisitzer? Wie haben Sie denn das gemacht?«

»Es war nicht einfach, meine Liebe. Ich wette, Sie haben nicht mal was halb so Großes hingekriegt.«

»Nein«, sagte Mary. »Habe ich nicht.«

Cassandra bettete sich mit einem Kissen unter dem Kopf hin. Mary ließ sich auf einem Lehnstuhl neben ihr nieder.

»Möchten Sie irgend etwas?« fragte Mary. »Ein Glas Wasser? Eine Tasse Tee?«

»Nein. Gar nichts. Fangen Sie an.«

Mary schlug das Buch auf.

»Ich hatte eine Farm in Afrika, am Fuß der Ngong-Berge.«

1994 Tante Zoe hatte beschlossen, ihren Leib sterben zu lassen und dennoch weiterzuleben. Genau das sagte sie als sie in eine Decke geschlungen, auf der Terrasse von Bens Großvater saß. Tante Zoe strahlte eine kalte weiße Glut ab, eine gleißende tote Farblosigkeit. Sie trug eine Sonnenbrille, und trotz der Decke fröstelte sie an diesem warmen, klaren Oktobertag.

Zoe konnte die Bäume hören. Rastlos tauschten sie Erinnerungen aus. Sie lebten in Echtzeit, sie sahen aus, als stünden sie still. Zoe beherrschte ihre Sprache nicht, doch sie wußte, daß sie alles wahrnahmen. Was hatte ihr Vater gesagt? Das sind meine Eiben. Als ob sie ihm gehörten.

Tante Zoe lachte ohne jeden Grund. Bens Mutter saß auf einem Segeltuchstuhl bei ihr wie das blühende Leben neben dem Tod. Bens Mutter strahlte. Schlank und kerzengerade wie eine Sonnenblume saß sie in ihrer roten Bluse da. Sie sprühte derart vor Energie und Gesundheit, daß ihr Haar in dem sanften, goldgetönten Oktoberlicht förmlich Funken schlug. »Zoe, mein Schatz«, sagte Bens Mutter, »schau nur, was wir für einen wunderschönen Tag haben.«

»Ja«, antwortete Tante Zoe. Bens Mutter legte ihre Hand auf Tante Zoes angezogenes, von der Decke verhülltes Knie. Sie war nervös, und sie liebte Tante Zoe, und sie war ihrer auch müde. Sie wünschte sich einen großen Besen mit stählernen Borsten, einen Besen, der fürs Großreinemachen taugte wie nie ein anderer zuvor.

Susan war die Betroffene. Sie, die am vollkommensten war, am aufrechtesten und ehrgeizigsten. Alle Unwägbarkeiten des Schicksals trafen sie, Will und ich konnten uns immer davonstehlen. Wir haben uns ausgelebt; sie gab sich der Pflicht hin. Kommt nicht in all den Geschichten, in denen sich ein Mann von einer Hexe, einem Untier oder einem Fisch zuviel wünscht, auch eine Tochter vor, deren Aufgabe es ist zu sterben?

»Susan«, sagte Tante Zoe. »Susan.«

»Schh«, sagte Bens Mutter. »Ruh dich einfach aus, streng dich nicht so an.«

Tante Zoe blickte durch ihre Sonnenbrille ins Leere. Sie nickte, so als stünde dort etwas geschrieben, dem sie beipflichtete. Bens Mutter streichelte weiterhin ihr Knie, als gelte es, tiefe Falten zu glätten. Ben stand am anderen Ende der Terrasse. Er war überrascht, wie lange das Sterben dauerte und wie gewöhnlich es war. Er hatte es sich dramatischer ausgemalt, eine Vielzahl von Ereignissen, die alle in ihren Bann sogen und schließlich in einem großen, schrecklichen und zugleich auch befriedigenden Gefühl des Verlustes gipfelten. Nie hätte er sich dieses verlegene Schweigen vorgestellt, diese langsam dahinrinnenden Stunden vor laufendem Fernsehgerät.

Ben hatte diesen Zug an sich, dieses verrückte Temperament. Es war sein Geheimnis und seine Rettung. Es war sein Los. Zoe sprach mit ihrer anderen Stimme. Sie trug Ben auf zu überleben, obwohl Kinder nie auf Ratschläge hörten.

Langsam drehte sie ihren verrückten Kopf und starrte ihn an. Er betete darum, daß sie irgendwo anders hinschaute.

Still und schweigsam kamen Bens Großvater und Onkel Will auf die Terrasse. Durch Tante Zoes Verrücktheit waren sämtliche Meinungsverschiedenheiten aufgehoben, beigelegt, und Großpapa und Onkel Will konnten auf die Terrasse kommen wie jeder Vater mit seinem Sohn. Onkel Will kleidete sich wie ein Sohn, wie jemand Harmloses. Er trug Jeans und ein kariertes Flanellhemd.

»He, Mädels«, sagte Bens Großvater. Ben konnte sich vorstellen, wie er als Vater gewesen war. Er mußte freundlich und großzügig gewesen sein. Er mußte jeden Abend Geschenke mitgebracht haben. Vermutlich hatte er mit vollen Armen unter der Haustür gestanden und ›He, Mädels‹, gerufen.

Tante Zoe blickte weiter in die Luft. Sie nickte noch immer.

Es war zu voll. Zuviel altes Verlangen, zu viele Vorsätze. Zoe lauschte den Bäumen, die ihr Vater zu besitzen meinte. Ihre Sprache war zu alt, als daß man sie verstehen konnte. Zoe sah sich im Pyjama, wie sie in ein jähes, blendend weißes Licht zu lächeln versuchte. Sie sah ihren Vater und Susan in mildes Weiß gehüllt. In jeder Geschichte gibt es eine Tochter, deren Aufgabe es ist zu sterben.

»Das ist nicht die Lösung«, sagte Tante Zoe. »Glaube mir.«

Onkel Will kauerte neben ihr nieder. Ben stand bei den Töpfen mit dem Immergrün und beobachtete ihn von weitem. Onkel Will flüsterte Tante Zoe etwas zu, während sie weiter irgendwelche Gesichter betrachtete.

»Hier draußen ist es schön sonnig«, sagte Bens Mutter. »Ich glaube, es tut ihr gut, einfach so in der Sonne zu sitzen.«

»Sprich bitte nicht in der dritten Person von Zoe«, sagte Onkel Will. »Sie ist hier bei uns. Nicht wahr, Kleines?«

Tante Zoe nickte weiterhin. »Ich bin nirgendwo sonst«, sagte sie.

»Klar, Liebes«, sagte Onkel Will. »Bist du müde?«

»Ja. Und nein.«

»Ein bißchen Ruhe würde dir bestimmt guttun, meinst du nicht?«

»Ja«, sagte sie. »Andererseits aber auch nicht. Weißt du, was ich meine.«

»Hmm. Jedenfalls glaube ich es. Das Bleiben fällt schwer, und das Gehen ebenso, stimmts?«

»Na ja, stimmt«, sagte sie. »Andererseits aber auch nicht.«

Will ließ sich nicht unterkriegen. Etwas in ihm hatte gelebt, ein reines, geballtes Licht, das inmitten aller Fehler und dummen An-

gewohnheiten brannte. Zoe berührte seine Brust, wenn auch nicht körperlich. Er strich ihr über die Haare. Er tat es mit seinen richtigen Händen.

Bens Großvater trat hinter Tante Zoes Stuhl. Er legte die Hände auf die Lehne, blickte auf ihren Kopf hinab. Er stand über ihr, als wäre sie eine Flamme.

»Ich habe vor, mit den Jungs eine Bootstour zu machen«, sagte er über Tante Zoes Kopf hinweg. »Heute ist großartiges Segelwetter.«

»Meinst du nicht, daß es zu windig ist?« fragte Bens Mutter.

Sein Großvater schaute zu Ben. Sein Großvater war braungebrannt und weißhaarig, der Mittelpunkt von allem. Ben dachte an das, was sein Großvater sah: die Bretter auf der Terrasse, Ben selbst, den breiten, vor dem Ozean auf- und abwogenden Streifen aus Dünengras. Ben versuchte ein Teil davon zu sein, ein Teil der Terrasse, des Ozeans und des Himmels, all der Dinge, die seinem Großvater Freude bereiteten.

»Was meinst du, Ben?« rief sein Großvater. »Isses zu windig?«

»Nein«, antwortete Ben, und er sah sich im Gesicht seines Großvaters, sah, wie es auf seinen Mut reagierte.

»Na denn, gehen wir«, sagte sein Großvater.

»Jawohl. Gehen wir.«

»Wo ist Jamal?« fragte Onkel Will.

»Genau«, sagte Bens Großvater. »Wo ist Jamal?«

»Ich finde ihn schon«, sagte Ben.

Er sprang über das Terrassengeländer, freute sich, daß er seine Gewandtheit unter Beweis stellen konnte. Er wußte, wo Jamal war. Wenn sie bei ihrem Großvater waren, verzog sich Jamal immer zu dem Wäldchen an der hintersten Ecke, wo die zerzausten und vom Seewind geduckten Kiefern standen. Dorthin waren er und Ben vergangenes Jahr immer gegangen, dort im Unterholz hatten sie ihr Geheimnis geteilt, während über ihnen die Kiefernnadeln rauschten und ihre Eltern auf der Terrasse saßen und Bier tranken. Ben fand es gut, daß Jamal von sich aus dort hinging, wenn er allein sein wollte, weil ihn das Haus seines Großvaters in all seiner Vollkommenheit überwältigte. Als er durch das Dünengras ging – wohl wissend, daß er von der Terrasse aus beobachtet wurde –, erfüllten ihn Stolz und ein reinigendes, angenehmes Reuegefühl. Er würde Jamal sagen, daß sie damit aufhören mußten. Sie mußten Verantwortung übernehmen; sie mußten an die anderen Leute denken. Es würde schwierig und zugleich auch erfreulich sein, ihm das mitzuteilen. Es wäre ein sauberer Schnitt, eine Art Tod. Ben wollte auf seine Rechtschaffenheit pochen. Jamal würde das bestimmt verstehen. Hinterher würden er und Jamal mit ihrem Großvater segeln gehen. Vielleicht konnte er Jamal all das beibringen, was Connie letzten Sommer nicht geschafft hatte. Wie Brüder würden sie an der Ruderpinne sitzen. Als Ben den Hang hinabstieg, der zu den Bäumen führte, erfaßte ihn ein Glücksgefühl, eine tiefe Freude, wie er sie seit einem Jahr oder noch länger nicht mehr erlebt hatte. Gleißend erstreckte sich der Ozean vor ihm, hie und da mit weißer Gischt gesprenkelt. Hinter ihm ragte das Haus in seiner dunklen Geradlinigkeit auf, dort saß seine Familie.

Sein Hochgefühl schwand, als er das Wäldchen erreichte und niemanden entdecken konnte. Er war sich so sicher gewesen, daß Jamal hier allein am Boden sitzen würde, verträumt an die schuppige braune Rinde eines Baumstamms gelehnt, einen Kiefernzapfen in den Händen. Alles hatte davon abgehangen, daß er Jamal hier finden würde, sich neben ihn stellen und ihm zärtlich, doch bestimmt seinen Entschluß mitteilen wollte. Um so beklemmender empfand Ben plötzlich diese Einsamkeit, diese Trostlosigkeit, so als sei er beim Betreten dieses Ortes, an dem sich Jamal eigentlich aufhalten sollte, versehentlich auf Empfindungen gestoßen, auf die Jamal ein größeres Anrecht hatte. Er überlegte, ob er Jamal suchen, ihn unter die Bäume zerren, zu Boden werfen und ihm sagen sollte – ja was? Daß er eine Erklärung forderte. Eine Art Erklärung.

Er ging bis zum anderen Ende des Waldes, in Richtung Ozean. Mißmutig schaute er hinaus aufs Meer und überlegte, ob er zum Haus zurückrennen und allen mitteilen sollte, daß Jamal wieder einmal verschwunden sei und daß er und sein Großvater ohne ihn mit dem Boot hinausfahren müßten. Dann sah er Jamal unten am Strand. Jamal stand am Rande der Dünung, ließ die Wellen um seine Knöchel spülen, hob Steine auf und warf sie ins Wasser. Ein ums andere Mal bückte er sich, hob sie auf und warf sie hinein, so als sei er dazu angestellt, den Strand von Steinen zu säubern. Ben rannte hinab. Er rief nicht nach Jamal. Er wollte es nicht so hinausposaunen.

Jamal hörte Ben nicht kommen, und Ben mußte an sich halten, damit er Jamal nicht an seinem weiten gelben T-Shirt packte und ihn gewaltsam herumriß. Er blieb mehrere Schritte hinter Jamal stehen. »He«, sagte er laut.

Jamal drehte sich um, und wieder änderte sich alles. Ben sah sein Gesicht, die erschrockene Miene, die nur er so kannte. Er sah seine Augen.

»Was ist los?« sagte Jamal.

Ben spürte, wie er von einem neuen, heftig aufwallenden Gefühl erfaßt wurde, das sich schlagartig mit seinem Ärger vereinte. Er war so voller Zorn und Zärtlichkeit, daß er meinte, er könne es nicht überstehen.

»Schau, was ich gefunden habe«, sagte Jamal. Er bückte sich und hob einen Möwenflügel auf. Der Flügel war grellweiß und von den steifen, gezackten Federn an der Spitze bis zu dem runden, gelblichen Knochenstück, wo er sauber wie mit einem Hackmesser abgetrennt worden war, rund einen halben Meter lang. Der Flügel war gebleicht, verdorrt, von allem Fleisch befreit. Er bestand nur mehr aus Knochen und Federn.

»Grausig«, sagte Ben.

»Irgendwie grausig«, sagte Jamal. »Und irgendwie auch großartig was?«

Mit dem Flügel in der Hand stand er da.

»Möchtest du segeln gehen?« sagte Ben.

»Ich weiß nicht.«

»Was hast du denn sonst vor?«

»Nichts.«

»Stimmt.«

»Hier gibt es nichts zu tun.«

»Beim Segeln gibt es was zu tun.«

Jamal hielt den Flügel mit beiden Händen und betrachtete ihn stirnrunzelnd, so als handle es sich um einen Schatz, vielleicht aber auch um eine Bürde.

»Okay«, sagte er. »Ich komme mit.«

Gemeinsam verließen sie den Strand. »Du willst den doch nicht mitnehmen, oder?«

»Ich glaube, ich möchte ihn behalten«, sagte Jamal. »Ich möchte ihn in die Stadt mitnehmen.«

Ben wußte, was ihr Großvater denken würde: Dieser verrückte Sohn der verrückten Tante Zoe bringt Überreste von toten Tieren mit nach Hause.

»Vielleicht solltest du ihn lieber hierlassen«, sagte Ben.

»Nein. Den möchte ich behalten. Ich will ihn in meinem Zimmer an die Wand hängen.«

»Manchmal bist du wirklich unheimlich.«

»Kann schon sein.«

»Der stinkt doch.«

»Ist mir egal.«

Jamal nahm den Flügel mit, als sie über den sandigen Hang hinauf zu dem Wäldchen liefen. Der Flügel in seiner Hand wirkte seltsam stimmig, so als wäre er hinauf in die Welt gezogen und brächte genau das mit, was man von ihm verlangt hatte, etwas Schreckliches und Sagenhaftes. Als sie sich im Schutz der Bäume befanden, blieb Ben stehen und sagte: »Warte mal einen Moment.«

»Was ist los?«

»Ich möchte mit dir reden.«

»Okay.«

Ungerührt stand Jamal da und wartete. Er musterte den Flügel, bohrte mit der Fingerspitze zwischen den Federn. Er war in dieses Stück Abfall verliebt, dieses Gruselteil. Blöde, so was von blöde. Dieser blöde Junge, und dennoch war Ben machtlos. Er war fest davon ausgegangen, daß Jamal hier sitzen würde, und jetzt stand er ihm gegenüber und sah Jamals Schönheit, seine ziellos unbekümmerte Art, die ganze Vielschichtigkeit von Jamals Wesen. Ben wurde von einer jähen Sehnsucht überwältigt, einem bohrenden, drängenden Liebesbedürfnis. Er sank in die Knie, zog am Saum von Jamals T-Shirt.

»Komm«, flüsterte Ben. »Sie können uns nicht sehen.«

Jamal blieb stehen. Straff spannte sich sein T-Shirt über Brust und Bauch, als Ben weiter daran zerrte. Die steifen Federn kitzelten Ben am Kopf. »Komm schon«, sagte er. Er wollte Jamal im Arm halten, seinen trotzigen Kopf an seiner Brust spüren. Er wollte ihn gewinnen, ihn trösten, sich seiner Zuneigung versichern. Für die Rechtschaffenheit war er verloren, er brachte es nicht fertig, rechtschaffen zu werden.

»Nein«, sagte Jamal.

Schwer atmend kniete Ben auf der Erde. Er sagte kein Wort. Er ließ Jamals T-Shirt nicht los.

»Ich will das nicht mehr machen«, sagte Jamal. »Tut mir leid.«

»Ich auch nicht«, versetzte Ben.

»Laß los.«

Ben ließ nicht los. Er sagte nichts.

»Ich habe eine Freundin«, sagte Jamal.

»Ich auch.«

»Wir sollten damit aufhören, okay.«

»Das ist das letzte Mal.«

»Nein.«

»Bitte«, sagte Ben.

Jamal blickte auf ihn herab. Die untere Hälfte seines Gesichts war teilweise durch den Flügel verdeckt.

»Mann«, sagte er. »Ich bin nicht schwul.«

Ben sagte nichts.

»Es hat nichts damit zutun, daß ich dich nicht mag«, sagte Jamal.

»Ich mag dich auch nicht. Wofür hältst du mich denn? Für deinen *Freund* oder so was Ähnliches?«

»Nein«, sagte Jamal. Seine Augen waren so schwarz und schillernd wie Kaffee. »Ich halte dich nicht für meinen Freund.«

Ben zog den Reißverschluß von Jamals Jeans auf. Er wollte sich vergessen, er wollte, daß Jamal aufhörte zu reden. Er wollte irgendwo anders hin. Er wollte sich nur vergessen. »Ben«, sagte Jamal. Ben hatte Jamals Schwanz herausgeholt. Nie zuvor hatte er das getan. Mit einem schwindelerregenden Gefühl der Erleichterung, so als stürze er aus großer Höhe, nahm er Jamals Schwanz in den Mund.

Er schmeckte allenfalls leicht salzig. Es war Jamal; es war der allergeheimste Teil seiner sanften, doch entschiedenen Schönheit. Ben legte die Hände auf Jamals schmächtigen Hintern, hielt ihn fest und gab sich dem Vergessen hin. Er konnte es kommen spüren. Der goldene, unschuldige Teil seines Wesens wich von ihm, doch es kümmerte ihn nicht, er wollte nur auf diese eine Weise leben – von einer gewaltigen, blinden Gier und Verehrung erfüllt.

»Hör auf«, sagte Jamal.

Ben hörte nicht auf. Er wollte nur mehr. Er hörte nicht auf, bis Jamal ihn an den Haaren zog und finster zu ihm herabblickte. »Ich glaube, ich habe jemanden kommen hören«, sagte Jamal.

Ben lauschte. Er hörte gar nichts. Überrascht spürte er, wie ihm eine Träne über das Gesicht lief. Er hatte sich vergessen. Er war nur mehr Begierde. Wieder langte er nach Jamal, doch Jamal entzog sich ihm und brachte seine Kleidung wieder in Ordnung. Ben kochte vor Scham und Leidenschaft. Er erhob sich. Kaum stand er auf den Beinen, als sein Großvater durch das Gestrüpp kam und mit lauter, wie berstendes Holz klingender Stimme sagte: »He, Jungs, was treibt ihr hier so lange?«

Ben wandte sich zu seinem Großvater um, ohne an die Träne zu denken. Unwirsch, so als handle es sich um eine Fliege, wischte er sie weg. Doch er wußte, daß sein Großvater sie gesehen hatte. Bens Gesicht glühte. »Hi, Großpapa«, sagte er, und seine Stimme klang zaghaft, nach seinem anderen Ich, dem mit den mädchenhaften Gelüsten.

Sein Großvater konnte genau sehen, was vorgefallen war. Dessen war sich Ben sicher. Sein Großvater hätte eine Momentaufnahme seiner selbst sein können im Augenblick seines Todes, wenn die Seele zu ihrem unendlichen Aufstieg anhebt, aber noch so sehr im kühler werdenden Fleisch verhaftet ist, daß sie nur das Aufsteigen an sich wahrnimmt, ohne zu wissen, ob es zu ewiger Herrlichkeit oder zu Höllenqualen führt oder nur hinauf zu dem kalten, gleichgültigen Glanz der Sterne.

Er wußte Bescheid. Vielleicht war es ihm noch nicht bewußt, doch er hatte etwas bemerkt. Er hatte Ben in seinem anderen Zustand gesehen, mit rotem Gesicht, schuldbewußt, tränenbefleckt.

Als Bens Großvater sagte: »Los, gehn wir, Jungs«, klang seine Stimme nicht mehr so fröhlich, forsch und beschwingt.

Jamal kam her und blieb neben Ben stehen. Er legte den Arm um Bens Schulter. Ben konnte das Auf und Ab seiner Brust spüren, den Druck von Jamals Arm.

Er stieß Jamals Arm weg.

»Faß mich nicht an«, zischte er.

Jamal zögerte, zwinkerte, war unsicher.

»Hau ab von hier«, sagte Ben. »Du beschissene kleine Schwuchtel.« Er sprach so laut, daß sein Großvater es hören konnte.

Jamal schien kleiner und dunkler zu werden, so als sei die Luft aus ihm gewichen. Seine Augen zogen sich zusammen.

»Laß mich in Ruhe«, sagte Ben. »Hau ab von hier.«

Langsam drehte sich Jamal um und ging wieder hinunter zum Strand. Ben sah ihm hinterher. Wenn Jamal gerannt wäre, wäre Ben vielleicht in Gewissensnot geraten. Wenn er geschrien, geweint oder Ben beschimpft hätte. Doch er ging nur weg, ohne ein Wort zusagen, so als müsse er sein Leben lang an dem kauen, was eben geschehen war. Er kehrte anscheinend zu genau derselben Stelle zurück, an der Ben ihn entdeckt hatte. Er fing wieder an, Steine aufzuheben und sie ins Wasser zu werfen, so als sei dies seine wahre Aufgabe.

Er hatte den Flügel am Boden liegenlassen. Die Spitze mit den trockenen Schwungfedern und das runde Knochenstück ragten nach oben, so daß er wie ein gekrümmter Bogen wirkte.

Ben wandte sich seinem Großvater zu. Von fern drang leiser Glockenschlag durch die Stille. Es roch nach Kiefernharz.

»Was geht hier vor?« sagte sein Großvater.

»Nichts«, antwortete Ben.

Er wußte, daß sein Großvater ihm nicht glaubte. Drohend lag das Geheimnis in der Luft.

»Kommt Jamal nicht mit?« sagte sein Großvater. Sein Tonfall war bedächtig, nicht zu deuten.

»Nein. Ich möchte nicht, daß er mitkommt.«

»Bist du sicher?«

»Ja. Komm, wir beide gehen allein segeln.«

»Okay.«

Schweigend gingen sie durch das Dünengras. Noch immer hob die Sonne jedes einzelne Blatt hervor, warf eine Vielzahl krakeliger Schatten. Das Haus lag noch immer im gleißenden Licht vom Ozean, so daß der Putz leicht rosa wirkte, als glühe er von innen heraus. Noch immer krächzten Vögel in den Kiefern.

Tante Zoe saß zwischen Bens Mutter und Onkel Will auf der Terrasse. Sie lächelte Ben und seinen Großvater an, als ob sie sie noch nie gesehen hätte.

»Wo ist Jamal?« fragte Onkel Will.

»Konnte sich nicht vom Strand losreißen«, sagte sein Großvater.

Ben atmete auf. Sein Großvater wollte das Geheimnis wahren, zumindest eine Zeitlang. Er wollte Rücksicht auf Tante Zoes Verrücktheit nehmen, ihren Tod.

Später würde er es Bens Mutter erzählen, unter vier Augen. Er würde ihr sagen, daß irgend etwas nicht stimmte, und dann würde das lange Ausfragen und Nachbohren beginnen.

»Damit, nehme ich an, gehen nur Ben und ich«, sagte sein Großvater. »Es sei denn, jemand anders möchte mitkommen.«

»Ich nicht«, sagte Bens Mutter. »Ich bin eine Landratte, das weißt du doch.«

»Ich treib' mich auch lieber noch 'ne Weile hier rum«, sagte Onkel Will. »Wir drei können ja mit dem Abendessen anfangen.«

Tante Zoe lächelte. Sie blickte geradeaus.

Dort war das wäßrige grüne licht. Dort war die übliche Abfolge von Leben und Sterben, doch in der Sprache der Bäume gab es dafür kein Wort. Ein Baum hatte für so etwas kein Verständnis. Sie würde sich unter einen Baum betten lassen, damit er seine Wurzeln um sie schlingen, in ihren Leib eindringen konnte. Sie würde nicht vergehen. Sie würde aufsteigen, hinauf ins Geäst.

Ben und sein Großvater fuhren mit dem Mercedes seines Großvaters zum Hafen. Sie sprachen kein Wort. Es war ein Tag, an dem alles blitzte und funkelte. Als sie auf den Parkplatz am Hafen einbogen, spiegelte sich kühl die Sonne auf dem Asphalt und den weißen Masten der Boote. Bunte Fahnen knatterten im Wind. Ben saß vorn im Wagen neben seinem Großvater und war so tief in Scham und Elend versunken, daß er wußte, es gab kein Entrinnen mehr. Er kam sich befleckt vor, so gezeichnet von Scham, daß er meinte, er werde einen Abdruck auf dem Sitzpolster hinterlassen, einen dunklen Fleck, der sich nie wieder auswaschen ließe.

Sein Großvater stellte den Motor ab, blieb aber am Steuer sitzen. Keiner von ihnen rührte sich. Kurz darauf sagte sein Großvater: »Hast du irgendwelche Schwierigkeiten mit deinem Cousin?«

»Ich weiß nicht«, antwortete Ben.

»Dieser Junge«, sagte sein Großvater. Das Wort *Junge* verhedderte sich in seinem Hals wie ein Knochensplitter. »Dieser *Junge«* – keuchend stieß er das Wort aus – »hat allerhand Schwierigkeiten. Der ist mit 'ner Bande von Wirrköppen aufgewachsen.«

Ben sagte nichts. In seinem Kopf braute sich etwas zusammen, eine Art Eisklumpen, der ihm von innen auf Augen und Ohren drückte. Alles, was er durch die Windschutzscheibe sah – die geparkten Wagen, die Fahnen, die in den Wogen auf und ab wiegenden Masten –, wirkte so verheißungsvoll und trostlos zugleich, wie ein ferner Streifen Himmel, zu dem man nicht gelangen konnte.

»Dieser Junge«, sagte sein Großvater, »ist selber ein bißchen wirr. Ich mach' mir Sorgen um ihn.«

»Hmm«, sagte Ben.

»Habt ihr euch gestritten, oder was?«

»Eigentlich nicht.«

Sein Großvater nickte. Er hielt weiter das Lenkrad fest und blickte geradeaus, so als fahre er noch.

Ben hatte verstanden. Er konnte Jamal die Schuld geben. Er konnte behaupten, Jamal hätte ihn verführt, und damit wäre er gerettet.

»Ich weiß, wie man Leute zur Räson bringt«, sagte sein Großvater. »Wenn Jamal dir Ärger macht, kann ich dir jederzeit helfen.

Ben nickte.

»Ich werde nicht zulassen, daß auch du wirr gemacht wirst. Von niemandem, nicht mal von gewissen Mitgliedern unserer eigenen Familie. Kapiert?«

»Ich hab's kapiert.«

Ben würde Jamal beschuldigen, wenn es nötig sein sollte. Er würde Jamal als Außenseiter hinstellen.

»Los, gehn wir segeln«, sagte sein Großvater.

»Okay.«

Das Boot erwartete sie, friedlich, edel und vollkommen, glatt und kühl wie Marmor. Ben schlug das Groß und die Fock an, und er dachte daran, wie Jamal den abgetrennten Flügel herumgetragen hatte. Als Ben das Großsegel setzte, erstrahlte es in einem reinen, anklagenden Licht.

Sein Großvater war zu groß für ihn. Seine Mutter und sein Vater waren zu groß. Er würde ihnen zu verstehen geben, daß Jamal sich ihm unsittlich genähert und daß er ihn in die Schranken gewiesen habe. Er würde die Lüge drehen und wenden wie das Großsegel, bis sie richtig stand, und man würde ihm glauben.

Er würde Jamal vernichten. Er würde seine Haut retten.

Er half seinem Großvater ins Boot. Er legte ab und setzte sich an die Pinne.

Zoe blickte auf und sah, daß Jamal bei ihr war und ihre Hand hielt. Er ging in der Zeit auf. Sie hatte ihn geboren und liebte ihn, und hier war er, der lebendige Junge. Hier war alles, was fortan weiter geschehen würde. Ihre Lunge füllte sich mit Feuer. Zoe griff nach ihm, sie stand in Flammen, sie hatte keine Angst. Sie würde hierbleiben, vom Geäst eines Baumes aus alles beobachten.

Bens Großvater, stattlich wie ein Imperator und ebenso massig und gelöst, setzte sich in den Bug. Mühelos steuerte Ben das Boot aus dem Hafen und in die Bucht. Es war ziemlich windig, stürmischer als gewohnt, doch er wußte, daß er damit zurechtkommen würde. Überrascht stellte er fest, daß er in seiner Segelkunst eine Art bitteren Trost fand.

»Ziemlich windig«, sagte sein Großvater. Sein schütteres Haar flatterte im Wind. Es war ein gutes, ein schnelles Boot, und einen Augenblick lang fühlte sich Ben wohler. Ein bißchen wohler. Satt und genüßlich legte sich das Boot in den Wind, und Ben spürte die Kräfte, über die er gebot. Er konnte mit seinem Großvater einen geruhsamen, wenn auch nicht ganz einfachen Nachmittagsturn unternehmen, aber wenn er wollte, konnte er das Boot auch hart in den Wind drehen und sie beide über Bord gehen lassen. Kräftig genug blies es heute, Windstärke vier bis sechs, eine steife Brise, bei der man durchaus kentern konnte, wenn man sie nicht mit dem nötigen Respekt behandelte. Die See wurde kabbeliger. Schaumkronen bildeten sich auf den Wellen und schleuderten Gischt in die Luft. Ben steuerte das Boot geradeaus, auf den Horizont zu, zur offenen See bin. Das hier war gutes, flottes Segelwetter. Er brachte das Boot hart an den Wind, wollte soviel Fahrt wie möglich machen.

»Wir machen's aber nicht zu lange«, sagte sein Großvater. »Eine halbe Stunde oder so, dann fahren wir wieder heim.«

Beim Klang des Wortes *heim* schlug Bens Glücksgefühl jählings um. Bald würde Jamals Absonderlichkeit bekannt werden und seine Gefährlichkeit. Weder Liebe noch Trost würden ihm nach dem Tod seiner Mutter zuteil werden.

Ben würde ihn vernichten.

Wasser schwappte über den Bootsrand. Ein abgerissenes Stück Seetang, dessen glibbrige, bernsteinfarbene Blasen wie eine Reihe kleiner Kegelköpfe wirkten, schlängelte sich an ihnen vorbei. Ben ging noch stärker in den Wind, und das Boot legte sich so heftig nach Backbord über, daß sich sein Großvater an der Reling festhalten mußte.

»Wir machen ziemlich Fahrt«, sagte sein Großvater.

»Jawohl, Sir«, sagte Ben.

»Du hast das Kommando, Junge. Du bist der Seemann.«

»Ich weiß.«

Ben steuerte geradeaus, fort aus der Bucht. Hinter ihm blinkten die Fensterscheiben der immer kleiner werdenden Häuser. Die Haare flogen ihm ins Gesicht, und es kam ihm vor, als geißle ihn sein schlechtes Gewissen, schwach zwar, aber dennoch schmerzhaft. Wütend strich er sich die Haare aus dem Gesicht. Der Wind wurde stärker. Vermutlich sollte er die Fock einholen, doch Ben ließ sie stehen. Er wollte mehr Wind, mehr Fahrt. Er wollte sich vergessen, wollte so hart und schnell segeln, daß es nichts anderes mehr gab, nur dieses Aufreißen der Wogen. Er ging noch härter in den Wind. Prall blähten sich das Groß und die Fock, und das Boot krängte so stark nach Backbord, daß die Wellen über den Rand spülten. Sein Großvater schaute zu ihm her. Ben sah die Furcht auf seinem alten, müden Gesicht. In diesem Augenblick hatte sein Großvater für eine Weile seine Welt verlassen und war in eine andere eingetreten, eine Welt, über die Ben gebot. Das Boot jagte so schnell dahin, daß ihm der Wind nahezu die Sicht nahm, und er drehte noch einen Grad härter hinein. »Mein Sohn«, sagte sein Großvater, »sind wir nicht ein bißchen schnell?« Mein Sohn, er hatte Ben seinen Sohn genannt. Er konnte es nicht ertragen, weder die Liebe noch die Scham, und in einem letzten Aufbegehren von Liebe und Scham drehte er das Boot zu weit in den Wind, und es kenterte. Ben sah es kommen. Er sah, wie das Wasser über die Bordwand hereinbrach, und er sah das Gesicht seines Großvaters, die bleiche, verdutzte Miene, als die Seele aus seinem Körper stieg, und dann schlug das Boot um, und sie wurden ins Wasser geschleudert.

Sie sah die Zeit verstreichen. Sie sah, daß Angst albern wäre, so als trage man an einem stürmischen Tag einen ausgefallenen Hut und verfluche den Wind. Jamal redete mit ihr in einer Sprache, die sie einst gekannt hatte. Sie stand in Flammen, und es ging ihr gut.

Das Wasser war wunderbar. Es war kalt und absolut rein, voller Schaum und brennendem Salz. Ben blieb eine Zeitlang unter Wasser und blickte von der hellen, gekräuselten Oberfläche hinab in die grüne Dunkelheit. Als er schließlich auftauchte, sah er keine drei Meter entfernt seinen Großvater, der wasserspuckend im Meer trieb.

»Alles heil geblieben?« fragte sein Großvater.

»Ja. Bei dir auch?«

»Was, zum Teufel, ist passiert?«

»Wir sind gekentert.«

»Das weiß ich auch.«

»Nicht weiter schlimm«, sagte Ben. »Kein Grund zur Beunruhigung.«

»Wie konnte das passieren?«

»Es ist halt passiert.«

»Können wir das Boot wieder aufrichten?«

Das Boot lag auf der Seite, so daß der Rumpf wie der Rücken eines kleinen, weißen Wals aufragte, während die Segel anmutig im Wasser trieben. Ben blickte zu dem Boot und dann zu seinem aufgebrachten Großvater.

Das war das Ende ihrer kleinen Ausfahrt. Jetzt war es an der Zeit, das Boot wieder aufzurichten, hineinzusteigen und zu all dem zurückzukehren, was sie an Land erwartete.

»Das könnte schwierig werden«, sagte Ben.

Er wollte nur im Wasser bleiben, in diesem kalten Nirgendwo aufgehen.

»Der Händler hat gesagt, das sei kein Problem«, sagte sein Großvater, der schwer atmend mit seinen dicken, kräftigen Armen ruderte.

Er hatte recht. Sie mußten sich lediglich am Dollbord festhalten und das Boot mit ihrem Gewicht wieder hochziehen.

»Ich hole lieber Hilfe«, sagte Ben.

»Was redest du da? Hilfe holen? Wir brauchen keine Hilfe.«

Doch Ben schwamm bereits weg. Er war noch nicht bereit zurückzukehren, deshalb schwamm er weg. »Wo willst du hin?« rief sein Großvater. Ben hatte keine Ahnung, er wußte nur, daß er wegschwamm. Er wollte nicht zu einem anderen Boot. Er wollte nicht zur Küste. Er wollte einfach weg, und mit jedem Schwimmzug fühlte er sich freier. Salzwasser schwappte ihm ins Gesicht, und er schwamm so schnell und kräftig, wie er konnte. Vor ihm war nur mehr Wasser, Wasser und der gleißende Himmel. Er schwamm von dem Boot und seinem Großvater weg. Er schwamm nur. Er dachte nicht nach. Er hörte, wie sein Großvater seinen Namen rief, doch auch davor schwamm er weg. Er hielt nicht inne. Er wurde nicht langsamer.

Zoe lachte über diese Seltsamkeit, die Seltsamkeit und die unerwartete Schlichtheit. Sie hörte ihr eigenes Leben. Letzten Endes war es einfach. Wer hätte erwartet, daß es so einfach sein würde? Sie wußte, wie Sterben war; sie hatte es ihr ganzes Leben lang gewußt. Es war genauso seltsam und gewöhnlich, genauso vollkommen wie ein nackter Mann, der im Morgengrauen auf einer Feuerleiter eine Hymne sang. Man nannte seinen Namen, und es gab ihn nicht zurück. Sie erinnerte sich an den Witz, den sie sich vor Jahren selbst erzählt hatte: Andere Leute könnten über den Friedhof hinweg Ausschau nach der Herkunft dieser Musik halten und sich denken, tja, Mist, heute ist der Jüngste Tag, ich glaube, da muß ich nicht zur Arbeit. Hier ist es – makellose Musik und ein Ständer im ersten Licht des neuen Tages. Komische Vorstellung, daß die nackten Engel ebenso verloren waren wie ihre sterblichen Schwestern und Brüder und voller Furcht und Verwunderung die Stunden suchten. Niemand wußte es, und jedermann wußte es. Nach dem Licht kam ein weiteres Licht und dann noch eines. Nur das. Sie hielt die Hand ihres Sohnes. Sie träumte, daß er ihr einen Flügel reiche.

Ben schwamm lange Zeit dahin, bevor er sich eine Pause gönnte und zurückblickte. Sein Großvater und das Boot waren verschwunden. Ringsum war nur Wasser und, überraschenderweise, ein Pappbecher, der in einiger Entfernung vorbeitrieb. Pappe zu Becher, sagte er sich. Sonnenstrahlen tanzten auf dem Wasser wie ein riesiger Schwarm hüpfender, blinkender Fische. Er hatte Angst, doch sie kam ihm vor wie etwas Festes, Geballtes in seinem Blut – ein machtvolles Gefühl, das nicht ganz und gar unangenehm war. Solange er im Wasser blieb, solange er weiterschwamm, konnte nichts passieren. Er konnte nicht ewig schwimmen, doch ein bißchen länger hielt er schon noch durch. Er schwamm auf den Horizont zu, dort wo das Wasser und der heitere, glühende Himmel einander begegneten. Er schwamm eine ganze Weile. Er war kräftig. Wahrscheinlich würde ihn irgend jemand entdecken. Bald schon würden Hubschrauber kommen, Kutter der Küstenwache, fähige, sonnenverbrannte Männer mit Schwimmwesten und Megaphonen, die von Berufs wegen etwas von Lebensrettung verstanden. Er mußte nur weiterschwimmen, bis sie ihn entdeckten. Er schwamm mit kräftigen Zügen, weil er sich erschöpfen, die schlechten Seiten seines Wesens von sich spülen wollte. Als er ernstlich müde wurde, hörte er auf zu schwimmen, doch sobald er damit aufhörte, kehrte sein altes Ich wieder zurück. Er war noch nicht müde genug; er war noch nicht fertig. Eine Welle stieg hinter ihm auf, schlug über seinem Kopf zusammen, so daß ihm das Wasser in Mund und Nase drang. Er hustete. Ihm fiel auf, wie schwach das Husten inmitten all dieser funkelnden, rastlosen Stille klang. Er meinte etwas im Wasser wahrzunehmen, etwas Großes, und beim Gedanken an Haie befiel ihn ein lähmendes Entsetzen. Dann verging es wieder, und er wußte, daß es hier keine Haie gab. Es war nicht diese Gier. Es war etwas Größeres. Er war allein mit etwas Gewaltigem, das im Wasser lebte, etwas Geduldigem, das sich bei Tageslicht leise murmelnd im Schlaf wiegte und aufpaßte, wenn nachts an der Küste die Lichter angingen, ohne sich an ihrem schönen Schein zu stören. Er konnte ihn spüren, den Geist des Wassers, obwohl *Geist* nicht ganz richtig war. Er konnte das gewaltige, schlummernde Wesen des Wassers an sich spüren. Hier, im Wasser, war die Zeit grenzenlos, ohne Gehalt und Bedeutung. Er sah die Sternbilder am Nachmittagshimmel stehen. Er erkannte, daß Wasser auf eine andere Weise lebte.

Kein einziger Hubschrauber tauchte am Himmel auf, kein schnittiges graues Küstenwachboot kam durch das Wasser gepflügt. Ihm wurde klar – wie hatte er das nur vergessen können? –, daß sein Großvater keine Ahnung vom Segeln hatte. Sein Großvater hatte wahrscheinlich das Boot wieder aufrichten können, aber er wußte nicht, wie man damit segelte. Vermutlich saß er hilflos da und rief Bens Namen über das Wasser.

Mit einem Mal wollte Ben an Land zurückkehren und dort mit seinem Namen leben. Er wollte jede Demütigung erdulden, jede Reue, alles. Er wollte zurückschwimmen, doch er sah nur Wasser, und er hatte sich nicht gemerkt, in welcher Richtung das Festland lag. Dort wahrscheinlich. Vielleicht aber auch nicht. Könnte sein, daß er nur noch weiter hinaus geriet, wenn er in diese Richtung schwamm. Rechts von sich, dort, wo er in etwa die Küste vermutete, sah er zwei Segel, bleich wie schmale Mondsicheln. Sie waren weit weg, doch er schwamm auf sie zu. Er schwamm mit aller Macht. Er schwamm, bis Arme und Beine schmerzten und sein Atem flacher ging. Sein Körper forderte eine Pause, doch er weigerte sich. Er hatte vor seinem Namen wegschwimmen müssen, doch jetzt mußte er unbedingt die Boote erreichen. Er mußte von fremden Händen aus dem Wasser gezogen und zurückgebracht werden. Plötzlich bemerkte er, daß er zitterte. Er war überrascht, zumal es so heftig war und anscheinend schon eine ganze Weile anhielt, obwohl er sich nicht erinnern konnte, wann es angefangen hatte. Laut schlugen seine Zähne aufeinander. Er sagte sich, daß er es bis zu den Booten schaffen mußte, und so nahm er seine ganze Willenskraft zusammen und schwamm mit steten Zügen, bis ihm plötzlich die Arme nicht mehr gehorchten. Das war ihm noch nie passiert, und er nahm an, daß es nur eine vorübergehende Schwäche war. Seine Arme hatten ihm immer gehorcht. Immerhin konnte er noch mit den Beinen treten, und so trat er das Wasser und wartete, bis seine Arme sich erholten. Das Zittern wollte nicht vergehen. Seine Arme hingen schwer im Wasser, und er trat weiter mit den Beinen. Er hielt Ausschau nach den Booten. Er konnte sie nirgendwo sehen. Er war mit dem Kopf unter Wasser geraten, und kurzfristig gehorchten ihm seine Arme wieder und stießen ihn an die Luft. Er hielt Ausschau nach den Booten. Er befahl seinem Körper zu schwimmen, und er tat es, wenn auch mit ruckartigen Bewegungen, wie ein Frosch. War er in Gefahr? Vielleicht. Vielleicht war er in Gefahr. Er schwamm weiter. Er glaubte, daß alles gutgehen würde. Er war müde. Ohne es zu wollen, fing er an zu träumen. Im Traum sah er sich auf einer großen Wiese stehen. Hinter der Wiese waren Berge, und in den Bergen lag eine Stadt. Er ging nicht in die Stadt, aber er wußte, daß sie dort lag. Ein Vogel flog vorbei, und er kehrte zurück. Mühsam kam er wieder zu sich. Irgend etwas war im Wasser, ein gewaltiges, schweigendes Wesen. Kreischend stießen Möwen auf der Suche nach Fischen auf den Wasserspiegel herab, und er nahm an, daß er nicht ernsthaft in Gefahr schwebte, solange Möwen in der Nähe waren. Er schwamm, doch er zitterte nach wie vor, und seine Arme wollten nicht recht gehorchen. Er sah seine Hand im Wasser treiben, und einen Augenblick lang meinte er, etwas sei bei ihm, schwimme neben ihm dahin. Nein, es war nur seine Hand. Er schaute auf seine Hand. Sie zitterte heftig. Wieder fing er an zu träumen, und im Traum wurde er getragen wie ein kleines Kind. Er wurde gewiegt, und er hatte sein heißgeliebtes rotes Auto in der Hand, das mit den cremefarbenen Sitzen und den Türen, die aufgingen. Der Traum ging vorbei, doch er mochte sich nicht daraus lösen. Er stellte fest, daß er dort verweilen konnte. Er konnte sich wiegen lassen. Er konnte sein Auto in der Hand halten, mit den Fingern die Räder drehen. Er konnte auch weiterschwimmen. Er wußte, daß er die Kraft dazu finden würde, doch er wußte auch, daß er aufhören konnte, und dann würde er nur hier sein, in dieser Stille, fernab von jeder Zeit und seinem Namen. Es kam ihm wie ein schändliches Vergnügen vor, etwas Wunderbares und Verbotenes. Wollüstig seufzte er auf. Ein Lied ging ihm durch den Kopf, irgend etwas Dämliches, an das er sich gar nicht erinnern wollte. Er gab sich wieder dem Traum hin, und er sah Gummiräder, einen Flügel und einen Baum. Sie strahlten. Er war überrascht, daß er nicht von anderen Leuten träumte. Er träumte von Rädern und einem Flügel. Grüne, durchscheinende Welten taten sich vor ihm auf, eine üppige, mit Sternen übersäte Wiese. Er sah, wie er in eine kalte, körnige Dunkelheit hinabstieg, obgleich von ihm offenbar ein blasser, unsteter Schein ausging. Fasziniert betrachtete er alles. Das Wasser unter ihm wirkte dunkel, doch als er in diese vermeintliche Dunkelheit vordrang, stellte er fest, daß sie hell war, von einem schwachen Licht erfüllt, so wie sein Schlafzimmer zu Hause, wenn das Flurlicht unter der Tür hindurchfiel. Er drehte mit den Fingern an den Rädern des roten Autos. Er blickte nach oben. Weit über ihm funkelte und blitzte die Wasserfläche wie spiegelndes Glas. Erstaunlich weit weg. Ihm wurde klar, wo er sich befand, er begriff, was geschah, und in einem jähen, entsetzten Aufbegehren schoß er nach oben. Der Wasserspiegel kam näher. Er spürte das Brennen in Armen, Beinen und Brust. Alles würde gut werden. Die Oberfläche war weit weg, und er hatte nicht das Gefühl, daß er sie erreichen konnte, doch er mußte sie erreicht haben, denn plötzlich füllte sich seine Lunge schmerzhaft mit Luft. Er blickte sich nach den Vögeln und den Booten um, doch er sah nur kristallgrünes Wasser. Er sah Lichter im Wasser. Er sah Blasen, so vollkommen wie Sterne. Und da begriff er, daß er sich von seinem Ich lösen und das Wasser atmen konnte. Er konnte gehen oder bleiben. Das Wasser war allesumfassend; es war er; es würde ihn wiegen. Er atmete tief durch. Der Schmerz verschwand. Die Kälte des Wassers drang in ihn ein, eine eisige Wohltat. Er stieg auf und löste sich von seinem Ich, er überließ sich dem Wasser. Er gab sich ihm hin.

Langsam, aber stetig trug die Strömung Bens Leib gen Südwesten, auf die Küste hin. Kleine Fische strichen an seinem Gesicht vorbei, und gelegentlich stieß einer ein Stück weit in seinen offenen Mund hinein, verharrte dort mit zuckenden Kiemen und schoß wieder davon. Während Ben dahintrieb, stieg der Meeresboden allmählich an, wurde heller, deutlicher. Wäßrig tanzten die Sonnenstrahlen auf seiner Haut, spiegelten sich im glasigen Glanz seiner Augen. Dann wurde das Licht schwächer. Erst nach Sonnenuntergang wurde sein Leib an der Küste von Shelter Island angespült, und dann war der Strand bereits verlassen. Die Wellen warfen seinen Leib auf den Sand, schwemmten ihn ein Stück weiter, zogen ihn zurück und wälzten ihn noch ein Stück weiter, bis ihn schließlich kurz vor Mitternacht eine große Flutwelle endgültig auf den Strand bettete. Rücklings, die eine Hand über dem Kopf, die andere wie im letzten Todeskampf um die Brust gekrampft, lag er im Sand. Es war eine sternenklare Nacht. Der Krebs und die Plejaden standen am Himmel. Etliche Stunden lang ruhte Bens Leib friedlich, mit dem Gesicht nach oben, am Strand. Unheilverkündend funkelte er im Sternenglanz, von einer düsteren, losgelösten Schönheit erfüllt. Einige kleine Muscheln hatten sich in seinem Haar festgesetzt, und ein rundes, durchscheinendes Glasstück, vom Wasser glattgeschliffen wie ein Opal, lag in seinem offenen Mund.

1994

Wenn er früher nach Hause gekommen wäre.
Wenn er Cassandra öfter besucht hätte.
Wenn er so geliebt hätte, wie es sich gehörte.
Wenn er weniger selbstsüchtig gewesen wäre.
Wenn er mit im Boot gesessen hätte.
Wenn er nicht nein gesagt hätte.

1994 Susan glaubte, ihn stehlen zu müssen. Sie war wach. Sie hatte die Tabletten nicht genommen. Sie lag im Bett und dachte darüber nach, was sie tun wollte.

Sie mußte ihn sehen. Sie hatte überhaupt keine Zeit gehabt.

Sie lag im Bett und dachte an den Ort, an dem er sich jetzt befand. Die Einbalsamierung müßte inzwischen beendet sein, und vermutlich waren bereits alle heimgegangen. Er lag jetzt in diesem fremden Haus mit den grünen Kunstledersesseln und dem Glaskabinett mit den Porzellanfiguren, die stumm ihre mit weißen Perücken bedeckten Köpfe neigten.

Sie wußte, was morgen auf sie zukam. Die Nachbarn, die Speisen vorbeibrachten, die Freunde mit ihren Beileidsbezeugungen. Sie würde keine Sekunde, nicht eine Sekunde mit Ben allein sein können. Selbst wenn sie in dem Bestattungssalon auf einem persönlichen Abschiednehmen von ihm bestünde, wäre sie sich doch ständig bewußt, daß hinter der Tür die Freunde und Familienangehörigen darauf warteten – großzügig zwar, doch mit wachsender Ungeduld –, daß sie es hinter sich brachte, damit sie sich der eigentlichen Angelegenheit widmen konnten. Aber darum sollte sich Todd kümmern. Ruhig atmend lag er neben ihr im Bett; er hatte die Schlaftabletten geschluckt, während sie nur so getan hatte. Sie wollte nicht schlafen, nicht jetzt. Sie wollte jede einzelne Minute wahrnehmen.

Gar nichts würde es ihr nützen, wenn sie in dem Bestattungssalon eine Stunde herausschlagen und mit Ben zusammensein könnte – Ben, der friedlich in seinem marineblauen Anzug daliegen würde –, wo sie doch wußte, daß am anderen Ende des Flurs die Armbanduhren tickten. Es würde ihr nicht weiterhelfen, wenn sie inmitten der betäubenden Blumendüfte und der eigenartigen Lichtmuster bei ihm säße.

Sie wollte, daß niemand wußte, wo sie waren, nicht einmal Todd. Sie wollte ihn auf eine Wiese tragen und bei ihm sitzen, solange sein Leib noch unverändert war, bevor der Verfall einsetzte. Sie wollte seine Haare kämmen, und sie wollte die Lieder aus seiner Kindheit in sein kaltes, so vertrautes Ohr singen. Wenn sie das könnte, wäre sie vielleicht bereit, ihn herzugeben, ihn ins Reich der Toten ziehen zu lassen und um ihn zu trauern. Wenn sie das könnte, wäre sie vielleicht in der Lage, ihr Dasein zu ertragen und weiterzuleben.

Leise stieg sie aus dem Bett. Todd murmelte irgend etwas, schlief aber weiter. Weil sie ihn nicht aufwecken wollte, zog sie sich nicht an. Sie ging im Nachthemd nach unten, holte sich aus dem Kleiderschrank im Flur einen Mantel. Barfuß ging sie über die kalten Steine auf der Veranda.

Sie fuhr zu der Leichenhalle und parkte auf einem für das Personal reservierten Platz hinter dem Gebäude. Sie stellte den Motor ab, schaltete das Licht aus. Sie saß in ihrem Wagen und betrachtete die hölzerne Wandverschalung, das Fenster mit der blühenden Geranie. Sie wußte nicht genau, weshalb sie hierhergekommen war. Sie hatte nicht vor, in die Leichenhalle einzubrechen, nicht ernsthaft jedenfalls, obwohl sie irgendwann einmal daran gedacht hatte. Selbst wenn sie hineinkäme, wenn sie ein Fenster einschlüge – was wollte sie dort? Wollte sie sämtliche Särge nach Bens Leichnam durchsuchen? Wollte sie ihn herausschleifen und in den Wagen setzen? Sie war doch nicht verrückt, jedenfalls nicht so verrückt. Doch sie mußte hier sein. Sie stellte sich vor, sie nehme Ben in die Arme, seinen fügsamen, kalten Leib. Sie sah sich mit den Fingern durch seine Haare streichen. Leise sang sie vor sich hin. Etliche Stunden lang saß sie so in ihrem Wagen, hielt Wache, sang gelegentlich und saß manchmal nur stumm da. Kurz vor Sonnenaufgang ließ sie den Motor an und schaltete die Scheinwerfer ein, deren Licht blaß und wäßrig auf die heller werdende Holzwand der Leichenhalle fiel. Sie fuhr wieder nach Hause. Sie hängte ihren Mantel in den Schrank, ging vorsichtig die Treppe hinauf und legte sich wieder ins Bett, ohne Todd aufzuwecken. Sie wartete, bis der Wecker klingelte.

Die Leichenkapelle erinnerte ein bißchen an das Haus, in dem sie aufgewachsen war. Bei der Ausstattung hatte man sorgsam darauf geachtet, einen gewissen Anschein von Normalität zu erzeugen. Armsessel mit Kunstlederpolstern und mit einem brokatähnlichen Stoff bezogene Zweisitzer standen darin, dazu ovale Tische mit Glasplatten und Messinglampen mit steif gefältelten Schirmen, und es gab sogar einen makellos sauberen offenen Kamin, auf dessen Rost drei große Birkenholzscheite aufgeschichtet waren. Wie ein Möbelstück stand Bens Sarg vor einer Gruppe bronzegetönter Metallstühle mit weißen Sitzpolstern in einem weiten Raum, der mit einem tiefen, schmutzig limonenfarbenen Teppichboden ausgelegt war.

Susan hatte darauf bestanden, daß der Sarg geschlossen blieb. Jetzt bereute sie diese Entscheidung. Sie stellte fest, daß sie die gläsernmuseale Heimeligkeit dieses Raumes zerstören wollte, diese gutbürgerliche Ordnung mit Messingglanz und Limonentönen. Sie überlegte, ob sie den Direktor bitten sollte, den Deckel abzunehmen, doch sie befürchtete, daß der Leichnam ihres Sohnes mit seinem geschminkten Gesicht und den ruhenden Händen zu sehr den anderen Einrichtungsgegenständen gleichen könnte. Sie sprach mit den eintreffenden Trauergästen, und nur ein-, zweimal mußte sie im Laufe dieses Nachmittags daran denken, daß ein Raum wie dieser, so sauber, still und leicht nach Chemikalien riechend, die wahre Verkörperung von Trauer und Leid darstellte. Als Kinder stellen wir uns schiefe Grabsteine, düsteres Zwielicht und dunkle Wolkenfetzen vor dem Mond vor und meinen, dies sei der Inbegriff das Schreckens. Wir irren. Das wahre Grauen, so glaubte sie jetzt, erwartet uns vielmehr in Gestalt dieser abwaschbaren, mit bläßlich grünem und blauem Stickmuster bedruckten Zweisitzer, der Regale voller Porzellanfiguren. Dieses gepflegten, leeren Raums, in dem die Toten verschwinden.

Susan spielte eine Frau bei der Bestattung ihres einzigen Sohnes. Sie konnte nicht aus sich heraus, nicht ganz. Sie konnte ihre Rolle nicht ablegen. Hier waren so viele Menschen, die auf ihre Tapferkeit angewiesen waren. Ein ums andere Mal sagte sie sich, daß sie um ihre Fassung froh sein sollte. Vermutlich, so dachte sie, war dies ihre Rettung, denn nur dadurch konnte sie Todd in den Arm nehmen, als er, von einem Kummer übermannt, für den es keine Tränen mehr gab, in einen trockenen Weinkrampf verfiel, und nur dadurch konnte sie ihre Mutter und Will und Todds Eltern trösten, mit ihnen weinen und sie beruhigend an sich drücken. Nur dadurch konnte sie freundlich zu Jamal sein, der blaß und wie erstarrt in der Ecke stand.

»Hi«, sagte sie, bückte sich leicht und sprach betont deutlich, so als könne er wegen seiner Schweigsamkeit nicht mehr richtig hören und sehen.

Er schenkte ihr ein schwaches Lächeln.

»Ich bin froh, daß du gekommen bist«, sagte sie.

Er nickte.

»Möchtest du irgendwas?« fragte sie. »Ein Glas Wasser vielleicht?«

»Nein, danke.«

Sie richtete sich wieder auf, trat einen Schritt zurück. Vielleicht wollte er allein sein, dieser seltsame Junge. Vielleicht sah man ihr irgend etwas am Gesicht an, so sehr sie sich auch um Höflichkeit bemühen mochte. Sie versuchte nicht daran zu denken: Er war noch am Leben. Dieser Junge, der gar nicht so übel war, aber auch in keinster Weise bemerkenswert, lebte noch, und ihr Sohn war gestorben.

»Die Stühle da drüben sind bequemer«, sagte sie. »Falls du dich hinsetzen möchtest.«

»Nein, danke.«

»Na schön«, sagte sie und ließ ihn stehen.

Ihr Vater saß in der ersten Stuhlreihe, neben ihm war Magda. Er hatte geweint, doch jetzt waren seine Augen trocken. Er saß vornübergebeugt, hatte die Ellbogen auf die Knie gestützt und die Hände über Nase und Mund geschlagen, als habe er Angst davor, etwas zu riechen oder ein Wort zu sagen.

Susan setzte sich auf den freien Stuhl rechts neben ihm. Sie nickte Magda zu, die ihren Gruß mit einer Miene erwiderte, aus der sowohl Kummer als auch Ungehaltenheit über dieses ganze feierlich erhabene Trauergetue sprechen konnte. Susan überlegte, ob sie ihren Arm um die Schulter ihres Vaters legen sollte, doch sie zögerte und faltete dann die Hände im Schoß.

»Susie«, sagte ihr Vater. Es klang gepreßt und undeutlich.

»Ja, Papa?«

Sie konnte sich nicht aus ihrer Rolle als gute Gastgeberin lösen. Aufrecht saß sie auf dem Metallstuhl. Keuchend atmete ihr Vater neben ihr, und vor ihr lag ihr Sohn in einem Sarg. Plötzlich fiel ihr auf, wie sehr der Sarg, den sie für ihn ausgesucht hatte, dem Musikschrank in dem Haus ähnelte, das ihre Eltern gekauft und eingerichtet hatten, als sie dreizehn war: der gleiche Kastanienholzglanz, die gleiche Abschrägung entlang des Deckels. Als sie und Todd die Auswahl hatten treffen müssen, war sie augenblicklich auf den hier zugegangen, ohne recht zu wissen, weshalb.

»Susie«, sagte ihr Vater. Er streckte die Hand nach ihr aus. Er legte ihr den Arm um die Schulter und zog sie an sich. Sie konnte sein vertrautes Parfüm riechen, die alte Ausdünstung seiner Haut. Sie fühlte sich von ihm benutzt. Sie wußte, was er bei ihr suchte, wieviel Liebe und Vergebung.

»Nimm die Hände von mir weg«, sagte sie. Sie hatte gar nichts sagen wollen. Sie hatte nicht so laut sprechen wollen.

Ihr Vater hielt sie noch fester. Ihre Lippen berührten die derbe Haut an seiner Wange, und sie meinte ihn schmecken zu können – eine Mischung aus Baumwolle, Alter und wilder, parfümierter Sinnlichkeit.

»Schh«, sagte er. »Ganz ruhig.«

Sie befreite sich aus seiner Umarmung und sagte noch lauter: »Nimm die Hände von mir weg.«

Sie stand auf. Sie kam sich vor, als spiele sie eine Rolle und sehe sich gleichzeitig zu. Ihr Vater hob die Hände, hielt sie offen vor die Brust, als wolle er sich schützen. Magda schaute Susan mit einer mitleidvollen Miene an, die schrecklicher war als jede Wut.

»Susie«, sagte ihr Vater.

»Ich will dich hier nicht sehen«, sagte sie. Sie war sich ihrer Stimme bewußt, bemerkte, wie laut sie inmitten der Zweisitzer und staubigen Regale klang.

»Susan. Mein Schatz. Bitte.«

»Geh weg«, sagte sie. »Du hast dein Beileid bezeugt, du hast alles gesehen, was es zu sehen gibt. Geh jetzt. Ich will dich nicht mehr anschauen müssen. Ich möchte nicht, daß du mich anfaßt.«

Sie konnte das Schweigen rundum spüren, das ganze Entsetzen. Gedankenlos strich sie sich mit den Fingern über die Haare.

Hilfesuchend blickte sich ihr Vater in dem Raum um. Magda stand auf und kam auf Susan zu. »Setz dich, Liebes«, sagte sie. »Du weißt nicht, was du da sagst.«

Susan wich zurück. »Das weiß ich wohl«, sagte sie. »Ich weiß genau, was ich sage. Magda, ich möchte, daß du ihn nach Hause bringst. Ich möchte, daß du ihn wegschaffst. Tu das, und ich werde dich nie wieder um etwas bitten.«

Jemand legte ihr die Hand auf die Schulter. Es war Billy.

»Ist gut«, sagte er dicht neben ihrem Ohr.

»Nein, gar nichts ist gut«, versetzte sie.

»Komm, wir gehen ein bißchen spazieren. Laß ihn einfach hier sitzen und geh mit mir spazieren, einverstanden?«

»Nein«, sagte sie. »Ich kann nicht weg.«

»Wir kommen ja wieder. Jetzt komm schon.«

Er ergriff ihre Hand, und sie stellte fest, daß sie ihm folgte. Sie hatte es nicht vorgehabt. Gemeinsam gingen sie den Gang zwischen den Stuhlreihen entlang. Todd kam zu ihr, wollte etwas sagen. Billy winkte ihn weg.

»Wir beide müssen ein bißchen allein sein«, sagte er. »Ich bringe sie gleich wieder zurück.«

»Susan?« sagte Todd.

»Ist schon gut«, sagte sie. »Ich möchte mit Billy spazieren gehen.«

Sie verließen die Leichenhalle und liefen über den mit Steinplatten belegten Weg zum Gehsteig. Die Leichenhalle lag in einer wohlhabenden Gegend mit stattlichen alten Häusern. Bäume, deren Laub allmählich gelb wurde, säumten die Straße. Billy hielt ihre Hand und führte sie den Gehsteig entlang, in dessen zahllosen, wie Aderngeflecht wirkenden Rissen üppiges, smaragdgrünes Moos wucherte.

Sie stellte fest, daß sie es bei ihrem Bruder aushalten konnte. Ausgerechnet ihn konnte sie ertragen. Sie konnte ihm ihre Hand überlassen. Sie konnte neben ihm hergehen.

»Du hast es dem Mistkerl aber richtig gegeben«, sagte Billy.

»Ich kann nicht sprechen.«

»Das mußt du auch nicht. Ich möchte nichts weiter, als daß du mit mir spazieren gehst, bis du dich soweit beruhigt hast, daß du die Trauerfeier durchstehst. Wäre besser, wenn du die Trauerfeier durchstehst, wenn du meinst, daß du es schaffst.«

»Ich bin mir nicht sicher«, sagte sie.

»Warten wir's ab. Gehen wir einfach ein bißchen spazieren und sehen zu, was passiert.«

Sie gingen spazieren. Sie wußte nicht, was sie sonst hätte tun sollen. Sie ließ zu, daß er ihre Hand hielt und sie an den Häusern mit den Rasenflächen und Veranden vorbeiführte, den Blumenbeeten. Nach einer Weile sagte sie: »Ich kann ihn dort nicht ertragen.«

»Wenn du ihn wegschickst, bringst du ihn um«, sagte Billy. »Er fühlt sich sowieso schon so schuldig.«

»Er hat sich in seinem ganzen Leben noch nie schuldig gefühlt.«

»Diesmal fühlt er sich schuldig. Glaube mir.«

»Du weißt gar nichts. Du hast keine Ahnung.«

»Früher war ich immer derjenige, der ihn umbringen wollte«, sagte er. »Du hast ihn immer verteidigt.«

»Damals waren wir noch Kinder.«

Schweigend gingen sie eine Weile nebeneinander her. Susan war von einer weißglühenden leidenschaftslosen Wut erfüllt, wie sie sie noch nie erlebt hatte. Sie wünschte, die Menschen, denen diese behaglichen Häuser gehörten, würden vernichtet, die Menschen, die ihre Gärten hegten oder sie von bezahlten Helfern hegen ließen. Sie wünschte, diese Menschen gingen bankrott, würden von Krankheit geschlagen, von unsäglichem Leid heimgesucht. Sie berührte einen Baumstamm und stellte sich eine Flutwelle vor, die sich durch diese heimelige Straße wälzte, eine Wand aus tosendem Schlamm, die durch die Haustüren brach und die Uhren, die Bücher und die Sessel hinwegschwemmte. Sie wollte sich von dieser Flutwelle zurück zur Leichenhalle treiben lassen, über den Sarg ihres Sohnes werfen und auf ihm in diese untergegangene Welt hinausreiten. Eine Welt, in der die Lebenden ertrunken und die Toten aus ihren Gräbern gespült waren – eine Flotte von Särgen, die an den stummen, zerstörten Fassaden der Häuser und Geschäfte vorbeitrieben.

»Geht es dir wieder etwas besser?« fragte Billy.

»Ich weiß nicht. Ein bißchen.«

»Meinst du, du stehst die Trauerfeier durch?«

»Ich glaube schon.«

Sie kehrten um und gingen zurück zur Leichenhalle. »Er ist bloß ein alter Mann«, sagte Billy. »Das solltest du immer bedenken.«

»Denkst du noch daran, wie er dich immer verprügelt hat?« sagte sie.

»Und kannst du dich noch daran erinnern, daß du mir immer gesagt hast, er wüßte nicht, was er tut?«

»Ja.«

»Das ist schon so lange her«, sagte Billy.

»Stimmt, nicht wahr?«

»Jetzt ist er ein alter Mann, und egal, ob er damals, als wir Kinder waren, gewußt hat, was er tut oder nicht – jetzt ist er jedenfalls schier außer sich vor Schuldgefühlen. Wir sollten vielleicht ein bißchen Nachsicht mit ihm haben, meinst du nicht?«

»Ich glaube schon.«

»Es wäre auch für dich besser. Nicht daß ich dir irgendwelche Ratschläge geben möchte oder so.«

»Nein. Ich weiß, was du sagen willst.«

Sie kehrten zur Leichenhalle zurück, gingen über den mit Steinplatten ausgelegten Weg, vorbei an dem dezenten schmiedeeisernen Schild mit den verschnörkelten Namen der Inhaber, zweier Brüder. Der Eingangsbereich und das grüne Foyer waren unverändert. Sie würden ewig so bleiben. Billy geleitete sie in die Kapelle, und bei ihrem Eintreten ging ein wissendes Raunen durch die Trauergemeinde. Sie konnte es spüren. Sie dachte an ihre Hochzeit, an den Augenblick, als die Musik einsetzte und sie in weißem Kleid und Schleier zum Altar schritt. Todd kam sofort auf sie zu, ihre Mutter ebenso.

»Ist alles in Ordnung?« fragte Todd. Und ihre Mutter sagte gleichzeitig. »Schatz, was ist los?«

»Ist schon gut«, sagte sie. »Ich habe bloß ein bißchen frische Luft gebraucht.«

»Setz dich«, sagte Todd. »Da drüben.«

»Nein. Wirklich, mir geht's gut.«

Sie beruhigte sich so weit wie möglich, doch eigentlich achtete sie nur auf ihren Vater, der am Ende des Ganges auf sie wartete, neben Bens Sarg. Sie löste sich von Billy und Todd und ihrer Mutter. Sie schritt den Gang entlang zu ihrem Vater.

»Susie?« sagte er. Seine Miene war besorgt und erwartungsvoll, voller verzweifelter Hoffnung. Unbeholfen und verschämt stand er in seinem dunklen Anzug da, schlaff und verhärmt, trotz seiner Sonnenbräune. Nie hatte er so alt ausgesehen.

»Hallo, Papa«, sagte sie.

»Ist alles in Ordnung?«

»Was meinst du?«

»Ich weiß nicht. Ich habe keine Ahnung.«

Sie trat zu ihm, nahm sein Gesicht in beide Hände. Sie wußte, wie verrückt sie aussehen mußte, wie rachsüchtig, denn sie bemerkte das jähe Erschrecken in seinen Augen.

»Susan?« sagte er mit kläglicher Stimme.

Sie entschloß sich. Sie hielt sein Gesicht fest und küßte ihn auf den Mund. Sie ließ die Augen offen. Er wollte sich von ihr befreien, doch sie gab seinen Mund nicht preis. Sie küßte ihn und schaute ihm in die Augen, bis sie sah, daß ihm die Erkenntnis kam. Dann hielt sie ihn noch etwas länger fest, bis sie überzeugt war, daß er wußte, sie würde ihm nicht vergeben.

1994

Er hatte die Bilder, aber er schaute sie nie an. Er hatte sie. Das reichte ihm.

Er hatte das Haus, und er hatte die Bilder. Er hatte Land und einen Garten. Er stand am Rand seines Gartens. Er sah zu, wie die Sternbilder über den nackten Ranken und schwarzen Fetzen der Blätter aufleuchteten. Der Wintermond stand am Himmel.

Ben war unter der Erde. Zoe war unter der Erde. Sein jüngstes und seltsamstes Kind. Das Kind, das ihm am vertrautesten gewesen war. Hier hatte sie gekniet, genau hier, und die Tomate in der Hand gehalten, von der sie glaubte, sie sei nicht vergiftet. In einem dunklen Seidenkleid war sie begraben worden.

Er hatte versagt. Entweder hatte er nicht genug Liebe aufgebracht oder zuviel. Er konnte es nicht fassen, nicht ganz. Er konnte seine sämtlichen Fehler aufzählen, doch das hier kam nicht dabei heraus, nicht diese tote Erde und der kalte Himmel voller kleiner, eisig strahlender Punkte.

Hinter ihm ragte das Haus auf. Darin waren die Bilder. Für ihn enthielt das Haus vor allem die Bilder. Das war jetzt sein eigentlicher Zweck. Deswegen lagen die Bretter so stabil aufeinander, deswegen blieben die Fenster geschlossen und die Vorhänge zugezogen.

Ein Stück weiter westlich führte Mary ihr geordnetes Leben. Sie hatte ihr jüngstes Kind Joan, hatte es Barbara nennen wollen.

Sie hatte das Beste für sie gewollt, gewöhnliche Schönheit und Sicherheit, und Constantine fragte sich jetzt: Hatte sie von diesem Garten bei Nacht geträumt, diesem Mond? Hatte sie gehofft, Zoe würde mit einem anderen Namen geruhsamer leben?

Leise sagte er ihre Namen vor sich hin. »Mary. Susan. Billy. Zoe.«

»Constantine.«

Er drehte sich um. Es war Magda. Bleich und streng stand sie da, wie der Mond.

»Hallo«, sagte er.

»Komm rein«, erwiderte sie. »Hier draußen ist es kalt.«

Er zuckte die Achseln. Er deutete auf den Mond und den Garten.

»Kümmere dich nicht darum«, versetzte sie. »Komm jetzt rein.«

»Ich bin noch nicht bereit«, sagte er. »Noch nicht.«

»Sei nicht albern.«

»Heute ist ein sternenklarer Himmel. Man kann sogar die Plejaden sehen.«

Stirnrunzelnd blickte sie zum Himmel. »Es ist eiskalt«, sagte sie. »Komm mit ins Haus.«

»Gleich.«

»Sofort.«

»Sofort?«

»Ja. Sofort.«

Mit verschränkten Armen stand sie da. »Sofort«, sagte sie noch einmal.

»In Ordnung.«

»Sei ein braver Junge«, sagte sie.

»Genau. Ein braver Junge.«

»Komm schon. Ich bring' dich zu Bett.«

»Ich möchte noch nicht zu Bett gehen.«

»Aber ja doch.«

»Meinst du?«

»Ja.«

»In Ordnung.«

»In Ordnung?« sagte sie.

»Ja«, antwortete er. »Bring mich zu Bett.«

»Na, dann komm.«

»Ich komme ja schon.« Sie hielt ihm den Arm hin, und er ergriff ihn. Langsam ging er mit ihr auf das dunkle Haus zu, wo die Bilder waren und sein Bett im blassen Mondlicht stand.

»Magda?« sagte er.
»Ja?«
»Liebst du mich, mein Schatz?«
»Schh.«
»Was ist? Liebst du mich?«
»Sei still«, sagte sie. Er gehorchte ihr.

1995 Träge rollten die fetten Wogen auf die Battery zu, wo sie sich blauschwarz und glitzernd mit einem schwachen, erschöpften Laut brachen. Der Himmel über Manhattan strahlte in einem lebhaften, unergründlichen Licht, hier Grau mit Gelb durchsetzt, dort ein unstetes, wäßriges Grün. Im Hafen stand die Freiheitsstatue mit ihrer Schrifttafel. Winzige Gestalten schauten aus ihrem Kopf heraus.

Mary saß mit Jamal und Harry auf einer Bank und blickte hinaus auf den Hafen und die Statue. Jamal hatte den Kopfhörer seines Walkman auf und nickte im Rhythmus der Musik. Die Bässe dröhnten heraus, ein monoton pulsender Beat.

»Hübsch ist es hier«, sagte sie. »Ich bin noch nie an der Battery gewesen. Ist das nicht komisch? In all den Jahren.«

»Ich lasse mir von Jamal und Will nach und nach die Sehenswürdigkeiten zeigen«, erwiderte Harry. »Da ich nicht aus New York stamme, gilt für mich auch nicht der Grundsatz, daß man kitschige Touristenattraktionen meidet. Letzte Woche waren wir auf dem Empire State Building, stimmt's, Jamal?«

»Was?«

»Wir sind letzte Woche auf dem Empire Stare Building gewesen.«

»Hmm.«

Harry konnte lediglich sprechen und reagieren. Zu sehr hatte sich sein Leben verändert; er durfte sich keine Sorgen machen. Wenn er angefangen hätte nachzudenken, hätte er den Mut verloren. Er wäre wieder in seine alten Angewohnheiten verfallen; er hätte nein gesagt. Er wollte nicht nein sagen. Folglich dachte er nicht nach, machte sich keine Sorgen. Er hatte die neue Stelle in New York bekommen, die Wohnung gemietet. Er bestand darauf, daß man ihm die Sehenswürdigkeiten zeigte.

»Das da draußen ist Ellis Island, nicht?« sagte Mary.

»Jawohl«, sagte Harry. »Ganz genau.«

»Constantine mußte da nicht durch«, sagte Mary. »Als er in die Staaten kam, war Ellis Island schon geschlossen. Er ist einfach an einem Kai irgendwo an der West Side an Land gegangen. Ich habe nie genau erfahren, wo. Wir haben uns eigentlich nicht oft über sein früheres Leben unterhalten, bevor er hierhergekommen ist.«

»Man hat alles wieder hergerichtet«, sagte Harry.

»Ich weiß.«

»Es ist jetzt eine Touristenattraktion. Man kann die Räume besichtigen, in denen die zahllosen Menschen untersucht wurden, weil man feststellen wollte, ob sie soweit gesund waren, daß sie sich hier als Tagelöhner für ein Gehalt verdingen konnten, mit dem sich kein Amerikaner abgefunden hätte. Danach kann man im Restaurant essen gehen.«

»Irgendwann würde ich es gerne mal sehen. Ellis Island.«

»Wir können heute noch hin, wenn du möchtest. Wir haben noch den ganzen Nachmittag vor uns.«

»Was meinst du, Jamal?« sagte Mary. »Möchtest du Ellis Island besichtigen?«

Jamal zuckte die Achseln, wippte mit den Füßen zur Musik. Er blickte auf sie hinab, als wären sie jeden Moment zu etwas Wunderbarem und Unerwartetem fähig.

»Vielleicht ist Ellis Island ein bißchen zu lahm«, sagte Harry. »Vielleicht sollten wir lieber im East Village bummeln gehen und danach eine Pizza essen.«

»Okay«, sagte Jamal.

»Du verziehst ihn«, sagte Mary.

»Ich weiß«, antwortete Harry. »Aber ich kann nun mal nicht anders.«

Mary sagte nichts. Sie war tief gerührt. Da saß sie nun neben Jamal und Harry, eine dreiundsechzigjährige Frau, die Hosen, einen Baumwollpulli und eine Perlenkette trug, das Geschenk einer unmöglichen Person, die sie einst geliebt hatte. So wenig blieb. Jamals Musik dröhnte, und sie spürte, wie sich sein Gezappel auf die Bank übertrug. Sie betrachtete die Möwen, die in der dunstigen Luft herumkarriolten. Sie sah, wie Will mit drei Pappbechern zurückkehrte. Hier war der Himmel mit seinem ständig wechselnden Licht, und hier waren diese Leute, dieser Junge, der ihr gegenüber genauso verschlossen, genauso unzugänglich war wie ihre beiden Töchter.

So viel blieb.

»Da kommt Will«, sagte Harry.

»Hmm.«

Mary sagte sich: Ich bin fähig, das hier zu lieben. Ich kann es versuchen. Ich kann mich darum bemühen. Ich habe schließlich nichts anderes zu tun.

»Okay«, sagte Will. »Coke, Diet Coke, Diet Coke.«

»Danke, mein Schatz«, sagte Mary.

»Danke, Papa«, sagte Harry.

Wortlos und ohne sich von seiner Musik zu trennen, nahm Jamal seinen Becher entgegen.

»Bitte schön, Jamal«, sagte Will.

Boote pflügten durch das Wasser. Ab und zu bewegte ein leichter Windhauch vom Hafen das Laub in den Bäumen.

»Wir haben beschlossen, daß wir keine rechte Lust haben, zur Freiheitsstatue oder nach Ellis Island rauszufahren«, sagte Harry. »Wir haben beschlossen, daß wir lieber im East Village bummeln gehen und danach eine Pizza essen wollen.«

»Du verziehst ihn«, sagte Will.

»Ich weiß.«

Will streckte den Arm aus und fuhr mit den Fingern durch Jamals Haare. Jamal zog seinen Kopf weg und tat so, als sei er mit dem Rhythmus beschäftigt.

»Also«, sagte Will. »Wollen wir rauf ins East Village gehen?«

»Okay«, sagte Jamal.

»Verzogen ist er, verzogen«, murmelte Will.

Jamal stand auf und trat unruhig von einem Bein aufs andere. Er hatte eine Sonnenbrille auf und trug eine derart ellenweite Hose, daß Will sich wunderte, wieso sie nicht herunterrutschte. »Was sind das für große Quader da drüben?« fragte Jamal.

»Das ist ein Denkmal«, erwiderte Harry. »Aber ich weiß nicht, aus welchem Krieg.«

»Willst du es dir angucken?« fragte Will.

»Ich weiß nicht«, sagte Jamal.

»Komm, gucken wir's uns an«, sagte Will. »Betrachten wir's als unseren heutigen Beitrag zum Thema Erziehung und Allgemeinbildung, einverstanden?«

»Ich glaube, es ist der Zweite Weltkrieg«, sagte Mary.

»Was?«

»Diese Steine. Ich glaube, sie stellen ein Denkmal für die Männer dar, die im Zweiten Weltkrieg gefallen sind.«

»Und was ist mit den Frauen?« fragte Jamal.

»Nun ja. Ich vermute, daß auch ein paar Frauen darunter gewesen sind.«

Sie gingen über die Promenade auf die Steintafeln zu. Silbrig grün schimmerte das frische Laub der Räume im dunstigen Licht. Sie stiegen eine breite Treppe zu einer weiten Plaza hinauf, die links und rechts von einer Reihe hoher, betonfarbener Marmorblöcke mit Tausenden eingravierter Namen gesäumt wurde. Auf der dem Land zugewandten Seite breitete ein riesiger Bronzeadler die schweren Schwingen aus. Schweigend gingen sie an den Steinen entlang. Jamal strich über eine Namensliste und spürte das Quietschen, das seine Hand auf dem Marmor hervorrief. Er wiegte sich zur Musik.

Einige Jahre später wird Constantine in einem Krankenhausbett liegen und durch das Fenster den weißen Sommerhimmel betrachten, während er an den Folgen eines Schlaganfalls dahinsiecht. Er wird seine Füße unter der weißen Decke wahrnehmen und eine graue Feder, die der Wind am Fenster vorbeibläst. Magda wird neben ihm sitzen. Sie wird nichts sagen, als er »Mami« flüstert. Sie wird ihm weder widersprechen noch antworten. Sie wird ihm ihre Hand überlassen und zuhören, als er das Wort wiederholt. Schweigend wird sie dasitzen und warten.

Kurz nach Constantines Tod wird Susan ihren Mann verlassen.

Sie wird in der Verkaufsabteilung einer Druckerei angestellt werden und schließlich einen der Firmeninhaber heiraten, einen viel älteren Mann. Am Abend vor der Hochzeit wird ihr neuer Mann, ein Witwer, mit seinen erwachsenen Söhnen ausgehen und ihnen mit mühsam beherrschter Stimme erklären, daß er gemeint hatte, das Leben habe ihm keine neuen Freuden mehr zu bieten, nichts außer dem täglichen Umgang mit Papier und Druckerschwärze – bis er dieser Frau begegnet sei.

Die Söhne werden ihm alles Gute wünschen und ihn insgeheim dafür verachten, daß er ihre tote Mutter betrügt. Mit seiner stillen, beharrlichen Art wird er Susan ewig lieben, und Susan wird mit neunundvierzig Jahren ein Mädchen zur Welt bringen. Sie wird darauf bestehen, daß es Zoe genannt wird.

Will und Harry und Jamal werden gemeinsam in New York wohnen, bis Jamal mit achtzehn zum Studium nach Berkeley geht.

Als Jamal noch jünger ist, wird Mary ihr Haus verkaufen und eine Wohnung in der Stadt erwerben. Sie wird in ihrer Wohnung auf ihn warten, wenn die Schule aus ist, und sie wird versuchen – oftmals ohne Erfolg –, ihn bei sich zu behalten, bis Will und Harry von der Arbeit nach Hause kommen. Nach Jamals Abreise wird sie noch zweiundzwanzig Jahre weiterleben, sich gelegentlich sehr zufrieden vorkommen und ab und zu einsam. Und manchmal wird sie sich an ganz schlichten Dingen erfreuen: einer Teetasse, deren Schatten auf das Fensterbrett fällt, einem Buch, mit dem sie sich an einem warmen Septembertag in den Park setzt.

Will und Harry werden bis an ihr Lebensende beisammen bleiben, was nicht immer leicht ist. Will wird fremdgehen, was ihm verziehen wird, und dann nochmals. Mit Anfang Fünfzig werden er und Harry sich fast ein Jahr lang trennen und dann wieder miteinander gehen. Als Wills Muskeln mit zunehmendem Alter schlaffer und seine Haut pergamentener wird, wird er treu bleiben.

Harry wird zuerst sterben, mit achtundsiebzig. Als er krank wird, fliegt Jamal mit seiner Frau und seinem Sohn aus Kalifornien ein. Sie werden ein paar Tage bleiben, und dann wird Will ihnen erklären, daß sie zurückkehren sollten, sich wieder ihrem Leben widmen; sie hätten von Harry Abschied genommen, und nun könnten sie nichts mehr für ihn tun. Will wird den weinenden Jamal küssen. Er wird ihm sagen, er sei ein guter Sohn gewesen, und Harry wisse, daß er ihn geliebt habe. Auf Besuche komme es doch nicht an. Nachdem Jamal und seine Familie abgereist sind, wird Will, der nahezu taub ist, noch etliche Stunden bei Harry sitzen. Er wird ihm leise zusprechen, seine fleckige Hand auf Harrys leblose Finger legen. Als es zu Ende geht, als Harry von einer inneren Kälte erfaßt wird, gegen die die Hitze im Raum machtlos ist, wird sich Will vorsichtig zu Harry ins Bett legen, ihn festhalten und versuchen, ihm soviel Körperwärme wie möglich zu spenden. Er wird sich nicht sicher sein, ob Harry seine Anwesenheit wahrnimmt. Leise wird er Harry ins Ohr flüstern, daß nun alles gut sei, daß er gehen könne. Daß der richtige Zeitpunkt gekommen sei. Er wird nicht wissen, ob Harry ihn hören kann. Harry wird noch zwölf Stunden leben und bei Nacht sanft entschlafen, während Will in dem anderen Bett schläft.

Will wird weitere sieben Jahre leben. Als er im Sterben liegt, wird Jamal zurückkehren und bei ihm bleiben. Jamal wird keine Pflegerin einstellen. Er wird Will eigenhändig füttern, ihm das Gesicht abwischen, die verschwitzten Laken wechseln. Er wird über Wills Hilflosigkeit ungehalten werden. Er wird insgeheim fluchen, doch er wird alles Erforderliche tun. Er wird Will füttern und waschen, und wenn Will in der Lage ist zu sprechen, wird er sich mit ihm unterhalten. Er wird mit Will über die Sorgen reden, die ihm seine Kinder bereiten. Der Junge aus seiner ersten Ehe sei ein Wildfang, ohne jeden Ehrgeiz. Die Kleine, geboren, als er bereits das beste Mannesalter hinter sich hatte, koste ihn alle Kraft mit ihren Temperamentsausbrüchen, ihrer Willensstärke. Jamal wird über seine zweite Frau reden, die er so innig liebt, daß es ihn schmerzt, belebt und zugleich auslaugt. Will wird nicken, zuhören und darüber hinweghören. Er wird über Jamal nachdenken, nicht über die Sachen, die Jamal unablässig erzählt, sondern über die Tatsache, daß Jamal lebt, hier in diesem Raum ist. Er wird an das Zusammenleben mit Jamal und Harry denken, der über das Absterben seines Leibes nicht sonderlich betroffen gewesen war. Er wird von allen besucht werden, die er jemals gekannt hat, und er wird erkennen, daß sie alle geläutert sind, bar jeder Bosheit, Fehler oder Tugenden. Er wird Gesellschaft haben, eine gewisse Befriedigung erfahren. Und dann wird ein Beben einsetzen, so als schüttle dieses Zimmer alles Irdische ab – Bett, Tisch, die Bilder an der Wand – und verschmelzen zu einem gleißenden Licht, für das es keinen Namen gab.

Jetzt, in diesem Augenblick, vollführt Jamal einen schlaksigen Solotanz zwischen den Steintafeln. Wenn er den Kopf voller Musik hat, denkt er nicht an seine Mutter und Cassandra. Er denkt nicht an Ben. Er ist ganz woanders. Will und Harry stehen beieinander und lesen schweigend die Namen irgendwelcher Fremden. Sie versuchen sich in diese Listen zu vertiefen, weil keiner von beiden eine Ahnung hat, wie sie diesen Nachmittag oder den nächsten Tag überstehen sollen. Mary streicht mit den Fingern über die Kanten eines fremden Namenszuges, blickt hinaus auf den Hafen. Wenn sie jeden Namen läse, würde sie vermutlich auf irgendeinen Bekannten stoßen, den Sohn einer Freundin ihrer Mutter oder einen etwas älteren Jungen, den sie in ihrer Schulzeit verehrt hat. Sie nimmt einen Schluck aus dem Becher, den ihr Sohn ihr gebracht hat. Sie betastet die Perlen um ihren Hals.

Will drückt Harrys Hand. Er hat bis hierher gelebt, und er ist dankbar darum. Er ist jetzt zweiundvierzig Jahre alt, ein Mann, der liebt und wiederum geliebt wird, und der sich irgendwie als Vater eines verschreckten, todtraurigen Dreizehnjährigen ausgeben muß. Hier stehen sie beide, er und Harry, und heucheln Interesse an den Namen unbekannter Toten, und gleich werden sie stundenlang von Laden zu Laden ziehen. Will weiß, wie sehr Jamal sich ein neues Paar weißer Nikes wünscht. Er weiß, daß Mary sie ihm kaufen wird. Er weiß, wie sehr der Anblick neuer weißer Nikes Jamal über seinen Kummer hinwegtrösten wird. Ein neues Paar Schuhe wird ihn retten. Mit den richtigen Schuhen kann er allem Übel ausweichen, reinen Herzens seines Weges ziehen.

Schweigend liest Will ein paar Namen. George E. Swink, Leonard J. Szulc, William E. Talley. Männer, die wahrscheinlich halb so alt wie er geworden sind – junge Männer, die in einem Krieg, der seine Schrecken verloren hat und Geschichte geworden ist, brennend vom Himmel gestürzt, erschossen oder von Granaten zermalmt wurden. Er stellt sich die Namen seiner Toten vor, in Stein gemeißelt, und er denkt an die neuen Schuhe für Jamal. Dazu sind wir Lebenden doch da, sagt er sich. Wir erledigen unsere Besorgungen und besuchen die Steine.

Er winkt seiner Mutter zu, die zwischen ihm und dem Hafen steht. Sie ist in Licht gehüllt.

»Gehn wir«, ruft er.

Sie nickt und kommt auf ihn zu.

»Jamal?« sagte Harry. »Bist du soweit?«

Jamal nickt im Rhythmus der Musik. Er vollführt einen Steptanz im Halbschatten der Steine.

Will spricht.

Jamal sieht ihn an. Er steckt tief in der Musik.

2035

»Wo gehst du hin?«

»Hab' ich dir doch gesagt.«

»Wohin«

»Ich gehe runter zur Bucht. Bin nicht lange weg.«

»Was ist in dem Kästchen?«

»Das hab' ich dir doch schon mindestens fünfmal gesagt.«

»Was?«

»Die Asche deines Großvaters. Erinnerst du dich noch an Opa Will?«

»Nein.«

»Wir haben ihn vor, äh, über einem Jahr mal besucht. Du bist damals noch ganz klein gewesen. Wir sind nach New York geflogen und haben bei ihm gewohnt. Er war sehr alt.«

»Das weiß ich.«

»Das ist seine Asche. Seine und die von Harry. Ich streue sie in die Bucht, und dann komm' ich nach Hause, und wir nehmen uns gemeinsam den Garten vor, einverstanden?«

»Ich will mitkommen.«

»Du kannst nicht mitkommen. Das hab' ich dir doch schon zigmal erklärt.«

»Warum nicht?«

»Weil ich allein sein muß.«

»Warum?«

»Na ja. Weil ich vor langer, langer Zeit mal bei Will und Harry gelebt habe.«

»Als du noch ein kleiner Junge gewesen bist.«

»Ganz recht. Und jetzt mußt du mich ein bißchen in Ruhe lassen, damit ich die Asche in die Bucht streuen kann. Du mußt jetzt hier bei Mami bleiben, und wenn ich zurückkomme, bestellen wir gemeinsam den Garten. Okay?«

»Ich will mitkommen.«

»Geht nicht.«

»Ich will das Kästchen zum Auto tragen.«

»Na schön. Gibst du dich zufrieden, wenn du das Kästchen zum Auto tragen darfst? Hier.«

»Es macht Geräusche.«

»Was?«

»Es macht *Geräusche.*«

»Na ja, klar, wenn du es so schüttelst.«

»Was ist da drin?«

»Asche. Hab' ich dir doch gesagt. Bloß Asche.«

»Die macht Geräusche.«

»Es ist nichts als Asche und ein paar Knochenreste. Davor braucht man sich nicht zu fürchten.«

»Ich fürchte mich nicht.«

»Das weiß ich doch. Du hast doch vor nichts Angst, stimmt's?«

»Ich kann sie hören.«

Danksagung

Ich möchte mich bei Joel Conarroe, Ken Corbett, Stacey D'Erasmo, Stephen Kory Friedman, Jonathan Galassi, Gail Hochman und Anne Rumsey bedanken, die dieses Buch in den verschiedenen Phasen seiner Entstehung gelesen haben. Enorm hilfreich waren auch Evelyn Burkhalter, Marcelle Clements, Dorian Corey, Anne D'Adesky, Paul Elie, Nick Flynn, William Forlenza, Dennis Geiger, Nick Humy, Adam Moss, Angie Xtravaganza und die Mitglieder des House of Xtravaganza, besonders Danny und Hector. Die John Simon Guggenheim Memorial Foundation gewährte mir die hochgeschätzte finanzielle Unterstützung, und an einem ungewöhnlich kalten Morgen im Washington Square Park lieferte mir Lerry Kramer großzügigerweise die Idee für den Titel.